위대한
도시들
2

—

우리가 만드는 세계

THE WORLD WE MAKE (The Great Cities Book 2)
by N.K. Jemisin

Map by Lauren Panepinto

엄스테이트

웨스트체스터

웨스트체스터

브롱크스

퀸스

자메이카

플러싱

제슨하이츠

맨해튼

FDR 드라이브

뉴욕 아저씨

브루클린 브리지

베라자노 브리지

저지 시티

뉴저지

반디지 뉴욕 시 체커 택시
☎ (215) 555-0199
체커 택시 드림 웨딩

JFK 공항

맨해튼을 향해 차로 1시간

코니아일랜드

브루클린

벤슨허스트

덤보

배드스타이

리버티섬

뉴욕교육국
뉴욕항만청
도로 관리국
파리
용 하이브
맨해튼이 불타다!

차례

프롤로그

나를 닉이라 부르라.*

아냐, 난 고래사냥 같은 거 안 해. 대왕오징어라면 모를까. 그러고 보니 동성애 얘기가 들어 있는 것도 비슷하네. 나도 책을 쓸까 보다. 『모비 딕』이 아니라 『내 다차원 거시기를 빨아라』 정도? 스릴러, 아니면 호러에 약간의 코미디와 로맨스와 비극을 섞은 걸로. 그러면 누구 취향에든 약간은 맞겠지. 대히트를 칠 거다. 왜냐하면 출판계와 매디슨 애비뉴가 모다 내 안에 있고, 점심시간이 되기도 전에 상대가 알아서 신장을 갖다 바치게 할 수 있는 수백만 명의 사기꾼과 야바위꾼, 불량배들도 넘쳐나거든. 아참, 모두 다라고 해야겠지? 문학에 대해 아는 척이라도 지껄이려면 어법에 맞는 말을 해야 할 테니까.

피이, 좆까라고 해. 어쨌든 내 말은.

닉. 뉴욕 시. NYC. 여기서 Y는 "와이"가 아니라 "이"라고 발음하

---

* 허먼 멜빌의 장편 소설 「모비 딕」의 유명한 첫 문장 나를 이스마엘이라 부르라의 패러디.

는 거다. "와이(why)"처럼이 아니라. 엄마가 지어 준 이름은 아니지만 어차피 나더러 더는 자기 자식도 아니랬으니까 상관없겠지. 이젠 변화를 줄 때도 됐잖아.

뉴욕은 항상 변한다. 우리 도시가 된 자들은 계속해서 진화하는 역동적인 존재이며, 시민들의 요구에 맞춰 끊임없이 적응하고 국가 정치와 국제 경제에 쉴 새 없이 밀치고 채이고 있다. 최근에는 다중우주의 정치 상황에까지 대처해야 하게 됐지만, 뭐, 상관없어. 우린 할 수 있다. 우린 뉴욕이니까.

뉴욕이 생명을 얻은 지도 벌써 석 달째다. 윌리엄스버그 브리지가 심연에서 솟구친 거대한 촉수에 박살 난 지도 석 달. 시민 수백만 명이 여러 개의 육신을 갈아입으며 사람 마음을 조종하는 외계 의식체에 감염되어 좆같은 하얀 털북숭이 사스콰치처럼 활보하는 걸 어떻게든 바로잡은 지도 석 달. 다른 차원에서 온 지랄맞은 도시가 스태튼아일랜드 상공을 무단 점유한 지도 석 달. 대부분의 뉴욕 시민은 이 씨발스런 소동 중에 아무것도 보지도, 듣지도 못했다. 더럽게 운 좋은 것들. 하지만 뉴욕이 적대적인 양자 가능성 붕괴라는 외계 차원의 침략에 대항하는 국제 저항군의 가장 새롭고 시끄러운 일원이 된 이래, 우리는 그저 평범하고 일상적인 골칫거리보다 훨씬 많은 것을 처리하고 있다.

예를 들면.

리예는 시시때때로 치아가 덜덜 떨리도록 소름 끼치고 공허한 불협화음을 도시 전체로 발산하고 있다. 리예의 노래는 정말 심각한 문제다. 몇 분만 듣고 있으면 멕시코인과 산아제한이야말로 세상에서 제일 심각한 문제 같고, 총기난사만 하면 이 두 가지 문제를 금세 해결할 수 있을 것 같다는 생각이 든다. 하지만 또 그때쯤이면 수많은 뉴요커가 갑자기 자전거 핸들에 달린 스피커의 볼륨을 크게 높여 온 동네 사람들에게 레이디 가가 노래를 들려주고 싶다는 충동을 느끼거나, 311*에 수백만 건의 민원이 쏟아져도 아랑곳하지 않고 새벽까지 집에서 시끌벅적한 파티를 열거나, 아랫집 이웃이 열받을 거라는 걸 알면서도 하이힐을 신고 아파트를 쿵쿵 돌아다니거나, 아니면 너 나 할 것 없이 다들 더럽게 시끄럽다고 큰 소리로 불평을 늘어놓기 시작한다. 그러면 이 모든 소음이 리예의 노래를 삼켜 버린다. 그러니까, 대부분의 경우에 뉴욕이 정말 빌어먹게 뉴욕인 덕분에, 우리는 괜찮다.

우리 여섯 명이 인간 이상의 존재가 된 지도 석 달이 지났다. 이제는 우리야말로 호러 소설에 나오는 이형(異形)의 섬뜩한 괴물들에 가깝다. 신, 또는 살아 있는 상징, 아니면 가끔 개가 이를 드러내고 으르렁거릴 때 바짝 곤두서는 등줄기의 터럭. 내 안에는 거의 900만 명의 희망과 증오가 담겨 있다. 하지만 또 나는 그냥 나다. 거의 모든 중요한 측면에서는 여전히 인간이니까. 나는 피를 흘리고 재채기를 하고 모기가 물면 엉덩이를 긁적인다. 모기가 진짜로 아직도 문다. 해충약도 안 듣는 사악하고 좆같은 쬐그만 새끼들. 비둘기랑 쥐처럼 퇴치가 불가능하다. 그리고 잠도 잔다. 다만 이제는 자고 싶을 때만 자지만. 한번은 시험 삼아 일주일 내내 한숨도 안 잔 적이

---

*미국의 비응급 민원 서비스 신고 번호

있는데, 그래도 별문제가 없었다. 하지만 나는 거리에 살 때 잠이 부족한 적이 너무 많았기 때문에 요즘엔 틈이 날 때마다 잠자는 걸 좋아한다.

제일 특이한 변화점은 더 이상 음식을 먹을 필요가 없어졌다는 것이다. 일주일을 굶어도 예전처럼 몸이 떨리거나 춥지 않다. 그런데 가끔은, 뭐라고 해야 하지? 입 안에 상상 속 음식이 들어온다고 해야 할까? 콘크리트처럼 꾸덕한 치즈케이크, 탄내가 나는 짭짤한 프레첼, 콜라 한 잔과 미니햄버거. 어떤 때는 주변에 노점상 같은 것도 없는데 군밤이 입에 들어온 적도 있다. 가끔은 처음 먹어 보는 음식도 있는데 그래도 그게 뭔지 금세 알 수 있다. 난 뉴욕이니까. 랍스터 뉴버그*랑 레드 클램차우더** 같은 수많은 특이한 음식도 여기서 시작됐는걸.

하지만 대부분의 경우엔 먹을 필요가 없어도 그냥 먹는다. 왜냐하면 난 아직도 배가 고프니까. 뉴욕은 항상 배고프다.

요즘엔 사는 곳도 옮겼다. 매니가 할렘에 있는, 완전 현대식으로 멋지게 개조한 오래된 건물에 집을 하나 빌렸는데 방이 다섯 개나 된다. 내부도 끝내준다. 욕실은 세 개나 되고 가스렌지만 달랑 있는 게 아니라 진짜 주방이랑 조리대가 있다. 평면도에는 "서재"라고 표시된 복층 공간, 커피 테이블에 식탁까지 들어가는 널찍한 공용 공간, 집 양쪽을 둘러싼 발코니, 예쁘장한 주석 천장에, 옥상 데크도 있다. 심지어 펜트하우스다. 엄청 맘에 든다. 씨발 완전 좋아. 오래

---

*진한 크림소스로 버무린 새우 또는 바닷가재 요리.

**화이트소스 대신 토마토소스로 만든 클램차우더. 맨해튼 클램차우더라고도 한다.

된 뉴욕과 새로운 뉴욕이 뒤섞여 있는 느낌이다. 하지만 매니는 마음에 안 든단다. 그는 옛 삶에서 벗어나 새 출발을 꿈꾸는 뉴욕의 일부이기 때문이다. 그는 평범한 것을 원했다. 하지만 그럴 거면 맨해튼이 되지 말았어야지.

알고 보니 매니는 엄청난 부자였다. 1년 치 집세를 선불로 낸 덕에 집주인이 아무나 데려와 같이 살아도 된다고 했단다. 전에 살던 집에서 나와야 해서 룸메이트인 벨이 혼자 붕 뜨게 되는 바람에 매니가 벨한테도 제안을 했다. 매니가 계속 집세의 절반을 낼 테니 인우드에 있는 집에 계속 혼자 살든가 아니면 예전이랑 똑같은 월세를 내고 새 아파트의 빈방에 들어오든가. 보통 이런 집이 세 배는 더 비싸기 때문에 벨은 후자를 선택했다. 나랑 저지시티 베네자도 각각 방을 하나씩 차지했다. 베네자는 전에 살던 곳이랑 똑같은 액수의 집세를 내고 있고 나는 공짜다. 다섯 번째 방은 아직 비어 있다. 매니는 다른 뉴욕이 들어와 살길 바라고 있다. 사실 우리가 다 같이 살든 말든 그런 건 별로 안 중요하다. 뉴저지에서 통근하는 게 워낙 고약해서 베네자가 조금 편해지긴 했는데, 도시와 관련된 일 때문에 다 같이 모이는 건 사실 별로 안 힘들다. 도시의 마법은 지하철보다 빠르고 이젠 우리 모두 그걸 활용하는 법을 알거든. 사실 이 아파트도 굳이 필요 없었다.

하지만 매니가 왜 그랬는지는 알 것 같다. 나 때문이다. 이 도시가 고등학교도 못 마친 노숙자 게이 남자애를 화신으로 선택했기 때문이다. 매니는 다른 건 다 개의치 않는데 노숙자라는 부분을 좋아하지 않고, 그래서 난 이제 언제든 원할 때 사용할 수 있는 영구적인 주소와 머리 위 지붕이 생겼다. 내가 여길 항상 이용하는 건 아니다. 가끔은 그냥…… 잊어버린다. 원래 예술가라는 게 그렇지. 머릿속에 든 게 너무 많다. 나는 이제 밤새도록 걸어 다닐 수 있고, 그래서 그렇게 한다. 며칠 내내 걸을 때도 있다. 마치 보데가*에 앉아 있는 고양이 꼬리 위에 손을 갖다 대면 엉덩이를 씰룩이며 쳐드는 것처럼 도시의 거리가 내 발바닥을 반갑게 맞이하며 달라붙는다. 나는 지하철 플랫폼 주위의 벽을 넘고, 발효된 오줌 냄새를 지나, 쥐약과 먼지 냄새가 뒤섞인 공기를 맡아야 한다. 이스트 강 강변에 쪼그리고 앉아 내 피부에 어떤 화학물질이 스며들지 궁금해하며 바위에 붙어 있는 끈적이는 덩어리를 쿡쿡 찔러 봐야 한다. 여행을 다녀온 사람들은 다른 도시가 뉴욕이랑 달리 얼마나 깨끗한지 떠들어 댄다. 토론토 거리에는 껌 자국이 거의 없단다. 어떻게 그럴 수가. 베른에서는 청소부가 하루에도 열 번씩 길거리 쓰레기통을 비운다. 어, 음, 좋겠네? 하지만 뉴욕이 되려면 난 더러워야 한다. 설령 매일 샤워를 하고 매주 빨래를 하더라도 ──집에 세탁기랑 건조기가 있어! 이런 호사스러운 생활이라니! ──여전히 쓰레기를 알아야 한다. 나는 쓰레기와 하나가 되어야 한다. 오우오우옴.

누가 나 대신 돈을 내준다는 게 신경 쓰이지 않느냐고 베네자가 물은 적이 있다. 어쩌면? 조금은? 근데 어쩌라고. 여긴 더 이상 밑바닥에서 무일푼으로 시작해 대성할 기회를 잡을 수 있는 곳이 아닌걸. 게다가 난 심지어 마이너스에서 시작했다고. 아메리칸드림은

---

* 스페인어에서 온 단어로 일종의 편의점이나 식품 잡화점.

엉터리다. 어쨌든 이 집에 살면서 내 몫은 그럭저럭 하고 있다. 요리는 존나 못해도 청소는 한다. 주변에서 안 말릴 때 얘기지만. 아, 그리고 또 내가 하는 일? 이 망할 놈의 도시 전체가 존재감을 잃지 않도록 열심히 지킨다. 이 정도면 됐지.

어쨌든. 슈거대디랑 만나는 게 처음도 아닌걸. 그저 그 보답으로 섹스를 안 한 게 처음이지.

(요, 나는 제안했다고 그렇게 염치가 없진 않단 말이야. 거절은 그쪽이 했지.)

지금은 늦은 밤, 자정에 가까운 시간이다. 나는 발코니에 서서 할렘과 하이츠, 어퍼웨스트사이드를 아무 생각 없이 멍하니 내려다보고 있다. 가을이라 밤에는 꽤 쌀쌀하다. 그래서 잠시 후 조금 추워서 집 안으로 들어간다. 베네자가 아직 깨어 있는지는 몰라도 방에서는 아무 소리도 안 난다. 벨의 방에는 TV가 아직 켜져 있다. 역시 깨어 있는지는 모르겠지만 문턱 아래로 불빛이 깜박이는 게 보인다. 내 방은 반대편에, 매니의 침실 근처에 있다. 왜냐하면 내가 그 방을 골랐으니까.(혹시 모르잖아.) 욕실을 지나는데 문이 열려 있는 게 보인다. 매니가 카운터에 기대 거울에 비친 자기 얼굴을 뚫어져라 보고 있다. 변태처럼 굴려는 건 아닌데, 매니는 진짜 예쁘장한 데다 셔츠도 없이 새틴 파자마 바지만 걸치고 있어서, 오, 예. 실컷 감상한다. 깎아 놓은 듯한 몸이다.(근육 말이다, 근육. 칼을 댔을지 안 댔을지 모를 아래 부위는 나한테 안 보여 줄 테니까.) 평소 범생이 복장일 때에는 근육이 잘 드러나지 않는다. 그는 착하고 무해해 보이는 걸 좋아하니까. 하지만 지금 내 눈앞에는 진실이 드러나 있다. 허리에는 꿰맨 게 확실한 긴 흉터가 남아 있고 어깨뼈에도 볼록하게 튀어나온 흉터 자국이 있는데, 아래쪽으로 갈수록 넓어진다. 나는 매니보다 열 배는 더 강해 보이는 남자들한테서 저런 흉터를 본 적이 있다. 저건 칼자국이다. 어떤 바닥에서는 총은 관심을 너무 많이 끌기 때문에 칼을 더 선호한다. 긴 흉터는 아마 수술 자국일 거다. 그 아래 더 작고 희미한 흉터가 가로질러 있기 때문이다. 저 근처를 찔렸거나 총에 맞았다면 신장을 잃었겠지. 저게 나의 맨해튼이다. 겉으로는 멀쩡하고 말끔해 보이지만 속에는 생사가 오간 경험을 갖춘 존재.

그는 깊은 생각에 잠겨 있거나, 아니면 자기 살갗에 박힌 털을 아주 열심히 들여다보고 있는 중일 거다. 처음엔 내가 있는 줄 모르는 것 같았는데 그때 거울 속에서 눈이 마주친다. 한껏 달아 있던 가슴이 덜컹 내려앉는다. 왜냐하면 그가 처음으로…… 도시가 부르기 전의 자신이 아닌 척하는 시늉을 안 하고 있기 때문이다.(나는 살인청부업자에 걸고 있다. 베네자는 매니가 기업 스파이라는 데 10점 만점에 10점을 다 걸었고, 브롱카는 CIA라고 주장하고 있다. 하지만 브롱카는 60년대 인간이라 누구든 다 CIA라고 생각한다.) 매니가 왜 착하게 굴려고 하는지는 알겠는데, 흑인이 저렇게 살가운 가면을 쓴다는 건 상대방을 낮잡아 본다는 뜻이다. 진짜 자신을 감당하기엔 상대가 너무 겁이 많다고 생각한다는 뜻이다. 나는 매니가 항상 내게 그의 아름다움과 야수성을 전부 드러내 보인다는 것이 좋다.

"다들 너무 안일함에 빠져 있어." 매니가 말한다. 나는 그가 쓸데없는 말로 시간 낭비를 하지 않는다는 것도 좋다.

나는 욕실 문을 밀어 조금 넓게 연 다음 문틀에 몸을 기댄다.

"여름에 너무 미친 짓거리를 겪어서 잠시 숨을 돌리는 게 아닐까?"

"적이 아직도 스태튼아일랜드 위에 있는데, 그 여자는 숨을 돌리고 있을 것 같아?"

"아니. 하지만 꾸불탱년은 사람이 아니니까……" 이런. 나는 멈칫하며 입을 다문다.

매니가 옅은 미소를 지으며 반론의 여지가 없는 말을 한다.

"인간은 당연히 쉬어야겠지. 하지만 우리는 잠들지 않는 도시야."

"알았어, 알았다고, 스카페이스(Scarface)." 나는 한숨을 내쉬며 팔짱을 낀다. "바주카포를 살 만큼 돈이 넘쳐나는 거 맞지? 빨리 스태튼아일랜드로 쳐들어가서 공중에 갈겨 대자."

그가 피식 웃는다. 피곤한 기색이 역력하다. 내가 사람 짜증을 돋우는 데에는 워낙 능력이 출중해서 말이지. 매니가 몸을 돌려 나를 바라보면서 세면대 가장자리에 등을 기댄다. 안녕, 엉덩아. 어서 오렴, 똘똘아. 내 시선을 눈치챈 매니가 얼굴을 붉힌다. 완전 웃겨. 저 정도 얼굴이면 웬만큼 나이 먹고는 평생을 여자들 다리 사이에서 살았을 텐데 나랑 같이 있을 땐 무슨 동정처럼 군다. 지금도 눈을 내리깔고는, 입술을 살짝 깨물고, 내 추파를 받아칠지 내가 받아 주면 또 어떻게 해야 할지 잠시 고민하다가…… 심호흡을 한 번 하고는 우리 사이에 모든 게 정상인 척 굴기로 결심한다. 그래도 평소에 착한 사람인 척할 때처럼 모욕적으로 느껴지진 않는다. 그건 불신과 무례함의 표시지만 이건 완전히 다른 거니까. 아마도 두려움? 도대체 내 어떤 점이 저런 사내를 겁먹게 하는 건데.

"바주카포는 안 돼." 매니가 느릿하게 대꾸한다. "리…… 그 도시를 해치긴커녕 거기 닿을 만한 위력을 지닌 구성개념도 전혀 생각

안 나는걸." 우린 암묵적인 합의에 따라 적의 이름을 언급하는 것을 피하고 있다. 말할 때 고통스럽기도 하고, 대화 중에 주변에 고약한 냄새가 퍼지는 걸 좋아할 사람도 없으니까. 그런 의미에서 나는 "뉴욕 경찰"을 입에 올리는 것도 좋아하지 않는다.

매니가 말을 잇는다. "하지만 우리가 할 수 있는 게 있지. 전략을 세우는 거야. 다른 도시들에게 유용한 정보가 있는지 물어본다거나. 아니면 그 여자가 어떤 차원에서 왔는지 알아내 적절한 대책을 세우는 방법도 있어."

갓난쟁이 도시가 태어날 때면 머릿속에 거대한 지식 덩어리가 생겨나는데, 말하자면 다른 도시들이 막 태어난 아기한테 최소한의 싸울 기회를 주려고 편찬한 지식의 사전이다. 다른 도시들이 그걸 어떻게 편찬했고, 새 도시가 태어날 때 어떻게 전달해 주는지는 나도 모른다. 게다가 중요한 내용도 많이 빠져 있다. 새 도시가 탄생할 때 막내 도시를 보내서 도와주는 이유도 그래서다. 또 탄생 과정에서 가끔 버그가 생기기도 한다. 왜냐하면 내가 쓰러지고 자치구들이 깨어났을 때 지식의 사전을 받은 게 브롱카뿐이었기 때문이다. 그러니까 간단히 말하자면, 나는 지식을 전달받았는데 매니는 못 받았다. 그래서 내가 설명한다. "우린 이미 다른 도시들보다 아는 게 많아. 도시로 탄생한 후에 적이랑 싸워 본 건 우리뿐이거든. 더군다나 걔들은 빌어먹을 꾸불거리는 촉수 같은 것밖에 못 봤고. 다른 도시들한테 그 여잔 사람도 아니야."

"하지만 이젠 그들도 전보다는 더 많이 알게 됐잖아. 적에게 이름이 있다는 것도 알고, 개인은 물론 각종 기관과 시스템을 통해 활동하고 있다는 것도 알게 됐지. 만일 내가 살아 있는 도시인데 적이 부동산 업계에 있다는 걸 알게 됐다면 지난 50년 사이에 있었던 도시 계획을 완전히 다른 눈으로 살펴볼 거야. 교육 예산, 치안, 구역 정비, 주류 판매 면허, 대중교통, 심지어 대중문화에 이르기까지⋯⋯ 그렇게 뒤지면 흔적을 발견하게 되겠지. 그 여자는 아주 오랫동안 게임을 해 왔고, 진보를 가로막고 도시를 약화시켜 붕괴되기 쉽게 만들었어. 일단 뭘 찾아야 할지 알고 나면 모든 곳에 암이 퍼져 있다는 걸 알게 될 거야."

그래, 하지만. 나는 한숨을 쉰다. "우리 아빠 암으로 죽었어."

매니가 눈을 깜박이더니 굳은 얼굴로 입을 다문다. 매니하고는 절대로 이런 얘기를 안 하는데, 왜 하필 지금 이런 소리가 나오는 건지 모르겠다. "뭔가 이상하다는 건 알았는데, 그것 말고도 집 지붕을 고쳐야 한다거나 뭐 그런 다른 골칫거리가 너무 많아서, 그래서 어디가 아파도 그냥 무시하셨지. 심지어 피오줌이 나왔을 때도 말이야. 건강보험이 원체 거지같아서 병원에 갈 생각도 안 했어. 어차피 듣기 싫은 말만 늘어놓으면서 비싸서 하지도 못할 치료를 하라고 강요할 테니까. 가족들한테 병원 청구서만 잔뜩 남기거나 아니면 생명보험을 남기거나 둘 중 하나라고 생각하셨지." 나는 어깨를 으쓱한다. 그마저 별로 큰돈도 아니었다. 아버지가 돌아가시고 나자 결국 우리 가족은 무너졌다. 하지만 어쨌든 그게 아버지의 선택이었다.

매니는 내 말을 곰곰이 생각한다. "다른 도시들이 문제의 심각성을 인정하기보다 명백한 사실마저 부정할 거라는 말이군."

"적어도 몇 명은 그럴걸? 부정하긴 쉽지만 망한 걸 되돌리긴 어렵잖아. 거기다 대안이랄 게 뭐가 있는데? 도시한테 항암치료라도 하게?" 나는 어깨를 으쓱한다. "모두들……"

생각을 마치기도 전에, 뭔가 나를 강타한다. 마치…… 주먹도 아니고 염병할 트럭이 치고 간 느낌이다. 얼마나 세게 치였는지 순간적으로 눈앞이 깜깜해진다. 육체적으로 충격을 받은 건 아닌데 꼭 그런 것처럼 끙끙거리며 바닥에 무릎을 대고 쓰러진다. 이 느낌은 감각적이고 동시에 초감각적이기도 하다. 여기에, 그리고 온 사방에 존재한다. 비명을 지르고 있다.

악의 소굴

망할 놈의 **안티파*** 테러리스트들

다들 떠나고 있어. 뉴욕은 이제 끝났어. 아예 영리 감옥으로 바꿔서 남은 인간들을 전부 가둬 버리지.

멍텅구리 좌파새끼들 대가리를 깨트려 소문을 퍼트려 좆같은 뉴욕**

이게 끝이 아니다. 훨씬, 훨씬 많다. 내 머릿속에는 이미 800만 개의 목소리가 존재하는데, 이건 그것보다 훨씬 많다. 너무 많아서 원래 여기 있는 목소리들을 덮어 버릴 정도다. 하지만 그때, 800만 개의 목소리 중 일부가 맞서 소리치기 시작한다.

너흰 9·11을 겪은 적도 없잖아, 신경 끄고 꺼져

이 나라를 먹여 살리는 건 뉴욕이랑 캘리포니아인데 그 중간에 있

---

* ANTIFA. 안티 파시스트 액션(Anti-Fascist Action)의 줄임말로 극우세력에 대항하는 극좌파 조직.

** "소문을 퍼트려(Start Spreading the news)"는 꿈과 희망의 도시 뉴욕에 대한 찬가인 프랭크 시내트라의 「뉴욕 뉴욕(New York New York)」의 첫 대목이다.

는 너네 인종차별주의자 촌놈들은 우리를 쪽쪽 빨아먹고 있지. 가서 네 거시기나 빨아라!

씨바 쌍 닥치라고!

너무 많아. 너무 지독해. 아파. 머리도, 마음도. 그리고 이건 이상하다. 살아 있는 도시는 거기 사는 시민들의 의지가 전설과 미디어를 통해 걸러진 외부인이 생각하는 이미지와 혼합된 것이다. 우리는 현실과 믿음이 결합하여 탄생한 융합된 신이며, 대부분의 경우 그 믿음은 상당히 안정적이다. 사람들은 9·11 테러, 악몽 같은 집값, 그리고 미디어에 의해 만들어진 매드맥스 시뮬레이션 게임과 타코벨의 혼합이라는 일반적인 인상에도 불구하고 뉴욕이 여전히 살기 좋은 곳이라고 생각한다. 물론 발 한번 들여놓은 적 없으면서도 뉴욕을 싫어하는 사람들은 항상 존재한다. 뉴욕에 대한 얘기를 너무 많이 들어서, 남들이 동경하며 꺅꺅거리는 데 질려서, 쬐그만공화당마을에 살다가 뉴욕으로 이사 가더니 갑자기 사회주의에 "물든" 사촌 때문에, 속으로는 여기 살고 싶지만 그러기엔 너무 겁이 나서 등등. 하지만 이제까지 이런 생각들은 꾸준하고 일정했다. 자연에서 나오는 방사선처럼 말이다. 지금 나를 덮친 건 외부인들이 뉴욕에 느끼는 혐오감의 급작스러운 폭발이다. 예전과는 비교도 안 될 정도다. 아이오와, 앨라배마, 영국, 나이지리아에서 들려오는 이 목소리들은 우리에 대한 전설이 아니라 그 반대, 즉 뉴욕에 대해 떠올리는 말도 안 되는 헛소리들이다. 사실도 아니고, 심지어 사실과는 정반대되는 것들. 수많은 개념이 내 머리를 폭탄 파편처럼 파고든다. 길거리에서 토하는 약쟁이들, 식인 소아성애자들이 "오멜

라스" 지하실에 가둬 놓은 아이들, 키파*를 쓰고 비아냥거리는 지식인들, 터번을 쓰고 광기 어린 눈을 번득이며 세계정복을 꿈꾸는 억만장자들, 안 그래도 공중화장실이 부족해 죽겠는데 멀쩡한 사람마저 트랜스젠더로 만드는 수상하고 더러운 공중화장실.

현실의 뉴욕이 존재하지도 않는 또 다른 수천수만 뉴욕들의 공격을 받고 있는 와중에…… 느닷없이 수많은 사람들이 그걸 원한다고? 그리고, 오, 세상에, 그들의 믿음이 정말로 나를 끌어당기는 게 느껴진다. 내 진짜 모습으로부터 멀어지게 하려는 게 느껴진다.

그때 여러 개의 손이 내 어깨를 붙든다. 매니, 베네자. 그리고 벨의 "이 글자가 보인다면 발 마사지를 받아 줄게, 고마워"라고 적힌 양말. 젠장, 나 지금 바닥에 누워 있잖아. 언제 이렇게 된 거지? 누군가 나를 일으켜 세운다.

"씨발, 뭐야." 나는 중얼거린다.

"나도 들었어." 매니는 매우 침착하고 진지한 상태로 식겁해 있다. "하지만 뭔지는 모르겠어."

"마찬가지야."

"혹시 뇌전증 같은 건 아냐?" 공원에서 촉수한테 잡아먹힐 뻔한 적이 있는 벨은 우리가 뭔지 알고 있다. 하지만 평범한 인간답게 생각하기 때문에 일이 터지면 일단 인간적이고 평범한 이유부터 찾는다. "잠깐. 근데 도시의 살아 있는 화신도 뇌전증 발작 같은 게 올 수 있어?"

---

* 유대 남성들이 쓰는 전통 모자.

"물론이지." 내가 대답한다. 이런 걸 내가 어떻게 아는지는 모르겠지만. 몸을 일으키다가 크게 휘청이는 바람에 매니가 등을 손으로 받아 지탱해 준다. 이런 도움이 필요하다는 게 싫다. "하지만 뇌전증은 아냐. 이건 마치…… 모르겠네." 존재의 희미해짐. 또는 변질.

베네자는 창문 쪽을 바라보고 있다. 정확히 말하자면 반대쪽 벽에 있는, 남쪽을 향해 나 있는 창문이다. 125번가 아래 맨해튼의 근사한 풍경이 펼쳐져 있다. 희뿌연 밤 구름 사이로 내 다섯 번째 자치구였던 곳 위에 마치 단두대처럼 떠 있는 외계 대도시의 뾰족한 첨탑이 유령처럼 흐릿하게 삐쳐 나와 있는 곳이기도 하다.

"아냐." 나는 베네자에게 말한다. "그 여자 짓도 아냐. 어쨌든 이번엔 아니었어."

베네자가 그럴 리가 없다는 표정을 짓는다. "확실해? 꾸불탱년이라면 충분히 그러고도 남잖아. 걔가 직접 한 짓이 아니더라도 틀림없이 걔가 뭘 했기 땜에 그랬을 거야."

그 순간, 매니와 베네자의 전화기에 여러 통의 문자가 한꺼번에 쏟아져 들어온다. 브루클린과 파드미니가 그룹 채팅방에 보낸 것이다. 무슨 일인지 물어보는 거겠지. 그러더니 이번에는 베네자의 전화기가 울린다. 브롱카다. 나이가 많아서 문자 하는 걸 싫어하거든. 베네자가 한숨을 쉬며 뒤로 물러나 전화를 받는다. 머리가 조금 맑아지는 것 같다.

"뭔가 변했어." 내가 말한다. "어디서, 누군가 우리 욕을 하고 있어. 우리한테 전쟁을 선포하고 있어. 그리고 그게 누군진 몰라도 내가 이 씨발랄라를 느낄 정도로 거기에 동의하는 사람이 많아."

벨이 혼잣말로 중얼거린다. "존나 이게 대체 뭔 소린지, 역시 도시 같은 건 됐어, 편두통만으로도 충분하다고." 매니가 내게 고개를 까딱인다. 암울하고 긴장된 표정이다. 나는 모두가 그걸 느꼈다는 것을 깨닫는다. 하지만 자치구는 각각 뉴욕의 5분의 1씩에 불과하다. 그 충격을 통째로 맞은 건 나뿐이다. 베네자는 아직도 브롱카의 전화를 끊으려 애쓰는 중이다. "나도 몰라요, 올드비(Old B). 닉도 모르겠대요. 하지만 어차피 노인들은 잠이 별로 없……, 오오, 세상에, 당신 그 입으로 사람들한테 뽀뽀도 해요? 네, 잘 자요."

그 후엔 별거 없다. 매니가 나를 방으로 데려다준다. 벨이 내가 혼자 있을 수 있게 베네자와 매니를 몰고 나간다. 그룹 채팅방은 매니가 알아서 처리할 것 같다. 나는 채팅방에 안 들어간다. 형편없는 선불 데이터 요금제를 쓰고 있어서 필요 없을 땐 아예 전화기를 꺼 놓거든. 소셜미디어에서 뉴욕의 최신 트렌드 같은 걸 보는 데 돈을 낭비하고 싶진 않다.

다음 날 아침, 우리는 알게 된다.

벨이 NY1 채널의 앵커 팻 키어넌을 좋아해서 매일 아침 공용 공간에 있는 대형 TV로 뉴스를 본다. 나는 이를 닦고 턱에 한 열 개쯤 난 수염을 면도하는 척하며 TV 소리를 반쯤 흘려 듣는다. 베네자가 커피포트를 씻는 희미한 소리 너머로 팻이 어젯밤 온라인에서 큰 소동이 있었다고 말한다. 한 무리의 공화당 지지자들이 뉴욕 시가 뉴욕 경찰 예산을 삭감하고 그 대신에 가난한 아이들이 굶지 않도록 지원한 대가로 벌을 받아야 한다며 트위터에 "자발적으로" 글을 올렸단다. 바이럴이 됐는지 아니면 봇을 썼는지 트위터에서 한참 동안 #뉴욕죽어라 해시태그가 실시간 트렌드 1위를 차지했다. 팻이 트윗 몇 개를 화면에 띄워 보여 주는데, 오호라 놀랍게도 온라인상에 떠도는 "팩트"의 대부분은 가짜로 지어낸 거고 그래프도 대부분 틀렸다. 가장 많이 리트윗된 것들은 뉴욕 전체가 멍청한 놈으로 가득하다는 증거랍시고 올려놓은 개개인의 멍청한 짓 영상이거나 아예 다른 도시의 영상이었다. 나는 한심하다는 듯 눈동자를 굴리고는 부엌의 아일랜드 식탁에 앉아 시리얼을 먹는다. 하지만 베네자는 이상한 표정을 지으며 노트북을 꺼낸다. 자판을 치는 손가락이 안 보일 정도다. 그러더니 갑자기 욕설을 내뱉는다. "이럴 줄 알았어."

오늘따라 시리얼 맛이 죽이네. "뭔데." 나는 입 안 가득 시리얼을 우물거리며 묻는다.

"해시태그가 딱 봐도 마케팅 냄새가 난다 했지. 게다가 뉴스 시간 직전에 일어났대잖아. 짜잔, 이걸 보시라!"

베네자가 노트북을 돌려 PIX11* 웹사이트에서 어젯밤의 뉴스 클립을 재생한다. 냉장고를 뒤지던 벨이 그 소리를 듣고 멈추더니 당근을 씹으며 이쪽으로 다가온다. 아직 덜 채워진 셔츠 단추를 잠그면서 침실에서 나온 매니도 화면을 주시한다. 우리는 한순간 앞머리에 부분가발을 쓴 게 분명한 누런 안색의 50대 이탈리아 남자에게 관심을 집중한다.

---

* 뉴욕의 지역 방송 채널.

"뉴욕에는 새로운 리더십뿐만 아니라 새로운 영혼이 필요합니다." 남자는 사람들로 가득 찬 공간 안, 사방에서 터지는 카메라 플래시 세례를 받으며 연단 위에서 웃고 있다. "뉴욕은, 미국은! 이런 모습이어서는 안 됩니다. 제 조상은 여기 합법적으로 왔습니다. 보조금 같은 건 기대도 안 했어요. 경찰이 아무리 강압적으로 굴어도 차별이 어쩌고 하면서 징징거리지도 않았고, 오히려 경찰에 합류하여 법을 지켰습니다. 남자는 남자고 여자는 여자이기 때문에, 어, 성별이 혼란스러울 일도 없었죠." 남자가 웃는다. 벨이 입 속으로 뭐라 중얼거린다. "우린 이 모든 걸 바로잡아야 합니다. 여긴 우리 도시지, 저들의 도시가 아니니까요."

방 안에 환호성이 울려 퍼진다. 남자가 히죽 웃으며 사람들의 호응을 부추기고, 스스로도 한층 더 신이 나 보인다. 옆에 놓여 있는 천으로 덮인 이젤로 몸을 돌려 보란 듯이 과장된 동작으로 천 자락을 걷어 내자, 선거용 간판이 드러난다. 파란색 윤곽으로 단순하게 그린 뉴욕 시의 모습 위에 판필로를 시장으로라는 글자가 강렬한 빨간색과 검은색으로 쓰여 있다. 판필로 본인인 게 분명한 남자가 카메라를 똑바로 응시하며 활짝 웃는 얼굴로 두 팔을 번쩍 들어 올린다. "우리는 뉴욕을 다시 위대하게 만들 것입니다!" 주변에서 아까보다 더 큰 환호와 박수갈채가 터져 나온다.

영상은 여기서 멈춘다. 베네자가 노트북을 덮는다. 매니가 나를 쳐다보고, 나는 어젯밤에 우리가 나눈 대화를 떠올린다. 의사가 방금 전화했는데 암이란다. 전이되는 데 2초쯤 남았대. 인구 800만의 도시를 항암치료하려면 어떻게 해야 하지? 아마 곧 알게 되겠지.

1장

도시에서 간신히 버티기*

악마회사에서 정직원 제의를 받는 날이다.

파드미니도 이 회사를 악마회사라고 부르면 안 된다는 건 알고 있다. 물론 이 회사가 악마처럼 사악한 건 사실이다. 환경과 경제 안정, 그리고 인간의 존엄성과 조금이라도 비슷한 온갖 것을 희생하는 사소한 대가를 치르는 대신 1년에 수십억 달러를 벌어들이는 다국적 금융회사니까. 하지만 동시에 파드미니를 고용해 준 곳이기도 하다. 그는 인턴십을 수락했을 때 자신이 어떤 일을 하게 될지 알았고, 악마와의 거래는 대부분 그에게 유리하게 작용했다. 많은 대학원 동기가 오로지 졸업장을 받기 위한 일념으로 SNAP**에 의존하며 교수들의 궂은일을 억지로 뒤치다꺼리하는 와중에도 파드미니는 풍부한 경험을 쌓고 그런 특권을 누리는 대가로 돈까지 받고 있

---

* 스티비 원더의 1973년 발표곡 「리빙 포 더 시티(Living for the City)」의 가사 중 일부. 미시시피 출신의 흑인 아이가 뉴욕으로 이사한 이후의 삶을 그리는 노래다.

** Supplemental Nutrition Assistance Program. 저소득층을 위한 식품 지원 프로그램.

다. 아이쉬와라 이모는 그 돈으로 조카의 옷을 사고, 첸나이에 있는 가족에게도 처음으로 선물을 보냈다. 파드미니는 어머니를 떠올린다. 조용하지만 결단력 있는 여성인 어머니는 파드미니의 교육비를 대기 위해 주간에는 온종일 공무원으로 일하고 야간에는 집에서 콜센터 근무를 하며 수년 동안 하루 네다섯 시간의 수면으로 버텼다. 이제 파드미니는 남동생의 교육비를 대는 데 돈을 보태고 있다. 이런 게 바로 후기 자본주의다. 모든 곳에 존재하는 악(惡). 하지만 파드미니가 가족을 도울 수 있다면, 그렇다면 적어도 조금은 좋은 일을 하고 있는 게 아닐까.

("악마와의 거래"라니 정말 이상한 표현이다. 힌두교에도 수많은 "악마(demon)"가 있지만 그중 절반은 그냥 일이 잘 안 풀린 신일 뿐이다. 파드미니가 아는 한 타락한 천사라는 기독교의 악마도 마찬가지다. 하지만 힌두교의 악마는 속임수를 써서 인간의 영혼을 빼앗는 수상한 계약을 맺으려고 돌아다니는 게 아니라 대개는 그저 싸움이나 벌이고 사람들을 죽이거나 자기들끼리의 사사로운 일에 매달린다. 기독교 악마들은 인생을 좀 즐기며 살 필요가 있다.)

파드미니는 56층에 있는 제일 멋진 회의실에서 상사와 면담을 할 예정이다. 커다란 마호가니 회의실 탁자와 누군가 상당한 보수를 받으며 살려 놓고 있는 우아하고 이국적인 화분, 투명성을 상징하는 유리벽이 아니라 진짜 나무 패널 벽. 인사 문제는 기밀이라, 하필 이 회의실을 사용하는 것도 이런 작은 사생활 보호 기능 때문이다. 파드미니는 일부러 회의실 한쪽을 통째로 차지하고 있는 유리창 밖이 보이는 자리를 골라, 자기 자신과 상사에게 밝은 아침나절에 로어맨해튼과 이스트 강, 그리고 당연히 퀸스가 환히 내다보이는 전망을 선사한다. 정서적 지지가 되는 자치구가 함께 있어서 아주 든든하다.

꼭 조라고 불러야 해. 파드미니는 속으로 골백번 거듭 다짐한다. 상사의 이름은 조 화이트헤드다. 다른 인턴들은 모두 그를 조라고 부른다. 파드미니도 몇 번 시도는 해 봤지만 그럴 때마다 너무 무례하고 스스럼없게 느껴져서 의식하지 않을 때면 저도 모르게 "화이트헤드 씨"로 돌아가게 된다. 문제는 파드미니가 다른 인턴들과 다르다는 것이다. 옆에서 아무리 친근한 척, 아무렇지도 않은 척 굴어도 까먹을 수가 없다. 다른 인턴은 대부분 아이비리그 출신인데 파드미니는 이른바 아이비리그가 되지 못한 뉴욕대 출신이다. 인턴 중 다수가 MBA, 박사학위, 심지어 법학전문석사 최종 학위를 갖고 있는데 파드미니는 기껏해야 STEM* 석사가 최종이다. 그나마 여기 취직할 수 있었던 건 파드미니 말고는 데이터크런칭을 할 줄 아는 사람이 아무도 없기 때문이다. 물론 파드미니는 다른 사람들과 잘 어울리며 지낸다. 직장에서 대인관계가 얼마나 중요한지 잘 알기 때문이다. 그는 남들의 재미없는 농담에도 웃어 주고, 차이를 맛있게 끓이는 방법을 묻는 질문에도 친절하게 대답해 준다. 파드미니는 차이를 싫어하는데도 말이다. 그러면서도 다른 팀원들보다 훨씬 많은 시간을 일한다. 조도 포함해서.

하지만 아무럼 어떤가. 마침내 이곳, 결승점에 도달했는데.

"파드미니, 오늘 기분은 어때요?" 조가 들어와 의자에 앉더니 서류

---

* 과학(Science), 기술(Technology), 공학(Engineering), 수학(Mathematics)의 머리글자를 따 한꺼번에 일컫는 용어.

여러 장을 앞에 펼쳐 놓으며 묻는다. 파드미니는 그중 맨 위에 인사팀 인장이 적힌 서류가 눈에 들어오자 이름을 틀리게 불린 것도 신경 쓰이지 않을 만큼 뿌듯해진다. 그건 그렇고 파드미니는 별로 어려운 발음도 아닌데 조는 글자를 자꾸 빼먹고 부른다. "파드미니"가 아니라 "파디미"라고. 파드미니는 이를 악물고 활짝 미소 짓는다.

"좋아요, 조!" 잘했어. "조"를 끼워 넣는 데 성공했다. 마법 같은 효과가 난다. 조가 눈에 띄게 긴장을 푼다. 좋은 일이다. 조는 파드미니 옆에 있을 때면 다소 경직돼 있기 때문이다. "경치가 좋아서 구경하고 있었어요."

"아, 그래요?" 조가 창밖을 흘깃 쳐다보더니 다시 서류로 눈을 돌리고는 뒤적거린다. "난 건물 남쪽에서 보는 항구 쪽 전망이 더 좋던데. 자유의 여신상도 있고. 파드미니도 그걸 더 좋아할 줄 알았지."

예전에는 이런 말을 들어도 무시하고 넘어가곤 했다. 하지만 요즘엔 재깍 받아치는 편이다. 그렇지만 정규직 자리가 걸려 있는 상사와의 미팅에서 이민자 출신이면 누구나 자유의 여신상을 좋아하는 건 아니라고 지적하는 건 무리다. 특히 너희 지치고 가난한 무리를 내게 보내다오* 어쩌고가 너희 가장 똑똑하고 성실한 무리를 내게 보내다오, 그래야 그들의 생명력을 빨아먹고 다 쓰고 남은 껍데기를 돌려보낼 테니까가 되어 버린 이민자라면 말이다. 그래서 파드미니는 어깨만 으쓱하고는 장단을 맞춰 준다.

"하지만 그쪽에선 스태튼아일랜드도 보이는걸요, 조."

---

* 자유의 여신상에 헌정된 엠마 라자루스의 시 「새로운 거상(The New Colossus)」의 일부.

그리 좋은 농담은 아니다. 첫째, 남쪽에는 저지시티도 있기 때문이다. 둘째는 요즘 스태튼아일랜드에 뭔가 일이 일어나고 있어서 그 결과 여기 사람들이 그곳에 별로 호의적이지 않을 확률이 크기 때문이다. 당연히 조는 큰 소리로 웃음을 터트린다. 지나칠 정도로 큰 소리다. 그는 항상 너무 시끄럽다. "그런 말을 하다니! 당신 정말 재미있는 사람이라니까요, 파드미니." 그러고는 한숨을 쉬며 어색한 듯 입을 꾹 다문다. "그래서 이 얘기를 하기가 어려운 거지만."

미팅 분위기가 별안간 돌변한 탓에 파드미니가 흐름을 따라잡는 데에는 약간 시간이 걸린다. "그게 무슨 뜻이에요?"

조가 머뭇거리더니 얼굴에서 표정을 지운다. 파드미니는 그 즉시 긴장한다. 미리 예상해 뒀던, 여기서 일어날 수 있는 모든 경우의 시나리오를 떠올린다. 만약에 조가 안타깝지만 연봉이 평균보다 좀 낮을 겁니다라고 말하면 파드미니는 연봉이 어찌 됐든 회사가 H-1B 비자*를 신청해 주기만 한다면 최저임금이라도 받아들일 준비가 됐다는 대답을 돌려 말할 방법을 생각해 내야 한다. 아니면 파드미니가 요청한 직책을 주지 못할 거라고 말하면 ─ 관리자라는 명칭은 없어도 최소한 연구원은 붙어 있기를 바랄 뿐 ─ "다음번 인사고과 때 다시 고려해 주실 수 있겠지요."라고 받아치면 된다. 파드미니는 이런 상황에 대비해 경력 상담관과 리허설을 했고, 이모부와도 연습했다. 그는 준비되어 있다.

"안타깝게도 우리 부서에서는 당신에게 걸맞은 직책에 예산을

---

*미국의 전문직 취업 비자.

배정할 방법을 찾을 수가 없었어요."

두 사람 사이에 잠시 침묵이 흐른다.

잠시 후, 파드미니가 불쑥 말한다. "씨발, 방금 뭐라고 한 거예요?"

조는 뭔가 다른 말을 하려던 참이었지만 예고 없이 튀어나온 욕설에 멈칫하고는 눈을 깜박이며 어색한 웃음을 흘린다.

"충격적인 소식이었을 테니 그 부분은 그냥 넘어가도록 합시다. 하지만 정말 유감이라는 말밖에……"

파드미니가 그의 말을 잘라먹는다. 그러면 안 된다는 걸 알지만 지금은 아무 생각도 할 수가 없다. "이유가 뭔데요?"

"그게, 관리팀 말로는 당신이 우리 조직과 잘 맞지 않을지도 모른다는 우려가……"

배를 한 대 얻어맞은 것 같다. "내 조직 적합성에 문제가 있다고요?"

"그래요." 조가 방어적인 표정을 짓는다. 아마도 이제껏 들어 본 온갖 한심한 변명 중에서도 이렇게 구차한 건 처음이라는 생각이 파드미니의 말투에 고스란히 묻어 있기 때문일 것이다. 파드미니의 표정도 역겨운 심정을 고스란히 전달하는 데 큰 도움이 되고 있을 터다. 파드미니는 항상 생각이 얼굴에 그대로 드러나는 타입이니까. "아시다시피 팀워크에서 적합성은 매우 중요하고, 정규직 채용을 고려할 때에는 다른 인턴들의 의견을 참고하기 때문에…… 앞서 말한 대로 우려하는 의견이 좀 있었어요. 몇몇 인턴은 당신이 음, 때때로 잘난 척을 한다고 느끼는 것 같더군요." 파드미니가 말없이 빤히 응시하자 조는 안절부절못한 기색이다. "또 다른 사람은 당신이 피드백을 받아들이지 않는다는 느낌을 받았고요."

파드미니가 눈을 가늘게 뜬다. "그거 워시가 아직도 내 산출 결과가 틀렸다고 주장하는 거랑 관계가 있나요?"

"어느 특정한 사건 때문은 아닌데, 음, 하지만 그 사건도 언급되긴 했죠. 그때 당신이 한 대응이 분명히 프로답긴 했지만⋯⋯" 조가 두 손을 양쪽으로 벌린다. 그게 무슨 뜻인지 파드미니가 응당 알아야 한다는 양.

정말로 끔찍한 일은 파드미니가 그게 무슨 뜻인지 진짜로 안다는 것이다. 워시 —성이 워시본이다— 는 박사학위를 가진 인턴 중 하나로 어떤 IT 회사에서 CFO로 일한 전적이 있는데, 본인의 수치처리 기술이 실제보다 훨씬 뛰어나다고 여기는 매우 안 좋은 성향이 있다. 몇 달 전 분석정보 검토를 하는 동안 파드미니는 워시와 동등한 직급의 인턴인데도 굉장히 조심스럽게 의견을 개진했지만, 그가 지적한 오류에 대해 워시가 방어적으로 나왔을 때에는 절대로 쉽게 물러서지 않았다. 워시가 계속 자기가 옳다고 주장하자 파드미니는 다음 팀 회의 때 따로 시간을 요청해 팀원들에게 자신의 견해를 조목조목 설명하고 워시가 자주 범하는 오류에 관한 보고서까지 나눠 줬다. 조도 파드미니가 맞다고 했고, 팀원들도 거기 동의했으며, 나중에는 워시도 사과하고 웃어넘기기까지 했다. 한데 이제 와서⋯⋯ 파드미니가 눈가를 좁힌다.

"잠깐만요. 워시가 불만을 제기하기라도 했나요? 제 인사고과에는 조직 적합성 문제가 없었거든요. 그리고⋯⋯ 그리고 설령 있었다고 해도⋯⋯ 그건⋯⋯" 파드미니가 고개를 가로젓는다. 입가가 축 처진다. 지금 듣는 말을 믿을 수가 없다. 이건 직원으로 고용하지 않으려 내세우는 변명 중에서도 제일 형편없다. 특히 이 회사에 파드미니가 필요하다는 점을 고려하면 더욱 그렇다. "그럼 내가 어떻게 했어야 하는데요? 오류가 있는 게 뻔히 보이는데 최종보고서에 넣게 놔둬요?"

"당연히 아니죠. 그리고 워시는 불만을 제기하지 않았어요. 만약 그랬다면 내가 당신에게 말했을 겁니다." 조가 한숨을 쉬며 몸을 앞으로 기울인다. "너무 감정적으로 굴지 말아요. 솔직히 당신이 이렇게 다혈질인 줄은 전혀 몰랐군요."

"지금 다른 사람의 무능력을 못 본 척하고 넘어갈 만큼 고상하질 못해서 거의 반평생을 산 나라를 떠나야 할 판인데, 감정적으로 굴지 말라고요?"

조의 턱에 힘이 들어간다. "그것도 문제예요. 당신은 그냥 비자 때문에 우리 회사에 온 것뿐이잖습니까." 파드미니가 충격에 숨을 헉 들이켜자 조가 말을 잇는다. "우리 회사의 사명에 전혀 관심이 없잖아요. 다른 부서나 팀에 대해 궁금해하지도 않고요. 데이터 분석팀 외에는 당신을 아는 사람도 없고……"

세상에, 지금 장난해? 파드미니가 회의실의 마호가니 탁자를 양 손바닥으로 거세게 내리치며 자리에서 벌떡 일어난다. 탁자가 1톤이나 나가는 물건이 아니었다면 뒤집어엎어 버렸을 거다.

"내가 다른 부서 사람들을 모르는 건 주당 60시간을 일하고 있기 때문이에요." 파드미니가 날을 세우며 대꾸한다. "근데 이거 알아요? 원래 난 주당 24시간 이상 일하면 안 돼요. 거기다 주간 대학원에도 다니고 있고요. 하지만 인턴십 감독관한테는 내가 추가근무를 하고 있다고 보고 안 했어요. 그것 때문에 학생 비자를 잃을 수도 있는데, 그래도 아무 말 안 하고 계속 일했다고요. 왜냐? 그래야 내가 장기 투자를 할 가치가 있다는 걸 회사에 증명할 수 있다고 생각했으니까. 난 내가 맡은 일은 물론이고 근무시간의 절반 이상을 팀전체가 잘하는 것처럼 보이려고 다른 사람들 일을 뒤처리하는 데 써요. 그러고는 매일같이 지친 몸을 끌고 집에 가서 밤에는 학과 공부를 하죠. 같은 집에 사는 식구들 얼굴도 못 보고 산다고요!" 분노로 몸이 부들부들 떨리지만 제 목소리가 벽에 부딪쳐 울리는 걸 듣고야 가까스로 마음을 다잡는다. "그래도 난 불평 안 했어요. 에드가 내 도시락이 트레이더 조*에서 파는 빈달루 커리랑 맛이 다르다고 떠들어 댔을 때도, 그리고, 그리고 또…… 주디가 내가 무슨 인형이라도 되는 것처럼 쓸데없이 내 머리를 쓰다듬을 때도, 그리고 라제쉬가 내가 달리트**인 걸 알고는 눈도 마주치려고 하지 않을 때도! 그런데도 내가 회사의 사명에 관심이 없는 것 같다고?" 조가 입을 뻐끔대자 파드미니가 재차 그를 몰아붙인다. 화가 머리끝까지 치솟은 나머지 더 이상은 신중한 태도고 뭐고 없다. "이 회사의 사명은 돈을 버는 거고 난 워시보다 43퍼센트나 돈을 덜 받고 있으니 따지고 보면 나만큼 사명에 충실한 사람이 어딨어? 심지어 그 인간은 수치 확인도 제대로 못 하는데?"

"파드미니……"

---

*비교적 가격대가 저렴한 미국의 대형 마트.

**인도 카스트 제도의 최하층 계급.

끝났다. 이제 다 끝났어, 끝장나 버렸다고. 목구멍에는 심장이 걸려 있는 것 같고 시야는 분노 어린 눈물에 가려 흐릿하다. 파드미니는 고개를 흔들며 주섬주섬 소지품을 챙기기 시작한다. 조는 체념한 채 어색한 침묵 속에서 파드미니가 감정적으로 회의실을 빠져나가는 모습을 바라본다. 씩씩거리며 워시의 칸막이 앞을 지나는데, 그가 열린 입구 쪽을 향해 돌아앉아 파드미니의 모습을 빤히 지켜보고 있는 게 보인다. 파드미니의 표정을 본 그의 얼굴에 웃음이 번진다. 파드미니는 더 이상 눈물을 못 참는 제 자신이 원망스럽지만 적어도 흘러내리는 눈물을 소리 없이 참아 내며 워시를 지나쳐 자기 자리로 향한다.

보안요원이 데리러 왔을 때 파드미니는 이미 떠나려는 참이었다. 해고당한 직원을 보안요원이 데리러 오는 것은 IT나 금융회사에서 일반적인 관행이라 사람이 붙을 거라고 진즉에 예상하고 있었다. 양쪽에 덩치 큰 사내 둘을 달고 작은 알로에 화분과 사무실에 놔둔 참고서적, 지난 크리스마스 파티 때 누가 선물한 뉴욕에 오신 걸 환영합니다! 스노글로브 등이 든 종이상자를 두 손에 든 채 사무실을 걸어 나가는 건 정말 비참한 일이다. 대부분의 기준으로 보면 파드미니의 인턴십은 상당히 성공적이었지만 끝이 이렇게 되니 불명예스럽게 떠나는 것처럼 느껴진다. 어쩌면 그게 진짜라서 그런지도.

다음 순간 파드미니는 건물 밖에 나와 있다. 보안요원들이 등 뒤에서 문을 닫는다. 파드미니는 잠시 오도카니 선 채 아직도 격한 감정에 젖어 있는 발을 되살려 보려 애쓴다. 하지만 그 발은 아직도 넋이 빠진 그의 정신과 마음처럼 마비되어 있어 꼼짝도 하지 않는다. 마음 한구석에서는 냉소적인, 아주 냉소적인 목소리가 조에게 빨리 사과하지 않으면 좋은 추천서와 인턴십 리뷰를 받아 내지 못할 것이라고 속삭이고 있다. 하지만 파드미니가 조에게 하고 싶은 말은 어떻게 이럴 수가 있어?뿐이다. 그는 그렇게 느낄 자격이 있다. 이건 배신이다. 파드미니는 그 벼락 맞을 팀에서 가장 유능했다. 취업 비자는 그가 미국에 온 후 처음으로 조금은 긴장을 놓을 수 있는 기회를 의미했다. 가끔은 실수를 저질러도 괜찮다. 심지어 주말을 통째로 쉬어도 된다.

하지만 이제 대학원을 졸업하고 나면 학생 비자가 만료되기 전에 서둘러 다른 일자리를 찾아야 한다. 파드미니의 능력을 생각하면 별로 어렵진 않겠지만 다음 단계인 H-1B 전문직 비자를 얻으려면 이를 보증해 줄 회사가 필요하다. 하지만 회사에서 비자 취득을 위해 변호사를 고용하고 각종 필요한 수수료를 지불하는 데만도 1만 달러는 거뜬히 들어간다. 게다가 꼭 좋은 결과가 나오리라는 보장도 없다. 정부가 연간 발급하는 비자 수가 너무 적기 때문이다. 이런 부대 비용과 위험 부담을 감안하면 자사에서 인턴 경험도 없는 신입 직원에게 이런 모험을 하려는 회사는 거의 없다. 몇 년 정도야 일하고 돈을 벌며 버틸 수 있겠지만 그 뒤로는 10년 넘게 가 보지 못한 고향 첸나이로 돌아가야 할 것이다. 그렇게 되면 다시 합법적으로 미국에 들어와 취업을 하거나 시민권을 취득할 수 있는 확률은 극도로 희박해진다.

벌써 지하철역이다. 결국 울음이 터진다.

대중교통에서 우는 여성에 대한 뉴욕 시민들의 반응에 특별한 비밀이 있는 건 아니지만, 어느 자치구에 있느냐에 따라 행동 범위에 차이가 있긴 하다. 파드미니가 맨해튼에 있을 때에는 아무도 말을 걸지 않는다. 아직 이른 오후라 이 시간대에는 관광객이 대부분이기도 하고. 대부분은 그저 그를 빤히 쳐다볼 뿐이다. 하지만 열차가 다리에 가까워지자 맨해튼 승객이 내리고 퀸스행 승객이 그 자리를 대신한다. 퀸스 플라자 근처에서 유대계로 보이는 나이 든 백인 여성이 몸을 기울이며 말한다. "괜찮아요, 아가씨?" 곧이어 또 다른 나이 많은 인도계 여성이 나긋한 뭄바이 억양의 힌디어로 묻는다. "동생, 왜 울어?" 파드미니 또래의 라틴계 남성이 "저기, 휴지 드려요? 저 티슈 있어요."라고 말을 걸며 자기 주머니를 토닥인다.

다정하게 위로하는 그룹 포옹을 받는 것만 같다. 파드미니의 자치구가 그를 따스하게 안아 주며 월스트리트의 냉담함을 찰싹 때려 쫓아낸다. 파드미니는 갑자기 왈칵 울음을 터트린다. 더는 참을 수가 없다. "괜찮아요." 파드미니가 라틴계 젊은이가 눈앞에서 흔드는 티슈 주머니에서 한 장을 뽑아 들며 말한다. "죄송해요. 그냥…… 너무 힘들어서요. 망할 놈의 뉴욕."

주변에서 여러 사람의 고개가 주억거린다. "씨발새끼지." 노인이 말한다. "여기서 살려면 그렇게 생각해야 해, 아가씨. 이 도시는 씨발놈이라고." 말도 안 되는 말에 더 많은 사람이 고개를 끄덕인다. 지켜보던 사람들 사이에서 "맞아, 맞아." 하는 열렬한 동의의 목소리도 튀어나온다. 그 광경에 파드미니는 저도 모르게 피식 웃어 버린다. 막상 해결된 문제는 하나도 없는데 그래도 왠지 도움이 된다. 흠, 어쩌면 하나는 해결된 걸지도. 세상이 파드미니를 외롭고 쓸모

없는 존재로 전락시킨 지금, 그에게 진정으로 필요한 건 이런 약간의 인류애였다.

그러더니 다음 순간, 파드미니는 돌연 다른 현실 차원에 내팽개쳐진다.

적어도 익숙한 공간이긴 하다. 뉴욕 지하철의 악명 높은 녹색이 감도는 흰색 조명이 거의 황혼에 가까운 주황색으로 변한다. 안절부절못하던 젊은 라틴계 청년과 입이 거친 유대계 여성 노인을 비롯해 주변 사람들이 감쪽같이 사라지고, 남은 것이라곤 반대편 좌석에 라틴계 청년이 놓아둔 포켓티슈뿐이다. 파드미니 자신도 눈에 보이는 형태로 존재하는 게 아니다. 하지만 이제는 그도 이런 공간으로 이동할 때마다 발생하는 특유한 의식의 재구축에 익숙해져 있다. 이는 형이상학적인 패러다임 변화이며, 피와 살을 가진 하찮은 인간의 관점에서 더욱 장대하고 낯설고 무수한 정신을 가진 무언가로 전환되는 보이지 않는 과정이다. 파드미니와 다른 이들이 도시로 선택받은 이유 중 하나도 이런 정체성의 도약을 할 수 있기 때문이다. 느닷없이 신(神)과 같은 시야와 사고를 갖게 되어도 미치지 않기 때문이다.

하지만 지금 그런 건 신경 쓰지 말자. 왜 도시가 돌연 그를 여기로 데려온 걸까?

파드미니는 창가로 다가가 열차 밖을 내다보는 모습을 상상한다. 다행히 육체와 분리된 그의 의식이 협력해 준다. 그는 창밖으로 그라피티가 난무한 퀸스의 건물들이 아니라 친숙하면서도 동시에 당혹스러운 풍경을 발견한다. 다중우주 나무다. 모든 존재하는 곳과 존재하지 않는 곳, 그 모든 세상을 한꺼번에 아우를 수 있을 만큼 방대하고 확률과 가능성에서 파생된 콜리플라워 송이 모양의 프랙털이 기하급수적으로 확산되며 다중우주 전체의 역동성을 고스란히 드러내는 존재. 대체 어디서부터 시작하는 거지? 파드미니는 처음으로 궁금해하며 관념적인 목을 길게 내밀어 끊임없이 휘돌고 있는 가장 가까운 클러스터 너머를 내다본다. 인간의 눈으로는 보이지 않는 아주 먼 곳, 아주아주 먼 곳에서 — 더는 인간이 아니라 다행이다 — 불가능할 정도로 엄청나게 길고 거대한 나무의 몸통이 보인다. 파드미니의 우주보다 무수한 영겁의 세월 전에 탄생한 우주. 수많은 줄기가 자라난 나무의 윗부분에 비해 훨씬 덜 혼란스럽고 성장 과정도 훨씬 덜 다양했으리라. 생명체라곤 아메바밖에 없었던 시절에 다중우주를 탄생시킬 수 있는 수준의 생각은 그리 많지 않았을 것이다.

그러나 파드미니는 나무의 뿌리를 볼 수가 없다. 물론 끊임없이 무한한 우주가 생성되는 곳에 그 기원인 뿌리가 있을 수 있다면 말이지만. 나무의 몸통은 너무도 밝고 눈부신 하얀 빛 속으로 사라지고, 그 너머로는 빛에 가려 아무것도 보이지 않는다. 저기로 가면 안 돼. 파드미니는 본능적으로 확신한다. 이해가 된다. 나무 꼭대기에서 떨어진 잎사귀는 죽는다. 그러고는 나무가 서 있는 바로 그 토양으로 돌아가 뿌리에 영양을 공급한다. 그건 잎사귀의 잘못도 아니고 토양의 잘못도 아니다. 잎은 그냥 나무의 생애 주기에서 다른 역할을 담당하고 있을 뿐이고 땅 위에는 그것의 생존에 필요한 것이 존재하지 않는다. 게다가 저 빛은 너무 밝다. 햇빛이 햇빛이라면, 저

건 뭔가 다른 것이다. 초신성이 저럴까. 압도적인 광원이다. 물리적인 눈도 없는데 너무 눈부시고 아파서 쳐다볼 수조차 없다.

뭘 보여 주고 싶은 거야? 파드미니가 자신의 자치구에게 묻는다.

퀸스는 파드미니가 아는 세 가지 언어보다도 훨씬 더 잘할 줄 아는 언어로 대답한다. 단어가 아니라 숫자와 기호와 방정식으로 이뤄진 언어다. 주변의 허공에 검은 획이 휙휙 날아다니기 시작한다. 양자 상태에 관한 내용이다. 단번에 알아봤다. 그중에서도 특히 이건

$$\frac{-\hbar^2}{2m}\frac{d^2\Psi(x)}{dx^2} + \frac{1}{2}m\omega^2 x^2\Psi(x) = E\Psi(x)$$

슈뢰딩거 방정식 중 하나다. 파동함수의 붕괴에 관한 거던가? 파드미니의 눈앞에서 방정식에 변수가 채워지더니 점점 더 빠른 속도로 빙글빙글 돌기 시작한다. 카운트다운이 시작된다. 열차 바퀴가 비명을 지르고 지하철 차량이 점점 빠르게, 더욱더 빠르게 덜컹거린다. 학부 때 물리학 선택 과목만 들었던지라 전부 다 기억나지는 않지만 저게…… 그러니까 고유 상태랑 관련이 있는 거던가? 간단히 설명하자면 하나의 계(system)에 얼마나 많은 양자에너지가 있는지 측정하는 것. 그런데 그게 여기서 무슨 상관이지? 젠장, 학부 때 부전공으로 물리학을 할 걸 그랬나. 하지만 학점이 걱정돼서……

……그리고 이상하게도, 온갖 방향으로 갈라진 가지를 타고 뻗어 나간 100억 개의 우주가 빙글빙글 돌고 있는 이 광활한 공간에서 육신도 없이 둥둥 떠다니고 있는 파드미니는 누군가 자신을 지켜보

고 있다는 느낌을 받는다. 하지만 "주위를 둘러봐도" 아무도 없다. 이게 대체⋯⋯?

인지 쇠감 효과 저하, 인식 임박, 중단하라, 중단하라, 중단하라

그러더니 현실이 돌아오고, 파드미니는 다시 R전차에서 인간 형태의 사람으로 돌아와 한 손에는 빌린 휴지 뭉치를 쥔 채 자신의 어깨를 감싸고 있는 뭄바이 여성에게 몸을 기대고 앉아 있다. 아니, 이게 뭐야.

하지만 일단. "고맙습니다." 파드미니가 중얼거린다. 활짝 미소를 띠며 너무 정신 나간 사람처럼 보이지 않으려 상체를 똑바로 세운다. "고마워요, 죄송해요. 정말 친절하시네요. 여러분 모두 사랑해요. 전 괜찮을 거예요."

하지만 그건 거짓말이다. 파드미니는 방금 다른 장소에서 보고/듣고/느끼고/된 게 뭔지 전혀 모르겠다. 하지만 뭔가 잘못되었다는 것만은 알겠다.

하지만 지하철이 잭슨하이츠에 도착했기 때문에 일단 내린다. 잠시 그 자리에 가만히 서서 뭔가 잘못되었다는 예감이 점점 고조되는 것을 느낀다.

지하철역이 뭐가 잘못된 건가? 잭슨하이츠 역은 퀸스 지하철의 대부분이 그렇듯 지상에 플랫폼이 있다. 딱히 공기에서 나쁜 냄새가 느껴지는 것도 아니고 악취도 안 나지만(적어도 지금은) 그럼에도 왠지 모르게 평소와 달라서 의아하다. 주변 소리도 어딘가 이상하다. 평소보다 더 밋밋하고, 작고, 약간 쨍쨍 울린다. 파드미니의 손에 들린 종이상자는 습기를 먹었는지 흐물흐물하고 손가락 끝에 감각

이 느껴지지 않는다. 너무 오래 들고 있어서 그런 걸까, 아니면……

……아니면 퀸스가 더 이상 살아 있지 않기 때문에?

이런 미친. 파드미니가 뉴욕이 된 지는 석 달밖에 안 됐지만 그사이에 그는 하나의 차원밖에 모르는 평범한 인간들에게는 없는 마법의 감각을 이용해 도시를 인식하는 데 익숙해졌다. 그런데 별안간 그 감각이 사라졌다. 하지만 어떻게 퀸스가 살아 있지 않을 수가 있지? 파드미니가 아직 살아 있는데. 브루클린과 롱아일랜드 사이에 커다란 분화구가 생기는 대재앙이 일어난 것도 아니고. 하지만 지금, 도시가 눈을 뜬 후 처음으로 퀸스는 그저 하나의 장소에 불과하다. 죽지는 않았지만 특별하지도 않다. 그리고 파드미니도 똑같이…… 특별하지 않다.

파드미니는 멍한 상태로 습관에 이끌려 지하철역을 나와 집으로 향한다. 매일같이 걷는 길이다. 직장에 다닐 때에는 어두워지기 전에 집에 간 적이 없어서 밝은 대낮에 보니 새삼 낯설다. 콘크리트 바닥에 발이 닿을 때마다 느낌이 이상하다. 도시의 반향도 울리지 않고 아무런 에너지도 감정도 전달되지 않는다는 건 정말 생소한 느낌이다. 파드미니는 숨을 쉬고 있는데 도시는 그와 함께 숨을 쉬지 않는다. 퀸스가 되기 전에는 지하철 계단만 올라가도 숨이 턱턱 막혔다. 인턴십에 3.9학점을 유지하느라 운동할 시간이 없었기 때문이다. 타임스퀘어 역 같은 경우에는 7호선으로 갈아타는 환승구간이 어찌나 긴지 ─ 심지어 지하철 당국이 통로 위에 걸어 놓은 문구 중에 너무 피곤해가 있을 정도로 ─ 마라톤을 하는 듯이 항상 땀에 흠뻑 젖고 숨을 헉헉거려야 했다. 하지만 지난 3개월간 파드미니는 심박수 하나 오르지 않고 산뜻하게 그곳을 지나곤 했고 심지어 그 사실을 눈치채지도 못했다. 적어도 지금까지는 말이다. 어떻게 ─

"좆같은 짱깨년." 파드미니의 등 뒤에서 목소리가 중얼거린다.

파드미니는 흠칫 놀랐다가 바로 후회한다. 사춘기 이후로 첸나이에서도 뉴욕에서도 거리에서 괴롭힘을 당해 본 적이 있기 때문에 불편하거나 두려워하는 모습을 보이면 안 된다는 걸 안다. 아마 그에게 하는 말도 아닐 것이다. 파드미니는 중국인도 아니고 어쨌든 "짱깨"라고 불릴 이유가 없기 때문이다. 혹시 치코*라고 한 건 아닐까? 그를 라틴계로 착각하거나 아니면 남자같이 생겼다고 놀리는 건가? 상관없다. 남자는 파드미니가 움찔한 것을 알아차린다.

"그래, 너." 남자가 목소리를 키운다. 앉아 있던 자리에서 일어나는 소리가 들린다. 발소리가 파드미니를 따라온다. 맞은편에서 오는 사람들이 파드미니의 뒤에 있는 뭔가를 보고는 인상을 찌푸린다. 파드미니는 반응하면 안 된다는 것을 알면서도 발걸음을 재촉하고, 그러자 남자도 거기 맞춰 속도를 내기 시작한다. "너한테 말하는 거잖아, 짱깨년아. 갈색 똥 덩어리야. 불법 체류자 주제에 우리나라에 와서 사방 군데 바이러스나 퍼트리고 우리 일자리도 훔쳐가지."

하필 능력도 떨어지는 백인 남자한테 미움을 받았다는 이유로 직장을 잃은 날, 그 말은 마치 파드미니의 뺨을 때리는 것 같다. 파드미니는 발끈한 나머지 아직 이성이 남아 있는 자신의 일부가 말리기도 전에 "꺼져"라는 입 모양을 만들며 몸을 돌린다.

---

* chico. 남자애를 일컫는 스페인어.

파드미니를 따라온 남자는 전에도 지하철역 부근에서 본 적이 있는 사람이다. 40대 정도로 보이는 흑인 남성으로 파자마 바지에 뉴욕 메츠 후드티를 입고 슬리퍼를 신고 있다. 파드미니는 그가 노숙자라고 생각하지 않는다. 이 사내는 항상 깨끗한 차림새에 피곤에 절어 있지도 않고, 가닥가닥 꼰 머리도 단정하게 손질되어 있다. 한 번은 케밥 킹에서 한 블록 떨어진 커다란 아파트 건물에 들어가는 것을 본 적도 있다. 그는 이 근방의 터줏대감으로 평소에는 벽에 기대 앉아 혼잣말을 중얼거리거나 가끔은 거스름돈을 달라고 조르기도 한다. 몇 년 동안 파드미니도 몇 달러는 줬을 거다. 한데 오늘 그는 늘 앉아 있던 자리에서 일어나 어느 때보다 멀쩡한 정신으로 파드미니에게 집중하고 있다. 파드미니가 돌아보자 멈춰 서서는 당혹한 기색이 역력한 표정을 짓고 있긴 하지만.

"꺼져." 파드미니가 재차 말한다. "아님 내 갈색 엉덩이에 깔려 볼래? 그리고 당신 일자리 같은 건 아무도 안 빼앗았어! 하루 종일 남들한테 시비나 걸며 헛소리를 지껄이고 다니니까 그랬겠지, 이 멍청한 개자식아. 정신 차리고 날 좀 내버려 둬!"

옆에서 웃음소리가 난다. 누군가 박수를 친다. 하지만 남자는 진심으로 상처 받은 표정이고 그걸 본 파드미니는 한층 더 부아가 치민다. 저 멍청한 자식은 조현병 같은 게 있는 건지도 모른다. 하지만 그렇다고 해서 저런 모욕적인 행동이 해가 안 된다거나 스스로 개선할 노력을 못 한다는 의미는 아니다. 저 남자는 고정관념과 폭스 뉴스를 먹이 삼아 자기 망상을 키우겠다고 스스로 선택한 거다. 하지만 따지고 보면 파드미니도 단순히 남자의 입을 닥치게 하는 것을 넘어 오늘 당한 화풀이를 하고 있는 셈이긴 하다. 사내가 입을 다물자 파드미니는 몸을 돌리고 다시 걷기 시작한다. 좌절감에 잇새로 으르렁거리는 소리가 새어 나온다. 다 좆까라 그래. 이게 뭔 일이든 도시고 뭐고 전부 다 좆까라고. 파드미니는 그냥 빨리 집에 가고 싶다.

하지만 파드미니가 지하철 고가선로의 그늘 밖으로 발을 내딛는 순간, 갑자기 하늘이 갈라지는 듯한 우레 같은 소리가 울려 퍼진다.

놀라서 돌아본 파드미니는 하늘을 반쯤 덮고 있는 구름 사이로 뭔가 길고 구불구불한 것이 굽이치며 내려오는 것을 발견한다. 처음에는 건물이나 전봇대에 달린 송전선이 끊어진 줄 알았는데⋯⋯ 이 근방에는 저렇게 높은 건물이나 전봇대가 없다. 잠시 후 파드미니는 저 기다란 것이 바람을 거스르며 자신을 향해 다가오고 있다는 사실을 깨닫는다. 그리고, 이런 젠장, 저 전선은 흰색이다.

아까보다 더 등골이 오싹한 느낌에 그 자리에 얼어붙는다. 퀸스가 더 이상 살아 있지 않다. 그 말은 즉 파드미니가 아무런 초차원적 능력도 없는 평범한 여성이란 뜻이며 ─

─그래서 일종의 전선이지만 콘에디슨*이 설치한 것은 절대로 아닌 저 길고 하얀 선이 고가선로 주변을 거의 희롱하듯 미끄러져 가로등 기둥을 휘감아 내려와 자신을 모욕한 남자의 다리를 감싸는데도 파드미니는 아무것도 할 수가 없다. 남자는 아직도 파드미니를 응시하고 있을 뿐 전선은 쳐다보지도 않는다. 저게 느껴지지

---

* ConEd. 뉴욕시의 전기 공급 업체.

도 않나? 전선이 남자의 뒤통수로 접근하더니 갑자기 끝부분이 합성수지로 만들어진 꽃잎처럼 여러 조각으로 갈라지며 활짝 열린다. 그 중앙에 있는 것은 비비 꼬인 철사가 아니라 그보다 더 가늘고 익숙한 존재다. 하얀 덩굴손. 처음에는 격렬하게 꿈틀이는가 싶더니 잠시 후 움직임을 멈추고 섬뜩한 의도를 드러내며 남자의 목덜미를 향해 슬금슬금 다가간다.

파드미니가 손을 들어 올리며 입을 빠끔거리지만—

—공포심에 질려 아무것도 못 하고 기괴한 꽃처럼 생긴 전선이 독사 같은 속도로 사내에게 달려드는 모습을 그저 지켜보는 것 말고는 도리가 없다. 남자가 경련하듯이 한번 크게 움찔하더니 두 눈이 커다랗게 벌어지고 눈동자가 머리 뒤쪽으로 말려 올라가는데…… 그러고는 꼼짝도 하지 않는다. 죽은 것도 아니고 의식을 잃은 것도 아니다. 남자가 눈을 한 번, 두 번 깜박이더니 누군가의 말을 듣는 것처럼 인상을 찌푸리며 고개를 한쪽으로 갸우뚱 기울인다. "꽃잎"이 남자의 목 뒤쪽과 턱 가장자리를 감싸고 있다. 편한 위치를 찾는지 이리저리 움직이다가 마침내 손가락이 물체를 꽉 움켜쥔 것과 비슷한 모양으로 자리 잡는다.

그러더니 남자의 얼굴이 차츰 뒤틀린다.

아무도 저게 안 보이는 거야? 잭슨하이츠인데. 눈에 보이는 것만 해도 적어도 100명이 넘는 사람이 길을 걷거나 과일 노점상을 기웃대거나 휴대폰을 들여다보고 있는데. 아무도 신경을 쓰지 않는다. 남자의 왼쪽 눈이 천천히 아래쪽으로 이동하고, 오른쪽 눈은 커다랗게 부풀어 오른다. 피부에서 색깔이 빠지기 시작한다. 백반증처럼 군데군데 반점이 생기는 게 아니라 피부 전체가 창백해진다. 백색증에 걸린 흑인처럼 누르스름한 색이 아니라 비인간적일 정도로 선명한 새하얀 색이다. 피부밑에서 광대뼈가 넓어지더니 말도 안 될 정도로 뾰족해진다. 키도 점점 커져서 지금은 파드미니보다 60센티미터는 더 클 정도고 몸집도 빠른 속도로 불어나고 있다. 파드미니가 눈을 깜박이자 남자의 팔이 네 개가 되어 있다. 무심코 한 발짝 뒤로 물러서자 이번에는 다리가 여섯 개가 된다. 도저히 믿을 수가 없어 깜박깜박 눈을 재차 깜박이니 다리가 여덟 개, 아니 열두 개가 되어 있다. 오른쪽보다 왼쪽 다리가 더 많아서 몸이 한쪽으로 기울어 있다. 개구리처럼 생긴 입이 벌어지자 얼굴 전체를 가로지르며 작고 네모난, 지나치게 많은 수의 이빨이 드러난다. 그런데도 이걸 볼 수 있는 사람이 아무도 없다. 하지만 사내가 뱃고동처럼 커다랗게 울리는 목소리로 "**외국인, 좆같은 외국인.**" 하고 고함을 지르자 지나던 몇몇 사람이 흠칫 놀란다. 남자의 목소리만큼은 들리거나, 아니면 적어도 그 기저에서 진동하는 악의의 파동을 느낄 수 있는 모양이다. 그러나 남자가 날카로운 손톱이 돋아난 너무 많은 손가락을 뻗으며 수많은 발을 넘실거리며 내딛는 모습은 보지 못한다. "**씨발 좆같은 짱깨 외국년.**"

"그래, 아니, 맙소사, 안 돼."

파드미니가 저도 모르게 내뱉고는 몸을 돌려 도망친다. 원래는 이런 성격이 아니다. 퀸스는 절대 단념하지 않는다. 하지만 누군가 퀸스를 파드미니에게서 끄집어내 팽개쳐 버렸고, 그래서 그 자리는 이제 인간 본연의 자기보호 본능으로 채워진다. 세 발짝도 못 갔는데 쫓아오던 남자가 점프라도 했는지 파드미니의 바로 등 뒤에서 쿵 하고 뭔가 거대하고 둔중한 것이 내려앉는 소리가 난다. 그러고는 무언가 그의 뒤통수를 가격한다. 이미 앞으로 내달리고 있었기 때문에 통증이 심하진 않지만 거센 충격에 거의 3미터나 앞으로 튕겨 나간다. 파드미니는 신음을 흘리며 종이상자 위로 떨어진다. 아래 깔린 상자가 짜부라지는 게 느껴진다. 책과 작은 알로에가 담긴 도자기 화분이 갈비뼈와 가슴을 찌른다. 파드미니는 본능적으로 한 손과 한쪽 무릎을 세운다. 지독하게 아프지만 여러 개의 발이 쿵쾅거리며 다가오는 소리와 거기 수반된 공포에 비하면 통증 따위는 아무것도 아니다.

"이봐!" 누군가 가까이에서 소리친다.

깜짝 놀란 파드미니가 고개를 든다. 지네발 남자가 세 발을 공중에 들어 올린 채로 동작을 멈춘다. 앞을 가로막고 선 히잡을 쓴 갈색 피부의 자그마한 여성을 뚫어져라 쳐다보고 있다. 여자 쪽이 나이가 많다. 60대 정도. 근데 지금 손에 들린 거 진짜 《데일리 뉴스》야? 파드미니는 요 몇 년 새 종이 신문을 읽는 사람을 본 적이 없다. **F U 노선이나 타시지, 판필로**라는 커다란 글씨의 헤드라인에 F와 U가 지하철 노선 표시처럼 밝은 색깔의 원 안에 들어 있는 게 보인다. 아, 맞아. 얼마 전에 어떤 사람이 뉴욕 시장 선거에 출마하겠다고 선언했지. 직장 휴게실에서 사람들이 그 작자야말로 진국이라고 말하는 걸 들은 기억이 난다. 그리고…… 잠깐. 지금 딴생각을 하고 있잖아. 나이 많은 여자가 아직도 말하고 있다.

"당신 지금 뭐 하는 거야?" 여자가 신문을 쥔 손에 와락 힘을 주더니 —파드미니는 놀라 헛숨을 들이켠다 —괴물을 찰싹 때린다. 별로 세게 때리지는 않았다. 파드미니가 신문을 손에 쥐어 본 지가 너무 오래되긴 했지만 신문으로 최대의 타격을 주려면 적어도 단단히 말아야 한다는 건 기억하고 있다. 하지만 노부인이 전력을 다해 신문을 휘두르는 탓에 종이 낱장이 흩어지기 시작한다. "이게 무슨 짓이야? 당신 대체 뭐가 문제야?"

"**씨발 좆같은 외국……**" 괴물이 입을 연다.

"씨발놈은 바로 너지." 드레드록 머리의 흑인 남자가 끼어든다. 히잡을 쓴 여성과 비슷한 연배로 보이는데 덩치는 훨씬 크고 UPS 택배 유니폼을 입고 있다. "몸집이 자기 절반도 안 되는 어린 여자애를 때려? 이 똥쪼가리* 새끼, 애먼 사람 건드리지 말고 가서 그 더러운 발이나 어떻게 하든가!"

남자의 욕설에 뒤이어 주변에서 당신 뭐가 문제야?라는 여자의 말에 동조하는 외침들이 터져 나온다. 또 다른 목소리, 또 다른 의지, 또 다른 분노의 에너지. 주변 공기를 물들이기에 충분한 반향이 —

잠깐. 공기를 물들여?

파드미니가 윗몸을 일으킨 순간 주위로 번져 나가던 에너지의 진동이 하나로 합쳐져 더 큰 파동을 일으키며 폭발한다. 휘청거리면서도 똑바로 일어서자 파동이 주변에 존재하는 모든 표면에 반사되어 서로서로 겹치고 자극하며 점점 힘이 증폭되는 게 보인다. 인도에. 근처의 베이커리 벽에. 그리고 지네발 사내까지. 파동이 닿자 남

---

* bombaclatt. 자메이카에서 쓰는 흔한 욕설로 직역하자면 '엉덩이 닦는 천 조각'이라는 의미.

자가 움찔하더니 수직으로 늘어선 커다란 눈을 움직여 상처받고 혼란스러운 눈빛으로 파드미니를 쳐다본다. 에너지의 물결이 계속해서 번져 나간다. 점점 더 빠른 속도로 순환하고, 각각의 파문이 서로를 자극하고 증강시키고 그렇게 ─

죽은 엔진이 다시 살아나는 것처럼. 머릿속에 떠오른 생각이 신기하다. 파드미니는 한 번도 방전된 엔진을 살려 본 적이 없고 어떻게 하는지도 모르건만 이 비유는 효과가 있다. 왜냐하면 다음 순간 인도가 나직하게 부르릉거리는 게 느껴지더니 갑자기 하늘이 밝아지기 때문이다. 파드미니는 숨을 깊이 들이마신다. 그의 팔다리에, 마음에, 영혼에 다시 도시의 힘이 흐르기 시작한다. 그는 다시 뉴욕이다. 이 도시를 에워싼 노동 계급의 자치구이며, 모든 이의 뒤를 닦아 주는 데 진절머리가 난 군중이다. 그들이 파드미니의 뒤에 있다. 퀸스가 그를 받쳐 주고 있다.

파드미니가 싱긋 웃는다. 긁힌 상처도 멍도 더는 느껴지지 않는다. 적을 향해 돌아선다. 지네발 남자가 파드미니가 다가오는 것을 보고는 주춤주춤 뒷걸음질 치지만 스무 개의 다리가 엉켜 비틀거린다. 상관없다. 파드미니는 이제 이 사내의 속셈을 알고 있으니까. 파드미니는 항상 셈에 강했다.

찌그러진 상자에 들어 있던 스노글로브가 데구루루 굴러떨어져 파드미니의 발밑에서 멈춘다. 왜냐하면 이게 도시의 마법이 작동하는 방식이니까. 손을 들어 올리자 스노글로브가 손바닥 위로 휙 날아든다. 안에는 "눈"이 미친 듯이 소용돌이치고 있다. 하지만 **뉴욕에 오신 걸 환영합니다**란 문구가 안 보일 정도는 아니다. 작은 킹콩이 슬로건이 적힌 표지판을 들고 있고 자유의 여신상은 손뼉을 치며 킹콩을 응원 중이다. 파드미니가 이 우스꽝스러운 모습을 보며 미소 짓자 눈보라가 한층 더 거세게 몰아치고 손바닥 안에서 플라스틱 공이 얼음처럼 싸늘해진다. 뉴욕에 온 걸 환영한단 말이지, 응?

"나도 돌아와서 기뻐." 파드미니가 말한다. 그러고는 스노글로브를 고쳐 잡고 남자의 일그러진 얼굴에 내리친다.

플라스틱이 깨져 산산조각 나고 얼음처럼 차가운 물이 튀자 살이 타는 끔찍한 소리와 함께 사내의 피부가 지글지글 끓어오른다. 옆에서 놀란 외침이 들린다. 남자의 입은 움직이지 않지만 파드미니의 귀에는 전혀 인간 같지 않은 높고 새된 비명이 들린다. 전기가 파직거리는 것과 비슷한 소리와 함께 X차원의 전선이 남자의 머리에서 떨어져 나간다. 이제 남자는 다시 인간의 모습으로 돌아와 있다. 완벽하게 인간처럼 생긴 눈을 깜박이며, 완벽히 인간다운 두 다리와 두 팔 위에 얹혀 있는 얼굴에서 물과 가짜 눈을 털어낸다.

"나 건드리지 마, 이년아." 남자가 파드미니에게 중얼거리며 역겹다는 듯이 눈에서 물을 닦아 낸다. 왜 갑자기 얼굴에 스노글로브를 맞은 건지 전혀 모르겠다는 어리둥절한 표정이다.

하지만 잠시 후, 남자가 공중으로 날아간다. 이탈리아계로 보이는 대머리 백인 남자가 베이커리에서 달려 나오더니 파드미니를 괴롭힌 사내에게 달려들어 어깨를 거세게 밀쳤기 때문이다. "너나 사람 머리 때리지 마!" 백인 남자가 외친다. 주변에 모여든 사람들이 손뼉을 치며 그를 응원한다. 방금까지 지네발이었던 사내는 바닥에 쓰러져 신음하며 힘없이 허우적대고, 베이커리 사내는 사람들의 환호를 받으며 두 손을 쳐들고 웃는 얼굴로 돌아선다.

똥쪼가리 사내가 고개를 절레절레 저으며 파드미니에게 말을 건다.

"괜찮나?"

"네. 아저씨는요?"

"미 데 야*, 누가 내 얼굴에 스노글로브를 박은 것도 아닌데, 뭘."

사내가 웃자 파드미니도 참지 못하고 따라 웃는다. 약간은 발작적인 웃음이지만 그래도 이런 게 절실히 필요하다.

"저 사람이 다치는 건 막아 주세요." 남자가 이제껏 도와준 것 이상으로 더 많은 일을 해 주리라 기대할 이유는 없지만 그래도 부탁한다. "나쁜 놈이긴 해도 경찰이 어떤지 아시잖아요."

"어유, 여왕님이시네." 똥쪼가리 사내가 재미있다는 듯이 말한다. "정말 착하다. 그래, 무슨 뜻인지 알지."

지네발 남자에게 해코지하는 사람은 없다. 한 남자가 파드미니를 도와 흩어진 물건을 주워 준다. 파드미니는 무슬림 노부인을 찾아 두리번거리다 모여든 사람들 반대쪽에 있는 것을 발견한다. 엉망이 된 신문을 장바구니에 집어넣으며 자리를 뜨고 있다. 파드미니가 등 뒤에 대고 재차 감사 인사를 건네지만 노부인은 파드미니의 말을 듣지 못한 것 같다.

멀리서 경찰차 사이렌이 들린다. 이 작은 소동과는 관계없는 일일 거다. 남자가 파드미니를 공격한 지는 5분 정도밖에 안 됐고, 이

---

* Mi Deh Yah. "난 괜찮아"라는 의미의 자메이카어 표현.

구역에서 경찰은 절대로 그렇게 빨리 움직이지 않는다. 하지만 어쨌든 이제 자리를 떠야 할 때가 됐다. 다른 이들에게도 빨리 소식을 알려야 한다. 하늘에서 내려온 촉수, 도시의 힘이 갑자기 사라진 일, 양자 이상 현상. 원래라면 이런 일들은 일어나서는 안 된다. 팀 회의를 해야 할 시간이다.

하지만 그 전에 일단 집에 가야겠다. 가족이 보고 싶다. 상처와 멍은 이미 아물었지만 향기로운 입욕제를 풀고 오랫동안 들어앉아 있을 따뜻한 목욕물과 얼굴을 묻고 펑펑 울 베개가 필요하다. 그리고 어쩌면 상파울루를 만난 뒤로 파드미니가 사랑하게 된 브리가데이루도 조금 필요할지 모르겠다. 집에 가는 길에 브라질 베이커리가 있다.

그리하여 퀸스의 여왕은 왕좌를 되찾았지만 파드미니는 뒤늦게 누군가 그의 알로에 화분을 훔쳐 갔다는 것을 알게 된다. 씨발 이 망할 놈의 뉴욕. 파드미니는 정말로 이 도시를 사랑한다.

2장
죽여주는 동네지*

매니는 사무실에 앉아 대학원을 그만둘지 고민 중이다.

최근에 형이하학적인 일차원적 존재에서 벗어나 초월적인 존재가 되었음에도 그는 학업 면에서 꽤 잘 해내고 있다. 여름 학기의 강좌 두 개에서 모두 A를 받았고, 가을 학기가 시작된 후로는 반 학기 동안 기초 강의에서 학부생을 가르쳤는데 강의 평가 결과가 아주 훌륭했다. "높은 배려심"이라는 태그와 함께 '교수 평가'에서는 5점 만점에 5점을 받았고, "점수 짬"이라는 태그가 붙긴 했지만 "윤리와 존재론에 대해 생각하는 데 많은 시간을 할애하는 흥미로운 강의"라는 평을 받았다. '부적절'이라는 표시가 붙은 의견이 최소한 세 개 있었는데 그의 성적 지향과 성기 크기에 대한 기대 어린 추측 때문이었다. 뭐, 이보다 더 나쁠 수도 있었으니까.

매니는 이걸 위해 뉴욕에 왔다. 도시로 새로 탄생하기 전의 그에

---

* 브루클린 출신의 백인 힙합 그룹 비스티보이즈의 1989년 곡 「헬로 브루클린(Hello Brooklyn)」의 첫 대목 "뉴욕, 뉴욕, 죽여주는 동네지".

게는 매우 중요한 일이었을 테다. 그러나 지금 그는 뉴욕이고 아니면 적어도 그중 상당 부분을 차지하고 있기에 정치학 박사 학위를 받으려 아등바등하는 것이 돌연 엄청난 시간 낭비처럼 느껴진다.

사실 조교로 일할 필요도 없다. 그의 이름 — 아니, 예전에 사용하던 이름 — 으로 된 은행 계좌에는 거의 30만 달러가 있다. 이것도 그저 용돈에 불과할 것이다. 계좌에는 정기적으로 다양한 출처에서 돈이 흘러 들어오고 그중에는 컨설팅 회사, 벤처 캐피털 회사, 헤지펀드, 예전 이름으로 된 신탁, 그리고 그와 성(姓)이 같은 여러 사람이 대주주로 있는 회사와 연결된 신탁도 있다. 또 전국 단위 스포츠 팀의 부분적인 차명 소유권으로도 돈을 벌고 있는데, 뉴욕 팀은 하나도 없다. 모든 자금 출처는 오로지 매니가 어떻게 돈을 벌고 있는지 알고 싶은 이들에게 혼란을 주기 위한 목적으로만 설계된 법인과 역외 계좌, 회계 복잡성 등 여러 겹의 방패로 보호되고 있기 때문에 그 역시 이 모든 내막을 파악하기 위해 약간의 조사를 해야 했다. 조사하는 과정에서 매니는 자신이 이런 종류의 일을 어떻게 파고들어야 하고 어떤 종류의 위장막 — 아니면 자금 세탁 — 을 찾아야 할지 안다는 사실에 놀랐다. 모든 것을 직접 처리하지는 않았더라도 최소한 그는 이것이 어떤 식으로 만들어졌는지 정확히 알고 있다.

매니는 자신의 수중에 은밀하게 감춰진 비자금이 분명한 수백만 달러가 있다는 사실을 알게 된 후 몇 가지 결론을 내렸다. 첫 번째는 더 이상 파헤치면 안 된다는 것이다. 그는 뉴욕이 되기 전의 자신이 어떤 사람인지 알고 싶지 않다. 또 기웃거리다가 들켰다간 과

거의 그와 관련된 자들이 접촉을 시도하는 것으로 간주할 가능성이 있다. 두 번째 결론은 그에게 박사 학위는 필요 없지만…… 뉴욕은 필요하다는 것이다.

매니는 밤마다 옥상에 서서 도시의 경관을 바라보며 그곳의 공기를 들이마셔야 한다. 아침에 잠에서 깨면 가만히 누워 유압식 버스 브레이크와 구급차 사이렌 소리를 들어야 한다. 단순히 미적이거나 정신적인 이유로 갈망하는 게 아니다. 매니는 맨해튼 자치구와 딱히 자연적이지 않은 수준으로 서로 리듬을 맞춰 조율할 때 모든 일이 더 잘 돌아간다는 사실을 이해하게 되었다. 자동차 사고가 줄고, 사고가 일어나더라도 치명적인 경우가 적고 처리도 빠르다. 쓰레기 불법 투기도 줄고 쥐도 줄어들었다. 지금 뉴욕은 전체적으로 어려움을 겪고 있다. 윌리엄스버그 브리지 참사가 알려지면서 경제가 큰 타격을 입었다. 이제 도시 전체가 다섯 개가 아닌 네 개의 다리를 이용하게 되면서 매니의 지대한 노력에도 불구하고 교통체증이 극심하다. 더욱 골치 아픈 것은 낡고 녹슨 윌리엄스버그 브리지가 브루클린 브리지나 맨해튼 브리지 같은 건축적 위상은 없어도 뉴욕에서 인구밀도 1, 2위 자치구인 브루클린과 퀸스의 주민들이 매일 출퇴근을 할 때 가장 많이 이용하는 다리라는 점이다. 결국 다리 양쪽에 있는 많은 소규모 사업장이 문을 닫았고 그에 따라 불행히도 수많은 사람이 일자리를 잃고 인구가 혼잡스레 이동하기 시작했다. 많은 주민이 자치구를 옮겨 갔다. 매니는 그 흐름이 브루클린 쪽으로 꾸준히 빠져나가고 있고 퀸스와 브롱크스로 향하는 흐름은 점차 줄고 있음을 느낄 수 있다. 반면에 유입되는 인구는 적자를 메우기에 충분하지 않은데, 그건 맨해튼이 지난 10년간 젠트리피케이션 때문에 많은 동네를 잃었기 때문이다. 맨해튼 섬은 주거용 아파트보다 한 번도 임대된 적 없는 투자용 부동산과 불법 에어비앤비가 더 많은 곳이다. 때문에 시티*에 처음 온 사람들은 이 사실을 깨닫고는 대부분 다른 자치구로 향한다. 일부 뉴요커는 다리 붕괴 사건에서 극명하게 드러난 뉴욕의 취약점에 기겁한 나머지 아예 이곳을 떠나 더 조용한 지역으로 이주하기도 했다. 두려움을 더욱 부채질한 것은 다리가 무너진 원인을 두고 우익이 펼친 음모론이었다. 개중에는 ISIS**부터 비판적 인종이론***에 푹 빠진 외계인이 조지 소로스의 초청으로 지구를 정복하러 왔다는 주장도 있었다. 그럼에도 도시의 전체 인구는 오히려 증가했다.

소요와 불안은 모든 대도시에서 발생하는 일이다. 도시 생활에서 늘 겪는 일상일 뿐이다. 하지만 어쨌든 결과적으로 뉴욕은 들썩이고 있고, 이 불안정한 움직임은 기묘한 방식으로 다중우주에 파문을 일으킨다. 누군가 지켜보는 것 같은 오싹한 느낌과 끝없이 추락하는 느낌 그 중간에 있는 묘한 기분이다.

매니는 대재앙이 임박한 듯한 이 불안하고 위태로운 느낌에 대해 뭔가 대책을 세우고 싶다. 도시의 화신이 할 일이 아니라는 생각은 한다. 도시의 화신이 도시를 변화시킬 행동을 하는 것은 윤리적

으로 휘청이는 일이다. 이해관계의 형이상학적 상충, 정치 싸움에 양자이론을 끌어들이는 것과 비슷하다. 하지만 도시가 스스로의 안전을 꾀하지 못할 이유는 또 뭐란 말인가? 매니는 올바른 식습관을 유지하고, 접종 권장 백신을 맞고, 예방 치료를 위해 정기적으로 건강검진을 한다. 그가 도시의 "건강"에 적극적으로 관여하는 것도 똑같은 일이 아닐까?

매니는 한숨을 쉬며 책상에서 일어난다. 브루클린의 집에서 열리는 모임에 지각하지 않으려면 서둘러야 한다.

뉴욕의 다른 자치구들과 함께 흰옷의 여자가 보낸 무시무시한 졸개들을 막느라 도시 곳곳을 뛰어다니며 정신없는 6월을 보낸 지 아직 석 달밖에 안 됐지만, 그는 다시는 무력하게 당하지 않을 것이다. 도시가 되어 손에 넣게 된 기이한 능력은 기존의 단어로는 설명할 수가 없다. 게다가 실제로 기술이라기보다는 본능, 공명, 편안함, 자기 수용에 가깝다. 그것은 현 인류의 이해를 뛰어넘는 생태적 복잡성이 반영되어 있는 일종의 자연적 섭리다. 전 세계에서 오직 수십 명만이 공유하고 있는 신인류라는 정체성의 문화적 변용이다.

"그건 그냥…… 맨해튼이 되는 거지." 매니가 혼잣말로 중얼거리며 슬며시 미소 짓자 그의 도시가 맞장구를 치며 진동한다.

매니는 116번가 지하철역에 가까운 컬럼비아 대학 문 앞에 서 있다. 일단 방향감각을 잡기 위해서다. 다른 자치구들은 다른 시간대에 비해 특히 출퇴근 시간에는 이런 거대디딤을 하기가 어렵다고 하는데, 매니한테는 몇 가지 비결이 있다. 먼저 지하철 통풍구 위에 선다. 발아래 플랫폼에서 지하철 한 대가 공회전하는 소리가 들린다. 두 손을 옆으로 펼치자 고약한 냄새를 풍기는 따뜻한 지하철 공기가 피부를 따라 부드럽게 움직이는 게 느껴진다.(그가 이런 자세로 서 있어도 누구 하나 쳐다보지 않는다. 뉴욕에서는 남들이 괴상한 행동을 해도 신경 쓰지 않고, 설령 관심을 갖는 사람이 있더라도 매니 역시 개의치 않는다. 뉴요커라면 응당 다른 사람들 시선에 아랑곳하지 말아야 한다.) 눈을 감고 심호흡을 하며 정신이 육신의 제약으로부터 벗어날 수 있게 긴장을 푼다. 온다. 준비.

지하철 문이 닫힌다는 경고음이 울린 순간, 매니가 눈을 반짝 뜬다. 그는 지금 컬럼비아 게이트 앞 모퉁이에 서서 이를 드러낸 채 반쯤 일그러진 미소를 띠고 있다. 방금 일을 마치고 나와 벌써 집 생각으로 가득한 수천 명의 조급하고 짜증 난 지하철 승객과 비슷한 모양새다. 그러고는 눈 깜짝할 순간, 지하철의 추진력에 이끌려 인간들의 눈에서 사라진다. 하지만 매니가 활용하는 건 단순히 열차의 힘만이 아니다. 이게 가장 중요한 부분이다. 1호선은 몇 블록마다 정차하는 시내 차선이기 때문에 속도가 느리다. 지하철 자체가 아니라 집에 빨리 간다는 개념에 들러붙는 게 핵심이다. 그래서 매니는 지하철이 느려질 때마다 전동 자전거를 굴리는 배달원이나 헬멧도 쓰지 않은 채 공유자전거를 타고 있는 10대 청소년의 거침없는 행보에 올라타 균형을 맞추지만, 그 말인즉슨 가끔 문에 얻어맞는 고통을 겪어야 한다는 의미이기도 하다. 하지만 위험을 무릅쓰지 않는다면 보상도 없는 법. 링컨 센터를 지날 때 두 팔을 넓게 벌리고 숨을 깊게 들이마시자 노래가 절로 나올 정도로 가슴이 벅차오른다. 타임스 스퀘어를 지날 때는 관광객처럼 얼빠진 표정으로 두리번거리고 싶은 충동을 억누르며 관광객이 길을 가로막을 때마다 뉴요커 특유의 불만 섞인 신음을 내뱉는다. 그러고는 눈 깜짝할 사이에 14번가에 도착해 빠른 걸음으로 인도를 걸으며 농산물 시장에서 저녁 먹거리를 사 갈지, 의사가 처방전을 보냈을지 고민한다. 젠장, 지금 비 오는 거야? 14번가는 통근자들로 미어터지는 곳이라 빠져나오기가 힘들지만 공격적으로 전동휠을 타고 지나가는 뉴욕대 학생 하나를 붙들고 간신히 성공한다. 어느 순간 배터리 파크에 도착한 뒤에는 연봉이 아무리 높아도 주당 100시간을 근무하느라 번 돈을 쓰기도 전에 과로로 죽는다면 인생 다 헛것이라는 사실을 드디어 깨닫고 파워워킹 중인 젊은이에게 붙어 이동한다.

어쩌다 너무 멀리까지 가 버렸지만 많이 지나치지는 않았다. 매니는 연습 중인 롤러 더비 팀을 따라 왔던 길을 다시 되돌아간 다음, 브루클린 레드훅으로 가는 NYC 페리를 따라 한들한들 흐른다. 손님을 기다리던 달러밴*으로 재빨리 환승한다. 마침내 베드퍼드와 풀턴이 만나는 모퉁이에서 육신의 존재로 돌아와 비틀거리다 가로등에 부딪치고는 낄낄거린다. 이번에는 누군가 그 광경을 목격한다. 이 동네 사람들은 바쁘게 출퇴근하는 직장인보다 주변을 더 면밀하게 관찰하는 경향이 있기 때문이다. 하지만 매니는 겉으로 보기에 별로 안 위험해 보이는 사람이라 그다지 신경 쓰지 않는다. 한 나이 든 여성이 매니가 방향감각을 잃고 자신에게 부딪치자 욕설을 퍼붓고, 순간 매니의 의식이 샛길로 빠지면서 영어 아닌 언어로 구

---

* dollar van. 주로 승합차를 이용한 사설 교통 서비스. 불법 또는 합법 모두 존재한다.

성된 생각들이 피어오른다. 버릇없는 머저리 놈, 틀림없이 약을 했을 거야, 요 어린 것들이 제발 공경심이라는 걸 좀 배웠으면. 아이고, 발 아파라. 잠시 후 자기 자신으로 돌아온 매니가 면바지를 걸친 버릇없는 머저리 놈 주제에 아랍어로 더듬거리며 사과를 늘어놓자 여자가 한숨을 쉬더니 그를 피해 옆으로 돌아간다. 그래, 여기서부턴 걸어가자.

초인종을 누르자마자 브루클린의 10대 딸인 조조가 현관문을 열어 젖힌다. "안녕, 매니." 아이가 약간 가쁜 숨을 몰아쉬며 말한다. "엄마가 아저씨가 온다고 하더라고요. 어떻게 지내요? 뉴욕은 마음에 들어요? 공부랑 학생들 가르치는 것도 잘하고 있고요?"

"어, 난……" 매니는 폭포수처럼 쏟아지는 질문에 당황한다.

"딸, 제발 진정하지그래." 브루클린이 조조의 뒤에 나타나 말한다. 조조가 한숨을 푹 쉬더니 (엄마가 볼 수 없게) 눈동자를 굴리고는 매니의 옆으로 쏙 빠져나온 뒤 방향을 돌려 두 사람에게 정성껏 손을 흔들어 보이고는 길을 따라 내려가기 시작한다. "가로등이 켜지기 전에는 들어와라." 브루클린이 뒤에서 외치자 조조가 알았다는 듯이 손을 휘휘 젓는다.

브루클린이 애정이 듬뿍 담긴 눈으로 딸의 뒷모습을 바라본다.

"누가 너한테 푹 빠졌나 본데."

"아." 매니가 무슨 뜻인지 알아차리고는 얼굴을 약간 붉힌다. "어…… 미안?" 그는 브루클린이 자신을 어떻게 생각하는지 잘 모르겠다.

브루클린이 그가 난감해하는 모습을 보고는 코웃음을 친다.

"내가 쟤 나이 때는 제리컬*을 한 남자를 좋아했으니까 적어도 나보단 취향이 나은 거지. 들어와."

집 안에 들어선 매니는 꼴찌가 아니라는 데 안도한다. 파드미니가 아직 보이지 않는다. 브루클린이 모두가 마실 음료를 가져오고 베네자와 브롱카는 부엌에서 다투고 있는데…… 콜라드그린** 때문인가? 흠, 그렇군. 닉은 아파트 앞 창문 옆에 서 있는데 스테인드글라스 상판을 통해 비쳐 들어온 햇빛 덕분에 분홍색과 호박색으로 물들어 있다. 하지만 곧 몸을 돌려 인사를 건네듯 매니를 향해 턱을 까딱인다. 매니도 조금 어색하게 고개를 끄덕인다. 왜냐하면 그들 둘 사이에는 모든 게 어색하기 때문이다. 닉에게 가까이 다가가고 싶은 충동이 강하게 엄습한다.

천천히. 매니의 자치구가 속삭인다. 그의 영혼 속에 도사린 영원의 장소에서 들리는 목소리다. 맨해튼은 열정과 과감한 선언, 그리고 냉정하게 계산된 전략의 도시다. 침착해. 이건 사냥하고 똑같아. 성급하게 접근하면 도망칠 거야. 안심하고 경계를 늦출 때까지 필요한 걸 제공해 줘.

'도시가 아닌 매니'가 한숨을 쉰다. 그래. 알았어. 그는 차분하고 침착하게 기다릴 수 있다.

베네자가 부엌에서 짙은 녹색 잎 채소 한 단을 쥐고 나오더니 오토만 소파 옆에 놓여 있는 배낭에 쑤셔 넣는다.

---

* Jheri curl. 1980년대와 1990년대 초에 아프리카계 미국인들 사이에서 유행한 머리 스타일.

** 소울 푸드에 흔히 사용되는 케일과 비슷한 잎채소.

"어라, 어서 와요. 매나하타.*"

매니는 채소 다발을 응시한다. "초차원적 위기가 닥쳤는데 그 와중에 농산물 시장에 들렀다 온 거야?"

"우리야 맨날 위기 상황이잖아요. 세일 중이었는걸! 올드비는 그래도 비싸게 줬다고 뭐라고 했지만. 요즘에 채소를 더 많이 먹으려고 노력 중이란 말예요." 베네자가 얼굴을 찌푸리며 오토만에 몸을 털썩 던진다. "하긴 이젠 음식을 꼭 먹을 필요도 없긴 하죠. 도시가 집도 공짜로 살 수 있게 해 주면 좋겠다. 아, 펜트하우스에 싼값에 살게 해 준 건 진짜 감사해요. 그냥 하는 말임요."

"집세를 안 낼 방법이 있긴 하지." 매니가 소파에 앉으며 말한다.(바로 뒤에 닉이 있다. 그는 닉이 어디 있는지 언제나 알고 있다.)

"오, 예! 그렇지, 내가 이래서 당신을 좋아한다니까. 빨리 말해 봐요, 매……"

"그게 바로 매나하타의 말을 듣지 말아야 할 이유란다, 영비(Young B)." 브롱카가 부엌에서 나오며 삐딱한 표정을 짓는다. "쟤는 무슨 짓을 저질러도 빠져나올 수 있지만 저지시티는 사기 빨로 따지면 맨해튼한텐 상대도 안 되거든."

"그건 본인 얘기고요. 난 사기라면 도가 텄거든요?" 베네자가 소매를 걷어 올리고는 팔을 흔든다. "이거 봐요, 팔꿈치까지 완전히 다 사기잖아요. 사기 네일아트도 할 거고, 또……"

베네자의 말끝이 흐려진다. 브루클린이 누군가를 집 안으로 들이

---

* Mannahatta. '언덕이 많은 섬'이라는 뜻의 레나페어로 현재의 맨해튼 지역을 일컫는 지명. 맨해튼이라는 이름도 여기서 유래했다.

는 소리가 들린다. 파드미니가 거실로 들어오자마자 얼룩덜룩한 얼굴과 붉게 충혈된 눈에서 비참한 기운이 느껴진다. 옷은 추레한 운동복에 헐렁한 후드티를 걸치고 있는데 몸에서 입욕제나 포푸리 같은 허브 냄새가 풍긴다. 그리고 어째선지 한 손에 싸구려 관광 기념품인 스노글로브를 들고 마치 피젯 장난감처럼 이따금 빙빙 돌리고 있다. 스노글로브 바닥에는 아직도 보기 싫은 빨간 가격표가 붙어 있다.

"안녕하세요." 파드미니가 모두에게 말한다. 그러고는 소파에 무겁게 주저앉는다.

"너 괜찮아?" 베네자가 얼굴을 찡그리며 묻는다. 파드미니가 공격을 받았다는 이야기는 전해 들었지만, 그 일로 얼마나 큰 충격을 받았는지는 모두에게 제대로 설명하지 않은 게 분명하다. "전혀…… 안 괜찮아 보이는데."

"괜찮아. 이미 지난일인걸. 사실 내가 고민하는 건……." 파드미니의 표정이 너무 심각해 보여 매니는 티슈 상자를 미리 가져다 둘까 고민한다. 그때 파드미니가 어깨를 으쓱한다. "그게, 도시랑 관련됐다기보단 내 개인적인 문제 같아서 아까 채팅방에서는 말을 안 했는데, 생각해 보니까 도시 문제가 맞는 거 같아. 내 자치구가 일시적으로 죽고 동양인 혐오 지네 괴물한테 공격을 당하기 전에…… 인턴으로 일하던 회사에서 정규직 제안을 못 받았거든. 대학원을 졸업하고 나면 고향으로 돌아가야 해."

경악스러운 침묵 속에서 모두가 파드미니를 멍하니 쳐다보자 그가 웃음을 터뜨린다. 표정만큼이나 피곤에 지친 웃음소리다.

"하지만 도시가 불안정해지는 것에 비하면 사소한 일이니까 너무 신경 쓰지 마요."

"아니, 잠깐만." 브루클린이 말한다. "하지만 도시는 그런 식으로 돌아가는 게 아니잖아. 홍은 도시가 운이랑 연결돼 있다고 했어. 늘 우리한테 유리한 일이 일어날 거라고, 도시가 그렇게 만들어 줄 거라고 말이야. 그렇다면 넌 그 일자리를 얻었어야 해."

갑자기 모든 사람이 한꺼번에 떠들기 시작한다. 매니는 "소송"을 하자고 제안하지만 브루클린의 "네 인사고과가 좋았다면……"과 베네자의 "도시가 네 상사를 나쁜 놈으로 만든 건 아냐?"에 밀려 바로 묻혀 버린다. 뒤이어 파드미니의 "아냐, 그 전부터 나쁜 놈이었어."라는 낙담한 대답이 이어졌다가, 마침내 브롱카가 입술을 오므려 크고 날카로운 휘파람 소리로 왁자지껄한 소란을 잠재운다.

"도시의 힘이 항상 우리가 생각하는 대로 구현되는 건 아냐." 모두의 시선이 집중되자 브롱카가 말한다. 브롱카는 브루클린의 주방 카운터에 기대 팔짱을 낀 채 찌푸린 얼굴로 생각에 잠긴다. "그렇게 간단한 일이라면 뭐 하러 우리가 필요하겠어? 도시를 인도하는 게 우리 역할이야. 우리가 뭘 원하고 뭘 필요로 하는지 도시가 이해해야 한다고."

"우와." 베네자가 미간을 모으며 골똘히 생각한다. "하지만 원하는 것과 필요한 게 항상 같은 건 아니잖아요. 만약에 도시가 그 차이를 구분 못 한다고 치면…… 그러니까…… 얘, 파드미니 여왕님, 너 그 인턴십 자리 안 좋아했잖아. 어쩌면 말이야……" 베네자가 기겁한 표정으로 입을 다문다. 말하는 도중 스스로 논리적인 결론에 도달해 버렸기 때문이다.

하지만 너무 늦었다. 파드미니가 몸을 굳힌다. "그럼 그게 사실은 나 때문이라는 거야? 그 머저리 상사 말이 다 맞고, 내가 초과근무 수당도 안 받고 죽어라 일하는 걸 싫어해서 취직이 안 된 거라고? 내가 돈에 혈안이 돼서 국가 경제를 파괴하는 대기업에서 일하는 걸 좋아했더라면 얼마나 좋았을까! 그랬다면 우리 가족 전체가 아무짝에도 쓸모없는 헛짓거리에 미래를 걸지도 않았을 텐데!"

"너한테 안 맞는 일이었어." 매니는 열 받은 파드미니가 사납게 노려보자 그제야 자신이 베네자의 실수를 한층 더 악화시켰다는 사실을 깨닫는다. 파드미니의 상처가 아직 아물지도 않았는데 이런 말을 하면 안 된다. 하지만 이왕 엎지른 물이니 끝을 보는 게 나을지도 모른다. "우린 지금 우리가 자치구라는 사실이 일을 복잡하게 만든다는 걸 계속 간과하고 있어. 맨해튼은 사회적 상승에 눈이 멀어 돈을 위해서라면 제 어머니도 팔아먹을 작자들의 땅이지. 하지만 퀸스는 그렇지 않아." 매니는 퀸스가 어떤 곳인지 아직 잘 모르지만, 어떤 곳이 아닌지는 아주 잘 안다.

"퀸스는 가족이야." 닉이 말한다. 나직한 목소리다. 다른 이들에게는 시선도 주지 않고 계속 창밖만 쳐다보고 있지만 이 순간만큼은 모두가 입을 다물고 그에게 집중한다. "작지만 큰 꿈. 안정적인 집세, 이웃들이 부러워하는 자동차와 주차장. 퀸스는 지옥에서 기어올라 자기가 아끼고 사랑하는 사람들을 데리고 연옥으로 향하는 사람들이지."

파드미니가 으웩 하는 소리를 낸다. "하지만 첸나이 콜센터보다는 월스트리트에서 일해야 가족을 더 잘 건사할 수 있는걸!"

"가족을 못 본 지도 오래됐잖아." 브루클린이 다정하게 말한다. "네가 그렇게 말했던 거 같은데. 대학원에 다니면서 회사에서도 거의 하루 종일 일하지, 거기다 도시 관련 일까지 신경 써야 했지. 스트레스가 장난 아닌 직업이 세가지나 됐잖니. 물론 퀸스가 항상 바쁘기는 해. 그게 뉴욕답기도 하고. 하지만 얼마나 오래 버틸 수 있었겠니? 그러다 네가 쓰러지기라도 하면 가족한테는 무슨 도움이 되고?"

정곡을 찌른 말이다. 파드미니는 반박하려고 입을 열었다가 결국 아무 말도 하지 못한다. 그러다 고개를 휙 돌려 버린다. 베네자가 옆자리에 앉는다. 파드미니가 베네자를 힐긋 보더니 무언의 사과를 알아차리고는 속상한 한숨을 내쉬었다가, 다시 침울해진다.

브롱카가 숨을 한 번 깊이 들이마신 다음 화제를 돌린다.

"그러니까 또 다른 위기가 생겼다는 거지? 이 망할 놈의 도시는 일을 한 번에 하나씩 하면 어디가 덧난다냐? 아, 대답은 안 해도 돼. 그냥 해 본 말이니까."

"하지만 도시의 비도시화는 아주 괜찮은 문제인걸." 브루클린은 브롱카의 맞은편에서 카운터에 팔을 기대 올려놓고 있다. "위기의 심각도로 평가한다면 별 다섯 개 만점에 5점짜리야. 혐오투성이 늙은 백인 남자가 시장에 출마한 것도 있지만 그거야 맨날 있는 일이니 별 두 개 정도? 또 다른 건 없어? 뭔가 놓치고 있는 기분이 드는데."

닉이 대답한다. "하늘에서 광섬유 케이블을 내려 보내는 꾸불탱년."

"맞아, 그렇지. 그걸 어떻게 잊겠어." 브루클린이 파드미니에게 시선을 돌린다. "그 자식 때문에 다친 건 아니지?"

파드미니가 뒤통수로 손을 올린다. "네, 멍도 안 들었고 상처도 안 남았어요. 사실 심하게 맞은 것도 아녜요. 그냥 무서웠을 뿐이지." 파드미니가 입술을 깨문다. "99센트 가게에 가서 새 스노글로브를 샀어요. 혹시 몰라서."

정말로 무서운 점은 다른 자치구 중 누구도 문제가 발생했다는 사실을 눈치채지 못한 것이라고, 매니는 생각한다. 평소에 그들은 서로의 존재와 무사 안녕을 감지할 수 있다. 하지만 이상하게도 그 끔찍한 몇 분 동안 파드미니 ― 퀸스 ― 의 존재는 매니의 마음 한 구석에서 까맣게 지워져 있었다. 자꾸만 잊어버리는 이름. 갑자기 잘 생각나지 않는 뉴욕의 한 지역. 하지만 그건 매니의, 그의 자치구에만 국한된 인식일 뿐이다. 파드미니가 문제에 휘말렸을 때, 도시의 5분의 1이 싸구려 전구처럼 깜박이던 그때 닉은 집에 혼자 있었다. 매니는 눈살을 찌푸리며 다른 정체성 붕괴의 조짐은 없었는지 몰래 머릿속을 뒤져 보지만 설령 그런 게 있었더라도 닉은 아무런 내색도 없다.

매니의 면밀한 눈빛을 ― 아마도 ― 눈치채지 못한 채 닉이 말한다. "널 공격한 그 자식 말인데, 도시가 막 깨어났을 때 내가 싸운 씨발것이랑 비슷한 거 같거든. 처음엔 두 명의 경찰처럼 보였는데 그러다 뭔가…… 다른 것으로 변했지."

그는 자세히 설명하지 않지만 그럴 필요가 없다. 그들은 모두 흰옷의 여자가 어떤 종류의 공포를 불러낼 수 있는지 알고 있으니까. 파드미니가 얼굴을 찡그린다. "뭔가 다른 것이라는 표현 좋네. 하지만 더 이상은 그런 일 안 일어나는 거 아니었어? 난 우리가 그 여자를 끝장낸 줄 알았는데."

"그 여자가 스태튼 위에 쫙 박고 있는 동안은 아니지." 브롱카가 말한다. "별로 놀랍지도 않구먼. 자기들한테 뭘 가질 권리가 있다고 생각하는 작자들, 거기다 꾸불탱년은 그걸 얻을 때까지 포기하는 법이 없으니까."

"아, 왜 하필 우린데요?" 베네자가 묻는다. "왜 하필 우리만 그 여자를 완전히 몰아낼 수가 없는 거냐고요."

"우린 운이 나빴고, 저쪽은 계획을 미리 세워 뒀으니까." 브루클린이 고개를 흔든다. "하지만 나도 동감이야. 가만히 뒷짐 지고 있는 건 이제 질렸어. 어떻게든 싸워서 쫓아낼 방법이 없을까?"

"어떻게요?" 베네자가 일어나서 방 안을 빠른 걸음으로 서성인다. "지금이라도 스태튼아일랜드에 가 보면 안 돼요? 난 그 일 이후론 가 보려고 한 적도 없거든요. 스태튼이 우리를 순간 이동시키기 전에 전화번호 딴 사람도 없죠? 젠장, 알고 있다고 해도 지금쯤 꾸불탱년이 그 멍청한 애를 홀라당 잡아먹었을 거 같긴 하지만."

"살아 있어." 또다시 모두의 시선이 향하자 닉은 어깨를 으쓱하고는 창틀에 몸을 기댄다. "아직도 내 일부거든. 꼭…… 음, 다리가 저려서 움직일 순 없는데 잘린 건 아닌 거랑 비슷한데. 어쨌든 아직 거기 갈 수 있다는 건 확실해. 어느 지점 이상을 넘어서면 좆같지만. 페리랑 페리 역은 아직 나야."

싸늘한 기운이 매니를 뚫고 지나간다. 닉이 그 사실을 알 방법은 한 가지뿐이다. "거기 갔었어?"

닉의 표정은 솔직하고 뻔뻔하다. "어. 얼마나 멀리 갈 수 있는지 궁금했거든. 정답은 세인트조지 페리 터미널까지야. 그 너머는 안 되더라. 터미널 밖으로 한 발짝만 나가도 개 영역이야. 같은 MTA 니까 도시철도는 괜찮을 줄 알았는데, 그것도 안 통하던데."

"야, 너 미쳤어?" 매니가 입을 열기도 전에 베네자가 숨을 거칠게 내뿜으며 선수를 친다. "닉, 애! 우리 중 한 명이라도 같이 데려갔어야지! 공격이라도 당하면 어쩌려고!"

"안 당했잖아." 닉이 다시 어깨를 으쓱하지만 매니는 그의 짜증 난 기색을 읽을 수 있다. 닉은 뉴욕의 살아 있는 화신이며, 그렇기에 항상 쌀쌀맞고 냉담하다. 그를 당황시키거나 화나게 하거나 감명을 줄 수 있는 것은 별로 많지 않다. 하지만 지금 그는 성을 내기 직전이다. "그리고 너네가 뭘 어쩔 건데? 난 보모 같은 거 필요 없거든. 너네는 그 여자가 존재한다는 것도 몰랐을 때 나 혼자서 해치웠다고."

베네자가 양손을 허리춤에 얹는다. "그래, 그러다가 마법의 혼수 상태에 빠졌었지. 미안하네요, 마법에 걸린 잠꾸러기 씨."

브롱카가 손바닥으로 마른세수를 한다. "영비, 제발 좀 닥쳐." 베네자가 알겠는데 당신도 저 헛소리 들었잖아요라고 말하듯이 두 팔을 치켜들자 브롱카가 노려본다. "난 밤새 여기서 이러고 있고 싶지 않아. 어쨌든 지금 우린 서로에게 필요한 게 분명하니까." 브롱카가 똑같이 매서운 눈빛으로 닉을 쏘아본다. 지금은 할머니 모드지만 옛날에는 필시 엄한 호랑이 엄마였을 브롱카의 눈빛에 닉마저 입을 다물며 시선을 피할 수밖에 없다. "우리 모두 말이다. 인정을 하든 안 하든."

닉이 눈동자를 굴린다. "페리가 안전하다는 것쯤은 알았단 말이야. 내가 내 것을 몰라볼 리가 없잖아." 잠시 후 그가 한숨을 쉬더니 마지못해 덧붙인다. "우리 거 말이야."

"지금 대화가 딴 길로 빠지고 있어요." 파드미니가 얼굴을 문지르며 말한다.

베네자는 한숨을 짓고 매니는 숨을 길게 내쉬며 생각에 잠긴다. 브롱카는 심란한 표정으로 고개를 절레절레 흔든다. "지식의 사전에 비도시화 같은 건 없어." 그가 중얼거린다. "그 안에 담긴 역사, 살아 있는 도시가 살아 있는 도시에 대해 아는 모든 지식이 수만 년 전까지 거슬러 올라가는데 도시가 갑자기 더 이상 살아 있지 않게 되는 것에 대한 내용은 하나도 없지. 우리가 선구자인 모양이야. 이번에도 말이지."

"판필로 때문이야. 이 일이 일어난 거."

모두가 움찔하며 닉의 말이 옳다는 것을 깨닫는다. 브루클린이 나직하게 중얼거리며 몸서리친다. "이런 젠장." 하지만 —

"지랄." 브롱카가 내뱉는다. 매니는 브롱카가 정말로 화가 났다기보다는 그저 입버릇이 거친 것이라 생각한다. "내가 아는 대부분의 뉴욕 시장은 전부 다 지랄 같았다. 그게 문제였으면 줄리아니* 혼자서도 이놈의 도시를 바닷속에 처박고도 남았지."

그 말에 브루클린이 재미있다는 듯 코웃음을 친다. 두 사람은 요즘 사이가 좋다. 아마 브루클린과 브롱크스가 뉴욕에서 가장 비슷

---

*1994년부터 2001년까지 뉴욕 시장을 지낸 공화당 소속 정치가.

한 자치구이기 때문일 것이다. 하지만 그 말을 입 밖에 냈다간 제 무덤을 파는 꼴이리라.

"그건 그렇지." 브루클린이 말한다. "하지만 이 재수 없는 시장 후보한테는 뭔가 특별한 게 있는 것 같단 말이야. 다른 부패한 정치가와는 다른 뭔가가 있는 것 같아."

"그 사람도 부패했을까요?" 베네자는 판필로의 뒷조사를 해 보려는지 벌써 노트북을 꺼내 들고 있다. "내 말은, 정치가라면 대부분 그럴 거 같긴 한데 그래도 합리적인 의심의 여지는 남겨 둬야 할 거 같아서요."

"아, '우리들의 친절한 친구' 상원의원님이시야 당연히 폭삭 부패하셨지." 브루클린이 관자놀이를 문지른다. "얼마나 지저분한지 그 인간이 출마했다는 것 자체가 충격적이야. 처음 정치판에 들어왔을 때부터 '사회적으로는 진보, 재정적으로는 보수' 어쩌고 노래를 불러 대던 게 기억나네. 사회정의를 위한 예산 확보에 반대하는 주제에 입으로는 진보적으로 굴 수 있다는 듯이 말이야. 그러더니 결국엔 평범한 공화당 애들처럼 민주주의보단 억만장자들한테 들러붙는 게 훨씬 더 이득이라는 걸 깨닫더군."

"우리들의 친절한 친구?" 브롱카가 묻는다.

"옛날에 학교에서 틀어 주던 홍보 영상 기억나? '우리들의 친절한 친구 경찰 아저씨'가 나와서 설명하던 거. 판필로는 원래 경찰이되고 싶었는데 경찰학교에서 쫓겨났다지. 자기 경찰병을 치료하려고 경찰을 미화하는 선전을 뿌려 대고 있다는 얘기도 있어." 브루클린의 미간이 깊어진다. "내가 이해할 수가 없는 건, 그 작자가 대통령을 노리고 있다고 들었다는 거야. 이미 상원의원이기도 하고. 뉴욕 시장이 되어 봤자 전국적인 인지도가 더 상승하는 것도 아니고 오히려 더 불리해질 수 있을 텐데. 뉴욕 시장은 대선 경선에서 좋은 성적을 낸 적이 없거든."

매니가 고개를 가로젓는다. "지금 일어나는 일들이 전부 우연일 리가 없어. 판필로, 퀸스한테 일어난 일, 파드미니가 추방 위험에 처한 것, 흰옷의 여자가 아직 스태튼 상공에 머무르고 있다는 것까지…… 내막은 몰라도 전부 다 연결돼 있을 거야." 하지만 어떻게 연결되어 있는지는 그도 알 수가 없다.

브루클린이 몸을 곧추세우더니 빠른 걸음으로 주방을 서성이기 시작한다. 약간 더 차분해 보이긴 하지만 거실에서 속이 탄다는 투로 왔다 갔다 하는 베네자와 영락없는 판박이다.

"생각해 보자." 브루클린이 팔짱을 긴 채 의견을 내놓는다. "판필로는 위험해. 일부 특정 유형의 사람들만 진짜 뉴요커라는 '우리 대 그들' 프레임을 짜고 있거든. 요즘 공화당 쪽에서 자꾸 수정헌법 5조를 들고 나오는데, 이것도 괜찮은 전략이지. 뉴욕은 대체로 진보적이지만 여러 개의 다양한 지지층으로 분산되어 있어. 주 정부의 교육 자율화에 찬성하는 사람, 경찰 예산 삭감 또는 폐지론자, 소외된 지역사회 주민, 그리고 경찰 외에 다른 여러 노조까지. 만일 판필로가 편견주의자들을 하나로 집결할 수 있다면 모든 지지층에서 이탈을 만들어 낼 수 있고, 잘하면 지금 민주당에 투표하는 하위 집단들, 예를 들면 쓰레기 좌파 같은 부류도 끌어들일 수 있을 거야. 그 새끼들은 기본소득만 약속해 주면 KKK단한테도 투표할걸." 브루

74

클린이 입술을 꾹 다물고 생각에 잠긴다. "하지만 그런 연합은 당선되자마자 무너지겠지. 지금은 80년대나 90년대도 아니고, 도시가 경제적으로 어려운 것도 아니고, 마약에 의한 폭력보다 경찰 폭력 사건이 더 많은 시대니까. 유일한 방법이 있다면⋯⋯." 브루클린이 갑자기 우뚝 멈춰 서더니 눈을 크게 뜬다. "오우우우."

"뭔데?" 브롱카가 묻는다.

"통하진 않을 거야. 적어도 단기적으로는." 브루클린의 음성은 점점 더 낮아져 지금은 거의 혼잣말에 가깝고, 눈가는 가늘어진다. "그리고 단독적으로는 말이지. 줄리아니 그 자식은 시장 시절에 학계의 깨진 유리창 이론을 내세워서 흑인과 히스패닉 동네에 경찰을 배치해 주민들을 감시했어." 브루클린이 동료들을 쳐다본다. "하지만 사실 그건 부동산 문제였지. 그 당시에 범죄는 뉴욕 시 전체에서 심각했는데, 줄리아니는 마치 그 지역만 유일한 문제처럼 보이게 했어. 경찰의 공권력 침탈과 암울한 경제 상황, 그리고 줄리아니의 임대료 안정화 정책 사이에서 유색인 주민은 원래 살던 동네 곳곳에서 쫓겨나거나 자산을 압류당했어. 지금 그 지역은 대부분 백인으로 채워졌고 저렴했던 집값은 수백만 달러로 뛰었지. 판필로도 비슷한 짓을 꾸미고 있을 거야. 지지층의 환심을 사려고 특정 인종 집단을 표적으로 삼아서 재산을 빼앗아 집주인과 사업가의 배를 불려 주는 거지. 그러면 당분간 권력을 유지할 수 있을 거야."

브롱카가 험악한 표정으로 고개를 끄덕인다. 파드미니는 이해할 수가 없어 얼굴을 찌푸린다. "잠깐만요. 하지만⋯⋯ 도시는 원래 그런 식으로 변화하는 거잖아요? 무슨 음모가 있어서 그런 게 아니라요. 인구통계학적인 변화가 몇 번 일어났다고 살아 있는 도시가 한 구역을 통째로 내던져 버리는 게 보통이에요?"

"방금 말한 것들은 인구통계학적인 변화가 아냐. 정신적인 변화지. 한때 뉴욕은 예술의 도시로 이름을 날렸어. 패션, 미술, 공연예술, 음악, 그 모든 분야에서 세계의 중심이었고 주기적으로 새로운 장르와 참신한 사고방식을 만들어 냈지. 우리 중에도 예술과 관련된 배경을 가진 게 한두 명이 아니잖아?" 브롱카가 닉과 베네자에게 시선을 보낸다. "하지만 그렇다고 우리 모두가 그런 건 또 아니지. 왜냐하면 뉴욕은 더 이상 예술을 하기에 좋은 도시가 아니거든. 이 변화는 자연스럽게 시작된 것도 아니고, 아래에서 위로 번진 것도 아냐. 위에서 아래로, 수십 년에 걸쳐 강요된 거지. 확실히 효과적이기도 했고. 이제 뉴욕은 지나치게 비싼 부동산과 돈세탁으로 제일 유명한 곳이야. 불과 40년 사이에 완전히 바뀐 거지. 그러니까 어쩌면, 만약에 변화가 너무 빨리 진행되고 우리가 그걸 따라잡지 못한다면……"

브롱카가 말을 멈추자 방 안에 침묵이 내려앉는다. 아무도 감히 입을 열지 않는다. 그들은 그 말의 진의를 한참 동안 곱씹는다. 방 안에 코끼리가 있다.* 판필로가 흰옷의 여자가 품은 비인류적인 목적을 위해 이용당하고 있다면, 그가 시장이 된 후 주도하는 변화는 여자의 힘을 더 강화할 것이다. 어쩌면 도시를 보호하는 마법의 힘을 능가할 수 있을 만큼 강해질지도 모른다. 만약에 그렇게 되면 어

---

* 누구나 알고 있지만 누구도 이야기를 꺼내지 않는 심각한 문제를 비유하는 표현.

쩌지?

"에휴, 됐어요." 마침내 베네자가 못마땅한 투로 말한다. "다른 도시한테 연락해 봐요. 우리가 모르는 걸 알지도 모르잖아. 파울루가 무슨 최고회의라는 게 있다고 했으니까 거기 물어보자고요."

"동의." 매니가 제청한다.

닉이 나직이 비웃는다. "파울루는 석 달 전에 우리 도시의 절반이 꾸불탱년한테 먹히고 있을 때 걔네들이 좆도 신경 안 썼다고도 했거든. 지금도 스태튼 위에 똥구멍 같은 게 통째로 떠다니고 있는데 최고회의인지 뭔지는 안부 문자 한 통도 안 보내잖아."

파드미니는 가만히 앉아 무릎 위에 힘없이 놓여 있는 자신의 손을 물끄러미 응시한다. "그래도 해 봐야지." 파드미니가 조용히 말한다. "우린 도움이 필요해."

모두가 닉을 쳐다본다. 닉이 신음하며 눈동자를 굴린다. 그는 다른 이들이 자신을 리더 취급하는 것을 좋아하지 않는다.

"으으, 알았어. 파울루한테 연락해 볼게……"

닉이 말꼬리를 흐리며 미간을 찌푸리더니 시선을 먼 곳으로 향한다. 다음 순간, 매니도 그 소리를 듣는다. 뉴욕은 평소에도 결코 조용한 곳이 아니지만 갑자기 가까운 곳에서 자동차 경적의 합창이 울려 퍼진다. 사실 이 정도는 별것도 아니다. 매니는 뉴욕에 이사 온 뒤로 교차로가 막힐 때마다 거의 4악장에 달하는 교향곡을 감상하곤 했다. 하지만 지금은 모두가 진지하게 귀를 기울이고 있다. 닉이 이상하게 느꼈다면 필시 중요한 일일 테니까. 매니의 귀에 사람들의 음성이 들려온다. 여러 명이다. 경적 소리를 압도하며 점점 더 크게 솟구친다. 분노의 고함. 냉소적인 비웃음. 의아함과 경악. 그 사이를 뚫고 날아드는 날카로운 외침. "당장 여기서 꺼져!"

브루클린이 닉이 응시하는 것과는 다른 창문으로 다가가 고급 브랜드 커튼을 옆으로 밀고 밖을 내다본다.

"꽤 가까이서 나는 소리 같은데요." 파드미니가 말한다.

"모르겠어." 브루클린이 대답한다. 매니의 눈앞에 브루클린의 또다른 자아, 크고 우아하고 오래된 건물들과 뻔뻔하고 대담한 브루클린 자치구의 이미지가 순간 깜박거린다. 인간 브루클린이 눈가를 찌푸린다. "뭔가 잘못됐어."

브루클린이 창가에서 몸을 휙 돌리더니 차 열쇠를 집어 들고 현관으로 향한다. 갑작스러운 행동에 놀란 이들이 서로 얼굴을 마주보는 사이, 브루클린이 멈춰 서더니 자치구들을 노려본다. "뭐 해?"

그 즉시 매니가 벌떡 일어난다. 다른 이들도 자리에서 일어나 브루클린을 따라 틈새로 뛰어든다.

3장

여기 출신이 아니면 속을 수 있지*

브루클린은 자신이 아마추어 역사학자라고 생각한다. 아마추어라고 하는 이유는 정식으로 역사를 공부한 적은 없기 때문이다. 역사학자 부분은 클라이드 토머슨이 그를 바보로 키우지 않았고, 학교에서 가르치는 역사가 엉성하고 프로파간다적이며 여러 면에서 완전히 틀렸음을 이미 오래전에 알아차렸기 때문이다. 예를 들면 1921년 털사에서 일어난 그린우드 대학살**이 그렇다. 지금이야 대중문화를 통해 널리 알려졌지만 브루클린이 어렸을 때만 해도 그 사건은 흑인만 보는 신문과 모퉁이에서 아프리카 중심주의를 설파하던 초기 호텝들***만 알던, 입에서 입을 통해 은밀히 전해지던 전설에 지나지 않았다. 때때로 브루클린은 미국의 철두철미한 대학살

---

* 브롱크스 출신의 힙합 그룹 그랜드마스터 플래시 앤드 더 퓨리어스 파이브의 1982년 곡 「뉴욕, 뉴욕(New York, New York)」의 가사.

** 오클라호마 주의 털사에서 백인 폭도들이 흑인 지역사회를 초토화시키고 수백 명을 살해한 사건으로, 미국 역사상 최악의 인종폭력 폭동으로 꼽힌다.

*** 고대 이집트를 블랙 프라이드의 원천으로 삼는 아프리카계 미국인의 하위문화를 지향하는 사람들.

에서 살아남아 악착같이 삶을 꾸리고 미래를 일궈 나가면서도 몇 번이고 거듭해 총에 맞고 린치를 당해야 했던 조상들을 생각한다. 그들은 폭도가 몰려오는 소리를 들었을까? 사전에 경고를 받았을까? 전화로 속삭이는 은밀한 경고, 군인의 본능. 아니면 동정심 많은 관리들이 아끼는 하인이나 비밀 연인에게 공격에 대비하라고 몰래 귀띔해 주지는 않았을까? 하지만 그래 봤자 무엇을 할 수 있었겠는가? 자부심은 넘칠지언정 아무런 힘도 없는 그들이, 법의 보호도 받을 수 없고 심지어 기본적인 인간의 존엄조차 누릴 수 없는 이 나라에서 돌아갈 고향도 없고 의지할 사람도 하나 없는데 도대체 어디로 갈 수 있었겠는가?

어쩌면 그들도 지금과 비슷한 심정이었을지 모른다.

브루클린은 풀턴 가와 교차하는 노스트랜드 애비뉴에 서서 도로를 점령한 자동차와 트럭의 행렬을 바라보고 있다. 대부분은 픽업트럭이고 SUV와 밴이 가끔씩 섞여 있다. 하나같이 돈을 주고 전문가에게 맡겨 제작한 깃발과 표지판으로 뒤덮여 있다. 저 가지각색의 깃발들은 추악함의 정수다. 경찰 연대를 의미하는 씬 블루 라인(Thin Blue Line)과 다양한 변종, **나를 짓밟지 마라***, 파란 엑스자 남부 연합기, **자유가 아니면 죽음을****. 물론 나치 스와스티카도 빠질 수 없다. 성조기 몇 개는 아마 구색을 맞추려 끼워 넣은 것일 텐데, 다른 깃발들과 본질적으로 의미가 충돌한다는 데에는 관심조차 없었겠

---

* 노란색 배경에 똬리를 튼 방울뱀이 그려진 미국 최초의 군기 중 하나인 가즈덴 깃발, 우익의 상징.

** 미국의 독립 영웅 패트릭 헨리의 말을 인용한 것으로, 흰 바탕에 검은 별이 그려진 과거 텍사스 독립 지지 깃발.

지. 인쇄된 피켓과 표지판은 더욱 일관성이 넘친다. **친절한 친구 상원의원의 친구들, 뉴욕을 다시 위대하게, 당신들의 도시가 아닌 우리들의 도시.** 손 글씨는 하나도 없다. 브루클린이 판필로의 선거 운동 광고에서 봤던 공식 로고가 그려진 것도 없다. 하지만 그건 판필로가 오늘 아침에야 로고를 공개했기 때문일 거다. 브루클린은 저런 것들을 만드는 데 얼마나 많은 돈이 드는지 안다. 원할 때 뚝딱 만들어 낼수 없다는 것도 안다. 저렇게 인쇄된 표지판과 배너를 대량으로 뽑아내려면 며칠 또는 몇 주일까지도 걸린다. 이건 자발적인 활동이아니다. 정치적 지지를 표명하기 위한 풀뿌리 운동이 아니다.

더군다나 브루클린은 저들이 하필 이 거리, 이 동네에 몰려온 것에도 이유가 있다고 확신한다. 노스트랜드 애비뉴는 윌리엄스버그에서 브라이턴 해변까지 이어지는 브루클린 자치구의 주요 도로 중하나로 길 곳곳에 난 구멍과 악명 높은 교통체증으로 유명하다. 그러나 베드스타이와 크라운하이츠, 플랫부시를 길게 관통하는 이 길은 골든 크러스트 같은 패스트푸드점부터 이발소, 드레드록 전문점과 브레이딩 미용실, 최고급 아프리카 레스토랑에 이르기까지 흑인소유 사업체들이 눈에 띄게 즐비한 곳이다. 한국인이 운영하는 농산물 가판대, 유대인 식당 한두 곳, 이탈리아인이 운영하는 수산시장 등 다른 민족의 상점도 많지만, 뉴욕에서 폭넓은 흑인 디아스포라를 완전하게 경험하고 싶다면 노스트랜드야말로 제격이다. 본성을 드러내고 싶은 인종차별주의자가 난동을 부리기에도 가장 적당한 곳일 테고.

이 짜증 나고 멍청한 행렬이 지나가는 도로 양쪽 인도는 쇼핑객과 상인, 통근자로 가득한데, 거의 전부 흑인이다. 그중에서 저런 광경을 보고도 냉정함을 유지할 수 있는 사람은 없다. 대부분은 하던 일에 계속 집중하지만 상당수가 차량들을 주시하며 휴대전화를 들어 동영상을 찍거나 맞고함을 지르고 있다. 시위대가 교차로를 정체시키려 일부러 넓은 간격으로 퍼져 있어 지나가는 다른 차량들이 울려 대는 경적 소음도 상당하다. 길모퉁이 한 휴대전화 판매점 앞에 놓인 2미터 높이의 스피커에서는 비기*의 노래가 흘러나오고 있다. 시끄러운 랩이 자동차 경적과 소리와 트럭에서 나오는 컨트리 음악인지 뭔지를 압도하고 있지만 이 모든 것이 어우러진 결과는 결국 청각적인 혼돈이다.

거의 유치할 정도의 소동이다. 그러나 브루클린은 전혀 웃기지 않다. 공공연한 인종차별주의자들은 흑인 거주 지역에 잘 오지 않는다. 보통은 홀로 떨어진 개인이나 반격할 것 같지 않은 다른 인종을 표적으로 삼기 때문이다. 그런 인간들은 천성이 비겁하고, 베드스타이에 갔다가는 자칫 죽도록 두들겨 맞을 수도 있다는 걸 안다. 판필로가 선거 운동을 시작한 지 겨우 하루 만에 이 치들이 이렇게 대담해졌다는 건 아주 나쁜 징조다. 그보다 더 심각한 점은, 도시의 화신으로서 나름 익숙해진 브루클린의 직감이 이렇게 빨간불을 깜박이고 있다면 이 한심한 행위에 담긴 뭔가가 도시의 관심을 끌고 있다는 의미라는 것이다. 그게 뭔지 알아내는 게 브루클린의 임무다.

그때 차량 행렬에 속한 한 운전자가 조수석 창문을 내리더니 차

---

* 미국 래퍼 노토리어스 비아이지의 애칭. 뉴욕의 킹이라는 별명도 있다.

도로 달려와 차량들 옆에서 모욕적인 언사를 퍼붓고 있는 젊은 여성에게 거친 소리를 내지른다. 여자가 남자의 신경을 제대로 긁었나 보다. 남자가 얼굴이 시뻘게지더니 등 뒤로 손을 뻗어 총을 꺼내 든다. 위쪽에 커다란 총알통이 달려 있는 걸 보니 다행히 페인트볼 총이다. 젊은 여성도 금방 알아챈다. 그저 겁만 주려는 건지 아니면 정말로 사용하려는 건지는 모르겠지만 남자가 주섬주섬 총을 챙기는 사이 여자가 대놓고 비웃더니 핸드백을 휘둘러 남자의 손에서 총을 떨어뜨린다. 남자가 욕을 하며 창문 너머로 팔을 내밀어 여자를 잡으려 들지만 공교롭게도 열린 공간이 넉넉지 않다. 남자는 차창에 가로막히고, 여자는 눈동자를 굴리고는 태연히 자리를 뜬다. 남자가 차에서 내려 총을 다시 손에 넣으려 한다. 어떤 아이가 주운 사람이 임자라는 눈빛을 빛내며 주우러 달려들었기 때문에 시간이 좀 걸린다. 실랑이가 좀 있었으나 종국에는 남자가 총을 낚아채는 데 성공한다. 여자는 벌써 사라지고 없다.

주변 관중의 절반가량이 그를 손가락질하며 웃음을 터트린다. 분노에 찬 남자가 욕설을 퍼붓더니…… 총구를 들어 올려 인도를 향해 난사한다.

순식간에 코미디가 아수라장으로 변한다. 사람들이 비명을 지르며 주차된 차 뒤로 다급히 몸을 피한다. 시간이 얼어붙은 듯한 그 공포의 순간, 브루클린의 눈에 핏자국이 들어온다. 사람들의 옷에, 바닥에, 피가 너무 많다. 페인트볼은 맞으면 아프긴 하지만 작고 부드러운 플라스틱 캡슐 안에 액상을 넣은 것일 뿐이다. 눈에 직접 쏘면 다칠 수 있어도 대개는 옷 위에 맞으면 상처가 나지 않는다. 하지만 지금 바닥에 쓰러진 사람들과 도망치는 사람들에게서 보이는 상처는 단순한 붉은색 페인트 자국이 아니다. 더 짙고 어둡고 깊다.

브루클린은 깊이 생각하기도 전에 누군가의 클래식 올즈모빌 뒤로 몸을 숨긴다. 옛날에는 자동차를 타고 지나며 무차별 사격을 가하는 드라이브 바이(Drive-by) 사건이 무척 많았다. 브롱카는 오래 묵은 본능에 힘입어 두 손을 머리 위로 올린 채 바닥에 납작 엎드린다. 두 사람의 시선이 마주친다. 브루클린의 눈빛은 강렬하고, 분노에 가득 차 있으며 이렇게 말하고 있다. 방금 저 씨발놈이 한 짓 봤어? 그때 파드미니와 닉, 매니, 베네자가 브루클린이 방패막이로 삼고 있는 자동차 뒤에 뒤늦게 불쑥 나타난다.

"씨발, 이거 뭐예요?" 베네자가 총소리와 싸우듯이 외친다. "씨발, 이게 뭐냐고!"

"얼렸군." 매니가 말한다. 가끔 이보다는 덜 무서운 상황일 때, 브루클린은 매니가 휴면 중인 연쇄살인범의 얼굴을 하고 있다는 걸 본인도 아는지 궁금하곤 했다. 지금 그는 인근 가게의 금속 셔터에 난 움푹 파인 자국을 바라보고 있다. 딱딱하게 굳은 페인트볼이 아직도 박혀 있다. "페인트볼을 얼린 거야."

"어떤 미친놈이 페인트볼을 얼려서 쏘는데?" 하지만 브루클린은 그 답을 이미 안다. 사람을 죽이고 싶지만 법적 책임은 회피하고 싶은 놈들이다.

남자는 여전히 노스트랜드에서 총을 난사하고 있고, 도망치는 사람들을 비웃으며 욕설을 날린다. 브루클린은 트럭 행렬에 참가하고 있는 이들이 각자 무기를 꺼내 드는 것을 발견한다. 페인트볼 총, 후

추 스프레이, 물이라고 하기엔 너무 색이 어두운 액체가 든 물총. 심지어 석궁을 든 개자식도 있다. 온갖 위험한 것이 공중을 날아다닌다. 개중에는 길거리 사람들이 반격하는 것들도 있다. 처음 페인트볼을 쏘기 시작한 남자가 얼음이 가득 든 탄산음료 컵을 얼굴에 맞고 비틀거린다. 하지만 전반적으로는 상당히 일방적인 싸움이다.

그러다 브루클린은 시위 차량 뒤, 한 블록쯤 떨어진 곳에서 경찰차가 시동을 건 채 서 있는 것을 발견하고는 숨을 들이켠다. 차 안에는 흑인과 백인 경찰 두 명이…… 가만히 앉아 있다. 한 명은 경찰차 방송 시스템과 연결된 마이크에 대고 뭐라 경고를 하고 있지만 사람들의 비명과 총소리에 묻혀 뭐라는지 전혀 들리지가 않는다. 다른 한 명은 평생 들은 중 최고의 농담을 듣기라도 한 듯이 히죽거리고 있다. 바로 눈앞에서 그가 보호해야 할 비무장 시민들이 총을 맞고 있는데! 페인트볼일 뿐이니 별일 아니라고 치부할 수도 있지만, 피해자가 이른바 잘못된 부류일 때 경찰이 폭력 사건을 무시하는 꼴을 본 게 이번이 처음은 아니다.

그 순간 브루클린은 폭발하고 만다.

숨어 있던 곳에서 벌떡 일어난다. 그는 도시다. 공중에 날아다니는 어떤 물체도 그를 다치게 할 수 없다. 옆구리에 손을 갈고리처럼 세워 붙이고, 머리를 한쪽으로 삐딱하게 기울인다. 오래된 버릇이다. 입가에는 차가운 냉소가 걸려 있다. 말아 올린 윗입술, 싸늘한 미소. 브루클린 버전의 휴면 중인 연쇄살인범 얼굴이 완성된다.

"마이크 체크, 마이크 체크." 브루클린이 거칠게 으르렁거린다. "원, 투, 원, 투, 드랍."

돌연 절대적인 침묵의 장막이 내려앉는다. 물리적인 위력은 없지만 순식간에 거리의 소음과 심지어 제 자신이 몰아쉬는 거친 숨소리까지 죽은 듯이 사라지자 이 갑작스런 충격에, 있을 수 없는 일에 놀란 모든 이들이 하던 일을 멈추고 휘청거리거나 휘둥그런 눈으로 주변을 두리번거린다. 이 현상은 국지적이다. 다른 자치구 시민이 저 개자식들의 뻘짓 때문에 하루를 방해받으면 안 되기 때문에, 그리고 브루클린이 상상한 범위가 교차로 주변으로 대략 한 블록 정도에 국한되기 때문이다.

경찰차는 브루클린의 통제 범위 바로 바깥에 있고, 이제야 놀란 듯 보인다. 브루클린의 기분이 한층 더 더러워진다. 전에 방송을 하던 경찰이 다시 통신기를 들어 올린다. "해산하라." 탁탁거리는 잡음이 섞인 음성이 죽은 듯한 정적 속에서 부자연스러울 정도로 또렷하게 들린다. "뉴욕 경찰이다. 지금 거리에 나와 있다면 전부 불법 시위에 참가하는 것으로 간주하겠다. 경고한다. 지금 즉시……"

니미씨발새끼들. 하지만 브루클린은 저놈들의 꿍꿍이를 알고, 노스트랜드는 그의 비트를 안다.

손가락 하나를 까딱하자 휴대전화 가게 앞 스피커가 작동하기 시작한다. 가사는 없이 반주만 이어진다. 꽤 오래전에 활동했던 DJ가 긴 시간 동안 플레이할 수 있게 편집한 버전이다. 비기의 「모르겠냐 (Can't you See)?」의 베이스 브리지와 비트 리프가 연거푸 반복된다. 하지만 이제 그 소리는 무한하고, 모든 것을 아우르며, 청각적으로는 덜 피곤해도 정신적으로는 강력한 타격감을 선사한다. 어느새 닉이 브루클린의 옆에 함께 서 있다. 다른 이들도 마찬가지다. 브루클린이 시작한 것이 울려 퍼지고, 증폭되고, 선명해진다. 닉과 다른 자치구의 힘까지 더해지면 저들은 이미 패배한 거나 마찬가지다. 이제 놈들에게 그걸 알려 줄 시간이다.

비트-리프

시야 가장자리로 거리에 다른 사람들이 일어서 있는 것이 보인다. 그들은 완연한 뉴욕이다. 원래 고향은 어디고 도시의 화신인지 평범한 사람인지는 중요하지 않다. 그들은 온전히 이곳에 속한 이들이며, 뉴저지나 펜실베이니아 번호판을 달고 있는 폭도가 아니다. 그들의 집단적인 분노가 브루클린에게 힘을 실어 준다.

비트-리프

"너희나 꺼져 버려." 브루클린이 중얼거리자 경찰차와 그 안에 타고 있던 경찰이 감쪽같이 사라진다.

비트 비트 비트 비트-리프

"꺼져, 이 개새끼들아!" 길 건너편에서 한 남자가 소리치자 시위대가 들고 있던 무기가 느닷없이 자취를 감춘다. 우익 시위대 중 몇 안 되는 여성 중 하나가 강도짓이라도 당한 듯이 비명을 지른다. 그러나 아무도 그 소리를 듣지 못한다. 브루클린이 그들에게 말할 권리를 허하지 않았기 때문이다. 지금 발언할 권리를 가진 것은 오직 진짜 뉴요커뿐이다.

비트-리프

어린 손자의 어깨를 꼭 쥐고 있는 풍채 좋은 아이티 할머니가 외친다. "꺼져 버려! 너희야말로 여기 있을 자격이 없어! 파잔!*" 할머

---

* pajanm. '절대로'라는 의미의 아이티 크리올어.

니의 외침에 차량에 달려 있던 깃발과 판필로의 배너가 사라진다. 처음 페인트볼 사격을 시작한 사내가 눈에서 스프라이트를 닦아 내다 흠칫하고는 갑자기 알몸이 된 트럭을 멍하니 쳐다본다.

비트-리프

"베테 파 라 핑가!*" 중년의 대머리 쿠바인이 검은 리무진 차창 너머로 주먹을 흔들며 소리치자 트럭들이 사라진다. 트럭에 타고 있던 사람들이 한순간 공중에 떠 있다가 아스팔트 바닥으로 추락한다. 놀란 비명과 고통에 찬 신음이 들린다. 꼬리뼈 한두 개쯤은 부러졌을 것이다. 브루클린은 관심 주지 않는다.

비트-리프, 비트-리프, 비트-리프, 비트-리프, 비트-리프, 비트, 조금 느리게 리프, 그러더니 마지막 브리지가 나오기 전에 드디어 스피커가 나가 버린다. 그러나 도시가 할 일은 이제 다 끝났다. 브루클린이 소리를 걸어 잠근 일대를 다시 풀고 천천히 숨을 내쉬자 브루클린 자치구의 일상적인 소음들이 되돌아오기 시작한다. 차들이 경적을 울리지만 이번엔 평범한 노스트랜드의 교통체증일 뿐이다. 멍청한 관광객 한 무리가 도로 한가운데 멍하니 앉아 있기 때문이다.

닉이 웃음을 터트린다. 그러나 브루클린은 웃지 않는다. 그는 연석으로 내려가 이제는 자동차 시위대가 아니라 보행자 무리가 된 친구들 쪽으로 다가간다. 처음으로 총격을 시작한 사내의 앞에서 발을 멈춘다. 멀리서 들리던 구급차 사이렌 소리가 점점 가까이 다가오고, 등 뒤 인도에서는 아직도 총기 난사의 피해자들이 상처를

---

*Vete pa la pinga, '엿이나 먹어!', 쿠바에서 흔히 사용하는 욕설로 스페인어.

살피며 울거나 신음하는 소리가 들린다. 그들의 고통은 브루클린의 피부밑을 파고드는 불쾌감, 치아 뿌리까지 뒤흔드는 공격이다. 정의의 구현을 부르짖는 자치구의 갈망이 피를 들끓게 하지만 브루클린은 침입자들에게 필요 이상의 가혹한 보복을 하고 싶은 충동을 최대한 억누른다. 그럴 필요도 없고, 그럴 가치도 없다.

"지금 당장 떠나는 게 좋아." 브루클린이 말한다. 총격을 시작한 사내가 그를 피하려는 듯이 몸을 움츠린다. 사내와 같은 차를 타고 있던 또 다른 남자가 나타나 사내를 뒤로 잡아끌려는 것처럼 어깨를 붙잡는다. 두 남자 모두 정장을 차려입은 중년 흑인 여성이 무서워 죽을 것 같은 표정이다. "피해를 입은 사람 중에 당신네한테 보복하고 싶어 하는 이들도 있을 테니까. 이 동네에서 완전히 벗어날 때까지는 뭉쳐 다니라고 조언하고 싶군. 적어도 여러 명이 같이 있으면 공격을 받진 않을 거야. 아마도." 브루클린은 몸을 돌렸다가 새로운 생각이 떠오르자 멈칫한다. "혹시 경찰의 보호를 받고 싶다거나 하면 가장 가까운 경찰서는 톰킨스 거리에 있다고 말해 주고 싶네. 저쪽으로 여섯 블록 떨어져 있지." 브루클린이 고갯짓으로 방향을 가리킨다.

"하느님 맙소사." 첫 번째 총기 난사범이 내뱉는다. 과호흡이 온 듯이 헐떡인다. "하느님 맙소사, 무슨 짓을 한 거야? 내, 내, 트럭은 어디 있어? 어쩌, 어떻게……." 남자는 고개를 흔들고, 흔들고, 계속 흔든다.

브루클린은 피식 코웃음 친다. "내가 브루클린을 다시 위대하게 만들었지. 이제 내 자치구에서 꺼져."

브루클린이 동료 자치구들을 향해 돌아선다. 그러나 다시 인도로 올라온 순간, 거리의 소음을 뚫고 날아오는 익숙하지만 날카로운 음성에 가슴이 철렁 내려앉는다. "엄마! 엄마!"

부르짖음의 울림이 채 사라지기도 전에, 브루클린은 목소리가 들려온 쪽으로 번개처럼 방향을 바꿔 하이힐을 신고 안전하게 걸을 수 있는 속도를 무시한 채 전력으로 질주한다. 뒤에서 다른 이들이 놀라 소리 지르며 쫓아오는 소리가 들린다. 모퉁이를 돌자 바닥에 앉은 한 소녀의 주위로 겁에 질린 10대 소녀 몇 명이 쪼그려 앉아 있는 것이 보인다. 가운데 있는 아이는 피투성이가 된 팔을 움켜쥐고 있다. 모두가 발을 멈춘다. 저건 조조다.

뉴욕에 처음 온 사람들은 도시를 돌아다니다 아는 사람과 얼마나 자주 마주치는지 놀라곤 한다. 늘 일어나는 일이다. 브루클린은 메이시 백화점에 갔다가 동료 시의원을 만난 적도 있고, 행사 때문에 할렘에 갔다가 옆집 사람을 만나거나 지하철을 탔는데 30년간 소식이 끊긴 8학년 때 영어 선생님을 만난 적도 있다. 뉴욕은 아주 넓은 도시지만 삶을 살아가며 연결되는 수많은 인연을 생각하면 브루클린이 아는 사람을 우연히 마주치지 않는 게 더 놀라운 일일 것이다. 그러니 조조와 딸의 친구들을 동네에서 유동인구가 가장 많은 거리에서 우연히 마주친 것도 딱히 놀랄 일은 아니다.

마찬가지로 브루클린이 병원에서 신선한 공기를 쐬려고 밖으로 나왔을 때 브루클린에서 손꼽히게 유명한 리포터 중 한 명인 NY1의 마리암 대비와 마주친 것도 딱히 놀랄 일이 아니다. 신선한 공기를 맡기는 글렀다. 대비가 한참 동안 담배를 피우고 있었는지 주변이 담배 연기로 자욱하다. 브루클린은 그저 한숨을 내쉬며 하이힐을 벗는다. 얼마나 피곤한지 느끼지 않으려 애쓴다. 도시의 살아 있는 화신은 휴식이 필요하지 않지만, 피로함이 항상 육체적인 것만은 아니다.

마리암이 연기를 내뿜으며 다가온다. "세상 좁네요, 의원님. 그쪽도 건강 염려증이 있는 시어머니가 있나요?"

브루클린은 저도 모르게 픽 웃는다. "그랬다면 좋았을 텐데요." 고인이 된 남편의 어머니는 아들보다 조금 일찍 세상을 떴다. 멋진 분이셨다. 살아 계셨다면 큰 도움이 되셨을 것이다. "노스트랜드에서 벌어진 사건 때문에 내 딸이 다쳤어요." 브루클린이 위팔을 톡톡 두드린다. 조조의 팔이 심하게 부러져 수술이 필요할지 알아보기 위해 기다리는 중이라는 것을 길게 설명하기엔 너무 피곤하다. 조조 옆에는 지금 브루클린의 부친이 있으니 전문의가 도착하면 연락을 받을 수 있을 것이다.

마리암의 눈썹이 솟구친다. "나도 그 사건 들었어요. 하지만 이상한 소문이 돌던데요. 시위대 차량이 갑자기 사라졌다던가? 경찰차도 한 대 사라졌는데, 거기 타고 있던 경관들은 나중에 관할서에 나타나서 횡설수설했다고요…… 동영상도 있는데 조작된 거라는 주장이 있더군요. 실제로도 조작된 것처럼 보이긴 해요."

살아 있는 도시는 그들의 의지를 발휘하는 모습을 들켜서는 안 된다. 사람들은 보통 도시의 신기방기한 마법을 목격하더라도 금세…… 잊어버린다. 브루클린이 생각하기에는 도시가 지금 같은 딥페이크의 시대에는 그런 데 굳이 신경 쓸 필요도 없다고 여기는 것 같다.

"동영상이나 다른 건 몰라도 공격이 있었던 건 사실이에요. 조조의 팔에서 뽑아낸 페인트볼 조각은 확실히 진짜였으니까."

브루클린은 마리암의 얼굴 위로 과연 브루클린과의 대화가 퇴근 후에도 일할 가치가 있을 만큼 흥미로울지 판단하는 숙고의 과정이 펼쳐지는 모습을 고스란히 지켜본다. 잠시 후 마리암이 자조 섞인 한숨을 내쉬며 고개를 젓고는 핸드백 안으로 손을 뻗는다.

"녹음해도 될까요?"

싫다. 하지만 이건 단순히 브루클린과 그의 분노에 관한 이야기가 아니다. 수십 명이 넘는 평범한 시민이 그 빌어먹을 자식들 때문에 부상을 입었다. 조조의 부상은 그중 최악도 아니다. 한 여성은 심지어 한쪽 눈을 잃었다. 브루클린은 고개를 끄덕인다. 마리암이 아이폰을 꺼내 마이크 덮개를 부착한 후 브루클린의 얼굴 앞에 가져다 댄다.

"그쪽에서 질문할 건가요?"

마리암이 어깨를 으쓱한다. "너무 피곤해서 아무 생각도 안 나네요. 그냥 생각나는 대로 말하세요. 우리가 알아서 괜찮은 걸 뽑아낼 테니까."

좋아, 그렇다면. 그래서 브루클린은 말한다. 울분이 치미는 나머지 무슨 일이 있었는지 설명하는 와중에도 간혹 말을 멈춰야 했다. 도시는 그보다도 더 화가 나 있다. 외부인이 주민들을 공격했는데, 그들을 지키고 수호해야 할 경찰은 아무것도 하지 않았다는 데 아직도 부글거리고 있다. 분노의 일부가 저절로 밖으로 튀어나온다. 왜냐하면 브루클린은 본질적으로는 아직 인간이고, 자식이 다쳤기 때문이다. 하지만 동시에 그는 이제껏 거친 정치 인생을 통해 흑인 여성은 다른 사람들에게는 당연한 권리인 정당한 분노를 똑같은 방식으로 표출할 자유가 없다는 사실을 아주 잘 알고 있다.

글쎄, 정치란 원래 무대 위에서 벌어지는 쇼다. 대중의 호의와 환심을 얻으려면 먼저 주요 타깃층의 관심과 참여를 유도해야 한다.

브루클린은 이렇게 마무리 짓는다. "이 사람들은 아마 주말 나들이 삼아 여기 왔을 겁니다. 평소에는 미드타운 밖으로 나오지도 않고, 캔자스에서 자란 제작자가 이곳을 배경으로 LA에서 만든 영화나 봤겠죠. 이 사람들은 우리를 안다고 생각해요. 그러고는 자기들끼리 수군거리죠. 뉴욕은 무서운 것들로 가득한 ㅆ……" 브루클린은 잠시 마음을 가다듬으며 심호흡을 한다. 앗차, 하마터면 말실수할 뻔 미소를 얼굴에 덧씌운다. 마리암이 그걸 보고 키득거린다. "험악한 흑인과 부우우울법체류 범죄자, 그리고 화장실에서 범죄를 저지를 트랜스 여성으로 가득한 최악 중의 최악이라고 말이죠. 그러면서 뻔뻔스럽게 여기 와서는 당신들의 도시가 아닌 우리들의 도시 같은 깃발을 흔듭니다. 이런 사람들은 뉴욕을 이용하고 싶을 뿐이에요. 이들은 우리의 비극을 훔쳐 자신들의 사기를 높이는 데 이용합니다. 자기네 상상 속 말고는 존재하지도 않는 뉴욕의 소유권을 주장합니다. 그러면서 우리가 누구인지 우리한테 설교할 권리가 있다고 생각하지요!"

브루클린의 목소리가 주차장을 가로질러 울려 퍼진다. 젠장. 하지만 마리암도 그를 저지하지 않았고 브루클린은 열을 받으면 허드슨 강처럼 말이 줄줄 흘러나오는 버릇이 있다. 백비트의 도움이 없는데도 이렇게 플로를 탈 수 있다니 기분이 이상하다. 하지만 브루클린이 MC 프리를 집어치운 지도 20년이나 됐다. 세월이 흐르면서 이 부분에도 적응한 게 틀림없다. 그리고 뉴욕의 정치가라면 좋은 캐치프레이즈의 위력이 얼마나 강력한지 안다.

"우리가 곧 뉴욕입니다." 브루클린이 으르렁거리며 내뱉는다. 마리암의 눈썹이 치켜 올라가고, 브루클린의 미소가 더 크고 공격적으로 변한다. "그리고 그게 어떤 의미인지 결정하는 것도 바로 우리입니다. 더 큰 권력으로 가는 길을 다지기 위해 우리 뉴요커들을 짓밟을 수는 없습니다, 우리들의 친절한 친구 씨. 당신은 침탈할 수 없습니다. 우리가 맞서 싸울 테니까. 그리고 처절한 패배를 맛보게 해드리죠." 브루클린의 음성이 다시 높아진다. 신중하게 절제된 단호한 목소리가 울려 퍼진다. 그의 귀에, 마음에, 그리고 100만 개의 목소리가 하나로 결합된 영혼 깊숙한 곳까지. 그는 브루클린이며, 지금 이 순간 그는 진실을 말하고 있다.

"선전포고나 다름없는 말인데요, 의원님." 마리암이 진심으로 감명을 받은 듯이 말한다. 그러더니 눈을 가느스름하게 뜬다. "아니면…… 뭔가 다른 걸 선언하는 건가요?"

브루클린은 단번에 무슨 의미인지 알아차린다. 마리암이 몸을 앞으로 들이밀며 굶주린 눈빛을 번득인다. 기삿감이다! 그리고, 흠…… 사실 브루클린은 이걸 원한 적이 없다. 그는 한때 유명인사였고, 유명세라는 게 얼마나 고약한지 알기 때문이다. 끝없는 비판,

진짜 친구와 착취범이 구분되지 않는 삶, 사생활과 신변 안전의 상실. 그의 가족은 이보다 더 나은 삶을 살 자격이 있다.

하지만 생각해 보면…… 그의 가족은 살기 좋은 도시에서 살 자격이 있지 않은가. 그래서 브루클린은 잠시 눈을 감았다가 뜬다. 도시의 의지를 표명한다. "그래요. 저는 뉴욕 시장에 출마하겠다고 선언합니다. 한번 해봅시다."

막간

도쿄

오늘날 도쿄로 알려져 있는 여성은 자신의 사무실에 들어선 순간 낯선 사람이 기다리고 있는 것을 발견하고는 심기가 매우 언짢아진다.

이 낯선 방문객은 다른 도시다. 일본인은 아닌 게 확실하다. 비록 외모가 절반은 일본인 같고 나머지 반쯤은 유럽 외 다른 곳 사람처럼 보이긴 하지만 말이다. 어쨌든 서 있는 자세에서 숨길 수 없는 미국적 태가 나고 이런 식으로 도쿄를 침범할 만큼 버르장머리가 없는 걸 보니 어느 도시인지는 짐작이 간다.

등 뒤에서 문이 닫힌다. 도쿄는 누군가 이 방을 훔쳐보고 있지는 않은지 정기적으로 무선주파수 스캔을 한다. 이러한 순간과 공간 밖에서의 그는 기업 투자용 제이팝 밴드를 육성하는 엔터테인먼트 회사의 젊고 세련된 여성 CEO다. 그러나 지금 이 순간 그는 400년 역사를 지닌 도시의 250년 된 화신이며, 무례한 행동에 대해서는 이미 1800년대에 인내심이 바닥난 상태다.

"뉴욕." 도쿄가 가슴 앞에 팔짱을 끼며 영어로 말한다.

남자는 고개를 숙여 그럭저럭 괜찮은 수준의 경의를 표하지만 서양인이 으레 그렇듯이 어색하고 뻣뻣하다. "당신의 영역을 침범한데에는 변명의 여지가 없습니다." 원래 하려는 말이 뭔지는 몰라도 남자가 정중하고 유창한 일본어로 서두를 연다.

"알면서 왜 그랬지?" 도쿄는 영어를 고집한다. 영어권 사람이 이해하는 방식으로 무례하게 구는 편이 더 낫다.

남자가 도쿄의 쌀쌀맞은 반응에 멈칫하더니 고맙게도 깍듯한 격식을 내던져 버린다. 어차피 저 사내한테는 어울리지 않았다.

"맨해튼." 남자가 마침내 영어로 돌아가 본인의 이름을 정정한다. "뉴욕은 다른 사람입니다. 그리고 우리 모두가 치명적인 위기에 봉착하고 있지 않다면 이렇게 침범하지도 않았을 테고요."

"하지만 벌써 그러고 있잖아." 도쿄는 남자의 옆을 지나쳐 책상 뒤로 돌아간 다음 의자에 깊숙이 기대앉아 다리를 꼰다. "너희가 안됐다고 생각하긴 하지만 나하곤 상관없는 문제야. 너희를 도와줄 수도 없고. 그만 가 봐."

맨해튼이 심호흡을 하더니 노골적으로 오기를 부리며 도쿄의 허락도 받지 않고 의자에 앉는다. "고대도시만 최고회의를 소집할 수 있다는 걸 압니다."

"난 고대도시가 아냐. 그쪽을 찾아가 보는 게 좋겠네." 그리고 만일 맨해튼이 그 말대로 한다면 고대도시 원로들은 그의 엉덩이를 걷어차 쫓아낼 테고 도쿄는 그걸 축하하며 피자 한 판을 끝장낼 것이다.

맨해튼이 다리를 꼰다. "그리고 고대도시들이 회의를 소집하지 않겠다고 고집할 경우, 젊은 도시들이 충분한 표를 모은다면 그들의 결정을 무효화할 수 있다는 것도 알고요."

도쿄가 한숨을 짓는다. "어쩜 이렇게까지 미국일 수가 있는지. 이건 너희들이 자주 벌이는, 선거구를 멋대로 주물럭거리는 가짜 민주주의 같은 게 아니야. 우리 중 충분한 수가 만나고 싶어 하면 현실이 우리의 집단적 의지에 반응해 저절로 도시들의 정상회담이 열리는 거란다. 투표 같은 건 필요하지 않아. 그리고 아니, 회담을 열자고 나한테 빌러 온 거면 난 그럴 생각 없어. 방금도 말했듯이 너희 도시가 위험하다는 건 알지만 그건 '너희' 문제 같거든."

맨해튼은 회담이 어떻게 열리는지 알고는 놀란 표정이다. 도쿄는 처음 도시의 역할을 맡게 되었을 때 모든 게 얼마나 낯설고 신기했는지 새삼 떠올린다. 지금 와서는 그때 왜 그랬는지 이해가 안 갈 정도지만. 그는 맨해튼도 똑같을 것이라고 짐작한다. 여기까지 찾아와 거절을 대답으로 인정하지 않는 것을 보면 말이다. 이 남자는 묵묵히 현실에 안주하느니 설령 그 결과가 헛되더라도 적극적으로 행동하는 것을 선호하는 부류다. 그러나 살아 있는 도시란 살아 있는 것 자체가 그들 도시의 건강과 평화를 유지하기 위한 적극적인 선택이다. 살아 있는 도시가 지나치게 적극적으로 행동한다면, 그래서 혹시 다치기라도 한다면 무고한 시민들이 죽는다. 그러니 조금이라도 상식이 있다면 다른 도시를 침범하지 않고, 다른 사람의 사무실에 난입하지 말고, 가라는 말을 거부하지 말아야 하는 것이다. 도시들 사이에 싸움이라도 벌어지면 수천 명이 목숨을 잃을 수 있다.

맨해튼이 상체를 앞으로 기울이더니 무릎에 팔꿈치를 대고 손끝을 모아 세운다. "간세이 그룹의 수장이 적의 수하인 건 알고 있습니까?"

도쿄가 흠칫 몸을 굳힌다. 간세이 그룹은 그가 운영하는 회사의 최대 라이벌이다. 요즘 모든 계약서를 손보고 있는 것도 간세이 그룹이 그가 키우는 가장 큰 아이돌 유망주를 합법적으로 빼돌릴 수 있는 허점을 발견했기 때문이다. 적이 새로운 전술을 개발했다는 소문은 들었지만…… 이런 거라고? 황당무계한 소리다. 젊었을 적 그를 괴롭힌 괴물은 적군 병사들의 손과 힐끔거리는 얼굴로 뒤덮인, 딱히 정해진 형상이 없는 종류의 공포였다. 옛것과 새것의 만남이라는 도쿄의 관광 홍보 슬로건처럼, 그는 헤이안 시대부터 어머니에게서 딸로 전해 내려온 가보인 오래된 나기나타*로 적의 무례한 새로움을 물리쳤다. 그 뒤로 몇백 년을 지나오며 그는 아주 많이 변했고 그러니 외계 차원의 괴물들도 변할 수 있을 것이라고 생각한다. 하지만…… 놈이 대중문화의 영향력을 돈으로 사들이고 있다고?

도쿄가 생각에 잠긴 사이, 맨해튼이 의자에서 일어나 도쿄의 책상 위에 서류철을 내려놓는다. 서류철 안에는 낯익은 얼굴이 담긴 스냅사진이 첨부되어 있다. 간세이 그룹 회장이 백금발에 흰색 정장을 입은 키 큰 백인 여성에게 미소를 짓고 있는 사진이다. 사진을 본 도쿄가 미간을 찌푸린다. "이거보다는 능력 좋은 디지털 아티스

---

* 薙刀. 긴 손잡이 끝에 곡선 형태의 칼날이 붙어 있는 일본의 전통 장병기.

트를 구하지그래." 흐릿해서 도저히 알아볼 수 없는 여성의 얼굴을 손가락으로 톡톡 두드리며 도쿄가 말한다.

"사설조사관이 찍은 원본입니다." 맨해튼이 말한다. "저 여자 사진은 전부 이렇거나 아니면 카메라가 아예 고장 나 버립니다. 하지만 사진이 완벽했어도 내 말을 안 믿겠지요?"

드디어 깨달으셨군. "내 사적 공간에 난입해 무리한 요구를 내미는 사람의 말을 들어 줄 필요가 있나?"

"다 같이 만나서 위험 상황에 대한 대책을 논의하자는 요구 말입니까? 뉴욕뿐만 아니라 우리 모두에게 위험이 다가오고 있단 말입니다." 남자가 서류철을 향해 까딱 고갯짓을 한다. "저기에 적의 모기업인 TMW사에 대해 우리가 아는 모든 정보가 들어 있습니다. 그들은 42개 도시에 자회사를 두고 있죠. 살아 있는 도시와 심지어 아직 태어나지 않은 도시에도요. 내 도시에서는 더 '나은 뉴욕 재단'이라는 이름으로 불립니다. 여기 도쿄에서는 '도시 개선 홀딩스'라는 이름으로 활동하고 있죠. 직접적으로 당신을 노리고 있는 것 같진 않지만 여러 일본 도시의 주택 정책에 영향을 미치고 있습니다. 일본 국회에는 간세이 회장의 형제가 있죠. 아마 그래서 회장에게 손을 뻗고 있는 걸 겁니다. 교토에서도 TMW가 활발하게 활동하고 있고요. 직접 알아보시고 결론을 내리시죠."

맨해튼은 그 말과 함께 고개 숙여 인사하고는 사라진다. 어린 것 같으니. 도쿄는 다른 사람이 보는 앞에서는 절대로 거대디딤을 하지 않는다. 현재의 기술 발전 속도를 생각하면 도시가 만들어 내는 "운"이 그들의 목적과 능력을 언제까지 감춰 줄 수 있을지 장담할 수 없다. 저 애송이는 조심성이 부족하다.

그래서 도쿄는 맨해튼이 남기고 간 서류철을 집어 들어, 한 10초 정도 응시한 다음, 쓰레기통에 던져 넣는다.

그는 바보가 아니다. 간세이에 대한 맨해튼의 충고가 일말이라도 옳을 가능성이 있다면 그 문제에 관해 알아봐야 한다. 사람을 부리면 될 것이다. 그러나 갓 태어난 도시가 이런 요구를 하는 것이 부적절한 데에는 이유가 있고, 그는 오만하고 잘난 척하는 미국 하프* 때문에 예의와 규범을 무시하지는 않을 것이다.

하지만 교토는.

교토는 한때 일본에서 가장 오래된 살아 있는 도시였다. 비록 그 화신이 1400년대 오닌의 난**에 죽긴 했지만 말이다. 그 후로 교토는 정치적인 문제와 서구화를 비롯해 여러모로 고전을 겪긴 했지만 드디어 안정기에 들어섰고 조만간 다시 태어날 조짐이 보이기 시작하고 있다. 만약 적이 술수를 부려 그 과정을 방해하고 있다면……

도쿄는 휴대전화를 꺼내 연락처를 훑어보다가 "파이"라는 이름에서 눈길을 멈춘다. 이집트는 지금 새벽 5시겠지만 무슨 상관이랴. 도쿄가 이런 모욕을 당했으니 당연히 주변 이들도 똑같은 기분을 느껴 봐야 한다.

누군가 딸깍 소리와 함께 전화를 받는다. 잠에서 덜 깬 남성의 음성이 한숨을 내쉬며 영어로 말한다. "죽어 버려."

도쿄가 고개를 흔든다. "너무 게으른 거 아냐? 난 10년간 한숨도

---

*일본에서 혼혈을 부르는 말.

**1467년부터 1477년까지 지속된 내란으로 일본 전국시대가 시작되는 사건으로 간주된다.

안 잤는데."

"우리 중 일부는 일중독으로 악명 높은 도시가 아니다. 우리 중 일부는 수백 년을 농부로 살았기에 새벽 시간이 한참 지난 뒤까지 잠자는 걸 좋아하지. 원하는 게 뭐지?"

도쿄는 임원용 의자에 깊숙이 기대앉는다. "뉴욕에서 무슨 일이 있었는지 아는 걸 전부 말해 줘. 그리고 불만을 제기하고 싶어."

4장

방랑자의 블루스

아이쉬와라가 파드미니의 침실 문을 두드린 것은 오전 10시다. 이불을 걷고 일어나자 아침 햇살이 방 안 가득 눈부시게 쏟아지고 있다. 지난 1년간 동이 트기도 전에 일어나야 했던 걸 생각하면 충격적일 정도로 밝다. 이렇게 밝을 때 내 방을 본 게 얼마 만이람?

잠을 많이 자지도 못했고 잘 자지도 못했기 때문에 피곤하다. 노스트랜드에서 조조가 다쳐 신음하고 있는 것을 발견한 그 끔찍했던 순간 이후, 파드미니와 다른 이들은 브루클린과 그의 가족과 함께 병원으로 향했다. 조조는 출혈이 심하거나 생명이 위험할 정도는 아니었지만 수술을 받아야 할지 알기 위해 응급실에서 몇 시간이나 대기해야 했다. 다행히 조조는 괜찮았다. 위팔뼈에 금이 가 하룻밤 입원해야 했지만 이보다 더 나쁠 수도 있었다. 어쨌든 결과를 들은 브루클린은 안 그래도 우울한 하루를 보낸 파드미니를 떠밀다시피 집으로 보냈다. 파드미니는 매니, 그 쓸데없이 극도로 친절하고도 교활한 놈이 신선한 공기를 마시러 가자고 재촉할 때까지는 잘 버텼지만, 결국에는 그 불쌍한 강아지 눈빛을 견디다 못해 나갔다가 그가 미리 불러 놓은 게 분명한 우버에 올라탈 수밖에 없었다. 집에 와서 침대에 누운 뒤에도 밤새도록 거의 뜬눈으로 지새우다 새벽이 되어서야 가까스로 잠이 들었다.

아이쉬와라가 두 번째로 문을 두드렸을 때, 파드미니는 여전히 잠옷 차림이다. 파드미니가 문을 열자 아이쉬와라가 그의 얼굴에 아기를 들이민다. 18개월 된 조카 바다나가 아이쉬와라와 꼭 닮은 미소를 지으며 수줍게 인사한다. 파드미니는 거의 자동적으로 아이를 받아 안으며 악마회사에서 죽도록 일하느라 얼마나 많은 시간을 허비했는지를 가슴 아프게 절감한다. 마지막으로 안아 줬을 때보다 눈에 띄게 많이 자랐다.

아이쉬와라가 고개를 끄덕이며 단호하게 말한다. "그래, 이제 좀 낫네. 울적하게 틀어박혀 있지 말고 나와서 밥 먹어라. 내가 너 밤새 못 잔 걸 모를 것 같니?"

지금 파드미니가 가장 원하지 않는 게 있다면 바로 아침식사다.

"난 이제 밥 안 먹어도 돼요, 이모……"

"헛소리 말고." 아이쉬와라가 양손을 허리춤에 얹는다. "너 요즘에 계속 헛소리만 해 대더라. 내가 끌고 나오기 전에 제 발로 나와."

파드미니가 마지못해 방 밖으로 발을 내딛자 아이쉬와라가 어느새 등 뒤로 다가와서는 손뼉을 짝짝 치며 빨리 움직이라고 재촉한다. "자, 자, 어서, 어서, 헛소리 쿤주*, 음식이 식고 있단다."

---

* 'girl'을 의미하는 타밀어.

"이모 진짜 이상한 사람이거든요." 파드미니는 일부러 느릿하게 움직이지만 어쨌든 적어도 걷기 시작한다. 하지만 웃음이 나는 것을 참을 수가 없다.

파드미니는 퀸스가 되고 난 후 몇 달간 다른 실존적 개념 중에도 인간의 형태로 구현된 것들이 있지 않을지 종종 생각하곤 했다. 충분한 수의 사람이 생각과 공간을 공유함으로써 도시가 생명을 얻는다면 어째서 국가나 인종, 하위문화의 화신은 존재하지 않는 걸까? 많은 종교에 화신이라는 개념이 존재하긴 하지만, 그런 개념이 없는 종교에도 화신이 있어야 하지 않을까? 그리티*도 지금쯤이면 불사신이 되어 마법을 부릴 수 있어야 하지 않나? 모든 개념에 똑같은 일이 발생할 수 있다면 아이쉬와라는 분명 열대성 저기압의 화신일 거다. 파드미니는 확신한다.

식탁에는 아이쉬와라의 남편 바사트가 앉아 휴대전화를 들여다보고 있다. 그가 고개를 들더니 활짝 웃는다. "정말 오랜만이구나. 장례식을 치르기 전에 볼 수 있어서 얼마나 기쁜지 모르겠어."

바다나가 태어난 후 바사트는 아재 개그라는 개념을 기쁘게 수용했는데, 거기에 자연스럽게 타밀어의 교수대 유머까지 아낌없이 녹여 넣기 시작했다. 파드미니는 한숨을 쉬며 의자에 앉아 바다나를 무릎에 앉힌다. 식탁에는 파드미니가 제일 좋아하는 음식이 놓여 있다. 달콤한 코코넛으로 속을 채운 파니폴과 약간의 생선 커리. 작은 팬케이크를 굴리는 게 상당히 고역이라 아이쉬와라가 평소 파니

---

*Gritty. 필라델피아 하키팀의 마스코트

폴을 만드는 걸 싫어한다는 점을 생각하면 깜짝 놀랄 일이다.

"아니, 오늘 네 생일 아니다." 바사트가 파드미니의 표정을 보고는 즐겁다는 듯 말한다. "아이쉬와라가 아닌 척하면서 너한테 잘해주려는 거야. 빨리 아무렇지도 않은 척해."

"조용히 해요." 아이쉬와라가 눈동자를 굴리며 앉는다. "못된 참견쟁이 이모라는 내 평판을 망칠 셈이에요?"

어처구니가 없다. 미래가 완전히 끝장났는데 겨우 속을 채운 팬케이크 하나로 파드미니의 기분이 나아질 거라고 생각하는 걸까? 하지만 파드미니는 감동받는다. 어떤 사람들은 쓸데없이 교활하면서도 동시에 매우 친절할 수도 있는 법이다. '바디'가 팬케이크를 하나 달라고 해서 건네준다. 덕분에 눈물을 참았다.

"아유, 훨씬 낫네." 파드미니가 마침내 식사를 하기 시작하자 아이쉬와라가 만족스럽게 내뱉는다. "네가 인간의 육체적 욕구를 초월했는지 어쨌는지는 관심 없다. 누구든 머리가 제대로 돌아가려면 잘 먹어야 해. 특히 넌 머리가 100만 개나 되니까 더더욱 그렇지."

"퀸스 인구는 200만 명이에요." 바사트가 안경을 쓱 밀어 올리더니 다시 휴대폰으로 시선을 돌린다.

"그럼 한 그릇 더 먹어야겠네."

모든 게 지극히 평범하다. 아이쉬와라와 바사트는 파드미니의 기분을 북돋아 주려 하지만 파드미니는 그런 걸 원하지 않는다. 젠장. 그는 참담한 기분에 푹 빠져 있고 싶다.

"지금 농담이 나와요?" 파드미니는 심통 부리는 것처럼 들린다는 걸 알면서도 말한다. "직장도 잃고 도시는 또다시 위험에 처했는데,

다 같이 죽기 전에 이모의 끔찍한 농담까지 들어야 하는 거냐고요."

"그래." 아이쉬와라가 차를 홀짝인다. "그러면 안 되니? 그럼 빈속에 비참하게 죽는 게 더 좋아?"

"지난여름에도 우리가 다 죽을 거라고 하지 않았니?" 바사트가 끼어든다. 그러고는 포크에 팬케이크를 찍어 바디에게 내밀자 아이가 방싯 웃으며 몸을 기울여 한입 베어 문다. "근데도 여기 이렇게 살아 있잖아. 아니면 곧 죽을 거라고 온종일 축 처져 있어야 하니? 난 그렇게 우울한 사람 아니다."

"이모부." 파드미니가 포크를 내려놓고 한숨을 쉰다.

"솔직히 말이야." 아이쉬와라가 입을 뗀다. "지난번에 너 때문에 우리 식구 전부 그 망할 필라델피아까지 가서 바사트의 사촌인 에드거네 집에 묵었잖니. 너 내가 그 사람 얼마나 싫어하는지 알지? 맨날 내 가슴만 빤히 쳐다보고 말이야. 그러니까 이번엔 필라델피아에는 절대로 안 갈 테니 알아 둬라. 그게 신경 쓰이면 빨리 문제를 해결하든가. 알겠니?"

"그래서 내가 얼굴에 한방 날려 줬잖아요." 바사트가 상처 입은 표정으로 말한다.

"그래요. 아주 사랑스러운 펀치였죠, 내 사랑. 어깨를 충분히 사용하지 않아서 그렇지." 아이쉬와라가 남편의 손등을 토닥인다. "그 인간은 내가 안 보고 있다고 생각할 때만 힐끔거리는데, 멍청하기 짝이 없는 데다 반사 신경도 형편없어서 못 알아차릴 수가 없단 말이죠. 다음번엔 내가 주먹을 날리게 해 줘요, 알았죠? 요즘 체육관에서 유산소 킥복싱을 배우고 있거든."

파드미니가 손바닥으로 얼굴을 문지른다. "뭘 어떻게 해야 할지 모르겠어요. 제 말 듣고 있어요? 이젠 첸나이로 돌아가야 한다고요. 그렇게 되면 다들 내가 ㅆ……" 간신히 위기를 넘긴다. 바디가 욕을 들으면 따라 하기 때문이다. "낙오자라는 걸 알게 될 거예요. 흰옷의 여자가 우리를 전부 오징어로 바꿀 때까지 버티거나 아님……"

아이쉬와라가 한숨을 푹 내쉰다. "무슨 수가 생길 거야." 마침내 어조가 진지해진다. "넌 항상 못 한다고 호들갑을 떨지만 결국엔 늘 어떻게든 해내잖니. 단념하지 말고, 일이 더 잘못되게 냅두지만 않으면 돼." 아이쉬와라가 고개를 젓는다. "넌 너 자신을 좀 더 믿어야 해, 쿤주. 왜, 그 브루클린에서 온 멋진 여성분을 본받는 건 어떠니? 그분은 도시의 화신인 데다 심지어 시의원이잖아. 정말 대단하더라."

파드미니가 믿을 수 없다는 표정으로 이모를 빤히 쳐다보자 바디가 파드미니의 벌어진 입에 조심스럽게 팬케이크를 밀어 넣는다. "먹어." 정말이지 아이쉬와라의 딸이 확실하다.

"고맙다, 바디." 파드미니는 아무 대꾸도 못 하고 일단 입 안에 든 것을 씹지만, 덕분에 생각을 정리할 여유가 생긴다. "이모, 자신을 믿으면 이 빌어먹을 놈의 나라에서 안 쫓겨날 수 있어요? 내가 할 수 있는 일이라고 해 봤자 저기 뉴저지에 있는 끔찍한 블랙기업에서 일하는 것뿐인데 그런 데선 아마 내 여권도 빼앗고 노예처럼 부릴걸요. 아니면…… 아니면……" 파드미니는 고개를 흔든다. 사실 그것 말고는 생각나는 게 없다.

"그게 유일한 선택지는 아니야." 아이쉬와라가 말한다. "다른 좋은 일자리도 있다. 구하기가 어려워서 그렇지. 하지만 분명히 있긴 있을 거야. 그리고 네가 전에 일하던 회사 말인데, 꼭 고소하렴."

"하지만 만약에 내가……" 파드미니는 말을 시작했다가 화들짝 놀란다. 바디가 의아한 표정으로 쳐다볼 정도다. "고소요? 뭘로요?"

"임금 착취." 아이쉬와라가 손가락을 하나씩 꼽기 시작한다. "불법적인 고용 관행. 초과근무 수당도 안 줬고, 근무 시간도 너무 길었잖아. 또 인도인이라 널 싫어하는 것 같았다면서. 그러니까 차별도 해당되지."

"그보단 제가 이민자라서 그랬을 거예요. 하지만 아마 둘 다였겠죠. 또 여자라는 점도 작용했을 테고." 파드미니가 미간을 찌푸린다. "그게 차별이에요?"

"그럼. 글쎄, 나야 모르지. 하지만 시도해 볼 가치는 있지 않겠니? 내가 예전에 변호사랑 데이트를 한 적이 있는데……"

바사트가 눈가를 가늘게 좁힌다. "세무 변호사요, 여보. 그리고 못생겼었지."

"그래요, 잘생기고 남자다운 내 남편." 아이쉬와라는 바사트가 긴장을 풀며 마음을 누그러뜨리자 다시 파드미니에게 관심을 돌린다. "하지만 그 사람이 능력 있는 노동 변호사를 알지도 몰라. 내가 한번 물어보마. 그러는 동안에 넌 결혼을 하는 게 어떠니?" 바사트와 파드미니의 기겁한 표정을 맞닥뜨린 아이쉬와라가 두 눈을 끔벅인다. 그들을 쳐다본 바디도 눈을 깜박인다. "왜?"

가까스로 말을 할 수 있을 만큼 회복한 파드미니가 힘겹게 입을 뗀다. "전 가난해요." 바디를 놀래지 않는 한에서 최대한 열불을 내며 말한다. "피부색은 어둡고, 뚱뚱하고, 청소부와 저임금 공무원의 '핏줄'을 타고났죠. 내 개인정보를 데이트 사이트에 올리면 다들 그냥…… 비웃을걸요? 게다가 난……" 파드미니는 얼굴이 달아오르는 것을 느끼곤 퍼뜩 입을 다문다. 스스로는 오래전부터 알았지만 가족에게는 절대로 말하지 않은 개인적인 사실이 있다. 가족 사이에서는 어떤 것들에 대해선 대화하지 않는 법이다. 하지만 아이쉬와라는 한심하다는 듯이 눈동자를 굴린다.

"그래, 그래. 넌 남자를 안 좋아하지." 아이쉬와라가 다 안다며 손을 휘휘 젓는다. "그런 건 몇 년 전에 알았다. 그럼 여자랑 결혼하렴. 요즘엔 합법이잖니. 그리고 넌 살이 그렇게 많이 찐 것도 아냐. 옷도 고작 14사이즈를 입으면서. 나이 마흔다섯에 애를 낳아 봐. 그래야 사람이 얼마나 찔 수……"

파드미니는 너무 당황한 나머지 어떤 것에 대해서는 이야기하지 않는다는 사실을 잊어버린다. "난 여자도 싫어요! 그냥 섹스가 싫다고요!"

"하!" 바사트가 식탁을 탕 내리치는 바람에 바디가 놀라 울음을 터트린다. 파드미니가 재빨리 아이를 흔들며 달래고 아이쉬와라가 남편을 매서운 눈초리로 노려본다. 하지만 바사트는 흠칫하면서도 말을 잇는다. "우리끼리 내기를 했거든. 아이쉬는 네가 몰래 여친을 사귀고 있을 거라고 했는데, 네가 그럴 시간이 어딨니. 그리고 네 방엔 섹스토이도 없잖아. 그렇게 스트레스를 받고 사는데……"

"맙소사, 내 방을 뒤졌어요?" 파드미니는 숨이 턱 막힌다.

"그랬지." 아이쉬와라가 억울할 정도로 우아하게 대답한다.

"진짜로? 세상에, 어떻게 그럴 수가 있어요!"

바사트가 질겁하며 움츠린다. 하지만 그건 아이쉬와라에게 타박을 들을까 무서워서다. "그냥 잠깐만 본 거야. 너도 이 사람이 어떤지 알잖니." 하지만 그 말은 바사트를 더 깊은 수렁에 빠트린다.

아이쉬와라가 남편의 손을 토닥이더니 파드미니를 향해 한숨 짓는다. "그래, 미안하다. 하지만 그냥 네가 걱정돼서 그랬다. 있지, 그러니까 내 말은 네가 넷플릭스, 어, 정말로 영화만 같이 보는 파트너를 얼마나 많이 만나든 상관은 안 한다만 반드시 그중 한 명과 결혼을 해야 한다는 거야. 미국 시민권자랑 말이다. 그리고 아이도 낳아야 해. 넌 애들을 아주 잘 다루잖니. 요즘엔 인공수정 비용을 대 주는 보험도 많으니까······"

"그만! 제발 거기까지, 그만! 맙소사." 파드미니는 울상을 지으면서 어떻게든 정신을 차려 보려 한다. "내가 도시라는 거 까먹었어요? 난 반쯤 불사신이고, 이상한 초차원적 능력이 있는 데다 맨날 이상한 생명체의 습격을 받는다고요! 설령 같이 살 만큼 좋아하는 사람이 있더라도 그 사람이랑 결혼을 해서 시민권을 얻으려면 같이 살아야 하는데 누가 됐든 양심상 그런 일을 겪게 할 수는······"

순간 깨달음이 엄습한다.

아이쉬와라와 바사트가 눈빛을 교환하더니 싱글벙글 웃는다.

"뭔가 생각났구나." 바사트가 말한다. "빠르기도 하지. 그렇다면 문제 해결이군."

"전······"

하지만 바사트는 휴대전화를 옆으로 치우고, 아이쉬와라는 찻잔에 차를 따른다. 누가 봐도 전부 다 결정된 모양새다. 바디가 거실로 나가고 싶다며 바닥에 내려 달라고 조르고, 파드미니는 재빨리 아침식사를 해치운다. 도시인 그는 식사를 할 필요가 없지만 이 이상한 가족의 일원인 이상 먹을 것을 낭비하면 안 된다.

그 후에는 옷을 갈아입고 재택근무 중인 아이쉬와라가 줌 회의를 하는 동안 바디와 잠깐 놀아 준다. 그다음에는 바사트가 바디를 데리고 탁아소가 딸린 직장으로 출근한다. 파드미니가 이모와 이모부의 근무 시간과 회사 복지후생이 부러운 건 이번이 처음이 아니다. 바사트는 미국에서 태어난 시민권자고 아이쉬와라는 영주권을 갖고 있어 두 사람에게는 선택권이 있다. 파드미니도 언젠간 그런 자유를 누릴 수 있을까?

어쩌면. 어쩌면 두 분의 말이 맞을지도 모른다. 포기하지 말고 계속 노력하면 어떻게든 될지도.

오늘은 대학원 수업이 없는 날이라 방으로 돌아가 학과 공부를 해야겠다. 뉴욕에 살지 않는 도시의 화신으로 전락할 위험에 처해 있긴 해도 성적이 떨어지는 변명거리로 삼을 수는 없다.(무엇보다 가장 먼저 외로운 섹스토이를 새로운 은신처로 옮긴다. 만약을 위해서다.)

이어버드를 귀에 꽂는 것 말고는 아직 아무것도 안 했는데 아파트 출입구 초인종이 울리는 게 들린다. 파드미니는 무시하고 공부를 계속한다. 왜냐하면 아이쉬와라가 늘 공부 시간은 근무 시간과 똑같으니 긴급 상황이 아닌 이상 다른 것에는 신경 쓰지 말라고 가르쳤기 때문이다. 아이쉬와라가 방에서 나와 투덜거리며 인터폰을 누르는 소리가 들린다. 상대방의 대답이 잘 들리지 않아 아이쉬와라가 "누구세요?"라고 재차 묻는다. 또다시 아까처럼 뭉개진 소리가 들린다. 파드미니는 눈살을 찌푸린다. 망할 놈의 집주인이 설치해 준 인터폰이 싸구려긴 해도 이제껏 사용하는 데 별문제는 없었다. 아이쉬와라가 짜증을 내며 세 번째로 묻는다. "누구라고요?" 반대편에서 대꾸하는 남성의 대답은 여전히 무슨 말을 하는지 알 수가 없다. 거의 일부러 알아듣지 못하게 하려는 것처럼 들릴 정도다.

인터폰으로 응답한 사람이 아이쉬와라가 아니라 파드미니였다면 진즉에 저 사람을 건물 안으로 들여보내 줬을 것이다. 두 점 사이의 최단 거리는 직선이며, 최대한 빨리 하던 일로 돌아가려면 상대방에게 나쁜 의도가 없고 그저 발음이 나쁠 뿐이라고 가정하는 게 최선이다. 하지만 아이쉬와라는 "남들이 나를 대우해 주지 않으면 나도 그럴 필요 없지"라는 굳은 신념의 소유자라 건물 출입문을 열어 주지 않고 냅다 방으로 들어가 버린다. 초인종이 몇 번 더 울리자 파드미니의 신경이 거슬리기 시작한다. 차라리 내가 열어 줘야겠다는 생각에 책상에서 일어나는데 드디어 초인종 소리가 멈춘다. 배달원이라면 출입구 앞에 있는 화분 뒤에 택배를 놓아두거나 다른 사람이 문을 열어 주길 바라며 다른 집 초인종을 누를 것이다. 파드미니는 안도하며 다시 교재에 집중한다.

문단 하나를 세 번째로 읽고 있는데, 집 문을 주먹으로 쾅쾅 두드리는 소리가 들린다. 깜짝 놀라 앉은 자리에서 펄쩍 뛰어오를 정도로 크고 격한 소리다. 이건…… 전혀 짜증 난 배달원 같지가 않다.

파드미니는 방문을 슬며시 열고 밖을 내다본다. 아이쉬와라가 사리 블라우스 아래 어깨를 호전적으로 활짝 펴고 주먹을 굳게 쥔 채 현관문을 향해 성큼성큼 걸어가는 게 보인다.

"대체 뭐 하자는 거야? 누구야?"

"뉴욕 경찰입니다." 문 건너편에서 남성의 목소리가 말한다. 인터폰에서 나던 것과 똑같은 목소리지만 이번에는 훨씬 뚜렷하다. "사건과 관련해 잠시 이야기를 나누고 싶은데요."

파드미니가 놀라 숨을 들이켠다. 아이쉬와라는 믿을 수 없다는 표정과 함께 발끈하지만, 눈을 깜박이며 파드미니를 바라본다. 그러고는 읽기 힘든 표정을 짓는다. "알았어요." 그가 문가로 다가간다. 화가 났다기보다는 경계하는 것에 가깝다. "말씀하시죠."

"문 좀 열어 주시겠습니까?" 아까와 달리 깍듯하게 구는 게 위선적이다. 예의 바른 사람은 문을 그런 식으로 두드리지 않는다.

아이쉬와라가 팔짱을 낀다. 문에서 한 발짝 떨어져 한쪽 옆에 서 있지만 파드미니가 보기엔 그래도 너무 가깝다. 하지만 아이쉬와라는 겁내지 않는다.

"문을 열 필요는 없을 텐데요. 하실 말씀 있으면 하세요."

"부인, 불필요하게 일을 어렵게 만들고 계십니다. 가족 일을 건물 전체에 방송하고 싶진 않을 텐데요. 그냥 문 여세요."

"영장 있어요?"

"네, 있습니다."

"영장 종류는 뭐고 목적은 뭐죠? 체포영장인가요 아니면 I-205*인가요?"

문 반대편이 조용해진다. 노골적인 침묵 속에서 아이쉬와라가 웃

---

* 이민세관단속국(ICE)이 사용하는 자체 행정 영장.

음을 터트린다. "이럴 줄 알았어. 당신들 ICE지? 거기 사람들이 이런 게임을 즐겨 한다고 들었지. 이 집에 사는 사람들은 전부 합법 체류자거든요? 그래서, 원하는 게 뭐예요?"

침묵이 지속된다. 파드미니의 입 안이 바싹 마르고 머릿속은 공포로 새하얘진다. 도시의 마법으로 지나치게 열성적인 이민단속국 요원을 막을 수도 있나? ICE 요원이 총도 갖고 다니던가? 만약에 경찰이 총을 쏘기 시작하면 무슨 구성개념으로 식구들을 보호하지?

아무것도. 그가 할 수 있는 일은 아무것도 없다. 퀸스는 이민자들의 자치구다. 이러한 정체성에는 때때로 자기 집에서 불시에 습격당하고, 비밀경찰에게 끌려 나와 수용소에 갇히고, 모든 재산을 임의로 빼앗길 수 있다는 꺼림칙한 지식이 수반된다. 아니면 "불법 체류자"에게 강경한 모습을 보여 줘야 점수를 딸 수 있다고 생각하는 몇몇 정치인 때문에 —

정치인. 파드미니는 황급히 방으로 달려 들어가 떨리는 손으로 휴대전화를 꺼내든다. 그룹 채팅방에 문자를 보낸다. 판필로가 반이민주의예요?

그사이, 드디어 문 반대편에서 목소리가 말한다. "우리는 뉴욕 경찰의 권한으로 활동 중입니다, 부인. 하지만 문을 열고 싶지 않다면, 좋아요. 우리는 파드미니 프라카쉬를 찾고 있습니다. 이 주소로 등록돼 있는데 그분과 이야기를 나눌 수 있을까요?"

입을 살짝 열던 파드미니는 아이쉬와라가 번개 같은 속도로 그 입 다물라는 눈빛을 던지자 뻣뻣하게 얼어붙는다. 아이쉬와라도 두려워하고 있다. 이제는 파드미니도 알겠다. 하지만 인상을 찌푸리며 문을 향해 말하는 아이쉬와라의 목소리는 거의 호전적이다. "무슨 일로요? 아까도 말했지만, 그 애도 합법적으로 체류하고 있는데요."

"아닙니다. F-1 비자로 불법 취업을 해서 체류 자격을 상실했다는 신고가 들어왔습니다."

"뭐?" 아이쉬와라가 조용히 하라고 노려보기도 전에 파드미니가 저도 모르게 내뱉는다. 하지만 다행히 작은 목소리다. 왜냐하면 파드미니는 지금 진심으로 의아하기 때문이다. F-1 비자로는 합법적인 취업이 가능하다. 정해진 기준보다 더 많은 시간을 일하긴 했지만 그래 봤자 급여명세서에는 초과 근무 시간이 표시되지 않았다. 사악한 악마회사의 인사부에서 잔업을 숨기려고 편법을 썼기 때문이다. 또 감독관에게 최대 근로 시간 이상으로 일하고 있다고 말한 적도 없다. 어떻게……?

"거짓말이에요." 아이쉬와라가 말한다. "누가 신고했죠? 유학생에 대해 전혀 모르는 사람이군요."

"익명으로 신고됐습니다. 하지만 정말 알고 싶으시다면, 프라카쉬 씨를 고용한 전 회사의 누군가 신고한 겁니다."

파드미니의 입이 떡 벌어진다. "그 개자식들."

아이쉬와라가 손바닥에 얼굴을 묻으며 파드미니에게 소리 없이 벙긋거린다. 제발 좀 닥칠래? 다시 문 쪽으로 향한다.

"학교에서 그 애 체류 자격을 보증해 줄 거예요. 회사 동료들은 거기 관여할 자격이 전혀 없고요. SEVIS*를 5분만 뒤져 봐도 확인할 수 있을걸요. 이게 괴롭힘에 해당하는 건 알아요? 그리고……"

---

*미국 이민국의 유학생 등록관리 시스템.

문 뒤의 목소리가 한숨을 쉰다. "그쪽에서 어쭙잖은 변호사 흉내나 내면서 법이 어쩌고 해 봤자 우리가 신경이나 쓸 것 같습니까, 부인?"

아이쉬와라가 흠칫 놀라며 입을 다문다. 그때 새 메시지가 들어온 파드미니의 휴대전화가 부르르 진동하는 바람에 파드미니도 소스라치게 놀라 뛰어오를 뻔한다. 메시지 세 개가 연달아 표시된다. 제일 먼저 베네자. 당연하지 공화당인데. 바로 그 뒤에 브루클린. 그래. 전엔 불법 이민만 반대하는 척했는데 요즘엔 ICE가 합법 이민자까지, 특히 비백인 국가 이민자를 괴롭히는 걸 찬양하고 있지.

마지막으로 핵심을 찌르는 매니의 질문. 무슨 일이야?

문 반대편에서 또다시 목소리가 말한다. 부아가 난 것 같으면서도 으스대고 있다. 아이쉬와라의 침묵이 흡족한 모양이다.

"이번엔 경고라고 생각하십시오. 지켜보고 있습니다, 프라카쉬 씨. 당신 가족 전체를 지켜보고 있어요. 우리가 마음만 먹으면 시민권자도 힘들게 할 수 있다는 거 명심하시고요." 사내가 미소 짓는 소리가 들리는 것 같다. 어떻게 미소에서 소리가, 그것도 저렇게 오싹한 소리가 날 수 있는 걸까? "좋은 하루 되십쇼."

무거운 부츠 소리가 문에서 멀어지고, 파드미니는 이제야 긴장이 조금 풀린다. 적어도 세 쌍의 발소리다. 세상에, 얼마나 많은 사람들이 악마회사의 암묵적인 협박에 가담한 걸까? 그렇다, 협박. 지금 일어난 일이 바로 그거다. 파드미니가 아이쉬와라의 조언대로 소송이라도 제기한다면 악마회사가 진실을 말하기만 해도 파드미니는 눈 깜짝할 새도 없이 이 나라 밖으로 추방될 거다. 벌금은 조금 내야 할지 몰라도 파드미니에게 밀린 급여를 주는 것에 비하면 푼돈이라고 여길 테지. 아니면 혹시 이게 협박이 아니고 파드미니가 과민 반응을 하는 것일까? 워시나 팀원 중 누군가 파드미니에게 상처에 모욕까지 흩뿌리는 치사함을 부리는 것일까? 그런 인간들은 단순히 이기는 것만으로 만족하지 않는다. 그들은 파드미니에게 창피를 주고 자존심을 꺾고 짓밟고 싶어 한다.

파드미니는 방에서 나와 아이쉬와라의 옆에 다가가 선다. 두 사람은 조용히 남자들이 건물 밖으로 나가는 소리를 듣는다. 그 뒤로도 한참 동안 그들은 아무 말 없이 그저 가만히 서 있는다. 이모의 어깨에 손을 얹자 아이쉬와라가 떨고 있는 게 느껴진다. 파드미니의 배 속에서 요동치는 바닥없는 공포와도 완벽하게 일치하는 동요다. 습격이 있었던 것도 아니고 기이한 하얀 촉수가 문을 뚫고 들어온 것도 아니고 수영장에서 헤엄치는 괴물도 없다. 이게 흰옷의 여자의 계략인지는 알 길이 없지만, 상관없다. 기업들이 끔찍한 짓을 저지르기 위해 섬뜩하고 기이한 이형의 괴물의 도움을 받을 필요는 없으니까. ICE도 마찬가지고.

하지만 그래도.

세 시간 후 파드미니는 한 손에는 여행가방, 반대쪽 어깨에는 뚱뚱하게 채운 더플백을 멘 채 할렘에 있는 펜트하우스의 문을 두드린다.

문을 연 닉은 잠시 무표정하게 서 있더니 손을 내밀어 더플백을 받아들고 여행가방을 끄는 것을 도와준다. "어서 와."

파드미니의 목구멍이 뜨거워진다. 그는 미리 전화를 하지도 않았다. 짐을 싸는 동안 아이쉬와라와 바사트와 첸나이에 사는 친척 중 절반이 그의 마음을 바꾸려고 쉴 새 없이 전화를 걸고 문자를 보내는 바람에 그럴 틈이 없었기 때문이다. "나……"

"그래. 우리가 있잖아."

대답이 너무 빠르다. "난 그냥……"

닉이 웃음에 가까운 자그마한 숨을 내쉰다. "우리가 있다고 했잖아." 그걸로 끝이다.

벨도 매니도 집에 있다. 둘 다 걱정이 돼서 기다리고 있었다. 베네자는 아직 일하는 중이지만 그룹 채팅방에서 아는 변호사를 끌고 가장 가까운 ICE 구금시설로 쳐들어가겠다고 협박 중이니 난데없이 새 룸메이트가 생겨도 이해해 줄 것 같다. 이들의 환영은 파드미니에게 안도감 이상을 안겨 준다. 이것은 최후의 보루이자 확고한 믿음이다. 비록 자신의 존재 때문에 가족들이 해를 입기 전에 퀸스를 떠난 것이 일종의 후퇴처럼 느껴지긴 하지만.

"이런 황당한 일이 어딨냐, 진짜." 닉이 파드미니의 가방을 옮기느라 옆을 지나칠 때 벨이 말한다. "이런 게 '적대적 환경'인 거잖아. 요즘 영국에서도 계속 이런 식이거든. 시키는 대로 하라는 걸 다 하는데도 계속 지옥을 선사한다? 진짜 황당하네."

파드미니가 할 수 있는 대답은 힘없는 미소를 짓는 것뿐이다. 하지만 말도 안 되는 일이라고 해서 그와 사랑하는 사람들에게 상처를 주지 않는 것은 아니다. "내가 여기 살아도 괜찮겠어요?" 파드미니가 벨에게 묻는다. "당신까지 위험에 빠트리고 싶진 않거든요. 그쪽도 F-1 학생이죠?"

"J-1이에요. 연구원용. ICE 기준으론 충분히 아슬아슬한데요, 그래도 난 괜찮을걸요." 벨의 턱 근육이 불끈거린다. "난 '나쁜 나라' 출신이 아니니까 심하게 괴롭히진 않을 거라서요. 심지어 괴상한 외국인 이름을 갖고 있는데도 그래요. 도움만 된다면 그까짓 위험 부담 정도야. 샤워실을 더 많은 사람이랑 나눠 쓰는 것으로도 도움이 된다면요. 뉴욕이랑 꼼사리 런던이 사는 집에 어서 와요."

그 말을 들으니 확실히 도움이 되는 것 같다. 파드미니는 매니를 향해 고개를 돌린다. 크게 심호흡을 한 다음 말한다. "그래서, 음, 도움을 받는 김에 하나만 더 부탁할 게 있는데. 뉴욕을 위해서, 나랑 결혼해요."

5장

촉수가 내 주위의 모든 것을 지배한다*

요즘 아이슬린에게는 모든 것이 다시 훌륭해졌다.

더는 낯선 사람이 문 앞에 나타나 말을 걸지 않는다. 더 이상은 같이 묶이고 싶지 않은 도시에서 반쯤 초자연적인 부름이 날아오지도 않고, 쓰레기 더미 위에서 자고 있는 젊은 남성에 대한 환각도 사라졌다. 드디어 스태튼아일랜드는 독립적인 도시로서, 누구의 도움도 받지 않고 당당하게 홀로 서게 되었다. 엄밀히 말해 뉴욕 주가 이 형이상학적인 분리 독립을 아직 인정한 건 아니지만 말이다. 아이슬린의 사람들은 생계를 유지하기 위해 여전히 페리를 타고 낯설고 적대적인 타 도시의 땅 뉴욕 시로 출근하지만, 그런 건 상관없다. 많은 도시가 경제적인 이유로 또는 기반시설 때문에 다른 도시의 준교외로 남곤 하니까. 어쨌든 진정한 스태튼아일랜드 주민들은 결국에는 언제나 집으로 돌아온다.

---

* 스태튼아일랜드 출신의 전설적인 힙합 그룹 우탱클랜의 「C.R.E.A.M(Cash Rules Everything Around Me, 돈이 내 주위의 '모든 것을 지배하지」)의 패러디.

아이슬린은 더 이상 외롭지 않다. 이젠 친구가 있는걸! 대학 시절에 알던 — 얘기를 많이 해 본 적은 없지만 스터디 그룹이나 같은 근로장학생으로 일했던 — 몇몇 지인이 함께 커피나 마시자고 연락해 왔다. 도서관에서 같이 일하는 여성들도 영화나 야구 시합을 보러 가자고 초대하기 시작했다. 커피를 마시며 나누는 대화가 부자연스럽고 형식적인 잡담에 불과하거나 도서관 직원들의 표정이 왠지 굳어 있고 멍하거나 지나치게 익숙한 미소와 가끔 "인간들 언어는 너무 어려워." 같은 말실수가 튀어나오긴 해도, 그래도 괜찮다. 흰옷의 여자가 한 번에 여러 곳에 존재할 수 있는 건 알지만 아이슬린은 여자가 이만큼 커다란 관심을 기울여 준다는 데 자부심을 느낀다. 도서관 직원들과 아이슬린의 이름을 알고 인사를 건네는 건널목 안전요원, 그리고 웃으며 돈을 흔들어 보이는 상점 점원들 사이에서 진짜 VIP가 된 듯한 기분을 만끽한다. 특별한 사람이 된 기분이 든다. 정말 좋다.

이제 아이슬린은 수천 명의 새 친구들과 함께 루벤 판필로 상원의원, 그러니까 차기 뉴욕 시 시장의 유세가 시작되길 간절히 기다리는 중이다. 아이슬린이 입장권을 들고 나타나자, 그와 부모님과 친구들은 재빨리 멋들어진 전용 입구로 안내되어 그보다 더 근사하고 화려한 스카이박스로 올라간다. 여기서는 집회가 열리는 경기장 전체가 한눈에 내려다보이고 무대도 거의 정면으로 완벽하게 보인다. 작은 음료바도 있는데, 온갖 음료가 준비되어 있을뿐더러 아이슬린이 좋아하는 로맨스 소설에서 튀어나온 것 같은 예쁘장하고 이국적인 외모의 젊은이가 바텐더로 일하고 있다. 전채요리와 푹신한

좌석도 나쁘지 않다. 아이슬린의 가족은 무척 신나 있다. 아버지는 지난 30년 동안 처음 보는 눈빛으로 아이슬린이 자랑스럽다는 듯이 웃어 준다. 흰옷의 여자 덕분에 아버지도 다시 훌륭해졌다. 요즘 아버지는 아이슬린이 늘 꿈꿔 왔던 아버지의 모습 그대로다. 아이슬린의 어머니는 그 옆에 조용히 앉아 미소를 지으며 즐거워한다. 어머니는 단둘이 있을 때 더는 아이슬린에게 말을 걸지 않는다. 간혹 짧고 무의미한 대화를 나누는 경우만 빼고. 그래서…… 요즘처럼 기분 좋은 나날에도 불구하고 아이슬린은 약간 찜찜하다. 하지만 켄드라는 지난 몇 주일간 인사불성이 되도록 술을 마시지 않았으니, 그럴 수도 있겠지.

언젠가 흰옷의 여자가 상상에는 항상 대가가 따른다고 말한 적이 있는데 아이슬린은 조금 이상한 말이라고 생각했다. 하지만 어쩌면 그건 항상 불안한 남편을 기쁘게 하기 위해 자기주도적인 예술적 삶을 포기한 켄드라 홀리한이 과거에 가질 수도 있었던 것을 계속 갈망해 봤자 아무 도움도 안 된다는 의미일지도 모른다. 그 갈망은 지난 세월 동안 켄드라를 천천히 죽여 갔다. 그럴 바엔 차라리 매슈 홀리한의 배우자이자 그림자라는 사실을 인정하는 게 낫지 않을까? 어차피 그걸 선택한 건 어머니가 아닌가. 게다가 이제는 아무 회한도 없이 지금을 즐길 수 있게 됐는데 왜 아이슬린이 죄책감을 느껴야 해?

아이슬린은 목덜미를 문지르며 한숨을 쉰다. 그냥 좋은 자리에 앉아 행사나 즐겨야겠다.

아래쪽 무대 주변에 설치된 대형 스크린에 불이 들어온다. 고급

VIP룸의 한쪽 벽면을 통째로 차지하고 있는 커다란 화면도 마찬가지다. 어쩜, 정말 흥분돼! 아이슬린은 손에 맥주잔을 든 채 무대에 등장하는 상원의원을 지켜본다.(아버지는 평소에 여자는 맥주를 마시면 안 된다고 잔소리를 했는데 요즘에는 그런 독선적인 고집이 많이 줄었다. 이 부분은 그다지 찜찜하지 않다.)

루벤 판필로는 볼품없는 인물이다. 키도 작고, 눈길을 끄는 카리스마도 없고, 앞머리를 심는 데 꽤 많은 돈을 쓰고 있는 것 같다. 아이슬린의 아버지가 저런 남자에게 투표를 한다는 생각 자체를 비웃던 때도 있었다. 판필로는 사람들과 악수나 나누고 책상 앞에서 서류나 읽게 생긴, 그야말로 "터프함"이라고는 눈곱만큼도 찾아볼 수 없는 타입이다. 느끼한 마피아 쫄병시끼. 아버지의 목소리가 귀에 들리는 것 같다.(매슈 홀리한은 이탈리아인은 전부 마피아라고 생각한다.) 야부리 털다 진짜 싸움이라도 터지면 제일 먼저 꽥꽥거리며 도망칠 놈. 좆같은 겁쟁이 새끼.

하지만 지금 아이슬린은 판필로가 마이크 앞에 서자 아버지가 경기장에 모인 대부분의 관중처럼 박수를 치며 환호하는 모습을 본다. 심지어 매슈 홀리한의 세 번째, 아니 네 번째 경추 바로 옆에 붙은 작은 하얀 넌출마저 환호하듯이 살랑이고 있다. 판필로를 보자 엄청난 안도감이 밀려온다. 그는 뉴욕을 다시 아이슬린 같은 사람들이 두려워할 필요가 없는 곳으로 만들겠다고 약속했다. 옛 시절의 뉴욕이 어땠는지는 부모님이 말해 준 적이 있다. 모두가 자기 있을 자리를 알고 행복하고 안전했던 시절. 아이슬린도 그런 뉴욕이라면 좋아할 수 있을 것 같다.

"친구들." 잠시 후 판필로가 두 손을 들어 올리며 말한다. 계속 내버려 뒀다간 한두 시간이 지나도 환호성이 멈추지 않을 것 같기 때문이다. "친구들! 자자, 이러다간 스태튼아일랜드 사람은 전부 말이 많다는 옛말이 진짠지 알겠어요!" 기분 좋은 웃음소리가 터지고, 아이슬린도 밝게 웃는다. 저 사람은 나를 이해해! 저 사람은 아이슬린의 섬을 이해한다. 드디어. 환호가 가라앉자 판필로가 연설을 시작한다.

텔레프롬프터나 미리 준비한 대본이 없기 때문에 다소 장황하고 어수선하다. 덕분에 솔직해 보이고 믿음직스러운 느낌도 들지만 한편으로는 가끔 말도 안 되는 소리를 한다는 의미이기도 하다. 그럼에도 청중은 그의 연설을 좋아하고, 그래서 아이슬린도 좋다. 판필로는 뉴욕 경찰에 더 많은 예산을 투입하고 싶어 한다. 더 이상은 다양성 교육 같은 것에 시간 낭비하지 말자! 그는 시의회를 해산할 것이다! 지하철을 운영하는 사람들을 전부 해고해서 열차가 정시에 도착하게 하자! 뉴욕 시립 대학교에 보조금 지원도 중단한다! 왜냐하면 거기서 하는 짓이라곤 "깨시민"과 사회주의자를 양산하는 것뿐이니까! 아이슬린은 이 부분이 도무지 이해가 안 간다. 왜냐하면 스태튼아일랜드 대학도 공립대 연합체인 뉴욕 시립 대학교의 일부지만 아이슬린은 거기 다니면서 깨어 있는 사회주의자를 만난 적이 없기 때문이다. 하지만 여기 모인 사람들이 그의 발언을 좋아하는 것 같으니 좋은 이야기인 게 틀림없다. 정말 멋져. 아이슬린은 뉴욕 시장이 이렇게 큰 권한을 갖고 있는 줄은 처음 알았다.

하지만 그중에서 최고의 순간은 판필로가 극적인 효과를 위해 잠시 말을 멈췄다가 마이크에 가까이 대고 이렇게 말했을 때다.

"그리고 우리는 스태튼아일랜드를 뉴욕 시에서 분리하자고 요구할 것입니다! 그렇죠? 그렇죠?" 우레와 같은 박수와 환호가 터져 나오자 판필로가 씨익 웃는다. "어차피 그들도 우리를 원하지 않잖아요. 그러니까 우리 없이 알아서 잘해 보라고 합시다!"

관중이 열광한다. 쿵쿵 발을 구르고 뿌뿌 손경적을 울린다. 한 남자가 의자 위에 올라가 팔짝팔짝 뛰다가 발을 헛디디는 바람에 그 줄에 앉아 있던 사람의 절반 정도가 다 같이 굴러떨어지는 일도 있다. 주변에서 사람들을 일으켜 세우고, 피를 닦고, 그런 다음 다시 갈채를 보낸다.

참으로 영광스러운 순간이다. 아이슬린은 동료 섬 주민들의 기쁨에 힘입어 이 찬란한 영광을 타고 하늘을 날고 있다. 하지만 마음속 한구석에서 작은 목소리가 트집을 잡는다. 스태튼아일랜드가 시에서 자금을 지원받지 못하면 그 모든 비용을 어떻게 감당할 건데? 사소한 걱정은 이제 그만. 정치적 방편이란 간혹 진실을 왜곡할 수밖에 없다. 어차피 정치가들은 항상 거짓말만 하잖아. 그러니 내가 원하는 것을 주겠다는 거짓말을 하는 사람을 뽑아 주는 게 뭐 어때서?

연설은 여기까지인 모양이다. 판필로가 사람들의 환호를 받으며 무대에서 걸어 나가고 비스티보이즈의 「뉴욕에 보내는 공개편지 (An Open Letter to NYC)」가 스피커에서 흘러나오기 시작한다. 아이슬린은 흠칫 놀란다. 이 노래를 좋아하긴 하지만 판필로가 방금 스태튼아일랜드의 분리 독립을 주장한 직후에 뉴욕 전체의 단합된 정신을 외치는 노래를 트는 건 적절치 않은 것 같다. 그렇지만 주변 사람들이 노래를 따라 부르기 시작해서 아이슬린도 의구심을 떨쳐 버리고 화장실에 가러 일어난다. 부모님과 도서관 직원들도 후렴구를 흥겹게 따라 부르며 술잔을 부딪치고 있다.

스카이박스 전용 화장실은 믿기 힘들 정도로 고급스럽다. 심지어 유니폼을 입고 있는 나이 지긋한 백인 여성 안내원도 있다. 아이슬린은 볼일을 보면서도 저 불쌍한 여인이 하루 종일 남들의 방귀 소리와 물 떨어지는 소리를 들어야 한다는 사실을 의식하지 않을 수가 없지만, 뭐 별수 없는 일이다. 볼일을 마치고 나와 손을 씻는데 화들짝 놀란다. 어느새 안내원이 옆으로 다가와 두꺼운 천 냅킨을 내밀기 때문이다. 마치 아이슬린이 손을 닦는 방법도 모를 거라는 양. 아이슬린이 느낀 의아함과 어색함이 얼굴에 고스란히 드러났는지, 안내원이 할머니처럼 포근한 미소를 띠며 말한다. "원하시면 직접 집으셔도 됩니다." 안내원이 냅킨이 담긴 바구니를 내민다. 그래서 아이슬린은 그렇게 한다. 하지만 왠지 자신이 어리석고 무식하게 느껴진다. 상류층 사람들이 이런 걸 아무렇지도 않게 받아든다면 방금 아이슬린은 상류층 사람이 아니라는 걸 스스로 드러낸 것이나 다름없다. 그는 입을 꾹 다물고는 화장실에서 나오는 길에 잘 보이게 놓인 팁 통을 일부러 무시하고 지나친다. 평소에는 서비스 직원에게 팁을 잘 주는 편인데도. 하지만 저 여자가 내 기분을 상하게 했는걸. 게다가 누가 작은 수건을 건네주는 정도 가지고 팁을 바라는데?

고급스러운 스카이박스로 돌아가는 길에 아이슬린은 사람들이 가득한 다른 방을 지나친다. 판필로 의원도 있는데, 방 중앙에서 한

무리의 사람들에게 둘러싸여 큰 소리로 웃고 있다. 방 뒤쪽 테이블
에서는 행사 전문 DJ가 장비를 설치해 두고 한창 디제잉 중이다. 회
색 머리에 빼빼 마른 백인 남성인데 야구 모자를 뒤로 돌려쓰고 손
에 쥔 헤드폰을 귓가에 삐딱하게 댄 채 고개를 까딱까딱 흔들고 있
다. 비스티보이즈의 노래를 일부러 두 배로 길게 늘려서 틀고 있는
데, 경기장에 있는 군중의 절반 정도가 큰 소리로 노래를 따라 부르
는 게 들린다. 아이슬린은 충동적으로 방 안에 들어가 DJ에게 다가
간다. 남자가 아이슬린이 오는 것을 보고는 고개를 쳐든다. 아이슬
린은 눈을 깜박인다. 그의 왼쪽 뺨에, 지저분하게 자란 턱수염 위에
반투명한 하얀 넌출이 자라나 있다. 흰옷의 여자는 그것을 안내선
(guideline)이라고 부른다. 아이슬린은 더 이상 이 덩굴손에 대해 별
로 신경 쓰지 않지만 하필 위치가 위치인 만큼 무시하기가 어렵다.

 DJ가 씩 웃더니 아이슬린의 몸을 기분 나쁘게 위아래로 쓱 훑는
다. "안녕, 예쁜이. 신청곡이라도 있어?"

 "그래요." 아이슬린이 대답한다. 이리저리 맴돌던 남자의 시선이
아이슬린의 가슴 위쪽에서 멈춘다. 하지만 그 즉시 남자의 안내선
이 둥글게 굽더니 눈 밑을 간질이고, 그러자 그가 다시 아이슬린의
얼굴에 집중한다. 착한 안내선이네. 아이슬린이 생각하고는 말한다.
"다른 음악을 트는 게 어때요? 그러니까, 판필로 상원의원이 말한
것과 일치하는 음악이요. 어…… 자립이라든가 자기 힘으로 스스로
일어난다는 내용의 가사가 있는……." 그러고는 어색하게 어깨를
으쓱한다.

 "아, 그래, 알겠어, 예쁜이. 그런 거 완전 많지. 브루스 스프링스틴,

린킨파크, 포츄네이트 선*, 고전 팝송이랑 요즘 잘나가는 신세대 음악까지 말만 해! 신나는 파티가 될 거야."

"알겠는데요, 그게……" 이 답답한 심정을 어떻게 표현해야 할지 모르겠다. "우탱클랜이나, 어, 아니면 RZA**는 어때요? 스태튼아일랜드 출신이잖아요. 그리고 음, 조앤 바에즈***도 있고……"

"바에즈는 괜찮을지도." DJ가 살짝 무시하듯이 말한다. "그 여자가 부른 딕시**** 노래가 어디 있는 거 같은데. 분위기가 좀 진정되면 틀어 줄게. 하지만 우탱이나 RZA는 안 돼. 난 그런 정글 쓰레기*****는 안 틀어."

얼굴을 세게 얻어맞은 것 같다. 남자가 비록 "집에서 사용하는" 단어를 사용하긴 했지만 아이슬린은 그가 내심 어떤 단어를 쓰려 했는지 알 것 같다. 아이슬린이 실망한 이유는 바로 지금, 이런 상황에서 인종은 아무 상관도 없어야 하기 때문이다. 적절한 음악을 선곡하는 것만으로도 판필로를 도울 수 있는데. 모두가 흑인을 좋아하는 건 아니지만 스태튼 사람이라면 우탱클랜은 좋아해야 하는 거 아닌가? 아니야?

아이슬린은 너무 혼란스러워서 더 말을 잇지 못한다. 어색한 미소를 지으며 고개를 까딱한 다음 돌아선다. 그러자 판필로가 흰옷

---

* Fortunate Son. 컨트리 록 밴드 크리던스 클리어워터 리바이벌의 곡으로 '행운아', 또는 군대를 가지 않은 '신의 아들' 정도로 해석되며, 베트남 전쟁을 비판하는 노래다.

** 우탱클랜의 리더이자 래퍼.

*** 1960~1970년대 인권운동가로도 유명한 포크 가수. 역시 스태튼아일랜드 출신이다.

**** Dixie. 미국 남부 또는 남부연합군의 별칭.

***** 정글 뮤직은 레게에서 파생된 전자음악 장르를 의미한다.

의 여자와 이야기를 나누고 있는 모습이 보인다. 지금 여자는 키가 큰 백금발의 중년 여성으로 맞춤 비즈니스 정장을 입고 있다. 이번 만큼은 거의 정상적으로, 어쨌든 지금 여자가 사칭 중인 아주 중요하고 인맥도 넓은 잠재 기부자로서의 모습으로 치면 거의 정상으로 보인다. 다만…… 여자의 머리가 한쪽으로 거의 90도 각도로 기울어 있다. 그런 상태로 판필로를 응시하고 있다. 저런. 이런 상황에서 판필로는 아이슬린보다 대처 능력이 훨씬 뛰어나다. 미소 띤 얼굴로 태연하게 대화를 나누고 있으니 말이다. 어쩌면 그래서 그는 정치가고 아이슬린은 파트타임 사서에 불과할지도 모르겠다.

그때 여자의 시선이 아이슬린에게 닿는다. 활짝 웃으며 고개를 바로 세우더니 — 하느님, 감사합니다 — 아이슬린에게 이리 오라고 손짓한다. "이쪽은 내 소중한 친구랍니다." 아이슬린이 다가가자 여자가 진심을 담아 그의 손을 꼭 쥐었다 놓는다. 아이슬린의 기분이 바로 좋아진다. "아이슬린은 당신 유권자들의 살아 있는 화신이라고 할 수 있죠! 아이슬린, 얘, 여기 엉망진창 뉴욕에 맞설 내 최신 병기를 만나 보렴."

그 별명을 들은 판필로가 웃음을 터트린다. "그거 마음에 드는군요! 훔쳐서 제 슬로건으로 쓰고 싶을 정도인데요." 그러고는 아이슬린에게로 관심을 돌린다. 그의 표정에 희미한 의구심이 피어난다. 타깃에서 산 싸구려 드레스를 입은 이 소심한 여성이 그와 대화 중인 화려하고 부유한 여성과 어떻게 친구가 되었는지 상상하려고 애쓰는 것 같다. 하지만 대견하게도 이내 아이슬린에게 손을 내밀어 악수를 청한다. "만나서 반갑습니다. 방금 화이트 씨에게 10대 때 이후로 스태튼아일랜드에 온 건 처음이라고 말씀드리고 있었죠."

아이슬린은 부끄럼이 많아 이런 상황에서 아무것도 못 하는 편이지만 옆에 흰옷의 여자가 있으면 훨씬 편하게 말을 할 수 있다. 게다가 그의 섬에 관해서라면 밑도 끝도 없이 떠들 수 있다.

"그래도 대부분의 사람들보다는 낫네요. 많은 뉴요커가 스태튼엔 평생 한 번도 와 보지 않거든요."

"그걸 우리가 바꿀 겁니다." 판필로가 흰옷의 여자에게 씩 웃어 보인다. 그 긴 시간 동안 단 한 번의 깜박임도 없이 자신에게 못 박힌 포식자의 시선을 눈치채지 못했거나 아니면 그저 입 밖에 내지 않기로 결심한 모양이다.(아이슬린이 팔꿈치로 여자를 슬쩍 민다. 여자가 눈을 깜박하더니 흐뭇하게 미소 지으며 다시 판필로에게 관심을 집중한다. 이번에는 눈을 깜박이는 것도 까먹지 않고 가끔 얼굴 표정에 변화를 주기도 한다.)

판필로가 경기장 쪽으로 몸을 돌리며 손짓한다. 맨해튼이 있는 방향이다. "사람들은 뉴욕 하면 맨해튼을 떠올립니다. 고층건물과 브로드웨이, 파크 애비뉴 같은 것들 말입니다. 퀸스로 야구 경기를 보러 가거나 브롱크스 동물원, 아니면 브루클린 식물원에 놀러 가기도 하죠……. 하지만 스태튼아일랜드 식물원엔 오지 않아요. 페리를 타고 와서 입장료로 푼돈을 내고는 자유의 여신상만 구경하고는 바로 훌쩍 가 버리지요. 우린 이 모든 것을 바꿀 겁니다."

"어떻게요?" 아이슬린은 진심으로 궁금하다. 왜냐하면 그는 자신의 섬을 사랑하고 이곳에도 동물원과 야구장과 온갖 멋진 명소가 있다는 것을 알지만, 그와 더불어 이 자치구의 리더들이 오랫동안 끝없는 홍보 캠페인으로 스태튼아일랜드에 대한 관광객의 오해를 극복하려 안간힘을 썼음에도 별 효과를 보지 못했다는 사실 역시 알기 때문이다. 그리고 또 하나 고려해야 할, 의심의 여지 없이 명백한 요소가 있다. 바로 아이슬린의 일부, 즉 스태튼아일랜드 주민들의 의지를 구현하는 그의 일부가 관광객이 오지 않는 것을 달가워한다는 것이다. 스태튼아일랜드는 구경거리가 되는 것을 싫어한다. 그래서 아이슬린은 덧붙인다. "그리고 우리가 왜 그걸 바꿔야 하죠?"

판필로는 두 번째 질문을 못 들은 것처럼 말을 잇는다.

"장기적인 계획과 단기적인 계획이 있습니다. 장기적으로는 여기에 진정한 시민을 더 많이 불러오는 겁니다. 공짜나 밝히는 기생충 같은 인간들이나 갱스터, 그리고 어, 성적 혼란을 겪지 않는 진짜 사람들 말입니다." 그가 방긋 웃는다. "그리고 스태튼아일랜드야말로 뉴욕에서 제일 정상적인 사람들이 사는 곳이라는 걸 알려 주는 거죠. 근면성실하게 일하고 가족의 가치를 이해하는 진짜 미국인들이요. 제대로만 하면 이 자치구가 얼마나 멋진 곳인지 알릴 수 있게 여기서 영화를 찍는다거나 새로운 개발 프로젝트를 유치할 수 있을지도 모릅니다. 스태튼아일랜드는 성장할 겁니다. 브루클린만큼 인구가 많아지면 이 자치구가 어떻게 될지 상상해 봐요! 사람들이 시티에서 바라는 게 여기서도 전부 다 가능해질 겁니다."

아이슬린은 눈살을 찌푸린다. 그러고는 곧바로 밝은 표정을 지으며 아무 일도 없다는 듯 넘어가려 하지만 평생 한 번도 거짓말이나 거짓에 가까운 행동을 능숙하게 해 본 적이 없어 실력이 형편없다. 지나친 개발, 너무 많은 사람들. 그것은 필연적으로 아이슬린이 사랑하는 스태튼아일랜드를 없애버릴 것이다. 농장이 사라진다. 숲도 사라진다. 맨해튼 미드타운의 방 두 개짜리 콘도와 같은 가격의 방 스무 개짜리 빅토리아풍 대저택도 더는 존재하지 않을 것이다. 모든 곳이 다세대 고층건물과 아이슬린이 거기에 가기 싫어하는 이유인 교통체증으로 가득한 노스쇼어처럼 번잡하게 변할 것이다. 그렇게 되면 뉴욕의 다른 지역과 다를 게 뭐지? 그렇게 많은 인구가 유입되면 평범한 사람들이 해변에 있는 집을 구입할 수 있을까? 경제학은 잘 모르지만 많은 사람이 주택을 사들이기 시작하면 스태튼아일랜드가 지금처럼 저렴한 부동산 가격을 유지하지 못할 것이라는 추측은 그리 어렵지 않다.

아이슬린이 이런 생각에 잠겨 있는데, 흰옷의 여자가 활짝 웃는다. "뉴욕을 다시 위대하게 만들고 싶다고 말씀하셔서 정말 기뻤답니다." 이상하게도 여자가 그렇게 말할 때면 슬로건의 대문자가 눈에 보이는 것 같다. "결국 중요한 건 이거잖아요? 이 말썽꾸러기 도시를 현실의 더욱 합리적인 부분과 합치시켜서 새로운 우주들이 바이러스처럼 무한히 복제되는 골치 아픈 일을 막는 거죠. 도시를 하나로 통합할수록……" 여자가 잠시 멍한 표정을 짓더니 다시 환한 얼굴로 말한다. "그리고 소수의 특별한 이익에 부응하는 것을 멈출수록, 그래요, 다중우주의 에테르를 통해 더 빨리 이동할 수 있게 될 거예요."

판필로는 순간 의아한 표정을 짓지만 재빨리 회복한다.

"특별이익단체, 네, 바로 그겁니다. 요즘 뉴욕 시 학교들은 완전히 엉망이에요. 고등학교도 졸업 못 하거나 대학에도 안 간 사람들이 교육 정책에 영향을 미치고 있다니까요! 우리한테 필요한 건 분별 있고 합리적인 사업가입니다. 물론 당신 같은 여성분도 포함이죠. 그런 사람들이 책임을 도맡아서 우리 아이들이 취직을 할 수 있게 미리미리 준비시켜야 해요. 애들이 범죄나 저지르고 공부에는 관심도 없고 게을러터진 그런 가망 없는 학교에다 세금을 쏟아붓지 말고 말입니다. 그런 학교들은 과감하게 다 없애 버려야 합니다! 그래야 더 좋은 학교에 자녀들을 보낼 수 있죠. 비판적 인종이론이니 뭐니 문제적인 생활 방식을 주입하지 않는 학교에 말입니다. 학생이 아닌 부모 중심 교육이 필요합니다, 안 그렇습니까?"

"맞아요!" 흰옷의 여자가 아이슬린을 쳐다보고, 아이슬린은 들떠서 흥분한 친구에게 옅은 미소로 화답해 준다. "절대 생길 일은 없겠지만 내 가상의 자식 도시한테 어둑해지는 것과 물드는 것을 가르치고 싶다면 그게 아무리 위험한 일이라 한들 내가 직접 가르칠수 있어야 하지 않겠어요? 안 그래요?"

판필로의 눈동자가 흔들리지만, 그럼에도 꿋꿋하게 대화를 이어 나간다. 아이슬린은 솔직히 크게 감명받는다.

"당연하지요! 지난 몇 년 새 이 나라는 당혹스러울 정도로 너무 많이 바뀌었어요. 미국은 한때 세계 최고의 교육을 갖춘 나라였습니다! 그런데 자유주의자라는 놈들이 학교에 들어와 납세자의 돈으로 온갖 종류의 무신론적이고 변태적이고 쓸모없는 것들을 가르쳤지요. 초등학생을 위한 성교육! 다양성! 미술 치료 같은 것들 말입니다." 판필로는 생각만으로도 우습다는 듯 웃음을 터트린다. "전부 멈춰야 합니다."

흰옷의 여자가 몸을 스윽 기울이더니 판필로의 팔을 살짝 건드린다. 아이슬린은 간혹 여성들이 대화 중에 그런 행동을 하는 것을 본 적이 있다. 남자가 자기에게 관심이 있는지 확인하려고 가벼운 추파를 던지는 것이다. 그러나 흰옷의 여자가 하는 행동에는 뭔가 이상한 데가 있다. 판필로의 팔을 부드럽게 쓸어내린 다음 가볍게 힘을 주어 쥐는데, 위팔 굵기를 확인하기보다는 뭔가를 가늠하는 느낌이다. 판필로의 위팔 살이 통통한지, 아니면 살을 좀 더 찌워야 할지 재보는 것처럼 말이다.

"의원님이 생각하는 방식이 마음에 들어요." 여자가 가르랑거리며 말한다. "흠, 저는 돈이 아주 많이 있고 의원님은 이 도시에 대해 명확한 비전이 있으시죠. 그렇다면 우리 함께 현실을 바꿔 보는 게 어떨까요."

여자가 손을 내밀자 판필로가 활짝 웃으며 손을 뻗는다. 아이슬린은 이다음에 무슨 일이 일어날지 안다. 다른 입장에서 보고 있으니 확실히 지금은 다르게 느껴진다. 안내선이 이질적이고 기분 나쁘게 느껴지던 때도 있었다. 하지만 이제는 아니다. 명확한 것은 좋은 것이다. 자신이 옳은 편임을 아는 것도 좋은 일이다.

하지만 그래도.

흰옷의 여자와 판필로 상원의원이 악수를 나눈 후 손을 내린다. 판필로가 양해를 구하며 다른 사람들에게 합류하러 자리를 뜨자, 아이슬린은 얼굴을 찌푸린다. 목을 길게 빼고 더욱 면밀히 살펴보지만…… 판필로의 팔에는 깃털처럼 갈라진 이파리가 없다. 여자와 닿았던 손바닥을 문지르지도 않는다.

"귀엽기는." 아이슬린이 어리둥절해하는 모습을 보고는 여자가 미소 짓는다. "저건 따로 유도하거나 안내할 필요가 없어. 굳이 도와주지 않아도 정확히 내가 원하는 쪽으로 갈 테니까. 고민은 그만하고 가서 사람들이랑 놀렴. 어차피 전부 널 위해 모인 사람들이잖니? 경기장 전체가 스태튼아일랜드가 자유롭고 더 강해지길 원하는 사람들로 가득 차 있잖아." 여자가 아이슬린을 안심시키듯 팔을 살짝 쥐었다가 놓는다. 여자의 애정 어린 행동에 아이슬린이 살며시 웃는다. 여자가 밝고 큰 미소로 화답하고는 이내 몸을 돌려 다른 사람들과 잡담을 나누러 떠난다.

전부 스태튼아일랜드를 위해 모인 사람들이다. 하지만 그럼에도 DJ는 스태튼이 아니라 다른 뉴욕 출신들이 만든 신나고 기분 좋은 음악을 틀기 시작한다. 바텐더는 맨해튼 칵테일을 공짜로 나눠 주지만 맛있는 스태튼아일랜드 페리를 만드는 법은 전혀 모른다……. 아이슬린은 한참 동안 그 자리에 우두커니 서 있다. 어디로 가야 할지 모르겠다. 아무도 그에게 말을 걸지 않는다. 흰옷의 여자는 항상 아이슬린에게 시간을 내주지만 지금은 팬필로의 경호원 한 명에게 다가가 팔짱을 끼고는 귀에 뭔가를 속삭이고 있다. 여자가 자리를 뜨자 남자의 귓불 아래로 양치잎 덩굴이 타고 내려오는 게 보인다. 아이슬린은 여자를 방해하고 싶지 않다. 여자는 아주 바쁜 존재다. 여러 차원을 평평하게 다지고 스태튼아일랜드를…… 다시 위대하게 만들어야 한다.

모두가 사이좋고 어딜 가든 안전한 뉴욕. 모두가 응당한 자기 자리를 알고, 더 많은 것을 얻기 위해 다투지도 않고, 주어진 것 이상은 상상조차 하지 않는 곳. 그게 가능하긴 할까? 모든 갈등을 멈추고, 모나고 까칠한 사람들을 둥글둥글하게 다듬고, 소수 집단이 작은 불의를 보고도 무신경하게 지나치고 주어진 것에만 만족하며 살게 하려면 무엇이 필요할까?

흰옷의 여자에게 물어볼 수도 있다. 그의 진정한 이름은 리예, 미지의 현실에서 온 도시다. 건물은 전부 곡선이고 거리는 직선이며 어떤 갈등도 추악함도 두려움도 존재하지 않는 곳. 아이슬린은 언젠가 리예에 가 보고 싶다. 어떤 곳인지 보고 싶다. 여자가 한 번도 초대하지 않은 게 좀 이상하긴 하다. 어쩌면 아이슬린이 광장공포증이 있다는 걸 알아서 그런지도 모르지만. 그치만 친구 사이에는 보통 집에 초대해 주지 않나?

(어쩌면 그 여자는 진정한 친구가 아닐지도 몰라. 아이슬린의 자치구가 속삭인다.)

그때, 갑자기 뭔가 화끈한 느낌이 든다. 어깨다. 아이슬린이 움찔 놀라며 손으로 그 부위를 꼭 누른다. 벌에 쏘인 걸까? 손가락으로 만지작거리다 화장실로 간다. 지난번에 팁을 못 받은 안내원이 얼굴을 굳히지만 아이슬린은 무시한 채 거울 앞으로 다가가 블라우스를 살짝 내려 피부를 살펴본다. 아무것도 없다. 완전히 아무것도 없다. 안내선이 사라졌다. 뭔가 그것을 태워 버렸다.

팽팽한 긴장감 속에서 아이슬린은 한참 동안 거울 속 자신의 얼굴을 응시하며 이미 마음속 깊이 뿌리내린 생각에 대해 생각하지 않으려고 애쓴다. 그러고는 일찍 집으로 향한다.

이스탄불

이스탄불은 사람이지만 동시에 고양이이기도 하다. 물론 개이기도 하지만 고양이에 더 가깝다. 그는 때때로 자신이 고양이의 화신이라면 좋았을 것이라고 생각한다. 고양이는 정치를 안 하니까. 고양이는 대량학살을 저지르지도 않는다. 음, 쥐는 빼고. 이스탄불을 아직도 흑사병을 생생하게 기억하고 있기 때문에 쥐새끼는 수가 좀 줄어도 괜찮다고 생각한다. 그리고 고양이는 오늘은 이 종교, 내일은 또 다른 종교, 그다음 날에는 불경스러운 잡탕 종교를 믿기로 하지도 않는다. 고양이는 자기 자신을 숭배하고 그것으로 만족한다. 이 나라의 다른 사람들도 그와 비슷한 생각을 한다는 게 재밌다. 정부는 빈곤층이나 어려운 사람들을 위해서는 그리 많은 일을 하지 않지만, 감히 이스탄불의 고양이를 모독하고 싶은 자가 있다면 다시 생각하는 게 좋을 것이다.

인간 이스탄불은 그게 자기 잘못이라는 것을 안다. 물론 그렇게 간단한 문제는 아니다. 한 도시가 이런 병적인 집착을 갖게 됐다면 되먹임효과의 결과일 가능성이 높다. 이스탄불 사람들이 고양이를 좋아하기 때문에 이스탄불의 화신도 고양이에 집착하게 되고, 그 결과 또다시 고양이에 대한 도시 전체의 호감으로 이어지는 것이다. 하지만 그럼에도 그는 스스로를 탓한다. 도시 전체를 바꾸기보다는 한 사람의 습관을 고치는 편이 더 쉽고 간단하기 때문이다. 하지만 굳이 그럴 필요가 있을까? 고양이를 좋아하는 게 잘못된 일도 아닌데. 그래서 이 순환은 계속 이어진다.

그는 카라코이의 해변을 따라 걷고 있다. 그가 가장 좋아하는 곳이다. 이스탄불의 영혼이라기보다는 관광객에게 바가지를 씌우는 곳으로 전락한 지금도 그렇다. 관광객과 이런 터무니없는 짓거리가 아무리 심해지더라도 그는 이곳을 절대로 포기하지 않을 것이다. 1000년 전에는 레반트인이 이 지역을 지배했고 이젠 동포 ─ 그러니까 그가 도시가 되기 전의 동포 ─ 도 얼마 남지 않았지만 그럼에도 이곳은 이스탄불이 살기로 선택한 곳이다. 그는 구시가지에 오래된 아파트 건물을 소유하고 있는데 옥상에 올라가면 아야 소피아*의 멋진 모습을 볼 수 있다. 그리고 그는 날씨에 상관없이 매일같이 해변을 산책한다. 그것이 그가 마음을 고요히 가라앉히고 내부에 존재하는 1500만 개의 목소리에 귀를 기울이는 방법이기 때문이다. 그것이 바로 전염병과 기근, 전쟁과 제국의 흥망성쇠를 겪고도 그가 이스탄불로 남을 수 있었던 비결이다.

오늘 새벽 해변은 조용하다. 바람결에 실려와 공중을 맴도는 아

---

*비잔틴 건축의 대표적 걸작인 성당으로 현재는 박물관으로 사용되고 있다.

름다운 기도 소리뿐이다. 관광객 대부분에게는 이른 시간이지만 간혹 어젯밤 늦게까지 파티를 즐긴 이들이 가게 출입구나 벤치에서 뒹굴고 있다. 술에 취해 잠들었거나 밤늦도록 물담배를 즐기다 마르마라이* 막차를 놓친 까닭이다. 공기 중에는 기분 좋은 냄새가 가득하다. 지난 수천 년 동안 매일같이 그랬듯이 지역 상인들이 빵을 굽거나 생선을 굽고 있다. 전통 조끼와 밝은 줄무늬 바지를 입은 차 파는 사람을 향해 고개를 까딱이자, 그가 미소를 지으며 다가와 등에 진 커다란 카라프를 기울여 차를 따라 준다. 이스탄불은 일부러 차 한 잔 값보다 더 많은 돈을 지불한다. 차꾼이 가난한 사람들에게 차를 공짜로 베풀 경우에 도움을 주기 위해서다. 그들은 전에도 이 문제로 언쟁을 벌인 적이 있다. 차꾼이 자신의 돈으로 사람들을 돕고 싶어 하기 때문이다. 이 논쟁은 아직까지 해결을 보지 못했다. 어쨌든 이스탄불이 차를 마시는 동안 두 사람은 아무 대화도 나누지 않고 조용히 서서 이른 아침의 고요함을 즐긴다. 이스탄불이 찻잔을 돌려주며 고개를 끄덕여 감사 인사를 보내자 차꾼이 눈동자를 굴리더니 못마땅한 미소를 지으며 떠나간다. 이스탄불은 1000년 넘게 차꾼들과 말다툼을 벌였다. 이런 소소한 일관성이 없다면 어떻게 삶을 유지할 수 있겠는가? 모든 것은 변하고 그 무엇도 변하지 않는다. 그는 비잔티움이고, 그는 콘스탄티노플이다. 그는 이스탄불이다.

평소 일과처럼 생선 장수들이 모인 곳으로 향한다. 상인들이 그

---

* 튀르키예 보스포러스 해협을 관통하는 아시아와 유럽대륙을 잇는 해저 철도.

를 반갑게 맞이하자 미소를 짓는다. 어떤 이들은 작은 봉지를 안겨주기도 한다. 너무 작거나 그물에 얽혀 팔기 힘든 생선, 아무도 사 가지 않는 가오리나 해마 같은 것들이 담긴 봉지다. 그는 매일 산책길에 이 생선 봉지를 받아들고 관광지를 벗어나 다른 곳으로 향할 것이다. 거리는 훨씬 더 지저분하고 고양이들은 홀쭉한 곳으로. 그곳도 이스탄불이다. 모든 도시에는 아름답고 화려한 곳과 더럽고 야만적인 곳이 있다.

자갈길을 오르던 이스탄불은 가까운 곳에 있는 계단에서 누군가를 기다리던 젊은이가 다른 도시임을 깨닫는다. 이스탄불보다는 작지만 더 뻣뻣하고, 젊은 나라의 도시에서 볼 수 있는 위태로운 성숙함을 지녔다. 구세대의 기준으로는 아직 갓난아기 수준이지만 이스탄불은 어느 집에서나 첫째는 대개 조숙하기 마련이라고 생각한다.

그는 걸음을 늦추지 않는다. 대신 관광지에서 멀리 벗어나는 다른 길로 접어든다. "같이 걷지." 어린 도시를 초대한다. 그러자 젊은이가 일어나 따라오기 시작한다.

이스탄불은 젊은이가 먼저 말을 걸지 않아 흐뭇하다. 젊은이는 어른을 공경할 줄 알아야 한다. 하지만 한편으로 이스탄불은 말 많은 전문가들의 도시이기에 곧장 본론으로 돌입한다.

"적의 위협이 점점 커지고 있다는 말을 하고 싶은 거군."

청년이 한숨을 길게 내쉰다. 안심하는 기색이다.

"그것만으로도 다른 도시들과 나눈 어떤 대화보다 훨씬 진척이 있군요. 네, 그렇습니다."

"어떤 도시들과 이야기를 나눠 봤나?"

"도쿄, 잔지바르, 바르샤바……"

이스탄불은 슬쩍 웃는다. 전부 미친 도시들이다. 하지만 아마 그 도시들도 자신에 대해 똑같은 평을 할 것이다. "같은 문화권에 있는 가까운 도시들을 설득하는 게 나을 게야. 앙카라와 나는 오랫동안 가까이 지냈지." 수 세기에 걸쳐 여러 번 만났다 헤어졌다를 반복한 관계이기도 하지만 그런 사적인 부분까지 이 젊은이가 알 필요는 없다.

"불행히도 저희는 미국 최초이자 유일한 도시입니다. 상파울루와는 괜찮게 지내고 있지만요."

이스탄불은 커호키아*와 현재 북미라 불리는 대륙의 다른 도시들을 떠올리며 한숨을 내쉰다. 이 새로운 미 대륙인들은 그들 자신의 역사가 얼마나 두려울까.

"그렇겠군. 상파울루는 자네만큼이나 뻔뻔하고 충동적이니. 도시가 안정적으로 정착하려면 수 세기는 필요하지."

"그럴 수 있는 시간이 있다면 정말 좋겠군요. 하지만 지금 이 작은 문제를 해결하지 않으면……."

"그래, 동감일세. 더군다나 작은 문제도 아니지. 보여 줄 게 있네."

"좋습니다."

그래서 그들은 계속 걷는다. 두 사람 모두 아무 말도 하지 않는다. 이스탄불은 젊은이가 계속 신기해하며 주변을 두리번거리는 모습이 재미있다. 특히 도시의 오래된 구역을 지날 때 특히 그렇다. 청년은 자연스럽게 그것들의 나이를 느낄 수 있고 3000년 된 계단이나

---

*미국 일리노이주에 있는 도시로 북미 선주민 문명의 유적이 있다.

콘스탄티노플 시대에 만들어진 수로의 잔해에 축적된 세월의 순수한 무게에 경탄하는 것 같다. 그런 경외감은 실로 매력적이다. 어린 아이의 눈으로 자신을 새로이 본다는 것은 대개 그렇다.

마침내 이스탄불 시의 경계에 도착한다. 이 너머에도 교외와 준교외, 공원과 위성도시가 있지만 도시의 세금 및 법적 효용, 그리고 이스탄불 화신의 힘이 가장 강하게 미치는 영역은 여기서 그친다. 딱히 특별한 곳은 아니다. 그저 슈퍼마켓 뒤편에 쓰레기가 널린 공터에 불과하니까. 유달리 눈에 띄는 것도 없다. 하지만 그는 관광을 하러 여기 온 것이 아니다.

"내가 제일 아끼는 고양이들의 영역이지." 여기 오는 사이 이스탄불은 봉지에 담겨 있던 자잘한 생선들을 거의 다 뿌려 주었고, 건물 계단이나 골목에 놓여 있는 수십 개의 밥그릇에도 조금씩 나눠 주었다. "보통은 슈퍼마켓에서 나오는 쓰레기를 먹지만 될 수 있으면 내가 자주 생선을 가져다주네. 고양이는 항상 생선을 먹어야 하거든."

젊은이가 어정쩡한 소리로 듣고 있다는 티를 낸다. 그는 외교적 술수에 능하고 딱히 관심이 없을 때조차도 관심이 있음을 보여 줘야 한다는 것을 안다. 이스탄불은 이 젊은이가 마음에 든다. 제 자식들 중 몇몇도 이 젊은이처럼 현명하게 자랐다면 얼마나 좋았을까 생각한다. 흠, 그건, 뭐.

이스탄불이 공터의 반대쪽 가장자리를 가리킨다.

"저기가 시 경계선이지. 잘 보게."

이스탄불이 고양이를 부른다. 보통은 혀를 쯧쯧 차는 소리가 제일 효과가 좋다. 즉시 갈매기들이 주위를 휘휘 맴돌기 시작한다. 머리만 잘 굴리면 생선을 얻어먹을 수 있다는 것을 잘 알고 있기 때문이다. 아무리 고양이라도 이 바닷새들을 모두 쫓아낼 만큼 날래지는 못하다. 풀잎이 바스락거리더니 덤불 속에서 열 마리도 넘는 고양이들이 뛰쳐나온다. 이스탄불이 기쁨에 들뜬 표정으로 쪼그려 앉아 귀엽고 사랑스러운 고양이의 등을 토닥이고, 작은 머리를 격렬하게 쓰다듬고 귀를 튕기며 장난을 친다. 갈매기가 훔쳐 가지 못하게 고양이들에게 물고기를 한 마리씩 직접 나눠 준다. 하지만 아무리 이렇게 정성을 들여도 고양이 한 마리가 물고 있던 생선을 갈매기에게 빼앗기는 것을 막을 수는 없다. 물고기 도둑을 쫓아 팔짝 뛰어올라 보지만 깃털 몇 개만 뽑혔을 뿐 갈매기는 무사히 도주한다. 이스탄불이 가엾은 고양이에게 두 번째 물고기를 준다. 위로의 의미로 아까보다 더 큰 녀석이다.

뉴욕의 일부지만 뉴욕은 아닌 청년은 아무 말 없이 그 모습을 지켜본다. 하지만 고양이 한 마리가 다가와 호기심을 드러내며 야옹거리자 옆에 쪼그려 앉아 신기하다는 표정으로 고양이가 냄새를 맡을 수 있게 손가락을 살짝 내민다. 아하, 타고난 고양이 애호가로군! 이스탄불은 생선 봉지를 내밀고는, 청년이 약간의 주저도 없이 손을 넣어 미끌미끌한 조그만 뱀장어를 꺼내 고양이에게 던지는 모습을 흐뭇하게 지켜본다.

이스탄불이 자리에서 일어난다. "잘 보게." 그가 생선 몇 마리를 주변으로 던지자 고양이와 갈매기가 미친 듯이 달려든다. 이번에는 방향을 돌려 각별히 커다란 생선 한 마리를 공터 너머, 즉 도시의 경계선 밖에 있는 풀밭으로 멀찍이 던진다. 고양이 세 마리가 즉시 생선을 쫓아 달려들다가…… 우뚝 멈춘다. 경계선 근처에서 불안한 듯 꼬리를 까딱인다. 먹이에 대한 갈망으로 울부짖으며 쏜살같이 강하하던 갈매기들이…… 갑자기 방향을 틀더니 근처 도로와 쓰레기통에 내려앉는다. 어떤 녀석들은 무리를 딱딱거리거나 깃털을 부풀린다. 저 물고기는 한동안 주인 없이 그대로 버려져 있을 것이다.

젊은이가 별안간 손에 단검을 쥐고 있는 것은 뉴욕의 상황이 얼마나 나쁜지를 보여 주는 방증이리라. 젊은이가 차분하게 가라앉은 표정으로 공터 가장자리에 시선을 집중한 채 조심스레 접근한다. 슬금슬금 옆으로 피하는 고양이나 공중으로 날아가는 갈매기는 안중에도 없다. 맨해튼이 무엇을 보게 될지 이미 알고 있는 이스탄불은 아랑곳하지 않고 계속 생선을 나눠 줄 뿐이다. 어차피 모두에게 돌아갈 만큼 양이 넉넉하기 때문에 임신을 한 듯한 암컷 고양이가 특히 더 많이 먹을 수 있게 신경 써서 배려해 준다. 그러고는 냉정한 젊은 도시 전사(戰士)의 옆에 다가와 서서 눈앞의 광경을 보고는 한숨을 내쉰다.

공터 바깥쪽, 방치된 아스팔트 사이로 아무렇게나 자란 마른 풀들 사이에 고양이 네 마리와 갈매기 한 마리가 거의 감춰져 있다시피 누워 있다. 죽지는 않았다. 가끔씩 눈을 깜박이고 있고 숨을 쉴 때마다 옆구리가 움직인다. 그러나 그 점을 제외하면 이 동물들은 광섬유가 살아 움직이는 것처럼 부드럽게 흔들리는 가느다란 흰색 덩굴로 뒤덮여 있다. 덩굴손이 어찌나 거세게 휘어 감고 있는지 몸뚱이가 거의 땅에 묻혀 있을 정도고, 더는 고양이나 새처럼 보이지 않을 정도로 이상한 형태로 변형돼 있다. 그보다 더 무서운 것은 그

중 몇 마리가 고양이나 새치고는 너무 크다는 것이다. 이들은 성장하고 있다. 변화하고 있다. 이스탄불은 적어도 이 동물들이 고통스러워하거나 몸부림을 치는 기색이 없어 다행이라고 여긴다. 눈빛은 몽롱하고 약간 졸려 보이기까지 한다. 그중 한 마리는 아까 먹이를 줬던 약간 자란 삼색 새끼 고양이다. 녀석이 올려다보며 천천히 눈을 깜박인다. 애정 어린 행동이다. 이스탄불은 고양이가 처한 상태에 섬뜩함을 느끼면서도 마주 보며 천천히 눈을 깜박여 준다.

"이게 대체 뭐죠?" 뉴욕의 목소리는 침착하고 무심하지만 자세는 어떤 상황에도 즉각 대처할 준비가 되어 있다. "우리 도시에서 그 여자는 사람들을 감염시켰지만 이런 식으로 잡아 두지는 않았어요. 여기서 일어나는 일은……" 젊은이가 당혹한 표정으로 고개를 젓는다. "당신은 아주 오랫동안 완전한 도시였잖습니까. 이런…… 걸로는 당신을 공격할 수 없는데 왜 이런 짓을 하는지 모르겠군요."

젊은이가 적을 "그 여자"라고 부르는 게 흥미롭기도 하고 거슬리기도 한다. "우리가 상대하는 건 사람이 아니야." 이스탄불의 말에 젊은이가 눈시울을 찌푸린다. "자세한 얘기는 들었네. 그것에 이름이 있다는 것, 그것도 도시라는 것, 지금까지 지성 없는 괴물인 척했을 뿐이라는 것도 알아. 전에는 그런 걸 몰랐으니 새로운 사실을 알게 해 준 자네들에게 감사하네. 하지만 우리가 이 적에 대해 아는 건 그게 자연의 힘이라는 거야. 다시 말해 기회가 있을 때마다 성장하고 전파된다는 것이지. 난 그 여자가 의도적으로 성장한다고는 생각하지 않아. 그건 원대한 계획을 가진 아타튀르크*도 아니고 아이

---

*케말 파샤라고도 불리는 튀르키예의 독립 운동가이자 초대 대통령.

샤*도 아니야. 피부에 붙은 박테리아에 더 가깝지. 피부에 상처가 나기 전까지는 무해한 박테리아 말일세." 이스탄불이 한숨짓는다. "난 그 여자가 자신의…… 창조물을 가지고 무슨 짓을 하려는 건 아닌 것 같네. 다만 내 힘이 조금이라도 약해진다면 저 혐오스러운 것들이 여기서 준비를 갖춘 채 때를 기다리고 있겠지."

"그 비유는 틀렸습니다. 그 여자는 우리가 사는 이 우주에서 온 게 아닙니다. 외계 박테리아고, 우리를 감염시키기 위해 특별히 설계된 존재죠. 자기 입으로 그렇게 말했어요. 하지만 누가 설계한 걸까요? 누가 우리의 현실 속에 도시들만 노리는 침입성 포식자를 풀어 놓은 걸까요?"

똑똑한 친구군. 이스탄불은 그에게 소개해 줄 딸이 없다는 게 안타깝다. "그렇다면 그게 우리의 진짜 적이겠지. 우리가 칼을 두려워해야겠나, 아니면 그 칼을 휘두르는 손을 더 두려워해야겠나?"

젊은이가 눈을 가늘게 좁힌다. "그렇군요." 청년의 표정을 보건대 이스탄불은 뉴욕의 적이 가엾을 지경이다. 어쨌든 적어도 젊은이는 손에 쥔 단검을 거둘 정도의 상식은 있다. 이스탄불도 아주 예전에, 전사였던 시절에 칼싸움을 좋아했지만 그들의 적에게 칼은 아무 쓸모도 없을 것이다.

이스탄불이 손을 뻗어 뉴욕의 어깨를 두드린다.

"이미 회담을 요청해 뒀네. 하지만 난 고대도시 중 하나일 뿐이야. 내 충고를 들을 생각이 있다면 나이 든 도시들에겐 연락하지 말

---

*이슬람교 창시자인 무함마드의 세 번째 아내.

고 젊은 도시들에게만 집중하게. 그 친구들이라면 그나마 자네 말에 귀를 기울일 가능성이 있으니까."

뉴욕이 미간을 찌푸린다. "고대도시들의 동의가 필요……"

"아니지, 동의가 아니라 관심이 필요한 거야. 그동안 수많은 젊은 도시들이 태어났다가 사라졌다네. 옛날옛적 아이들이 성인이 되기 전에 죽어서 부모들이 자식을 많이 낳던 시절처럼 말이야. 물론 모든 자식에게 애정을 쏟는 부모도 있었겠지만 대부분은 아이를 안심하고 사랑해도 된다고 느낄 만큼 자랄 때까진 무심하게 굴었지. 요즘에야 그런 무심함이 차갑게 보일지 몰라도 그게 마음의 고통을 피하기 위한 방법이었다는 걸 이해해야 해." 이스탄불이 두 손을 옆으로 펼친다. "그리고 바로 그 때문에, 자네 뉴욕이 아무리 외교적으로 접근해도 관심을 기울여 주지 않을 거야. 시간이 좀 지나야 안심하고 자네들에게 신경 쓸 겨를이 생기겠지. 하지만 우리 나이 먹은 도시들은 규칙적인 걸 좋아한다네. 조용한 것을 좋아하고. 그래서 어린애 하나가 징징거리면 무시할 수도 있어. 하지만 만일 교실 전체가 소란스럽게 떠들면 어떨까?"

청년이 재미있다는 듯 눈썹을 추켜세운다. "그렇군요." 이제 이스탄불은 동료 고대도시들이 조금 안됐다는 생각이 든다. 하지만 괜찮다. 어리석은 놈들이니 당해도 싸지.

마침내 젊은이가 떠난다. 바로 간 것은 아니다. 청년은 잠시 이스탄불의 옆에서 그가 차(집에서 직접 우리고 건강에도 좋은 린든플라워 티)가 담긴 작은 보온병을 꺼내 덩굴손에게 잡혀 있는 동물들에게 부어 주는 것을 지켜본다. 이스탄불이 매주 이 일을 해 온 지도 벌써 수

년째다. 도시의 경계 밖이라 위험을 제거할 수는 없지만 스스로 이스탄불이라 생각하는 것은 모두 실제 이스탄불이기에 완전히 무력한 것도 아니다. 찻물이 덩굴손에 닿자마자 염산에 맞은 것처럼 새된 소리를 내뿜으며 말라 부스러진다. 찻물에 젖은 게 불만인지 갈매기가 꽥꽥 울며 날개를 푸드덕대지만 자유를 되찾은 고양이들은 감사인사를 하듯 이스탄불의 발목과 다리에 몸을 문지른다. "너희는 날 사랑하는 게 아니라 새우를 원하는 거잖니." 이스탄불이 작은 삼색 고양이에게 투덜거린다. 하지만 마침 그는 그 아이를 위해 커다란 새우 한 마리를 남겨 두었다.

다음 순간 뉴욕이 사라지고 없다. 이제 고양이들은 배부르고 나쁜 것들은 전부 해결됐다. 이스탄불은 빈 봉지를 쓰레기통에 버리고 주머니에 넣어 다니는 향이 첨가된 소독제로 손을 문지른 다음, 집으로 돌아가기 시작한다. 그는 작게 콧노래를 흥얼거리며 발걸음을 옮긴다. 어깨 위에 괜찮은 머리가 있고 세상이 나아갈 방향에 대해서도 분명한 비전이 있는 젊은이를 만나고 나면 항상 기운찬 느낌이 든다. 그들이 항상 옳은 건 아니지만 적어도 상황을 흥미롭게 만들고 종종 더 나은 방향으로 나아가게 하기 때문이다. 별다른 일이 없다면 곧 더 좋은 날이 올 것이다.

6장

그쪽에서 우리 쪽에 줌 하라고 해

퀸스가 일시적으로 퀸스가 아니게 된 일을 겪은 지 2주가 지났다. 그동안 브롱카는 대부분 구름 위를 걷는 듯한 황홀한 시간을 보냈다. 이상한 불운과 타이밍 덕분이었다. 전혀 예상치도 못했는데 누군가 브롱카가 한동안 잊고 있던 핑크 크로피시 사이트의 10년 된 데이트 프로필을 보고 흥미로운 연락을 해 왔다. 며칠간 조심스런 대화를 나누고, 49달러를 들여 신원조사를 하고, 이 여자가 터프*나 기타 등등 이상한 사람은 아닌지 소셜미디어를 조금 스토킹하고, 매우 깊은 영혼의 탐색을 한 후 브롱카는 드디어 자기 나이에는 다시는 경험하지 못할 것이라고 여긴 일을 시도해 보기로 결정했다. 그는 데이트를 할 것이다.

하지만 취소하는 게 좋을지도 모르겠다. 브롱카의 잠재적 연인인 마리나는 브롱카가 사실은 도시의 화신이라는 것을 모르니까. 이

---

* TERF. 트랜스젠더를 배제하는 급진적 여성주의자(Trans-Exclusionary Radical Feminist)의 약자.

것도 미리 알려 줘야 하는 정보에 해당하는 게 아닐까? "나랑 데이트하면 다른 차원의 괴물한테 공격받을 수도 있어!"라고 경고를 해줘야 할까? 게다가 도시가 된다는 데에는 책임이 따른다. 브롱카는 어떤 사회생활보다도 브롱크스와 관련된 일을 가장 중요하게 취급하고 거기 집중해야 한다. 그는 혼자서도 꽤 괜찮았다. 싱글맘이었던 친어머니도 브롱카에게 자기 삶을 즐기고 자신만의 시간을 소중히 여기라고 가르쳤다. 여성, 특히 60년대 여성에게는 굉장히 급진적인 사고방식이 아닐 수 없다. 브롱카는 가정을 꾸리는 것도 좋았지만 결국엔 크리스와 반쯤 서로 커밍아웃한 연인관계에서 자식을 함께 키우는 친구 사이로 전환했고, 빨래가 끝난 옷을 개지 않고 늘 어놓고 내킬 때마다 목이 터져라 (형편없는) 노래를 부를 수 있는 것도 좋았다. 만일 다시 누군가와 함께 살고 싶다는 생각이 든다면 여자 친구보다는 개를 기르는 게 나을지도 모른다.

다만…… 음, 그렇지만 온 세상이 멸망할 거라면 혼자 쓸쓸히 죽는 것보다는 누군가의 품에 안겨 죽는 게 낫지 않을까? 또 연애는 그렇다 쳐도 누군가랑 같이 자 본 지가 음, 너무 오래됐다.

어쨌든 브롱카는 당분간은 도시와 관련된 일에만 집중하기로 했다. 브루클린이 뉴욕 시장에 출마하겠다고 선언한 지도 2주가 됐는데, 솔직히 브롱카는 약간 감동받았다. 돌팔매질을 할 생각은 없지만 그는 늘 뉴욕 같은 도시에 좋은 시장이 될 만한 사람들은 절대로 출마하지 않는다는 데 울화통이 터졌다. 그 대신 뉴욕에는 이기적이고 근시안적인 사업가 출신 ── 거기다 항상 남자들 ── 이나 시장이라는 직위를 이용해 자기 친구들 뒤를 봐주고 다른 모든 시민에게는 엿을 먹이는 범죄자 무리만 득시글거렸다. 그래, 그건 괜찮다. 정치라는 게 원래 그런 법이니까. 하지만 뉴욕에서는 이런 일이 한결같이 거듭해서 일어났다. 브롱카가 살아온 거의 내내, 이 도시는 고통만 받았다. 주 예산 테이블에서 제 몫을 차지하기 위해 싸우지도 못하고, 부패한 땅주인이나 점점 더 군사화되고 마피아화된 뉴욕 경찰을 통제하지도 못한다. 그리고 이제 뉴욕이 된 브롱카는 뉴욕이 더 좋은 곳이 되기 위해 얼마나 싸우고 싶어 하는지, 싸워야 하는지 알고 있다. 그래서 브롱카는 브루클린을 찾아가기로 결심한다.

선거 운동 본부는 당연히 베드스타이에 있다. 세탁소와 오래된 타코 레스토랑 사이에 있는 작은 점포에 불과하지만 벌써 창문에 전문가가 만든 근사한 인쇄 포스터가 뒤덮여 있는 걸 보니 뿌듯하다. 사무실 쪽으로 다가가는데 한 남자가 입구 위쪽에 대형 간판을 설치하고 있다. **뉴욕을 위한 브루클린.** 귀엽네. 로고도 있는데 보자마자 마음에 안 찬다. 색상이 너무 차분하고, 전체 구조도 균형이 엉망이다. 하지만 브롱카는 한숨을 내쉬며 세상 모든 사람이 예술가는 아니라는 사실을 천 번도 더 마음속에 되새긴다. 사무실 안에 들어가자 탁자와 데스크톱 컴퓨터가 보기 좋게 늘어서 있고, 텐트로 덮인 뒷마당에도 작업 공간이 있는 게 보인다. 캐주얼한 차림의 유쾌한 젊은이들이 전화기를 붙들고 작은 목소리로 뭔가를 중얼거리며 조심조심 키보드를 두드리고 있다.

모든 곳에서 프로의 냄새가 난다. 훌륭하다. 깔끔하군. 브롱카는 브루클린을 죽여 버릴 테다.

브롱카는 위풍당당하게 사무실을 가로질러 걷기 시작한다. 한 젊은 여자가 전화를 끊고 뒤늦게 무슨 일이냐고 묻지만 가볍게 무시한다. 그러고는 뒤쪽에 있는 작은 사무실 문을 벌컥 열어젖힌다. 손바닥에 얼굴을 묻은 채 앉아 있던 브루클린이 깜짝 놀라 허리를 세운다. "뭐야?"

브롱카가 문을 닫는다. "난 브롱크스 그 자체야. 내가 오는 걸 어떻게 모를 수가 있지?"

브루클린은 그저 멍하니 그를 응시할 뿐이다. 잠시 후 브롱카를 저지하려 했던 젊은 여자가 사무실 문을 열고는 이글거리는 눈빛으로 그를 노려보며 말한다. "브룩 씨, 못 막아서 죄송해요. 경찰에 신고할까요?"

그 말에 브루클린이 정신을 차린다. 즉시 마음을 가다듬고는 습관처럼 머리를 손으로 빗어 넘기며 자세를 똑바로 고쳐 앉는다.

"아니, 괜찮아요, 헤일리. 내 친구예요. 그리고 여기선 생명이 위험한 상황만 아니면 경찰을 부르지 않아요. 알겠죠?"

"네, 알겠어요, 그럼요. 이해했어요, 그럼." 여자가 입술을 말아 올리며 브롱카에게 다시 한번 눈총을 주고는 문을 닫는다. 흠, 브루클린이 적어도 진짜 뉴욕다운 사람들을 고용하고 있긴 한 모양이다.

드디어 평정을 되찾은 브루클린이 말한다. "내 사람들하고 전쟁이라도 하러 온 거야? 네 못돼 먹은 짓을 참아 줄 만한 돈도 못 주고 있는데."

"그래? 그럼 시급을 올려 주든가." 브롱카가 사무실을 성큼성큼 가로질러 좋아 보이는 의자로 다가간 다음, 위에 놓여 있던 홍보물 더미를 라디에이터 위로 옮기고 펑퍼짐한 엉덩이를 내려놓는다.

"나보다 훨씬 더 미친 인간들을 상대해야 하리라는 걸 뻔히 알면서. 그리고 MC 프리 시절에 모은 돈이나 로열티 같은 거 없어? 그걸로 직원들 급여나 올려 주라고."

브루클린이 메마른 웃음을 짓는다. "안 돼. 왜냐하면 난 80년대에 음반 계약을 맺었고, 매니저도 형편없었거든. 시의원에 출마할 때 쓰려고 모아 둔 돈이 조금 있었지만 이 동네 시장 출마에 필요한 돈에 비하면 푼돈 수준이지. 게다가 집을 되찾으려고 시 당국이랑 싸우는 중이라 저축에 손을 댈 수도 없고. 그건 그렇고 그게 언제쯤 언론을 탈지 기대되네. 내 인터뷰가 바이럴이 되고 나서 우리 조조가 날 놀라게 해 주겠다고 고펀드미*에서 모금 운동을 했는데, 꽤 많은 돈이 모이긴 했어. 내가 기대한 것보다 훨씬 더. 근데 거기에도 손을 못 대. 첫 번째 이유는 그게 불법이기 때문이고, 두 번째는, 내가 알지도 못하는 사기꾼이 셋이나 내 이름으로 크라운드펀딩을 시작했거든. 그래서 선거재정위원회에 조조가 받은 기부금 중에서 최소한 익명이 아닌 거랑 해외 자금이 아닌 것만이라도 받을 수 있게 해 달라고 요청해 뒀어." 브루클린이 고개를 내젓는다. "덕분에 내 불쌍한 딸은 뉴욕 정치에 대해 매우 힘겹게 배우고 있지."

브롱카가 얼굴을 찡그린다. "애 팔은 어때?"

"나쁘진 않아. 깁스 속이 간지럽대." 브루클린이 미소 짓지만 웃음은 오래가지 않는다. "의사 말로는 영구적으로 신경 기능을 잃을 수도 있다고 하더라. 팔을 사용 못 할 정도는 아니지만 글씨를 쓰는

---

* GoFundMe. 크라우드펀딩 웹사이트.

것 같은 소근육 운동 능력이 손상될 수 있다네. 조조는 태어났을 때부터 할아버지가 휠체어에 앉아 계신 걸 봐서 장애가 단순히 다른 생활 방식일 뿐이라는 걸 알아. 하지만 난 열불이 나서 죽을 지경이야. 그 빌어먹을 친구 어쩌고 자식 때문에 내 딸이 다쳤으니까."

"아무도 안 죽은 게 다행이지. 덕분에 네가 화낼 이유가 생기긴 했지만."

브루클린이 그를 날카롭게 쏘아본다. "뭐?"

브롱카가 몸을 일으켜 책상에 기대선다. 그러고는 윗몸을 기울여 브루클린의 얼굴에 바싹 들이댄다. "놈들이 네 딸에게 총을 쐈어. 그럼 지금쯤 밖에 나가서 입에서 불을 내뿜으며 사람들을 모아 난리라도 쳐야 하는 거 아니냐? 한데 방금 문을 열었을 때는 꼭 금방이라도 울 것처럼 보이더군. 이런 게 너야? 평소의 '개센 년'은 어디 갔는데?"

아, 그래. 브루클린의 눈썹이 내려앉는다. 갑자기 방 안이 조금 따스해진 것처럼 느껴진 건 브롱카의 상상일지도 모른다.

"씨발, 언제나처럼 지금 네 앞에 있다. 하지만 현실적인 문제를 고려하지 않을 수가 없다고, 젠장."

"예를 들면 어떤 거? 돈도 없고 아무 대책도 없이 무작정 시장 선거에 뛰어든 거? 그리고 또 뭐?"

브루클린이 벌떡 일어나더니 브롱카의 얼굴에 들이대고 내뱉는다. "사람도 없다, 왜! 팔을 걷어붙이고 거리에 나가서 선거 운동을 뛸 사람은 있는데, 나한테 진짜 필요한 모금과 홍보를 뛸 사람들, 전략을 짤 줄 아는 사람이 없다고! 그리고 또⋯⋯!"

"그럼 구하면 되지."

"무슨 돈으로? 시간은 또 어디서 나서? 재정위원회에 제출할 서류는 산더미 같지, 모든 일을 허둥지둥 가까스로 하고 있는데 그것도 나 혼자서⋯⋯"

브롱카는 혹시 이 일로 뺨을 맞게 되면 그냥 맞아 줘야겠다고 결심한다, 맙소사. "야, 씨발, 넌 네가 망할 도시라는 것도 까먹었냐?"

브루클린이 흠칫 놀라며 입을 다문다. 그래, 그럴 줄 알았다. 브롱카는 고개를 절레절레 젓고는 아무 말 없이 방문객용 의자를 하나 붙잡아 끌어다 앉는다. 브루클린은 과민하고, 자부심이 강하다. 그 점에선 브롱카 자신과 별다를 바가 없다. 그리고 이제 브롱카가 힌트를 줬으니 브루클린도 곧 알아차릴 것이다. 셋⋯⋯ 둘⋯⋯

"하느님 맙소사." 브루클린이 천천히 의자에 주저앉는다. 브롱카는 그의 표정이 변화무쌍해지는 모습을 조용히 지켜본다. "선거 운동은⋯⋯ 구성개념이구나."

브롱카는 새어 나오는 웃음을 애써 참는다. 저 까칠한 년이라면 브롱카가 자기를 비웃는다고 생각할 테고, 브롱카는 브루클린의 생각을 계속 여기 잡아 둬야 하기 때문이다. "그렇지?"

"그래." 브루클린이 깍지 낀 두 손을 책상 위에 올려놓는다. 여느 때처럼 단정하고 새침한 모습이지만 브롱카의 눈에는 브루클린의 손에 얼마나 힘이 들어가 있는지 보인다. "지금껏 우린 도시랑 관련된 일이 어떻게 돌아가는 건지 이해하려고 애썼지. 상파울루는 구성개념과 구조에 대해 설명해 줬고. 하지만 난 계속 작게만 생각했어. 노래, 길거리 흥정, 네이선스 핫도그같이 작은 것들 말이야. 하

지만 우리가 어렸을 때 생각나? '아이러브뉴욕' 관광 캠페인 말이
야. 난 아직도 그 로고 음악이 기억나. 에드 코흐*도 사실상 그 슬로
건과 이미지에 편승한 셈이잖아. 심지어 그 사람에 대한 브로드웨
이 연극도 있었고. 완전 끔찍하단 소문은 들었지만. 어쨌든 중요한
건 코흐가 뉴욕의 문화를 무기화했다는 거야. 난 그 인간이 위대한
시장이라고는 생각 안 해. 처음엔 진보로 시작했다가 나중엔 가난
한 사람들한테 등을 돌렸으니까. 하지만 수십 년이 지난 지금도 '뉴
욕 시장' 하면 사람들 머릿속에 가장 먼저 떠오르는 이름 중 하나도
코흐지. 정치적으로나 대중적으로나 그 뒤로 어떤 시장도 필적하지
못한 인기를 얻었고. 자기를 뉴욕의 아이콘으로 만들었으니까."

"그리고 네가 있지." 브롱카가 느릿하게 말한다. "이미 뉴욕 그 자
체인 사람."

"그래." 쇠뿔도 단김에 빼라고, 브루클린은 즉시 자리에서 일어나
사무실 문을 활짝 연다. "여러분! 지금부터 화상회의 준비를 해 주
세요. 그리고 오늘 오후는 모두 쉬도록 해요. 내가 할 일이……" 그
가 잠시 멈칫하더니 쓴웃음을 지으며 브롱카를 쳐다본다. "고문회
의를 할 거거든요. 그러니까, 어, 전문가들을 불러서요. 모두 내일
아침에 봅시다."

브롱카는 히죽 웃고는 뒤로 느긋하게 기대앉아 쇼를 즐긴다.

브루클린이 줌 회의를 열고 모두에게 문자 메시지를 보낸다. 그
건 즉 다행히도 브롱카가 전화기에 앱을 새로 깔 필요가 없다는 뜻

---

*뉴욕의 3선 시장.

이다. 이 빌어먹을 것들은 날이 갈수록 점점 어렵고 복잡해져만 간다. 브루클린의 사무실 벽에는 평면 TV와 화상회의용 카메라가 설치되어 있다. 다시 말해 브롱카가 채팅에는 참여하지 못한다는 의미지만 어차피 채팅창은 베네자와 파드미니 사이에서 어벤저스가 줌 미팅을 한다는 식으로 주고받는 농담 따먹기가 대부분이라 괜찮다.

"안 그래도 왜 우리한테 도움을 요청하지 않는 건지 궁금했지." 매니는 컬럼비아 대학에 있는 자기 사무실에 앉아 있다. 브롱카가 업무 모드에 있는 그를 본 건 처음인데, 클라크 켄트 같은 안경을 쓰고 있어 평소보다 더 지적이고 상류층처럼 보인다. "우리 중에 선거 운동 경험이 있는 사람은 없어도 도시가 당신을 판필로와 흰옷의 여자의 대항마로 선택했다면 우리가 도움이 될 거야."

"그리고 난 일자리가 필요해요." 파드미니는 닉과 같은 방에 있다. 카메라 앵글은 다르지만 두 사람의 등 뒤에 비스듬히 들어오는 빛과 평범한 하얀색 석고보드 벽이 똑같다. 아마 할렘에 있는 펜트하우스일 테다. "혹시 데이터 분석 필요해요? 인구통계나 패턴, 여론조사 같은 재미있는 종류의 데이터 분석? 아, 한 몇 년은 재미있는 수학을 못 해 봤는데! 돈도 주나요?"

"많이는 못 줘." 브루클린이 시인한다. "물론 목표는 생활임금*을 주는 건데 지금 사정이 간당간당해서 시간당 최저임금보다 겨우 2달러 많은 정도야. 거기다 돈이 다 떨어지면 언제든 해고될 수 있고."

---

*물가와 소득 및 지출을 고려해 여유있는 생활을 유지할 수 있는 수준의 임금.

파드미니가 웃음을 터트린다. 파드미니의 이런 행복한 웃음소리를 듣는 게 얼마 만인지 모르겠다. "난 최저임금도 괜찮아요. 당연히 그래야 할 테지만 담당 감독관을 이해시킬 수만 있다면 기간도 상관없고요."

베네자도 휴대전화를 통해 화상회의에 참가 중인데, 이징과 다른 브롱크스 아트센터 직원들의 설치 작업을 돕는 중이라 화면이 계속 심하게 흔들린다. "어, 난 어떻게 도와줘야 할지 모르겠는데요." 상자를 옮기느라 베네자가 숨을 헐떡댄다. "난 벌써 직장이 있잖아요. 게다가 요즘 뭔 일인지 브롱카가 월급도 썩 잘 주고 있거든요. 그거 알아요? 난 이제 퇴직연금도 들고 있답니다! 그리고 진짜, 진짜로 쓸모 있는 건강보험도 있고요. 세상에, 예방 가능한 질병으로는 죽지 말자는 꿈을 실현하고 있다니까요! 음, 어쨌든 내가 할 수 있는 일이 뭐가 있을까나? 전화 응대나 그림 위치 바꾸는 거?"

"너도 학위 있잖아." 브롱카가 상기시켜 준다. "뭐지, 그, 컴퓨터 아트였나?"

"디지털 디자인요. 세상에, 두운법도 있고 별별 방법이 다 있는데 어떻게 이거 하나 기억 못 할 수가 있어요, 오올드비."

브롱카가 됐다는 듯 눈을 굴린다. 하지만 그는 베네자를 잘 안다. 지금쯤 브루클린에게 어떻게 도움이 될 수 있을지 열심히 머리를 굴리고 있을 것이다.

"프리랜서 일도 하니? 사실 네 도움이 필요할 것 같아. 모든⋯⋯ 면에서 말이지." 브루클린이 옆에 서 있는 선거용 간판을 흘깃 쳐다보고는 역시나 로고가 끔찍하다고 생각하는지 한숨을 푹 내쉰다.

"그래픽, 온라인 광고, 그런 거 전부 다."

"허. 아. 그럼요. 할 수 있죠. 인쇄물 디자인은 해 본 적 없는데 도와줄 사람들을 아니까 물어보면 돼요. 근데 그런 거 할 사람을 아직도 못 구했어요?"

"사람이 있긴 하지. 하지만 네가 그 사람들이랑 같이 일해 주면 훨씬 안심이 될 것 같다."

"발레, 발레.*" 베네자가 잠시 다른 데 정신이 팔린 것 같다. 화면 너머에서 이징이 누군가에게 고함을 지르는 것이 들린다. "우우, 멍청한 건축업체 직원이 이징을 무시하는 말을 했나 봐요. 그래서 이징이 그 인간을 완전히 말로 썰고 있네요. 팝콘을 가지러 가야 해서 난 이만 빠질게요. 자문단이 될 수 있어서 좋았어요!" 베네자가 손을 흔들더니 회의방에서 사라진다.

닉은 계속 침묵을 지키고 있다. 브롱카는 그게 더럽게 신경 쓰인다. 브루클린이 뭔가 휘갈겨 쓰고 있는 사이, 브롱카가 끼어들어 닉에게 말한다. "네 작품은 정말 멋져. 그리고 너도 그걸 알지. 그래서 생각해 봤는데, 네가 싫지만 않으면 도시 곳곳에 벽화를 그려 주면 홍보에 도움이 되지 않을까? 어떤 그림을 어떤 스타일로 그리든 상관없이 그냥 한쪽 구석에 브루클린의 선거 로고만 그려 넣기만 하면 돼. 비용은 내가 대마." 브롱카는 이 소년의 독창적이고 인상적인 작품을 처음 발견했을 때부터 후원해 주고 싶었다. 닉은 더 이상 무명의 브롱크스가 아니다. 주변에 좋은 소문을 퍼트려도 된다고

---

*OK라는 의미의 포르투갈어.

브롱카에게 허락만 해 준다면 제2의 바스키아가 될 수 있을 것이다. 이 정도의 천부적인 재능을 가진 예술가라면 작품 하나에 수백만 달러를 받는 것은 물론이고 보는 눈이 있는 이들에게서 칭송받아야 마땅하다.

하지만 놀랍게도, 닉은 고개를 가로젓는다. "벽화는 그릴 수 있어. 하지만 이걸 위해서는 아냐. 도시가……" 그가 눈가를 약간 찡그리며 시선을 돌린다. 순간 브롱카는 닉이 시장 선거에 전혀 관심이 없다는 인상을 받는다. "뭔가 잘못됐다는 느낌이 들어. 뉴욕뿐만이 아니라 그냥 모든 게. 꼭…… 계속 밑으로 떨어지는 꿈을 꾸는 것 같아. 아니면 내 눈에는 안 보이는 누군가가 나를 감시하고 있는 것 같기도 하고. 미칠 것 같아." 닉이 답답해 죽겠다는 몸짓을 한다.

브롱카가 난색을 표한다. "브루클린이 시장에 출마하는 것에 반대하는 거면……"

"그게 아냐." 닉이 얼굴을 찡그린다. "선거에 출마하는 건 맞아. 도시를 강하게 만드는 데에도 도움이 될 거야. 하지만 난 거기 낄 수 없어. 당분간은 도시한테만 귀를 기울여야 하거든. 염병할 형이상학적인 부분도 처리해야 하고."

그들 모두가 놀란다. 그리고 브롱카는 소스라치게 놀란다. 브롱카가 생각하기엔…… 흠, 사실 무슨 생각을 했는지 잘 모르겠다. 그들 여섯 명은 모두 별개의 사람들이다. 모두가 모든 일에 100퍼센트 완전히 동의할 리가 없다. 하지만 브롱카는 이번 일만큼은 예외라고 생각했었다.

파드미니가 채팅으로 말한다. 저기요! 도시가 그러는데 입이 심심하대요! 그러고는 화면에서 잠깐 사라졌다가 손에 그릇을 든 채 돌아온다. 얇게 자른 카람볼라*에 소금과 칠리가루를 뿌린 것 같다. 파드미니의 농담에 닉이 킥킥거리자 브롱카는 한시름 놓는다. 덕분에 어색함이 많이 가셨다.

브루클린은 이 모든 일이 벌어지는 동안 그들의 프라이머리가 다중우주와 교감하는 능력이 악화되었다는 사실이 완벽히 타당하다는 듯이 고개를 주억거린다. "알았어. 내가 도울 일이 있으면 뭐든 알려 줘. 그리고 그동안은……" 브루클린이 의자를 돌려 브롱카를 바라본다.

브롱카가 한숨을 내쉰다. 어차피 브루클린에게 잔소리를 퍼부었을 때부터 이런 일이 일어날 줄 예상하고 있었다. "나도 이미 직장이 있는 사람이야. 하지만 그 일을 하다 보면 부유한 자선 사업가를 자주 만나게 되지. 원래 예술 쪽에 있는 사람은 대부분 좌파거나 아니면 적어도 그런 척하고 있기도 하고. 명함집을 뒤져 봐서 고액 기부자가 있으면 소개해 줄게. 그래, 나 아직도 명함 쓴다. 그 입 닥쳐."

브루클린은 애써 웃음을 참는다. "도움이 많이 되겠네. 진심이야. 사실 지금 나한테 제일 필요한 게 인맥이거든. 돈이나 아니면 플랫폼을 가진 유명인사들. 공개적인 지지 선언 같은 거." 브루클린이 작게 한숨을 내쉰다. "정치할 때 제일 환멸이 나는 것도 이 부분이지만……"

브루클린이 문득 말을 멈춘다. 채팅방에 불이 들어왔기 때문이

---

*열대과일의 일종으로 스타프루트라고도 불린다.

다. 들어온 코멘트는 하나뿐인데 어마어마하게 길다. 수백 단어는 족히 되어 보이고 타자로 칠 수 있는 속도보다 훨씬 빠르게 공간을 채워 나간다. 이미 작성자의 이름이 보이지 않을 정도로 화면이 넘어갔다. 그 내용이 뭐냐면…… 브롱카는 미간을 찌푸리며 눈을 가늘게 떠 보지만 글자가 너무 빠르게 지나가서 단어를 읽기가 힘들다. 달콤함을 먹는 자가 오나니 빛 아래 동료 가수들과 먹잇감 외에는 아무것도 없는 평야 위로 상상력의 변화라는 무한한 환혹 속에서 일하는 것은 정말이지 멋진 — 그야말로 횡설수설이라고밖엔 할 수 없다. 하지만 아무 의미 없이 무작위로 조합된 문장은 아니다. 이 혼란스럽고 종말론적인 이미지 속에는 브롱카가 간신히 알아볼 수 있는 문학적 단서들이 간간이 숨어 있다. 그렇다면 허무주의적 횡설수설이군. 그런데 왜? 그리고 누가 —

느닷없이 줌 갤러리에 새 창이 열린다. "베네자야?" 브루클린이 묻는다. 하지만 아니다. 창 중앙에는 개인 프로필 아이콘 대신 커다란 R이 걸려 있다. 그 아래에는 이름도 적혀 있지만 글씨가 너무 작아 브롱카는 읽을 수가 없다. 하지만 파드미니가 놀라 숨을 들이켜고 다른 이들의 얼굴에 불안/분노/경악이 파문처럼 번져 나가는 것이 보인다. 그들은 이름을 읽을 수 있기 때문이다. 매니의 표정이 차갑게 굳는다. 닉의 눈빛이 뜨겁게 이글거린다. 아, 알겠군. 이름을 볼 필요도 없겠어.

잠시 후, 회의의 새로운 참가자가 카메라를 켠다. 아무래도 저쪽에 기술적인 문제가 생긴 것 같다. 얼굴이 있어야 할 자리에 심하게 픽셀이 뭉개진 희끄무레한 덩어리만 보이는데 그것이 자세를 약간 바로잡더니 — 브롱카가 생각하기엔 — 밝게 미소 짓는다. "어머, 어머, 너희 여기 있었구나!" 짜증 나도록 명랑하고 소름 끼치게 친숙한 목소리다. 브롱카는 그제야 깨닫는다. 이 여자는 항상 목소리가 똑같아. 어떤 얼굴을 쓰고 있든, 아니면 아예 사람인 척하지 않을 때조차도 목소리는 똑같아. 거기엔 어렴풋한 깨달음이 수반된다. 어쩌면 이것이야말로 그들이 이용할 수 있는 것일지도 모른다는 점. 흰옷의 여자의 진정한 본질이 물리적인 것보다 음색이나 공명, 파형에 있을지도 모른다는 사실이 말이다. 하지만 브롱카는 퍼뜩 정신을 차린다. 그들은 지금 흰옷의 여자에게 줌 폭격을 당하는 중이다.

"오늘은 안 돼, 사탄아.*" 브루클린이 줌 회의에 사용 중인 노트북을 끌어당겼다가 갑자기 밝은 불꽃과 전기 스파크가 치솟자 비명을 지르며 반사적으로 컴퓨터를 밀쳐낸다. 그 충격에 탁자 밑으로 떨어진 노트북이 바닥에 닿자마자 누가 토치로 불이라도 붙인 것처럼 뒤틀리며 부글부글 끓기 시작한다. "젠장! 누가 줌 좀 끝내 봐!"

"난 안 돼." 매니가 뭔가를 계속 두드리며 얼굴을 찡그린다. "난 회의 주최자가 아니라서 안 되는 거 같은데. 그런데 방에서 나가기도 안 되는군."

"다들 창 닫아요, 젠장!" 파드미니도 뭔가를 다급하게 클릭하고 있지만 이내 이맛살을 찌푸린다. "왜 안 되지?"

"어쩜 너무 무례한 거 아냐? 솔직히 말이지, 내가 왜 너희 인간들한테 신경을 써 줘야 하는지 모르겠다. 너무너무 무례한 데다, 아직

---

* 드래그퀸 리얼리티쇼인 「루폴의 드래그 레이스」에 나오는 유명한 대사.

도 세상이 돌아가는 이치도 제대로 이해 못 하고 있잖아. 너흰 이제 완전한 존재야! 내 안내선은 너희의 도시 경계선 안에선 더 이상 활동 못 한다고. 지금 이걸 통해서 너희를 공격할 수도 없지. 뉴욕 IP 주소는 우리를 끔찍하게 태워 버리거든. 물론 너희를 공격할 의사도 없고." 여자의 어조가 경멸하는 투로 바뀐다. "리예의 깨끗한 거리에서라면 너희는 1초도 못 버틸걸. 난 그냥 얘기하러 온 거야. 듣기는 할 거니?"

닉의 눈매가 가느스름해진다. "원하는 게 뭐야, 꾸불탱년아."

"내가 원하는 건……" 여자가 말을 멈춘다. 그저 브롱카의 착각인지도 모르겠지만, 여자의 형상을 구성하고 있는 커다란 네모 덩어리들이 일순 환하게 밝아진 것 같다. "방금 날 꾸불탱년이라고 한 거야? 진짜? 세상에, 너네 종족의 창의력은 정말 끝이 없다니까. 물론 바로 그게 결국 모든 존재를 파멸시킬 수도 있지만. 너희를 남겨 둘 수 있으면 정말 좋을 텐데. 어쩜 이런 걸 다 생각해 낼 수가 있니? 꾸불탱년이라니." 여자가 희끄무레한 고개를 흔들며 깔깔거린다. "어쨌든 경고를 하러 왔단다. 빠르고 고통 없이 죽을 수 있는 단계가 지났으니 적어도 자비로운 죽음을 맞이할 기회를 줘야 할 것 같았거든. 그거 말고 다른 방법은…… 알겠지만 별로 자비롭지는 못한데, 난 잔인하질 못해서."

브루클린이 욕을 퍼부으며 벌떡 일어나서 소화기를 가지러 간다. 계속 파직거리는 노트북 때문에 사무실 안이 연기와 오존으로 자욱해졌기 때문이다. 브롱카도 허둥지둥 불이 붙을 만한 것들을 옆으로 치우지만 그 와중에 머릿속은 미친 듯이 돌아가고 있다. 그는 꾸불탱년이 그냥 얘기만 나누러 접근한 게 아니라고 확신한다. 그러니 전투가 일어날 경우에 대비해 구성개념을 미리 준비해 둬야 한다. 문제는 브롱카가, 말하자면 섬세한 구성개념을 사용해 본 적이 없다는 데 있다. 아, 얼마 전에는 대중교통의 흐름에 올라타는 것을 할 수 있게 되었다. 매니가 무심코 그들 모두에게 방법을 가르쳐 주었기 때문이다. 그래서 브롱카는 흰옷의 여자가 무심코 가르쳐 준 것처럼 예술 작품을 활용해 보기도 했다. 하지만 현 단계에서는 뉴욕의 호전적 정수를 공격 무기로 구성하는 데 있어 아직은 되는 것만 이용하는 데 그치고 있다. 발가락 부분에 철판을 덧댄 영적 부츠 말이다. 수십 년에 걸친 브롱크스의 쇠퇴와 평생 불의에 맞서 투쟁해 온 자신의 경험에서 비롯된 철판을 덧댄 정신적 부츠. 브롱카는 그 부츠를 이용해 차원간 문을 문자 그대로 발로 차서 닫은 적이 있지만 인터넷 연결을 발로 찰 수는 없다. 그렇다면 달리 어떻게 해야 할지 좋은 수도 떠오르지 않는다. 그래서 브롱카는 일단 노트북에 소화기를 분사하고, 브루클린은 그들이 질식하지 않도록 창문을 연다.

한편 흰옷의 여자는 픽셀로 구성된 손에 픽셀로 구성된 턱을 괴고 있다.(하얀 벽으로 둘러싸인 방에 있는 것 같은데, 뒤에 보이는 벽은 완전히 투명하다. 무늬 없는 흰색 티셔츠처럼 보이는 여자의 옷도 그렇다. 브롱카는 노출된 살갗만 픽셀로 바꾸는 배경 필터가 있다는 얘기는 들어 본 적이 없다. 하지만……어쩌면 이건 필터가 아닐지도.)

"그러니까, 너희는 개체들의 복잡한 다차원 집합체고 나도 개체들의 복잡한 다차원 집합체야. 너희는 우리가 친구가 될 수 없다고 했지만 그래도 난 너희가 똑바로 생각할 수 있게 대화로 설득하고 싶어. 내 상급자들이 너희가 얌전히 죽는 걸 거부한 데 화가 나서 직접 처리하기로 결심하셨거든. 아주 가까이서, 직접적으로 말이야. 너희도 그런 걸 바라진 않을 거야. 진심이란다. 그러니까 가능한 한 너희한테 맞춰 줄게. 너희가 입장을 재고할 수 있게 내가 제안할 수 있는 게 있을까?"

닉이 웃음을 터트린다. 파드미니가 도대체 무슨 소리냐는 표정으로 외친다. "너 진짜 미쳤구나? 우리더러 죽으라며! 여기 협상 어쩌고 할 여지가 어딨어?"

"너희가 죽는 게 다중우주 전체의 멸망을 막을 수 있다면 어때?"

순식간에 방 안을 뒤덮은 적막 속에서, 오직 브루클린의 노트북만이 타닥거리며 죽어 가고 있다. 흰옷의 여자가 모두의 시선을 한 몸에 받으며 활짝 웃는다. "아, 너희 말고 다른 지각체에 신경을 쓰긴 하는구나? 그럼 잘 들어 봐. 도시가 탄생할 때 그 도시의 모든 대체 차원이 하나의 현실로 통합된다는 건 이해했지? 무한대에 가까운 수의 다른 뉴욕들이 있고, 그 각각의 뉴욕에 900만 명의 사람 또는 사람에 가까운 생명체가 살고 있고, 또 그 도시들이 다시 무수한 생명체가 존재하는 각각의 우주마다 존재한다는 것도 알지? 그 생명들이 몇 달 전에 전부 다 죽었단다. 그들을 전부 다 합친 것보다 자기 목숨이 더 중요하다고 여긴 누군가 때문에 말이야." 평면 TV 안에서 여자가 고개를 오른쪽 위로 살짝 쳐들어 올려다본다. 닉의 화상 창이 있는 곳이다. 도대체 브루클린의 컴퓨터 화면에서 화상 창이 어떤 순서로 배열돼 있는지 저 여자가 어떻게 아는 거지? 브롱카는 짐작도 안 간다.

닉이 코웃음을 치며 윗입술을 말아 올린다. "이젠 입이 뚫렸나 하네. 그땐 괴물들이 나한테 엿을 먹이려고 한다는 것밖에 몰랐는데. 그래, 난 살기로 했지."

"하지만 네 선택 때문에 얼마나 많은 생명이 죽어야 하는지 알았다면 그런 결정을 내렸을까?" 픽셀 얼굴이 카메라에 바짝 다가온다. "네가 아끼는 사람들의 무한한 버전들, 너 자신의 무한한 버전들. 전부 다 네 이기심 때문에 죽어 버······."

"그 도덕적 딜레마는 틀렸어." 파드미니가 오만상을 찌푸리며 말한다. "그쪽한테 그 얘길 듣고 몇 달이나 자책했는데, 생각해 보니까 헛소리더라고. 닉은 그걸 몰랐잖아. 그리고 만약에 알았더라도 다른 버전의 뉴욕이 같은 선택을 하려던 참이었고. 이게 네가 말한 일이 돌아가는 이치 아냐? 만약에 우리가 '아니요'를 선택했더라도 다른 우주의 우리가 '예'를 선택했을 거야. 누군가는 반드시 뉴욕이 됐을 테고 다른 버전의 뉴욕들은 언제나 죽겠지. 끔찍하지만 그게 이치인걸."

"틀렸어." 픽셀 몇 개가 주변보다 더 희게 빛난다. 여자가 미소 짓고 있다. "내 창조주들은 그 모든 게 시작되기 전부터 존재했단다. 너희 해롭고 하찮은 도시가 탄생한 이 현실이 갈라져 나오기 훨씬, 훨씬 전부터 말이야. 지금쯤이면 우리가 무한한 수의 가능성을 조작하는 법을 알고 있을 것 같지 않니? 어느 정도는 정말로 그렇거든. 열심히 노력했지만 아직 너희들 것 같은 우주가 생겨나는 걸 막지는 못해. 하지만 너희가 자발적으로 원하고 또 협조한다면, 그래,

약간의 리셋은 할 수 있지. 말하자면 다시 시작하는 거야. 다만 한 가지 중요한 차이점이 있다면 뉴욕이랑 지금 이 현실에 우글거리는 다른 살아 있는 도시들은 다시 살아나지 않는다는 거? 너희는 평범한 인간이 되어 평범한 인간의 삶을 살게 될 테고 다른 우주들도 계속 살 수 있게 될 거야. 그건 약속할 수 있어."

흰옷의 여자가 마지막 문장에 넘치는 진심을 담아 강조한 탓에, 반쯤 의심하며 발끝으로 노트북을 조심스럽게 쿡쿡 찔러 보던 브롱카가 얼굴을 찡그리며 화면을 쳐다본다. 이건 꼭 흰옷의 여자가 애원하는 것처럼 느껴지는데. 하지만 왜? 저 여자는 심지어 그 이름을 소리 내어 말하는 것만으로도 사람의 정신과 입에 고통을 가할 수 있을 만큼 나쁘고 해로운 다른 우주의 대변자다. 좋은 의도가 있을 리 없다. 그런데도…… 마치 그렇게 들린다.

그 자신과 그가 아는 뉴욕이 생존하는 대신 다른 이들이 죽었다는 사실이 브롱카의 양심을 무겁게 짓누른다. 하지만 그게 세상의 이치다. 다른 무수한 세상의 이치도 그러할 것이다. 모든 산 것들은 어떤 방식으로든 조금씩 다른 것들의 죽음에 의존하고 있다. 하지만 만일 다른 방법이 있다면……

그러나 매니는 흰옷의 여자의 말에서 브롱카가 눈치채지 못한 부분을 포착한다. "우리 중 대부분은 평범한 인간이 돼서 평범한 인간처럼 살 거라는 소리지. 우리 중 누가 죽어야 그렇게 되는 거지?"

"맙소사." 파드미니가 눈을 휘둥그레 뜨며 내뱉는다. 함정이 없을 리가 없지. 브루클린이 다시 욕설을 퍼부으며 전화기를 움켜쥐고는 이런 헛소리를 계속 듣지 않으려면 빨리 줌 앱을 다운로드해야 한다며 중얼거린다.

"아무도 안 죽어!" 여자가 네모난 블록으로 만들어진 손을 황급히 들어 올린다. "진정, 진정해. 내가 너희 같은 생명체를 모방해서 만든 군집체 정신이긴 해도, 그리고 너희 현실에 치명적인 외계 물질이 침투하는 통로를 제공할지는 몰라도 너희 인간에 대해선 꽤 잘 이해하고 있단 말이야. 아무도 죽을 필요는 없어! 우린 그냥 너희를 뉴욕이라는 개념에서 별개의 고유한 개체로 분리할 뿐이야. 단지 너희 중 하나는 여전히 화신을 맡아 줘야 하지." 여자가 완전한 포커페이스로 무장하고 있는 닉에게 다시 시선을 고정한다. "그리고 그 하나가 내 도시에 와서 살면 돼. 하지만 난……"

"그럴 일은 없어." 매니가 얼음처럼 냉랭한 어조로 말하자, 브롱카가 보기에 비슷한 말을 하려고 막 입을 열던 닉이 매니와 마찬가지로 기쁘면서도 약간 당황한 표정을 짓는다.

픽셀 덩어리도 놀란 표정이다. "해치려는 게 아냐. 전에도 여러 번 해 봤단 말이야. 난 그러니까…… 음, 인도적으로 할 수 있는 방법을 알아. 그 인간만의 현실 버전을 그려서, 그러니까 일종의 포켓 우주를 만들어서 남은 생을 편안하게 살게 해 줄 거야. 원한다면 너희 모두의 그림자를 만들어 줄 수도 있어. 모든 뉴요커의 그림자를 만들어 가득 채워 줄 수도 있지. 그러면 다시는 두려움이나 갈등 같은 것도 경험할 필요가 없어질걸! 그리고 내 도시 안에 그가 존재한다면 내가 이 현실 전체를 리셋할 수 있게 돼. 다시는 어떤 도시도 깨어나지 않고, 너희 종족도 개조되어서 다시는 이런 식으로 모여들어 도시를 형성하지 않을 거야. 그럼 우주는 지금이랑 완전히 달라질 테고. 하지만 적어도 계속 살아갈 수는 있어. 인류도 계속 살수 있고. 이 정도면 받아들일 거야?"

　모두가 흰옷의 여자를 물끄러미 쳐다본다. "웃기고 있네." 누군가 입을 떼기도 전에 브롱카가 왈칵 내뱉는다. 브루클린은 브롱카의 반대 의견에 다소 어리둥절한 모습이다. 브롱카는 화면 속 여자뿐만 아니라 브루클린을 향해 말한다. "그건…… 안 돼. 절대로 안 돼. 그게 무슨 뜻인지 알면…… 안 돼!"

　흰옷의 여자가 브롱카에게 시선을 고정한다. 저 부위가 진짜로 여자의 눈인지는 알 수가 없지만, 어쨌든 그런 느낌이 있다.

　"브롱크스, 왠지 평소랑 다르네. 어쨌든 살 수 있다는데, 정확히 뭐가 문제야?"

　"우리가 정신이 회까닥해서 닉을 보냈다가 네가 걔한테 무슨 짓을 할지는 차치하고라도, 방금 네가 말한 건 사실 또 다른 죽음이나 마찬가지야." 브롱카의 몸이 부들부들 떨리기 시작한다. 그는 흰옷의 여자가 방금 제안한 것이 어떤 의미인지 안다. 극악무도한 일이다. "어떤 문화권에서든 인간은 여럿이 모여 앉아 이야기를 나누고 새로운 방식을 고안해 내지. 창의성과 사회성은 오스트랄로피테쿠스부터 지금의 우리에 이르기까지 전 인류 종이 공유하는 유일한 상수야. 그래서 도시를 없애는 유일한 방법이 우리의 그런 본질을 없애 버리는 거고! 그게 없다면……" 브롱카가 고개를 가로젓는다. "우리는 인간이 아닌 다른 게 될 거야. 사회적이지도 않고, 지적 능력도 없는 그런 거. 생각할 줄 모르는 짐승 말이야!"

　"그래? 그게 뭐?" 여자가 고개를 갸우뚱거린다. 브롱카는 깨닫는다. 여자는 모르는 게 아니다. 흰옷의 여자는 자신이 무엇을 요구하는지 정확히 이해하고 있고, 그게 좋은 제안이라고 생각한다. "어쨌든 계속 살 수 있잖아."

"하지만 지적으로, 영적으로는 죽는 거지! 우릴 뭐…… 레밍 같은 걸로 만들어서 '구원'하겠다는 거야?"

여자가 한숨을 짓는다. 정말로 피곤한 것처럼 들린다.

"내가 왜 이렇게 쓸데없이 애를 쓰는지 모르겠네. 항상 똑같은 반응인데 말이야. 매번." 그럼에도 여자는 심호흡을 하며 다시 한번 시도해 본다. "너희 행성과 모든 다중우주에 존재하는 생물종 중에 99퍼센트는 인간한테 있는 창의성이 없어. 그러니까, 숨을 쉴 때마다 새로운 우주를 만들어 내는 능력 말이야. 우르(Ur)-우주엔 아예 그런 게 존재하지도 않고 다른 99퍼센트도 마찬가지지. 하지만 그래도 우린 아주 잘 살고 있는걸! 너네가 문제야. 1퍼센트도 안 되는 너희 말이야."

"그렇다면 그렇게 하지 않을 방법을 말해 봐." 매니가 말한다. 목소리는 덤덤하고 표정에도 아무것도 드러나지 않지만 그는 브루클린이 지금 이 순간에도 줌 앱을 다운로드 받으려고 안간힘을 쓰고 있다는 것을 안다. 그동안 흰옷의 여자의 관심을 끌어야 한다. "너희가 그 방법을 알아냈다면, 우리도 할 수 있는 거 아닌가?"

"우리도 노력해 봤지." 여자가 고개를 가로저으며 진실로 아쉬운 표정을 짓는다. "이런 문제가 발생한 무수한 사례를 이용해서 몇 번이고 시도해 봤어. 도시가 발전하기 시작한 다중우주 가지를 분리해 떼어 냈더니 다른 가지가 그쪽으로 발전하더라. 너희 종족의 어린애를 몇 데려와 우리 방식을 가르친 다음, 다시 너희한테 돌려보내려고도 해 봤는데 살아남는 애가 거의 없더라고. 그나마 살아남은 소수는 그 경험 때문에 음…… 망가졌고. 어쨌든 별 소용이 없었어. 그다음엔 너희의 상상력을 더 안전한 쪽으로 틀어 보려고 수천 년에 걸쳐 너희의 역사와 신화를 조작해 봤는데, 그랬더니 우리를 괴물로 상상하더라? 그러고는 우리를 '적'으로 규정했지." 한숨을 내쉰 여자가 형체 없이 흐릿한 손을 밖으로 펼친다. "그게 다…… 너희 때문이야. 너희가 너희라서 그래. 너희 종은 양자 세계의 암세포와도 같아. 생각하고, 말하고, 반격하는 암. 그러면서도 너희의 실체를 알려 주면 모욕감을 느끼지. 내버려 두면 치명적이기도 하고." 픽셀 덩어리가 어깨를 으쓱한다. "주제에서 벗어났네. 어쨌든 나한테 협조할 거니? 대의를 위해서, 제발 너희 자신의 일부를 포기해 줄래?"

"꺼져." 브롱카가 응수한다.

"그래, 꺼져 버려." 파드미니가 맞장구를 친다.

"싫어." 닉이 대답한다.

여자가 뒷걸음을 치듯 주춤한다. "이거 봐. 화났다니까. 이런데도 난 우리가 이성적으로 대화할 수 있을 줄 알았지."

그들 모두가 분노하고 있다. 다른 다섯 명의 경동맥이 격렬히 팔딱거리고 귀에 뜨거운 피가 몰리는 게 거의 느껴질 정도라, 브롱카는 몸을 기울이며 탁자에 손을 짚는다. 줌 창을 걷어차는 방법도 있지만 이런 말도 안 되는 소리를 계속 들어야 한다면 적어도 속에 있는 말이라도 내뱉어야겠다.

"근데 들으면 들을수록 네가 낯설지가 않네." 브롱카가 픽셀 덩어리에게 말한다. "내가, 어, 널 너무 의인화하고 있는 것 같아 좀 걱정이 되긴 하는데 내 필터를 통해 너를 보고 있으면…… 안 그럴 수가 없단 말이지. 넌 식민주의자야. 멀고 먼 좆같은 다른 차원에서 왔으면서 이 세상에 존재하는 최악의 인간들하고 한 치도 다를 바가 없어." 브롱카가 고개를 흔든다. "우리가 공존할 방법이 분명히 있을 거야. 함께 노력하면 모두가 받아들일 타협점을 찾을 수 있을 거다. 하지만 넌 타협하고 싶지 않지? 평등이야말로 문제를 해결할 수 있는 방법인데 넌 우리를 평등한 존재로 여기지 않으니까. 네가 말한 것들, 그러니까 우리를 격리하고 조종하고 아이들을 납치하고 개조하는 건 너희의 우월성을 절대적으로 확신할 때나 할 수 있는 짓이지. 그래서 우리가 공존하지 못하는 거야. 너희의 그 빌어먹을 오만함 때문에!"

픽셀이 변한다. 이제까지는 창백한 살색이었는데, 별안간 색채가 완전히 사라진다. 깜박거리는 네모난 블록으로 만들어진, 인간과 비슷한 형체도 사라진다. 더 이상 티셔츠도 보이지 않는다. 화면 전체가 움직거리는 밋밋한 하얀 덩어리로 변하고 군데군데 픽셀이 깨져 흰색이 아닌 얼룩 자국이 생긴다.

그러더니 픽셀이 선명해지기 시작한다.

"우리는 존재들의 무한한 종말을 보았다."

흰옷의 여자가 말한다. 목소리가 다르다. 아니, 목소리 자체는 똑같지만 녹음이 잘못된 것처럼 이상한 지점에서 미세하게 튀며 더듬거린다. 이제는 아예 여러 음성이 한꺼번에 말하고 있다. 전부 여자의 목소리지만 어투나 말하는 속도, 또는 더듬는 위치가 조금씩 다르다. 여러 목소리가 보이지 않는 거대한 벽에 부딪친 것처럼 서로 다른 방향으로 반사돼 메아리친다. 마치 불쾌한 골짜기의 목소리 버전 같다. 그러한 울림 소리는 흰옷의 여자가 이제까지 그저 인류를 갖고 놀고 있었음을 입증할 따름이다. 반향하는 음성들 속에서 브롱카는 또 다른 소리를 포착한다. 치르륵거리는 소리, 낮게 갈라지는 으르렁거림, 무언가 자그맣게 퐁퐁 터지는 소리, 그리고 기묘하고 섬뜩한 웅웅거림. 화면이 점점 더 밝아진다. 눈이 부셔서 따끔거릴 정도로 환하게 빛나고 있다.

그런데 왜 계속 화면을 보고 있는 거지? 딴 데를 봐. 브롱카는 스스로를 다그친다. 둔하게 마비되어 있던 본능이 드디어 요동치며 경고 신호를 보낸다. 브롱카는 가까스로 화면 중앙에 있는 얼룩에서 시선을 떼지만 별 도움은 되지 않는다. 이제 그는 흰옷의 여자가 집이라고 부르는 공간의 구석진 곳을 발견한다. 그리고 무슨 술수를 부렸는지는 몰라도 그동안 흐릿하게 가려져 있어 평범한 방처럼 보였던 것이 실은 그게 아니라는 사실을 깨닫는다. 배경에 있는 뭔가가 머리를 핑핑 돌게 만든다. 오늘 먹은 음식이 배 속에서 올라오는 것 같다. 하지만 아직은 생각을 할 수 있다. 보지 마! 우리가 보길 원하고 있는 거야! 하지만 소리 내어 말할 힘이 없다. 시선을 화면에서 뗄 수가 없다.

흰옷의 여자가 말을 잇는다. "내 창조자들은 나를 만들었을 때 너희가 상상조차 못 할 공포를 극복하고 살아남았지. 마지막 남은 유일한 우주로서 선(線)을 지켰다. 한두 번도 아니고 몇 번이고, 몇 번이고 거듭해서 말이야. 그런데 조금만 덜 이기적으로 굴라는 우리의 요청에 너희가 모욕감을 느껴? 존재에 대한 가장 기본적인 진리를 이제야 알게 된 주제에 우리와 동등한 대우를 받고 싶다고? 어떻게 감히!"

TV 화면이 너무 밝아 더는 눈을 뜨고 쳐다볼 수가 없다. 브롱카는 손을 들어 올려 화면을 가린다. 손가락 사이로 동료 화신들이 눈을 찡그리거나 어떻게든 얼굴을 가리려 애쓰는 게 보이지만 아무도 시선을 돌리지는 못한다. 손가락 틈새로 브롱카는 드디어 화면 속 픽셀이 선명해졌다는 것을 알아차린다. 흰옷의 여자의 정체를 알고 싶다면 손바닥을 치우기만 하면 된다. 그러면 알 수 있다. 브롱카는 별안간 손을 내리고 싶어진다. 팔이 너무 무겁다. 별로 오래 들고 있지도 않았는데. 그러니까 내리면 편하지 않을까? 그냥 화면일 뿐이잖아. 신비하고 불가해한 외계 존재를 4K UHD로 봐 봤자 얼마나 흉측하겠어?

구성개념을 준비해 둬야 했어. 브롱카는 자신의 의지가 무너지는 것을 느끼며 씁쓸하게 뉘우친다. 안 그래도 지난 몇 주일간 유튜브에서 "브롱크스에 관한 사실과 독특한 관습" 같은 영상을 뒤지며 쓸 만한 총알을 찾으려 했었다. 자신의 자치구에 대해 잘 안다고 생각했지만 전혀 몰랐던 온갖 기이한 정보들이 넘쳐나 왠지 분한 기분도 들었다. 하지만 그중에 유용한 것은 없었다. 브롱카는 예술가지만 시각예술은 브루클린의 말재간처럼 닥친 상황에 바로 행동으로 옮기기엔 적합하지 않—

잠깐. 말이라고?

브롱카는 브루클린이 아니다. 하지만 이런 상황에서 아주 유용한 기술을 가진 또 다른 언어의 마술사를 안다. 뉴욕에서 태어나고 자란 뉴요커는 아니나 브롱크스에서 생의 많은 시간을 보낸 인물이다. 시간이 될까? 확인할 방법은 하나뿐이다.

"어느 음울한 한밤중에." 브롱카는 간신히 목소리를 짜낸다. 흰옷의 여자의 음성에 압도된 나머지 겨우 제 귀에나 닿을 정도다. 지금은 한밤중이 아니다. 젠장, 브롱카는 더럽게 직설적인 인간이라 시를 별로 좋아해 본 적이 없지만 어떻게든 이게 통할 방법을 찾아야 한다. "지치고 쇠약한 내가 생각에 잠긴 채 잊힌 설화가 담긴 기이하고 신기한 책을 뒤적이고 있을 때······" 브롱카는 확실히 지치고 쇠약하며, 여기서 일을 망치면 틀림없이 죽을 거다. 에드거 앨런 포의 시를 외울 수 있는데도 제대로 기억을 못 했다는 이유로 말이다!*

하지만 도시가 그의 절박한 부름에 응답하기 시작하자 피부가 따끔거리고 등골에 오싹 소름이 돋는다. 에너지가 모여들고 있다. 거칠고 강렬한 에너지. 그러고는 퉁명스럽지만 거대한 힘이 덜컹 움직인다. 브롱크스는 항상 지치고 피곤하다. 알았어, 알았어. 브롱카는 자신의 자치구가 부루퉁한 한숨과 함께 이렇게 말하는 것을 상상한다. 어디로 가길 원해? 원하는 데가 어디야? 빨리, 여기선 시간당 돈 받는다고. 그래. 이게 바로 브롱카의 싹퉁머리 없는 자치구다. 정말 그리웠다.

그 힘의 도움으로 마침내 브롱카는 눈을 감는 데 성공한다. 그는

---

*에드거 앨런 포의 「갈가마귀」의 서두이다.

일렬로 죽 이어진 유선전화선의 종점에 줌 회의방이 위치해 있는 모습을 시각화한다. 방 안에 있는 모든 화면과 동료 화신들의 전자 기기가 문자 그대로 그 전선을 통해 일종의 스펙트럼 배전반에 연결되어 있다고 상상한다. 물론 무선 기기가 그런 식으로 작동하지 않는다는 건 알지만 구성개념은 아주 정확할 필요가 없다. 그리고 지금 그는 시간이 촉박하다.

"갈가마귀 말하길, 더는 없으리.'" 그는 시구의 마지막을 읊으며 구두점이 내려 찍히는 이미지와 동시에 한쪽 날에 오래된 폰트로 **브롱크스**라고 적힌 거대한 가위가 모든 전선을 싹둑 잘라 내는 모습을 상상한다.

빛이 사라진다.

다른 모든 것도 함께 꺼진다. 텔레비전뿐만 아니라 천장 조명까지 전부 나가 버린다. 에어컨도 꺼진다. 줌 앱을 다운로드받고 있던 브루클린의 휴대전화가 갑자기 부르르 진동하자 그가 흠칫 놀라며 전화기를 쳐다본다. "세상에, 하느님 감사합니다. 눈을 돌릴 수 있게 됐잖아." 그러고는 미간을 찡그리며 전화기 옆면을 탁탁 때리기 시작한다. 그러면 마치 도움이라도 될 것처럼. "휴대폰이 죽었어. 브롱카, 대체 뭔 짓을 한 거야?"

이런. 브롱카가 그만 모든 곳의 모든 전기 신호를 차단해 버린 모양이다. 사람들의 뇌와 심장박동까지 끄지 않은 게 얼마나 다행인지. 브롱카가 자연적인 건 빼고 인공적인 것만 상상한 덕분인지도 모른다. 브롱크스의 힘을 활용한 것도 도움이 되었다. 뻔뻔하고 적대적인 태도, 블루칼라 노동자들이 발휘하는 놀라운 초과 능력. 자치구는 브롱카의 의도를 제대로 이해했다.

변압기일까? 몇 블록 떨어진 곳에서 커다란 소리가 나더니 사무실에 불이 들어온다. 대형 화면이 켜진다. 브루클린이 놀라 움찔하지만 어떤 HDMI 연결을 활성화할지 묻는 설정 화면일 뿐이다.

"휴대폰이 다시 작동해!" 브루클린이 경외심 가득한 눈으로 브롱카를 쳐다본 순간, 브롱카는 마음속으로 찰칵 사진을 찍는다. 나중에 우울할 때 꺼내 감상해야지. "고장은 안 났네. 진짜 시로 그 여자를 물리친 거야?"

"에드거 앨런 포는 평생 노스이스트에 살았거든. 메릴랜드는 포가 거기서 죽었으니 자기네 사람이라고 주장하는데, 실은 뉴욕에서 훨씬 오래 살았어. 특히 브롱크스에서. 그의 최고 걸작 중 일부도 거기 살 때 나왔지. 「갈가마귀」도 그렇고." 브롱카는 크게 심호흡을 한 다음 화제를 돌린다. "어쨌든, 우린 살았어."

브루클린이 한숨을 쉬며 허리에 두 손을 얹고 주위를 둘러본다. 방 안은 엉망이다. 부서져서 바닥에 나뒹굴고 있는 노트북, 온 사방에 뒤덮인 소화기 분말, 불이 나는 것을 막으려는 브롱카의 고전분투에 힘입어 거꾸로 뒤집힌 탁자와 의자. 그들은 초자연적인 전투의 잔해 속에 서 있고, 그것이야말로 이번 시장 선거의 본질이 될 것이라는 깨달음이 브롱카를 강타한다. 민주주의 체제의 대리자를 앞세운 살아 있는 뉴욕 대 침략도시 리예.

"이걸로 결정됐군." 브루클린이 중얼거린다. 브롱카와 똑같은 생각을 하고 있는 게 틀림없다. 브롱카는 브루클린이 심호흡을 하고, 어깨를 곧게 편 다음 혼자 고개를 끄덕이는 것을 보고는 뿌듯해진다. "그래. 난 괜찮아. 그리고 엄청나게 화가 난 상태야. 이거랑 놈들이 우리 조조한테 한 짓을 생각하면, 기꺼이 싸워 주지."

브롱카가 그의 어깨에 손을 얹는다. "이렇게 나와 줘야지. 자, 먼저 이 난장판부터 치우고 일을 시작하자."

7장

매니 맨해튼과 재수 옴 붙은 날

한 달이 지났다.

시간은 있다. 시장 선거 운동은 조금씩 절정에 가까워지는 중이다. 힘과 에너지가 모여 임계점에 도달하면 거대한 폭발이 일어나 승리의 기쁨으로 화하거나, 아니면 먼지처럼 공중에서 허무하게 흩어져 버릴 것이다. 모두가 정신없이 움직이고 있다. 브루클린은 여러 행사에 참여하느라 도시 곳곳을 누비고 있다. 그의 일정은 교회 방문이나 거리 바비큐 파티, 동네 모임 같은 것들로 빽빽하다. 선거에 대한 시민들의 기대도 점차 부풀고 있다. 동네 잡화점에 진열된 오래된 비누 사이로 브루클린의 포스터 사진이 미소 짓고 있는 걸 보면 들뜨지 않을 수가 없다. 닉도 유기된 건물 같은 곳에서 직접 찍은 사진을 모두에게 보내왔다. 한 그라피티 아티스트가 베네자가 손본 브루클린의 새 로고를 시험 삼아 그려 보고 있는지, 부서진 벽에 반쯤 완성된 로고가 적어도 세 개는 그려져 있다.(브롱크스는 아티스트가 사용한 색깔 조합에 대해 한참 비판을 늘어놓은 뒤 제대로 된 색을 쓸 수 있게 페인트 스프레이 몇 개를 놓아둬야겠다고 말한다.) 이 한 달 동안 도시의 다른 구역들은 "도시다움"을 잃지 않았고 닉도 이상한 상실감을 겪지 않았다. 매니는 그것만으로도 감사할 따름이다. 하지만 모든 일이 순탄한 건 아니다. 파드미니는 계속 숫자가 안 맞는다고 중얼거리면서 문제의 범위를 좁힐 수가 없다고 투덜거리는데 무슨 숫자가 어떤 식으로 안 맞는다는 건지 모르겠다. 하지만 어쨌든 다른 걱정거리가 수두룩하다 보니 점점 임박하는 형이상학적 위협에 대한 걱정이…… 어느 정도 시들해진다. 한동안 그들은 다른 일에 집중한다. 조금은 숨을 돌릴 수 있게.

파드미니는 할렘에 있는 아파트로 완전히 들어와 산다. 처음에 약간 서먹한 기간이 지나고 나자—연애 감정 따위는 전혀 없는 순수한 친구가 영주권을 얻으려고 청혼하는 게 날마다 일어나는 일은 아니니까—매니는 파드미니가 그의 체류와 관련해 최상의 해결책을 찾아냈다는 사실을 깨닫는다. 그들 여섯은 어차피 평생을 묶여 살게 된 사이인데, 이유를 하나 더 보태 봤자 뭐가 문제겠어? 사실 브롱카만 빼면 다섯 명 모두 별문제가 없다. 브롱카는 예전에 이미 필요에 의한 결혼을 해 본 적이 있고 동성 결혼이 합법화되기 전에는 결코 다시 결혼하지 않겠다고 맹세했기 때문이다. 베네자는 주기적으로 "거시기 흔적"을 보게 되어도 괜찮다면야 문제없다고 수줍게 자원했다.(매니는 그 단어를 시각화하지 않으려고 필사적으로 노력 중이다.) 하지만 파드미니가 지적했듯이 변호사를 고용하고 제반 비용을 감당할 여유가 있는 사람은 매니뿐이기 때문에, 결국 매니는 파드미니의 제안을 받아들이기로 한다. 어쩌면 이 일을 진행할 필요

가 없을지도 모른다. 브루클린이 선거에서 이기면 파드미니를 영구
직으로 고용하겠다고 약속했기 때문이다. 형편없는 공무원 급여에
만족하고 살 데이터분석가는 없으니 파드미니를 위해 H-1B 비자
를 신청할 수도 있을 것이라고도 한다. 만일 이 계획이 실패한다면
결혼이 예비책이 될 수도 있다.

한편 매니는 강사직을 그만두기로 한다. 박사 과정은 계속 밟고
있지만 브루클린의 선거 운동 본부에서 새로 맡은 직책을 연구 활
동의 일환으로 신청하자 학과에서도 이를 인정해 주었다. 그러고는
파드미니가 여론조사 기관을 고용해 뉴욕 각 지역에서 브루클린의
지지도를 평가하자마자 ― 인지도는 높은 편이지만 충분할 정도는
아니고 브루클린이 속한 자치구 외에는 여론조사 결과가 그리 좋
지 않다 ― 그 즉시 다른 자치구에도 브루클린의 인지도를 높이기
위한 전략적 계획을 세우기 시작한다. 나아가 브루클린의 인지도를
전국 수준으로 끌어올릴 수 있다면 더 많은 선거 자금을 모을 수 있
다. 돈이란 항상 좋은 거지.

매니는 선거 운동을 돕는 틈틈이 젊은 도시들의 마음을 흔들어
회담을 열기 위한 노력도 잊지 않는다. 다른 이들에게는 말하지 않
는다. 그들이 반대할 것이라고 생각해서가 아니다. 혹시 그렇더라
도 허락을 구하기보단 나중에 용서를 구하는 편이 더 쉽다. 그보다
는 다른 자치구들이 알게 되면 자기도 참여하겠다고 나설 것 같아
그렇다. 매니의 판단으로는 지금 몸이 두 개라도 모자랄 브루클린
만 빼면 그들 중 필수적인 수준의 외교적 수완을 갖춘 사람은 아무
도 없다. 브롱카는 다른 도시가 조금이라도 거만하게 나오면 바로

날을 세우며 위협을 가할 테고, 베네자와 닉은 상대방의 얼굴에 대고 똑같은 비아냥을 돌려줄 것이다. 파드미니는 사교적인 상황에서 가끔 과하게 부끄러움을 타는데 지난번에 상파울루한테 그런 것처럼 때로는 브롱카보다도 더 폭력적으로 굴 수 있다. 그래서 이건 매니가 해야 할 일이다. 그래도 그는 괜찮다. 원래 맨해튼은 도시 뒤편에서 보이지 않는 일을 은밀하게 처리하는 자치구니까.

그러는 사이 매니는 브루클린의 선거사무장이 된다. 파드미니는 데이터를 분석하고 지역 운동원들에게 길거리 유세 활동을 어디서 어떻게 집중해야 할지 조언하는 역할을 맡는다. 간단히 말해 현장 총책임자인데, 브루클린은 파드미니의 요청에 따라 공식적으로는 "양적 연구 관리자"라는 직함을 부여한다. 그래야 파드미니가 다니는 대학원에서 이 일을 승인해 줄 것이고 H-1B를 신청했을 때에도 (신청하게 되면) 도움이 될 것이기 때문이다. 파드미니는 대학원 학생회에 입소문을 퍼트린다. 매니는 자신이 가르치던 학부생들에게 선거 운동을 한다는 사실을 알린다. 선거 본부는 금세 새로운 자원봉사자로 넘쳐나기 시작한다. 브롱카는 본인에게는 몹시 불만스럽게도 "모금책임자"라는 직책을 떠맡게 되었다. 처음에 그냥 임시로 자원봉사를 했을 뿐인데. 아마 최대 기부금을 내고 주변에 소문까지 퍼트려 준 10여 명의 고액 기부자를 단번에 데려온 덕분일 것이다. 베네자는 자신이 "홍보책임자"라는 말에 충격을 받았지만 재빨리 모든 대형 사이트에 광고를 내고, 지역 언론에 보도 자료를 뿌리고, 입담 넘치는 친구를 소셜미디어 전문가로 영입하는 등 유능함을 입증해 보인다.

브루클린은 닉도 컨설턴트로 고용해 급여를 지급한다. 선거 자금
이 넉넉하지 않아 최저임금 수준에 불과하지만, 그의 설명에 따르
면 닉이 지금 뉴욕을 돕기 위해 하는 일이 얼마나 중요한지 금전적
으로 인정하기 위한 행위라고 한다. 닉은 그게 뭐냐고 비웃었지만,
매니는 그가 속으로 컨설턴트라는 직함이나 적어도 거기 담긴 아이
러니한 의미를 꽤 마음에 들어 한다고 생각한다. 뉴욕의 중심 화신
은 언제나 아무것도 필요 없다고 유난을 떤다. 진정한 뉴욕인 그는
모두의 친절을 기꺼이 이용하지만 그 무엇에도 애착이 없다. 한편
으로는 다행스러운 일이기도 하다. 매니는 두 사람의 관계가 어떤
식으로든 서로에게 해가 된다면 닉이 훌쩍 떠나 버릴 터라는 걸 안
다. 어쩌면 평생 그들 중 아무도 만나지 않을 수도 있다. 하지만 다
른 한편으로 사실 둘은 아무 관계도 아니고, 설령 그렇다 할지라도
닉을 잡아 놓을 다른 어떤 연결고리도 없다. 이런 상황을 어떻게 바
꿀 수 있을지 모르겠다.

맨해튼 사람들은 가만히 앉아 세상이 저절로 변하길 기다리는 인
간들이 아니다. 그래서 어느 날 아침, 매니는 무작정 닉에게 침대에
서 아침식사를 대접해 주기로 한다. 딱히 특별한 의도가 있는 건 아
니다. 비록 닉이 옆방에 있다는 사실에 신경이 곤두서서…… 그리
고 막연한 희망에 뜬눈으로 밤을 보낸 적이 한두 번이 아니긴 하지
만. 그는 자신이 무엇을 바라는지도 모르겠다. 그저 지금보다 더 많
은 것을 바란다는 것만 알 뿐이다. 아침식사를 차려 주는 건 진부하
고 유치한 행동이지만 뭔가를 하지 않고선 견딜 수가 없고, 그의 모
든 본능이 평범하게 로맨틱한 접근 방식은 피해야 한다고 경고하고

있다. 언젠가 브롱카가 넌지시 제안하긴 했지만 커피 데이트 같은 건 안 된다. 그냥 데이트라는 딱지가 붙은 건 전부 다 안 된다. 두 사람에게, 그리고 지금 그들의 상황에서 평범한 건 없다. 그렇지 않은 척해 봤자 아무 소용도 없다.

변태처럼 보이지 않으려고 조심스럽게 위장하긴 했지만 누가 봐도 그렇게 보일 몇 개월 동안의 집중적인 관찰 끝에 매니가 깨달은 것은 바로 닉에게…… 누군가 필요하다는 점이다. 누구라도. 닉이 가끔 무심결에 내뱉은 말로 미뤄 볼 때 그에게는 가족다운 가족이 없다. 돌아가신 아버지와 게이라는 이유로 그를 내친 어머니, 그리고 곧 총으로 쏴 버릴 새아버지와 연락이 끊긴 이부동생들만 있을 뿐이다. 가까운 친척도 없다 그런 친척이라도 있었다면 닉이 보호자 없이 거리를 떠돌지 않았겠지. 매니는 닉의 뒷조사를 해 봤다. 아주 조금, 잠재적인 파트너라면 그럴 만한 합리적인 수준으로 말이다. 또 이런 게 정상이라고 계속 되뇌다 보면 진짜 그런 것처럼 느껴질지도. 그가 찾아낸 것은 위탁시설과 갈비뼈 골절로 인한 병원 입원, 퀴어 청소년을 위한 사회복귀 시설 입소, 그리고 구걸 및 매춘으로 인한 체포 기록이었다. 다행히 마지막 사건으로 징역형을 받지는 않았다. 맨해튼 지방검찰청은 성매매에 대해 수년간 불기소 방침을 고수해 왔기 때문이다. 의무적인 상담만 받으면 끝이다. 하지만 이 모든 정보를 통해 매니는 닉에게는 진정한 한편이 없음을 짐작하게 되었다. 잠잘 곳을 빌려주거나 보석금을 내줄 사람, 싸울 때 등 뒤를 봐줄 사람도 없다. 매니와 뉴욕의 다른 화신들만이 닉이 수년 만에 처음 만난 친구에 가장 가까운 존재일 것이다.

그리고 친구는 친구를 보살펴 주는 법이지. 안 그래? 그렇고말고.

그래서 매니는 팔꿈치로 닉의 방문을 두드린다. 안에서 긍정을 뜻하는 애매한 대답이 들려와 두 손에 무거운 쟁반을 든 채 솜씨 좋게 문을 통과한다. 뭘 좋아할지 몰라 팬케이크와 달걀, 과일, 소시지까지 다채롭게 준비했다. 어디선가 주워 온 매트리스에 누워 도서관에서 빌려온 책을 읽고 있던 닉이 순간 헛숨을 들이켜며 벌떡 일어나 앉는다. 매니가 다리를 쪼그려 매트리스 옆에 쟁반을 내려놓는다.

"존나 이게 뭔?" 닉은 반감을 느낀다보다는 놀라고 신기해하는 표정이다. "나 오늘 생일 아닌데."

"뭐, 그냥." 매니는 쟁반 위에서 공연히 어지럽게 손짓을 해 보인다. 쟁반에는 작은 꽃병이 하나 있고 그 안에는 베네자가 발코니에서 키우는 꽃 한 송이가 담겨 있다. 방정맞은 몸짓에 꽃병이 밀려 넘어질 뻔하지만 다행히 오렌지주스 잔에 걸려 살아남는다. 매니는 그 꽃이 장미가 아니라는 것 말고는 뭔지도 모른다. 아마 데이지? 그러니까 이건 '애인이 되어 주세요' 아침식사가 아니라 그냥 '친구한테 잘해 주기' 아침식사일 뿐이다. 맞지? 그는 꽃병을 바로 세운 다음 구부러진 꽃잎을 편다. 하지만 섬세하지 못한 손길에 줄기가 부러져 버린다. 끝내주네. "알고 보니 난 생각할 일이 있을 때 요리를 하더라고. 꽤 쓸모 있는 버릇이라서 진작 알았다면 좋았을 텐데 하는 생각도 들고."

"와 나 씨발, 넌 생각 존나 많이 하잖아."

"그래. 그래서 모두가 먹을 수 있을 만큼 만들었지." 이걸 알려 주는 게 중요하다.

닉이 쟁반 앞에 책상다리를 하고 앉아 재미있다는 표정으로 그를 쳐다본다. "다른 사람한테도 이렇게 쟁반에 담아서 가져다줬어?"

매니는 뺨이 뜨겁게 달아오르는 것을 느끼지만…… 시치미를 떼봤자 아무 소용도 없을 테다.

"아니, 이건 너한테만."

꽃이 시작부터 구부러져 버렸다. 매니는 한숨을 쉬며 일어선다. 불안한 듯 서성이긴 싫어서 한쪽 구석에 있는 책 무더기 쪽으로 다가간다. 책 더미를 무너뜨리지 않으려면 조심해야 한다. 매니가 가구를 사 주겠다고 해도 닉이 허락하지 않았지만 그래도 이 방은 황량하지 않다. 한쪽 벽이 추상적인 그림으로 덮여 있기 때문이다. 화풍이 뭔진 몰라도 색상이 무척 다채롭다. 매니는 이 그림을 보면 강이 생각난다. 아마도 가득 메운 군중과 빽빽하게 들어선 건물들 사이로 흐르는 강? 건물들도 친숙하다. 어쩌면 이 벽화는 2번 애비뉴를 그린 것인지도 모른다. 맨해튼이 매나하타라고 불리던 시절에 강줄기가 흐르던 곳. 벽화는 인상적이고 아름답다기보다는 시사적이다. 매니는 브롱카가 이 벽화의 존재를 알게 된다면 침을 질질 흘릴 것이라고 생각한다. 한쪽 구석에는 깨끗한 옷이 쌓여 있고 그 옆에는 닉이 어디선가 주워 와 덕트테이프로 수선해 놓은 카트가 있다. 길거리에서 주워 온 게 분명한 놀랍도록 멋진 평면 TV도 있다. 닉이 벽을 다른 용도로 사용하고 있기 때문에 TV는 벽에 설치되어 있는 게 아니라 아마존 종이상자 위에 위태롭게 놓여 있는데, 거기 연결되어 있는 작은 기기는 로쿠*인 것 같다. 새로 얻은 수입을 여

---

* Roku. TV와 연결해 OTT를 볼 수 있는 하드웨어.

기에만 쓰고 있는 건가? 책 더미가 한쪽 벽면 전체를 거의 다 차지하고 있는 걸로 보아 독서야말로 닉이 진정으로 탐닉하는 것이다. 뉴욕 공립도서관에서 한 번에 대출할 수 있는 책이 50권인데 최대치로 빌려온 것 같다. 길거리에서 가져온 책들도 같이 쌓여 있다. 쓰레기통에서 주운 게 분명한 표지 없는 반납본, 사람들이 아무나 가져가라고 내놓은 책, 길가 벼룩시장이나 중고매장에서 사 온 것 등등. 뉴욕은 공짜 책이 넘쳐나는 도시다. 제목을 훑어본 매니는 소설과 역사, 양자역학에 대한 대중과학 서적 여러 권과 약간의 시집을 발견한다.

닉이 다시 키득거린다. 음식에는 손도 대지 않았고, 매니는 아주 불안해진다. 닉이 몸을 꼬물거렸다가 뒤통수를 문지르더니, 다시 움직이며 한숨을 내쉰다. "어이, 있잖아, 그냥 섹스하자."

따귀를 얻어맞은 듯한 충격에 매니가 얼굴을 일그러뜨린다.

"그럴 필요 없어. 넌 나한테 빚지거나 그런 게 아냐. 이건……" 그가 아침식사를 향해 손짓한다. "그냥…… 친구한테 해 주는 거야."

닉은 그 말을 안 믿는 것 같다. "그래? 근데 내가 있던 데선 친구끼리도 섹스했는데."

"가끔은 그러기도 하지. 맞아. 하지만……." 매니는 한숨을 내쉰다. 닉의 방에는 침대 말고 앉을 곳이 없어서 그는 바닥에 쪼그려 앉기로 한다. 서 있으면 닉을 위에서 위압적으로 내려다보는 느낌이 들기 때문이다. 그렇게 보이긴 싫다. 닉이 매니가 설교를 늘어놓는다거나 자기를 비판한다거나, 아니면 우월한 위치에 있는 것처럼 느끼게 하고 싶지 않다. 하지만. "그게 네가 나한테 바라는 거야?"

그게 네가 나한테 바라는 **전부**야? 그렇게 말할 뻔한 것을 간신히 참아 낸다. 하지만 닉은 눈을 깜박하고는 자세를 고쳐 앉는다. 뭔가를 생각하는 표정이 된다.

"만약에 내가 그렇다고 하면 왜, 진짜 옷 벗고 눕기라도 할 거야?"

안 그런 척해 봤자 소용없다. "네가 원한다면."

닉이 픽 웃는다. "넌? 네가 원하는 건 뭔데?"

"너."

그런 식으로 들리게 말하려던 건 아니었다. 매니는 조심하지 않으면 자신이 매우…… 열렬해 보일 수 있다는 걸 안다. 닉의 표정에 연민이 떠오르자, 그는 일을 망쳐 버렸다는 것을 깨닫는다.

"넌 나를 몰라." 닉의 목소리는 부드럽지만 단호하다. "넌 너 자신에 대해서도 잘 모르잖아, 맨해튼. 도시가 왜 너를 이렇게 만들었는지 모르겠지만……"

"그게 중요해?" 매니가 두 손을 펼친다. "이게 도시 때문인지 아니면 나 때문인지? 내가 도시야. 너도 그렇고. 왜 사람들이 사랑하는 사람과 사랑에 빠진다고 생각해?"

"난 사랑 같은 거 안 믿어. 남들은 맨날 그게 어쨌다고 떠벌리는데 그건 진짜가 아냐. 진짜인 건 섹스지." 닉이 몸에 힘을 빼더니 숨을 깊이 들이마신다. 매니는 곧 공격이 날아오리라는 것을 예측할 수 있다. 어떤 방향에서 올지, 그리고 어떻게 대비해야 할지는 모르겠지만. 닉이 여전히 부드러운 어조로 말한다. "너도 진짜가 아냐, 매니. 내가 널 받아 줬는데 일주일도 안 돼서 네가 존나 콱 하고 터질 만한 것을 기억해 내면? 네 아내가 짠 하고 나타나면 어떡해? 아님 자식이나 뭐 그런 거라도. 그럼 어떡할 건데? 그럼 내가 뭐가 되는데? 아무것도…… 모르는 인간이랑 붙어먹고는 모른 체하는 냉혈한?"

난 네 거야. 매니는 가슴이 찢어지는 고통을 느끼며 생각한다. 하지만 그건 아무 의미도 없다. 왜냐하면…… 닉의 말이 맞으니까. 사랑이 불가능하다는 게 아니라, 매니가 앞뒤 맥락이 제거된 감정과 특성의 구성물에 불과하며 도시의 필요에 따라 쓰임새가 바뀐 존재라는 부분 말이다. 그는 과거 또는 고유의 정체성을 지닌 완전한 인격체가 아니다. 도구라면 당연히 자신이 사용자의 손에 적합하게 만들어졌다고 믿을 것이다. 하지만 닉은 물건이 아니라 연인을 원하고, 또 그럴 자격이 있다.

매니가 침묵을 지키자 닉이 한숨을 쉬며 쟁반으로 손을 뻗는다. 오렌지주스를 조금 마신다. 그러고는 망가진 꽃을 어루만지며 이 불쌍한 녀석에게도 매력적인 데가 있다는 듯이 살짝 미소 짓는다. 매니의 어설픔과 경솔함, 그리고 이 폭망한 헛된 시도에도 귀여운 데가 있다는 듯이.

매니는 일어나 방을 나온다. 그러고는 등 뒤에서 닉의 침실 문이 닫히기도 전에 아파트를 나선다.

그는 브루클린의 선거사무소로 일하러 간다. 거기 말고 갈 데가 어디 있겠어? 매니에게는 친구도 없다. 다른 뉴욕 자치구들과 벨뿐이다. 세상에, 이런데도 닉 옆에 아무도 없다고 입을 털다니 그는 정말 형편없는 놈이다. 자기혐오의 늪에 빠져 있던 탓이겠지만 그는 선거사무소에 도착할 때까지도 창문에 어두운 선팅을 한 검은 SUV

여러 대가 연석을 따라 이중 주차로 늘어서 있다는 사실을 눈치채지 못한다. 어이없는 일이다. 그는 뉴욕의 수호자다. 아니면 적어도 그래야 한다. 그리고 수호자라면 평소와 다른 정황을 가장 먼저 알아채야 한다. 어쩌면 매니는 그다지 좋은 수호자가 아닐지도 모른다. 심지어 사무소 안에 들어서서 묘하게 조용하다는 사실을 알아차리기 전까지도 전혀 깨닫지 못했기 때문이다.

그는 뒤늦게 번쩍 정신을 차린다. 파드미니가 컴퓨터 앞에서 주먹을 불끈 쥔 채 증오의 감정이 적나라한 표정으로 서 있다. 매니의 시야에 퀸스 유세팀 팀장과 플래카드가 든 상자를 들고 있는 간판 가게 남자, 그리고 전화기 근처에 앉아 있는 젊은 자원봉사자가 들어온다. 세 사람 모두 잔뜩 긴장한 얼굴로 브루클린에게 집중해 있다. 브루클린은 정치가 특유의 감정 없는 미소를 방어벽처럼 두른 채 탁자 앞으로 나서 사무실에 찾아온 손님들과 직원들 사이에 방패처럼 자리 잡고 서 있다.

그 손님들이 누구냐고? 다양한 중년의 나이 대에 건장한 체격을 지닌 백인 남성 세 명이다. 둘은 몸에 잘 맞지 않는 양복을 입고 있다. 반면에 세 번째 사내는 맞춤 정장에 머리 스타일도 확실히 전문가의 솜씨로, 희끗희끗해지고 있는 머리칼을 말끔하게 젤로 고정시켜 넘겼다. 경찰인가? 아니면 마피아 보스? 경찰이다. 매니는 즉시 판단을 내린다. 사실 뉴욕에서는 경찰과 마피아가 별 차이가 없기 때문에 실제 근거보다 직감에 의존해야 한다. 매니의 판단에 도움이 된 것은 남자의 옷깃에 꽂혀 있는 성조기 핀이다. 아무리 오랜 기간에 걸쳐 미국화된 민족 집단이라 한들 마피아가 국가주의를 무기로 삼을 이유는 없다.

매니가 사무소에 들어서자 맞춤 양복을 입은 남자가 고개를 돌려 그를 쓱 훑어보고는 피식 웃는다. "아, 선거사무장님이시군." 롱아일랜드 억양이다. 매니는 이제 가까운 주들의 미묘한 억양 차이를 구별하는 데 점점 능숙해지고 있다. "당신 정말 흥미로운 사람이더군. 토머슨 씨 밑에는 참 다양한 부류의 사람들이 일하고 있단 말이지. 안 그렇습니까?" 남자가 슬쩍 파드미니를 쳐다본다. "되는 대로 아무나 데려오나 보죠, 허?"

"뉴욕 시는 다양성을 환영한답니다, 마일럼 씨." 브루클린이 변함없이 우아한 엿 먹어 미소를 띤 채 능숙하게 받아넘긴다. "조건하에 공개적인 지지를 제안해 주셔서 감사하지만, 방금도 말씀드렸듯이 너무 바쁜 시간에 찾아오셨군요. 제가 가능할 때 약속을 잡아 주시면 만날 수 있을 겁니다."

"당연히 그러시겠죠." 마일럼이 떠나려는 듯이 몸을 약간 돌리지만 매니는 그가 자신을 시야에 두려고 움직였다는 사실을 눈치챈다. 마일럼이 다시 느릿하게 입을 연다. "아, 예. 다양성. 그러고 보니 노숙자, 어, 성노동자까지 데리고 계시더군요. 요즘엔 그렇게 부른다죠?" 그가 부하 중 한 명을 슬쩍 돌아보자 사내가 픽 웃는다. 매니의 몸이 굳는다. "정치적 연합을 구축하는 방식에 칭찬을 해 드려야겠습니다. 노숙자들한테 로비를 하려는 거지요?"

"안 될 이유는 뭐죠?" 브루클린이 단정하게 정돈한 눈썹을 추켜세운다. "이 도시에는 3만 5000명의 성인 노숙자가 있답니다, 마일럼씨. 거의 작은 마을 하나에 필적하는 숫자죠. 그리고 뉴욕 선거는 그리 크지 않은 표 차이로 당락이 갈리는 편이고요. 이미 아시겠지만."

"주소가 없는데 투표는 어떻게 하고?" 마일럼과 부하들이 큰 소리로 웃음을 터트리자 브루클린은 그래도 투표를 할 수 있는 방법을 일러 준다. 그러나 그들은 아랑곳하지 않는다. "뭐, 뜻대로 하시지요. 다만 어, 그 노숙자 친구한테 우리가 계속 지켜볼 거라고만 말해 두십쇼. 그 친구의 안전을 위해서요."

마일럼이 찡긋 윙크하고는 문으로 향한다. 마침 그 앞에는 매니가 서 있다. 매니가 움직이지 않자 마일럼이 발을 멈추고 눈썹을 치켜올린다. "무슨 문제라도 있소, 선생?"

"전혀요." 매니가 유들유들하게 대답한다. 그는 마일럼보다 키가 크고, 그것만으로도 마일럼을 짜증 나게 할 수 있다는 것을 알고 있다. 어떤 남자들은 사회적인 예의보다도 단순하고 동물적인 규칙에 따라 행동한다. "피터 마일럼 씨지요? 경찰수호협회(PPA) 회장이시고. 아드님 일은 참 유감입니다. 직권남용 행위로 그동안 수많은 신고를 받고도 아무 징계 없이 넘어갔는데 이번에는 사무직으로 강등되었다죠? 이번 사건은 꽤 심각했던 모양입니다. 아니면 경찰수호협회의 높은 분을 아버지로 둔 덕분에 이런 힘든 시기에도 그 정도로 그칠 수 있었던 걸지도 모르고요."

젊은 직원 중 하나가 헛숨을 들이켜며 "오오, 딱 걸림."이라고 내뱉자 옆에 있던 다른 직원이 재빨리 그 입을 틀어막는다. 마일럼은 용케도 미소를 잃지 않지만 온몸에서 뿜어져 나오는 증오의 기운이 물리적으로 느껴질 수준이다.

"세상이 변하고 있잖소." 마일럼이 어깨를 으쓱하며 매니에게 말한다. "그건 사실이지. 내 아들한테도 그렇게 말했는데 녀석이 워낙 고집불통이라. 그래서 우리 뉴욕 경찰은 그 변화를 우리가 원하는 쪽으로 이끌 수 있는 사람을 지지할 거요." 그가 몸을 앞으로 슬쩍 기울인다. "그리고, 어, 앞으로 당신도 유심히 지켜보게 될 것 같군. 그럼 이제 가도 되겠소?"

매니는 우아하게 고개를 숙여 보이며 옆으로 물러선다. 마일럼은 그를 조금 더 응시하다가 동료들과 함께 자리를 뜬다. 매니는 문 쪽으로 다가가 유리창 너머로 그들이 검은 SUV에 올라타는 모습을 지켜본다. 차량이 모두 떠난 후에야 몸을 돌려 브루클린을 바라본다.

브루클린은 온몸에서 불길을 이글거릴 정도로 화가 잔뜩 나 있다. 하지만 인간의 눈에 보이는 방식으로는 아니다. 그는 일을 형이상적으로 처리할 줄 안다. 브루클린 시내에 있는 가고일 상이 짧게 으르렁거리더니 브루클린이 심호흡을 하자 그 이미지가 사라진다. 브루클린이 사무실로 향하자 매니가 그 뒤를 좇는다. 파드미니가 황급히 따라 들어와 사무실 문을 닫는다.

"그 자식을 내 앞에서 치워 줘서 고마워." 브루클린이 책상 뒤로 돌아가 감정을 절제한 유려한 동작으로 의자에 앉으며 말한다. "그 개자식이 공개 지지를 약속하더라도 절대 받아들이지 않을 생각이었지만, 대놓고 거절할 수는 없었거든."

"왜 안 돼요?" 파드미니가 눈살을 찌푸린다. "비열하고 가식적인 자식. 근데 매니는 그 사람 아들에 대해 어떻게 알았어요? 맨해튼에 살아서?"

"조사를 했거든." 매니가 푹신한 의자를 끌고 와 브루클린의 맞은

편에 앉으며 대답한다. 양손 끝을 맞대 얼굴 앞에서 뾰족하게 세운다. 그가 얼마나 열 받았는지 겉으로 드러내지 않을 수 있는 유일한 방법이다. 놈들이 그의 닉을 위협했다. 감히 뉴욕을 협박했다. "내 생각엔 실제로는 퀸스에서 일하는 것 같아. PPA의 핵심인물들을 조사한 건 그들이 시장이 됐을 때 극복해야 할 장애물이기 때문이야."

브루클린이 쏩쓸하게 웃는다. "난 민주당에 흑인 여성이야. 거기다 선거 공약 중에 경찰의 폭력과 시간 외 직권남용을 막겠다는 내용도 있지. 마일럼이 일부러 나를 찾아와 주다니 솔직히 놀랐어. 아마 나한테 뇌물을 바칠 기회를 주려던 거겠지."

매니는 숨을 깊이 들이마시고는 용기를 낸다. "그것도…… 한 가지 방법이야."

다른 두 사람이 자신을 노려볼 거라고 예상은 했지만 막상 그런 시선을 받자 마음이 불편해진다. 매니는 항상 '방 안의 코끼리'를 인식하고 있다. 좋든 싫든 그것은 선거에 도움이 될 수 있는 선택지다. 그리고 그가 하는 모든 일은 뉴욕을 위한 것이다. 진심으로 뇌물수수를 옹호하는 게 아니다. 지금쯤이면 그가 그럴 사람이 아니라는 것 정도는 알아야 하지 않나?

(아니. 그들은 그를 모른다. 그는 진짜가 아니므로.)

"방금 내가 잘못 들은 거 아니죠?" 파드미니가 발끈하며 입을 연다.

브루클린이 손을 들어 올려 파드미니의 말을 가로막는다. 하지만 그도 눈에 띄게 턱에 힘을 주고 있다. "매니 말이 맞아. 뉴욕 경찰은 특혜와 프로파간다라는 먹거리를 던져 주는 시장한테는 통제는 못

해도 적대적으로는 굴지 않는 골칫거리고, 그렇지 않은 시장한테는 거의 점령군이거든. 정치적으로 난 그들이 좋아할 일은 하나도 안 할 거야. 그러니 뇌물은 '좋은' 옵션을 손에 넣을 유일한 수단이지." 브루클린이 한숨을 내쉰다. "하지만 지금은 선거 운동을 할 자금도 부족할 판이야. 그러니 기름칠할 현금 같은 건 없어."

매니의 모든 본능이 상황을 이대로 내버려 두면 안 된다고 경고한다. 뉴욕의 다른 유권자들에게는 상호 이익 공약으로 표를 끌어낼 수 있을지 몰라도 광견병에 걸린 짐승이나 다름없는 뉴욕 경찰에게는 복종을 강요해야 한다. 오직 권력이나 돈만이 이를 해낼 수 있다.

파드미니가 브루클린과 매니를 번갈아 쳐다보고는 기가 막힌다는 표정을 짓는다. "저들이 원하는 걸 주면 안 돼요. 하나라도 주는 순간 그걸로 당신을 협박하기 시작할걸요. 그러고는 계속해서 더 많은 사람을 위협할 테고, 공적 자금도 엄청나게 꿀꺽할 거라고요! 맙소사……" 파드미니가 지치고 건조한 웃음소리를 낸다. "방금 깨달았는데, ICE가 우리 집에 협박하러 왔을 때 뉴욕 경찰인 척했어요. ICE보다도 저들이 더 힘이 있는 거예요!"

매니가 위로 세우고 있던 손가락을 천천히 접어 깍지를 낀다. 손가락 마디가 서서히 하얗게 변해 가는 모습을 지켜본다. 그 노숙자 친구한테 우리가 계속 지켜볼 거라고만 말해 두십쇼. 그들은 닉이 지금 지붕 있는 집에서 안전하게 살고 있다는 것을 모른다. 닉은 매니의 조언에 따라 공적 기록이 남을 수 있는 서류에는 무조건 사서함 주소를 이용하고 있다. 만일 그렇지 않았더라면…….

매니가 벌떡 일어나더니 사무실 밖으로 걸어 나간다. 깜짝 놀란 파드미니가 소리쳐 부른다. "매니?" 하지만 그는 차마 대답할 수가 없다.(그건 그의 이름이 아니다.) 그는 선거사무소를 나와 빠른 속도로 거리를 걷기 시작한다. 벌써 노스트랜드. 시위 차량대의 습격이 있은 이후, 브루클린은 이 거리를 뉴욕의 경제 중심으로 홍보하고 있다. 그게 바로 뉴욕이 위협을 받았을 때 보이는 반응이다. 안 그런가? 전보다 더 세게 나가는 것. 맞서 싸우는 것. 어떤 도전자가 덤비든 받은 만큼 되돌려 줄 것. 그리고 결국에는 항상 승리한다. 왜냐하면 그들은 뉴욕이니까.

하지만 매니는…….

폭발할 것 같다. 분노로 몸이 덜덜 떨린다. 노스트랜드를 벗어나 무작정 길을 건넌다. 발걸음이 빨라진다. 이 거리는 조용한 주택가다. 버려진 상점과 황폐한 공사장이 젠트리피케이션의 어두운 면모를 보여 준다. 때로는 허물고/밀어내고/새로 세우는 순환이 중간에 멈추기도 한다. 경찰과 시 정책과 비도덕적인 개발업자들이 가난하지만 활력 있게 번성하고 있던 동네를 성공적으로 망가뜨리고 나면 더 이상 새로운 유입이 들어오지 않는다. 쫓겨난 주민들은 다시 돌아올 방법이 없다. 개발자들은 전리품과 감세 혜택을 나눠 가지고 얼마 남지 않은 토박이들은 시신이 널브러진 전쟁터처럼 망가지고 보기 흉해진 동네에서 발버둥 쳐야 한다.

한낮인데 거리에는 아무도 보이지 않는다. 반쯤 부서진 나무 담장. 벽면에 기한이 지난 공사 안내문이 빼곡하게 붙어 있다. 매니는 충동적으로 그것을 뛰어넘는다. 담장 안쪽에는 기초공사를 위해 반쯤 파다 만 구덩이가 무너져 있고 한쪽에는 물이 고여 있다. 공사장 한쪽 구석에 쓰레기 봉지가 쌓여 있는 걸로 보아 누군가 담장 너머로 쓰레기를 불법 투기하고 있는 것 같다. 구멍 안에는 뼈대만 남은 자동차가 기울어진 채로 반쯤 누워 있다. 그래, 이게 바로 매니에게 필요했던 물건이다.

매니는 욕을 하지 않는다. 처음 뉴욕이 된 후유증을 앓던 중에는 그게 자신의 본성이라고 생각했다. 하지만 뉴욕의 가장 역겨운 부분의 살아 있는 화신이 이렇게 단정한 말버릇을 갖고 있다는 것은 말이 안 된다. 그래서 그는 거대디딤을 시험했을 때처럼 뉴욕의 언어를 사용하면 어떻게 되는지 시험해 보았다. 그 결과, 이제는 안다.

그는 자동차에 정신을 집중한다. "씨발." 잇새로 으르렁거린다.

자동차가 폭발해 날아간다.

폭발할 건덕지가 별로 많지도 않았다. 엔진과 문짝, 타이어와 차축이 없으니까. 하지만 나머지 남은 부분이 마치 누군가 안에서 폭탄이라도 터트린 것처럼 하늘 높이 튕겨 오른다. 땅이 흔들린다. 근처에 있던 방수포에 덮인 벽돌 더미 두어 개가 부스러기로 변하고 기초 구멍의 온전했던 쪽이 무너져 내린다. 땅바닥이 갈라져 공사장 전체로 균열이 퍼져 나간다. 가장 심한 곳은 너비 30센티미터에 깊이가 거의 2미터에 달한다. 매니는 파편이나 부스러기가 울타리 밖으로 빠져나가지 않도록 충분히 힘을 제어할 수 있기에 당연히 파편에 맞지도 않았다. 도시는 스스로를 보호한다. 하지만 인근 주택가에서 사람들이 놀라 비명을 지르는 소리가 들린다. 근방 세 블록 이내에 주차되어 있던 차량들이 즉시 위이이이잉 띠띠띠띠 또는 빠아아아앙 경보음을 내며 항의하기 시작한다.

매니는 안도의 한숨을 내쉰다. 훨씬 낫다. 이제야 조금 생각할 수 있게 됐다.

그는 다시 담장을 뛰어넘어 이번에는 차분하고 안정적인 걸음걸이로 걷기 시작한다. 자동차 알람 소리에 놀란 사람들이 창문을 열고 거리를 내려다보고 있다. 하지만 그들은 매니를 발견하지 못한다. 도시의 힘일 수도 있고 아니면 그들이 차량 폭파범처럼 생긴 사람을 찾고 있기 때문인지도 모른다. 블록을 반쯤 지나니 경보음이 잠잠해진다. 매니는 휴대전화를 꺼내 화면을 보지도 않고 손가락으로 암호 패턴을 그린다. 근래에 주고받은 문자 메시지는 대개 뉴욕의 다른 화신들이나 벨과 나눈 것이다. 동료 대학원생과 교수, 대학원에서 알게 된 다른 지인들의 메시지도 있다. 베드퍼드에 다다랐을 무렵, 그는 전화기를 내려다보고는 문득 화면 가장 위에 적힌 이름을 발견한다.

"엄마"

그는 화면을 두드린다. 가장 최근에 온 문자는 한 달 전이다. 네가 대답이 없는 이유가 있겠지. 시간 날 때 연락 주렴.

그의 마음은 고요하고 생각은 명료하다. 엄지손가락을 놀려 메시지를 적는다.

잘 지내셨어요? 얘기 좀 해요. 만나서 직접.

매니는 기다린다. 그는…… 기억한다. 어머니는 보통 대답이 빠르다.

잠시 후 알림음이 울리고 메시지가 뜬다.

좋아. 내일 아침 9시. 레스토랑. 그런 다음 위치 링크가 뜬다. 워싱턴 DC. 집이 아니라 중립 지대다.

불현듯 자신이 아직도 맨해튼인지 아니면 맨해튼이 되고 싶은 건지 확신이 들지 않는다. 매니는 재빨리 좋아요라고 답변을 보낸 다음 전화기를 주머니에 집어넣는다. 지나가는 그린 택시를 잡아탄다. 모르는 얼굴의 운전기사다. 이번에는 마법이 작동하지 않았다. 어쩌면 그가 무슨 짓을 하려는지 도시가 알고 있는지도 모른다. 그를 방해하지는 않겠지만 그렇다고 도움을 주지도 않을 것이다. 하지만 거기에 대해 불평할 수는 없다. 안 그래? 뉴욕은 자신이 어떤 대접을 받아야 마땅한지 안다. 그도 그렇다.

먼저 아파트에 들러 짐을 챙길 것. 그런 다음 펜 역으로. 모든 것이 시작된 곳으로 돌아가자.

그 어딘가

불완전고용이란 끔찍하다.

엄밀히 말하자면 파드미니는 불완전고용에 해당하지 않는다. 브루클린이 학생을 고용하는 데 엄격한 규정을 적용하고 있기 때문에 그가 브루클린의 선거 운동에 참여하는 시간은 주당 24시간으로 제한되어 있다. 파드미니는 우등생으로 졸업할 아주 우수한 학생이고 학과 공부에만 일주일에 30~35시간을 쏟아붓고 있다.

문제는 그가 훨씬 오래 많이 일하는 데 익숙해져 있다는 것이다. 잠을 충분히 잘 수 있다는 것도 처음엔 좋았지만 시간이 약간 지나고 나니 초기의 설렘이 사라졌다. 특히 파드미니는 잠을 잘 필요가 없기 때문에 더욱 그렇다. 요즘 그는 밤새도록 눈을 말똥말똥 뜬 채 마음속에서 점점 부풀고 있는 듯 느껴지는 심각한 불안과 초조감을 처리하며 시간을 보내고 있다.

그러고는 며칠 내내 그런 상태가 지속되자 파드미니는…… 떠돌아다닌다.

그는 항상 여행을 좋아했다. 열여섯의 나이에 새로운 삶을 시작하기 위해 지구를 반 바퀴나 날아왔다 보니 웬만한 겁은 사라졌고, 그래서 자신이 상당히 모험심이 강한 여행가가 될 것이라 확신한다. 환경이 받쳐 주기만 한다면 말이다. 학생 비자로 산다는 것은 국경을 넘을 때마다 세관 직원이 서류에 있지도 않은 문제가 있다거나 아니면 그저 파드미니의 외모가 마음에 들지 않는다는 이유로 재입국을 독단적으로 거부할 수 있음을 의미한다. 다행히 미국은 아주 넓기 때문에 미국 전역을 돌아다녀도 해외여행만큼이나 재미있을 테지만…… 대도시만 돌아다닐 게 아니라면 당연히 자동차가 필요하다. 그러니 먼저 운전하는 법부터 배워야 한다.

그 결과 파드미니는 시간과 돈, 법적 자유라는 완벽한 삼박자가 갖춰지길 기다리며 수년간 수십 개의 여행 계획을 뒤로 미루어 놨다. 하지만 이제 그는 시간과 공간, 그리고 현실을 넘나드는 마법적 능력을 갖춘 살아 있는 도시다. 세상에나. 그럼 이제 뭘 해야 하지?

처음에 파드미니는 방정식의 변수를 아주 약간만 조정해 소박하게 시작한다. 동네에서 움직일 때 사용하는 방정식은 대중교통에 형이상학적으로 얹혀 가는 방법보다 훨씬 정확하다. 다른 사람들은 이런 방식을 사용 못 하는 것 같지만. 그러나 방대한 거리를 거대디딤하기에는 그걸로 부족하다는 사실이 금세 분명해진다. 현대 물리학에서 "생각이 현실을 변화시킨다"는 개념을 아직 간파하지 못했다는 걸 감안하면 당연히 이해할 수 있지만, 그래도 실망스럽다. 파드미니가 뉴욕에서 너무 멀리 떨어지면 일종의 중력렌즈 현상이 발생하는 것 같다. 멀리 내딛을수록 더 많은 에너지가 필요하고, 시공간의 왜곡도 커진다. 그래서 어디에 "착륙"하게 될지 예측할 수가 없다. 한번은 첸나이로 거대디딤했다가 그것만으로도 기진맥진해서 부모님과 남동생을 무슨 변태처럼 몰래 지켜보고는 ── 가족들이 놀라 자빠질까 봐 인사를 건네지도 못하고 ── 다시 집으로 돌아와 열 시간 동안 곯아떨어진다.

(그중에 어느 정도는 울면서 보냈다. 부모님이 너무 나이 들어 보였기 때문이다! 페이스타임 필터 때문에 전혀 모르고 있었어! 다섯 살 아래인 남동생은 벌써 어른이 다 됐다. 어른이 된 동생의 얼굴을 알긴 하지만 키도 크고 호리호리하고 힘도 세진 아이가 웃으면서 부모님을 도와 가구를 옮기고 있는 것을 보는 건 완전히 다른 문제다. 파드미니는 온몸에 진흙을 묻히고 앞니 빠진 얼굴로 웃고 있던 작은 장난꾸러기를 기억한다.)

(그는 다시는 첸나이로 돌아가지 않는다.)

파드미니는 시행착오를 통해 존재를 지배하는 법칙에 대한 이해와 감각을 키워 나간다. 뉴욕에 존재할 때는 예측불가성이 완전히 사라진다. 도시의 지리적 경계 안에만 있다면 언제나 목적지에 정확하게 도달할 수 있다. 심지어 완전히 이질적인 버전의 뉴욕에서도 그렇다. 실은 그가 방문하는 대부분의 도시가 그런 뉴욕이다. 파드미니가 쉽게 알아볼 수 있는 유사한 버전의 뉴욕들은 모두 도시의 재탄생을 통해 하나로 통합되었고, 존재의 흔적은 효과적으로 지워졌다. 남은 것은 현존하는 뉴욕의 대척점에 있는 것들이다. 슈퍼 팬데믹이나 중성자 폭탄이 휩쓸고 가 아무것도 남지 않고 텅 비어 버린 뉴욕처럼. 처음 그런 도시에 갔다가 귀환했을 때 파드미니는 약간 겁을 먹었는데 다행히 브롱카가 도시의 화신은 질병이나 방사능을 옮기지 않는다고 안심시켜 주었다. 마지막으로 경험한 최악으로 공포스러운 뉴욕은 도시 전체가 지구에서 분리돼 우주 공간으로 날아가 버린 탓에 공기가 없는 버전이었다. 머문 시간은 고작 3초 정도였지만 그래도 무서워 죽는 줄 알았다. 이후 파드미니는 무작위적으로 거대디딤을 하고 돌아다니는 것이 그가 늘 꿈꿨던 여행을 즐기는 최상의 방법은 아닐지도 모른다는 결론을 내린다.

그래서 이번에는 명상을 시도해 본다. 다른 잡념을 깔끔하게 정리하고 자신을 여행으로 이끌어 줄 생각에만 집중하는 것이다. 하지만 이것 역시 위험하기는 매한가지다. "어딘가 조용한 곳"에 가고 싶다고 바랐더니 소행성 뉴욕에 떨어지고 말았기 때문이다. 그래도 명상은 확실히 도움이 된다. 특히 예전만큼 걸어 다니지 않아 운동 부족이 걱정돼 약간의 요가를 보탰더니 더욱 그렇다. 다운독 자세를 하면서 호흡에 집중하고 마음을 차분히 가라앉힌다. 동시에 이런 기분이 드는 곳에 가고 싶어라고 다중우주에 말을 걸며 마음속에 일종의 다중우주 GPS로서 데이터포인트가 흐르게 하면 효과가 나타난다. 아기 자세에서 몸을 세우면…… 다음 순간 파드미니는 다른 장소에 와 있다.

처음으로 이 방법을 시도해 봤을 때, 파드미니는 놀랍도록 고요한 망망대해 한가운데 홀로 떠 있는 작은 섬에 앉아 있다. 전형적인 무인도다. 신기할 정도로 재미가 없어서 시간을 낭비했다고 실망하며 집으로 돌아간다. 가파른 산꼭대기에 있는 정자 같은 곳에 갔을 때 그래도 괜찮다. 별로 특별한 데도 없고 장식 없는 목재 기둥에 물결무늬 강판으로 만들어진 정자인데, 주변에 숲과 산이 끝없이 펼쳐진 풍경이 참으로 아름답다.

솔직히 파드미니는 그런 곳들이 어딘지도 모른다. 적대적인 환경은 아니지만 그렇다고 친숙하지도 않다. 그리고 좌표로 판단하건대 그의 현실에 속한 곳은 절대로 아니다. 그건 그저 조용한 어딘가, 맥락에 구애받을 필요 없는 편안한 장소다. 오랫동안 두려움과 과로, 뼈가 삭는 스트레스에 치여 살았던 파드미니에게는 이런 편안한 여행이야말로 진정으로 필요했던 것이다.

파드미니가 제일 좋아하는 어딘가는 그중에서도 가장 신비로운 곳이다. 처음에는 또 다른 버전의 텅 빈 뉴욕이 아닌가 의심한다. 거대한 대도시인 건 분명하다. 처음 보는 건축물들이 서 있긴 한데 그렇다고 파드미니의 생각이 틀렸다는 의미는 아니다. 어쩌면 메소아메리카 문화가 번성한 버전의 뉴욕일지도 모르잖아? 석조물에 붙은 장식적 모티브에서 왠지 그런 분위기가 풍긴다. 어떻게 보면 인더스 문화가 가미된 그리스로마식으로도 보이기도 한다. 북아프리카 도시가 연상되는 비둘기탑도 있다.

하지만 점차 이곳이 어떤 뉴욕도 아니라는 사실이 분명해진다. 어느 방향으로든 한참을 걸으면 결국 물이 나오는 것으로 보아 이곳은 섬이다. 그러나 맨해튼처럼 길쭉한 가시 모양이 아니라 둥글둥글한 형태다. 또 이곳은 뭔가 아주 잘못됐다. 첫째, 텅 비어 있다. 사람도, 옷도, 사람들이 버린 쓰레기도 없다. 존재한다는 것 말고는 사람이 살았다는 흔적 자체가 없다. 그리고 파드미니는 언제나 하루 중 똑같은 시간에 이곳에 도착한다. 올 때마다 밝고 쾌청한 한낮인데 몇 시간을 머물러 있어도 그대로다. 저녁이 없다. 밤도 없다. 공원의 식물은 자라거나 꽃을 피우지 않는다. 처음 이 알 수 없는 도시를 방문했을 때는 잔디가 약간 길게 자라 있었는데, 몇 주일이 지나도 더 자라거나 시들지 않는다. 한번은 여러 작은 공원 중 한곳에서 막 피기 직전인 프리지어 꽃봉오리를 발견하고 관찰한 적이 있다. 꽃봉오리가 참 탐스러워서 활짝 피면 아주 예쁠 것 같았는데…… 아무리 기다려도 꽃봉오리가 열리지 않는다. 섬 한쪽 바다 저편 몇 킬로미터쯤 떨어진 곳에는 산맥이 우뚝 솟아 있는데 파드미니가 올림픽 장거리 수영선수라면 헤엄쳐서 갈 수도 있을 만한 거리다. 하지만 반대편 바다에는 수평선이 없다. 바다가 펼쳐진 것도 보이고 구름 한 점 없는 새파란 하늘도 보이는데, 그 둘이 맞닿은 곳이 없다. 색채가 꾸준하고 일정하게 단계적으로 변해 갈 뿐 둘이 만나는 경계선이 없다.

다중우주가 상상력에 민감하게 반응한다는 점을 고려하면 완전히 말이 안 되는 건 아니다. 어쩌면 이 예술적이고 비현실적인 도시는 파드미니가 읽은 적 없는 책이나 본 적 없는 비디오 게임에서 튀어나온 것일 수도 있다. 이렇게 존재할 정도로 구체적이면서도 완벽하게 다듬지는 못한 상상력의 산물 말이다. 이런 이상한 풍경을 보면 당연히 영 어색하고 불편해야 할 것 같지만…… 이곳이 너무나도 편안한 까닭에 파드미니의 불안감도 점차 사그라든다. 상상 속의 도시라도 관광객은 있어야 하잖아, 안 그래?

그래서 이 이름 없는 도시는 파드미니가 여러 우주를 돌아다니다가도 정기적으로 들르는 곳이 된다. 그는 높은 돌기둥이 일렬로 늘어선 거리와 오벨리스크가 서 있는 해안선을 막연히 걸으며 살면서 가장 안온한 시간을 만끽한다. 도시 곳곳에는 미로에 가까운 길들이 있는데 돌 대신 반질반질한 규화목(硅化木)이 깔려 있다. 처음에 이 길이 신기할 정도로 복잡하다는 것을 알았을 때 파드미니는 키득거리며 편법을 쓴다. 건물들이 모인 주택가 비슷한 구역에는 주변이 부분적으로 에워싸인 이상한 마당 같은 것들이 있다. 한동안은 어떤 목적으로 만들어진 곳인지 감도 잡히지 않았다. 그러다 어느 날 그중 한곳에서 무심코 발을 헛디뎌 넘어졌다가 소리를 듣기 전까지는 말이다. 시험 삼아 허벅지를 빠르게 두드려 보자 건물들 사이로 소리가 증폭되면서 여러 개의 메아리가 중첩되어 번져 나간다. 이 공터는 일종의 드럼서클이다. 뉴욕처럼 공원이나 공터로 쫓겨난 게 아니라 주거지 한가운데에 설계의 일부로 동화되어 있는, 골칫거리가 아닌 도시의 미학 중 하나로 취급되는 연주 공간이다. 개중에서도 규모가 큰 드럼서클들은 근처의 다른 드럼서클까지 소리를 전달해 거기서 다시 도시 전체로 메아리를 보낼 수 있는 일종의 네트워크를 형성하고 있다. 연주자들과 대규모의 청중이 리듬에 맞춰 다 함께 발을 구른다면 효과가 어마어마할 것이다. 이곳은 음악과 춤을 위해 건설된 도시다.

가끔 파드미니는 여기서 살아도 참 좋겠다고 생각한다. 오래전 뉴욕에 처음 도착했을 때 느꼈던 것과 똑같은 확신이다. 만일 이곳이 사람이 사는 진짜 도시였다면…… 그는 자신이 퀸스라는 게 좋다. 하지만 이 도시가 되더라도 그만큼 좋을 것이다.

그러던 어느 날 오후, 언덕을 오르는데 멀쑥한 비즈니스 정장을 입은 남자가 한 건물 뒤편에서 불쑥 나타난다.

파드미니는 비명을 지른다. 아주 크게. 하필 근처에 드럼서클이 있어 그의 비명이 연달아 메아리쳐 울리며 도시 전체로 퍼져 나간다. 남자가 ― 아, 파울루다 ― 얼굴을 찡그린다. "제발, 좀."

파드미니도 얼굴을 찡그린다. 하지만 그건 메아리가 유독 날카롭게 들렸기 때문이다. 솔직히 파드미니는 제가 비명을 지른 게 당연하다고 생각한다. "여기서 뭐 하는 거예요?"

"널 찾고 있었지. 다른 도시들이 네가 돌아다니는 걸 눈치채고는 말려 달라고 했거든."

"흰옷의 여자가 우릴 산 채로 잡아먹으려 할 때는 상관도 안 하다가 내가 빈 도시를 들락거리는 건 거슬린대요?"

"이 빈 도시는 그래." 파울루가 고개를 살짝 끄덕인다. 파드미니의 부아에 동의하는 건지 아니면 이상하게 우아해 보이는 그 특유의 몸짓인지는 모르겠다. 파드미니는 상파울루를 좋아하지 않는다. 그게 비합리적인 반응이라는 것도 인정할 수 있다. 파울루는 그들에게 살아 있는 도시가 되는 기쁨 ― 그리고 두려움 ― 을 처음으로 알려 준 이이고, 파드미니는 전령을 싫어하지 않을 수가 없다. 파울루의 한숨 소리에 파드미니는 그 역시 자신과 이야기하는 것을 내켜하지 않는다는 것을 눈치챈다. "내가 뉴욕의 멘토 도시다 보니 나더러 문제를 처리하라고 하더군."

"처리요? 왜, 날 쫓아내기라도 하래요? 만약에 여기가 출입 금지 구역이라면……"

"아니, 그런 게 아니다." 파울루가 주변을 휘 둘러보더니 언덕 아래 항구 쪽을 내려다본다. 파드미니는 그의 몸에서 긴장이 역력히

풀리는 것을 보고는 조금 놀란다. 이 도시는 왠지 사람의 마음을 편안하게 하는 데가 있다. "이곳도 한때는 살아 있던 도시였거든. 일부 고대도시들은 예전에 이 도시와 아는 사이였고. 그래서 굉장히…… 방어적이지."

살아 있던 도시. 그렇다면 화신과 다른 모든 것을 갖추고 있었을 것이다. 그런데 지금은 이렇게 텅 비어 있다면…… 등골이 오싹해진다. "혹시 탄생 중에 싸우다가 적한테 죽었어요?"

"아니, 탄생 당시엔 살아남았다. 뉴욕처럼 적에게 상당한 피해를 입히기도 했고. 하지만 그 뒤로 적이 보복을 가했지. 오랫동안 그 방법을 알 수가 없었는데, 다 같이 얘기를 나눴더라면 더 빨리 알아차릴 수도 있었을 거야……." 파울루가 씁쓸한 한숨을 짓는다. 파드미니는 그가 변화에 대한 다른 도시들의 저항을 뉴욕의 어떤 자치구보다도 직접적으로 경험했다는 사실을 떠올린다. "적의 본질을 이해하게 된 지금에서야 무슨 일이 일어났는지 짐작이 간다. 홍은 그여자가 사람들이 이 도시에 대해 가진 이미지에 대해 여러 현실에서 동시다발적으로 뒷공작을 펼쳤다는 이론을 세웠지. 수십 년, 수백 년에 걸쳐 기존의 기록과 구전을 변질시켜 다중우주 나무에 원래 있던 자리에서 다른 곳으로 이동하게 만든 거야. 천천히, 점진적으로 일어난 일이다 보니 처음엔 아무도 눈치채지 못했고 알아차렸을 무렵엔 너무 늦어 버렸지. 그때쯤에는 사람들이…… 이 도시가 존재했다는 것 자체를 잊어버렸다. 심지어 이름마저 잊어버렸고." 파울루가 한숨을 내쉰다. "솔직히 대화를 나눴더라도 큰 도움이 됐을 것 같진 않아. 홍이 요즘 정보전에 민감하긴 하지만 그건 어쩔 수가 없거든. 하지만 당시만 해도 그런 전술은 흔치 않았지."

파드미니는 숨을 크게 들이켠다. 생각이 쏜살같이 내달리기 시작한다. "그러니까 외부 사람들의 생각과 의견이 도시에 해를 끼칠 수 있다는 얘기군요." 판필로의 시장 선거 때문에 지금 뉴욕에서 일어나고 있는 일들처럼. 파울루가 한 말 중 무언가 파드미니의 마음 뒤편을 건드린다. 왠지 신경을 긁는 초조함이 가슴속 가득 부풀어 오르더니 순식간에 깨달음을 향해 돌진한다. 여기 파드미니가 이해해야 하는 것이 있다. 뭔가 아주 중요한 것이 있다. 파드미니는 거기에 정신을 집중하는 한편, 파울루의 말에도 귀를 기울인다.

"요즘엔 효과가 없을 거다. 이 도시가 사라진 건 고대 시절의 일이야. 전 세계적으로 통신이나 사진 이미지가 오고 가기 훨씬 전이지. 전설이 이야기꾼과 노래꾼을 통해 전달되던 시절, 그리고 아주 가끔 긴 연대기를 남기는 작가들에게 의존하던 시절의 얘기지. 지금? 지금은 누가 뉴욕을 잊어버릴 수 있겠니."

파드미니를 안심시키려고 하는 말일 테지만, 별로 효과가 없다. 파울루의 노력이 실패해서가 아니다. 그의 말이 정말로 옳을지 파드미니가 확신할 수가 없기 때문이다. 일단 한 가지 이유는 요즘 같은 허위 정보의 시대에 사진이나 문자 기록은 더 이상 예전처럼 현실을 확정하지 못한다는 것이다. 또 다른 이유는 리예와 그의 창조자인 우르가 파드미니의 현실에 사는 사람들이 상상할 수 있는 것 이상으로 다중우주를 조작하는 데 아주 능숙하다는 점이다. 적은 뉴욕을 지울 필요가 없다. 그저 뉴욕이 어떤 곳인지 세상이 잊어버리게 하기만 하면 된다. 예술과 다양성, 외부인에 대한 환대와 대담함을 잃는다면 뉴욕은 더 이상 뉴욕일 수가 없다. 그 말인즉슨—

파드미니가 번득이는 깨달음에 놀라 크게 동요하는 사이, 파울루가 한숨을 내쉬며 정적을 깨트린다. "어쨌든 원하는 만큼 실컷 이 도시를 방문해라. 할 수 있다면 지금보다 더 자주 와도 좋고."

잠깐. "어, 날 쫓아내려고 온 거 아니었어요?"

"아니."

파드미니는 어릴 적부터 영어를 말하며 자랐지만 이 언어는 정말 뒤죽박죽이다. 가끔은 같은 영어권 사람들조차 말하는 방식이 서로 달라서 아주 헷갈린다. "그러니까아, 원래는 날 여기서 쫓아내야 하는데 와서는 그 반대로 더 자주 오라고 하는 이유가⋯⋯?"

파울루가 싱긋 웃는다. 파드미니는 처음으로 그에게서 매니와 닮은 점을 발견한다. 두 사람은 모두 겉으로는 놀랍게 세련되고 잘생긴 사내지만 사실 보이지 않는 깊은 곳에는 매우 교활한 본성을 숨기고 있다⋯⋯ 적어도 저렇게 웃기 전까지는. 이들이 — 부디 — 같은 편이라는 게 다행스러울 따름이다.

"너희는 최고회의가 열리길 바랐지?" 미소가 더 커진다. "내가 너무 무능해서 새로 태어난 어린 뉴욕을 제대로 통솔하지 못한다고 판단되면 다음 단계는 징계 조치를 결정하기 위해 정족수 전체를 소집해 회담을 열어야 해."

그제야 이해한 파드미니가 숨을 들이켜며 기뻐한다.

"세상에, 당신 정말 못됐네요."

"고맙군. 그럼 봉 지아*." 파울루가 비꼬듯이 관자놀이에 손바닥

---

* 포르투갈어로 '좋은 아침(bom dia)'의 브라질식 발음.

을 붙여 경례 흉내를 내더니 사라진다.

다시금 내려앉은 적막 속에서 파드미니는 텅 빈 도시를 찬찬히 둘러본다. 그는 자신이 왜 이곳을 사랑하는지 알 것 같다. 여기에는 아직도 개성의 불꽃이 살아 숨 쉬고 있기 때문이다. 찬란한 시절의 자취들. 도시가 죽은 뒤에도 남아 있는, 그 무엇도 파괴할 수 없는 도시의 본질이자 심장. 파드미니가 이곳을 좋아하는 이유는 만일 이 도시의 화신이 사라지지만 않았다면 그와 사이좋게 지낼 수 있는 도시이기 때문일지도 모른다. 만나 보지도 못한 단짝친구의 유령. 많이 괴로웠을까? 그때 도시가 —

잠깐.

잠깐만.

파울루는 그 여자가 도시를 원래 있던 자리에서 다른 곳으로 이동하게 만들었다고 말했다.

그래서 파드미니는 다중우주 전체를 볼 수 있는 기이한 장소로 향한다. 눈앞에서 거대한 빛의 나무가 소용돌이치고 있다. 수십억 개의 분기점 가지가 만들어 내는 프랙털 구조. 각각의 가지마다 100경이 넘는 우주들이 자라고 있고 그 모든 우주는 또다시 끊임없이 새로운 세계들을 뻗어 내며 자라고 성장한다. 무한한 마법의 브로콜리. 그리고 보글보글 끓으며 늘어나고 있는 우주송이들 속에, 여기저기 유독 밝게 빛나는 점들이 있다. 도시다. 무한히 펼쳐진 가지들 위에 과실처럼 주렁주렁 매달려 있다. 파드미니는 본능적으로 환한 빛을 발하는 뉴욕의 점 쪽으로 다가가지만, 그 안으로 돌아가는 대신 바로 앞에서 멈춰 인식의 다른 면을 풀어내기 시작한다. 그에게 내재해 있는 수학 여왕의 면모다. 다중우주 방정식은 그가 원시 좌표의 패턴을 보고 혼자 고안하기 시작한 임시 방정식밖에 없지만……

좌표가 달라졌다.

파드미니가 잘못 기억하고 있는 건 아닐까? 아니야. 숫자도 그렇지만 뉴욕이라는 별은 보통 뚜렷이 식별되는 세 갈래 가지 근처에 있다. 송이송이가 붙은 나무의 꼭대기 부분은 끊임없이 변화하지만 분기점인 가지는 그렇지 않다. 게다가 파드미니가 세 갈래로 갈라진 익숙한 가지를 발견했을 때, 이상하게도 그곳은 2016년에 가이 피어리*가 미국 대통령에 당선된 세계들 뭉치에 가려 잘 보이지가 않는 상태다. 지금 뉴욕은 그보다 더 아래쪽에 있는 구부러진 가지 근처에, 제3차 세계 대전을 앞두고 있는 세계들의 덩어리에 더 가까이 있다.

파드미니는 거의 반사적으로 거대디딤으로 물러나 자신의 방으로 돌아온다. 너무 난데없이 이동하는 바람에 하마터면 넘어질 뻔하지만, 그건 부분적으로 현실로 돌아오자마자 책상으로 걸어가려 했기 때문이기도 하다. 그는 떨리는 손으로 그래프용 종이 한 장을 움켜쥔다. 파드미니는 확신이 필요할 때 손으로 숫자를 계산하며 마음을 진정시키는 습관이 있다. 방정식에 포함시켜야 할 변수가 있다는 건 안다. 사람들의 믿음이 미치는 영향이나 그에게 익숙지 않은 다른 조건하에 서로 다른 수준의 나무들이 존재하는지의 여

---

*미국의 유명 셰프이자 음식 프로그램 진행자.

부와 같은 것들. 하지만 누군가 — 그러니까 파드미니가 — 이 모든 광기를 계량화할 수 있는 방법으로 인코딩하는 수단을 알아낼 때까지 할 수 있는 일이라곤 도시의 좌표를 그들의 원점과 비교해 그려 보는 것뿐이다…….

그래프가 곡선으로 휘어지고 있다.

도시가 움직이고 있다. 그리고 시간이 지날수록 속도가 가속화되고 있는 중이다. 다시 말해 도시가 추락하고 있다. 나무의 몸통을 향해, 그리고 불가능할 정도로 눈부시게 빛나는 뿌리를 향해.

죽은 도시에서 느꼈던 평화로운 감정은 이제 없다. 파드미니는 동료들에게 문자를 보내러 황급히 전화기를 꺼낸다. 손가락이 땀에 젖어 키보드 화면에서 자꾸 미끄러지는 바람에 도저히 문자를 칠 수가 없어 결국은 음성 인식으로 전환해 소리 내어 말해야 한다.

"저기요, 여러분? 우리 전부 다 곧 죽을 거예요. 알려 줘야 할 거 같아서요."

8장

여섯 번째 자치구

솔직히 베네자는 호보켄에서 뉴욕다움을 많이 찾을 수 있을 거라 곤 생각하지 않는다.

그러니까, 왜 그런 걸 기대해야 하지? 그는 저지시티다. 지리적으로나 문화적으로나 뉴욕과 너무 가까워서 공식적인 주 경계를 형이상학적으로 무의미하게 만드는 뉴욕의 또 다른 교외 지역 말이다. 거리상으로 호보켄은 저지시티보다도 더 뉴욕에 가깝다. 맨해튼 서쪽 허드슨 강 바로 건너편에 있는데 직선거리로 따지면 2킬로미터도 안 된다. 그렇지만 베네자는 호보켄 "시내" 전체보다도 차라리 저지시티에서 가장 황량하고 쥐가 들끓는 구석탱이가 훨씬 더 뉴욕다움으로 넘친다고 생각한다. 맥락을 생각해 보면 시내라는 단어 자체도 웃긴다. 호보켄은 저지시티보다도 더 본질적인 '저지다움'에 집착하는 뭔가 있다. 뉴욕에 예술가와 정신없이 바쁜 자영업자, 그리고 관광객이 있다면 호보켄에는 "두드(dude)"와 "브로(bro)"를 입에 달고 거들먹거리는 젊은 백인 청년들이 있다. 구글에 다니는 통근자나 맨해튼에 산다는 허세보다 값싼 임대료를 선택한 월스트리트의 금융업자도 있다. 물론 호보켄 전체가 "남성주의 문화"에 물들어 있는 건 아니다. 많은 호보켄 사람들은 예술가부터 뉴욕에서 쫓겨난 중산층 가정, 그리고 블루칼라 노동자와 은퇴자에 이르기까지 어떤 부류의 "브로"도 아니니까. 개인적으로 베네자는 저지시티와 호보켄의 차이점이 전망, 즉 관점에 있다고 생각한다. 약간 더 남쪽에 위치한 저지시티에서는 로어맨해튼과 그 뒤편에 있는 브루클린과 퀸스의 암울한 산업적 경계를 볼 수 있는 반면, 호보켄에서는 수백만 달러짜리 고급 아파트와 건축적인 실험을 가미한 공원, 그리고 타임스 스퀘어가 보인다. 저지시티 사람들은 뉴욕에서의 성공을 꿈꾼다 하더라도 거기에 어떤 대가가 수반되어야 하는지 안다. 호보켄 사람들은 뉴욕에 대해 관광객과 똑같은 환상을 품고 있고 거기에 더해 쉽게 닿을 수 있다고 느낀다.

(음, 어쩌면 조금 편견이 가미돼 있는지도 모르겠다. 하지만 베네자는 저지시티다. 호보켄을 싫어하는 게 그의 일인걸.)

베네자는 지금 볼일을 보러 호보켄에 와 있다. 브루클린의 선거운동 때문에 앞으로 더 많은 디자인 일을 하게 되리라는 사실을 감안해 집에서 쓰는 모니터를 더 좋은 것으로 바꾸기 위해서다. 호보켄에는 좋은 컴퓨터 상점이 많고, 그는 온라인으로 주문하거나 대형마트를 이용하기보다 개인 상점을 뒤지는 편을 선호한다. 어쨌든 도시 밖에 있는데도 도시가 느껴지는 건 이상한 기분이다. 더운 날 물풍기에서 1미터 떨어진 곳에 앉아 있는 기분? 피부에 그럭저럭 바람이 닿고 약간 시원한 기분이 들기는 하는데, 그래도 덥고 답답하고 끈적끈적하다. 반면에 뉴욕의 살아 있는 자치구 안에 있는 것은 성능 좋은 중앙 냉방을 쐬는 것과 비슷하다.

그치만 지금처럼 호보켄에 있을 때는? 물풍기 옆에서 버티는 중인데 아주 간혹 뉴욕에서 불어오는 시원한 바람이 느껴지는 정도다.

베네자는 전에도 이렇게 혼란스러운 기분을 느껴 본 적이 있다. 화신이 되기 전, 저지시티에 있을 때다. 그때만 해도 그저 대수롭지 않게 넘겼다. 환각 버섯을 먹었을 때처럼 간헐적으로 떠오르는 이미지들. 닉스 시합 티켓이나 맨해튼 헨지에 대해 불쑥불쑥 솟는 갈망이 종말이 임박했다는 경고일지 누가 알았겠어? 하지만 지금, 베네자는 또다시 그 기분을 느끼고 있다. 지하철 공연자가 "쇼타임!" 하고 외치는 소리. 너츠포너츠 카트에서 풍기는 넌더리 나게 달콤한 냄새, 혀끝에서 느껴지는 파파야킹의 핫도그 맛. 항구로 이어지는 길을 건너다 문득 고개를 들어 높이 솟은 뉴욕의 고층빌딩을 바라본 순간, 쌍둥이 건물이 무너지는 환상이 눈앞을 스쳐 간다. 호보켄은 그때 맨 앞자리에서 그 광경을 목격했을 것이다. 어떤 경험들은, 심지어 간접적인 것일지라도 도시 전체를 바꿀 만큼 어마어마한 영향을 끼친다. 호보켄에게 그 사건은 뉴욕-인접 에너지가 점진적으로 축적되기 시작하는 방아쇠가 되었고, 이제 그 에너지는 임계점에 닿기 직전에 이르렀다.

죽이네. 베네자는 머지않아 그의 동료 화신이 될 사람이나 사람들을 찾아 주변을 두리번거리고 싶은 충동에 저항한다. 무엇보다 우선 그는 지금 할 일이 있다. 또 다른 이유는 도시 바깥에 너무 오래 머물러서는 안 되기 때문이다. 이곳에서 그는 취약하다. 베네자는 요즘 굿윌 상점에서 산 금 간 플라스틱 "브래스" 너클과 자유의 여신상 기념품 열쇠고리를 늘 들고 다닌다. 둘 다 구성개념으로 사용하기 적합한 물건들이다. 저지시티는 파운드 오브제 아트*가 꽤 발달했고, 자유의 여신상이 있는 리버티 섬은 관광객 때문에 공식적으로는 뉴욕 시가 관할하고 있지만 실제로는 저지시티에 속한다. 세 번째로, 파드미니의 설명에 따르면 뉴욕은 지금 다중우주 내에서 엄청난 가속도로 미지의 그러나 아마도 끔찍한 운명을 향해 추락 중이다. 만약에 베네자가 새로운 예비 화신을 마주쳤다가 호보켄의 성장을 가속화해서 세상이 망하기 직전에 도시가 뿅 하고 자의식을 갖게 되기라도 하면 어떡해?

그래서 베네자는 고개를 푹 숙인 채 그래픽 카드에 생각을 집중한다. 하지만 패스(PATH)** 열차를 타고 맨해튼으로 돌아가는 내내 이 모든 게 대체 무슨 의미일지 골똘히 생각에 잠긴다.

펜트하우스에 도착했을 때, 그는 처음에 집에 아무도 없다고 생각한다. 그럴 법도 하다. 오늘은 평일이고 매니와 파드미니는 브루클린의 선거사무소에 가 있을 것이다. 벨은 컬럼비아 대학에 있을 테고. 그러다 베네자는 발코니에 닉이 서 있는 것을 발견하고는 발코니로 나간다. "뉴~뉴뉴~뉴뉴~뉴뉴뉴뉴~야아아아아악!"

"저지시티가 돌아왔네." 닉이 대답하더니 몸을 곧게 세운다. 평소처럼 가볍게 손바닥을 찰싹 마주치고 포옹을 나눈 다음, 두 사람은 돌난간에 나란히 기댄다. 화창한 가을날이다. 아직 날은 따뜻하

---

* '발견된 오브제'라는 의미로 일상생활에서 발견한 기성품을 재료로 사용하는 미술 분야.
** Port Authority Trans-Hudson의 약자로 해저터널을 통해 뉴저지와 맨해튼을 잇는 열차이다.

지만 건조한 바람 덕에 곧 추위가 다가오고 있음을 알 수 있다. 공기가 어찌나 맑은지 수 킬로미터 밖까지 환히 내다보이는데 1년 중 다른 때는 결코 볼 수 없는 풍경이다. 베네자는 한참 동안 조용한 분위기 속에서 가을 단풍과 자동차 소음, 그리고 도시 구석구석과 건물 안쪽에서 펼쳐지는 자잘한 인간 드라마를 감상한다. 베네자는 속으로 생각한다. 화신이든 아니든 모든 뉴요커는 신이 된 듯한 기분을 만끽할 수 있지. 높은 옥상과 시간만 있으면 말이다.

"있지. 얘기할 게 있는데." 닉이 앓는 소리를 내고, 베네자는 호보켄에 대해 말해 준다. "그래서, 어떻게 생각해?"

닉은 난간 위에 올려놓은 팔에 턱을 괸 채 베네자의 이야기를 듣고 있다. "뭐에 대해서?"

"내가 방금까지 혼잣말하고 있었냐? 호보켄이 살아나면 우리가 일곱 명이 되는 거냐고. 세상에, 근데 이런 게 계속되면 어떡해? 그다음은 용커스야? 뉴어크? 설마 롱아일랜드까지? 신이여, 우리를 도우소서. 젠장, 난 그것만큼은 절대로 인정 못 해."

닉이 어깨를 으쓱한다. "만일 뭔가 뉴욕이 되어야 한다면, 우리가 어떻게 생각하든 뉴욕이 될 거야. 너희가 튀어나왔을 때 난 심지어 의식도 없었잖아. 내가 어떻게 생각하느냐는 상관없을걸."

닉의 무심한 반응에 베네자가 고개를 절레절레 젓는다. "그래그래, 하지만 우리가 판필로랑 저 여자랑 싸우는 도중에 뉴욕이 변하기라도 하면……" 베네자가 어색한 몸짓을 보낸다.

"뉴욕은 항상 변해. 100년 전만 해도 지금이랑 완전히 달라서 알아보지도 못할걸. 크기는 3분의 1도 안 됐고, 농장이랑 씨발것투성이였지. 비행선이랑 뭐 그런 씨발것들. 화신도 유럽에서 온 이민 자였을걸. 노예나 신식 여성이었을 수도 있고……." 닉이 웃음소리를 내더니 이내 어깨를 으쓱한다. "뉴욕이 왜 더 일찍 깨어나지 않았는지 생각해 봤는데, 내 생각으론 도시가 존나 빨리 변해서 그런 것 같아. 깨어나려고 기지개를 켰다가도 너무 금방 바뀌어서 다시 잠을 자야 했던 거지. 말하자면 뉴욕이 기본적으로 동질한 문화를 30년 이상 유지한 게 지금이 처음인 거야. 지금도 봐, 우리 여섯이 드디어 함께 눈을 떴는데 스태튼을 잃었잖아." 닉이 고개를 흔든다. "아직도 그것 땜에 열 받아 죽겠어."

"뭐, 진짜?"

"어. 당연하지. 스태튼아일랜드는 항상 뉴욕이었어. 자기들이야 늘 저지가 되고 싶다고 떠들어도……" 닉이 웃음기 없이 피식 웃는다. "씨발, 저지는 그 개자식을 원하지 않는다고. 뉴욕 밖에 있는 사람들은 왜 여길 안 떠나느냐고 하지. 더 싸고 깨끗한 곳으로 이사 가면 그만 아니냐고. 하지만 뉴욕 사람들이 자기네 작은 마을로 이사 와서 조용히 숨어 살며 돈만 쓰는 게 아니라 뭐라도 하나 해 보려고 하잖아? 당장 산탄총을 들고 우리를 왔던 곳으로 쫓아내려고 달려들걸."

베네자는 닉의 말을 곰곰이 생각한다. 그리고는 새로 독립한 스태튼아일랜드의 화신을 떠올린다. 그들이 만났을 때 베네자는 의식을 잃고 있었다. X차원에서 온 괴물의 간식거리로 잡혀 있었기 때문이다. 브롱카는 스태튼아일랜드에 대해 베네자보다 나이는 약간 더 많지만 자신의 마땅한 권리라고 여기는 분노의 이면에서 왠지 모를 미숙함과 두려움이 뿜어져 나온다고 표현했다. 스태튼을 아직 만난 적은 없지만, 베네자는 그런 유형의 여자들을 안다. 완성형 캐런으로 가는 길에 있는 젊은 베키들.* 베네자가 혼혈 특유의 고불고불한 머리카락을 만지지 말라고 하자 선생님께 조르르 달려가 일러바치던 애들. 대학생 때 베네자가 집에 갔다 돌아올 때마다 기숙사 방 안에 방향제를 반 통이나 뿌려 대던 룸메이트. 마침내 베네자가 그런 행동에 대해 불만을 제기하자 룸메이트는 베네자가 자신을 위협한다고 비명을 지르기 시작했고, 다음 날 바로 이사를 가는 바람에 베네자는 남은 학기 동안 방을 혼자 쓰는 추가 비용을 지불해야 했다.

근데도 닉은 그런 사람을 돌려받고 싶어 한다고? 아니야, 개인적인 이유 때문이 아니지. 닉은 그저 스태튼아일랜드의 실룩거리는 외국인 혐오마저 뉴욕임을 인정하는 것뿐이다. 좋든 싫든 그것 역시 뉴욕이기에.

"초기 여론조사를 보면 스태튼은 전반적으로 판필로를 지지하더라." 베네자가 말한다. "그러니까 원래 거기가 공화당 쪽이긴 한데, 판필로는 진짜로 '스태튼아일랜드의 분리'를 공약으로 내세웠거든."

"어, 그쪽은 항상 뉴욕에서 나가고 싶어 하지. 누가 그런 헛소리에 신경 써 준다니 좋겠네."

베네자는 조금 주춤한다. "되게 쿨하게 말한다, 너. 판필로가 이기기라도 하면 어쩌려고."

---

* '캐런'은 차별적 언동을 하거나 무례하게 구는 백인 중년 여성의 전형을 비하하는 표현이며, '베키'는 더 젊은 층을 가리키는 표현이다.

"일어날 일이면 일어나겠지. 내가 어떻게 생각하든 간에." 닉이 또다시 어깨를 으쓱한다.

베네자는 닉을 물끄러미 응시한다. 그는 닉의 태도를 이해할 수가 없다. 하지만 이래서 닉이 브루클린의 시장 선거를 돕지 않기로 선택한 건지도 모른다. 숙명론인 걸까? 우울증? 아님 그는 실제로 중립적인데 자신이 그걸 부정적으로 받아들이는 건 아닐까? 어쩌면 닉이 말한 그대로일 수도 있다. 뉴욕은 변화 그 자체다. 뉴욕이 닉을 가장 먼저, 그들 중에 가장 중요한 화신으로 선택한 것도 그가 언제든 금방 스스로 일어날 수 있기 때문에, 진실을 있는 그대로 받아들이는 능력을 갖고 있기 때문인지도 모른다.

하지만 이 도시는 또한 베네자를 화신으로 선택했고, 그는 근거 없는 망상과 편견에 빠진 인간들이 그의 도시를 망가뜨리는 걸 가만히 보고 있지만은 않을 것이다. 그는 좌절감에 신음하며 닉을 놔두고 집 안으로 들어간다.

그때 한 가지 생각이 떠오른다. 하지만 너무 골똘히 생각하지는 않는다. 왜냐하면 그게 바로 베네자가 최고의 아이디어를 숙성시키는 방법이니까. 창의성이 저절로 흐르게 내버려 두는 게 제일 좋다. 에너지를 특정한 방향으로 유도하려고 일부러 손을 대면 창의성이 가로막힐 뿐이다. 베네자는 컴퓨터 앞에 앉아 새로 산 그래픽 카드를 설치하지도 않고 바로 일에 착수한다. 그가 염두에 두고 있는 것은 간단하다. 유료 사진을 몇 장 구입하고, 직접 찍은 사진 중에서 얼굴이 보이지 않는 것들을 가려내고, 참고자료와 글꼴과 핵심 테마를 이리저리 갖고 놀아 본다. 일을 마쳤을 무렵 밖은 어두컴컴하고 허리도 아프지만, 의자 뒤로 등을 기대며 스트레칭을 한다. 베네자는 도시와 자기 자신을 위해 의미 있는 일을 해냈다. 그는 존나 끝내준다.

원래대로라면 브롱카에게 보여 주고 의견을 묻거나 아니면 브루클린한테 보여 주고 전략적 광고를 뿌릴 자금을 얻어 내야 하지만……. 베네자는 바로 "보내기"를 누른다. 개인 인스타그램과 트위터와 다른 모든 곳에 올린다. 어떤 것들은 실제로 선거 운동과 관련이 있다고 해도 오직 선거 운동하고만 관련이 있는 건 아니다.

그런 다음 저녁식사를 준비한다. 직접 만든 감자튀김과 이탈리아 핫도그. 거기에 그래픽 카드를 구한 뒤에 산 피자빵까지 더하면 완벽한 노스저지의 주식이다. 저녁을 먹고 침대에 들어간 베네자는 갓난아기처럼 단잠을 잔 후 아침에 비틀거리며 일어나 여느 때처럼 잠을 깨는 절차를 거친다. 엄청난 양의 커피를 배 속에 쏟아붓고 뇌가 잠에서 완전히 깰 때까지 주변 사람들에게 어린애처럼 짧고 단순한 문장만 사용하는 것이다.

그러고 났더니 베네자의 비몽사몽한 모습을 좋아하는 벨이 전날 밤 매니가 집에 들어오지 않아 걱정이 된다고 말한다. 그 말인즉슨…… 흠. 매니는 죽여주게 섹시하다. 만약에 베네자가 청부살인 업자 같은 데 환장하는 부류였다면 앞뒤 안 보고 달려들었을 거다. 그치만 매니는 다른 사람 침대에서 아침 먹는 걸 그다지 좋아하지 않고, 특히 그가 닉에게 열을 올리고 있다는 점을 생각하면…… 확실히 걱정할 일이 맞다. 더구나 이유는 모르겠는데 도시의 신기한 마법의 힘을 뻗어도 매니가 "느껴지지" 않는다. 죽은 건 아니다. 맨해튼에 연기가 모락모락 올라오는 화산 구덩이가 생기지 않은 건 확실하니까. 전에 파드미니가 그런 것처럼 일시적으로 화신이 아니게 된 것도 아니다. 맨해튼 섬이 존재한다는 사실을 기억해 내는 데에도 아무 문제가 없다. 하지만 그럼에도…… 매니가 사라졌다.

닉은 아침마다 그렇듯 아침식사용 바에서 어린이용 시리얼을 우물거리고 있다. 하지만 베네자와 파드미니가 매니가 사라졌는데 어떻게 해야 하는지 묻자 닉은…… 아무 말 없이 의자에서 일어나, 방으로 들어가, 문을 굳게 닫아 버린다. 어라? 우와. 매니가 사라진 것과 마찬가지로 닉의 반응에도 여러 층위의 의미가 있을 수 있지만 그중 가장 위에 있는 게 뭔지 볼 수 없다면 베네자는 바보일 거다.

뭐, 결국 매니가 스스로 나타나길 기다리는 것 말고는 할 수 있는 일이 없다.

베네자는 오늘 다른 임무가 있다. 목요일은 쉬는 날이다. 브롱크스 아트센터에서 급여가 인상되고 정규직이 된 덕에 복지후생도 누리게 됐지만 예술가들이 회사원처럼 아침부터 저녁까지 꼬박꼬박 일하는 건 아니기 때문에(사실 유연하게 작업할 수 있는 달가운 직장을 얻을 때까지는 그렇게 일하긴 하지만) 베네자는 여전히 주 4일 10시간씩 일한다. 오늘처럼 화창한 목요일, 창의적인 목적과 자기 도시에 대한 걱정으로 넘치는 베네자는 닉이나 다른 도시 동료들 중 누구도 시도할 것 같은 일을 하기로 결심한다.

그는 어젯밤 스태튼아일랜드의 화신인 아이슬린에게 DM을 보냈다.

연락처를 알아내는 건 별로 어렵지 않았다. 몇 달 전에 있었던 그

무시무시한 날에 공식적으로 인사를 나누지도 않았건만 신기하게도 뉴욕의 모든 화신은 아이슬린의 이름을 안다. 도시의 마법을 이해하지도 못하면서도 서로를 발견할 수 있었던 것과 비슷한 이치일 거다. 아이슬린의 인스타그램 계정은 팔로워가 세 명뿐이고, 게시물은 스무 개 정도다. 대부분의 사진에는 '좋아요'가 하나도 없다. 사진은 대개 아이슬린이 좋아하는 게 분명한 스태튼아일랜드의 풍경들이다. 사람 하나 없이 텅 빈 해안가, 널따란 잔디밭, 예쁘장한 가로수가 있는 거리 양쪽에 줄지어 늘어선 복층 주택 같은 것들. 아이슬린이 찍힌 사진은 딱 한 장뿐인데 도서관 같은 곳에서 다른 사람들과 함께 찍은 단체 사진이다. 모두들 카메라 앞에 서서 활짝 웃고 있는데 아이슬린 혼자 한쪽 구석에 수줍게 서서 보일락말락 한 미소를 짓고 있다. 베네자는 디지털 예술가의 날카로운 눈으로 사진 속 아이슬린이 몸매는 더 날씬해 보이게 하고 머리카락 색은 더 밝게 하기 위해 몇 개의 인기 있는 필터를 거친 것을 알 수 있다. 이 아가씨는 자기 외모를 별로 좋아하지 않는군. 흠.

아이러니한 사실은 뉴욕의 사진이 여섯 장이나 있다는 것이다. 대부분은 맨해튼이지만 한 장은 브루클린이고, 다른 한 장은 이런, 이런, 저지시티 쪽 항구다. 그 사진을 보자 아이슬린에게 연락하지 않을 수가 없었다.

그래서 지금 베네자는 다운타운행 1호선을 타고 와서 11시 30분 페리에 타고 있다. 배 여행은 지루하다. 그는 난간에 기댄 채 출렁이는 물결을 바라보며 관광객들이 (저지시티의) 자유의 여신상을 보고 내뱉는 감탄사를 듣는다. 나중엔 UPS 유니폼을 입은 젊은 흑인 남자 옆에 앉게 됐는데, 남자는 기회를 틈타 밀린 잠을 보충 중이다. 그러다 어느 순간 UPS 직원의 몸이 베네자를 향해 기울기 시작하자 어깨 정도라면 흔쾌히 빌려주기로 결심한다. 하지만 남자가 무심결에 자세를 바로잡더니 고개를 푹 숙이고 코를 골기 시작한다. 저런 태평한 모습을 보아하니 저 남자는 진짜배기 스태튼아일랜드 사람이다. 붙어 있는 덩굴손도 없고, 리예가 저 섬에서 무슨 짓을 하고 있는지는 몰라도…… 오염된 것처럼 보이지는 않는다. 그저 열심히 일하느라 잠이 필요한 사람일 뿐이다.

세인트조지에서 UPS 사내가 퍼뜩 깨더니 황급하게 배에서 내린다. 집에 가서 편하게 잤으면 좋겠다. 베네자도 페리에서 내리지만 탑승장에서 멀리 가지는 않는다. 닉은 페리 역이 안전한 구역이라고 말했지만 베네자는 그래도 신중에 신중을 기울이는 게 낫다고 생각한다. 게다가 아이슬린에 관한 거라면 최대한 모든 걸 천천히, 덜 공격적으로 유지하는 게 최선이다. 아이슬린이 원한다면 먼저 멀리서 베네자를 확인하게 내버려 두지, 뭐. 이 작은 배신자가 자기한테 주도권이 있는 양 느끼게 해 줘야 한다.

사람들이 다시 페리로 돌아왔을 때는 베네자도 원하는 좌석을 골라 앉을 수 있게 됐다. 맨해튼에서는 사람들이 꽤 많이 탔는데 여기는 승객이 한 줌에 불과하다. 평일이기도 하고 갈 때나 올 때나 대부분이 관광객이다. 다른 사람 얼굴을 흘깃거리는 데 지친 베네자가 멍하니 공상에 잠기기 시작했을 즈음 누군가 맞은편 나무 벤치에 다가와 앉는다.

아이슬린이다. 꼴이 엉망이다. 땀에 흥건히 젖어 있고, 몸은 떨고 있고, 영화에 나오는 뱀파이어처럼 창백하다. 무릎 위 해진 가죽지갑 위에 놓인 손이 움찔거린다. 금방이라도 기절할 것 같다.

"어." 베네자가 입을 연다. 아이슬린의 시선이 그에게 향한다. "괜찮아?"

"괜찮아." 아이슬린이 너무 빨리, 너무 날카롭게 대답한다. 다시 침묵이 내려앉는다. 베네자는 공격적으로 받아들이지 말자고 스스로를 타이른다. 아이슬린의 어깨가 약간 아래로 처진다. "그게. 페리를 탄 게 처음이라서."

"처음······?" 베네자는 서둘러 입술을 깨물고는 얼굴에서 불신 어린 표정을 지워 낸다. 가만 진정해. 천천히 대화하고 섣불리 판단하지 마. 어린애를 다루듯이, 아니면 직장에서 같이 일해야 하는 신경질적인 인종차별주의자를 상대하듯이 대해야 한다. "그래애애애. 어, 페리에 탄 걸 환영해. 첫 경험 축하."

겁 많은 인종차별주의자를 위한 목소리는 효과가 있다. 이제야 아이슬린이 조금은 덜 배에서 뛰어내릴 것같이 보인다. "고마워." 아이슬린이 그다지 즐겁지 않은 웃음소리를 낸다. 몹시 피곤한 기색이다. "드디어 페리를 타 봤다고 엄마한테 말해 주고 싶네. 하지만 엄마는······ 이젠 내 얘기를 못 들으시지."

헉, 인스타그램에 가족 중 누가 죽었다는 말은 없었는데.

"이런 젠장, 삼가 조의를 표합니다."

아이슬린이 잠시 베네자를 빤히 응시한다. 그러더니 이내 시선을 내리깐다. "······고마워."

다시 침묵. 베네자는 대화가 자연스레 풀리도록 내버려 두기로 결심하고는 스태튼아일랜드의 해안선을 바라본다. 섬의 이 지역은 다른 자치구의 북적거리는 동네만큼이나 건물이 빼곡하게 들어서 있다. 하지만 스태튼아일랜드의 다른 지역은 다르다. 베네자는 오래전 엄마와 함께 차를 타고 이곳을 지나던 기억을 떠올린다. 보통은 아빠를 만나러 필라델피아로 가는 길이었다. 넓은 숲과 광활한 푸른 들판, 농장을 보고 충격을 받았던 게 기억난다. 세상에, 뉴욕에서.

"음, 네가 무사해서 다행이야." 아이슬린이 불쑥 말한다.

처음엔 무슨 소린가 싶어 얼굴을 찡그리지만 이내 아이슬린이 왜 그런 말을 하는지 깨닫는다. "아, 맞아. 그래. 괜찮아. 악몽을 몇 번 꾸기는 했지만. 틀림없이 PTSD 때문일 거야. 그리고 완전 아끼는 스웨터에 외계괴물 엉덩이 냄새가 너무 지독하게 배서 미련 없이 버려야 했지. 그치만 뭐, 어쨌든 살았는걸. 더 나쁠 수도 있었으니까."

베네자는 자신이 너무 진솔하게 굴었다는 것을 깨닫는다. 아이슬린이 몹시 불편한 기색이다. 그나마 용케 눈동자를 굴리지 않는 데 성공한다. 이 여자에게서 뭘 바라는지, 솔직히 베네자도 잘 모르겠다. 어쩌면 그가 바라는 게 아닐지도 모른다. 오랫동안 자신의 일부였던 것을 되찾고 싶어 하는 뉴욕의 갈망에 따라 행동하고 있는 것일지도 모른다.

페리의 출발을 알리는 경적이 울린다. 아이슬린이 너무 심하게 몸을 흠칫하는 바람에 베네자도 똑같이 놀라 튀어 오르고 만다. 배가 움직이기 시작한다. 아이슬린은 물 쪽을 쳐다보지도 않는다. 반대편 해안선도 자유의 여신상도, 그 무엇도 쳐다보지 않는다. 그저 자기 핸드백에만 시선을 고정하고 있을 뿐이다. 어⋯⋯그래.

"왜 날 만나러 온 거야?" 베네자는 진심으로 궁금하다. "그, 저기, 배를 진짜로 무서워하는 거 같아서."

"배는 괜찮아. 지금 가는 쪽으로만 가지 않으면."

"잠깐만. 그럼…… 시티가 무서운 거야?" 베네자는 웃고 만다. 아이슬린이 오만상을 지으며 그를 매섭게 노려본다. 지갑을 쥔 손에 힘이 들어간다. 자기의 비이성적인 공포를 비이성적으로 취급하는 걸 안 좋아하는군. 그게 아니면 베네자가 자기 지갑을 훔칠 거라고 의심하는 걸지도. 베네자는 이 나약한 여성 주변에서 조심스럽게 탭댄스를 추는 게 벌써부터 지겨워진다.

"시티에선 나쁜 일이 일어나." 아이슬린이 턱에 주며 말한다. "항상 그래. 너도 아니라고 말할 순 없을걸. 내가 이유 없이 무서워하는 것도 아니잖아."

"그래서? 넌 네 자치구가 특별하다고 생각해? 시티에서 안 살아서 하느님 감사합니다. 거기선 벽 너머로 비명이 들린다죠. 그런 데선 못 살아요?"

"그런 게 아냐."

"아냐?"

"아니야! 우린 뉴욕의 다른 지역하곤 달라. 우린 항상 더 나아지려고 노력한단 말이야!"

베네자가 황당하다는 표정으로 아이슬린을 빤히 쳐다본다.

"너 정말로 다른 자치구 사람들은 그런 노력을 안 한다고 믿는 거야? 맙소사, 제발 울지 마."

불행 중 다행히도 아이슬린은 얄미운 백인 여자들 특유의 울음을

100퍼센트 터트리지는 않는다. 약간 훌쩍이더니 핸드백을 뒤져 떨리는 손으로 휴지를 눈가에 대고 톡톡 두드리는 정도다.

"미안해. 난 그냥…… 그렇게 말하니까 스태튼아일랜드가 이상한 곳 같잖아. 꼭……."

"뉴욕의 일부분인 것처럼?" 베네자가 차갑게 미소 짓는다. 좋아. 장갑을 내던질 시간이다. "세상에, 너 진짜 우리 아빠 같다."

아이슬린은 그 말에 약간 충격을 받은 것 같다. "내가…… 뭐?"

"우리 아빠도 백인이거든. 포르투갈계라 자기는 아닌 척하지만 내가 지난번에 확인해 봤을 때만 해도 포르투갈은 유럽이었으니까. 우리 아빤 필라델피아 외곽에 있는 교외 지역에 사는데, 아마 세상에서 제일 지루한 곳일 거야. 그만큼 지독히 인종차별적인 곳이기도 하고. 하지만 표면적으로는 꼭 1950년대 시트콤에서 튀어나온 곳 같지. 튀는 곳 하나 없이 깔끔하게 정돈된 잔디밭, 어느 집이든 반짝이는 새 차를 몰고 애들은 전부 축구를 하거나 체조를 하지. 학교도 좋고. 근데 그거 알아? 거긴 대서양 중부 지역에서 아편계 마약의 온상이란다. 펜타닐, 헤로인, 뭐든 가리지 않지. 총격에, 강도에, 음주운전은 발에 치일 정도로 많고. 근데 아빤…… 그런 걸 못 봐. 범죄 통계는 쳐다보지도 않고, 내가 차라리 뉴욕이 더 안전하다고 아무리 말해 봤자 들은 척도 안 하지. 그건 아빠가 생각하는 세상이랑 다르니까." 베네자가 앞으로 몸을 기울이자 아이슬린이 움찔거리며 몸을 뒤로 뺀다. "넌 스태튼아일랜드를 사랑하지? 잘됐네. 그러지 않을 이유가 없지. 근데 우리보다 더 나은 척은 하지 마. 진짜 그런 것도 아니면서." 점잖고 외교적인 방식은 끝났다. "그리고 우리를 배신할 이유가 있는 것처럼 굴지도 말고."

아이슬린이 믿을 수 없다는 듯이 신음한다.

"너희들이 우리 집에 쳐들어왔잖아. 너희가 날 공격했어."

"난 그때 정신을 잃고 인질로 잡혀 있었거든요? 그리고 누가 널 공격했다고 그래? 그냥 이야기를 하러 간 것뿐인데, 수백만 명을 구하는 걸 도와 달라고 부탁하러 간 것뿐이라고! 근데 네가 그들을 공격했잖아! 네 절친 대신에, 장난 삼아 우주를 죽이고 다니는 거대한 촉수 괴물 편을 들면서 말이야!"

아이슬린이 뒤로 물러앉더니 화가 나 씩씩거리며 고개를 픽 돌려 버린다. "아무래도 괜히 온 것 같아."

베네자가 웃음을 터트린다. "그래, 어쩌면." 고개를 저으며 몸에서 힘을 뺀다, 지금 느끼는 좌절감 중 어느 정도는 자기 자신을 향한 것이다. 베네자는 이런 사람들과 대화하면서 냉정함을 잃지 않는 방법을 안다. 하지만 이상하게도 오늘은 그게 영 안 된다. 부분적으로는 그들이 지닌 도시의 특성 때문일 것이다. 도시 전체로서의 뉴욕은 스태튼아일랜드에 대해 그리 깊이 생각하지 않는다. 아마 그래서 베네자가 오늘따라 참을성을 발휘하지 못하는 것일 테다. 하지만 아버지 생각을 하니 기분이 더 더러워진다. 베네자의 아버지는 한결같이 흑인 여자를 좋아하는 백인 남자인 주제에 "깜둥이"라는 말을 입에 달고 살고, 베네자가 보러 갈 때마다 "경찰 목숨도 소중하다"* 티셔츠를 입고 있는 인간이다. 문자 그대로 안전하

---

* 흑인 인권 운동 "흑인의 목숨은 소중하다(Black Lives Matter)"에 대항해 우파들이 내세우는 슬로건.

고, 강한 백인들로 가득한 환상의 나라에 살고 있는 그는 베네자가 "너무 예민"하고 "스스로 더 강해지려고 노력"해야 한다고 생각한다. 하지만 그래도 베네자는 꾸준히 아버지를 만나러 간다. 왜냐하면 어쨌든 베네자의 친아버지고, 어떻게든 좋은 관계를 유지하는 게 맞는 것 같으니까……. 그렇지만 요즘에는 점점 더 이 선택에 의구심을 느끼는 중이다. 인간관계가 유지되려면 양쪽 모두의 노력이 필요한 법이다. 그런 점에서 아이슬린은 베네자의 아버지처럼 꽝으로 보인다.

하지만 베네자가 남은 시간 동안 신중하고도 의도적으로 아이슬린을 무시하려고 막 전화기를 꺼낸 순간, 아이슬린이 불쑥 말한다.

"걔가 모든 걸 바꾸려고 해."

여기서 걔가 가리키는 건 한 명뿐이다. "무슨 뜻이야?"

아이슬린이 심호흡을 한다. 그러더니 놀랍게도 단호한 시선으로 베네자를 똑바로 응시한다.

"처음엔 나를 이해해 주는 줄 알았어. 난 내 섬을 안전하게 지키고 싶었을 뿐이야. 하지만 너희의 일원이 되면 그 반대가 될까 봐 두려웠던 것 같아. 그런데 지금은 걔가 모든 걸 바꾸고 있어. 내 가족, 친구들, 전부 다…… 그래선 안 되는데……" 베네자가 이 갑작스러운 고백을 이해하려 애쓰는 사이, 아이슬린의 얼굴이 순수한 분노로 일그러진다. "걘 심지어 우탱클랜도 안 좋아해!"

그건. 우와. 베네자는 말없이 눈을 깜박인다. 아랫입술을 꼭 깨문다. 하지만 도움이 안 된다. 베네자는 저도 모르게 히죽 웃고 만다.

"이야, 세상에, 그건 정말 못쓰겠네."

아이슬린은 그제야 자신이 한 말이 얼마나 우스꽝스럽게 들리는지 깨달은 것 같다. 아이슬린이 베네자를 따라 키들거린다. 약한 웃음소리에는 진심이 묻어 있고, 어깨가 축 처진다.

"……그래, 엉망이지."

그때 아이슬린의 작은 불평에 담긴 함의가 베네자를 강타한다.

"아니, 잠깐. 세상에나 만상에나. 너 나한테 도움을 요청하러 온 거구나?"

그 즉시 아이슬린의 미소가 실종된다. "아니거든."

베네자가 어이없다는 듯 눈동자를 굴린다. "완전 그랬거든? 방금 그 여자가 네가 감당할 수 없을 만큼 너무 많은 걸 바꾸고 있다고 고백한 거잖아. 그 여자는 결국 스태튼아일랜드도 다른 모든 것들이랑 똑같이 날려 버릴 거야. 근데 넌 이제야 눈치챈 거지? 근데 왜? 그때 우리를 쫓아낸 것처럼 그 여자도 섬에서 쫓아내면 되……" 아, 빌어먹을. "못 하는 거구나. 그렇지? 너 혼자선 못 하는 거야."

아이슬린은 묵묵히 베네자를 쳐다본다. 아랫입술이 떨리고 있다. 순간적으로 베네자는 이제 다 됐다고 생각한다. 꾸불탱년은 동맹군을 잃고, 뉴욕은 남은 자치구를 얻고, 다중우주는 안정화되고, 모든 게 다 해결될 거다. 할렐루야.

바로 그 순간, 페리 옆 깊은 물속에서 지하철 열차만 한 하얀 촉수가 느닷없이 솟구친다.

햇빛이 가려 어두워질 정도다. 창백한 비늘로 덮인 이 괴물은 둔하고 앞이 안 보이는 뱀보다는 두족류의 다리에 더 가깝다. 페리선이 격렬하게 요동치자 사람들이 탄성을 지른다. 하지만 베네자와 아이슬린은 황급히 난간 쪽으로 뛰어간다. 갑판에 있는 승객들은 저게 보이지 않는 게 확실하다. 하지만 상갑판에서는 누군가 소리치는 게 들린다. 선원들은 저게 보이는 모양이다. 저들이 뭔가를 해야 한다면 저것을 볼 수 있어야 하기 때문에. 도시의 마법은 필요에 따라 작동한다. 그 외 상관없는 사람들은 그저 꺅꺅거리거나 갑판 위로 물보라가 몰아쳐 뉴욕 항의 신선한 A급 바닷물을 뿌려 대도 신난다는 듯 웃음을 터트릴 뿐이다.

"어머, 젠장." 아이슬린이 눈을 휘둥그렇게 뜨며 말한다. 베네자도 처음으로 그의 말에 공감한다.

"씨발, 저게 어떻게……" 물소리가 너무 시끄러워서 소리를 질러야 한다. 촉수가 안 보이는 주변 승객들이 베네자를 이상한 눈초리로 흘겨본다.

"우리가 아직 스태튼아일랜드 쪽에 있나 봐!"

아이슬린도 똑같이 소리 지르며 대답한다. 얼마나 큰 실수를 저질렀는지 깨달은 베네자의 가슴이 철렁 내려앉는다. 페리선과 페리역은 리예의 영향이 닿지 않지만…… 스태튼아일랜드의 나머지 부분은…… 그리고 항구 아래 해저에는 스태튼에 속하는 조각들이 수없이 흩어져 있다. 게다가 파울루가 말한 것처럼 물은 오래전부터 적의 통로 역할을 했다.

촉수의 끝부분이 거대하고 통통한 게의 집게발 같은 모양으로 갈라지더니 빙글빙글 돌기 시작한다. 옙, 그리고 페리를 향해 다가오고 있다. 저걸로 아이슬린을 붙잡아 흰옷의 여자한테 갖다 바치기라도 할 건가? 아니면 페리를 두 동강 내서 전부 익사시키려고? 베

네자는 허둥지둥 플라스틴 키체인을 찾아보지만 공포 때문에 머리
는 멍하고 자유의 여신상을 기반으로 사용할 구성개념을 떠올릴 정
신도 없다.

그때 이쪽으로 다가오던 촉수 끝이 뭔가에 부딪친다. 페리가 아
니다. 조타실에서 한 3미터쯤 위 허공에서 갑자기 뚝 멈춘다. 유리
나 보이지 않는 방어벽 같은 데 부딪친 것 같은 모양새다. 통통한
집게발이 벌어지며 다시금 돌격한다. 으익, 엄마야, 저 가운데에 작
은 이빨이 다닥다닥 난 입이 있잖아. 꼭 무슨 칠성장어처럼. 촉수가
보이지 않는 벽을 더듬거리며 뚫고 들어오려 할 때마다 쉭쉭 거친
소리가 난다. 다리 중 하나에서 갑자기 연기가 피어오르는가 싶더
니 움찔거리며 떨어진다.

베네자는 그제야 이해하고 웃음을 터트리고는 촉수를 향해 고함
친다.

"못 하는 거지? 안 그래, 꾸불탱년아! 페리는 뉴욕의 일부거든!"

촉수가 재정비를 하려는 듯이 뒤로 물러나지만 여전히 배 위쪽을
맴돌며 뒤를 쫓아오고 있다. 너무 가까이 접근해서 페리 주변 바닷
물이 소용돌이치며 거의 급류 수준으로 하얀 물거품이 인다. 괴물
다리가 갑자기 파도처럼 굽이치자 페리가 또다시 좌우로 흔들린다.
어찌나 심하게 흔들리는지 베네자가 때맞춰 난간을 붙잡지 않았다
면 넘어졌을 거다. 실제로 승객 몇 명은 거하게 넘어졌다. 미끄러져
갑판 반대쪽 난간에 부딪친 사람들이 비명을 지른다. 베네자는 뒤
늦게 자신의 착각을 깨닫는다. 저놈의 촉수가 실제로 페리에 닿을
수 없든 상관없다. 굳이 저 꾸불꾸불한 손가락으로 튕기지 않아도

배를 뒤집을 수 있으니 말이다.

베네자가 다급히 아이슬린을 쳐다본다. 사람들의 비명과 배의 조난신호, 그리고 물살의 굉음 때문에 고함을 지르지 않으면 의도를 전달할 수가 없지만, 최대한 의미심장하게 눈썹을 치켜올리며 눈짓한다. 네 친구 좀 어떻게 해 보지? 하지만 아이슬린은 거부의 의미로 말없이 고개를 저어 보일 뿐이다. 아무것도 못 해? 안 해? 너무 무서워서? 아, 씨발.

촉수가 비비 뒤틀기 시작하자 또다시 커다란 파도가 인다. 이번에는 아래쪽 갑판을 제대로 강타한다. 베네자는 간신히 제때 난간을 붙잡았다. 하지만 무방비한 아이슬린이 넘어지는 걸 보고는 아이슬린의 손목을 붙들며 욕설을 퍼붓는다. 길고도 긴, 공포로 점철된 시간을 거쳐 페리가 기우뚱 기울어진다. 베네자는 겁에 질려 난간에 매달린 채 아이슬린의 무게에 신음하며 바닥없는 물처럼 보이는 페리선 반대편을 내려다본다. 이미 몇몇 사람들이 물에 잠겨 있다. 한 무리의 사람들은 난간을 붙들고 버티고 있고, 몇 명은 물에 둥둥 떠다니며 패닉에 빠져 있다. 하지만 다음 순간 페리가 균형을 바로잡는다. 베네자는 안도한다. 선장이 스피커로 외친다. "누구 다친 분이나 물에 빠진 분 있습니까?" 곳곳에서 겁에 질린 울음소리와 비명이 터져 나오지만 대부분은 아니라는 대답이다. 박수를 치는 사람도 있다.

기뻐하기엔 너무 이른데. 베네자는 우울하게 생각한다. 싸움은 아직 끝나지 않았어.

발을 바닥에 내리고, 숨을 가다듬는다. 아이슬린은 아무 쓸모도 없으니 모든 건 베네자에게 달려 있다. 촉수가 다시 공격하기 전에 그가 뭔가 하지 않는다면, 그들은 곧 페리선이 뉴욕 항 한가운데서 뒤집어졌을 때 사람들이 얼마나 잘 대처할지 알 수 있게 될 것이다.

잠깐만. 항구? 베네자가 숨을 헉 들이켠다. 주위를 둘러보며 필사적으로 생명줄을 찾는다. 저기, 반갑도록 가깝지만 쓸모없을 만큼 먼 곳에 베네자의 항구가 있다. 산업용 부두와 요트 선착장이 있는 저지시티의 해안가. 수십 년간 저지시티의 경제를 이끌어 온 곳이다. 부두에서 조금 떨어진 곳에는 우중충한 파란색 바지선이 해변에 정박되어 있다. 베네자의 영혼이 그것들을 소환할 준비를 하지만 그 외에도 근접 무기가 필요하다. 브래스너클은 주먹을 날릴 만큼 촉수가 가까이 접근하지 않는 한 쓸모가 없고, 그렇다면…… 아니, 안 돼. 자유의 여신상은 너무 멀다. 「고스트 버스터즈2」처럼 여기까지 걸어오게 만드는 방법도 있지만 시간이 너무 오래 걸린다. 뉴욕인 것, 그리고 가까이 있는 것. 또 무언가를 만들어 낼 수 있는 것. 작은 거라도 좋아. 뭐든, 뭐든——

오오오오오, 잠깐만. 근데 괜찮을까. 좀 이상하긴 한데…… 씨발, 알 게 뭐야. 어떻게든 되겠지.

"물 좋아하니, 꾸불텡아?" 베네자가 소리친다. 그의 도전적인 언행에 집게발이 움찔하더니 방어막을 짓누르며 두 사람의 바로 눈앞까지 접근한다. 무시무시한 모습이다. 하지만 베네자는 촉수 중앙에 있는 이빨 달린 구멍을 쳐다보며 씨익 웃는다. "근데 너, 수작 부릴 항구를 잘못 골랐거든?"

페리 옆 근처 물속에서 뭔가 빙글빙글 돌기 시작한다. 방어막을 더듬던 촉수가 화들짝 뒤로 물러나며 구불구불한 "머리"를 한쪽으로 기울인다. 놀란 것 같은 몸짓이다. 잠시 후, 수면 아래쪽에서 뭉툭한 회색 덩어리가 바글바글 끓어올라 솟구치며 항구 전체에 짭짤한 물세례를 퍼붓는다. 마치 해저에서 신생 화산이 탄생하는 것처럼 순식간에 부풀어 올라 커다란 봉우리를 형성한다. 다만 저 화산을 이루고 있는 게 뭐냐면…….

"저거…… 구, 굴이야?" 흔들리지 않으려고 한쪽 팔로 난간을 휘감고 있는 아이슬린이 당황한 눈빛으로 베네자를 쳐다본다. 하지만 베네자는 웃느라고 제대로 설명할 수가 없다. 완벽해. 자신이 이걸 해냈다는 걸 믿을 수가 없다.

잠시 후, 촉수가 미친 듯이 날뛰기 시작하자 다시 페리가 무섭게 기우뚱거린다. 하지만 이번에는 배를 전복시키려는 게 목적이 아니다. 그보다는 고통에 몸부림치면서, 껍질을 달가닥거리며 촉수의 몸뚱이를 타고 기어 올라오는 굴들의 파도에서 벗어나려고 안간힘을 쓰고 있는 것 같다. 보통 조개류는 벌떼처럼 무리를 짓지 않지만 화신이 방법만 귀띔해 주면 도시의 마법은 무엇이든 할 수 있다.

페리가 제자리로 돌아온다. 이번에도 물보라가 갑판 위로 쏟아진다. 하지만 선장은 페리가 이상하게 안정을 되찾지 못하는 여기보단 앞쪽이 더 안전하다는 사실을 깨닫고는 배를 몰고 전진하기 시작한다. 촉수-뱀은 페리를 따라오지 않는다. 그것보다 더 큰 문제가 있기 때문이다. 수천 개의 굴이 놈의 밑동을 완전히 집어삼키고 머리 부근에는 천연두 자국처럼 다닥다닥 달라붙어 있다. 베네자는 굴이 붙어 있는 주변에 얼룩덜룩하고 보기 흉한 보라색 반점이 생겨난 것을 발견한다. 독이라도 주입한 걸까? 아님 갉아먹고 있나? 혹시 둘 다? 뭐, 저 망할 놈의 자식을 없앨 수만 있다면 무슨 상관이 겠어.

"응, 굴이야." 마침내 베네자가 대답한다. 놈의 격렬한 몸부림을 구경하며 반쯤은 아이슬린에게, 그리고 나머지 절반은 촉수에게 미소 띤 얼굴로 말한다. "이 항구에는 산업혁명 때부터 쌓인 똥이랑 쓰레기가 그득하거든. 얼마나 지독했는지 하구 생태계가 거의 죽을 정도였지. 굴도 수십 년 전에 다 죽어 버렸고. 그런데 몇 년 전부터 저 똥물을 정화하려고 굴을 다시 키우기 시작했어. 그러니까 여기서 네가 뭔지 알겠지, 꾸불탱 쭈굴탱아?"

촉수는 반쯤은 경련 때문에, 그리고 반쯤은 살기 위해 필사적으로 몸을 뒤틀며 칠성장어 같은 입을 하늘을 향해, 아니 리예를 향해 뻗는다. 그들 위에 드리워진 리예의 창백한 회색 그림자 속에서. 어, 안 되는데. 유령처럼 흐릿한 리예의 가장자리에서 뭔가 움직이는 걸 본 베네자의 미소가 사라진다. 하얀 케이블 두 개가 마치 동아줄처럼 이쪽으로 흘러 내려오고 있다. 하나는 촉수를 향하고 있는 게 확실한데, 뭘 하려는지는 모르겠다. 플러그처럼 꽂아서 힘이라도 공급해 주려는 건가? 다른 하나는 페리를 향해 하늘거리며 내려오고 있지만, 몇 미터 정도 떨어진 곳에서 멈춰 살랑거린다. 어딘가 애처로운 데가 있는 몸짓이다. 마치…… 애원하는 것처럼.

"날 찾으러 온 거야." 아이슬린이 말한다. 괴로운 어조다. "걔가…… 내가 돌아오길 바라는 거야."

"아니거든." 베네자의 자치구가 하마터면 잊어버릴 뻔한 것을 다시금 슬쩍 건드려 밀어 준다. 베네자는 이를 드러내며 씨익 웃는다. 손을 펼쳐 들어 올리더니 휘릭 주먹을 쥐어 보인다. "넌 못 데려가. 내가 저 씨발것을 잡았으니까."

안개를 경고하는 경적이 요란스레 울리더니 굴 떼의 포로가 된 촉수에 파란 바지선이 달려가 충돌한다.

순식간에 촉수가 바지선의 뱃머리 아래로 사라진다. 바지선은 페리보다 훨씬, 훨씬 더 크고, 그래서 페리의 순항에 촉수보다 훨씬 더 방해가 되어야 한다. 하지만 이상하게도(왜냐하면 페리는 도시의 일부이고, 항구도 도시의 일부이며, 베네자는 도시이므로, 그리고 도시는 도시를 해치지 않으니까) 수면이 잠잠해진다. 그렇지만 페리 승객들 사이에서는 아까보다 더 많은 비명이 터져 나온다. 안 그래도 불길한 사건을 잔뜩 겪었는데, 바지선의 깜짝 습격이 마지막 지푸라기가 된 것이다. 스피커가 웅웅대며 선장의 목소리를 퍼트린다. "씨발, 방금 그거 봤어? 바지선 블랙 톰, 우리는 더 이상 도움이 필요하지 않다. 반복한다. 도움은 필요 없다. 하지만 젠장, 하느님 맙소사, 난 오늘부터 이거 그만둘 거야. 당장 때려치울 거야." 부디 선장이 좋은 새 직업과 심리치료사를 찾기를.

페리는 계속 전진하며 소용돌이 속에서 빠져나온다. 예인선이 없는데도 거의 워프를 하듯 엄청난 속도로 움직이는 바지선과 힘을 잃고 흐물거리는 리예의 케이블이 뒤로 멀어져 간다. 간단히 말해 바지선이 케이블 발기를 시들게 한 거지. 베네자의 눈앞에서 케이블이 머리 위 도시를 향해 후퇴한다. 두 가닥 모두 처음에는 길고 매끈했는데 지금은 중간중간 꺾여 있다. 촉수도 더는 수면 위로 떠오르지 않는다.

페리 승무원들이 갑판으로 내려와 부상자를 확인하고 배의 손상된 부분을 점검한다. 베네자의 전화기가 메시지로 윙윙거린다. 아마 도시의 힘을 느낀 뉴욕의 다른 화신들일 것이다. 하지만 전화기를 꺼내 보자 화면이 켜지지 않는다. 베네자가 지금 바닷물에 흠뻑 젖어 있는 것을 감안하면 휴대전화가 진동을 한다는 자체가 기적이다. 뭐, 어쨌든 전화기를 바꿀 때가 됐으니까. 베네자는 동료 화신들에게 괜찮다는 걸 알려 주려고 눈을 감고 정신적으로 웃는 얼굴 이모티콘을 보내 본다. 과연 이 방법이 통할지는 모르겠다. 그때 한 남자가 베네자의 옆을 휘청거리며 지나간다. 얼굴은 피투성이에, 굉장히 혼란스러운 모습이다. 베네자와 아이슬린이 서둘러 남자를 돕고, 다른 승객 한 명도 힘을 보탠다. 그는 "응급구조삽니다."라고 말하며 그들이 남자를 부축해 앉힐 수 있게 돕는다.

페리는 그런 분위기 속에서 남은 항해를 이어 간다. 페리선이 항구에 들어서자 승객들이 서둘러 내리려고 우르르 몰려간다. 선장이 다시 스피커를 켜고 배의 손상 여부를 확인하기 위해 운항을 중단한다고 알린다. 하지만 신기하게도 거친 물살을 만나지 않은 다른 페리 한 대가 이미 이쪽으로 오고 있고 10분 안에 도착해 스태튼아일랜드로 가는 승객들을 태울 것이라고 한다.

얼굴이 피범벅이 된 남자가 들것에 실려 나간 후, 베네자는 심호흡을 한 다음 동료 화신에게 몸을 돌린다. 아이슬린은 거의 정신이 나간 것처럼 보인다. 자기 도시를 제 발로 나온 이 셀프-추방자는 분주한 페리역 한가운데 떨떠름하게 서서 커다란 눈망울로 맨해튼

쪽으로 난 창문을 바라보고 있다. 저건 두려움일까 아니면 갈망일까? 어느 쪽이든 베네자와는 상관없는 일이다.

"너도 알지?" 베네자의 말에 아이슬린이 흠칫 놀란다. "그 여자가 너도 죽이려고 한 거. 사람을 골라서 배를 뒤집을 순 없잖아."

아이슬린도 알고 있다. 그의 얼굴을 보면 안다. 하지만 아이슬린은 이를 앙다문 채 고개를 돌려 버린다.

"그럴 의도는 아니었을 거야. 내가 필요하니까."

"그래? 하지만 벌써 네 자치구를 손에 넣었는걸. 어쩌면 네가 이제, 어, 쓸모없어진 걸지도 모르지." 아이슬린의 미간에 주름이 잡힌다. 아주 약간이지만. 귀 기울여 듣고 있다. 그래서 베네자는 계속 밀어붙이기로 한다. "자, 봐. 넌 지금 여기 있어. '시티'에 말이야. 그리고 난 이제 다른 애들을 만나러 갈 거야. 뭔 일이 있었는지 알려 줘야 하니까. 괜찮으면 같이 갈래? 그냥 얘기만 하러 가는 거야."

아이슬린이 고개를 쳐든다. 그러고는 아주 길고 끔찍한 순간, 베네자는 아이슬린의 얼굴에서 순수한 절망을 본다.

"내 가족이 저기 있어." 아주 작은 목소리다. "우리 집도. 내가 아끼는 모든 게 그 여자의 손에 있지. 그리고 난 그들을…… 보호받지 못한 채로 내버려 둘 수는 없어. 그건 안 돼." 아이슬린이 머뭇거리더니 시선을 내리깐다. "그리고 걔도 사람이야. 그냥 조금 문제가 있는 것뿐이지. 모든 사람에겐 친구가 필요해. 누구나 다 말이야."

이런, 젠장.

그래서 베네자는 자리를 뜬다. 어쩔 도리가 없다. 아이슬린은 우주 전체를 멸망시키고 싶어 하는 외계 괴물한테 자기 자치구를 인질로 잡혔다. 그가 친구라고 부르는 외계 괴물한테.

아이슬린은 에스컬레이터가 서로를 시야에서 사라지게 할 때까지 베네자에게서 시선을 떼지 않는다.

그날 밤, 베네자는 어젯밤에 올린 게시물을 확인한다. 조회수 통계를 보자 입이 떡 벌어진다. 베네자는 공식적으로 성공한 바이럴을 만들어 냈다! 그가 만든 로고가 온갖 버전으로 변형돼 문어발처럼 퍼져 나가는 중이다. 오클랜드, 휴스턴, 포틀랜드. 필라델피아 버전을 봤을 땐 웃음보가 절로 터졌다. 아니, 에딘버러도 있네? 이건 또 뭐야, 아일랜드? 아니면 프랑스인가? 나중에 찾아봐야지. 어쨌든 베네자는 하룻밤 새 팔로워가 2만 명이나 늘었고 인스타그램에서는 계정 업그레이드를 받았다. 받은 메일함에는 미디어 사이트에서 보낸 초대장이 세 통이나 들어와 있고, 서브스택*에 가입하라는 초대장, 스위치와 유튜브의 수익화 설정 안내도 있다. 트위터에서는 요청하지도 않은 파란색 인증 딱지도 받았다! 우와, 씨발.

하지만 그래도. 베네자는 온라인 스토어에 로고를 올리고 게시물에 티셔츠와 상품 판매 링크를 첨부한 다음 자신한테 주는 선물로 셔츠 한 장을 주문한다. 오늘 같은 날에는 작은 승리를 축하하는 것도 좋지.

그런 다음 동료 화신들에게 문자를 돌리기 시작한다. 브루클린이 방금 뉴욕은 물론이고 온 세상에 이름을 날리게 됐다는 사실을 알

---

* Substack. 컨텐츠 기반 뉴스레터 유료 구독 서비스.

려 주기 위해서다. 지지 선언(과 기부금)이 쇄도하고 있고 마침내 판필로의 혐오 조장에 대항할 수 있는 강력한 국제적 야합이 이뤄지고 있다. "**뉴욕의 여섯 번째 자치구**"는 이제 시작이다.

9장

개수작을 조심하세요

벨이 뉴욕에 온 지도 몇 달이 지났다. 그는 아직도 도시가 문제인 건지, 아니면 **도시**가 문제인 건지 결론을 못 내리고 있다.

벨은 뉴욕이라는 살아 있는 도시를 그렇게 지칭하고 있다. 볼드체 **도시**. 매니가 나름대로 최선을 다해 뭐가 어떻게 된 건지 설명해 주긴 했다. 그게 펜트하우스로 들어오기 전에 벨이 내건 조건이었으니까. 문제는 설명을 다 들었는데도 아직도 말이 안 된다는 거다. 도시에 영혼이 있다는 부분이 아니다. 좋까, 런던 사람이라면 그런 건 누구나 알고 있으니까. 그가 이해하기 힘든 건 다른 우주인지 어디선지 왔다는 적의 도시다. 참견질 잘하는 백인 여자의 몸을 빼앗고 무시무시한 마법의 풀밭을 자라게 하는 이상한 능력을 가진 적 말이다. 벨은 매니가 그 하얀 풀밭에 현금을 던져 댈 때 바로 옆에 있었다. 이상한 풀들이 괴상망측한 소리를 내는 것도 들었고, 성수에 닿은 흡혈귀처럼 불타 사라지는 것도 봤다. 하지만 지금까지도 그는 자신의 눈을 믿을 수가 없다. 그 일이 있은 지 겨우 몇 주일, 몇 달밖에 안 지났는데 기억은 벌써 흐릿하고 반쯤은 환상처럼 느껴진다. 솔직히 이 도시인간들이랑 한집에 같이 살지 않았다면 인우드 힐 파크에서 그날 겪었던 일 따위는 지금쯤 까맣게 잊어버리지 않았을까 하는 생각도 든다. 매니는 도시가 스스로를 보호한다고 말했다. 필요하다면 평범한 사람도 이상한 현상을 볼 수 있게 해 주고, 필요 없다면 그런 공포를 겪지 않게 해 준다고 말이다. 만약에 다른 사람들이 도시 화신들의 안녕에 얼마나 많은 목숨이 달렸는지 알게 된다면 정부에서 그 뭐지, 특수부대라도 써서 납치한 다음 약을 먹여 이불에 돌돌 싸 놓을지도 모른다. 근데 그게 과연 효과가 있을지는 모르겠다. 다만 벨은 닉이 얼마나 가만히 있지 못하는지, 도시를 얼마나 쉴 새 없이 돌아다녀야 하는지 봐서 안다. 그런 필요가 그가 뉴욕이 된 이유 중 하나라면 닉을 가둬 놓기란 불가능할 거다.

그래서 이제 벨은 할렘의 펜트하우스에서 맨해튼과 퀸스, 그리고 어쩌다 그렇게 된 건지는 모르지만 뉴욕의 일부가 된 저지시티, 그리고 뉴욕 본인과 함께 살고 있다. 가끔 브루클린과 브롱크스도 들르곤 한다.(하지만 스태튼아일랜드는 한 번도 못 봤다. 간혹 다른 뉴욕들이 하는 말로 볼 때 그게 꽤 민감한 주제라는 건 알겠다.)

또 다른 미치겠는 점은, 그들과 함께 사는 게 너무…… 너무 평범하다는 거다. 닉은 교양 없는 인간처럼 맨날 화장실 변기 덮개를 올려놓는다. 가끔 옆에 있을 때면 세상이 마치…… 기울어지는 것처럼 느껴진다고 해야 하나? 이 버릇없고 빼빼 마른 소년은 몸무게가 500만 톤은 되는 것처럼 주변 모든 것을 끌어당기고, 아파트 건물은 마치 마지막 단계에 있는 젠가처럼 흔들거린다. 그래, 뭐. 다 좋다 이거야. 그런데 이 살아 있는 **도시**의 구현체는 도대체 왜 빌어먹을 치약 뚜껑을 안 닫는 거냐고. 정말이지.

집에 거의 들르지도 않고 드물게 집에 있을 때면 컴퓨터를 붙들고 사는 베네자도 있다. 그는 자주 헤드폰을 끼고 뭔지 모를 노래를 흥얼거리면서 양말만 신은 채 온 아파트를 누비며 춤을 추곤 한다. 베네자에게 신의 가호 있으라. 정말 사랑스러운 애인데 노래는 진짜 못 부른다. 그리고 파드미니도 있다. 혼자서는 물도 못 끓이는데 친척들한테서 세상에서 제일 맛있는 음식을 받아 오는 친구다. 벨은 타마린드 쌀의 섬세한 풍미에 반해 얼굴 한 번 못 본 아이쉬와라와 사랑에 빠질 판이다. 파드미니는 밤늦게 공포영화를 본다. 가끔은 벨도 같이 보는데, 둘이서 카레가루를 뿌린 팝콘이 담긴 커다란 그릇을 앞에 두고 나란히 앉아 숨이 멎을 것처럼 헐떡대곤 한다. 파드미니를 그 넓고 복작거리는 퀸스하고 동일시하는 건 너무 어려운 일이다. 퀸스는 아무도 벨의 어두운 피부색이나 미국적이지 못한 억양을 이상하게 생각하지 않고, 어머니의 손맛과 거의 근접한 베트남 식당을 찾을 수 있는 곳이다. 어쩌면 그래서 벨과 파드미니가 잘 지내는지도 모르겠다.

한 무리의 이상한 사람들 사이에서 끈질기게 평범하고 정상적으로 살아가고 있음에도 불구하고 벨은 끊임없이 이상한 것들을 목격한다. 그는 룸메이트들이 자신을 최악의 것들로부터 보호하려고 애쓰고 있다는 사실을 슬슬 눈치채고 있다. 참 그들답다. 하지만 때때로 벨은 캠퍼스를 걷다가 하늘에 커다란 균열이 이는 것을 발견한다. 꼭 하늘이 거대한 아이폰 화면인데 화면이 깨져 금이 가는 것처럼. 금세 흐릿해져서 사라지긴 하지만, 그래도. 그리고 지하철을 타고 가는데 순간적으로 터널 벽이 사라질 때도 있다. 그곳에 있는 것은 무한하고 광활한 무(無)의 공간으로, 보이는 것이라곤 거대하고 존재 자체가 불가능한 끝없이 소용돌이치는 프랙털 구조물뿐이다. 마치 나무를 닮은 모양새인데 그 나무가 폭발하는 태양으로 이뤄져 있다는 게 문제다. 그러다 다음 순간 그곳은 다시 지저분한 하얀 타일과 "캐널 스트리트"로 돌아가 있고, 열차 안에서는 어떤 머저리들이 구석 자리에서 통오리구이를 먹으며 다른 승객들의 경멸 가득한 눈초리를 무시한 채 기름기 가득한 뼈를 바닥에 패대기친다.

그 여자는 다시는 널 건드리지 않을 거야. 기억이 가물가물한 오래전 어느 날, 매니가 그들을 위협하던 힘에 대한 이야기를 꺼내며 이렇게 말했다. 벨은 적대적인 외계우주의 힘에 성별이 있다는 게 너무 신기했다. 넌 부수적인 피해에 불과해. 잘못된 시간에 잘못된 장소에 있었던 거지. 그리고 난 그때만 해도 어떻게 방어할 수 있을지 몰랐고. 하지만 지금은 아니까 내가 옆에 없을 때도 안전할 수 있게 조치를 해 뒀어. 하지만 매니의 보호 장치가 얼마나 강력하든 엿 같은 것들을 전부 막을 수는 없다.

뭐. 로마에 있으면 로마의 법을 따라야겠지.

어느 날 오후, 벨은 도시를 탐험하러 간다. 박사과정 1년생의 스케줄은 자유 시간이 부족한 편이지만 그는 적응할 시간을 갖기 위해 강의나 연구 활동을 조금 미뤄 두기로 했다. 미국, 특히 뉴욕에서 살려면 어쩔 수가 없다. 그는 화요일에는 완전한 자유의 몸이 되어 반쯤 체계적인 방식으로 이 새로운 보금자리를 탐색 중이다. 각 자치구를 둘러보고, 한 번도 가 본 적 없는 동네를 돌아다니고, 참신한 음식을 먹어 보고, 가끔은 관광객인 척도 해 본다. 오늘의 여정은 웨스트 빌리지다. 여기까지 왔다면 스톤월 여관에 가는 게 인지상정! 그 후에는 첼시를 대중없이 기웃거린다. 사방에 눈요깃감이 널려 있어서 오후 내내 이런저런 희망적인 상상을 잔뜩 하며 보낸다. 이게 다 닉과 매니 사이에 끈적하게 감도는 성적 긴장감 때문이다.

점심때는 "리틀 브리튼*"으로 빠지는데, 별로 대단한 건 없다. 이 거리의 절반 정도가 티&심퍼티라는 작고 예스러운 식당인데 여기서 치즈토스트와 평생 먹어 본 중 거의 최고라 할 수 있는 끈적끈적한 토피 푸딩을 발견하고는 신이 난다. 그리고 리틀 브리튼이 맨해튼에 있는 거의 모든 개성적인 문화 공동체처럼 얼마나 젠트리피케이션화되고 말았는지 식당 주인과 흥미로운 대화를 나눈다. 벨이 주인장의 마음에 든 게 분명하다. 다시 산책을 시작했을 때 그의 손에는 "고향에 있는 것처럼 느끼게 해 줄" 공짜 커스터드 푸딩 두 개가 든 가방이 들려 있기 때문이다.

결국 발바닥이 아프기 시작해 잠시 쉬러 작은 공원에 들른다. 택시를 잡아타고 집에 갈지 아니면 러시아워 시간대의 지하철을 탈지 고민하던 중, 벨은 문득 누군가 그를 지켜보고 있다는 사실을 깨닫는다.

다른 벤치 근처에 젊은이 예닐곱 명이 모여 있다. 그리니치 빌리지에 본거지를 둔 친구들로는 보이지 않는다. 옷차림이 지나치게

---

*맨해튼 그리니치 애비뉴에 위치한 영국 커뮤니티.

추레하고, 서로 가깝게 모여 붙어 있고, 행동거지도 수상하다. 뉴욕에서 제일 게이스러운 동네에 와 있다는 데 긴장한 것처럼 말이다. 또 동아시아계 한 명과 중동계가 약간 섞인 듯한 한 명을 제외하곤 별 특징도 없고 어중이떠중이가 모인 듯한 백인 집단이다. 벨의 말썽 레이더에 가장 크게 잡히는 인물은 그중에서도 유독 이성애자처럼 생겼는데, 특이하게도 구닥다리 신사 스타일로 말쑥하게 차려입었다. 구레나룻과 턱수염과 검은 직사각형 안경테, 버튼다운 셔츠 위에 멜빵까지 걸쳤다. 착각이 심한 저 가여운 바보는 그게 자기한테 잘 어울린다고 생각하는 모양이다. 하지만 다른 사람들이 전부 그의 말에 귀를 기울이고 있는 걸로 보아 저치가 무리의 리더다. 그리고 그가 벨을 지켜보고 있다. 그 말은 즉 벨이 눈살을 찌푸리면 그도 눈치를 챌 거란 얘기고…… 이쪽으로 다가온다.

"실례합니다." 남자가 미소를 지으며 말한다. 벨은 슬그머니 엄지손가락을 공유자동차 앱에서 카메라 앱으로 옮긴다. 서먹한 예의를 갖추며 마주 웃어 보인다. 미국인들은 상대방에게서 항상 이런 친절한 행동을 기대하는 것 같다. 막상 자기는 친절하게 굴지 않을 때조차도 말이다. "혹시 맨해튼이란 사람 압니까? 자치구랑 이름이 똑같은데요."

벨의 피부가 따끔거린다. "아뇨." 그는 가방을 집어 들며 벤치에서 일어난다. "모르겠는데요. 하지만 금방 찾을 수 있으면 좋겠네요. 행운을 빌어요. 맨해튼에 사는 맨해튼이라니, 하."

청년이 낄낄 웃는다. 셔츠 소매를 걷어 올린 팔뚝에 문신이 여러 개 새겨져 있는 게 보인다. 딱히 불쾌한 문양은 없지만 그래도.

"아, 곧 찾을 겁니다. 하지만 정말 모르는 게 확실해요? 당신 벨 응우옌 아닌가요? 그 사람 룸메이트."

벨은 눈을 가늘게 좁히며 남자의 시야가 닿지 않는 곳에 전화기를 숨기고 "녹음" 버튼을 누른다.

"이거 뭐 하자는 겁니까? 돈이라도 빌리려고요?"

남자가 또다시 웃는다. 오랜 친구들끼리 공통의 친구에 대해 수다를 떠는 것처럼 즐거운 웃음소리지만, 저건 가짜다. 나머지 무리는 자기들 벤치에 앉아 조용히 두 사람을 지켜보고 있다. 표정은 "예의 바른 미소"부터 적나라하고 가학적인 즐거움에 이르기까지 그들의 리더가 짓고 있는 가짜 친근함의 각각 다른 버전일 뿐이다.

벨은 나름 주먹다짐을 할 줄 안다. 트랜스젠더로 커밍아웃했을 때 어머니가 보비남* 수업을 듣게 했기 때문이다. 하지만 필요한 만큼 연습을 자주 하지 않았고, 세상엔 이런 개자식들이 너무 많다. 너무너무.

"이러어어어어언." 벨이 긴장한 기색을 눈치챈 남자가 더 크게 미소 짓는다. "걱정 마요. 그냥 얘기만 하려는 거니까! 자자, 여기. 내 이름은 코널입니다." 남자가 악수를 하자는 듯 손을 내민다. 벨은 잡지 않는다. 사내의 얼굴에서 시선을 떼지도 않는다. 코널이 과장되게 토라진 척하며 손을 아래로 떨어뜨린다. "이걸 위협으로 받아들이지 말았으면 좋겠군요. 하지만 맨해, 어, 맨해튼 씨는 그러니까, 내 친구와 말을 주고받은 적이 있지요. 경찰 말입니다. 그래서 우리

---

* 베트남 전통 무예.

가 맨해튼 씨의 지인들을 음, 감시 중이거든요. 그쪽에서 그렇게 부르고 싶다면요. 그중에서 특히 직접 만나서 얘기를 나누고 싶은 사람이 있는데, 빼빼 마른 아주, 어, 흑인 친구 있죠? 그 친구가 노숙자란 말을 들었는데 평소 자주 보이던 장소에 없더란 말입니다. 찾게 도와주면 우리 일과 관련해 그 친구랑 얘기를 좀 나눌까 하는데. 당신 대신에 그 친구랑 말이죠. 어떤가요?"

역겨운 제안이다. 벨은 즉시 그 말에서 경고의 기미를 느낄 수 있다. 이렇게 뉴욕 한복판에서 벨을 찾아낼 수 있다면, 이들은 언제든 같은 짓을 벌일 테다. 만일 벨이 닉을 밀고하지 않는다면.

"허, 됐고 꺼지시지, 응?" 벨은 말투를 바꿀 생각은 없었다. 그는 아버지에게서 재산을 물려받아 지금은 꽤 잘사는 편이지만 생애의 거의 대부분을 어머니와 함께 그리 안락하지 못한 환경에서 자랐고, 그래서 특정한 감정 상태에 있을 때면 사우스런 말투가 저절로 튀어나오곤 한다. 지금 그에게 최대의 자산은 빠른 발이고 등 뒤 울타리 사이에 난 틈새가 최선의 길로 보인다. 이 우락부락한 운동광 무리는 겉으로는 꽤 무서워 보이지만 실제로는 힘과 지구력이 부족할 확률이 크다. 벨이 허세를 부리는 것도 다 이런 계산 때문이다. "내가 멍청이로 보여? 고향에서도 너네 같은 쌔리들을 수도 없이 봤다. 세상 어딜 가도 어서옵쇼 대접을 받고 사는 주제에 얼마나 무능력한지 쏘다니면서 남들 욕하는 거밖에 할 줄 모르는 자식들. 그러니 이거……"

벨이 종이가방을 크게 휘두른다. 푸딩이 아깝지만 코널이 움찔하는 것을 보는 것만으로도 보람이 있다. 가방이 무거울까 봐 겁먹은 코널이 두 팔을 들어 올려 막지만 그 판단은 틀렸다. 대신에 부딪친 충격에 푸딩 용기가 깨지고 종이가방이 찢어진다. 아직도 뜨뜻한 노란 커스터드가 사방으로 날아간다.

벨은 코널의 혐오감이 분노로 변하기 전에 재빨리 움직인다. 모퉁이를 돌아 시야에서 사라진 다음, 놈들이 지나갈 때까지 숨어 있을 수만 있다면 기회는 있다. 등 뒤에서 코널의 동료들이 앉은 자리에서 튀어 올라 쫓아오는 소리가 들린다. 그리고 다양한 욕설도. "저 씨발년 잡아!" 노여움이 폭발하며 두려움을 몰아낸다. 이 나라에선 저게 여자들한테만 쓰는 욕이기 때문이다. 씨발새끼들.

하지만 벨의 계획은 거의 즉시 틀어진다. 그는 최선의 전략이 첼시로 향하는 것이라고 생각했다. 애플스토어처럼 큰 가게와 경비원이 있는 번잡한 곳으로 말이다. 하지만 운동광들이 그의 계획을 예상했는지 공원 밖 인도로 나간 순간 두 스테로이드 훌리건이 웨스트 15번가에서 이쪽으로 다가오는 것이 보인다. 그럼 다른 길로 가야지. 그것도 괜찮을 것 같다. 벨은 몸을 돌려 전속력으로 달리기 시작한다. 엄청나게 많은, 여덟 명은 될 법한 사람들이 그를 쫓아 몰려오고 있다.

로어맨해튼의 문제는 계획적으로 조성된 거리인 주제에 런던과 비슷하다는 것이다. 다시 말해 여기 주민이 아닌 사람들한테는 전혀 이해가 안 된다는 소리다. 정신을 차리고 보니 아까 들렀던 모자 가게 앞을 지나고 있다. 그건 즉 벨이 그리니치 빌리지로 가고 있다는 뜻이고, 거기는 블록이 짧아 추격자를 따돌리기 어렵다. 설상가상으로 그 근처 상점은 전부 조그마해서 들어가더라도 숨을 곳이

없다. 하지만 지금은 멈춰서 구글 지도를 열어 볼 시간이 없 ─

왼쪽. 귓가에서 누가 속삭인다.

여기서 더 기이한 일이 생긴다고? 여자 목소리다. 하지만 옆에는 아무도 없다. 지금 벨은 코널의 부하들과 거리를 약간 벌려 놓은 상태다. 놈들은 대형 트럭만큼이나 느려 터졌기 때문이다. 하지만 뒤를 돌아보니 뒤에서 쫓아오는 놈들이 둘 ─ 코널과 다른 한명 ─ 뿐이다. 벨을 막다른 곳에 몰기 위해 중간에 갈라진 게 분명하다. 왼쪽으로 가더라도 거기서 몇 명이 기다리고 있을지도 모르지만…… 그렇지만 직진은 확실하게 함정이다. 벨은 수면이 부족한 대학원생인지라 그동안 유산소 운동을 간과한 탓에 점점 기운이 딸리기 시작한다. 빨리 숨을 곳을 찾지 못하면 따라잡힐 거다. 그럼 왼쪽으로 가는 수밖에.

처음에 그는 실수를 했다고 생각한다. 모퉁이에 아까보다 더 많은 사람이 무리 지어 있다. 뚜렷한 성별, 다양한 체형과 차림새의 사람들이 훨씬 다채롭게 섞여 있긴 하지만 만일 이들이 적대적인 무리라면 수가 너무 많다. 하지만 저들에겐 뭔가가 있다. 딱히 짚어 내진 못하겠지만…… 겉으로 풍기는 분위기가 다르다. 저건 런던보다는 뉴욕 사람 취향에 맞는 보호용 위장이다. 그리고 벨을 쳐다보는 표정이 적개심보다는 가늠하는 것에 가깝다.

"도와줘요." 벨이 가까스로 내뱉는다. 옆구리가 결려 죽을 것 같다. "제발……"

그거면 된다. 막연히 가늠하던 표정이 살의를 내뿜기 시작한다. 벨이 이 새로운 무리 속으로 들어간 순간, 그들이 몸을 곧추세우더니 길을 가로막는다. 재미로 통나무를 던지며 놀 것처럼 건장한 체구에 턱수염을 기른 가죽옷이 벨의 팔을 붙들고는 일행 중 가장 덩치가 커다란 서너 명 뒤로 데리고 간다. "괜찮아요?"

"아뇨." 벨이 숨을 몰아쉬며 코널 쪽을 가리킨다. 어떻게든 숨통을 틔워 새로운 친구들에게 경고하려 애쓰는 동시에 여기서도 도망칠까 말까 고민 중이다. "나를 위협……"

"괜찮을 겁니다." 강인한 손이 벨의 위팔을 잠깐 쥐었다가 놓는다. "우리가 도와줄게요. 난 크리스틴이에요. 여성/논바이너리죠. 당신은요?"

벨은 더듬거리며 이름을 말한다. 하지만 그 와중에도 그를 쫓아오다 무리 앞에서 멈춰 서 벙긋거리며 주머니에서 짧은 금속 막대를 꺼내는 코널에게 온 신경이 쏠려 있다. 코널의 구식 취향은 무기에도 해당되는 모양이다. 저건 소위 블랙잭이라고 부르는 철제 곤봉이다. "길 막지 말고 비키지?" 코널이 또다시 기분 나쁘게 히죽거린다. 동료 셋이 도착해 그 옆에 합류한다. 머릿수로는 벨의 새 친구들이 압도적이지만 무기는 경기장을 평평하게 만드는 법이다. "끼어들지 않는 게 좋을 텐데."

"당당한 남자들?" 벨의 수호요정 중 하나가 묻는다. 마르고 조금 약해 보이는데 아마도 백인이고 아마도 남자일 거다. 하지만 키가 코널보다 더 크다. 벨은 코널이 왠지 그걸 싫어할 거라는 예감이 든다.

"씨발 잘 아네." 코널의 추종자 한 명이 대꾸한다. 이제 겨우 사춘기를 벗어난 것처럼 새파랗게 어리다.

"여긴 빌리지란다, 자기야." 금발의 젊은이가 대답한다. 주머니에 손을 집어넣고 있는데, 청바지 속에 뭔가 원통형의 윤곽이 보인다. 메이스 같은 건가? "지금 너희들이 하려는 짓은 뉴욕 대부분의 지역에서도 꽤나 힘들 텐데, 그걸 여기서? 하필 여기서 해 보겠다고?"

"멍청하긴." 흑인 펨므*가 처엉을 길게 늘리며 이기죽댄다. "하긴 저런 머저리들끼리 뭉쳐 있으니 이 모양이지. 있지, 저 새끼들 자위도 하면 안 되는 거 알아?"

벨의 새 친구들 중 절반가량이 폭소를 터트리고, 나머지 절반은 충격 받은 표정을 짓는다. "그게 뭔 씨발……"

"씹질을 하면 안 된다니까, 그게 포인트야!"

"그래야 더 남자다워진대나 어쩐대나."

"그게 말이 돼? 손바닥에 털이 부숭부숭해야 진짜 남자다운 거지!**" 이젠 너 나 할 것 없이 자지러진다. 이곳 그리니치 빌리지에서 아주 재미난 한 편의 코미디 쇼가 펼쳐지는 중이다.

"너희랑 놀아 줄 시간 없어." 코널이 날카롭게 쏘아붙이지만 얼굴은 이미 분노로 새하얗게 질려 있다. 이따위 조롱을 참고 견디기엔 남성성이 너무 당당하신 모양이다. "우리가 누군지 안다면 경찰이 우리를 좋아하고 너희를 싫어한다는 걸 알 텐데. 너희는 엉덩이를 걷어차인 다음 감옥에 처박힐 테고 우린 그 안에도 동료들이……"

"라이커스 교도소에 가면 네 새끈한 엉덩이는 쫙쫙 찢어지고 말걸." 키 크고 마른 사람이 말한다. "그리고 너희 중 몇 명은 벌써 감옥에 가지 않았나? 어퍼이스트 사이드에서 사람들을 두들겨 팬 일

---

* 여성스러운 동성애자를 뜻한다.

** 서양권에서는 자위를 하면 손바닥에 털이 난다는 속설이 있다.

로 말이야. 그때도 경찰은 너희를 봐주지 않았지. 그땐 경찰들 거시기를 잘 못 빨아 줬나 봐?"

"난 호모새끼가 아니……!" 코널 패거리 중 하나가 발끈한다. 어찌나 큰 소리로 빽빽거리는지 주변에 메아리가 울릴 정도다. 거리에 있던 사람들이 우우~와 쯧쯧을 시작하고, 한 여자가 소리친다. "당장 여기서 꺼져, 나치 자식아!" 코널이 부하를 노려보자 사내가 분개하며 입을 다문다.

"웃어요!" 금발 여성이 보란 듯이 가로등 위에 떡하니 자리 잡고 있는 카메라를 엄지손가락으로 가리킨다. "지금 우리한테 있는 카메라만도 오륙십 개는 될걸. 경찰은 거짓말을 할 수 있어도 카메라는 다르지. 아주 유명하게 만들어 줄게."

당당한 남자들 몇몇이 주위를 두리번거린다. 한 명이 욕을 내뱉는다. 벨은 그의 시선을 따라갔다가 상당한 수의 사람들이 전화기를 들고 이쪽을 보고 있는 것을 발견한다. 아직 앳된 얼굴의 또 다른 당당한 남자가 성미를 못 죽이고 키 크고 마른 친구를 향해 돌진하지만, 코널과 다른 사람이 재빨리 붙잡아 뒤로 끌어당긴다. "여기선 안 돼." 코널이 주위를 둘러보며 눈살을 찌푸린다. 그러고는 벨을 노려본다. "또 보게 될 거야, 친구." 조금씩 뒤로 물러나면서 유독 호전적이거나 후퇴하고 싶어 하지 않는 동료들을 끌어모아서 재빨리 모퉁이를 돌아 사라진다.

이제야 숨이 좀 쉬어지는 것 같다. 그렇지만 빌리지 사람들이 벨을 에워싸고 등을 두드리고, 팔을 건드리고, 웃음을 터트리고, 승리를 축하해 주는 바람에 다시 숨이 차서 쓰러지는 줄 알았다. 이걸 과연 승리라고 불러도 되는 걸까? 심장은 팔딱거리고, 코널이 떠나면서 남긴 위협이 최악의 방식으로 마음속을 파고든다. 하지만 벨은 아드레날린의 여파로 몸을 덜덜 떨면서도 미소를 띤 채 옆에서 던지는 괜찮으냐는 질문에 고개를 끄덕인다. 싸움이 끝난 후에 도망간 적들에게 욕설과 별스러운 농담을 퍼붓는 일종의 전통 행사가 무르익자 정말로 괜찮아지기 시작한다.

벨이 뉴욕에 온 지 얼마 안 됐다는 정보가 퍼지자 여기저기서 소개와 환영 인사가 터져 나온다. 벨은 처음 와 보는 낯선 도시에서 어떻게 박사과정 중에 감당할 수 있는 수준의 소소한 사회생활의 첫발을 디딜 수 있을지 늘 궁금했는데, 지금 그는 5분 사이에 두 개의 상호 원조 모임과 프린지 페스티벌 스탠드 쇼, 그리고 새 친구 중 한 명이 쓴 연극(일종의 "오프-오프-오프 브로드웨이" 연극)에 초대받는다. 거기에 젠더 비순응자들을 위한 사설체육관 추천까지.

잠시 후 금발 여자가 벨을 한쪽으로 데려간다.

"집에 갈 택시비 있어요?"

"어, 예." 벨은 말을 더듬는 바람에 얼굴을 붉힌다. 주된 이유는 아직 남아 있는 아드레날린 때문이지만 약간은 그…… 하지만 정말 예쁜걸. "신경 써 주셔서 감사합니다."

여자가 노골적으로 그를 훑어본다. "아직 진정이 안 된 것 같네요. 택시는 신경 쓰지 마요. 나 차 있으니까 데려다줄게요. 어디다 내려다 줄까요? 어차피 브롱크스 쪽으로 갈 거라 맨해튼 어디든 괜찮아요."

"인우…… 젠장. 미안해요, 이사한 지가 얼마 안 돼서. 할렘이요.

혹시 가시는 길에서 너무 멀까요?"

"아뇨, 안 멀어요. 난 매디슨이에요. 만나서 반가워요, 벨." 매디슨이 따라오라고 손짓하더니 돌연 발을 멈추고는 얼굴을 약간 찡그린다. "있잖아요. 혹시 아는 사람 중에…… 음, 아네요."

"예?"

매디슨이 입을 꾹 다물더니 미간을 찌푸린다. "모르겠네. 왠지 이 모든 게……. 원래 오늘 여기 올 생각이 아니었거든요. 트레비가 새로 찾은 신발가게가 있는데 플루보그*를 세일한다면서 나오라는 거예요. 처음엔 어차피 그런 거 살 돈도 없다고 싫다고 하려 했는데, 왠지 그, 가야 해라는 느낌이 강하게 든 거 있죠. 그런데 전에도 몇 번 이랬던 적이 있거든요. 그리고 그때마다 이상한 일이 일어났고요."

"저기요." 벨은 저도 모르게 웃으며 말한다. "난 이 도시에 온 뒤로 늘 이상한 일만 생겼어요. 그런데 여기 사람도 그렇다니까 왠지 기분이 좀 낫네요."

"아, 당연하죠." 매디슨이 따라 웃더니 말을 멈추고는 벨이 얼굴을 붉힐 정도로 강렬한 시선으로 다시 훑어본다. "당신 귀엽네요. 특히 웃을 때."

이거 혹시……? 벨은 목청을 가다듬고 수줍게 웃는다. 그러고는 제발 멍청이처럼 말을 더듬지 말라고 스스로를 타박한다.

"고맙습니다. 그리고 당신은 끝내주게 멋져요. 이런 말 해도 될지 모르겠지만요."

---

*기발한 디자인으로 유명한 구두 브랜드

"아, 오늘 집에 가는 길은 재밌겠는데요." 매디슨이 다 안다는 표정으로 씨익 웃는다.

이렇게 벨은 할렘까지 복원한 클래식 체커 택시를 공짜로 얻어 탄다. 매디슨은 웨딩 소품 회사에서 일한다고 한다. "원래는 사적으로 이용하면 안 되지만, 우리 둘 사이에 작은 비밀로 하면 되죠, 그쵸?" 그리고 그는 모르는 이 택시만의 독특한 마법 때문인지, 택시를 타고 집에 가는 사이 방금 공원에서 겪었던 끔찍한 공포의 순간들을 까맣게 잊어버린다. 이 택시에는 왠지 모르게 사람을 안심시키는 데가 있다. 덕분에 벨은 편안하고, 여유롭고, 심지어 매디슨에게 은근슬쩍 수작을 걸 정도로 말이 많아진다. 그는 매디슨이 자신의 은근한 추파를 받아 주는 것을 보고는 깜짝 놀란다. 미국 여자들, 아니 뉴욕의 다양성은 벨의 정체성을 특별하게 생각하지 않는다.

매디슨이 벨이 사는 건물 앞에 차를 댈 즈음 뒤늦게 미행이 있을지도 모른다는 생각에 덜컥 겁을 먹지만 매디슨은 가볍게 웃어넘긴다.

"저 차를 따라가 같은 건 영화에서나 가능하고요. 게다가 난 더럽게 빨라서 그 멍청한 놈들이 따라왔다면 금방 눈치챘을 거예요."

그러나 매디슨의 말에도 안심이 안 된다. 놈들은 매니를 노리고 있다. 그 말은 놈들이 이미 그의 주소를 안다는 뜻이다. 그렇다면 같이 사는 다른 사람들에게도 알려 줘야겠지. 하지만 그래 봤자 무슨 의미가 있을지 모르겠다. 어차피 동거인들은 외계 차원에서 온 암살자들의 감시를 시도 때도 없이 받고 있으니 말이다. 벨은 그 집에서 위기에 몰렸을 때 발휘할 초능력이 없는 유일한 사람이다.

어쩌면 이 아파트에서 나가야 할지도 모르겠다. 그러지 않는 편이 좋긴 하다. 좋은 룸메이트는 구하기 힘들고, 여긴 월세도 엄청나게 저렴하니까. 하지만 목숨을 부지하는 것도 그만큼 중요하다.

건물 앞에서 매디슨이 벨에게 뒷면에 전화번호가 휘갈겨져 있는 명함을 건네준다. 그는 명함을 조심히 챙겨 둔다. 어쨌든 얻고 싶은 게 있으면 시도부터 해 봐야 하는 법이니까. 맞지? 엘리베이터에 탈 때 얼마나 실없이 히쭉히쭉 웃고 있었는지 먼저 타고 있던 ― 백인, 헝클어진 금발, 처음 보는 얼굴의 ― 여자가 밝게 미소 지으며 인사를 건넨다. "오늘 굉장히 즐거운 일 있었나 봐요?"

벨은 조금 놀란다. 너무도 오랜만이라 여자의 더없이 평범한 말투가 갑자기 강렬한 향수를 몰고 온다. 그 억양이 하필……

"말도 안 돼. 런던 사람이에요?"

여자가 웃더니 벨이 사는 층의 버튼을 누른다.

"글쎄요. 원래는 북쪽 출신인데 런던이 날 좋아하더군요. 그래서 런던 사람이 됐죠. 런던의 여러 지역이 조금씩 섞여 있답니다. 하지만 당신은…… 루이셤이네. 맞죠? 루이셤 억양이에요."

오늘 겪은 일을 생각하면 조금은 의심해 봐야겠지만, 이 여자는 너무도 편한 대화 상대다. "맞아요! 난 공부하러 왔는데 그쪽은요?"

"그냥 관광객이요." 딱 자른 듯한 대답과 여자의 표정에서 느껴지는 그래서 다행이라는 기색에 벨은 웃음을 터트리고 만다. "근데 잘 지내고 있는 것 같네요. 뉴욕은 괜찮아요?"

잠시 생각해 봐야 하는 문제긴 한데, 그래도 ―

"네, 전체적으로 괜찮아요. 더 나쁠 수도 있었으니까요. 물론 고향

집하곤 많이 다르지만 그래도 한동안은 견딜 만할 것 같아요."

"그 말을 들으니 안심이네요, 정말." 엘리베이터의 속도가 느려지고, 문이 열린다. "그럼 난 가 볼게요. 몸조심해요."

"이 층에 살아요?" 벨이 엘리베이터에서 내리며 묻는다. 여자에게 먼저 내리라고 양보해야 하는 게 아닌가 퍼뜩 생각하지만 그의 몸에 밴 신사도는 아직도 잘못된 방향으로 작동하곤 한다. 앞으로 노력해야 할 게 많다. 하지만 여자에게서는 아무 대답도 없다. 발을 멈추고 몸을 돌렸더니 ─

─ 엘리베이터가 텅 비어 있다.

벨은 한참 동안 그 안을 물끄러미 응시한다. 그러고는 입을 다물고, 집으로 향한다. 로마에 가면 로마법을…… 맞지? 로마에 있을 때는.

런던

여자는 그가 템스 강에서 제일 좋아하는 다리 위에 모습을 드러낸다. 흔들다리라고도 부르는 밀레니엄 브리지다. 이제 더 이상 흔들리지는 않지만 그렇다고 사람들의 놀림과 조롱이 사라지지도 않았다. 물론 거기엔 애정도 듬뿍 담겨 있다. 그게 런던 사람들이니까.

잠시 후, 굴곡과 흐름이 발생하더니 그의 옆에 뉴욕이 나타난다. 뉴욕이 난간에 등을 기댄 채 다리를 지나는 사람들을 구경한다. 이곳은 완전히 깜깜한 밤이다. 술 몇 잔을 걸치고 비틀거리며 귀가하거나 늦은 시간에 퇴근하는 몇 안 되는 사람들을 빼면 행인도 거의 없다. 뉴욕이 여자를 쳐다본다.

"틱 하니 남의 집에 와서는 인사도 안 하고 가다니 무례하잖아."

"아, 그거." 런던이 즐겁다는 듯 환한 미소를 짓는다. 이 마르고, 조용한 말투의 젊은 친구가 크고 오래된 도시라는 게 놀라울 따름이다. 하지만 다른 이들도 종종 자신에 대해 똑같은 말을 하곤 하니까. "널 보러 간 건 아니었어. 하지만 그렇게 말하면 위선적이겠지.

특히 다른 고대도시들이 네 무례한 행동에 대해 불평해 대고 있으니 말이야! 사과할게.”

“만족했어? 뭘 보러 온 건진 모르지만.”

“오, 그래. 너와 네 친구들이 뭘 상대하고 있는지 보고 싶었어. 네 룸메이트는 꽤나 암울한 징조더라. 징징 울려 대는 게……하! 어쨌든, 그래, 네 머리 위에 아주 고약한 게 떠다니던데.”

“그치? 꼭 엉덩이에 커다란 종기가 난 것 같아.”

“악성 종양일 수도 있어. 그게 음, 문제 많은 인간들을 네 도시로 몰고 가고 있다는 점을 생각하면 말이야.” 런던은 적이 코널 패거리에 미치는 영향력을 느낄 수 있다. 마치 물 위에 둥둥 떠다니는 더러운 기름 광택처럼. 뉴욕 시 경계 안에는 코널을 이끌어 줄 하늘거리는 덩굴손이 없지만 굳이 그런 게 필요하지도 않았다. 리예의 시민들은 자신의 도시를 직접 선택한다. “어쨌든 환영해.” 런던이 커다란 몸짓으로 주변에 넓게 펼쳐져 있는 자신을 가리킨다. “차라도 한잔 권하고 싶지만……”

“난 차 안 좋아해.” 런던은 반사적으로 헛숨을 들이켜려는 것을 애써 참는다. 하지만 흠, 저 애는 미국인이니까. 뉴욕은 한참 동안 말없이 주변의 소리와 냄새와 반짝이는 불빛을 들이마신다. 그러더니 눈을 들어 런던을 쳐다본다. “넌 미쳤다고 하던데.”

“이런, 이런. 우린 바르고 고운 말을 써야 해. 그보다는 ‘정신적으로 아프다’는 표현을 사용하는 게 좋아. 개인적으로 내가 제일 좋아하는 표현은 ‘맛이 갔다’지만.” 뉴욕이 키득거리자 런던이 빙그레 웃는다. “정말 그런 것 같긴 해. 그래도 예전보단 많이 나아진 거야.

하지만 일단 그런 세평이 생기고 나면 바꾸기가 어렵지."

뉴욕이 동감이라는 듯 꿍얼거린다. "그래서, 넌 네 자치구들을 어떻게 먹었어?"

"오, 그래. 그거. 자치구가 다섯 개인 기분이 어떤지 알지? 그게 서른두 개라고 상상해 봐."

뉴욕이 저도 모르게 내뱉는다. "씨발."

런던이 깔깔 웃는다. "항상 그랬던 건 아냐. 1960년대가 되어서야 공식적으로 서른둘이 됐거든. 하지만 처음 내가 구현되었을 때만 해도, 음, 한 17세기 정도인가? 정확히 언제였는지 잘 기억이 안 나네. 셰익스피어가 죽고 얼마 안 됐을 땐데. 어쨌든 그때도 런던은 많은 지역들 사이에 뚜렷한 차별성이 있었어. 물론 지금도 그런데, 어쨌든 그땐 그랬다고. 그래서 처음 도시의 부름을 들었을 때 우린 정말 수가 많았지. 다섯밖에 안 된다니, 넌 얼마나 다행이니. 우리는 한자리에 모이는 것부터 고역이었거든."

뉴욕이 웃음을 터트린다. 그게 어떤 기분인지 안다는, 약간은 떨떠름한 감정이 드러나는 웃음이다. "그래서?"

"그래서……" 런던이 어깨를 으쓱한다. 하지만 사실 그건 어깨를 으쓱할 만한 경험은 아니었다. "우리 중 일부는 런던이 되고 싶어 하지 않았어. 그리고 그런 상태에서 몇 주일이나 우리 버전의 쭈글탱년과 싸워야 했고…… 대화 같은 게 다 뭐야, 적의 인간 버전 같은 건 구경도 못 했어. 하지만 그 망할 놈의 괴물은 언제나 절대적으로 치명적이고 잔인한 공격을 퍼부어 댔지. 놈에게 복합도시는 아주아주 많은 기회를 제공해 준단다, 너도 알겠지만." 런던이 한숨을 내쉰다. "어쨌든 그러다 보니 우리 중 일부는 완전한 하나로 융합되지 못할 거라는 게 확실해졌어. 그리고 하나가 되지 못하면 우리 중 누구도 적에게서 안전해질 수 없다는 것도 분명했고. 그래서 내가 하겠다고 했어. 내가 하나의, 유일한 런던이 되겠다고. 그리고 다른 이들도 거기 동의했지. 그게 다야."

"그러니까…… 이렇게?" 뉴욕이 포크와 나이프를 사용하는 동작을 한다.

런던은 그만 웃고 만다. "세상에나, 난 스위니 토드가 아냐! 그냥 그들의 본질, 그러니까 그들을 런던의 한 측면으로 만들어 준 것들을 먹었을 뿐이지. 그렇게 모두를 흡수했고, 도시는 내 안에 오롯이 자리 잡았고, 다른 이들은 평범한 사람들의 평범한 삶으로 돌아갔지. 그런 다음 적을 물리치고 살짝 승리의 춤을 췄단다. 그게 끝! 흠, 내가 다음 한두 세기 동안 좀 제정신이 아니었다는 것만 빼면 말이야. 세상 모든 도시 중에서도 내 도시만큼은 절대로 한 사람이 될 수 없거든. 하지만 할 일은 해야 하니까."

뉴욕이 미간을 찌푸린다. 하루아침에 다른 많은 이들의 개성과 기술을 습득한다는 게 어떤 느낌일지 상상하는 중일 테다. 부디 그가 그런 것을 경험할 일이 없기만을 바랄 뿐이다.

"존나 망했네. 진짜로 걔네들이 너한테 그걸 다 떠넘겼어?"

런던이 한숨을 내쉰다. 물론 뉴욕의 말이 옳다. 하지만 런던에게는 그들을 용서할 시간이 수백 년이나 있었다.

"우린 각자 서로에게 낯선 이들이었고, 대부분은 가족이 있었고, 도시가 되는 것 말고도 다른 삶이 있었지. 당시엔 산다는 게 지금보다 훨씬 힘들었다는 걸 잊지 말렴. 매분 매초마다 역병과 전쟁이 발생했고, 대화재에…… 그건 심지어 내가 다른 도시를 도와주러 자리를 비웠을 때 일어났단다. 알제였던가 아님 부쿠레슈티였던가? 어쨌든 그때 개한테 거의 죽을 뻔했지 뭐니. 아, 그럴 만도 했어. 그땐 내가 너무 잔 다르크 같았거든. 이상한 옷차림에, 환영도 보고, 말도 안 되는 이상한 말을 지껄대고. 깜짝 놀랐을 거야. 하지만 산 채로 불태우려고 하는 건 너무하지 않아?"

뉴욕이 그를 멍하니 쳐다본다. 런던은 그가 깊은 감명을 받은 게 틀림없다고 지레짐작하고는 약간 우쭐거리며 머리카락을 살랑 어깨 너머로 쓸어 넘긴다.

"만약에 다른 이들이 뉴욕이 되길 바라지 않으면 어떻게 해야 할지 모르겠어." 뉴욕이 아랫입술을 깨물며 말한다. "나도 할 수야 있지. 근데……"

"물론 할 수 있고말고. 도시는 필요하다면 혼자서도 일을 처리할 수 있는 사람을 중심 화신으로 선택하니까. 하지만 혼자서 온전한 도시가 되는 건 정말 어려운 일이야. 특히 너랑 나처럼 각각의 지역이 서로 이질적인 도시라면 말이야. 그래서 도시가 우리한테 잘해 주려는 거야. 부담도 여러 명에게 나눠 주고, 지원 네트워크도 제공하고, 그런 거." 런던은 저도 모르게 옛 기억을 떠올리며 한숨을 쉰다. 대다수의 다른 런던도 화신으로 남길 원했지만 모 아니면 도밖에는 없었다. 그는 아직도 그들이 그립다. "하지만 문제가 되는 부분을 버리고 다른 걸로 대체한다는 생각만큼은 한 번도 해 본 적이 없어. 그게 효과가 있을지도 알 수가 없고. 런던은 런던으로 간주되는 것에 굉장히 까다롭거든."

뉴욕이 낮게 웃더니 형편없는 솜씨로 런던을 흉내 낸다.

"'할 일은 해야지.'" 그러고는 몸을 죽 펴며 기지개를 켠다. 이런 형태일 때 자주 나타나는 건 아니지만, 그의 몸이 깜박이면서 런던은 순간적으로 진정한 뉴욕의 모습을 엿본다. 가지런한 격자 모양으로 정돈된 블록들과 노후화된 지하철, 그리고 아늑하고 편안한 런던 펍을 그립게 만드는 반짝이고 화려한 루프톱 와인바들. 하지만 뉴욕에도 펍은 있다. 그리 많지는 않지만 올바른 영혼과 분위기를 지닌 펍 몇 개가 몸속 깊숙한 곳에서 보석처럼 반짝인다. 뭐, 그렇다면야! 그들은 친구가 될 수 있을 것이다. 다음 순간 그는 다시 깡마른 흑인 청년이 되어 두 팔을 내리고는 우아하게 떠날 준비를 한다. 하지만 우아함이라는 부분은 금세 포기해 버린다. "그럼 난 갈게."

"그래, 그러럼! 그건 그렇고, 난 다른 도시들한테 정상회담을 소집하자고 말하려고. 이런 상황을 계속 방치했다니 너무 비양심적이지 뭐니. 고대도시 중에 그 문제로 널 귀찮게 하는 이가 있으면 알려 줘. 싸그리 죽여 버리고 개네들한테 있는 거 전부 다 훔쳐 올 테니까."

"……씨발, 그게 뭔?"

"왜? 난 대영제국의 심장이었단다." 런던이 팔을 뻗어 뉴욕의 뺨을 다정하게 톡톡 친다. 뉴욕이 눈을 깜박인다. "이런이런, 농담이야, 얘. 이제는 그런 짓 안 해."

그 말과 함께, 런던이 떠난다. 아마 야시장이 아직 열려 있을 것이다. 케밥 정도는 먹을 수 있겠지. 그다음에는 고풍스러운 펍을 순례 해야지. 왜냐하면 그런 지 너무 오래됐으니까. 어린 도시들과 이야기를 나누다 보면 항상 향수에 젖게 된다.

뉴욕은 잠시 런던의 뒷모습을 바라보다가 고개를 가로젓고는 집으로 향한다.

10장

여기서 성공할 수 없다면 어딜 가도 못 할 거야*

매니는 DC로 가는 기차 안에서 그의 이름을 기억해 낸다.

그의 이전 이름이라고 해야 할 것이다. 지금까지 모르고 있었다는 의미가 아니다. 다만 이번에는 다른 기억들이 뒤따라온다. 그의 과거, 예전의 성격, 좋아하는 것과 싫어하는 것, 어렸을 적 키우던 개의 이름. 그리 놀랍진 않다. 하지만 이 일은 기차가 출발하자마자, 즉 그가 뉴욕을 떠나기 전에 일어난다. DC로 가는 기차는 먼저 허드슨 강 아래 있는 터널을 통과해야 한다. 터널에서 나오면 뉴저지다. 하지만 출발 후에도 적어도 얼마 동안은 여전히 뉴욕 시 경계 안에 있고, 이는 매니가 그동안 품었던 의심을 확인해 준다. 매니가 계속 "맨해튼"일 수 있었던 이유는 그가 뉴욕에 있기 때문도 아니고 맨해튼으로서 헌신했기 때문도 아니다. 그가 맨해튼인 것은 스스로 선택했기 때문이다. 그리고 이제……

---

* 프랭크 시내트라의 「뉴욕, 뉴욕」 가사 중 "여기서 성공할 수 있다면 어디서든 성공할 수 있어"라는 가사의 패러디.

"여기 자리 있나요?"

창문 너머 터널의 검은 벽을 응시하던 매니가 힘을 빼고 의자 등받이에 기대앉는다. 한 남자가 서 있다. 묘하게 익숙한 얼굴이다. 하지만 이 역시 그리 놀라운 일은 아니다. 매니는 모든 사건의 대칭성을 깨닫기 시작했고, 도시가 의지를 발동하기 위해 노골적이면서도 미묘하게 움직이는 방식에 대해서도 이해하고 있다. 다만 이건 전혀 미묘한 방식이 아니다. 그래도 그는 지금처럼 긴급한 상황에 이런 즉각적인 대응을 한 데 대해 도시를 칭찬해 주고 싶다.

"더글러스 아세베도." 매니가 웃으면서 말을 건다. "안녕하세요, 또 만났군요."

뚱뚱한 라틴계 중년 남자가 놀라 눈을 깜박인다. "잠깐만요, 어……" 그는 눈가를 좁히고 매니를 쳐다보다가 이내 환하게 웃는다. "아! 펜 역에서 쓰러졌던 그 청년이잖아! 반갑네요." 남자가 손을 내밀고, 매니는 자리에서 일어난다. 손바닥을 마주치며 인사를 나누는 것은 쉽고도 자연스러운 일이다. 자신의 이런 부분을 기억하는 것 역시 쉽고도 자연스러운 일이다. 과거의 그는 언제나 누구에게나 친근하게 구는 데 능숙했다. 상대에게 등을 돌려야 할 순간이 되기까지는—

아니. 그는 자신이 누구인지 기억해 냈지만 여전히 매니이기도 하다. 적어도 지금은 그렇다.

그래서 매니는 맞은편 빈자리에 앉으라고 손짓한다. 더글러스가 마주 보는 좌석에 앉아 옆자리에 공구가 담긴 무거운 가방을 풀썩 내려놓는다.

"원래 사람 자리에 놓으면 안 되지만요." 더글러스가 가방 무게 때문에 앓는 소리를 내며 말한다. "누가 물어보면 내려놓으면 되니까. 그래, 어떻게 지냅니까? 오늘은 괜찮아 보이는데, 응?"

매니가 소리 내어 웃는다. 가방을 뒤지더니 바나나를 꺼내 보란 듯이 얼굴 앞에 들어 올린다.

"아하!" 더글러스가 양팔을 벌리며 기뻐한다. "내 말을 듣는 사람이 있다니 정말 반갑구려. 오늘은 어디 갑니까?"

"DC요. 집안일 때문에요."

"항상 일이 있기 마련이죠, 응? 가족이라는 거 말이오."

더글러스가 한숨을 내쉬더니 창밖을 내다본다. 기차는 터널을 빠져나왔다. 저지에서도 이 부근은 습지의 천국이자 쇠락해 가는 산업지구의 지옥이다. 두 사람은 한동안 버려진 공장과 그 주위를 둘러싼 부들개비가 무성한 소택지를 바라본다. 저기…… 저건 왜가리인가? 매니는 왜가리가 맞다고 생각한다. 커다란 새가 물에 반쯤 잠겨 있는 녹슨 자동차 주변을 부리로 헤집고 있다. 맨해튼은 도시 출신이다. 새의 종류는 잘 모른다.

"나도 가족을 보러 갑니다." 더글러스도 새를 보고 있다. "뉴어크 바로 아래요. 아들한테 여자친구가 있었는데, 결혼은 안 했어요. 안사람이 둘이 사귀는 걸 안 좋아했거든. 가톨릭이라, 결혼도 안 했는데 애를 뱄다고 여자애를 창녀라고 부를 정도예요. 나도 가톨릭이지만 잔소리를 안 들으려고 미사에나 참석하는 정도죠." 더글러스가 피식 웃는다. "한데 이제 그 애는 아이를 혼자 키워야 해요. 그쪽 가족은 도와줄 형편이 안 되고, 완전 개새끼들이거든. 그래도 애 엄마는 잘하고 있어요. 직장도 괜찮은 데 다녀서 보육시설에, 아파트도 있고. 그래도 내가 할 수 있는 게 있으면 도우러 갑니다. 차도 고쳐 주고 집이 망가지면 이것저것 수리도 해 주고, 꼬마 신사랑도 놀아 주고. 그게 우리 아들이 바라는 것일 테니까요. 안 그래요?"

더글러스의 말투는 마치 노랫소리처럼 나긋나긋해서 듣기 좋다. 어떤 사람들은 만나자마자 꽂혀서 자연스럽게 친구가 될 수 있다.

"훌륭하시네요."

"애 엄마는 안 그럽디다. 날 안 좋아하거든." 매니가 눈썹을 추켜세우자 더글러스가 웃음을 터트린다. "아, 아직 슬퍼하고 있어서 그래요. 모두한테 화가 나 있지. 하지만 내 손자를 키우고 있다 보니 이틀마다 내 욕을 하더라도 어쩌겠어, 돌봐줘야지. 그리고 어쨌든……" 더글러스가 약간 진지해진다. "걔 마음이 어떨지 이해가 갑디다. 그래서 걔가 화를 낼 때면 이게 다 우리 아들놈을 사랑해서 그런다고 생각하지요. 그러면 그냥저냥 넘기기 쉽더라고요."

여기에는 메시지가 있다. "가족끼리는 서로 돌봐야죠. 무슨 일이 있어도."

"그렇지. 하지만 가족이 꼭 혈연으로 이뤄지는 건 아니라는 것도 명심해요. 진짜 가족은 필요할 때 옆에 있어 주는 사람이지."

아. 매니는 그 말에 대해 곰곰이 생각한다. 뉴욕의 다른 화신들과 가까워지지 않으려는 닉을 생각한다. 진짜 혈육인 가족이 그를 거부했기 때문이다. "한번 물린 경험이 있으면 두 번째는 지레 겁을 먹게 돼 있죠."

더글러스가 웃음을 터트린다. "맞아요, 맞아. 게다가 그 애는 온몸을 지독하게 물렸거든! 세 번 물리면 아예 획 돌아서 다른 사람들을 마구 물고 다니지." 그가 어깨를 으쓱한다. 매니는 그 말에서 문득 깨달음을 얻고는 숨을 들이켠다. "하지만 나아질 거요. 지난번엔 나한테 생일선물도 줬거든. 글고 손자놈도 자기 할부지가 항상 옆에 있으리라는 걸 아니까. 진짜 중요한 건 그거지."

"어, 예, 그렇죠."

"이보쇼, 어……" 더글러스가 고개를 갸웃거리며 매니를 쳐다본다. "지난번에 우리가 단짝친구가 된 건 아니지만 오늘 어딘가 좀 달라 보이는데. 괜찮아요?"

매니는 미소를 짓는다. 남의 눈에 애처롭게 비칠 거라는 건 그도 안다. "'괜찮다'가 무슨 뜻인지에 달렸죠."

"그거야 스스로 알아내야죠. 난 그냥 주변에 바나나를 먹으라고 설파하고 다닐 뿐이에요. 내 말을 들을 때까지 계속." 더글러스가 빙그레 웃는다. 매니는 그럴 기분이 아닌데도 따라 웃고 만다.

하지만, 좋다. 매니는 숨을 깊이 들이마시고는 몸을 앞으로 기울이며 팔꿈치를 무릎에 괸다. "우리 가족은…… 아내분과 비슷할 겁니다. 전통을 중시하고 선 밖으로 나가는 사람들을 좋아하지 않죠."

"아이구야, 젠장맞을. 그야말로 내 아내 같네그려."

매니는 빙긋 웃는다. 사실은 웃을 기분이 아니다.

"내가 가족을 떠나기로 결심하고 뉴욕에 왔을 때 그 선을 끝까지 넘어 버린 셈이죠. 그래도 내가 생각한 것보단 괜찮았던 모양이에요. 날 보내 줬거든요. 그런데 이제 그들의 도움이 필요해졌어요."

"저런…… 바나나가 한 송이 통째로 필요하겠네."

슬슬 바나나 농담이 식상하긴 하지만 매니는 다시 웃음을 터트린다.

"아마도요. 바나나 빵도 곁들여서요."

"옆에 바나나 튀김까지 푸짐하게 차려 먹어요." 더글러스는 진지한 표정이다. "처음엔 가족들이 보내 줄 거라고 기대도 안 했다면서요? 어쩌면 당신이 기대 안 한 다른 일도 해 줄지 모르지."

"어쩌면요." 하지만 과연 그럴지는 모르겠다. "어릴 적 어머니가 이런 말씀을 하신 적이 있어요. 노예제가 폐지된 뒤에 열심히 일하고 저축도 하고 어떻게든 잘살아 보려고 죽어라 노력했는데…… 별 효과가 없었다고요. 다른 해방노예들과 함께 마을을 일궜을 땐 백인들이 와서 불을 질렀죠. 자기방어를 하려고 했을 때는 집단 린치를 당하거나 감옥에 끌려갔고, 아니면 린치를 당하지 않거나 감옥에 끌려가지 않으려고 북쪽으로 도망쳐야 했고요. 한번은 조지아에 땅도 샀답니다. 대가족이 전부 살 수 있을 정도로 넓은 땅이었지요. 그런데 그 지역 유지인 백인 농부가 법적으로 손을 써서 빼앗아 갔다더군요." 맨해튼이 한숨을 쉬며 두 손을 펼친다. "이 나라에 사는 흑인 가족이라면 대부분 비슷한 사연이 있을 겁니다. 그리고 비슷한 처지에 처한 대부분의 가족은 계속 당하거나…… 뿔뿔이 흩어졌죠. 계속 두들겨 맞기만 하다가 결국엔 체념하는 겁니다. 하지만 우리 가족은 다른 방법을 시도했어요. 도박장, 술집, 주류 밀매 같은 새로운 사업을 생각해 냈죠. 백인들이 빼앗아 갈 수 없는 돈벌이요. 경찰과 공무원에게 뇌물을 주고 다툼을 피하려고 이탈리아와 중국 패거리들과 거래를 했죠. 그리고 확실히 효과를 봤어요. 우리는 오랜 시간에 걸쳐 우리를 거스르는 작자들을 처리하는 법을 배웠습니다. 그게 우리가 믿는 유일한 정의였으니까. 덕분에 요즘엔 아주 잘 나가고 있지요. 다각화와 통합, 합법화를 거쳐서. 적어도 표면적으로는 그래요. 하지만 핵심은 예전과 똑같습니다. 무슨 뜻인지 아시겠어요?"

더글러스가 천천히 고개를 끄덕인다. 그의 시선에는 불편한 기색도 경탄의 기미도 보이지 않는다. 그저 사실에 대한 인정뿐이다. 매니는 다소 안도한다. "그럼요. 푸에르토리코의 미국도 똑같지요."

"맞아요. 그래서. 가족들이 날 해치지 않을 거라는 건 알지만······ 아주 냉정한 사람들이에요. 선생님 며느리처럼 빠르고 맹렬하게 물죠. 게다가 요즘 우리는 아주 날카로운 이빨이 있거든요." 매니가 손을 펼친다. 손바닥에는 수많은 상처가 흩어져 있다. 이제 그는 이 흉터들을 각각 어떻게 얻었는지 모두 기억한다. 이빨을 날카롭게 갈려면 신중하게 연마해야 한다. "그리고 다른 일도 있는데······ 이건 좀 복잡한 요소라. 그래서 말하자면 결과가 어떻게 나올지 모르겠는 상황이에요."

더글러스는 약간 슬퍼 보인다. "하지만 가족이잖소, 친구. 물론 가족이라는 게 때론 힘들기도 하지만 그럴 가치는 충분하잖아요, 안 그래요?"

더글러스가 가족이라고 말할 때 매니의 머릿속에 떠오르는 것은 브루클린과 브롱카, 파드미니와 베네자다. 그리고 닉도. 그들은 매니가 도시를 떠났다는 것을 알고 있을까? 이유도 짐작했을까? 그가 어디에 가는지도? 그들이 그를 걱정하고 있을까? 만일 그렇다면,

정확히 뭘 걱정하고 있을까?

매니가 대답하지 않자 더글러스가 한숨을 쉰다. 기차가 정거장에 가까워지면서 속도가 느려지고 있다. 더글러스가 자리에서 일어나 가방을 집어 든다. "난 가 봐야겠어요."

매니가 상념에서 빠져나온다. "벌써요? 아, 뉴어크라고 했죠." 저지시티를 지나면 뉴어크는 금방이다. 뉴욕에서 기차로 20분도 안 되는 거리다.

"그래요. 내 명함 아직 갖고 있어요? 전화해요, 이 친구야. 이 도시에서 우연한 일이란 없어요. 우리가 다시 만난 데에도 다 의미가 있다고요."

그런 걸 더글러스가 어떻게 아는지 놀라 매니가 눈을 깜박인다. 더글러스가 미소를 짓더니 옆을 지나가다 잠시 멈춰 매니의 어깨에 따뜻한 손을 얹는다. 그러고는 가 버린다.

남은 기차 여행 동안에는 아무 일도 일어나지 않는다. 매니는 열차가 달리는 내내 생각에 잠긴다. 더글러스의 손이 닿았던 곳이 유독 따스하게 느껴진다.

매니는 워싱턴 DC 유니언 역에서 내려 택시를 잡는다. 그가 묵을 호텔은 워싱턴에서도 가장 예쁜 동네에 있다. 귀여운 연립주택과 솜씨 좋게 손질된 잔디밭으로 둘러싸인 동네다. 조용하고 평화롭다. 전망 좋은 스위트룸에 체크인을 하고 룸서비스를 주문한 다음, 다른 도시의 풍경이길 바라며 워싱턴 DC의 불빛과 부산스러움을 내려다보면서 남은 밤 시간을 보낸다.

아침이 되자 7시 45분에 아래층으로 향한다. 오늘은 짙은 회색의 비즈니스 정장을 입었다. 뉴욕에서는 이런 맞춤 양복을 갖고 있어도 잘 입지 않았다. 주얼톤의 트윌셔츠에 넥타이는 없다. 어제는 유니언 역 근처에서 자주 가던 이발소에 들렀다. 자주 가던 이발소가 있을 정도로 DC에 자주 오갔다는 얘기다. 그러고는 헤어라인을 아주 정밀하게 다듬었다. 덕분에 하루이틀쯤 기른 턱수염이 그의 턱선에 근사하게 어울린다. 호텔 로비를 걸어갈 때는 몇 안 되는 사람들의 시선이 하나같이 그에게 쏠린다. 너무 오래 쳐다본다 싶을 때면 일부러 그들과 시선을 마주친다. 위협하기 위해서가 아니라 그들의 경탄을 스스로도 알고 있음을 알려 주기 위해서다.

아마도 자기 자신에 관해서만큼은 오롯한 통제력을 갖고 싶어서일 거라고, 그는 호텔 레스토랑으로 걸어 들어가며 생각한다.

레스토랑은 여성 손님 한 명을 빼고는 텅 비어 있다. 국회의사당 지역이나 DC 시내에서 멀리 떨어진 이 호텔은 대개 컨벤션이나 졸업식, 또는 외교관이나 눈에 띄고 싶어 하지 않는 로비스트가 사용하는 곳이다. 두 사람은 전에도 그런 이유로 이 호텔을 이용한 적이 있다. 창가의 작은 테이블에 앉아 있는 여성은 나름의 독특한 방식대로 매니처럼 눈에 띄게 아름다운 모습이다. 여자는 서 있을 때 키가 180센티미터를 넘는다. 힐을 신지 않은 채로 말이다. 매니는 여자가 60대라는 것을 알지만, 그럼에도 45세에서 단 하루도 더 나이든 것처럼 보이지 않는다. 흑인치고는 피부색이 밝은 편이고 잘 다듬어진 눈썹과 피부톤에 맞춘 펜티식 화장*, 그리고 짙은 갈색의 아르마니 맞춤 정장. 그는 대부분의 남성이 선호하는 방식으로 아름

---

*가수 리한나가 만든 화장품 브랜드 펜티의 색조 메이크업을 뜻한다.

다운 적이 없는 여성이다. 여자에게는 연약한 구석이 단 한 군데도 없다. 몸집이 작지도 않고 자신을 낮추는 미소를 짓거나, 키나 존재감을 줄이려는 시도조차 하지 않는다. 여자는 강하고 위험해 보인다. 매니는 자신이 일평생 사회통념에 맞지 않고 강인하고 위험한 사람을 좋아한 것도 다 이 때문이라고 생각한다.

매니가 레스토랑에 들어갈 때, 어머니는 창문 너머로 정원을 바라보고 있다. 하지만 그가 다가가자 고개를 살짝 돌리고는 아들에게 웃어 보인다. "이런이런. 언제나 시간을 잘 지키는구나."

"어머니." 매니가 인사를 건넨다.

어머니가 테이블을 돌아 나와 아들을 껴안는다. 그리고 이건…… 기분이 좋다. 매니는 이것을 기억한다. 어머니의 독특한 향수를 기억한다. 레드 샌달우드와 계피를 혼합한 맞춤 향수다. 어린 시절의 기억이 몰려온다. 어머니가 그의 머리를 쓰다듬을 때 코를 스치던 향기. 잊지 말렴. 어머니는 부드럽게, 그러나 단호하게 말했다. 언제나 가족이 먼저다. 우리는 함께 일어서거나 함께 무너질 거다.

두 사람이 몸을 뗀다. 매니가 맞은편 의자에 앉고 어머니는 두 사람 모두를 위해 카푸치노를 주문한다. 매니는 커피를 가져다주러 온 유니폼을 입은 젊은 여성에게 반사적으로 고개를 끄덕인다. 그러다 문득 뭔가 감각을 간질이는 느낌에 동작을 멈춘다. 여자는 평범하다. 어딘가 동아프리카 쪽 골격의 느낌이 드는 흑인이다. 몸매는 날씬하고 대학생 정도의 나이에 피곤해 보인다. 갑자기 이 여자에 대한 속삭임이 폭포처럼 쏟아진다. 한 70만 개 정도.

종업원이 자리를 뜨자 매니의 어머니가 자세를 고쳐 앉더니 그를 보며 살포시 미소 짓는다. "그래." 어머니의 음성은 낮고 우아함이 넘치는 콘트랄토다. "저 애가 살아남는다면 새로운 DC가 되겠지."

도시들은 동류를 알아본다. 심지어 그들이 도시가 되기 전에도 그렇다. 매니는 닉이 저 소녀를 교육하라는 지시를 받을지 궁금해진다. "여기도 똑같군요."

"그래. 이쪽 반구에서 최소한 여섯 개의 도시가 변화를 일으킬 준비가 되어 있지. 우리뿐만이 아니야. 그 여자가 도약을 지연시키고 있는 건 아니다. 내가 나름 세우고 있는 이론이 있지."

"미국 도시들이 상대적으로 젊다는 점을 감안하면 최근에야 그만한 명성과 안정성을 구축했기 때문일까요?"

어머니의 미소는 크고 긍정적이다. "드디어 이게 어떻게 돌아가는 건지 제대로 이해하게 된 것 같구나. 이제 널 뭐라고 불러야 할까?"

"매니요. 물어봐 주셔서 감사하네요." 매니는 카푸치노를 홀짝인다.

"그래야지. 하지만 네가 도시 대표가 되지 않았다는 데 좀 놀랐다. 타이밍이 안 맞았니? 탄생 직후에 도착한 게……."

매니가 고개를 젓는다. "그래도 전 아니었을 겁니다. 더 좋은 후보자가 있었으니까. 전 맨해튼에 만족해요."

"얘야, 내가 정착하는 것에 대해 경고하지 않았었니?"

매니가 빙긋 웃는다. "항상 정해진 선 안에 머무르라고 가르쳐 주시기도 했죠."

"우리 사업을 무너뜨릴 수도 있는 사람들의 조사를 피하기 위해서였지. 하지만 지금 말다툼을 하고 싶진 않구나." 어머니가 한숨을 내쉰다. "좀 많이 먹어야겠다. 살이 너무 많이 빠졌잖니."

두 사람은 잠시 잡담을 나눈다. 만나자마자 단도직입적으로 본론에 들어가는 건 적이나 신뢰할 수 없는 자들에게나 하는 짓이다. 친구 사이라면 그간 어떻게 지냈는지 묻고, 가족이라면 이런저런 수다를 떠는 법. 매니의 남동생은 래퍼가 되려 하고 얼마 전에 낸 싱글 앨범이 어느 정도 성공을 거뒀다고 한다. 그리고 "신장은 15센티미터쯤 더 크고 춤하고는 담장을 쌓은 박사학위를 가진 여자"와 사귀고 있다고 한다. 매니는 그게 어머니의 눈에 찬다는 소리인지 아닌지 모르겠다. 그리고 여동생은 가업을 배우는 중인데 매니가 버리고 떠난 역할을 차지하고 싶어 안달이 나 있다. 매니가 눈썹을 치켜올리자 어머니가 안심시키듯이 "몇 년 후에."라고 덧붙인다. "지금은 판단력이 부족하거든. 그리고 자제력도." 보아하니 여동생이 일처리를 제대로 못해 뒤처리를 하느라 상당한 뇌물을 써야 했던 모양이다. 시간이 지나면 그 애도 배우게 될 것이다. 매니도 그랬다.

마침내 어머니가 뒤로 기대앉더니 한숨을 내쉰다. 손끝을 모아 세우며 노골적인 눈빛으로 그를 살핀다.

"시장 선거에는 돈이 많이 든다."

매니가 고개를 한쪽으로 기울인다. "계속 감시하고 계셨군요."

"왜 아니겠니? 내 아들 일인데. 설령 우리가 널 필요로 할 때 네가 가족을 버렸다고 해도……"

아, 또 시작이다. 매니가 믿을 수가 없다는 듯이 고개를 설레설레 젓는다. "제가 행복해졌으면 한다면서요."

"그거야 당연하지! 하지만 그래도 난 널 강아지 취급할 거란다,

애야. 그게 내 일이잖니." 어머니가 싱긋 웃자 매니도 떨떠름하게 웃는다. 어머니가 다시 진지한 표정으로 돌아가 일 얘기를 꺼낸다. "토머슨 씨는 군자금이 너무 적고 조금 있으면 그 집 때문에 발목이 잡힐 게다. 소식통한테 들었는데《포스트》가 그 문제를 잡고 늘어져 무책임하다고 비난하면서 더러운 정치인이라는 프레임을……"

"그건 정면 돌파할 겁니다." 그 문제에 대해서는 이미 브루클린과 논의한 적 있다. 그는 홍보 회사를 고용해 토지 소유권 절도와 아프리카계 시민들로부터 부를 착복한 과거 미국의 역사가 연상되도록 반론을 세심하게 설계해 두었다. "다음 주에 공판심리가 있어서 일정을 앞당길 수도 없어요. 바로 직전에 토론회까지 있어서 우리가 할 수 있는 일이 없지요. 하지만 적어도 전투에 대비할 수는 있으니까요."

어머니가 알겠다는 듯 고개를 끄덕인다. "군자금은?"

"늦게 뛰어들었다는 점을 감안하면 괜찮은 수준이죠. 큰손 몇 명만 확보하면 기부금이 들어오기 시작할 겁니다."

"아. 그렇다면 자금 문제를 부탁하러 온 게 아니구나……" 어머니가 눈을 가늘게 뜬다. "뉴욕 경찰이군."

"경찰이죠." 매니가 고개를 끄덕인다. "레버리지 문제가 될 겁니다."

"말하자면 레버리지가 필요하단 뜻이군." 어머니가 한숨을 내쉰다. "넌 간단한 부탁을 하는 법이 없구나."

"제가 웬만하면 일을 알아서 처리하는 걸 좋아한다는 걸 아시잖아요." 매니는 몸을 뒤로 기대고 다리를 꼰다. 손끝을 맞대 뾰족하게 세우려다 순간 자신이 어머니의 흉내를 내고 있음을 깨닫는다. 성인이 된 후 대부분의 시간 동안 없애려 했던 오랜 습관이다. 그는 두 손을 얌전히 포갠다. 어머니가 그 과정을 재미있다는 듯이 지켜본다. 매니는 속으로 한숨을 내쉰다. "연금 예산에 대해서는 어느 정도 양보할 준비가 되어 있지만 브루클린이 내세우는 공약의 핵심은 경찰 조직을 통제하는 겁니다. 권력 남용과 군용 장비 사용 금지 및 감시 같은……"

"아, 그래. 거기 경찰은 우리 쪽 경찰만큼이나 최악이지." 어머니는 잠시 생각에 잠긴다. "엮을 만한 이름이 몇 개 있다. 이쪽으로 끌어들일 수 있는 배지들. 너도 이미 짐작하겠지만 PPA는 가망이 없어. 마일럼은 우파 조직을 나중에 로비스트로 일할 때 편하게 활용할 발판으로 여기고 있어서 계속 어리석은 짓을 할 거다. 하지만 마일럼의 가장 날카로운 이빨을 뽑을 방법이 있긴 하지. 알겠지만, 그의 약점은 아들이거든. 탐욕스러운 데다 대책 없는 인종차별주의자야. 심지어 마일럼도 그걸 알고 있고. 아들을 매달아 흔든다면 마일럼을 잡을 수 있을 거야. 더 좋은 건 공제조합과 흑인 법집행관 노조의 지지를 흔들 수 있다는 거고. 그들도 마일럼을 별로 좋아하지 않거든."

어머니는 이미 매니의 의도를 안다. 매니가 부탁하려 했던 모든 것을 처리할 방법, 거기에 약간의 덤까지. 그래서 그는 심호흡을 한다.

"대가는요?"

어머니가 빙그레 웃는다. "별로 행복해 보이지 않는구나, 매니."

매니는 애써 무표정을 유지한다. "노력 중이에요."

"넌 은 총알이야. 호수가 건네준 검이지. 그 애는 그럴 가치가 있니? 널 필요로 하긴 하고?"

정곡을 찌르는 공격이다. "네."

"네가 필요하다는 걸 그 애가 알고 있긴 하니?" 어머니가 답답함을 내비치며 손바닥을 팔랑인다. "내가 장담하는데 그 애에겐 아주 깊은 심연이 있을 거다. 뉴욕이 선택했으니 당연히 그렇겠지. 너도 거리에서 몸 팔던 애 옆에서 2인자 노릇을 하고 싶진⋯⋯"

"어머니." 감정이 한껏 절제된 목소리. 이것은 경고다.

아, 혹시 그런 거니? 어머니가 매니에게 그런 표정을 보낸다.

"걔한테 반하지 않았다고 말해 주렴."

매니는 손을 쥐었다 풀며 긴장을 풀어야 한다고 계속 되뇐다. 어머니는 자신만큼이나 무례한 걸 좋아하지 않지만 아무리 어머니라도 이야기할 수 없는 것이 몇 가지 있다. 이것도 그중 하나다.

어머니의 표정이 부드러워진다. "그렇다면 나로서도 이렇게 말하는 게 참으로 안타깝긴 하다만, 오래전에 네게 이렇게 가르친 적이 있지. 교환은 오직 동등한 가치를 지닌 것으로만 가능하다고 말이다. 우린 소소한 규모의 PAC*를 구성해 선거 자금을 지원하는 것으로 시작해 볼까 한다." 어머니가 미소를 짓는다. 그건 전혀 소소하지 않을 거라는 의미다.

매니의 턱 근육에 힘이 들어간다. 목구멍이 뜨겁다. "하지 마요."

어머니가 손을 뻗어 달래듯이 그의 무릎을 토닥인다. 최악은 어

---

*Political Action Committee. 특정 정치인이나 법안 등을 지지하거나 반대하는 활동을 하는 민간단체.

머니가 당신 말씀에 아들이 괴로워하는 것을 진심으로 안타깝게 여기는 것처럼 보인다는 것이다. 매니의 공감 능력과 무자비함은 어머니에게서 물려받은 것이다.

"우리는 네가 필요하단다, 매니. 네 가족 말이야."

가족이 꼭 혈연으로 이뤄지는 건 아니다. "내 인생이에요."

"그리고 넌 방금 그걸 저당 잡혔다." 어머니의 미소는 다정하지만 잔인하다. 그는 자신이 매니에게 무슨 짓을 하고 있는지 정확히 알고 있다. "흰옷의 여자는 우리 도시에서도 활동하고 있어. 주요 기관들을 악화시키고 우리의 방어막이 되어야 할 것들을 무너뜨리고 있지. 재앙의 징조가 나타나고 있다. 세계가 지금의 위기에서 살아남는다면 우린 도시가 생명을 얻을 때 최대한 강한 힘을 갖고 있어야 해."

매니는 이를 사리문다. 그러고는 분노를 너무 쉽게 드러낸다고 꾸지람을 듣기 전에 애써 몸에서 긴장을 푼다.

"어머니가 가족을 이끄시죠. 프라이머리가 되시라고요."

"그럴 수도 있겠지! 하지만 내 생각은 다르다." 어머니가 몸을 앞으로 기울인다. "자, 간단히 정리해 주마. 브루클린이 당선되고 뉴욕을 구하는 데 필요한 모든 자원을 대 주겠다. 그 대신 너는 뉴욕을 떠나야 해. 집으로 돌아와라. 그리고 네가 해야 할 역할을 하렴. 알겠니?"

매니는 닉의 미소를 떠올린다. 그가 얼마나 자주 슬픔을 무심함으로 가리려 들었는지 생각한다. 닉의 삶에서 너무도 많은 사람들이 그를 버렸다. 그리고 이제는 매니마저 그렇게 할 것이다. 그가 매니를 가까이 두지 않는 이유도 당연하다.

그러나 사랑과 다중우주 전쟁은 수단을 가리지 않는 법.

어머니는 잠시 기다린다. 매니가 대답하지 않자 그는 한숨을 내쉬더니 종업원을 위해 놔둔 50달러 옆에 냅킨을 내려놓는다. 카푸치노 두 잔은 세금을 포함해도 10달러가 되지 않는다. 매니가 지폐를 응시하는 동안 어머니는 의자에서 일어나 그의 옆을 지나치며 어깨에 손을 얹는다. 더글러스가 손을 얹은 어깨의 반대쪽이다.

"'맨해튼'은 너와 잘 어울린다. 적어도 뉴욕이 네게 가장 좋은 부분을 줬구나. 하지만 난 늘 너한테는 '시카고'가 더 잘 어울린다고 생각했지."

매니는 조용히, 멍하니 앉아 있다. 어머니는 그가 뭔가 말하길 바라며 잠시 기다리지만 매니가 아무 말도 하지 않자 어깨를 다정히 두드리고는 아들이 침묵 속에서 홀로 슬퍼할 수 있도록 놔둔 채 떠나간다.

11장

삐용삐용 쾅쾅

법원청사는 이상할 정도로 청결하다. 브루클린은 늘 그곳이 더러울 거라고 생각했다. 특히 뉴욕에는 법원 건물이 아주 많고, 청소 예산이란 경제 위기가 닥쳤을 때 제일 먼저 삭감되고 경제가 활성화될 때는 가장 나중에 복구되는 법이다. 하지만 브루클린의 생각은 사실 위생과는 아무 관계도 없다. 법원은 인간의 생명보다 재산이 더 소중하고 정의가 시간당 청구 비용으로 가늠되는 공포 영화 속 배경이나 다름없다. 브루클린이 로스쿨을 졸업하고도 곧장 정계에 입문한 것은 법정에 서고 싶지 않았기 때문이다. 로스쿨에 다닐 때에도 모의법정은 질색이었다. 중립적 시선으로 보기에 그는 여기서 너무도 많은 친구를 잃었다. 아이들은 학대하는 부모들에게 다시 돌려보내졌고 치료가 필요한 중독자들은 수감되었으며 무고한 이들은 거짓말을 일삼는 검사나 경찰 때문에 수년간 감옥에서 썩어야 했다. 그래서 그때 그는 정책의 방향을 잡고 지원 체제를 구축해 애초에 사람들이 법정에 서지 않게 할 수 있다면 자치구를 위해 더 많은 일을 할 수 있으리라 생각했다. 빌어먹을, 이곳에서는 악취가 풍긴다. 마치 시체안치소처럼.

특히 여기, 브루클린 시내에 있는 뉴욕 주 대법원 건물은 겉으로는 가증스러울 정도로 근사해 보인다. 반질반질한 콘크리트 바닥, 브루털리즘 건축*, 투명한 유리문이 있는 "개인실", 플라스틱 식물…… 하지만 사방 모든 곳에서 싸구려 청소액 냄새가 난다. 브루클린이 어렸을 때 아버지를 도와 브라운스톤 저택을 관리하던 시절, 클라이드 토머슨은 좋은 청소용품을 사는 데 상당한 돈을 썼고 그들은 오래 묵은 평범한 식초로 꽤 많은 일을 해결했다. 브루클린이 왜 청소에 이렇게 많은 돈을 쓰는지 물었을 때 아버지는 이렇게 대답했다. "어떤 곳이 사랑받는지는 냄새로 알 수 있지. 집에서 맛있는 음식과 좋은 나무, 생생한 페인트 냄새가 나면 사람들은 거기 살고 싶어 할 거다. 하지만 싸구려 냄새가 나면 겉으로는 아무리 깨끗해 보여도 실은 거기에 영혼이 없다는 걸 눈치챌 거란다."

그렇다면 이 법원에는 영혼이 없다. 정의는 눈멀었고 또한 잔인하다. 브루클린은 부디 정의의 여신이 오늘만큼은 자기 편에 서 주길 바랄 뿐이다.

(그는 리예에 살면 어떤 기분일지 상상해 봤다. 물론 그런 곳에 삶이라는 게 존재할 수 있다면 말이다. 하지만 결국 그가 생각할 수 있는 것이라곤 이런 것뿐이다. 도처에 플라스틱과 합성물투성이인 티끌 하나 없는 하얀 벽과 딱딱한 돌바닥, 그리고 싸구려 보라색 청소 세제의 끔찍한 냄새.)

---

* 1950년대부터 1970년대까지 유행한 비형식주의 건축 양식으로 가공하지 않은 재료의 사용과 콘크리트나 철근의 노출 등을 특징으로 한다.

"긴장 푸세요." 브루클린의 변호사 앨런 씨는 어울리지 않게 몸집이 자그마한 여성으로, 키가 180센티미터인 브루클린에 비해 머리 하나는 작고 몸무게는 절반 정도밖에 안 돼 보인다. 브루클린은 앨런이 핏불에 대한 모든 고정관념을 능가할 정도로 사납고 무자비하다는 동료 의원의 추천을 듣고 그를 고용했다. 개인적으로는 조금…… 과하다는 느낌이 든다고 해야 하나? 앨런은 더 나은 뉴욕 재단이 브루클린의 브라운스톤을 강탈하려 든 것을 거의 개인적인 모독으로 받아들이는 것 같다. "씨발 어떻게 그런 짓을." 처음 만났을 때 앨런은 이렇게 말했다. "이런 건 용납할 수 없어요. 우린 이 사건을 최고법원까지 가져갈 거고 노라는 대답은 인정하지 않을 겁니다. 그다음엔 다시는 이런 일이 일어나지 않도록 저 개자식들을 고소할 겁니다."

물론 화가 난 건 브루클린도 마찬가지다. 융자고 세금이고 전부 완납해 선취득권 따위는 존재하지도 않는 깨끗한 부동산 두 채가 소유주가 엄연히 존재하는데도 이렇게 간단히 매각될 수 있다는 건 너무 황당하고 터무니없는 일이라 거의 카프카적 부조리처럼 보일 정도다. 심지어 시 당국은 더 나은 뉴욕 재단에 매각세를 부과하지도 않았다. 그저 쓱싹쓱싹 약간의 서류 작업을 거치고 데이터베이스에서 정보를 몇 개 변경하고 나자 브루클린의 가족은 하루아침에 제집에서 퇴거 통지를 받게 되었다. 브루클린은 이 일에 대해 거의 이성을 잃을 만큼 분노하고 있다. 하지만 그럼에도 불구하고 그는 항상 포커페이스를 유지해야 한다. 좌절감을 폭발시킨 찰나 누군가 사진을 찍어 "성난 흑인 여성"이라는 캡션을 달아 소셜미디어에 퍼트릴지도 모르기 때문이다. 브루클린은 앨런이 가진 백인 여성 특유의 '당신 상사 불러와요' 에너지를 좋아하지만, 감정을 솔직하게 표현할 수 있는 앨런이 누리는 자유를 보며 억울함을 느끼지 않기란 어려운 일이다.

어쨌든, "내 아버지의 일평생 꿈이 산산조각 썰릴 위기에 처했는데 긴장을 풀기는 어렵죠." 정확한 표현은 아니다. 브라운스톤은 이미 팔렸다. 집이 썰린 건 브루클린이 도시의 살아 있는 화신이 되기 전에 일어난 일이다. 흰옷의 여자와 수하들이 전부터 존재했던 시 당국의 무능함을 이용한 걸 탓할 수도 없다. "다시 찾을 수만 있으면 좋겠네요."

"좋은 소식은 우리가 빠르게 움직였다는 거예요." 앨런이 그를 안심시킨다. "더 나은 뉴욕 재단이 모든 걸 정석대로 했다는 점도 운이 좋았고요. 그래서 브루클린 씨 사건에선 법적 제소가 실제로 큰 도움이 될 수 있죠."

브루클린은 더 나은 뉴욕 재단이 모든 것을 합법적으로 처리하는 이유를 안다. 떳떳하지 못한 거래는 뉴욕의 일부분이니까. 사기적인 수법을 사용했다면 도리어 도시에 힘을 실어 주는 효과가 발생했을 것이다. 어쩌면 브루클린이 도시의 힘으로 문제를 해결할 수 있었을지도 모른다. 아아, 리예는 자신의 하얀 집에서 보다 큰 목적을 꿈꾸고 있으니, 브루클린에게 돈과 체계적인 불평등에 기반한 완전히 일상적인 문젯거리를 던져 주었다. 이런 문제는 해결하기가 훨씬 어렵다.

전화기가 진동한다. 브루클린의 직원이 메시지를 보냈다. 판필로의원이 약 30분 뒤에 기자회견을 할 계획이라고 한다. 브루클린은 공판에 참석해야 해서 한동안 전화기를 꺼 둘 것이라고 답장한다. 그때 안건이 호명된다. 이제 브루클린의 사건 차례다.

예상은 했지만 방청석이 만원인 걸 보니 마음이 착잡하다. 현재 브루클린은 베네자의 탁월한 바이럴 홍보 덕분에 전국적인 스타덤에 오른 뉴욕 시장 후보다. 다른 건 몰라도 《포스트》가 이 사건에 적극적으로 달려들리라는 건 짐작하고 있었다. 그의 평판을 뭉갤 수 있는 완벽한 먹잇감이기 때문이다. 그러나 방청객에 앉아 있는 이들 중 상당수는 기자 같지 않다. 대부분 평상복을 입고 있고 어떤 이들은 너무 대충 입어서 출입을 허가받은 게 용할 정도다. 가령 반바지에 야구모자를 쓴 남자가 둘 있는데 그건 법정 규정에 위배되는 복장이다.

하지만 더는 구경꾼에게 신경 쓸 여유가 없다. 공판심리가 시작되었다.

처음 10분가량은 평범하다. 판사는 무척 피곤해 보이는 중년의 백인 남자다. 그가 배정되다니 정말 운이 좋았다. 크로퍼드 판사는 관료제의 불필요한 형식주의 때문에 피해를 입은 부동산 소유주에게 우호적인 것으로 유명하다. 하지만 법정을 무시하고 소란을 피우는 이들에게는 사신처럼 엄격하기로도 유명한데, 그래서 브루클린은 아버지에게 오늘 심리에 참석하지 말라고 부탁했다. 클라이드 토머슨은 화를 잘 참지 못하는 성격이라 법정 한가운데서 고함을 지를 공산이 다분하기 때문이다.

더욱 흥미로운 점은 더 나은 뉴욕 재단을 대변하는 변호사다. 브루클린은 정장을 입고 머리를 틀어 올린 흰옷의 여자가 직접 참석할 것이라고 생각했지만 지금 저 자리에 서 있는 것은 변호사 시험을 통과할 나이도 안 돼 보이는 젊은 백인 남성이다. 브루클린이 자신을 면밀히 살펴보는 것을 알아차린 그가 정중한 태도로 고개를 끄덕여 보인다. 그의 시선에는 악의가 없다. 몸에 흰 덩굴손이 나 있지도 않다. 하기야 지난 몇 달간은 어디서도 그런 것들을 못 봤다. 어쨌든 브루클린은 긴장을 풀 수가 없다. 리예가 관련된 일에서는 절대 그럴 수 없다.

앨런 변호사가 먼저 나선다. 브루클린과 그의 부친은 문제의 브라운스톤 두 채를 공동소유하고 있다. 융자금은 수년 전에 완전히 갚았고 두 부동산 모두 상당한 자기자본이 투입되었다. 취소 가능 신탁에서 더 나은 뉴욕 재단으로 소유권을 이전한 시 당국의 정책 프로그램은 방치되거나 너무 오래된 부동산을 처리하기 위한 목적으로 운영되며, 토머슨 씨의 부동산은 그중 어떤 조건에도 해당되지 않는다. 해당 프로그램이 주택 매각의 정당성을 주장하기 위해 제시한 근거는 수도요금 미납인데, 이는 허위 사실이다. 브루클린이 이를 증명할 영수증을 갖고 있기 때문이다. 시 당국의 입장에서는 단순한 실수에 불과할지 모르나 이러한 실수는 브루클린의 가족을 고통과 비탄에 빠트렸다.

"시 당국의 이런 행태가 계속해서 반복되고 있습니다." 앨런은 마무리 주장에서 이렇게 말한다. "해당 프로그램이 평범한 부동산을 투매 매물로 잘못 파악한 경우가 벌써 수백 건에 이릅니다. 무엇보다 노동 계급, 노인층, 장애인, 또는 상기의 조합인 흑인 및 유색인종 뉴욕 시민들이 소유한 부동산이 그중에서 압도적인 대다수를 차지하지요. 이러한 사건 유형의 경우, 새로운 소유주가 부동산을 즉시 매각하기 때문에 자산을 되돌려 받을 수 없으며 원 소유주는 법적으로 이의를 제기할 자원이 절대적으로 부족한 경우가 허다합니다. 본 사건과 유사한 사례가 발생하는 것을 방지하기 위해, 토머슨 씨는 압류 절차의 기본 판결을 무효화하고 부동산에 대한 소유권을 복구할 수 있도록 본 심리에 요청하는 바입니다."

시작이 좋다. 이제 더 나은 뉴욕 재단의 차례다. 변호사 밴스 씨가 일어난다. 그는 토머스의 부동산 소유권이 잘못 이전되었다는 데 이의를 제기하지 않는다. 그러나. "이 프로그램은 불우한 이들을 돕기 위한 것입니다. 소유권이 이미 이전되었기에 해당 부동산을 매각하면 우리 비영리 단체의 자금 확보에 상당한 도움이 될 것입니다. 그 돈이 어떻게 쓰일지 말씀드리지요." 그는 브롱크스 아트센터에 대한 2300만 달러 지원안부터 시작해 더 나은 뉴욕 재단의 선행 목록을 줄줄이 읊기 시작한다. 브루클린은 브롱카가 그 제안을 거부했다는 것을 잘 알지만 다른 사람들에게는 꽤 좋은 인상을 줄 것이다. 재단이 시에 제공하는 다른 "혜택"들도 비슷비슷하다. 뉴욕시 관리 규정에 어긋나는 낡고 오래된 건물을 철거하고(수백 명의 빈곤 가족이 거리로 쫓겨날 것이다.), "마약범이 들끓는" 놀이터를 반짝반짝한 커뮤니티 센터로 바꾸고(아이들을 위한 안전한 무료 야외 공간을 빼앗고 다수의 지역 주민들은 감당할 수 없는 고가의 회원비를 요구하는 소수만을 위한 공간만 남겠지.), 더럽고 오래된 보데가를 고급 식료품점으로 교체하는(지역사회 유지 기반을 무너뜨리고 식료품 가격을 인상시킨다.) 등등, 브루클린의 부동산을 매각하면 이 모든 것을 실현하는 데 도움이 된단다. 고 맙기도 하지.

브루클린이 몸을 숙여 앨런 씨에게 속삭인다.

"저 사람들 지금 내가 생각하는 그거 하고 있는 건가요?"

앨런은 나름의 포커페이스를 유지한 채 판사에게서 시선을 떼지 않는다. 걱정을 하고 있다는 의미다.

"네. '우리가 이 사람들 집을 뺏은 건 안됐지만 훔친 물건으로 좋은 일을 하면 되니까요!'를 하고 있네요."

이런 전술이 가능하다는 건 알고 있었지만 진짜로 실천할 줄은 몰랐다. 이건 "공공의 이익" 호소다. 도시의 자산 이전 프로그램은 유명한 인터넷 도메인과 유사하다. 더 나은 뉴욕 재단이 소유권 이전으로 인한 사회적 이익이 브루클린의 사적 재산권보다 더 중요하다고 주장한다면 판사가 호의적으로 반응할 가능성이 있다. 브루클린은 판사의 반응을 지켜본다. 그가 골똘한 생각에 잠겨 얼굴을 찡그리는 것을 보니 걱정이 된다.

밴스가 반론을 마무리할 즈음, 반바지와 야구모자 차림의 남자 둘 중 흑인이 갑자기 휴대전화를 높이 쳐들더니 영상을 재생하기 시작한다. 소리가 크다. 볼륨이 최대치로 올라간다. 전화기에서 흘러나오는 음성이 —판필로다— 소리 높여 군중에게 호소한다. 방청석에 앉아 있는 다른 사람이 눈살을 찌푸리며 말한다. "이봐요. 뭐 하는 겁니까? 앉아요." 반바지 야구모자 남자는 그 말을 무시한다. 브루클린은 남자가 뭐라고 대꾸하는지 알아들을 수가 없다. 판사가 즉시 인상을 찌푸리며 큰 소리로 정숙을 외치고, 법정 경위가 짜증스러운 표정으로 남자에게 다가가기 때문이다.

하지만 법정 경위가 전화기를 압수하거나 퇴장을 요청하기도 전에 방청석에서 또 다른 사람이 벌떡 일어나더니 전화기를 높이 들어 올린다. 이번에는 단호한 표정으로 입술을 꾹 다문 60대 정도의 백인 여성이다. 그의 휴대전화는 구형이고 볼륨도 그리 크지 않다. 그러더니 반바지 야구모자 백인 남성이 똑같은 짓을 시전한다. 이번엔 최악이다. 반대쪽 손에 휴대용 블루투스 스피커를 들고 있기 때문이다. 덕분에 법정 안에 요란한 소음이 들끓기 시작한다. 이제 방 안은 판필로의 음성으로 가득하고 크로퍼드 판사는 의사봉을 두드리며 전부 다 법정모독으로 잡아넣겠다고 옥박지른다.

그때 판필로가 말한다. "우리는 뉴욕을 다시 위대하게 만들 것입니다!"

"뉴욕을 다시 위대하게!" 방청석에서 여섯 명이 입을 모아 외친다. 둘은 한 박자 늦게 일어나 합류한 이들이다.

"씨발, 빌어먹을 놈의 그 친구들이잖아." 누군가가 중얼거린다. 하지만 뒤이어 뭐라고 하는지는 들리지 않는다.

판필로가 다시 구호를 외친다. "뉴욕을 다시 위대하게!"

법정 안 친구들이 마치 교회에서 와 있는 것처럼, 그러나 손바닥을 펼치는 대신 주먹 쥔 손을 높이 들어 올리며 후창한다. "뉴욕을 다시 위대하게!"

브루클린이 자리에서 벌떡 일어난다. 옆에서 앨런 씨가 그의 팔을 붙잡고 잡아당긴다. 법정에 있는 모든 사람 중에서도 브루클린만큼은 이성을 잃고 폭발하면 안 된다. 하지만 그는 지금 화가 난

게 아니다. 소위 친구들에게 대항하려고 일어선 것도 아니다. 그저 순수하게 혼란스럽기 때문이다. 도시가 느껴지기 때문이다. 특히 이 자치구, 브루클린자치구가 판필로의 구호가 울려 퍼질 때마다 달달 떨리고 있다. 판필로와 추종자들이 황홀경에 젖은 표정으로 사이비 신도처럼, 마치 만트라를 외우듯이 세 번째로 구호를 외친다.

그 순간 모든 조명이 나간다.

뉴욕의 드높은 명성에도 불구하고 사실 이 도시에서 정전은 아주 드문 일이다. 대부분은 여름에 발생하는데, 간혹 잔혹한 폭염이 덮쳐 너무 많은 사람들이 살아남기 위해 한꺼번에 창문형 에어컨을 작동시킬 때 일어난다. 하지만 오늘처럼 서늘한 가을날에는 이런 일이 일어날 리가 없다. 브루클린은 왜 전기가 나갔는지 깨닫는다. 왜냐하면 바로 지금 이 순간 브루클린이, 인간 여자도 아니고 지방 자치 정부도 아닌 형이상학적으로 살아 있는 브루클린이 죽었기 때문이다.

죽음은 알맞은 단어가 아니다. 브루클린은 파드미니에게서 퀸스에 무슨 일이 일어났는지 들은 적이 있는데 그때 파드미니가 사용한 단어가 죽음이었다. 그렇지만 브루클린이 보기에 이건 자치구가 죽는 것과는 정반대의 일이다. 이것은 태어나지 않은 상태로 돌아가는 것이다. 도시가 눈을 뜨기 전과 똑같은 느낌이다. 억압된 에너지, 인식의 동요, 수군거림과 불길한 징조, 그리고 자신의 것이 아닌 무수한 삶들과 한 번도 가 본 적 없는 장소, 경험한 적 없는 트라우마와 승리를 공상하던 순간들. 몇 달간 살아 있는 도시로 자의식을 갖고 활력 넘치는 시간을 보내다 보니 이렇게 갑자기 예전으로 돌아가자 마치 조조가 태어나고 15년 후에 다시 딸을 임신하게 된 느낌이다. 그게 끔찍하다는 건 아니지만 엄청나게 잘못된 일인 건 확실하다.

자치구가 다시 생명력을 얻을 수 있을까? 파드미니의 경우에는 가능했다. 브루클린은 이런 일이 왜 발생했고 파드미니가 이를 되돌리기 위해 정확히 어떤 일을 했는지 더 자세히 듣지 않은 데 자책한다. 묻지 않은 건 브루클린이었다. 그런 일이 일어날 수 있다는 데 약간은 유혹을 느꼈기 때문이다. 그는 가끔 살아 있는 도시라는 부담에서 벗어나고 싶었다. 집안 문제도 골치 아팠고, 사는 게 너무 바빴다. 그런데 막상 그렇게 되고 나니 이렇게 끔찍할 수가 없다. 어서 빨리 살아 있는 브루클린으로 돌아가고 싶다. 가능한 최대한 빨리.

다만 문제가 있다. 정전이 발생한 짧은 시간 동안 전화기와 스피커가 꺼지면서 구호를 외치던 판필로의 추종자들도 조용해지더니…… 별안간 상대편 변호사인 밴스 씨가 짧은 비명과 함께 목이 졸린 듯한 이상한 소리를 낸다.

불이 들어온다. 모두가 놀라 웅성거린다. 예외가 있다면 계획이 틀어져 짜증스레 투덜거리는 판필로의 팬들 정도다. 판사는 조명이 들어온 것만큼이나 구호가 멈췄다는 데 안도한 표정이다. 브루클린은 밴스를 쳐다본다. 그러고는 공포심에 얼어붙는다.

이것에 대해서도 파드미니가 말한 적이 있다. 하늘에서 내려온 케이블. 가까이 있는 창문을 통해 법정 내부까지 들어와 있다. 유리창은 깨지지 않았다. 저 케이블은 이 차원에서 실체를 지니고 있지 않기 때문이다. 케이블 끝부분이 밴스 씨의 머리 뒤에 찰싹 붙어 단단하게 고정되어 있다.

정말로 끔찍한 것은 그것을 볼 수 있는 사람이 아무도 없다는 것이다. 종기를 엮어 만든 벌레처럼 보이는 근육질의 무언가가 바닥에 길게 늘어져 마치 심장이 펄떡이듯이 움직인다. 밴스 씨의 뒤통수에 붙어 있는 끝부분은 그의 짧은 머리칼 사이에서 이따금 수축하고 있는데, 마치 살점으로 만들어진 "꽃잎"처럼 펼쳐져 두피에 딱 달라붙은 채 뭔가를 빨아들이고 있는 것 같다. 밴스는 꼼짝도 않고 가만히 서 있을 따름이다. 표정은 멍하니 풀어져 있고 눈빛은 흐리멍덩하다. 비록 브루클린의 집을 훔쳐 간 이들을 위해 일하는 사람이지만 그래도 그를 도와주고 싶다. 저런 일은 누구도 당해서는 안 된다.

하지만 브루클린은 이제 도시의 힘을 발휘할 수가 없다. 지금 할 수 있는 일이라곤 욕지기나는 무력감 속에서 저것을 노려보는 것뿐이다.

"전화기와 스피커를 압수하시오." 판사가 고갯짓으로 친구들을 가리키며 법원 경위에게 지시한다. "아니면 체포해도 좋고. 어느 쪽이든 상관없습니다. 다시는 이런 법정 모독 행위를 못 하게 하세요."

반바지를 입은 사내 하나가 즉시 항의한다. "그럴 순 없어요! 난 헌법상 권리가 있다고……" 그가 징징거리는 사이 법정 경위가 사내의 손에서 휴대전화를 낚아챈다. 남자가 놀라 헐떡이며 전화기를 붙잡으려 손을 뻗지만 이 시합에서 이긴 경위가 경고의 의미로 허리에 찬 벨트에 손을 가져다 댄다. 그곳에는 수갑 대신 사용하는 집 타이가 걸려 있다.

"내 법정을 방해할 헌법상 권리 같은 건 없습니다." 크로퍼드가 쏘아붙이고는 보란 듯이 사내를 외면하고 고개를 돌려 밴스에게 집중한다. "소송대리인, 진술을 계속하십시오. 되도록 빨리 부탁합니다. 또다시 방해를 받기 전에 말이지요."

"그렇죠!" 밴스가 얼굴 가득 환한 미소를 짓는다. 브루클린의 피부가 싸늘하고 따끔거린다. 그는 저 광기 어린 가짜 미소를 알고 있다. "기본적인 내용은 알고 계시죠? 그 부동산은 우리 겁니다. 우리가 그걸 가져간 건 그냥 그럴 수 있기 때문이랍니다! 게다가 당신네 중에서 제일 성실하고 생산적인 시민이 쫓겨나더라도 어차피 별로 신경도 안 쓰는 것 같아서요. 법원의 명령만 없었어도 진즉에 팔아 치워서 뉴욕을 망가뜨릴 수 있는 다른 데다 투자했을 텐데." 그는 이제 밴스가 아니지만 자신이 반론을 해야 한다는 사실을 뒤늦게 기억해 낸 듯하다. "자선 활동! 그러니까 자선 활동이요! 도시를 파괴하는 건 사실 아주 자비로운 행위랍니다. 수백만 명을 한꺼번에 안락사시키는 거랑 비슷하죠. 이 특정 분기의 존재 그 자체를 지워 버리면 다중우주의 다른 무한한 생명들에게 엄청나게 좋은 일을 해 주는 거예요! 자, 이 정도면 됐죠?"

크로퍼드는 밴스/흰옷의 여자를 얼빠진 표정으로 쳐다본다.

"대리인, 지금 괜찮습니까?"

"살짝 무너질 것 같긴 한데, 그것 말고는 완전 기분이 좋네요. 물어봐 주셔서 감사합니다, 재판장님." 밴스/여자가 몸을 돌리더니 브루클린을 쳐다보며 히죽 웃는다. 밴스의 얼굴은 좁고 길쭉하다. 입이 좌우로 지나치게 벌어져 모든 치아가 전부 드러나자 더욱 소름이 끼친다. "너도 마찬가지란다, 자기야. 보아하니 나한테서 보호해 주는 그 성가신 도시의 힘이 이젠 없는 것 같네? 정말 비극적인 일이야, 안 그러니? 빨리 어떻게 하는 게 좋겠다."

그때, 법정 경위와 대거리를 하던 판필로의 친구들 무리가 갑자기 동작을 멈추고 얼어붙는다. 그러더니 브루클린을 향해 동시에 고개를 돌리고는 히죽 웃는다. 그들의 머리 위로 하얀 케이블이 변화하는 것이 보인다. 그 기다란 것이 점점 두껍게 부풀어 오르고 있다. 브루클린은 문득 『어린 왕자』를 떠올린다. 사랑스러운 아동서이지만 어렸을 적 그 책을 처음 읽었을 때는 묘하게 기분 나쁜 느낌이 들었다. 어린애들은 원래 이상한 것에 쉽게 겁을 집어먹으니까. 어쨌든 그 책에는 코끼리를 삼켜서 불룩해진 보아뱀이 나오는데…… 흰옷의 여자의 케이블도 그 안에서 뭔가 아기 코끼리처럼 보이는 것이 꿈틀꿈틀 비집으며 밴스의 머리를 향해 전진하고 있다. 저게 대체 뭐지? 밴스한테 도달하면 어떻게 되는 거지? 브루클린은 진심으로 그 답을 알고 싶지 않다.

브루클린은 휴대전화를 집어 든다. 공포에 사로잡힌 와중에도 막연히 "여성의 밤" 플레이리스트를 이용해야겠다는 생각이 든다. 하지만 전화기가 애초에 정상적으로 꺼진 게 아니라서 재부팅을 하는 데 시간이 영원토록 걸리고 있다. 더 나쁜 것은 전화기가 마법적으로 "차갑다"는 것이다. 음악은 브루클린의 무기다. 그는 음악을 통해 도시의 힘을 거르고 목표를 겨냥한다. 그 힘이 없다면 음악은 그냥 소음일 뿐이다. 음악이 그에게 도움이 되지 않는 건 브루클린의 생애에 처음 있는 일이다.

법정 안은 난장판이다. 방청석에 있는 일부 사람들이(브루클린의 지지자도 참석했던 모양이다.) 소름 끼칠 정도로 미동도 없이 서 있는 판필로의 지지자들에게 고함을 지르고 있다. 몇몇 기자는 전화기나 오디오 장비를 꺼내 녹음을 시작한다. 끝내주네. 앨런이 기립해 이의를 제기한다. "재단 소송대리인이 제 의뢰인을 위협하고 있습니다, 판사님!" 크로퍼드가 잠에서 깨고 싶다는 듯 마른세수를 한다. 법정 경위가 가장 가까이 있는 반바지 야구모자의 팔을 붙잡고 돌려세우려 하지만, 아무리 온 체중을 다해 잡아당겨도 꼼짝도 하지 않는다. 이럴 리가 없다. 경찰관의 체중이 25킬로그램도 훨씬 더 나갈 것 같은데. 그러나 지금 여기서는 이 차원의 물리 법칙만 작용하고 있는 게 아니다. 적어도 이제는 그렇다.

케이블 내부에서 꿀렁꿀렁 움직이던 커다란 덩어리가 밴스의 머리까지 거의 다 왔다.

브루클린이 앨런의 팔을 붙든다. "여기서 나가야 해요. 여긴 안전하지 않아요." 무대 위 독백 같은 커다란 속삭임이라 판사가 그 말을 들었을 수도 있다. 아니면 모든 사람들이 제각각 고함을 내지르고 여기저기서 전화기가 띠링띠링 켜지고 있어 듣지 못했을 수도 있다. 크로퍼드 판사는 왜 아직도 휴정을 선언하지 않는 거지?

그러나 크로퍼드 판사의 반응은 브루클린을 깜짝 놀라게 한다.

"이제 그만!" 크로퍼드가 버럭 외치며 자리에서 일어난다. 그는 지금 머리끝까지 화가 나 있고, 우렁찬 목소리가 법정 가득 왁자지껄한 소음을 단번에 압도한다. "절대 안 되지. 정치 문제로 내 법정을 방해하고 싶다고? 소리만 꽥꽥 질러 대면 원하는 걸 얻을 수 있다고 여기는 겁니까? 무슨 다섯 살 난 어린애요? 아니, 절대 안 되지." 판사가 의사봉을 붙잡고 땅땅 두드린다. "본 재판부는 원고의 주장을 인용합니다. 소유권 이전과 관련한 모든 비용은 더 나은 뉴욕 재단에서 부담하며……"

브루클린이 승리했음을 깨달을 수 있을 만큼 법정 용어에 익숙한 이들로부터 산발적인 환호가 터져 나온다. 하지만 바로 그 순간, 꿀렁거리던 덩어리가 밴스의 머리에 도달한다. 짧은 신음과 함께 눈동자가 머리 뒤로 넘어가고 입이 헤벌어진다. 벌려진다. 브루클린은 밴스의 턱이 뱀처럼 분리돼 양쪽 입가가 주욱 늘어나며 찢어지는 모습을 겁에 질려 바라본다. 세상에, 적어도 그가 고통을 느끼지 않기만을 바랄 뿐이다. 하지만 불쌍한 밴스 씨의 신체적인 변형보다 훨씬, 훨씬 더 나쁜 것은 그의 목구멍에서 뭔가가 불쑥 솟고 있다는 것이다. 토하는 것도 아니고 액체도 아니다. 그리고 코끼리는 절대로 아니다. 하지만 뭔가…… 얼룩덜룩한 회색 물질 같다. 밴스의 치아 뒤쪽에서 밀려 나와 바깥쪽으로 부풀기 시작한다. 저 끔찍하고도 사악한 덩어리가 엄청난 속도로 앞으로 튕겨 —

크로퍼드가 의사봉을 들어 밴스를 가리킨다. 밴스의 목구멍에서 부글부글 올라오는 끔찍한 소리를 일종의 항의 표시로 받아들인 것 같다. "듣고 싶지 않습니다, 대리인. 내가 이 사건을 처리한 방식에 문제가 있다고 생각되면 항소를 제기하거나 날 화나게 한 판필로 의원을 탓하도록 해요. 그런데 정말로 내 법정에서 그런 방식이 통할 줄 알았단 말입니까? '오늘은 안 되지, 절대 안 돼. 왜냐하면 난 여기 놀러 온 게 아니니까.'" 크로퍼드가 의사봉을 콩 내리친다.

인간 브루클린은 순간 의아함을 느낀다. 판사의 마지막 대사가 이상하게 친숙하게 들리기 때문이다……. 하지만 마침 그 순간 초신성이 폭발하듯이 자치구 브루클린이 격렬하게 부활한다. 핵폭탄이 폭발할 때 몰아치는 핵폭풍처럼 의사봉에서 도시다움이 번쩍 터져 나온다. 그 충격파가 법정 경위를 강타한 순간, 그가 갑자기 무시무시한 힘으로 방금까지 저항하던 반바지 야구모자를 바닥에 쓰러뜨린다. 충격파가 밴스를 해머처럼 내리쳐, 케이블을 거쳐 그의 입안에서 빠져나오고 있던 정체 모를 덩어리를 맹렬하게 후려친다. 그 바람에 밴스가 후들거리며 넘어져 탁자에 부딪친다. 그의 머리에 붙어 있던 촉수가 새된 소리를 지르며 떨어져 나간다. 그러고는 거센 몸부림과 함께 창밖으로 물러나기 시작한다. 하지만 그 안에 있는 이상한 덩어리 때문에 움직임이 느려 폭풍처럼 덮쳐 오는 브루클린다움의 물결을 제때 피하지 못한다. 브루클린은 도시의 힘이 보이지 않는 화염방사기처럼 케이블 촉수와 그 안에 담긴 화물을 화르륵 불태워 날려 버리는 것을 보며 감격한다. 눈 깜짝할 사이 하얀 재만 남더니 이내 그마저 사라져 버린다. 중간이 매끄럽게 잘려 나간 촉수가 퍼덕거리다 왔던 곳으로 후퇴하는 모습이 창문 너머로 언뜻 보인다.

앨런이 브루클린의 팔 위에 손을 얹는다. "괜찮아요?" 그가 왜 그러느냐는 표정으로 브루클린을 쳐다보며 묻는다. "감정적인 순간이라는 건 알겠지만, 이런 때 멍하니 감상에 잠길 줄은 몰랐어요."

앨런의 등 뒤에서 법정 경위가 반바지 야구모자 사내의 손목을 집타이로 묶은 다음 방금 들어온 다른 경위에게 인계하는 게 보인다. 백인 반바지 야구모자가 왜 자기 친구가 체포되느냐고 커다란 목소리로 항의하자 첫 번째 법정 경위가 매서운 눈초리로 노려본다. 저놈도 같이 체포할까 골똘히 고려하는 표정이다. 판필로의 지지자 몇 명이 반쯤 내키지 않는 투로 소요를 다시 시작해 보려 하지만 이상하게도 휴대전화로 연설 영상을 재생할 수가 없고 구호를 선창할 사람이 없다 보니 당황하며 결국 입을 다문다. 법정 안은 여전히 어수선하지만 점차 진정 중이다.

브루클린은 그제야 앨런이 뭐라고 말했는지 깨닫는다.

"맙소사. 우리가 이겼어요?"

그러자 앨런이 큰 소리로 웃음을 터트린다. 요근래 브루클린이 들은 것 중 가장 기분 좋은 소리다.

그렇다면 됐다. 소위 친구들이 법정 경위를 둘러싸고 법원 책임자와 이야기를 하고 싶다며 소란을 피우고 있다. 계속 저런 식이라면 전부 끌려 나가는 것으로 마무리될 것이다. 가엾은 밴스 씨가 의자에 털썩 주저앉는다. 입은 정상으로 돌아왔는데 무척 피곤해 보이고, 아직 통증이 남은 것처럼 한쪽 턱관절을 문지르고 있다. 브루클린은 법정을 나가는 길에 그의 옆에 잠시 멈춰 서서 얼굴을 들여다본다. 아무리 봐도 그냥 밴스 씨일 뿐이다. "괜찮아요?" 하지만 만약을 위해 물어본다.

그가 놀라 눈을 깜박이더니 흐리멍덩하게 고개를 끄덕인다.

"물어봐 주셔서 감사합니다. 하지만 제게 말을 걸면 안 됩니다, 토머슨 씨……"

"알아요, 알아. 하지만 금방이라도 쓰러질 것 같아서요. 건강 살펴요."

브루클린은 규정과 절차를 존중한다는 것을 알려 주기 위해 한 발짝 물러선다. 크로퍼드가 판사석에서 일어나 떠날 채비를 하고 있다. 하지만 브루클린이 옆을 지나가자 잠시 동작을 멈춘다. 브루클린이 고개를 살짝 끄덕이며 그에게 인사를 보낸다. 브루클린이 얼마나 안도하고 있는지 판사는 짐작조차 못 할 것이다. 크로퍼드의 뉴욕다운 성미와 불손함이 없었다면 무슨 일이 벌어졌을지 상상도 하기 싫다.

하지만 바로 그때, 크로퍼드가 마지막으로 인용한 구절이 기억난다. 오늘은 안 되지, 절대 안 돼…… 세상에, 그건 MC 프리의 후기 히트곡 중 하나인 「존나 안 돼」의 가사다. 빌어먹을 자기가 만든 노래도 까먹다니. 정말로 나이가 든 게 틀림없다.

"좋은 하루 되십시오, 토머슨 씨." 크로퍼드의 말에 브루클린은 화들짝 놀란다. 두 사람은 대화를 나누면 안 된다. 하지만 크로퍼드 판사는 밴스 씨를 흘깃 쳐다보고 혹시 보고 있지는 않은지 확인하더니 브루클린에게 찡긋 윙크를 보낸다. "엄청난 팬이랍니다."

12장

베이글과 바게트의 만남

마리나와 두 번째 데이트를 했을 때, 브롱카는 이 사람이야라는 생각이 들기 시작한다.

왜냐하면 데이트를 할 때 잘못될 수 있는 모든 일이 잘못되기 때문이다. 브롱카는 시간을 투자할 가치가 있는 잠재 연인을 만났을 때마다 항상 운이 나빴다. 이번에는 일단 약속 시간을 착각했다. 두 사람은 휴스턴에 있는 안젤리카 필름센터*에서 만나 브롱카가 제목을 까먹은 무슨 예술 영화를 볼 예정이었다. 레즈비언이 나오는데 둘 다 마지막에 안 죽는다고 했다. 브롱카에게는 아주 참신한 경험이라 그것만으로도 즐거운 시간을 보낼 수 있을 터다. 그는 영화가 8시가 아니라 9시에 시작한다는 것을 깜박했지만, 동시에 간단히 배도 채우고 여유롭게 수다를 떨기 위해 영화 상영보다 한 시간 일찍 만나기로 했다는 사실을 기억해 낸다. 그러니까 브롱카는 지

---

*뉴욕에 본점을 둔 독립영화관으로 주로 독립 영화와 예술 영화를 상영한다.

금 영화 시간보다 두 시간 일찍 도착해 극장 로비에 홀로 앉아 있는 중이다. 같이 놀 사람도 없이 혼자 빈둥거리며 보내기에는 너무 긴 시간이다.

하지만 극장 밖을 내다보며 아트센터 이사회가 늘어놓는 최신 헛소리, 브루클린의 선거 운동 때문에 돌려야 하는 전화, 그리고 방금 아들이 보낸 손자 사진, 아 그리고 물론 바로 코앞에 다가온 우주의 멸망에 대해 생각하지 않으려 애쓰다가(하지만 실패한다.) 문득 창문 표면에 반사돼 비친 한 여성의 모습을 발견한다. 여자는 이쪽으로 다가오고 있다. 브롱카가 약속 시간을 잘못 알았다는 실수를 수줍게 고백한 후에 그를 만나러 온 사람은 마리나가 아니다. 이 여성은 키가 작지만 무지 말랐고, 작고 가는 뼈대에 웨이브 진 검은 머리가 햇볕에 태운 얼굴 주위를 감싸고 있다. 갈색 스웨이드 스커트와 크롭 블라우스를 차려입고 세상에나 줄무늬 양말을 신었으며, 그 위에는 반짝반짝한 주황색 새틴 더스터코트를 걸쳤다. 그런데도 이상하게 세련돼 보인다. 패션모델일까? 영화를 보러 오는 사람치고는 너무 화려하게 입은 것 같은데. 하지만 이곳 소호에서라면 "너무 화려하게 입은 것"은 별것도 아니다. 그러나 이 여성에게서 가장 눈에 띄는 점은 안젤리카가 뉴욕에서 가장 좋은 극장 중 하나긴 해도 오래된 팝콘 냄새가 가득하고 낡은 카펫이 깔려 있는 이곳에 와 있는 걸 무척 언짢아하고 있다는 것이다. 표정만 봐도 알 수 있다. 저 여자는 여기 있다는 것 자체가 품위를 떨어뜨리는 일이라고 생각한다. 뉴욕의 모든 것이 자신보다 못하다고 여긴다.

여자가 브롱카의 맞은편 소파에 앉자 또 다른 거대한 중력우물의 존재에 브롱카의 형이상학적 무게중심이 이동한다. 눈 깜짝할 사이 브롱카는 사람들이 바글거리는 공동주택과 오래된 지하 납골당의 맞은편에 앉아 있다. 담배 연기와 프로방스의 허브 냄새가 시위 현장의 매캐한 연기 위로 밀푀유처럼 겹겹의 층을 이루며 쌓여 —

브롱카가 눈을 깜박인다. 여자가 다리를 꼰다. 무릎까지 오는 줄무늬 양말은 다른 사람의 눈에는 우스꽝스러울지 몰라도 그는 그것이 해지고 닳을 때까지 신을 것이다. 그렇고말고. "파리."

여자가 눈동자를 굴린다. "안녕." 프랑스어 억양이 거의 없는 영어로 빠르고 신랄하게 대꾸한다. "만나서 반가워. 아, 그래. 당연히 파리지. 나 말고 누가 상황을 설명하러 파견되겠어? 그게 내 애달픈 인생이란다. 넌 뉴욕이지."

순간 브롱카는 이 여자에게 버럭 화를 내야 할지 고민한다. 하지만 쌀쌀맞게라도 예의를 갖추는 편이 낫다는 판단을 내린다.

"난 뉴욕의 자치구야. 그중에서도 브롱크스지. 혹시 우리의 중심 화신을 만나고 싶은 거면……"

"이곳에서 아롱디스망*을 뭐라고 부르는지는 관심 없어. 너한테 말을 건 이유는 그나마 찾기가 가장 쉬웠기 때문이야. 그리고 너희 젊은 것들을 교육시키기 위해 우리가 편찬한 지식의 사전을 갖고 있기도 하고. 이 이상 설명하긴 귀찮네. 어쨌든 너면 되겠지."

아니, 안 되겠다. "그래, 나여야겠네." 브롱카는 여성의 기관총처럼 빠른 말투를 상쇄하기 위해 일부러 단어 하나하나에 힘을 주며

---

* arrondissement. 파리의 '구'에 해당하는 행정단위.

느릿하게 대답한다. "그쪽이 그런 태도로 이 도시의 다른 자치구에 발을 디뎠다간 주먹으로 얻어맞을 테니까 말이야. 나야 생각만 할 뿐이거든. 이젠 손주도 있으니까 본보기가 되어야지."

파리는 일순 당황한 듯하다가 이내 숨을 크게 들이켠다. 잠시 후 그가 말한다. "사과하지. 여기 사람들은 전부 무례해 보이거든. 똑같이 대응 안 하기가 어려워."

사과는 확실히 도움이 된다. 브롱카는 어느 정도 공감한다. 뉴요커들은 그들의 사람 대하는 방식을 외부인들이 존중하지 못할 때 그리 잘 대처하지 못한다. 그 방식이라는 게 주로 "쓸데없이 시간 낭비하지 말고 빨리 용건이나 말해"라서 문제지.

"그래, 뭐. 로마에 오면 로마법을 따라야지. 하지만 됐어. 안녕, 만나서 반가워, 파리. 내가 도와줄 일이라도?"

파리는 약간 긴장을 푸는 것 같지만 꼰 다리를 풀었다가 다시 꼰다. 브롱카는 그게 불안감 때문이라고 생각한다. 어쩌면 아닐 수도 있고. 유럽에서 가장 오래된 도시의 살아 있는 구현체가 하지불안 증후군을 갖고 있을 수도 있고 아니면 투르 드 프랑스나 UEFA 챔피언십의 에너지를 구현하는 방식일 수도 있지.

"회담 날짜가 정해졌어." 파리가 치맛자락에 붙어 있는 상상의 먼지를 툭툭 털며 말한다. "금요일. 너희 시간으로 정오에 장소는……"

브롱카는 벌써 고개를 흔들고 있다. "금요일? 오늘이 화요일인데? 이렇게 빠듯하면 비행기 푯값이 얼마나 비싼지 알아? 거기다 우리 중에는 애를 맡길 사람을 찾아야 하는……"

"가능한 빨리 열어야 한다고 요청한 건 너네잖아." 파리가 짜증스런 표정을 짓는다.

"그랬지. 왜냐하면 이 세계가 통째로 죽을 거라서 우린 너희도 그걸 걱정할 줄 알았으니까……"

"4000년 내지 5000년째 살고 있는 이들을 한자리에 불러 모으는 게 얼마나 어려울지 생각은 해 봤니? 우린 보통 새로 태어난 도시가 100살이 되기 전엔 회담에 부르지도 않아. 젊은 것들은 그게 다른 도시들에게 얼마나 큰 부담인지 이해를 못 하니까. 세상에, 뤄양*은 1950년대가 되어서야 제 발로 기차를 탔단다. 그 전엔 자기 도시에서 한 발짝도 나오려고 하질 않았거든! 악몽도 그런 악몽이 따로 없어."

브롱카도 쏟아 내고 싶은 게 산더미 같지만 애써 분통을 터트리고 싶은 것을 참는다. "우리말은 신경도 안 쓰고 몇 주일이나 무시하더니 이번엔 겨우 사흘 전에 통보라? 그래 봤자 결국 뭐가 달라질지 모르겠네. 난 네 도시 별이 우리처럼 가지 아래로 추락하는 걸 봤어. 파드미니, 그러니까 퀸스 말로는 몇 주일만 있으면 더 이상 손도 쓸 수 없는 상황이 된다고 하더라. 만약에 너희 어르신 도시들이 회담에 참석 안 하겠다면 우리가 직접 찾아가겠……"

파리가 길고 짜증 가득한 한숨을 내쉰다. 다만 이번에는 개인적인 이유 때문이 아닌 것 같다. "우리 중 상당수가 부인 상태에 있다는 걸 이해 못 하는구나." 파리의 어조는 다소 시큰둥하다. "예전엔 미국인들이 긴급 상황이 닥치면 이기적인 자기파괴 충동에 시달린

---

* 洛陽. 옛 당나라 수도인 낙양의 현 지명.

다고 생각했는데, 사실은 인류 전체의 문제였나 봐."

"부인?" 브롱카는 방금 들은 말을 믿을 수가 없다. "지금 뭔 일이 일어나고 있는지 모른대? 요즘 나무에 찾아가 본 적은 있대? 추락이라는 게 무슨 기분 좋게 바람 쐬는 느낌이라고 생각하는 거야?"

"걔들 생각이야 나는 모르지. 하지만 나한테 이 모든 문제를 일으킨 게 뉴욕이고 그러니 너네들을 처벌하고 싶다고는 하더라."

브롱카가 놀라 숨을 헉 들이켠다. "그게 뭔 씨발……"

파리가 손을 들어 올려 제지한다. "제발! 난 들은 걸 전달하는 것뿐이야." 여자가 다시 다리를 꼬더니 우아한 동작으로 창문 너머 휴스턴 가를 내다본다. "어쨌든 너나 다른 뉴욕 대표는 참석할 거지?"

브롱카는 아직도 방금 들은 말을 이해하려 노력 중이다…… 그러니까 뭐야, 다중우주 멸망 거부주의자들인 건가?

"어, 그래. 젠장. 전부 다 갈 수도 있고. 하지만 그 전에 다 같이 얘기부터 해 보고. 파울루도."

"정말 민주적이네. 하긴 여럿이라 선택의 여지가 없긴 하겠다."

"왜, 다른 복합도시들은 다른 방식으로 하나?"

"모든 도시에겐 각자의 방식이 있지. 한 도시에 여러 명이 깨어난 건 너네 뉴욕만이 아니지만 대략 수 세기 정도는 그런 일이 없었어. 어떤 이들은 과거에나 일어나는 일이라고 믿었고. 한데 이쪽 반구의 여러 도시에서 생명의 태동을 감지했을 때는 그중 상당수가 여럿이라는 걸 알 수 있었지. 그래서 변화를 안 좋아하는 이들이 화가 난 거야. 너무 많은 변화가 한꺼번에 일어나고 있거든. 우리 중 여러 명이 아직 애도 기간이라는 것도 잊지 말아 줘. 식민주의는 우리

조차 감당하기 힘든 대량학살을 불러왔고, 고대도시의 기준으로 그건 그리 오래된 일이 아니거든." 파리가 한숨을 내쉬더니 몸을 똑바로 세워 앉는다. "하지만 신경 쓰지 마. 난 그저 너네가 회담에 참가했을 때 어떤 일을 겪을지 미리 알아 두라는 것뿐이니까. 적이 수천 년간 우리를 갖고 놀았다는 게 드러났고, 너네 도시는 아직도 불안정하고, 대책 없어 보이는 다중우주의 추락까지…… 불만론자들은 모든 게 지겨운 거야. 그리고 적을 막을 수는 없지만 너네들을 비난하는 건 가능하지. 열 받는 일이긴 하지만 이해는 되지 않아?"

"그래." 브롱카는 급격한 기술 발전과 저항 운동, 그리고 그가 삶의 거의 모든 측면에 느끼는 무력감을 떠올리지 않으려고 노력한다. 베네자는 가끔 그를 러다이트라고 부르고 브롱카는 그 별명에 내심 자부심을 느낀다…… 하지만 이제는 그런 자부심도 버려야겠다는 생각이 든다. 그렇지 않으면 ─ 몇 주일 후에도 살아 있다고 가정할 때 ─ 1000살을 먹고도 유선전화의 종말에 대해 열불을 내며 불평을 토로하게 될지도 모르니까. "하지만 우리를 비난해 봤자, 그리고 다른 이들이 그런 헛소리에 맞장구를 친다면 아무도 살아남지 못할 거야. 살고 싶다면 근본적인 문제를 해결하는 수밖에 없지."

파리가 고개를 갸우뚱 기울인다. 브롱카에게는 도발적으로 느껴지는 몸짓이지만 문화권마다 몸짓언어가 다르다는 사실을 새삼 상기한다. "생각해 둔 방법이라도?"

"그래, 우선 없애야 할 게……" 브롱카는 리예의 이름을 입 밖에 내려다 퍼뜩 자제하고는 대신에 남쪽을 향해 고개를 까딱인다. "우리 중심 화신을 깨웠을 때 그 여자를 우리 도시에서 거의 쫓아냈지만 그 전에 우리 자치구 중 하나를 빼앗겼어. 그 둘 사이를 갈라 놓을 수만 있다면…….”

“그렇구나. 한데 어쩌다가 너네 뉴욕 중 하나가 다른 이들과 유대감을 형성하지 못하고 그런 취약한 고리가 되었지? 하고 다른 도시들이 묻겠지. 그냥 미리 대비해 두라고 말하는 거야.”

브롱카는 턱 근육이 경직되는 것을 느낀다.

“부분적으로는 그게 뉴욕의 본질이니까. 그 자치구는 다른 지역들과 항상…… 음, 자주 갈등을 겪던 관계였어. 하지만 가장 큰 이유는 처음에 이게 다 무슨 일인지 우리가 갈피를 잡을 수가 없었기 때문이야. 우리를 도우러 온 다른 도시들을 비난하진 말아 줘. 상파울루와 홍콩 둘 다 적에 대해선 너희들이 아는 정도밖에 몰랐으니까. 하지만 이젠 모두들 용감하게 일어나 우리가 꼼짝없이 갇혀 있는 이 용감한 신세계에 적응하려고 노력해야 해.”

파리가 다시 의자 깊숙이 기대앉더니 관자놀이를 문지른다.

“나도 네 말에 동의해. 하지만 너의…… 그 공격적인 성향은……다른 성난 도시들과 잘 맞지 않을 거야.”

“고양이 야옹하는 소리 하고 있네.” 브롱카가 고개를 가로젓는다. “네 입으로 그랬잖아. 우리 뉴욕은 무례해. 우린 가진 것 하나 없어도 남들한테 셔츠를 벗어 주고 얼마 남지 않은 지하철 카드를 대신 그어 주는 사람들이지. 하지만 우리 잘못도 아닌 일 때문에 손가락질 받는다면 상대가 누구든 버럭할 거란다. 아, 어쩌면 맨해튼은 빼고. 걔는 워낙 점잖아서 난리를 피우는 게 상상이 안 되네. 아마 그 애는 그냥, 아주 친절하게, 너희들 목을 그어 버리겠지.”

놀랍게도 파리는 재미있다는 듯이 코웃음을 친다.

"난 순수하고 정직한 살해 본능을 존중해. 하지만 이 모든 위험이 그 여자가 얼마 전까지 뉴욕이었던 한 조각에게 품은 애착 때문이라면⋯⋯" 파리는 아주 극적이고도 섬세한 방식으로 말을 끊는다. "스태튼아일랜드 인구는 50만밖에 안 되지."

브롱카가 쓴웃음을 참으며 고개를 젓는다. 그는 이미 뉴욕 중 몇몇이 ─ 그중 하나는 틀림없이 맨해튼일 테고 ─ 문제의 해법으로 스태튼아일랜드 화신의 살해를 고려해 봤다는 걸 안다. 매우 정착민다운 문제 해결법이다. 그 50만 명은 살아 있는 사람이다. 가장 편하고 단순한 해결책이 항상 최선의 방법은 아니다. 비록 실패하긴 했지만 그는 아이슬린과 대화를 시도한 베네자가 무척 자랑스럽다.

하지만 파리의 작은 암살 계획을 저지하려는 데는 다른 이유가 있다. "그게 효과가 있을지는 아무도 몰라. 얼마 전에 우리 중 하나가 스태튼아일랜드의 화신을 만나 돌아오라고 설득하려 했는데 리⋯⋯아니, 그 여자가 공격을 했거든. 그러다 스태튼아일랜드도 죽을 수 있었는데 아랑곳하지 않고 말이야. 만일 자치구의 화신이 죽을 경우 자기를 받치는 기반이 흔들린다면 그렇게 했을까? 우리의 적극적인 원조가 없어도 이제는 이 세상에 찰싹 달라붙어 있는지도 몰라. 벨크로처럼."

"그렇다면⋯⋯?"

"우리가 아직 안 해 본 유일한 방법은 총공격이지." 브롱카가 다리를 쭉 뻗으며 말한다. 전쟁 이야기가 나오자 긴장감이 감돈다. 브롱카는 자신의 발을 내려다보며 데이트를 위해 신은 예쁘장한 캔 버스화 대신 철판을 덧댄 장화가 신겨 있는 모습을 상상한다. "중심 화신을 찾아서 우리 힘이 하나로 합쳐졌을 때 전력을 다해 그 여자를 공격했지만 스태튼아일랜드 때문에 완전히 쫓아내는 데는 실패했지. 하지만 다른 도시들의 도움을 받으면 충분한 타격을 가할 수 있을지도⋯⋯." 그러나 이 방법이 통할지는 역시 알 수 없다. 브롱카가 두 손을 펼친다. "그래도 가만히 앉아 불평만 늘어놓는 것보단 낫겠지."

파리가 고개를 끄덕인다. "그래, 알겠어. 흠, 그럼 와서 모두에게 네 주장을 들려줘. 그러면 우리가 어떤 도움을 줄 수 있을지 알아볼 수 있겠지." 파리가 일어나 상상 속의 치마 주름을 바로잡는다. "그리고 너네 맨해튼에게 회담이 열리기 전에는 다른 도시들을 방문하지 말라고도 전해 줘. 몇몇은 화가 많이 났는데⋯⋯." 그가 얼굴을 찡그린다. "뭐라고들 하는지 차마 입 밖으로 내지도 못하겠네. 상황이 아주 민감하니 최대한 신중하게 굴도록 해."

브롱카가 눈동자를 굴린다. "아가씨, 우린 뉴욕이야. 하지만 그래, 전해 주지." 이제 이런 것에는 진절머리가 난다. 멍청하고 이기적인 이들이 자기 자신과 주변 사람들을 해치지 못하도록 막는 데 막대한 시간을 들이는 건 정말 피곤한 일이다. 브롱카는 눈가를 비비며 한숨을 쉰다. "그래서 회담은 어디서 열리는데?"

"지중해 어귀에 있는 섬이야. 유적 중앙에 계단식 원형극장이 있어. 수백 년 동안 우리의 모임 장소였지. 곧⋯⋯ 초대장을 보낼게."

잠시 후, 브롱카는 그 초대장이라는 것이 화려한 종이 카드가 아니라 도시의 마법이라는 사실을 깨닫는다. 어쩌면 너무 작은 섬이라 거대디딤으로만 갈 수 있는지도 모른다.

한데 잠깐만. "아조레스 제도를 말하는 거야?"

파리가 거의 쓴웃음에 가까운 미소를 짓는다.

"아, 아무리 필요한 지식을 내줘도 새 도시들이 낡은 사고방식에서 탈피하는 데는 시간이 걸린다니까. 내가 말한 섬이 어딘지는 너도 알 거야. 지식의 사전에 아주 조심스럽게 끼워넣어 뒀거든. 하지만 이 세상에선 접근 못 해. 여기선 존재한 적이 없으니까."

이런 젠장. "아틀란티스구나." 브롱카가 저도 모르게 내뱉는다. 전에 다른 뉴욕들에게 도시가 장엄하게 실패할 경우 어떻게 현실에서 그 존재가 지워져 전설로만 남게 되는지 설명한 적이 있다. "난 그곳이 죽었다고 생각했어. 실제로 갈 수 있는 장소일 줄은 몰랐네."

"죽었어. 하지만 도시가 죽어도 항상 무언가가 남지."

파리가 놀랍도록 쓸쓸함이 담긴 옅은 미소를 짓는다. 아틀란티스의 화신과 아는 사이였던 걸까? 아닐 수도 있다. 어쩌면 나이가 워낙 많은 탓에 다른 수많은 도시가 죽어 가는 것을 목격했고 그래서 하나의 비극과 다른 비극들이 뒤섞이기 시작했을 수도 있다. 브롱카는 그에게 공감할 수 있다.

그래서 눈에 보이는 슬픔을 존중하며, 그리고 언제나 보이지 않는 면이 더 많다는 점을 상기하며 브롱카는 심호흡을 하고 잠시 침묵을 지켰다가 다시 입을 연다.

"좋아. 그럼 우리도 참석하지. 알려 줘서 고마워."

파리는 브롱카가 고맙다는 말을 할 줄 몰랐다는 듯이 눈을 끔벅인다. 브롱카는 그냥 못 본 척하기로 한다. 파리가 일어나 커다란 창문 쪽으로 향한다. 그의 시선이 남쪽으로 향하더니, 잠시 후 눈이 커다래진다. "맙소사."

리예. "그래." 브롱카가 말한다. 나름대로 숨이 멎을 듯한 장관이다. 구름 속에서 빛나는 도시. 세상을 박살 낼 망치라기보다 동화 속 나라처럼 보인다.

파리가 고개를 가로젓는다. "너희가 우리의 동족이 된 그 짧은 시간 동안 오직 이것, 이 갑작스럽고 기이한 광기만이 너희가 안 전부라는 사실을 기억해 둬야겠군." 파리가 혼잣말로 중얼거린다. "전쟁 중에 탄생한 어린 도시라. 참 잔인한 일이야. 그러니 너희가 조금은 편할 수 있도록 내가 할 수 있는 건 다 해 볼게."

파리가 이렇게 말하고 브롱카에게 고개를 끄덕여 보이더니 화장실로 향한다. 브롱카는 잠깐 경고를 해 줘야 하나 생각한다. 안젤리카 필름센터의 화장실은 아주 끔찍하다. 하지만 기둥 뒤로 지나간 파리가 반대편에서 다시 나타나지 않으니, 뭐 괜찮겠지.

게다가 저기 마리나가 온다. 다부진 체격의 중년 라틴계 여성으로, 그가 평생 본 중 가장 달콤한 미소를 지으며 마리나가 로비를 걸어오는 것만으로도 모든 끔찍한 것들이 물러가는 기분이다.

"안녕, 일찍 왔네." 마리나가 방금까지 파리가 앉았던 자리에 앉으며 말한다. "왜 귀신이라도 본 것 같은 표정이야?"

브롱카가 소리 내어 웃는다. 그러고는 충동적으로 마리나의 이마에 입을 맞춘다. 이렇게 어색한 각도만 아니었다면, 그리고 벌써 그럴 단계까지 사귀었다면 입술에다 했을 것이다. 하지만 놀랍게도 브롱카가 몸을 떼자 마리나가 손을 들어 올려 셔츠 앞판을 움켜

쥔다. 그러고는 브롱카를 밑으로 끌어내리면서 얼굴을 쳐들어……
오. 정말? 그렇다면야.

"귀신이 아냐." 마리나가 자기 몫을 실컷 음미하고 나자 브롱카가
미소를 지으며 말한다. "그보다는 미래랄까."

"미래 같은 거 엿이나 먹으라지. 어차피 몽땅 엉망이 될 텐데. 눈
앞의 5분이나 신나게 즐기자고."

브롱카는 마리나를 응시하며 생각한다. 결혼해 줘.

진정해요, 진정, 로미오에트(Romeo-ette). 브롱카의 머릿속에 살고
있는 꼬마 베네자가 낄낄거린다. 그래, 괜찮아. 브롱카는 신중할 것
이다. 하지만 그래도. 언제나 깨달음이 오는 순간이라는 게 있잖아?
아무리 나쁜 상황도 더 나아질 가능성은 언제나 있다. 포기하지만
않으면 된다.

그래서 브롱카는 다중차원의 파멸적인 종말이 목전에 임박했음
에도 일단 남은 데이트나 즐기기로 한다.

13장

실존적 절망의 피자

아이슬린은 침실에 앉아, 어머니가 신의에 대해 이야기하는 것을 들으며 속을 부글거리고 있다.

어머니가 말하는 내용은 중요하지 않다. 어차피 벌써 20분이 넘게 한 귀로 흘리는 중이니까. 엄마한테 정말로 화가 난 것도 아니다. 왜냐하면 지금 말하고 있는 것은 켄드라 홀리한이 아니기 때문이다. 켄드라의 어깨 너머 목덜미 뒤쪽에는 흰옷의 여자가 "안내선"이라고 부르는, 실제 존재한다고 하기 힘든 가느다란 이파리가 붙어 있다. 너무너무 평범하고 무해한 이름 아냐? 아이슬린도 지난 3개월 동안 똑같은 것을 달고 다녔다. 그리고 그것의 영향력에서 벗어난 지금, 그는 그것을 다른 이름으로 부른다. 목줄.

문제는 그 여자가 이 안내선에 대해 아이슬린을 속이거나 기만할 의도는 없었다는 것이다. 엄밀히 말해 그건 아주 정확한 어휘다. 목줄도 안내선처럼 이끌고 안내하기는 마찬가지다. 다만 부수적으로 통제라는 기능이 붙어 있을 뿐이지.

하지만 난 개가 아닌걸. 아이슬린은 생각한다. 그렇지만 엄마의 입에서 나오는 말을 한마디라도 더 듣게 되면 사납게 짖어 대기 시작할 거다.

"나 나갔다 올게요." 어머니가 한창 말하는 도중, 아이슬린이 일어선다.

"그렇지만 너도 생각해 보면…… 뭐? 아." 켄드라가 눈을 깜박인다. 그러더니 얼굴이 활짝 펴진다. 순간적으로 평소의 엄마로 되돌아온 것 같다. 아이슬린이 사랑하고, 또 아주 많이 그리운 예전의 엄마로. 하지만 이건 함정이다. "또 페리를 타러 가는 거니? 지난번에 정말로 탔었잖아……"

"아니." 아이슬린은 어머니와 한때 친구로 여겼던 존재에게 대꾸한다. "다신 안 떠나. 그냥 생각할 공간이 필요해서 그래, 알았지? 그 정돈 괜찮잖아."

어머니가 정색한 표정을 짓는다. "인간의 생각이라는 건 항상 골칫거리야. 문제 해결이라는 단순한 주제에서 금방 벗어나서는 자꾸 이상한 데로 빠지거든. 너무 창의적이야. 하지만 어쩔 수 없지. 저녁은 집에 와서 먹을 거지?"

"아뇨." 아이슬린은 충동적으로 대답한다. 재킷과 자동차 열쇠를 집어 든다. "기다리지 마요." 어머니는 아이슬린이 나가는 것을 보고도 아무 말도 하지 않는다.

아이슬린은 한참 동안 차를 몰고 섬 주변을 돌아다닌다. 자기 차를 갖게 된 후로 생각을 정리할 때면 하는 버릇으로, 돌이켜보면 그가 이 자치구의 화신이 된 이유 중 하나가 아닌가 싶다. 아이슬린은 오도노반 연못과 돌고래 분수, 그레이트킬스 파크 등 경치가 좋은 모든 장소를 돌아다녔고, 수년에 걸쳐 혼자만의 근사한 장소를 찾거나 또는 만들었다. 샬럿 쇼어라인 근처에도 한 곳이 있다. 아이슬린은 거기서 몇 시간이고 해변에 앉아 바다와 뉴저지의 산업적 혼란을 바라보곤 했다. 바람이 잘못된 방향으로 불 때는 뭔지 알 수 없는 수많은 화학약품의 악취가 났다. 하지만 바람이 올바른 방향으로 불 때면 아이슬린이 절대적으로 사랑하는 짙은 바다 냄새를 맡을 수 있었다. 다른 곳에서는 이와 비슷한 냄새를 맡아 본 적도 없다. 그것은 그의 자치구인 스태튼아일랜드만의 독특한 내음. 이곳의 정수이며, 아이슬린의 마음을 가라앉히는 데 실패한 적이 없다…… 오늘이 오기까지는.

오늘 평소 즐겨 앉는 해변 자리에서 아이슬린이 느낄 수 있는 감정이라곤 두려움뿐이다. 부분적으로는 이 세상이 추락하고 있기 때문이다. 이제 아이슬린은 항상 그것을 느낄 수 있다. 잠에 들려고 누워 눈을 감고 있을 때는 거의 견딜 수가 없을 정도다. 왜냐하면 여기가 아닌 다른 곳에서 빛의 점이 된 그가 점점 더 눈부시게 발광하는 다른 빛들에 둘러싸여 있고, 얼마 후면 비극적 멸망이 닥칠 것이라는 불길한 예감이 온몸 가득 차오르기 때문이다. 그러나 지금 이 순간 아이슬린이 불안감을 느끼는 이유는 바다에서 예전과 같은 냄새가 나지 않기 때문이다. 바다 냄새야 여전하지만 묘하게 이상하고, 전에는 맡아 본 적 없는 곰팡이 냄새 같은 것이 감돈다. 마치 바다 내음을 구성하고 있던 뭔가가 썩기 시작한 것 같다. 그래서 아이슬린은 그의 섬과 그 위에 떠 있는 유령 도시를 연결하고 있는 통통하고 두꺼운 이상한 — 흰옷의 여자가 송신탑이라고 부르는 — 기둥을 더욱 주의 깊게 살펴본다. 스태튼의 어떤 지역도 그 기둥들로부터 자유롭지 못하고, 심지어 시간이 지날수록 그 수가 늘어나는 것 같다. 여자는 저것들을 변환 케이블에 비유했다. 한 세계의 신호를 다른 세계에서도 이해할 수 있게 번역하는 도구라고 말이다. 하지만 아이슬린은 그 설명에 이중적인 의미가 담긴 건 아닌지 의심스럽다. 저 송신탑은 케이블보다는 뿌리에 가까운 느낌이다. 하긴 생각해 보면 뿌리도 뭔가를 전달하는 역할을 하지 않나? 인공물이 아니라 생물이라는 점만 다를 뿐. 아이슬린은 정원을 가꿔 본 적이 있어서 어떤 식물들은 땅에서 흡수한 성분의 일부를 다시 토양으로 되돌려준다는 걸 안다. 가령 클로버나 콩이 토양에 질소를 고정시키는 것처럼. 그러나 대부분의 식물은 땅에서 물과 영양분을 빨아들이기 때문에 퇴비나 비료로 보충해 주지 않으면 결국 그 땅은 아무것도 자랄 수 없는 메마르고 황폐한 곳이 되고 만다. 그렇다면 저 송신탑은 그의 스태튼아일랜드에서 정확히 무엇을 빨아들이고 있는 걸까? 아이슬린은 모른다. 하지만 의심 가는 부분은 있다. 섬 주민들에게서 점점 결핍되고 있는 것들이 있다. 활력. 개성. 현실 감각까지. 모두 스태튼아일랜드가 아이슬린이 평생 사랑해 온 멋지고 이상한 곳이 되는 데 필수적인 요소들이다.

그 여자가 너도 죽이려고 한 거 알지?

그래. 아이슬린은 그게 마음에 들지 않는다. 조금도.

해가 가라앉기 시작하고 10월의 서늘한 밤공기가 밀려들자, 잠시 뒤 아이슬린이 자리에서 일어나 차로 향한다. 배가 많이 고픈 건 아니지만 가끔은 좋아하는 음식을 먹으면 마음의 위안이 된다. 그래서 아이슬린은 마음속에서 특별한 위치를 차지하고 있는 데니노로 향한다. 아이슬린이 주문한 화이트소스 클램파이처럼 전형적인 스태튼아일랜드 음식을 파는 식당이다.* 그가 여기 온 데에는 또 다른 이유가 있다. 아버지가 이탈리아 음식을 좋아하지 않기 때문이다.("기름기가 너무 많아. 그런 걸 만드는 놈들처럼.") 아이슬린에게 피자를 먹는다는 것은 아버지에게 반항하고 자기주장을 내세우는 방법 중 하나였다.

하지만 아이슬린은 여기서도 마음의 위안을 얻기보다는 서글픔을 느낄 뿐이다. 자신에게 더는 관심도 없는 사람한테 반항하는 게 무슨 의미가 있단 말인가? 텅 빈 눈빛으로 싱글싱글 웃기만 하는 매슈 홀리한이 화를 낼 수는 있는 걸까? 아이슬린은 모르겠다. 더욱 충격적인 사실은 아버지가 과거에 저지른 모든 짓에도 불구하고 걸어 다니는 화약고나 다름없었던 예전의 그가 그립다는 점이다. 무슨 심리적인 증상이 틀림없다. 스톡홀름 신드롬이나 마조히즘, 「모리 포비치」** 재방송에서 봤던 것들처럼. 어쨌든 중요한 건 매슈 홀리한이 비록 끔찍한 방식이긴 해도 나름 딸을 사랑하긴 했다는 것이다. 과연 이 새 버전의 아버지도 그럴지, 아이슬린은 확신 못 하겠다.

클램파이를 깨문 순간, 아이슬린은 요즘 상황이 최악이었다 한들 그보다 더한 최악이 존재할 수도 있음을 깨닫는다.

맛이 끔찍하다. 어찌나 끔찍한지 바로 입에서 뱉어 낼 정도다. 치

---

* 여기서 '파이'는 우리가 아는 피자를 의미한다.

** Maury Povich. 친자확인처럼 자극적인 내용을 방영하는 미국 TV 프로그램.

즈가 상한 건가? 아님 조개? 냄새도 이상하다. 곰팡이 냄새도 나는 것 같다. 그럴 리가 없는데. 왜냐하면 이 피자는 버섯 근처에도 갈 일이 없으니까.

아이슬린이 한입 베어 문 피자 조각을 빤히 노려보며 혹시 미각이 엉망이 되는 이상한 병에 걸린 건 아닌지 의심하고 있는데 여자 종업원이 옆에서 발을 멈춘다. "더 필요한 거 있으세요?"

고개를 든 아이슬린은 잠시 눈을 깜박인다. 데니노는 가족이 운영하는 식당이다. 오랫동안 다닌 덕분에 이곳 직원이라면 대부분 알고 있는데 이 직원은 처음 보는 얼굴이다.

"어, 맛이 이상해서요. 재료가 좀 잘못됐거나…… 모르겠네요."

"저런." 종업원은 당혹한 것 같지만 그래도 명랑하다. "운이 나빴네요."

고객과 언쟁을 벌이는 건 스태튼아일랜드의 또 다른 전통이기에 그럴 리가 없다는 대꾸를 각오하고 있던 아이슬린은 조금 당황한다.

"어, 네. 그렇네요. 저기요, 이거 못 먹겠어요. 대신에 쉬림프파이 먹을 수 있나요?"

"아, 죄송해요." 종업원의 표정이 비극적으로 변한다. "그 메뉴는 사라졌답니다. 사실은 클램파이도 곧 없애려고요. 죄송해요."

아이슬린의 입이 벌어진다. "하지만…… 난 여기서 딱 그거 두 가지만 먹는데요!"

"아, 그래요? 그럼 어쩔 수 없죠."

종업원이 쟁반을 가져가려고 손을 내민다. 아이슬린은 여자의 위팔에 안내선이 붙어 있는 것을 발견한다. 여자가 접시를 치울 때 덩굴손이 살랑거리더니 갑자기 아이슬린의 얼굴을 쳐다보듯이 방향을 홱 돌린다. 아이슬린은 그것을 쳐다보거나 아예 생각하지도 않으려고 노력한다. 별로 어렵지는 않다. 지금 그는 종업원이 그런 식으로 반응했다는 것을 믿을 수가 없기 때문이다.

"이봐요." 아이슬린은 쟁반을 들고 돌아서는 종업원에게 날카롭게 말한다. 아이슬린을 돌아보는 종업원은 이번에도 당혹한 듯 보이지만 여전히 명랑하다. 요즘 스태튼아일랜드에서는 모든 게 평화롭고 명랑하다. 그리고 이건 잘못됐다. 아이슬린이 퉁명스레 말한다. "환불을 해 주거나 아니면 다른 음식을 줘야 하지 않아요? 난 배가 고픈데 이 피자는 맛이 형편없고, 내가 유일하게 먹고 싶은 다른 메뉴는 팔지도 않잖아요. 적어도 사과를 해 주든가. 아니면, 아니면…… 설명이라도 제대로 해 줘야 하는 거 아니에요?" 아이슬린은 매니저를 불러 달라고 호통치려다 가까스로 입을 다문다. 그런 부류의 백인 여성이 되고 싶지는 않다. 적어도 지금은. 하지만 그 말이 목구멍까지 나왔다가 들어간다.

"어머, 죄송해요." 종업원이 환한 미소를 지으며 대답한다. "몇 주일 전에 조리법을 바꿨답니다. 그래도 손님들 대부분은 바뀐 음식도 좋아하시던데요. 손님은 아니신가 보네요!"

아무리 생각해도 더는 용납할 수가 없다.

"최악이었어요. 역겨울 정도였다고요."

종업원은 그저 물끄러미 쳐다볼 뿐이다. 아이슬린은 자신의 숨소리를 센다. 하나……둘……셋. 10초가 지난다. 그제야 아이슬린은 종업원이 어떻게 해야 할지 몰라 아무 반응도 하지 않았음을 깨닫다. 이 여자는 심지어 "어, 제가 어떻게 해 드리면 될까요?"라고 물어 볼 만큼의 의지도 의욕도 없다. 그렇게 나온다면 적어도 아이슬린이 뭐든 할 수 있을 텐데 말이다. 아니면 조금은 뉴요커다운 태도라든 가, 적어도 대화를 이어 나갈 수 있는 무응답이라든가. 그러면 아이 슬린도 거기 맞춰 대꾸할 수 있을 텐데. 하지만 이건 그냥…… 아무 것도 없다. 새로운 스태튼아일랜드는 모든 게 즐겁고 흥겨운 곳이 고, 말다툼은 즐겁지 않은 일이다. 그리고 이 여자에게는 아이슬린 에게 꺼지라고 큰소리칠 만한 스태튼아일랜드다움이 없다.

　도저히 못 참겠다. 아이슬린은 여자의 팔에 붙어 자신을 힐끔거리 고 있는 안내선을 향해 말한다. "당장 여기로 와. 나랑 얘기 좀 해."

　언젠가는 예쁘다고도 생각했던 작고 하얀 이파리가 아이슬린의 퉁명스러운 말투에 놀란 듯 약간 주춤거리며 물러난다. 잠시 후, 종 업원의 짙은 갈색 머리카락이 황갈색이 감도는 흰색으로 바뀌고 입 고 있는 옷도 새하얗게 변한다. "저런저런, 기분이 별로 안 좋아 보 인다, 친구야." 흰옷의 여자가 아이슬린의 맞은편에 앉아 피자 쟁반 을 내려놓고는 탁자 위에 두 손을 겹쳐 내려놓는다. "모녀간에 정겨 운 대화도 나누고 해변에서 조용한 시간을 가지면 네 기분이 좀 나 아질까 했는데. 이 피자도 공짜로 줄 생각이었어."

　아이슬린이 고개를 가로젓는다. "왜 우리 엄마가 나한테 말을 거 는 게 도움이 될 거라고 생각했어? 그것도 하필 신의에 대해서? 우 리 엄마라면 절대로 안 할 짓이야." 이 모든 광기가 발발하기 직전 마지막으로 대화를 나눴을 때, 켄드라는 아이슬린에게 스태튼아일 랜드를 떠나라고 했고 아이슬린은 그 말에 기겁했었다. 그리고 나서 아이슬린은 도시가 되었고, 적대적인 침입자들과 싸워 물리쳤고, 정말로 페리를 타고 거의 시티까지 갔다가 되돌아왔다. 항구괴물한테 방해를 받긴 했지만. 그런데 이 승리를 어머니에게 말해 줄 수조차 없다니.

"네가 우리 엄마를 잘못되게 만들었어." 마침내 아이슬린이 말한다. "네가 우리 엄마를……" 뭐라고 표현해야 할지 적절한 단어를 찾아 한참 동안 머릿속을 뒤진다. 아침에 아이슬린과 대화를 나눈 켄드라는 지금 이 종업원처럼 흰옷의 여자 자체는 아니었다. 안에 다른 사람의 정신이 들어가 있었던 게 아니다. 그저…… 밋밋해진 것뿐이다. 켄드라라는 매우 복잡하고 독특한 여성을 상상할 수 있는 가장 평범한 어머니의 모습으로 납작하게 뭉갠 것뿐이다. 개성을 젠트리피케이션했다고 표현하면 될까. "너처럼 만들었다고." 아이슬린이 문장을 끝맺는다. "넌 여기 사람들을 전부 너처럼 만들고 있어."

여자는 진심으로 어리둥절해하는 것 같다.

"당연하지? 애초에 그게 목적이니까. 다 알던 거 아니었어? 더 자세하게 설명을 해 줬어야 했니?"

"이런 걸 어떻게 설명해?" 아이슬린은 고약한 음식 맛과 종업원의 무심한 태도, 그리고 그 사이에 있는 모든 것을 가리키는 의미로 피자 쟁반을 향해 몸짓한다. "뭘 어떻게 해도 이런 건 설명 못 해!"

여자가 새하얀 눈썹을 추켜세운다. "왜 못 해? 이건 새로운 관리 체계, 비용 절감이라고 한단다. 올리브오일을 가짜 트러플오일로 대체하고 크러스트는 공장에서 만든 걸 대량으로 구입해서……"

아이슬린은 흠칫한다. 그건 신성모독이다.

"완전히 엉망을 만들어 놨잖아!"

"그래? 새 경영진이 포커스그룹한테 새로운 조리법을 테스트해 봤다고 했는데." 여자의 눈빛이 약간 몽롱해진다. "어디 보자. 포커스그룹은 마음에 들어 하는 것 같았어. 캘리포니아 피자 키친*이랑 비슷한 것 같다고 했지." 여자는 미간을 찌푸린 채 생각에 잠긴다. "하지만 캘리포니아에는 피자를 만드는 주방이 많지 않아? 어떻게 그중 하나를 딱 짚어서 고를 수가 있지?"

아이슬린이 고개를 젓는다. "여긴 캘리포니아가 아냐. 내 말은 캘리포니아에서 먹는 피자야 아무 문제도 없지만 거기 사람들은 거기 방식을 좋아하고 우리는 우리 방식을 좋아한다는 거야!"

"그거야 그렇지. 그러니까 그게 바로 문제 아니니." 아이슬린이 조용해지자 흰옷의 여자가 한숨을 내쉰다. "왜 피자를 만드는 데 1000가지가 넘는 방식이 있어야 하는 거야? 과장하는 게 아니야. 내가 세어 본 것만 해도 피자를 만드는 방법이 1422가지나 있거든. 그것도 그냥 조리법만 센 거야. 다양한 조리 기법과 사용하는 장비, 재료의 원산지에 따른 차이까지 더해 봐. 모짜렐라만 해도 물소젖 모짜렐라, 풀만 먹는 소의 우유로 만든 모짜렐라, 톱밥 섞인 저수분 가루치즈 등등 셀 수가 없지. 그러면 실제로 먹는 요리는 한 가지인데 만드는 방식은 기하급수적으로 증가하지. 응, 그러니까 스태튼 아일랜드를 덜 뉴욕처럼, 그리고 더 나처럼 만들려면 여기서 먹는

---

*미국의 피자 전문 프랜차이즈

피자를 잘 알려진 전국 레스토랑 체인점 피자랑 똑같이 만들어야 한단다." 여자가 고개를 갸우뚱 기울인다. 내가 왜 이런 기본적인 것까지 설명해야 해?라는 의문이 표정에 고스란히 드러난다. "너희 종족이 하는 행동을 완전히 막을 수는 없지만, 적어도 내가 이 우주를 소멸시킬 준비를 하는 동안에도 더 많은 다중우주가 생겨나게 할 순 없잖아, 안 그래? 그러다 너희가 낳은 또 다른 세계들이 도시보다도 더 나쁜 것을 만들어 내면 어떡해? 윗선에서 절대로 날 가만두지 않을 거야."

"하지만……" 잠시 말문이 막힌 아이슬린은 가까스로 말한다. "난 네가 스태튼아일랜드를 있는 그대로 좋아하는 줄 알았어."

"좋아하지! 내 기준으로 봐도 정말 별난 곳이거든! 그리고 여기 사람들은 전부 다 명랑한 거꾸로 청개구리들이란 말이야."

"더 이상은 아니야! 네가 사람들을……" 아이슬린이 고개를 젓는다. "착하게 만들었잖아! 이건 너무…… 너무……."

아이슬린이 좌절감에 빠져 허우적거리자 흰옷의 여자가 잠시 생각에 잠기더니 더 자세한 설명을 덧붙인다.

"뉴욕, 그리고 뉴욕에 속해 있었을 때 이 자치구는 퉁명스럽고 무례하기로 따지면 전설적인 곳이지. 하지만 그 전설은 사실 진짜가 아냐. 여기 사는 많은 사람들이 엄청나게 착하고 친절하거든. 하지만 도시의 위험성을 억제하려면, 그러니까 뉴욕을 뉴욕답지 않게 만들려면 그 전설을 무너뜨려야 해. 무슨 뜻인지 알겠니? 그리고 그게 내 본질이야. 무슨 나쁜 마음을 품고 그러는 게 아니야. 난 수많은 우주를 구하기 위해 창조됐거든. 너도 그러자고 한 거 아니었어?"

"난……."

아이슬린이 더듬거린다. 그랬던가? 아이슬린은 처음부터 흰옷의 여자의 목표가 자신의…… 그러니까 모든 것과 상충한다는 것을 알고 있었다. 하지만 그래도. 이 모든 게 시작되었을 때 그는 그저 진짜 친구가 생겼다는 게 기뻤다. 여자와 함께 다른 뉴욕들과 맞서 싸우는 게 좋았다. 그러면 자신이 강인하고, 다른 사람들의 응원과 지원을 받고, 또 자신도 다른 누군가를 응원하고 있다는 느낌을 받을 수 있었다. 오랫동안 겁쟁이라고 생각하며 주눅 들었던 것과 달리 용감하다는 느낌을 받을 수 있어서 좋았다. 하지만 어쩌면 조금만 더 주의를 기울이고 조금만 더 질문을 많이 던졌어야 했는지도 모른다.

흰옷의 여자가 웨이트리스의 눈을 통해 아이슬린을 지켜본다. 아이슬린이 괴로워하는 모습을 보며 진심으로 슬퍼하는 듯 보인다. 진짜 중요한 건 그런 마음이 아닐까? 여자는 아이슬린을 정말로 소중하게 여긴다. 세상이 멸망하고 있는데, 아이슬린은 겨우 피자 때문에 히스테리를 부리고 있고.

문제는 그게 단순히 피자 때문이 아니라는 데 있다. 아이슬린은 어머니의 과하게 다정다감하고 상냥한 미소와 아버지의 모난 곳 없는 친근함 때문에 당혹스럽다. 갑자기 알지도 못하고 믿지도 못할 "친구"가 생기는 게 싫다. 심지어 인종차별주의자들조차 스태튼아일랜드의 독특한 특성이라 할 수 있는 반흑인 친우탱주의가 아니라 평범한 혐오주의자라는 게 진절머리 난다. 아이슬린은 해변에서 썩은 냄새가 나고 스태튼아일랜드의 아이러니하지만 독특하고 좀 이상하지만 맛있는 음식이 뭔가 아주…… 평범한 것으로 바뀌는 게 너무 싫다.

아이슬린은 판필로의 슬로건이 거짓말이라는 것을 알고 있었다. 처음에는 웃겼다. 자신의 작은 반란처럼 그저 통제할 수 없는 이들을 통제할 한 가지 방법일 뿐이었으니까. 하지만 아이슬린이 가족과 절대 절연하지는 않을 것과 마찬가지로 '뉴욕을 다시 위대하게'가 외치는 변화들은 현실과 너무나 동떨어져 있다. 이 슬로건의 진정한 의미는 뉴욕을 예전과 다르게라고 해야 할 것이다. 자기가 이해할 수 없는(또는 이해하지 않을) 것들을 없애고 싶은 광기 어린 상상력만 빼고 말이다. 동시에 아이슬린은 이것이 다중우주를 구할 유일한 방법이라는 흰옷의 여자의 말을 믿는다. 결국 우정에서 가장 중요한 건 신뢰다. 그리고 그보다 더 중요한 것은, 부모님이 아이슬린을 자기희생적인 사람이 되도록 키웠고 대부분의 경우 아이슬린도 그 의무에 순응했다는 점이다. 아이슬린은 집을 떠나 대학에 갈 필요가 없었다. 꿈과 야망, 친구나 연인도 필요하지 않았다. 젠장, 그런 것들이 없어도 사람은 행복할 수 있다고. 그리고 아이슬린은 바로 얼마 전까지만 해도, 자신의 행복에 필요한 많은 것들이 독특하고 아름답고 한때는 완벽했던 이 섬에 있다는 사실에 감사했다. 하지만 여기는 더 이상 그가 알던 스태튼아일랜드가 아니다.

흰옷의 여자가 한숨을 뱉으며 아이슬린의 손등에 손을 얹는다.

"난 널 다시 행복하게 만들어 줄 수 있어." 아주 다정한 말투다. "나는 반드시 일련의 변화를 만들어야 하는데 거기 불편함을 느끼는 건 네 본질이니까. 어쨌든 바라지는 않았대도 너도 한때는 뉴욕이었잖니. 거짓말은 안 할게. 네가 내 안내선을 없앤 것도 신경 안 써. 왜냐하면 나도 있는 그대로의 네 모습이 그립거든. 린, 내가 사귄 최초의 친구야! 네 모든 특이함과 모순, 분노는…… 너를 스태튼아일랜드로 만들어 주지. 그리고 동시에 그것들은 너를 위험하게 만들어. 하지만 주변에 네가 조금밖에 없으니까 굉장히 힘들더라." 여자는 일순 자신이 한 말에 놀란 표정을 짓는다. 미간에 새겨져 있던 주름이 한층 더 깊어진다. "난 이 일을 하면서 망설이면 안 돼. 질문을 던져서도 안 돼. 그렇지만 내가 깨달은 게 있다면…… 너한테 좋은 게 반드시 우리 우정에도 좋은 건 아니라는 거야. 그러니까 우리의 우정을 위해서 선택의 기회를 줄게. 내가 다시 행복하게 만들어 줄까?"

여자가 미소를 짓는다. 가슴 아픈 미소다. 왜냐하면 거기에는 진솔함과 외로움이 담겨 있기 때문이다. 아이슬린은 외롭다는 게 어떤 느낌인지 안다. 경험해 봤으니까. 만일 그와 그가 사랑하는 모든 것을 천천히 파멸시키는 것이 뉴욕 시라는 끝없는 문제를 해결할 유일한 길이라면 흰옷의 여자의 제안을 받아들이는 것도 만족감을 얻는 한 가지 방법일 것이다. 평온한 삶을 보낼 수 있는 방법. 그가 죽을 때까지.

하지만 그건 잘못된 방법이기도 하다. 이기적으로 굴지 않고 다수를 위해 더 큰 선행을 선택하는 것이 잘못됐다는 게 아니라…… 그런 일이 벌어지는 동안 아무것도 모르는 척 혼자 착각에 빠져 있는 것, 그게 잘못이라는 얘기다. 만약 아이슬린이 이 길을 택한다면 적어도 두 눈 크게 뜨고 자신이 야기한 결과를 직시해야 한다. 그것이 그의 섬, 가족, 그리고 자기 자신에 대한 의무다. 그것이 스태튼아일랜드의 방식이다.

뜻밖에도 여자는 작게 한숨을 내쉬며 아이슬린에게 내밀었던 손을 떨군다. 무척이나 슬픈 얼굴이다. 그래서 아이슬린은 충동적으로 손을 뻗어 여자의 손을 붙잡는다. 또다시 손바닥이 따끔거릴지도 모른다고 생각하지만 아무 느낌도 없다. 흰옷의 여자는 정말로 아이슬린에게 전적으로 선택을 맡기고 있다.

"너는 괜찮겠어?" 아이슬린이 걱정하며 묻는다. 흰옷의 여자에게도 그만의 매슈 홀리한이 있다.

여자는 어깨를 작게 으쓱하지만 눈빛에는 의미심장한 기색이 담겨 있다. "난 너 같은 존재와도 상호작용하도록 창조됐어. 그건 즉 나한테 익히 알려진 결점이 있다는 의미지."

대답을 회피하는 말이기도 하고 또 아니기도 하다. 하지만 아이슬린은 이해한다.

흰옷의 여자가 숨을 깊이 들이켠다. "어쨌든 상황이 점점 무르익고 있단다. 곧 진짜 대결이 펼쳐질 거야. 제대로 얼굴을 맞대는 일대일 대결, 선 대 악의 순간이 올 거란다! 완전 기대돼!" 흰옷의 여자가 활짝 웃는다. 아이슬린은 저도 모르게 함께 웃고 만다. "항상 해보고 싶었거든, 그거. 내가 '너희가 거지같은 이유'에 대해 연설을 늘어놓으면 너희는 내가 얼마나 사악한지 독백하는 거야. 그러면 내가 또 재치 있는 말로 대꾸하고 말이야. 그런 다음 싸움에 들어가는 거지. 내가 진짜 제대로 된 클라이맥스를 연출할 거야. 특수효과, 아니 효과가 아니라 다 진짜겠지만 어쨌든 최고로 화려한 장면도 만들고. 하지만 마지막엔 결국 선과 정의가 악과 이기심을 이기겠지! 그다음엔 내가 누구에게 키스를 해야겠지만 그때쯤엔 이 우주에 있는 모든 산것들이 죽었을 테니까 그 부분은 내가 알아서 처리해야겠지." 여자가 팔짱을 낀 채 곰곰이 생각에 잠긴다. "엔딩 크레디트를 올릴 방법을 알아봐야겠네."

"넌 정말 빌어먹게 이상해." 말은 그래도 아이슬린의 목소리에는 애정이 담뿍 담겨 있다.

여자가 활짝 웃는다. "고마워! 자, 그럼 난 이제 그만 너희의 피할 수 없는 파멸을 계획하는 아주 중요한 임무를 계속 수행하러 돌아가야겠어. 이 불쌍한 여자도 제자리로 돌아가게 해도 될까?" 아이슬린이 고개를 끄덕이자 여자가 자리에서 일어난다. 잠시 후, 여자가 갈색머리에 파란 셔츠를 입고 친절한 서비스 직업군의 고객 접대용 미소를 띤 종업원으로 되돌아간다.

아이슬린은 심호흡을 한 후 손을 뻗어 피자 쟁반을 돌려받는다.

"그래도 한번 먹어 볼게요. 번거롭게 해서 미안하네요."

"어머, 전혀 아니에요, 손님." 종업원이 웃으며 대답하고는 자리를 뜬다.

역시 맛없다. 치즈는 싱겁고 크러스트는 끈적거리고 가짜 트러플 오일의 강한 냄새가 원래 피자에 있었을지 모를 더 좋은 풍미마저 가려 버린다. 하지만 그렇게까지 끔찍한 건 아니잖아? 조금 덜 개성적이고 조금 더 평범한 것뿐이다. 모든 도시는 변화한다. 변화가 항상 나쁜 것만은 아니다.

그래서 아이슬린은 억지로 피자를 씹어 삼키고는 입에 남은 맛을 없애기 위해 콜라를 주문한다. 왜냐하면 때로 친구를 사귀려면, 아니면 친구를 위해서라면 희생도 감수해야 하니까.

14장
브루클린의 겟 미 바디드 숍*

후보 토론회가 있는 날.

정확히 말하자면 브루클린과 판필로 의원이 한 무대에 서는 첫 시장 선거 후보 토론회다. 올해 시장 선거는 윌리엄스버그 브리지 붕괴 참사로 인해 몇 가지 주요 날짜를 조정하는 등 평소와는 다른 일정으로 진행되고 있다. 가장 눈에 띄는 점은 경선이 후보 토론회 바로 다음 날로 변경되었다는 것이다. 시장 선거일을 불과 한 달 앞 둔 날짜로 말이다. 이렇게 경선에서 선전할 시간이 추가로 생겼음에도 다른 민주당 후보들은 언론에서 "정치적 문제가 휘몰아치는 최악의 폭풍"이라고 일컬을 정도로 다양한 이유 때문에 사퇴하거나 혹은 다양한 스캔들이 터져 맹비난의 포화를 맞은 나머지 여론 조사에서 한 자릿수 지지율을 기록하고 있다. 브루클린의 같은 당 후보 중 한 명은 선거 운동원들 사이에 만연한 성희롱과 인종차별

---

*「겟 미 바디드(Get Me Bodied)」는 비욘세의 2007년 싱글 앨범 수록곡. 바디숍(bodyshop)은 자동차 정비소를 가리킨다.

문제를 무시하고 못 본 척했다. 다른 한 명은 시 공무원 여럿에게 뇌물을 준 것으로 밝혀져 곧 기소될 것 같다. 그리고 세 번째 후보는 우익 싱크탱크의 지원을 받고 있는 것으로 드러났다.(어차피 지지율도 얼마 안 됐다.)《뉴요커》는 인물 탐방 기사에서 "당신 이름이 브루클린 토머슨이 아니라면 올해는 뉴욕에서 민주당 시장 후보가 되기 어려운 해"라고 평했는데, 솔직히 매우 훌륭한 기사였다. 기사는 대체로 브루클린에게 호의적이었고 브루클린이 아주 멋지게 나온 사진을 한 페이지 전체에 걸쳐 커다랗게 실었다. 필자가 브루클린이 시장 후보로서 지나치게 완벽해 보이고 어쩌면 현재 소유권 분쟁을 벌이고 있는 부동산과 관련해 더 깊은 내막이 있을지도 모른다는 암시를 남기며 약간의 흠집을 내려고 시도하긴 했지만 말이다. 하지만 털어서 먼지 안 나는 사람이 어딨어? 언론이 비밀이 있으리라 짐작만 할 뿐 가짜로 거짓말을 지어내지만 않는다면야 브루클린은 기꺼이 참고 견뎌 낼 것이다.

(브루클린에게는 사실 비밀이 있다. 그것도 아주 최근에 생긴 것이다. 어느 날 한 정체 모를 PAC가 느닷없이 그의 선거본부에 수백만 달러를 기부했는데, 도대체 이들이 누군지 알 길이 없다. 브루클린에게 따로 연락을 취하지도 않고 뭔가를 요구하지도 않는다…… 하지만 매니가 특유의 조용하고도 수상쩍은 태도로 조건 없는 공짜 선물을 받았으면 괜히 이것저것 따지지 말라고 은근슬쩍 암시를 줬다. 어쨌든 브루클린은 내심 의심을 품고 있긴 하지만 문제가 생기면 책임질 작정이다.)

한편 공화당 측에서는 판필로가 확실한 선두주자인데, 경쟁자들은 심지어 그보다도 더 엉망이다. 무슨 우익 토크쇼 진행자, 그리고 뉴욕에 필요한 건 어마어마한 숫자의 자유지상주의자와 1만 명의 추가 경찰력이라고 주장하는 기술회사 CEO다. 두 주장이 모순된 것처럼 들리더라도 신경 쓰지 말길. 지역 정당에서는 판필로를 지지하기로 결정했지만 브루클린과 판필로가 서로 적대 세력인 초자연적 이익 집단의 지지를 업고 있다는 점을 생각하면 사실 다른 후보들은 승산이 없다. 솔직히 미국의 정치는 그리 민주적이지 못하다. 시민들이 참정권을 박탈당한 건 아니지만 실제로는 기업과 부유한 기부자들이 선거 시스템을 주물거리고 있기 때문이다. 다른 차원의 간섭도 이런 전통에 부합한다고 할 수 있겠지만 브루클린 자신도 이기기 위해 온갖 수단을 동원하고 있으나 윤리와 공정성이 실종되었다는 데에는 탄식하지 않을 수 없다. 시장에 당선되기만 해 봐라. 곧장 개혁에 착수할 거다.

일련의 해시태그 폭풍과 지역 TV 방송국의 요청이 몰아치자 양당과 선거재정위원회는 양당 후보 토론회를 일찌감치 시행하기로 했다. 그들은 양당에서 가장 높은 지지율을 기록하고 있는 후보를 세 명씩 초청해 연단에 세웠다. 시청률이 상당히 괜찮을 것이다. 이런 무대가 마련되면 지지율이 뒤처진 후보들이 앞다퉈 서로를 걸고 넘어지며 시청자들의 뇌리에 깊은 인상을 남기려고 애쓰기 때문이다. 간단히 말해 다음 선거를 위한 선거 운동을 하는 것이다.

그 말인즉슨 첫 번째 토론회에서 브루클린의 전략은 가만히 입을 다물고 다른 사람들이 자멸하게 내버려 두는 것이라는 뜻이다. 물론 그는 판필로의 질문에 대해서는 언제든 대답할 준비가 되어 있다. 어떤 정책 문제에서든 너무 건방지지는 않으면서도 은근한 비난을 가미해 세심하게 고른 대답들을 내놓는다. 하지만 시장 후보 토론회는 재미를 위한 랩배틀이 아니다. 그럼에도 브루클린은 판필로가 한번 정면으로 덤벼 줬으면 하는 바람이 있다. 밤이 깊어 갈수록 판필로도 브루클린을 향한 공격을 자제하기에 이른다. 아마 브루클린과 같은 전략을 따르는 것일 테다. 토크쇼 진행자 출신 후보는 가끔 터무니없는 언행을 자랑하는데, 덕분에 굉장히 지루했을지 모를 토론회에 약간의 반가운 긴장감과 재미를 불러온다. 그 후보가 어찌나 끈질긴지 판필로는 결국 상대방이 보스턴에서 나고 자랐다는 사실을 언급해 그를 뭉개 버려야 했다. 덕분에 스튜디오에 앉아 있던 모든 사람들이 폭소를 터트리고 심지어 토론 진행자까지도 비웃음을 짓는다. 어떤 혐오는 모든 뉴욕 사람들이 공유하는 것이다.

판필로는 가끔씩 논쟁이 잠잠해질 때마다 브루클린에게 미소를 지어 보인다. 그냥 미소일 뿐이다. 말은 없다. 이것은 심리 게임이고 브루클린은 거기 걸려들지 않는다. 그저 치아가 썩을 듯이 달달한 '어머 저런, 복 받으세요, 형제님' 미소로 답할 뿐이다. 안타깝게도 판필로의 도발은 아무 효과도 없다. 연상 작용 때문이다. 오싹하고 소름 끼쳐 보이려는 그의 노력은 흰옷의 여자의 타고난 재능에 비하면 발끝에도 못 미친다. 또 그는 코널 맥기니스라는 사내와의 동맹 관계 때문에 언론에서 나쁜 평판을 얻고 있다. 코널 맥기니스는 소위 '당당한 남자들'이라는, 나치 추종자들로 구성된 아주 끝내주는 작은 조직의 창립자다. 언론에 따르면 그 구성원 중 몇몇은 심지어 판필로의 보안팀에서 일한다. 기사에 첨부된 사진에서 본 맥기니스의 미소는 확실히 소름 끼쳤다. 브루클린은 그런 부류의 작자를 아주 많이 만나 봤다. 음악계에도 정계에도 그런 인간들은 넘쳐난다. 순수한 나르시스트들. 바보처럼 가만히 참기만 하는 사람들을 이용하고 괴롭히는 것을 즐기는 자들. 그런 괴물과 손을 잡다니 판필로는 바보 멍청이다. 쓸모가 없어지는 순간 맥기니스가 찔러 죽여 버릴걸? 하지만 그건 판필로의 문제지, 브루클린이 걱정할 일이 아니다.

이런 약간의 수동공격성만 제외하면 토론회는 대체로 지루하다. 마침내 방청객이 줄지어 퇴장하고 카메라가 꺼지고 나자(정치와 랩 판에서 첫 번째 규칙은 항상 마이크가 켜져 있다고 가정하라긴 하지만) 브루클린은 팀원 및 방송국 직원들과 잠시 잡담을 나누며 다른 후보자들이 말을 걸러 오기를 기다린다. 같은 민주당의 다른 두 후보와 공산 낮은 공화당 후보들이 접근했을 때는 팀원들이 중간에서 미리 차단하는 유능함을 발휘한다. 민주당 후보들은 그에게 별 도움이 안 되고, 공화당 쪽은 브루클린에게 호통치는 멋들어진 사진을 얻으려 하는 것일 테다. 하지만 브루클린은 판필로가 접근한다면 막지 말라고 지시해 두었다. 피하는 것처럼 비치면 안 되기 때문에, 그리고 그가 정말로 브루클린에게 접근할지 진심으로 궁금하기 때문이다. 판필로가 다가오는 것을 봤을 때 브루클린은…… 거의 반가울 정도다. 랩배틀을 해 본 지가 너무 오래됐다. 정면 대결을 벌일 호적수가 그리웠다.

"다시 만나 반갑군요, 의원님." 판필로가 다가오자 브루클린이 말한다. 아무리 경멸한들 겉으로는 정중하고 품격 있게 대하는 게 중요하다. 악수를 청하며 심지어 진심처럼 보이는 상냥한 미소를 짓는 데에도 성공한다. "몇 년 전에 뉴욕/뉴저지 합작 터널 사업 문제로 시의회에서 연설을 하셨을 때 뵌 적이 있죠."

"기억납니다. 제 기억으로는 그때 반대하셨죠."

판필로는 브루클린이 내민 손을 잡지 않는다. 흠, 이거 그림이 좀 되겠는데. 브루클린은 의도적으로 손을 내민 채 그대로 잠시 유지한다. 우파 신문들은 판필로의 무례한 태도를 호의적으로 보도하겠지만, 상대의 무례한 행동에도 브루클린이 화를 내지 않았다는 사실에 화제를 집중시킬 수 있다면 일부 부동층이 판필로의 품위 없는 행동에 눈살을 찌푸릴 수도 있다. 브루클린이 정말로 운이 좋다면 폭스 뉴스가 이 일에 대해 약간의 거짓말을 지어낼지도 모른다. 그렇게 되면 팩트체크를 거쳐 트위터 전체가 시끌시끌해질 테고, 이 영상에 더 많은 관심이 쏠릴 수 있다. 브루클린은 판필로의 얼굴에 대고 우아한 미소를 지으며 생각한다. 어쩌면 내가 당신 상원 의석을 차지하게 될지도.

"왜냐하면 그때 의원님께서 대부분의 비용을 뉴욕에 지우려 하셨으니까요. 상기시켜 주셔서 감사합니다! 다음번 토론회에서 꼭 언급해야겠군요."

"그러시죠." 판필로는 여전히 내밀고 있는 브루클린의 손을 내려다보며 재미있다는 듯이 고개를 흔든다. 지금 두 사람은 남들에게 보여 주기 위한 경쟁을 하고 있다. 승자는 더 많은 기부금을 받을 수 있다. 그리고 두 사람 모두 이 상황이 오래갈수록 판필로에게 불리하다는 것을 알고 있다. "잘 가세요, 토머슨 씨. 나중에 이야기하죠…… 그게 가능하다면 말이죠." 판필로가 애매모호한 위협을 던지며 자리를 뜬다.

브루클린은 주위를 둘러보다가 카메라 뒤 어두운 그림자 속에 서 있는 매니를 발견하고는 흡족해진다. 매니가 손에 쥔 스마트폰을 흔들며 고개를 끄덕인다. 완벽하다. 원본 영상이 저절로 바이럴이 되지 않는다면 베네자에게 부탁해서 도시의 힘이든 아니든 한 번 더 마법을 부려 달라고 부탁하면 된다.

판필로와 그의 사람들이 떠난다. 브루클린은 조금 더 머무르지만 시간이 너무 늦었다. 그는 매일 밤 적어도 조조가 잠자리에 들기 전에는 집에 가려고 노력 중이다. 딸의 팔은 순조롭게 낫고 있지만 조조는 선거 운동 자체를 상당히 걱정하고 있다. 그 애가 겪은 일들을 생각하면 그럴 만도 하다. 조조를 위해 유능한 심리치료사를 구해 두었지만 어떤 일에는 시간이 걸리기 마련이다.

어쨌든 풍족한 자금이 생긴 덕에 매니가 항상 브루클린을 따라다닐 자동차와 전문 기사를 붙여 주었다. 전직 비밀경호국 직원들이 일하는 VIP 경호 전문 회사에서 고용한 사람이다.(브루클린도 직접 이 회사를 조사해 보려 했지만 웹사이트가 아예 존재하지 않았다. 소셜미디어에서 이 회사 이야기를 하는 사람도 없다. 도대체 매니는 어떻게 이곳을 아는 걸까…… 매니는 얼마 전 한마디도 없이 혼자 도시 밖에 나갔다 온 후로 달라졌다. 전보다도 더 냉담해졌고 위협적인 분위기를 풍긴다. 브루클린은 언젠가는 매니에게 답을 알고 싶지 않은 질문을 하지 않는 데 익숙해질 것이라고 생각한다.) 중요한 행사를 띨 때도 선거 운동원들을 위해 좋은 차량을 빌릴 수 있게 되었다. 하지만 브루클린은 거기에 딸려 오는 메시지를 좋아하지 않는다. 이동할 때마다 차량을 몰고 다니면 어떻게 대중교통 시스템의 대변자라고 자칭할 수 있겠는가? 하지만 그래도 결국에는 안전과 보안이 승리했다. 브루클린은 최소한 환경보호 의식이 있음을 보여 주기 위해 하이브리드 SUV를 골랐다.

SUV 안에는 운전사를 제외하면 브루클린 혼자뿐이다. 선거 운동을 시작하고 시간이 지나자 동료 운동원들도 공적 행사가 끝나면 그에게 개인적인 재충전 시간이 필요하다는 사실을 이해하게 되었다. 차에 올라타니 아드레날린이 떨어지는 게 실감 난다. 차량들로 구성된 작은 행렬이 사람들을 각자의 집으로 배달하러 뿔뿔이 흩어진다. 브루클린은 생각보다 시간이 지체됐다는 것을 깨닫고는 속이 상한다. 벌써 자정이 거의 다 됐다. 조조가 잠자리에 들 시간도 지났다. 하지만 조조는 전자책을 내려놔야 할 시간이 지난 후에도 이불 속에서 몰래 책을 읽곤 하니 어쩌면 제시간에 도착할 수 있을지도.

운전사는 나이가 조금 있는 백인 남성인데, 브루클린은 아직도 그의 진짜 이름을 잘 기억하지 못한다. 볼 때마다 멀끔하고 용모 단정한 캡틴 캥거루처럼 생겼기 때문이다.* 실제로도 은퇴하기 전까지는 대위인지 대령인지 무슨 캡틴이었다고 하니 틀린 말은 아니다. 그가 백미러 속 브루클린을 향해 고개를 끄덕이며 말한다.

"웨이즈** 앱에서 그러는데 FDR에서 교통사고가 발생했답니다. 퀸스보로 브리지는 열려 있는 것 같지만 터널을 통과하는 게 더 빠를 수도 있습니다. 어느 쪽이 더 좋으신가요?"

"빠른 쪽이요." 미드타운 터널을 지나려면 통행료를 내야 하고 브루클린은 될 수 있으면 쓸데없는 일에는 돈을 안 쓴다는 주의지만

---

* '캡틴 캥거루'는 미국에서 1955년부터 1984년까지 방영된 동명의 아동용 TV 시리즈의 캐릭터이다.

** Waze. 실시간 내비게이션 앱.

통행료는 10달러도 안 되고, 젠장, 그의 딸은 절대로 쓸데없는 일이 아니다. "무조건 더 빠른 쪽으로 가 줘요, 고마워요."

기사가 웃으며 그쪽 길로 향한다. 브루클린은 휴대전화를 꺼내 조조에게 집에 가는 길인데 이불 속에서 전자책을 읽으려면 적어도 화면 밝기는 낮추는 게 좋을 것이라는 메시지를 작성한다. 끊임없이 흔들리는 차와 울퉁불퉁한 도로, 그리고 둔해 빠진 X세대 손가락 때문에 타이핑을 하는 데 시간이 걸린다.

브루클린은 오타를 줄이는 데에만 집중한 나머지 거대한 촉수가 윌리엄스버그 브리지를 박살 낸 뒤로 한동안 터널을 의도적으로 피했다는 사실을 깜박 잊어버린다. 무슨 이유인지는 모르겠지만 물은 적이 도시의 방어막을 뚫기 쉽게 만든다. 여러 개의 작은 섬이 딸린 이 도시에서 그것은 퍽이나 거북한 문제다. 다리를 부순 촉수는 브루클린과 다른 이들이 닉을 깨웠을 때 리예의 다른 조각들과 함께 도시에서 쫓겨났지만 브루클린은 아직도 터널보다는 다리를 선호한다. 만일 무언가 물에서 출현해 브루클린을 덮친다면 적어도 다리 위에서는 그것이 접근하는 모습을 볼 수 있고 어떻게든 대처할 방법도 있기 때문이다. 하지만 터널의 경우에는 선택권이 훨씬 한정된다.

막 "보내기" 버튼을 누르려는데 캡틴 캥거루-아님이 말한다. 즉시 브루클린의 관심을 끌 정도로 평소와 다른 날카로운 어조다.

"의원님." 그가 백미러를 응시하며 말하는데, 이번에는 브루클린을 보고 있는 게 아니다. "안전벨트를 단단히 맸는지 확인해 주십시오. 미행이 따라붙었습니다."

"뭐라고요?"

브루클린은 저도 모르게 몸을 돌려 차 뒤쪽을 쳐다본다. 이쪽에서 꼬리를 잡았다는 사실을 상대방에게 알려 주는 건 절대로 좋은 전략이 아니다. 하지만 브루클린은 몇 대의 차량 뒤에 엄청나게 커다란 흰색 자동차가 터널로 들어오는 모습을 포착한다. 피부가 불안감으로 따끔거린다. 뉴욕에서 허머는 보기 드문 차다. 허머를 지위의 상징으로 과시하기 좋아하는 이들은 이렇게 큼지막한 차를 몰기 힘든 뉴욕의 좁고 지저분한 골목을 좋아하지 않기 때문이다. 지금도 저 차 양쪽에는 남는 차선 공간이 거의 없고 가끔은 반대쪽 차선에 너무 가깝게 붙지 않게 경고용으로 세워 둔 플라스틱 보호대를 스치기도 한다. 저 망할 물건은 차선에 제대로 다 들어가지도 않는다. 무엇보다 앞쪽에 범퍼 가드가 달려 있다. '내가 얼마나 패셔너블하고 터프한지 봐 줘!'라고 말하는 장식용 가드가 아니라 검은 금속으로 만든 진짜 육중한 가드가 범퍼에서 후드까지 차의 앞부분 전체를 감싸고 있다. 마지막으로 아이러니하게도, 브루클린은 저 차가 신형 EV 모델이라고 확신한다. 브루클린의 차가 하이브리드라면 저건 완전한 전기차다.

(브루클린은 저 차의 색상이 마음에 안 든다. 전혀.)

"2번 애비뉴에서부터 계속 따라오고 있습니다. 코네티컷 번호판이고, 번호를 외워 두긴 했는데 훔친 번호판일 수도 있어요. 아까 방향을 틀 때 배기구를 봤는데 뚜껑에 램에어 흡기가 붙어 있더군요. 그건 아직 EV 표준이 아닙니다. 엔진을 커스텀했단 뜻이죠."

"제발 그냥 돈 자랑하는 인간일 거라고 말해 줘요." 그러나 마음

한구석에서 속삭이는 목소리가 —— 바짝 긴장한 상태의 도시와 브루클린의 불안이 맞물려 점점 더 큰 소리로 울리는 위험해, 윌 로빈슨 수준의 경고음*이 —— 그럴 리가 없다고 말한다.

그때 허머가 마주 오는 차선으로 갑자기 끼어들더니 화려한 커스텀 엔진을 자랑이라도 하듯이 속도를 급격히 높인다. 속도위반 감지 카메라가 깜박이며 위법행위를 기록하지만 허머의 운전자는 면허 점수 따위는 관심 없는 모양이다. 반대쪽에서 오는 차량들과는 아직 간격이 충분하기에 전문가다운 솜씨로 주저 없이 원래 차선으로 복귀한다. 이제 브루클린과 허머 사이에는 차량이 한 대밖에 없다.

이런, 안 돼. 브루클린은 서둘러 구성개념을 뒤져 보지만 아무것도 떠오르지 않아 대안을 찾아보기로 한다.

"혹시 위성라디오 중에 힙합 방송국은 없겠죠?"

캡틴 캥거루-아님의 얼굴에 순간 거부감이 번득였다가 다시 무표정으로 돌아온다. 뭐, 세상에 완벽한 사람이란 없으니까.

"위성라디오 자체가 없는데요. 지금 정말로 음악을 듣고 싶으시다면 터널에서 나간 뒤에 라디오를 켤 수는 있습니다. 경찰에 지금 상황을 알릴 수도 있고요."

과거의 경험들을 떠올려 볼 때 그건 사양하고 싶다. 경찰은 저 허머 운전사만큼이나 브루클린을 죽여 버릴 가능성이 크다. 흰 허머가 다시 차선 밖으로 방향을 틀어 앞차를 추월하려 들었다가 마주 오는 자동차가 생각보다 빠르자 제자리로 복귀한다. 브루클린의 차

---

*1960년대의 미국 TV SF 드라마 「로스트 인 스페이스」에서 로봇이 아들 윌에게 경고할 때 하는 말.

에 최대한 가까이 붙으려는 의도인 건 확실하다. 그리고 그때 브루클린은 분명히 봤다. 차 안에는 여러 명이 타고 있고 운전대를 잡고 있는 것은 코널 맥기니스다. 큼지막한 운전대 뒤에서 미친 듯이 히죽거리고 있다, 젠장.

"경찰에 연락하세요." 영원처럼 느껴지는 순간이 지난 뒤 브루클린이 말한다. "내가 차에 타고 있단 얘기는 하지 말고요. 그저 퀸스에서 차들끼리 빠른 속도로 추격전은 벌이고 있다고만 해요. 적어도 그건 경찰도 해결하려고 들 테니까."

캡틴이 고개를 끄덕이고는 음성 명령으로 전화기에 911에 연락하라고 지시한다.

도시의 마법이 여기서도 통할까? 브루클린은 베드스타이에서 '친구들'의 차량을 사라지게 했다. 그때 사라진 자동차는 어디서도 다시 나타나지 않았고, 그래서 소문에 따르면 차량 소유주들이 보험 청구에 어려움을 겪고 있다고 한다. 하지만 브루클린이 그때 그렇게 할 수 있었던 건 닉과 다른 동료들의 도움이 있었기 때문이다. 당시에 홈그라운드에 있었다는 사실도 빠트릴 수 없고. 그런 지지와 뒷받침이 없다면 허머를 "붙잡으려" 해도 그의 형이상학적 손길이 빗나가 목표를 제대로 구속하지 못할 수 있다. 게다가 도시의 마법은 그런 식으로 작동하는 게 아니다. 브루클린은 그린랜턴*이 아니다. 도시의 마법은 경계를 허무는 데 있다. 그것은 숨겨진 이야기와 지각 및 개념적인 변화, 은유와 현실 사이의 공간을 좋아한다. 브

---

* DC 코믹스의 히어로 캐릭터 중 하나. 상상을 실체로 구현하는 능력을 지녔다. 참고로 작가 제미신은 그린랜턴 「파섹터」시리즈의 스토리 작가이기도 하다.

루클린이 도시 마법을 비디오 게임에 나오는 파워 블래스트로 여기고 사용한다면 그 힘은 잘못될 가능성이 커진다. 그러다 자칫 잘못 발사하기라도 한다면? 거기에 대해선 별로 생각하고 싶지도 않다.

하지만 다른 한편으로, 만약에 브루클린이 타고 있는 자동차가 벽을 뚫고 터널 밖으로 뛰쳐나가기라도 한다면 이 도시는 어떻게 될까? 그런 위험을 감안한다면 지금 브루클린이 해야 할 일은—

허머가 난데없이 차선을 벗어나더니 다음 순간 그들 뒤에 바짝 다가와 있다. 허머가 급격히 속도를 올린다. 브루클린이 탄 차는 지금 거의 날듯이 달리고 있다. 그제야 브루클린은 캡틴 캥거루-아님이 속도를 높여 저들이 암살을 시도하기 전에 터널 밖으로 빠져나가려 하고 있음을 깨닫는다. 하지만 허머는 괴물 엔진은 물론 괴물처럼 사악한 의도까지 갖추고 있기 때문에 훨씬 유리하다.

"의원님." 캡틴의 날카로운 음성에 브루클린은 퍼뜩 정신을 차린다. "몸을 낮추십시오. 이 차량은 방탄이 아닙니다."

"씨발, 그랬죠." 브루클린이 중얼거리며 순순히 뒷좌석에 몸을 눕힌다.

뒤에서 충격이 느껴진다. 허머가 들이받은 것이다. 캡틴 아님이 신들린 솜씨로 핸들을 교묘하게 조작해 차량의 안정을 되찾는다. 하지만 브루클린은 놈들이 두 번째 공격을 시도하는 소리를 들을 수 있다. 그렇다. 확실히 저건 살인을 위해 특별 제작한 엔진처럼 들리—

잠깐. 오오오오오우. 진짜로? 그래, 될 거 같은데.

"다른 곳으로 가요!" 브루클린은 SUV의 엔진 소리에 묻히지 않게 큰 소리로 외친다. 그들은 이제 터널을 벗어났고—하느님, 감사합니다 ─ 캡틴은 추격자들을 따돌리기 위해 한층 더 빠른 속도로 달리고 있다. "우리 집으로 가면 안 돼요."

캡틴 캥거루-아님은 여전히 전문가다운 태도를 고수하고 있지만 목소리에는 딴생각과 긴장감이 역력하다. 그는 두 사람의 목숨을 살리는 데 전념하고 있다.

"가족의 안전에 대한 염려는 이해합니다. 하지만 어디로 가죠?"

가족을 보호하는 최선의 방법은 저 개자식들을 막는 것이다. 그리고 브루클린은 저들의 엉덩이를 걷어차 줄 방법이 있다.

"윌리엄스버그로 갈 수 있나요?"

"윌리엄스버그요?"

브루클린은 운전사가 무슨 생각을 하는지 알 것 같다. 그를 비난할 수는 없다. 요즘 윌리엄스버그는 새로이 부상하고 있는 신탁기금의 중심지이며, 주요 도로는 샘플을 제공하거나 면세 도장을 찍어 주는 부티크와 "김치 뇨끼 피자" 같은 차세대 유행을 노리는 작은 식당들이 즐비한 곳이다. 그러나 15년 전만 해도 윌리엄스버그는 주로 가난한 이들의 동네였다. 노동 계급의 삶을 겨우 이어 나가는 푸에르토리코 가족, 불법 옥탑방에 자리 잡은 예술가, 근근이 살아가는 정통파 유대인. 다른 여러 동네들보다는 나았을지 몰라도 당시엔 모든 게 상대적이었다. 브루클린은 거기 사는 친구 집에 놀러 갔다가 마약 주사기와 뼈대만 남은 자동차 잔해 사이를 조심조심 피해 다녔던 기억이 있다.

요즘은 상황이 많이 좋아졌다. 어느 정도는 브루클린과 동료 시의회 의원들이 많은 가난한 가족들이 젠트리피케이션의 해일에 휩쓸리지 않고 계속 동네에 뿌리박고 살아갈 수 있게 추진한 계획 덕분이다. 그러나 이 브루클린 지역에는 브루클린이나 다른 토박이들이 아는 비밀이 하나 있다. 범죄는 다른 곳으로 옮겨 가지 않았다. 동네에 부유한 백인들이 산다는 것은 경찰의 감시가 느슨해진다는 의미다. 때문에 많은 조직범죄단이 아직도 반짝반짝한 부티크 옆에 있는 1년 내내 문을 열지 않는 작은 상점에서 모임을 갖거나 또는 직접 고급 상점을 열어 값비싼 수입 고기와 치즈, 그리고 그보다 더 수익성 높은 상품을 판매한다. 인구 구성 변화는 새로운 기회를 의미하기도 한다. 이제 마약상들은 직접 코딩한 앱을 통해 주문을 받고 자전거로 배달을 한다. 그리고 그곳의 자동차로 말하자면 —

"윌리엄스버그로." 브루클린은 재차 강조하며 캡틴에게 어떤 거리로 가야 할지 지시한다. 캡틴은 미심쩍어하면서도 지시에 따라 핸들을 꺾는다.

가는 길에 두 번 더 뒤 차량의 공격을 받는다. 무슨 일이 일어나고 있는지는 안 보이지만 거리에서 사람들이 성난 목소리로 고함을 지르거나 지금 진짜 자동차 추격전을 목격하고 있음을 깨닫고 비명을 지르는 게 들린다. 캡틴 캥거루-아님은 브루클린이 생전 처음 보는 놀라운 운전 솜씨를 발휘하고 있는데, 생각해 보면 매니가 최고 중의 최고를 고용하지 않았을 리가 없다. 물론 음악 취향은 어쩔 수 없지만. 한번은 트렁크 측면에서 쿵 하고 낮고 둔탁한 소리가 난다. 브루클린이 들을까 봐 두려워했던 소리다. 저도 모르게 숨을 헉 들이켜며 두 손으로 입을 막는다.

"도로변에 있던 과일가판댑니다." 캡틴이 브루클린을 안심시켜 줄 말을 한다. "망고한테 피해를 좀 줬네요."

"하느님 감사합니다."

"그나저나 말씀하신 교차로에 거의 다 왔는데요. 계획이 있으시
길 바랍니다. 경찰이 아직 안 왔거든요."

물론 계획이 있고말고. 브루클린은 슬그머니 몸을 세워 창밖을
내다본다. 그들은 윌리엄스버그 해안가에 있는 근사한 신축 아파
트 건물에서 불과 세 블록밖에 안 되는, 그래서 부조리하게 느껴질
만큼 지저분하고 황폐한 구역을 지나고 있다. 브루클린은 심호흡을
한다. 눈을 감으며 그의 도시에게 신호를 보낸다. 아, 그래. 바로 거
기야. 준비하렴. 그러고는 옛 윌리엄스버그에 대한 자신의 기억을
소환한다. 도시는 무엇을 해야 할지 알아차린다. 심지어 웃음을 터
트리기까지 한다. 브루클린의 마음 깊은 곳에 경기장을 가득 메운
군중의 환호성처럼 커다란 울림이 퍼져 나간다. 자치구 브루클린은
인간 브루클린처럼 괜찮은 비열함을 좋아한다.

"저기로 꺾어요!"

브루클린이 운전석 쪽으로 몸을 기울이며 블록 중간쯤에서 조금
씩 열리고 있는 물결 모양 강판문을 가리킨다. 그 문이 있는 우툴두
툴한 벽돌 건물은 버려진 듯 보인다. 지붕에는 작은 나무가 자라고
있고 바슬바슬 가루가 떨어지는 벽면에는 빛바랜 그라피티가 남아
있다. 아주 오래된 간판이 붙어 있는데, 읽을 수 있는 글자는 ㅂ네ㅈ
ㅂ소 정도다. 주변에는 무성한 잡초밭과 훨씬 오래된 건물이 철거
되다 남은 잔해뿐이다. 뉴욕에서 젠트리피케이션이 가장 극심한 지
역의 최고 알짜배기 동네에 아무도 손대지 않은 미개발 구역이 남

아 있다? 브루클린이 뉴욕의 화신이 아니었더라도 이곳이 수상하다는 것 정도는 금세 알 수 있다.

하지만 그는 뉴욕이다. 저 오래된 자동차 정비소 안쪽에서는 녹색 빛이 감도는 밝은 조명이 새어나오고 있다.

"저 안으로요?" 말도 안 된다는 말투다. "아직 영업을 하고 있……"

"그래요. 저기…… 내 친구들이 있어요. 드라이브스루 가게예요!"

아주 찰나의 순간이지만 이번만큼은 캡틴도 백미러에서 눈을 떼고 고개를 돌려 브루클린을 쳐다본다. 그가 브루클린의 얼굴에서 무엇을 봤든 결단을 내리는 데는 그것으로 충분하다. 캡틴이 고개를 가로저으며 큼지막한 동작으로 운전대를 다급히 돌리자 바닥에 바퀴 자국이 남는다. 그들이 탄 차량이 이제 완전히 활짝 열려 있는 강판문을 향해 돌진한다.

그들은 쏜살같이 달린다. 건물 안 풍경이 창밖으로 흐릿하게 지나간다. 부분적으로는 내부가 워낙 환하게 빛나고 있기 때문이기도 하다. 빛은 보통 적의 표상이다. 하지만 녹색이 감도는 이 독특한 조명은 다르다. 브루클린이 평생토록 보아 온 빛. 공기처럼 항상 주변에 자연스럽게 존재해서 그전에는 뉴욕과 연결 지을 생각조차 하지 못했던 것. 그가 이것의 존재를 알아차린 것은 여행을 다니기 시작하고 도시마다 고유의 색감이 있다는 사실을 발견했을 때였다. 비행기에서 내려다본 샌프란시스코는 산악지대에 둘러싸인 시원한 백색광이었다. 파리는 얼기설기 퍼져 있는 호박색이었다. 뉴욕의 녹색은 낡은 지하철역의 색깔, 어두운 밤 코니아일랜드 놀이기구의 색이며 제대로 관리되지 않은 가로등의 불빛이다. 그것은 리예가 호전적으로 침략해 왔을 때 — 목숨을 잃은 수백 명과 더불어 — 최초의 희생양이자 최악의 피해자였던 잃어버린 윌리엄스버그 브리지의 빛깔이다. 브루클린은 날 듯한 속도로 건물을 관통하며 슬그머니 웃음 짓는다. 저 보기 흉한 녹색 빛은 모든 게 다 잘 해결되리라는 의미다.

(빛 속에서 움직이는 그림자들이 있다. 흐릿하지만 분명히 거기 있다. 가늘고 왠지 사나워 보이는 형체들이 낡은 엔진 위에 걸터앉아 있거나 손에 전동 공구를 든 채 사다리에서 훌쩍 뛰어내리고 있다. 브루클린은 안다. 그것은 대부분 메아리에 불과하다. 자동차를 분해해 판매하는 불법 카센터의 유령들. 하지만 적어도 저 중 하나는 진짜 사람이다. 브루클린은 장담할 수 있다. 언젠가 파울루가 말했듯이 이 도시에 무슨 일이 벌어지고 있는지 알아야 하고 도시와 파장이 맞는 이들 — 뉴욕의 진정한 시민들 — 은 도시의 힘을 어느 정도나마 사용할 수 있다. 순간 브루클린의 시야에 리프트 위에 놓인 차량 밑에서 체중을 한쪽에 실은 채 삐딱하게 서 있는 사람의 형상이 뚜렷이 포착된다. 나이가 지긋한 라틴계 남자다. 몸은 말랐고, 대머리이며, 심술궂은 얼굴을 하고 있지만 브루클린의 차가 지나가자 씩 웃으며 윙크를 보낸다. 맡겨 줘, 매력 덩어리. 추근대기는. 브루클린은 손바닥에 키스를 실어 날려 보낸다.)

다음 순간 허머가 으르렁거리며 브루클린의 뒤를 쫓아온다. 차체 둘레가 너무 거대해서 거의 건물 벽을 밀어붙이며 다가오는 것처럼 보인다. 브루클린은 코널이 운전대 뒤에서 분노와 좌절감으로 점철된 고함을 내지르는 것을 본다. 브루클린의 시선을 알아차린 코널이 내가 너 잡으러 간다, 쌍년아를 의미하는 세계 공통 손가락질을 해 보인다.

하지만 바로 그때, 캡틴 캥거루-아님이 바늘귀 안을 성공적으로 통과한다. 그들이 탄 SUV가 정비소 반대쪽으로 빠져나와 바닥이 긁힐 정도로 심하게 출렁거리며 진입로 연석 위로 튀어 나가자마자 등 뒤에서 강판 문이 하얀 허머의 코앞에서 쾅 하고 닫힌다.

SUV가 방향을 돌렸을 때, 브루클린은 정비소 반대편에서도 문이 거세게 내려 닫히며 불빛이 사라지는 것을 목격한다. 맡겨 줘. 뒤따라오던 허머가 문에 충돌하는 소리도, 총소리도, 그 어떤 폭력적인 소리도 들리지 않는다. 그저 파리가 다닥다닥 붙어 있는 오래된 블록 유리창과 건물 천창으로 새어 나오던 정비소 내부 조명이 갑자기 눈부시게 폭발하듯 뿜어져 나와 온 시야가 산화구리 같은 청록색 빛에 휩싸인다. 아주 잠깐이긴 하지만 SUV의 타이어가 바닥과 마찰하는 찢어지게 날카로운 소리를 뚫고 지진이라도 난 것처럼 건물 안쪽에서 낮고 무거운 소리와 함께 지축이 진동한다. 강판문이 바르르 흔들린다. 그러더니 조명이 훅 꺼진다. 건물 전체가 칠흑처럼 깜깜해진다.

멀어지는 차 안에서 뒷좌석 유리창으로 건물을 바라보던 브루클린이 놀라서 욕설을 내뱉는다. 심지어 지금까지 동요하는 기색이 한 치도 없던 캡틴마저 중얼거린다. "이게 무슨……?" 2초 뒤, 건물 조명이 깜박거리더니 다시 불이 켜진다. 전처럼 어두침침한 빛깔이다. 강판문은 다시 열리지 않는다. 밖으로 나오는 것도 없다. 희미하게 트림 소리가 들린 것 같지만 아마 브루클린의 상상일 것이다.

브루클린이 몸에 힘을 빼고 좌석 깊숙이 기대앉는다.

"이제 괜찮아요."

"어. 전 자동차 해체소가 어떻게 돌아가는지 압니다. 손들이 정말 빠르죠. 하지만 저 정도로 빠르진 않아요."

"손을 보태 줄 사람들이 있었거든요. 큰일을 도와줄 사람들요. 빨리빨리도 잘하고."

"의원님…… 친구분들 말이죠."

"그래요." 브루클린이 씨익 웃는다. 운전사는 다소 혼란스럽고 경계심 어린 눈빛으로 한참 동안 백미러를 통해 브루클린을 응시하지만, 종내에는 고개를 흔들며 다시 도로에 관심을 집중한다. 캡틴도 일하면서 뭣 같은 상황을 어지간히 겪었을 테지만 그를 놀리고 싶은 장난기를 참을 수가 없다. "엄청난 거물인데, 한 사람이에요. 발이 어마어마하게 넓죠. 거의 250만 명이나 안다니까요."

"그렇군요." 운전사의 목소리에 더는 별로 알고 싶지 않다는 기색이 역력하다. "경찰이 대응했더라도 우릴 발견하지 못했겠군요. 공격범이 사라졌다는 걸 알려야겠습니다. 우리 보고를 기다리고 있을지도 모르니까요."

브루클린은 한숨을 쉰다. "그래요. 뉴욕 경찰이 나를 얼마나 안 좋아하는지 생각하면 위험초래죄나 뭐 그런 걸로 고발이나 안 당하면 좋겠네요. 하지만 먼저 집에 데려다줘요. 딸 얼굴부터 본 다음에 진술이든 뭐든 그들이 원하는 대로 해 줄 테니."

"그러겠습니다."

허머는 사라졌다. 허머에 타고 있던 사람들은…… 글쎄. 때때로 뉴욕은 위험할 수 있는 곳이다. 사람들은 항상 실종된다. 브루클린은 코널 맥기니스를 안쓰럽게 여겨 보려고 노력하지만 도저히 그럴 수가 없다. 브루클린을 죽이겠다고 먼저 덤벼든 놈들 아닌가. 그들은 브루클린이 필사적으로 달려든다는 걸 깜박한 게 틀림없다.*

그러고 보니.

브루클린은 이제껏 제가 가진 것으로만 어떻게든 해 보려 했다. 매니가 수상쩍은 사람들을 끌어들인 게 마음에 들진 않지만 그게 옳은 선택이라는 것은 인정하지 않을 수 없다. 이 도시에서는 강력한 친구가 없으면 성공한 시장이 될 수가 없다. 빅 애플은 꿈을 크게 꾸고, 통 크게 돈을 쓰며, 큰 동맹을 필요로 한다. 특히 다른 차원의 적과 우주 전쟁을 벌이려면 그렇다.

브루클린은 지금까지 자신이 잘못된 방식으로 접근하고 있었음을 깨달았다.

그는 예전의 자신에게서 도망치려 했다. MC 프리는 일종의 가면이고 연기였다. 세상은 흑인 여성을 너무너무 싫어한다. 그래서 브루클린은 카메라를 향해 비웃음을 던지고 가사에 뜨거운 분노를 퍼부어 최소한 얼마 동안은 사람들의 주목을 끌 수 있었다. 세상이 다른 모든 이들에게 기본적으로 제공하는 존중을 요구할 수 있었다. 그러나 그 삶이 끝났을 때 그는 MC 프리의 껍질을 벗고 다시는 뒤돌아보지 않았다. 그건 어린 시절이었고, 이제는 어린 시절에서 벗어나야 할 때라고 자신을 설득했다.

하지만 그는 여성이고, 자라서 성인 여성이 된 어린아이이기도 하다. 그는 또한 인간이자 도시다. 마치 모든 흑인 여성이 완벽할 정

---

* 제이지의 노래 「브루클린 위 고 하드(Brooklyn We Go Hard)」를 연상시키는 문장이다.

도로 유능하면서도 평범해 보여야 하는 것처럼 말이다. 이건 불공평하다. 누구도 이렇게 많은 역할을 한꺼번에 맡아서는 안 된다. 하지만 브루클린은……

그는 전화기 주소록을 열고 재빨리 스크롤을 내려 정계 쪽 주소록을 살펴본다. 시의회의 다른 의원, 용감무쌍한 보좌관, 언론인과 자금기부자와 종교인과 사업가와 노조 간부와 상호원조 조직원. 브루클린은 옛날에는 삐삐를 갖고 있었고 이후 기기를 바꿀 때마다 예전의 연락처를 전부 새 기기로 옮겼다. 그래서 그 결과 백만장자들과 30년 전 남자친구가 어깨를 맞대고 있는 꽤나 어수선한 주소록을 갖게 되었다. 한동안 전화를 건 적도 없는 오래된 번호 대부분은 지금은 없는 번호일 것이다. 하지만 그중 한 번호만큼은 아직 살아 있는 게 확실하다. 서로 아직 잘 살아 있는지 가끔 문자를 주고받기 때문이다. 사실 친구라고 하기는 어려운 사이다. 기껏 해 봐야 동료라고 부를 수 있을까. 둘 다 어렸고 그 바닥에서 여자들끼리는 서로 도와줘야 했던 시절의 이야기다. 하지만 그 뒤로도 세상은 별로 달라진 게 없다.

그래서 브루클린은 통화 버튼을 누른다. 상대방이 전화를 받자 미소를 짓는다. "안녕, 베이. 갑자기 전화해서 미안한데, 응, 그래. 부탁이 하나 있어."

15장

덤벼 봐, 혼쭐을 내줄 테니

정상회담까지 남은 날짜는 하루.

파드미니는 그 하루를 굉장히 바쁘게 보낸다. 아침에 아이쉬와라의 집에 가서 가족들과 아침을 먹고 그다음에는 브루클린의 선거 사무소로 일하러 간다. 그는 이 새로운 직업이 마음에 들기 시작하고 있다. 그의 취향에 비하면 이론적인 부분이 부족하지만 대신 다른 곳에서 — 정말로 다른 곳에서 — 상당 부분을 채우고 있으니 괜찮다. 요즘 관찰 결과를 바탕으로 다중우주의 작동 원리에 대한 이론을 세우고 있기 때문이다.(파드미니가 정상회담을 학수고대하는 이유도 다른 도시 중에서 수학과 물리학을 좋아하는 이들이 있을지도 모르기 때문이다! 어쩌면 같이 논문을 쓸 수 있을지도! 물론 학계에서는 웃음거리가 되겠지만 어쨌든.) 파드미니는 선거 운동을 하면서 재미있는 응용 예측 분석을 여럿 수행했다. 설문조사 설계와 해석도 했는데 평소 하던 작업보다는 지저분하고 재미도 덜하지만 브루클린이 그의 조언에 따를 때마다 숫자가 바뀌는 과정을 지켜보며 흐뭇함을 느끼고 있다. 자기 능력을 주주들의 배를 불리는 게 아니라 세상을 더 좋은 곳으로 바꾸는 데 사용한다는 건 정말 기분 좋은 일이다. 파드미니는 브루클린이 선거에서 이기길 바란다. 브루클린이 졌다가 뉴욕이 죽을까 봐 무서워서도 아니고 이 나라에 계속 살 수 있길 바라서도 아니다. 그저 앞으로도 계속 이런 좋은 일을 하고 싶기 때문이다.

그날 저녁 집에 도착했을 때에도 파드미니는 여전히 자기성찰적인 포근함에 푹 빠져 있다. 그래서 발코니를 슬쩍 내다봤다가 닉을 발견하고는 멈춰 선다. 닉은 집에 있을 때 대부분의 시간을 발코니에서 지내고, 파드미니는 존재를 수학적으로 볼 수 있기 때문에 (그는 남몰래 스스로를 염병할 우주 최고의 수학 여왕이라고 부르는 걸 좋아한다.) 닉이 단순히 감상에 젖어 도시 풍경을 내려다보고 있는 게 아니라는 것을 안다. 닉이 무엇을 하는지는 말로 표현하기 어렵지만 그나마 가장 가까운 설명은 조율일 것이다. 지금 닉은 이 도시에 온 지 얼마 안 되는 젊은이들 —정신적으로는 벌써 충분히 뉴욕인 사람들 — 에게 인어 퍼레이드나 주베르*, 또는 지역 커뮤니티 활동에 참가하도록 조심스럽게 부추기고 있다. 모두 젊음의 에너지가 큰 도움이 되는 행사들이다. 또 닉은 모퉁이에서 음식을 파는 모든 바비큐 노점상, 아이스크림 수레나 츄로 상인들에게 초감각적인 날카로운 촉을 보내 경찰들의 눈에 띄기 전에 미리 경찰들을 발견할 수 있게 돕는다. 개 스무 마리를 한꺼번에 산책시키고 있는 개 산책 전문가가 보행자들이 적은 길을 선택할 수 있도록 슬쩍 찔러 준다.

---

* J'Ouvert. 뉴욕 브루클린에서 매해 열리는 카리브데이 행사 중 새벽맞이 파티.

다른 화신들도 비슷한 일을 각자 자기 자치구에 하고 있다. 가령 파드미니는 운전을 할 줄 모르지만 퀸스에 교통체증이 일어나지 않게 조정한다. 닉은 교통체증을 막는 것보다 더 많은 일을 하고 있고, 파드미니보다 훨씬 솜씨가 교묘하다. 그의 관심이 조금이라도 미치는 곳에서는 도시의 에너지가 더욱 원활해지고 그중에는 파드미니가 생각조차 해 본 적 없는 것들도 있다. 예를 들면 파 로커웨이 해변의 파도나 엠파이어스테이트 빌딩 꼭대기에 부는 바람의 속도 같은 것들. 파드미니가 아는 한, 닉은 심지어 이런 일들을 능동적으로 하고 있는 것도 아니다. 그저 그가 관찰하는 것만으로도 도시는 변한다. 아니, 더욱 개선된다.

대체 무슨 원리일까? 파드미니는 전혀 모르겠다. 닉은 어떻게 이런 걸 할 줄 아는 걸까? 왜냐하면 그는 뉴욕이니까. 그리고 어쩌면 파드미니가 늘 의심했듯이, 닉이 독학을 해야 했고 다른 사람의 인정을 받지는 못했지만 일종의 천재이기 때문인지도 모른다. 미국인들은 부유한 백인 남성이 아닌 사람들이 실은 똑똑하다는 사실을 별로 좋아하지 않으니까.

파드미니가 닉에게 다가가 옆에 서자, 그가 파드미니의 자치구로 관심을 옮기는 것이 느껴진다. 파드미니는 호기심에 닉이 하는 일을 관찰하기 시작한다. 닉은 포레스트 힐스의 어떤 곳에 있는 한 견인 트럭의 브레이크에서 귀에 거슬리는 큰 소리가 나게 만든다. 운전사가 차 밖으로 나와 걱정스러운 표정으로 트럭 바닥을 들여다본다. 이는 즉 두 블록 떨어진 곳에 있는 한 주택의 진입로 앞에 주차된 자동차가 5분 후에야 견인될 수 있다는 의미다. 그리고 그것은 진입로 안쪽에 차를 주차해 둔 어떤 의사가 차를 출발하지 못하고 거기 갇힌 채 짜증을 내며 견인트럭 운전사에게 전화로 고함을 지른다는 뜻이다. 거기서 3미터 밖에서는 한 나이 든 노숙자가 신음하며 배를 붙잡고 있다. 닉은 의사에게 하기 싫은 일을 억지로 강요하지 않는다. 뉴욕의 화신은 흰옷의 여자처럼 사람들이 있는 그대로의 자신이 될 수 있게 슬쩍 부추길 뿐이다. 그 의사는 성질이 고약하긴 해도 비윤리적인 사람은 아니기 때문에 노숙자에게 도움을 주러 달려가고, 노숙자는 결국 이 도시에서 가장 실력 높은 심장 전문의의 치료를 받을 수 있게 되었다. 파드미니는 이 모든 과정을 지켜보며 도시의 수학식이 또다시 변화하는 것을 목격한다. 변화 자체는 아주 미미하고 하찮은 것에 불과하지만 이런 작은 변화들이 무수히 발생하고…… 그리고 x가 무한대에 가깝다면 —

아니야. 영향이 있긴 하다. 하지만 뭔가 잘못됐다. 결과가 더 현저해야 한다. 한데 왜 이러는 거지?

"나도 모르겠어." 닉이 말한다. 어찌된 일인지 그도 파드미니의 사고 과정을 공유하고 있다. 보통은 함께 "도시 모드"에 있을 때면 서로의 생각을 볼 수 있는데, 파드미니가 닉을 관찰하는 것만으로도 조건이 충족되는 모양이다. 파드미니가 눈을 끔벅이자 닉이 답답하다는 듯 한숨을 쉰다. "어떤 조합을 시도해 봐도 뭔가 색을 탁하게 만들어."

아하! 이게 파드미니에게 수학이라면 닉에겐 그림인 모양이다. 하지만 대부분의 사람이 생각하는 것과는 달리 미술과 수학은 그렇게 멀리 떨어져 있지 않다. 파드미니는 닉처럼 난간에 몸을 기댄다.

"뭔가라니?"

"뭔지 알았으면 그대로 말했지. 그냥 느낌이…… 꼭 누가 나랑 같이 붓을 쥐고 있는 느낌이야. 붓을 뺏어 가려는 것도 아니고 자기가 원하는 걸 그리려는 것도 아니고 그냥 방해하려고 붙잡고 매달려 있는 느낌? 이 개자식을 떨쳐 버릴 수가 없으니 내가 원하는 걸 할 수도 없고." 닉이 뒷덜미를 문지르며 한숨을 푹 내쉰다. "아니면 그냥 피곤한 걸 수도 있고."

"네가 하고 싶은 게 뭔데? 뉴욕을 살기 좋은 곳으로 만든다거나 그런 거야?"

닉이 소리 내어 웃는다. "그냥 좆같은 일을 제일 많이 겪는 사람들한테 일을 좀 쉽게 만들어 주는 거지. 옛날에, 내가 그런 좆같은 삶을 살던 사람일 때, 언젠가는…… 뭐지, 그냥 운이 좋았으면 할 때가 있었어. 나를 아껴 주는 사람이나 아님 적어도 내가 무슨 일을 겪고 있는지 알아줄 사람." 닉이 어깨를 으쓱한다. "파울루가 그러는데 도시는 운을 스스로 만들어 준다고 하더라고. 그래서 나도…… 그걸 주변에 퍼트릴 수 있을 거 같았지. 젠장, 다들 뉴욕을 자기 원하는 대로 만들려고 하는데 나도 좀 그러면 어때?"

"넌 뉴욕이니까."

"응, 바로 그거."

닉이 파드미니를 바라본다. 순간 파드미니는 닉의 상태가 안 좋아 보인다는 사실을 깨닫고 충격을 받는다. 입 주변에는 나이를 생각하면 있어서는 안 될 주름이 보이고, 두통이라도 있는지 표정이 안 좋다. 마치 아주 오랫동안 아팠던 사람 같다.

"그냥 내 방식대로 바꾸고 싶은 건지도 몰라. 앨라배마나 어디 유타 같은 데 사는 개자식들이 바라는 대로 말고."

뉴욕 시 선거재정위원회는 선거 자금이 부족한 후보자들이 공직에 출마할 수 있도록 매칭 펀드 프로그램을 운영하고 있지만, 대신에 자금의 출처와 금액을 숨길 수 없는 높은 수준의 투명성을 요구한다. 브루클린도 여기 참가하고 있는데, 그래서 그를 후원하는 지지자들의 대부분이 뉴욕 시민이며 주로 소액 기부자라는 것은 널리 알려진 사실이다. 판필로는 프로그램에 참여하기를 거부했지만 인터넷 탐정들과 일부 진상 분석 보고서를 통해 밝혀진 사실에 따르면 주로 모르몬교, 복음주의회, 그리고 출처를 알 수 없는 이른바 '검은 손' PAC으로부터 많은 자금을 지원받고 있다. 즉 소수의 사람들이 거액을 지원하고 있는 것이다. 파드미니는 그런 PAC에서 보낸 메일을 본 적이 있는데, 대체로 뉴욕에 아무 관심도 없는 사람들에게서 돈을 끌어내기 위한 자극적인 내용으로 채워져 있었다. 미국에서 가장 위대한 이 도시는 너무도 오랫동안 자유주의자와 특수이익단체들의 손아귀에 있었습니다! 뉴욕에서 크리스마스를 보내고 싶었던 적이 언제였나요? 적어도 변태와 공산주의자들이 득실거릴 때는 아닐 겁니다! 결과적으로 판필로는 고향 도시를 다시 위대하고 만들고 싶은 토박이들로부터 사랑받는 후보자라고 주장하고 있음에도 불구하고 주로 중서부와 남부인, 기업인, 억만장자, 그리고…… 우르-우주를 위해 일하고 있다.

어쨌든 이건 논점에서 벗어난 얘기다. 파드미니는 미간을 찌푸린다.

"판필로의 캠페인이 너한테 해가 되고 있구나?"

"계속 그랬지." 닉이 어깨를 으쓱한다. "난 괜찮아. 하지만 그래서 더 이러고 있는 거야." 그가 도시를 향해 손짓한다.

"너 자신을 더 강하게 만들려고 말이지……"

닉이 부채질하는 수많은 작은 변화들은 수상한 외계 차원의 비영리기업이나 비(非)뉴요커들의 의지를 도시에 강요하는 시장 후보처럼 강력한 힘을 갖고 있지는 않다. 그러나 그들 각자의 소소한 뉴욕다움은 생명을 구하고 도시의 장점을 강화해 그에 맞서는 압력을 구축한다. 일종의 예방주사인 셈이다. 그러므로 미래에는 어떤 포퓰리스트도 판필로가 단기간에 구가한 것과 같은 수준의 파괴력을 떨칠 수 없을 것이다.

"우리도 너처럼 해야겠네." 파드미니가 밝게 웃으면서 말한다. 그도 교통체증을 해결하는 것보다 더 많은 일을 할 능력이 있고, 게다가 무척 재미있을 것 같다. "요즘에 많이 피곤한 것 같던데 너무 혼자서 다 하려고 하지 마. 나도……"

"이 도시는 내 거야."

파드미니는 미간을 찌푸리며 눈가를 가늘게 좁힌다. 숫자들을 합쳐 본다. 가령 2 더하기 2처럼. "그리고 우리 것이기도 하지. 왜, 죽을 때까지 혼자 일하는 것도 뉴욕적인 거야?" 닉이 파드미니에게 어이없다는 눈빛을 던지자 파드미니는 방금 자기소개를 한 거나 마찬가지라는 사실을 뒤늦게 깨닫는다. "아니, 아무 말도 하지 마. 그치만……" 파드미니는 답답한 마음에 고개를 젓는다. "빌어먹을 매니는 어디 간 거야? 널 챙겨 주지도 않고!"

닉이 길게 한숨을 쉰다. "몰라. 이젠 그를 느낄 수가 없어. 지난번에 도시 밖으로 나갔다가 돌아온 뒤로 계속 그래."

"뭐라고?"

그 뒤로 벌써 며칠이나 지났다. 파드미니는 매니에게 어디 갔다 왔느냐고 대놓고 물은 적이 있는데, 그는 그저 처리할 일이 있었다고만 할 뿐 실질적으로는 대답을 하지 않았다. 그때 이후로 닉과 매니 사이에 왠지 서먹한 분위기가 나는 것 같다. 하지만 파드미니는 사람들의 애정 관계에 대해 별로 눈치가 좋은 편이 아니다. 그는 늘 성적 긴장감을 진짜 갈등으로 오해하곤 했고 그 반대도 마찬가지다. 닉이 맨해튼의 화신을 감지하지 못하게 됐다면 이건 뭔가 아주 잘못된 거다.

파드미니는 매니를 찾으러 평범한 세상을 벗어난다. 저기 자치구 맨해튼이 있다. 사람과 돈, 관광객과 수천 개의 상징적 건물과 장소로 빼곡하고 늘 활기 넘치는…… 하지만 화신 맨해튼은 어디에도 보이지 않는다. 마치 이 도시에 없는 것 같다. 하지만 이건 이상해. 혹시 맨해튼도 도시가 아니게 된 걸까? 퀸스가 악마회사에서 해고된 그날처럼? 아니야, 도시의 맨해튼 지구는 여전히 살아 있고 힘차게 약동하고 있다. 다만 개성이 없다. 매니의 작위적인 친절함과 자연스럽게 배어 있는 잔인성이 없다. 지금보다 더 많은 것을 바라는 조용하고 애처로운 갈망도 없다.

파드미니가 닉을 빤히 바라본다. 닉이 어깨를 들썩인다.

"말해 봐, 뭔데?"

닉이 한숨을 내쉰다. "내 생각엔 매니가…… 뉴욕이 되지 않기로 결심한 것 같아."

"말도 안 되는 소리 마. 다 같이 너를 깨우고 뉴욕이 된 순간부터 우린 그냥 이 상태로 고정된 거 아니었어?"

"씨발 내가 그런 걸 어떻게 알아? 모든 게 그냥 다 미쳤는데."

"하지만……."

매니가 닉과 사랑에 빠졌다는 건 모두가 안다. 닉이 매니를 무시하고 신경 쓰지 않는 척하면서도 자기 방에 들어오게 허락한 유일한 사람이 매니라는 것도 모두들 안다. 파드미니도 가끔 닉을 달달 볶아서 쉬거나 먹거나 보살핌을 받게 하려고 애써 봤지만 닉은 대개 파드미니의 그런 시도를 비웃거나 무시할 뿐이다. 하지만 매니한테는 다르다. 그의 말을 듣고 따라 준다. 매니한테만큼은 다른 이들을 대할 때보다 훨씬 더 자주 웃어 준다.

하지만 만일 매니가 떠날 생각을 하고 있다면, 그렇다면 ─

"맙소사. 너, 매니를 놔줄 생각이구나."

"안 그러면 내가 미친 거지. 그게 그가 진정으로 원하는 거라면."

파드미니의 입이 쩍 벌어진다. "매니가 진짜로 원하는 건 네 곁에 있는 거야!"

"너야말로 개랑 결혼하려는 거 아니었어?"

"그건 그냥 계약 관계고! 난 그 부분에선 완벽하게 플라토닉한 관계를 유지할 거란 말이야. 물론 이민국에서 감시하러 올 때는 빼고. 하지만 매니는 너를 사랑한다고."

"걘 날 몰라. 그냥 이 거지 같은 도시 어쩌고 때문에 그러는 거지."

"자기 속마음이 어떤지 꼭꼭 감추는 사람을 대체 어떻게 알아?

게다가 원래 연애라는 건 서로를 알아 가는 과정이 핵심인 거라고. 아냐?"

닉은 수줍어하기엔 감정 표현을 잘 안 하는 사람이지만 그들은 뉴욕이고, 도시 뉴욕이 불안한 기색으로 꿈지럭거리기 시작한다.

"난 연애 같은 거 안 해."

파드미니가 어이가 없다는 듯이 고개를 가로젓는다. "그럼 그냥 섹스나 하고 도서관에서 빌려온 책이나 같이 읽어. 뭐가 문젠데?"

"그게 연애잖아."

"아니, 그럼 친구도 안 할 거야?"

닉이 앓는 소리를 낸다. "무슨 말인지 알잖아. 걔는 그런 걸 자기랑만 하자고 할 테고…… 모르겠어. 껴안는 거랑 뭐 그런 것도 하고 싶어 할 거고." 닉이 넌더리를 내며 고개를 흔든다. "나도 옛날에 그런 거 자주 해 봤거든. 생판 모르는 사람이나 아저씨들이랑 사랑에 빠진 척하면서 맨날 키스하고 그런 거. 그치만 난 그런 거 안 맞아."

파드미니가 길게 신음하며 난간에 머리를 쿵 박는다.

"안 되겠다. 세상에. 난 미국 사람들이 중매결혼에 질겁하는 거 전혀 이해 못 하겠어. 사랑에 빠지면 다들 바보 멍청이가 되잖아. 너도 그 사람 좋아하고, 그 사람도 너 좋아하고, 이 도시의 운명이 너희 둘이 얼마나 잘 되는지에 달려 있는데도 싫다고? 아니, 도대체 왜 그러는 건데?" 파드미니가 몸을 곧추세우더니 두 손을 허공에 들어 올린다. "맙소사, 매니야말로 우리 중에 진짜로 뉴욕이 되길 원하는 유일한 사람이란 말이야!"

닉이 파드미니를 노려본다. "퀸스가 내 신경에 제일 거슬리는 망할 곳이라는 걸 깜박했네."

파드미니도 지지 않고 함께 노려본다. "그럴 만도 하지. 퀸스는 절대로 포기하는 법이 없거든. 특히 우리가 옳다는 걸 알 때는."

닉이 손가락으로 콧잔등을 집는다. "있지, 나, 난 좆된 적이 엄청나게 많아서 이것만큼은 확실히 알거든. 익숙해지면 끝장인 거야. 누가 네 머릿속을 망가뜨려서 사실은 원하지도 않는데 네가 원한다고 생각하게 만드는 거. 근데 도시가 그를 지금처럼 만들었단 말야. 근데도 나더러 그걸 이용해 먹으라고?"

흠, 그렇네. 그건 좀 걱정이 되겠네. 하지만 —

"그럼 매니는 떠나고 싶지 않은데 네가 일부러 밀어내는 건 뭔데? 매니는 뉴욕이 된 걸 좋아해. 매일같이 너랑 이 도시를 자기 인생에서 최고의 일인 양 황홀한 눈빛으로 쳐다본다고. 그렇지만 넌 그 사람한테 그게 아니라고, 그가 틀렸다고만 하지. 그건 진짜 감정이 아니라고 말이야. 그게 가스라이팅이야. 그저 네가 매니를 가까이하기가 무서워서!"

드디어 파드미니의 말이 정곡을 찌른 것 같다. 닉이 조용해진다. 얼굴을 찡그리고…… 그때 파드미니가 기겁해서 펄쩍 뛰어오를 만한 일이 일어난다. 열린 발코니 문 사이로 매니가 들어온 것이다.

닉이 놀라 움찔하고는 파드미니를 노려본다. 파드미니도 가슴이 철렁한다. 그는 소리를 지르지 않을 때도 자기 목소리가 꽤 큰 편이라는 걸 안다. 그러니 매니도 그들의 대화를 들었을 확률이 크다. 하지만 화가 난 것처럼 보이지는 않는다. 그냥…… 슬퍼 보인다. 파드미니가 이제껏 본 중에서 가장 슬퍼 보인다.

기회가 왔다는 것을 모를 정도로 눈치가 없지는 않다.

"어, 음. 난 그만 내 방에 갈 테니 둘이서 얘기를 나눠 보는 게……"

"안 그래도 돼." 매니가 부드럽게 말한다. "그렇지 않아도 어떻게 말해야 하나 생각하고 있었는데 지금이 딱 좋을 것 같군." 매니가 숨을 깊이 들이켜고는 닉을 똑바로 응시한다. "나……난 뉴욕이 아냐. 네가 옳았어. 난 정말로 뉴욕이었던 적이 없어. 그러고 싶었던 거지. 뉴욕이 될 수 있다고 생각한 거야."

매니가 잠시 입을 다물더니 시선을 내리깐다. 어떻게 말을 이어야 할지 막막해하는 것 같다. 닉은 매니를 물끄러미 바라보고, 파드미니는 방금 무슨 말을 들은 건지 이해하려고 노력 중이다.

"회담이 열려서 다른 도시들이 다중우주를 안정화시키고 흰옷의 여자를 완전히 몰아낼 수 있게 도와주면 이 반구에서 많은 도시가 새로 깨어나게 될 거야. 어떤 곳들은 벌써 오래전부터 준비 중이었고. 뉴욕은 생명을 얻은 최초의 도시가 아니라, 그저 탄생 과정을 거쳐 여기까지 올 수 있었던 유일한 도시였을 뿐이야. 내 도시도 오래전부터 탄생을 앞두고 있었어. 그래서 뉴욕이 안전해지고 나면……난 고향으로 돌아갈 거야. 전부터 내가 되어야 했던 존재가 되는 거지."

닉은 얼어붙은 듯이 굳어 있다. 포커페이스를 유지하려고 노력 중이지만 실은 큰 충격을 받았으면서 아무렇지도 않은 척하는 것에 가깝다. 파드미니는 말문을 잃는다. 그가 매달릴 수 있는 건 하나뿐이다. 너무 규칙에만 얽매이는 범생이 같지만 생각나는 게 이것뿐이니 어쩔 수가 없다.

"하지만 그런 건 불가능해요. 우리 도시는 이제 완벽해졌는걸. 닉을 깨우기 전에는 떠날 수 있었을지 몰라도……"

"너희한테는 그렇지." 매니는 체념한 것 같으면서도 굉장히 처연해 보인다. "너희는 모두 진짜 뉴요커야. 하지만 난 내가 다른 도시가 될 운명이라는 걸 알고 있었어. 수년 전에 우리 가족 전부가 부름을 받았거든. 우린 또 다른 복합도시가 될 거야. 내가 중심 화신이 될 거고."

파드미니는 고집스레 고개를 젓는다. "그런 식으로 되는 게 아니잖아요! 우린 이 말도 안 되는 일이 갑자기 덮치기 전엔 아무것도 몰랐잖아요!"

그때 닉이 말한다. 굉장히 부드러운 목소리다. "난 알았어." 파드미니가 얼굴을 일그러뜨리며 그를 바라본다. 닉은 약간이나마 침착함을 되찾은 듯 보인다. "이 일이 일어나기 몇 주 전, 몇 달 전, 심지어 파울루가 찾아오기 전부터 느끼고 있었지. 만약에 내가 너희와 이야기할 기회가 있었다면…… 우리끼리 알아서 해결했을 거야. 애초에 파울루의 도움이 필요하지 않았을 수도 있고."

매니가 고개를 한번 까딱인다. "뭘 찾아야 할지만 안다면 도시의 비상에 관한 정보를 얻을 수 있지. 그래서 우리 가족은 그날을 위해 모든 걸 준비해 뒀어. 우린 언제나 계획을 철저히 세우는 사람들이니까. 그게 우리 도시의 본질이기도 하거든. 하지만 내가 대학원에 가기 위해 여기 오기로 결심했을 때……" 매니가 시선을 돌린다. "스스로한테는 도시가 된다는 책임을 떠맡기 전에 평범한 인간으로서 자유를 누릴 마지막 기회라고 말했지만, 어느 정도는…… 내

삶에 대한 결정권을 갖고 싶었던 것 같아. 선택권 말이야. 하지만 이젠 이기적으로 구는 걸 그만둬야겠지."

젠장. 파드미니는 조용히 입 다물고 있는 닉을 바라본다. 지금 그는 어찌할 바를 몰라 당혹한 듯 보인다. 저래서야 아무 쓸모도 없다. 파드미니가 알아서 하는 수밖에.

"매니, 당신이 너무 뉴욕이라서 다른 도시가 된다는 건 상상도 못하겠어요. 이건 정말 미친 짓이라고요. 당신이 떠나고 나면 어떻게 되는 건데요?"

"다른 누군가 맨해튼이 되겠지." 매니가 어깨를 으쓱한다. 그동안 함께 싸우고, 함께 괴로워하고, 함께 도시를 노래한 의리가 있는데 저렇게 차분할 수가. 슬픈 건 사실이지만, 결심을 바꿀 정도로 슬픈 건 아닌 모양이다. "나 정도로 이 도시와 어울리는 사람은 많아. 대충 짐작이 가는 사람들도 있고. 내가 가고 나면 아세베도라는 남자나 매디슨이라는 여성을 찾아봐. 뉴욕이 날 선택한 건 내가 이미 그릇으로서 적합했기 때문이야. 그리고 내가 그걸 원했고. 적어도 난 그렇다고 생각했어."

파드미니는 살아평생 이렇게 끔찍한 소리는 들어 본 적도 없다.

"진짜로 그랬어요, 매니. 우리도 느낄 수 있다고요. 지금도 남고 싶어 하잖아요."

매니의 표정은 서늘하고 냉랭하다. "이미 결정된 일이야. 하지만 도시가 안정을 되찾을 때까지는 머물러도 좋다는 허락을 받았어."

그 말은 꼭…… 파드미니가 헛숨을 들이켠다. "당신 가족들이구나. 세상에. 안 돼. 브루클린의 선거 자금, 그거." 닉이 날카로운 눈빛으로 파드미니를 쳐다본다. "그 사람들이 당신한테 강제로 돌아오라고 한 거죠?"

매니가 옅은 웃음을 짓는다. "내가 뉴욕에게 최선을 다해 줄 수 있도록 도와주는 거야."

그래, 그거야말로 파드미니가 들어 본 중 최악의 소리다. 파드미니는 뭐라고 설득해야 할지 열심히 머릿속을 뒤진다. 매니의 마음을 바꿀 수만 있다면, 그래서 정체 모를 그의 힘 있는 가족에게 맞서 싸우게 할 수 있다면 뭐든 좋다. 매니가 방금 말한 것처럼 '네 운명은 네가 선택하는 거야!' 같은 것. 하지만 파드미니는 원래 말재간이 뛰어나지 않고, 그래서 결국 할 수 있는 건 침묵뿐이다.

"어디야?" 마침내 묻는 닉의 목소리는 조용하다. 이번만큼은 포커페이스도 무너지지 않는다.

매니는 한참 동안 그를 응시하다가 입을 연다. 새로운 어조와 새로운 침묵. 이제부터는 완전히 다른 종류의 대화다. "시카고."

"좆까." 닉이 웃음을 터트린다. 억지로 내는 듯한 소리다. "아냐, 브로. 뉴욕이 널 선택한 건 시카고가 맨날 뉴욕 거물들을 자기들 거라고 주장해서 그런 거야. 우리가 얼마나 좀스러운지 알잖아."

매니가 빙긋 웃는다. 역시 억지로 짓는 웃음이다.

"그럴지도. 미안."

"왜? 적어도 보스턴은 아닌 게 얼마나 다행이야."

닉이 시선을 먼 곳으로 돌린다. 아무렇지도 않은 척한다. 그는 언제나 이렇게 주변 사람들을 속이려 든다. 강하고 무덤덤한 사람이라 상처받지 않는 척. 하지만 둘 중에 진짜 괴물은 매니다. 무심결에 드러나는 닉의 감정은 그가 겉으로 보여 주는 이미지가 실은 거짓임을 증명할 뿐이다. 반면에 매니의 표정에서 비치는 건 무심함도 괴로움도 아니다. 굳은 결의, 그리고 심해처럼 깊고 깊은 끔찍한 처연함이다. 그는 오로지 그들을 위해 그가 원하는 모든 것을 포기하고 있다. 만일 닉이 곁에 남으라고 한다면…… 하지만 닉은 아무 말도 하지 않는다.

파드미니가 난간에서 몸을 일으켜 매니에게 다가간다. "매니."

매니가 주머니에 손을 찔러 넣는다. "오늘 밤엔 푹 쉬어. 내일 큰일을 겪어야 하니까."

"젠장, 매니……"

매니가 가 버린다. 그가 자기 방에 들어가 문을 닫는 소리가 들린다.

파드미니는 닉을 돌아보며 믿을 수가 없다는 듯 두 팔을 크게 벌린다. 하지만 닉은 아무 말 없이 다시 몸을 돌리고는 발코니 난간에 팔을 걸치고 턱을 얹을 뿐이다. 대화는 끝났다.

씨발, 이게 대체 뭔.

파드미니는 3개 국어로 꿍얼거리며 집 안으로 들어간다. 그러고는 전화기를 집어 든다. 본인은 물론 다른 뉴욕들이 이 문제를 어떻게 해결해야 할지는 모르겠지만 어쨌든 다른 커다란 문제가 생겼다는 걸 알려 줘야 한다. 안 그래도 골칫거리가 산더미 같은데 지금은 이제 제일 문제다.

회담은 아틀란티스에서 열린다. 그리고 아틀란티스는…… 알고 보니 파드미니가 여유 시간이 생길 때마다 자주 찾아가곤 했던 그 예쁜 죽은 도시였다.

　파울루한테 여기 이름을 물어볼 걸 그랬다. 하지만 그럴 생각조차 못 했다. 어느 정도는 파울루가 회담을 강제로 성사시키기 위한 자신의 작은 계획을 늘어놓으며 파드미니를 짜증 나게 괴롭혔기 때문이다. 하지만 파드미니가 이곳의 이름을 묻지 않은 가장 큰 이유는 여기가 어디든 별 상관없었기 때문이다. 이 도시는 죽었다. 그리고 여기 남은 것, 그러니까 이 고요한 아름다움과 모자이크 미로, 춤과 음악을 위한 마당은 이곳을 만든 사람들과 그 영혼을 품고 있던 화신에 대한 단편적인 기억일 뿐이다. 이곳을 방문하는 것은 마치…… 푸자*를 하는 것과 같다. 파드미니는 기껏해야 말로만 힌두교도인 사람이다. 고국에서 매년 추악한 힌두민족주의가 부상하는 것을 볼 때마다 신앙심은 점점 쪼그라들기만 한다. 하지만 정치적인 건 둘째 치고 그는 아직도 종교를 믿는다. 왜냐하면 우주는, 모든 우주는 너무도 아름답고 복잡해서 그 안에서 신성을 느끼지 않기란 불가능하기 때문이다. 파드미니는 아틀란티스를 방문하는 것이 마치 자신을 제물로 바치는 것과 비슷하다고 생각한다. 향을 피우고 과일을 바치는 대신 마지막 남은 한 명의 관광객이 되어 눈앞의 광경에 감탄사를 늘어놓는 것. 그러나 죽은 자들의 이름은 항상 시간 속에 묻히기 마련이다. 결국 언젠가는.

　"와, 저거 봐." 베네자는 파드미니와 함께 바닷가로 이어지는 길

_____

*힌두교의 예배.

고 널찍한 내리막길 꼭대기에 서 있다. 여기서는 저 이상하고도 수평선 같지 않은 수평선까지 섬의 전경이 환히 내려다보인다. 베네자는 이 시각적인 패러독스에 넋을 빼앗기면서도 다소 혼란스러워하는 것처럼 보인다. "나만 그런 거야, 아니면 이 도시랑 주변에 바다랑 하늘…… 말고는 진짜로 아무것도 없는 거야? 평평한 지구가 진짜 있는 거였냐고."

옆에 웅크리고 앉아 백합이 핀 자그마한 연못의 가장자리를 손가락으로 쓸고 있던 파드미니가 고개를 끄덕인다. 그도 얼마 전에 베네자와 똑같은 결론을 내린 적이 있다. 그땐 별생각이 없었지만 지금은…… 이 도시가 한때 살아 있었다는 사실을 알고 나니 완전히 다른 심정이 든다. 파울루가 그 말을 하기 전에 파드미니는 이곳이 그저 그가 사는 현실과는 다른 물리적 특성을 지닌, 상상력이 만들어 낸 또 다른 우주라고 생각했다. 하지만 아니었다. 이 기묘한 낯섦을 느끼는 까닭은 그들이 화장되고 남은 잿더미 속을 걷고 있기 때문이다.

으아, 우울해라. 파드미니는 한숨을 쉬며 일어난다.

그들은 회담 장소인 원형극장의 아치형 입구에 와 있다. 도시의 이 지역은 파드미니도 처음이다. 원형극장 앞에 삼삼오오 모여 수다를 떨던 다른 도시의 화신들이 파드미니와 다른 뉴욕을 보고는 시선을 낮추며 힐긋거린다. 입구를 통해 아치형 통로에 들어서자 안쪽에서 더 많은 목소리가 웅얼거리는 것이 들린다. 작은 군중에 가까운 규모다.

이것이 바로 그들의 지고한 노력이 성취해 낸 것이다. 이제는 동료 도시들의 도움을 받아 모든 것을 바로잡을 수 있을 거다! 그런데 파드미니는 왜 이토록…… 불길한 예감이 드는 걸까?

여전히 겉으로는 다정하고 친절하지만 전날 밤의 폭탄선언 뒤 다른 이들의 쏟아지는 질문 세례에 아무 대답도 없는 매니는 벌써 극장 안에 도착해 있다. 닉과 브루클린도 있다. 브롱카가 발을 멈추더니 통로가 거의 끝나가는 곳에서 그들을 손짓해 부른다. "빨리 와라, 아가들아." 베네자가 반사적으로 가운뎃손가락을 치켜들지만 두 사람 모두 안쪽으로 발걸음을 재촉한다.

책에서 봤던 그리스나 로마의 원형극장이나 여름에 셰익스피어 공연을 하는 뉴욕의 현대식 델라코테 극장과는 다른 모습이다. 그곳들은 타원형이나 반원이다. 아틀란티스의 원형극장은 눈물방울 형태이며 가장 좁은 지점에 평평한 무대 같은 것이 마련되어 있다. 밖에서 웅성거리는 소리를 통해 규모를 대강 짐작하긴 했지만 이렇게 많은 도시 화신이 한자리에 모인 광경을 보는 것은 가히 충격적이다. 거의 100명은 되는 것 같다. 지구상에는 수천 개의 도시가 있지만 여러 차원을 초월하여 생명을 얻을 정도로 크거나 잘 알려진 도시는 비교적 적다는 사실을 고려하면 그럴 법한 숫자다. 화신들의 외양은 그야말로 각양각색이지만 대개는 화려하고 눈에 띄는 편이다. 수염을 기른 잘생긴 노인이 이유는 모르겠지만 파드미니에게 점잖게 고개를 끄덕여 보인다.(파드미니의 도시가 이스탄불이라고 속삭여준다.) 구릿빛 피부의 여인이 다른 여인과 나란히 앉아 있는데, 똑같이 생긴 걸 보니 쌍둥이가 틀림없다. 다만 한쪽은 백색증으로 보일 정도로 분홍빛이 도는 흰 피부와 황갈색 머리칼을 지녔다. 그들은 부다페스트다. 파드미니의 바로 옆 왼쪽에는 완벽하게 성장(盛裝)한 중년의 늘씬한 흑인 남성이 있는데 뉴욕의 화신들이 들어오는 것을 보자 혓바닥으로 커다랗게 츳츳 소리를 낸다. 킨샤사. 그리고 낯익은 얼굴도 있다. 홍콩이 알아차리기 힘들 정도로 미세하게 고개를 끄덕여 알은체를 한다. 마지막으로 그를 본 건 스태튼아일랜드 전투였는데 그때 그는 하마터면 죽을 뻔했다. 파드미니가 옆을 지나가자 통통한 인도 아줌마가 반색하며 손을 흔든다. 그가 입은 사리는 감청색 바탕에 금색 별이 흩어져 있다. 자기 도시의 축구 클럽 색깔의 옷을 입고 있는 뭄바이다.(파드미니도 어색하게 손을 흔들어 인사한다.)

원형극장 안쪽으로 반쯤 들어간 곳에 뉴욕의 화신들이 다 같이 앉을 수 있는 빈자리가 보인다. 벌써 다른 이들과 닉이 자리를 잡고 있다. 파드미니는 베네자의 옆에 앉아 제가 얼마나 긴장하고 있는지 가늠해 본다. 무대 근처에는 작은 강연대와 배경과 어울리지 않는 평범한 접이식 금속 의자가 몇 개 놓여 있다. 강연대 앞에는 아무도 없지만 주변에 몇몇 화신들이 모여 이야기를 나누는 중이다. 그중에는 브롱카가 묘사한 파리와 비슷한 여성도 있다. 그들이 착석하며 뉴욕의 화신들을 힐끗 쳐다보는데 일부는 확실히 우호적이지 않은 눈빛이다. 아마도 도시 중에서도 가장 강력하고 전설적인 고대도시들이리라.

"왜 고등학교 때 점심시간이 생각나는 거지?" 브롱카가 중얼거린다.

속삭이듯 말했지만 바로 뒤에 앉아 있던 여성이 소리 내어 웃는다. "저런, 그때보다도 훨씬훨씬 나쁘지!" 그 말을 강조라도 하듯 여자와 같은 줄에 앉아 있는 화신들 중 절반 정도가 웃음을 터트린다. 브롱카는 다른 뉴욕의 화신들과 눈짓을 교환한다. 맞아. 파드미니 생각에도 전혀 재미없는 농담이다.

"적어도 너희는 학교도 다니고 점심이라도 먹었지." 파드미니의 반대쪽에 앉아 있는 백인 여성이 말한다. 고명하신 런던이시다. 파드미니의 스파이더 도시 센스가 귀띔해 준다. 런던이 몸을 기울여 닉에게 손을 흔든다. 닉이 놀란 표정을 짓더니 대답하듯이 턱을 위로 한번 까딱인다. 그걸 본 여성이 다시 뒤로 기대앉아 어렴풋이 한숨을 내쉬고는 생각에 잠긴다. "내가 저 나이 땐 온종일 굶었지. 게다가 다들 심술궂었어. 점심을 먹은 사람들만 그런 게 아니라 전부 다."

"어……." 파드미니는 입을 열었다가 파울루의 호리호리한 형체를 발견하고는 커다란 안도감을 느낀다. 그가 수다 떠는 다른 화신들을 헤치며 이쪽으로 다가온다. 파드미니는 재빨리 런던에게 말한다. "어, 음. 실례요, 저기, 음……" 잠깐. 하지만 파울루는 그들과 친구 사이가 아닌데. 파드미니는 닉이 그를 좋아하고 어쩌면 둘이 잤을지도 모른다고 생각하지만 또 한편으론 파울루랑 홍 사이에도 뭔가 있는 것 같아서 대체 이걸 어떤 관계로 봐야 할지 모르겠다. 게다가 파드미니 자신도 파울루를 흠씬 패 주려고 한 적도 있고. 아차, 그리고 보니 그 일에 대해 언젠가 사과를 하긴 해야 할 것 같은데. "……아는 사람이 오네요."

"아하, 내가 널 불안하게 해서 나랑은 더 이상 얘기하고 싶지 않은 거구나." 런던이 말한다. 하지만 언짢은 기색은 아니다. 런던이 상냥하지만 진심은 담겨 있지 않은 미소를 지어 보인다. "미안. 나는 신경 쓰지 말럼!"

"어, 네." 파드미니는 주변에서 벌어지는 만남보다 파울루에게 더 집중한다.

"보아하니 내가 너희들을 대변하게 될 것 같은데." 인사말 하나 없이 곧바로 본론이다. 파드미니는 그게 상파울루의 특성인지 아니면 인간 파울루의 특성인지 궁금하다. 파울루가 그들 너머로 시선을 던지자 홍이 일어나 한숨을 쉬며 다가온다. "그게 전통이거든. 하지만 나도 너무 어리고 회담에 참가해 본 적도 처음이라 어떻게 돌아갈 건지 모르겠다. 어쩌면 홍이 우리 대신 발언할 수도 있고."

"안 됩니다." 매니가 말한다. "우리가 직접 이야기할 겁니다. 다른 방법은 용납 못 해요."

매니는 다른 뉴욕들과 같이 앉아 있지만 닉과 가장 멀리 떨어진 좌석을 선택했다. 그들은 연합전선을 펼치고 있고 매니는 아직도 그들의 일원이다. 그러나 예전에 매니가 언제든 적대적인 다중우주를 상대할 기세로 닉의 주변을 맴도는 것을 본 적 있는 사람들에게 이건 정말 끔찍한 징조고, 파드미니는 지금 같은 상황이 너무 싫다. 파울루도 분위기가 이상하다는 걸 눈치챘는지 두 사람에게 재차 눈길을 던진다. 어디선가 뭔가 잘못됐다는 비명이 들리고 있다. 그때 홍이 도착한다.

"용납해야 할 거다." 홍이 말한다. "너희를 참석시킨 것만으로도 규칙을 위반하는 일이니까. 그들을 화나게 했다간……"

"그래서 뭐, 우릴 쫓아내기라도 할 거래?" 닉은 좌석에 떡하니 널브러져 있다. 팔꿈치는 아예 뒤쪽 좌석을 침범한 상태다.(옆에 앉아 있는 베를린들의 짜증이 눈에 보일 정도다.) 닉이 콧방귀를 끼며 피식 웃는다. "규칙을 지키면 뭐, 이 씨발새끼들은 리예한테 산 채로 잡아먹히면서도 법을 잘 지켰다고 뿌듯해할 거야?"

즉시 주변에 정적이 내려앉는다. 리 단어를 직접적으로 들은 탓에 큰 충격을 받은 파드미니가 가까스로 정신을 차린다.(따귀를 맞은 뒤 후유증처럼 아직도 귓전에서 발음이 울리는 것 같다.) 대화가 끊기면서 침묵이 퍼져 나가고, 닉의 말을 듣지 못한 이들조차 말을 멈추고 무슨 일이 생긴 건지 주변을 두리번거리기 시작한다. 그 공간에 모인 모두가 닉을 물끄러미 응시한다.

닉은 그들에게 래퍼나 부동산 개발업자들에게 걸맞을 경멸의 눈초리를 보내며 다른 뉴욕들에게 말한다. "이 꼬라지들 좀 봐." 닉은 평소에 말소리가 낮고 조용한 사람이다. 그러나 원형극장의 구조 덕분에 누구나 그의 음성을 들을 수 있다. 심지어 일부러 목소리를 높여 말하는 중이다. "다 같이 다중우주 바닥으로 추락하고 있는 마당에 머리 맞대고 누구누구는 자격이 있네 어쩌네 하는 꼬락서니하곤."

"우리가 위험한 건 다 너희들 때문이야." 3층에 있는 한 남자가 쏘아붙인다. "다른 도시들은 그런 문제를 겪은 적이 없어. 이게 다 망할 미국놈들 때문에……"

"위험하지도 않아, 이 멍청아." 꼭대기 층에 앉아 있는 키가 크고 나이가 지긋한 남성 화신이 점잔 빼며 손사래를 친다. "적은 늘 그랬던 것처럼 그냥 괴물일 뿐이야. 얼굴을 가졌다느니 어쨌다느니 하는 것도 다 뉴욕이 지어낸 거지. 이 관심종자들 말을 들어 주는 것 자체가 오히려 더 큰 위험……"

"정말로 위험한 건……" 벽 근처에서 짧게 자른 버즈컷 머리를 한 갈색 피부의 여자가 말한다. "너무도 많은 이들이 전통에 익숙해진 나머지 상황이 변했는데도 대응이 느려 터졌다는 데 있지. 머리라 는 걸 굴려 보면……"

커다란 딱딱 소리가 그의 말을 가로막는다. 강연대에 호리호리하 고 무표정한 얼굴의 젊은 남자가 서 있고 손에는 커다란 둥근 돌이 들려 있다. 방금 그가 강연대에 그 돌을 부딪쳐 소리를 낸 것이다. "아이들아." 남자가 약간 짜증을 부리며 말한다. 매니와 비슷한 나 이대의 청년으로, 피부색도 비슷하지만 약간 붉은 기가 돌고, 생머 리에 광대뼈는 날카롭게 각져 있다. 한쪽 귀에 작은 귀고리를 했는 데 — 악어 머리같이 생겼네? — 그걸 보자 파드미니는 남자가 약 간 마음에 든다. 귀엽잖아. 그는 파이윰*이다. 어떻게 아는지는 몰 라도 어쨌든 알 수 있다. 들어 본 적도 없고 어디 있는지도 모르는 도시지만 어쨌든 저 사람이 제일 높은 사람인가 보다. 그렇다면 그 도 고대도시인 걸까? 저렇게 젊어 보이는데.

파이윰이 한숨을 내쉬며 닉을 쳐다본다. "이미 혼자서 회의를 시 작하기로 한 것 같구나. 그러나 뉴욕의 화신이여, 아무것도 존중하 지 않는다 한들 적어도 질서만큼은 존중해 주기 바란다. 그래야 이 모임이 무질서한 혼란 상태에 빠지지 않을 테니까. 그러겠느냐?"

"그래, 그래. 제발. 빨리 이 저주받을 우주의 종말에 대해 평화롭 고 질서정연한 토론을 시작해 보자고!" 강연대 바로 뒤에 앉아 있

---

*이집트 중북부에 있는 도시.

는 인물이 우스갯소리를 던진다. 남성용 정장을 입었고 파드미니가 이제껏 본 중 가장 멋지고 근사한 은색과 검은색의 눈꼬리 화장을 하고 있다. 덕분에 눈동자를 굴리는 모습이 한층 더 과장돼 보인다. 트리폴리. 또 다른 고대도시. "앉아라, 파이. 우리가 지금 이야기를 들어야 할 사람은 네가 아니야."

"어떻게 감히……" 강연대 근처에 앉아 있는 다른 남자가 외치지만 파이윰이 한 손을 들어 올려 제지하며 트리폴리에게 못마땅한 미소를 보낸다.

"난 독재자가 아니다. 정확히 누구의 이야기를 듣고 싶은 거지? 우리의 가장 어린 일원인 뉴욕 광역 도시권? 좋아. 뉴욕이여, 혹은 누가 그대들을 대변하든 부디 모두가 염려하고 있는 질문에 대답해주기 바라네. 그대들은 우리 모두를 어떻게 구할 계획이지?"

심하게 불공평한 질문이다. 파드미니는 귀여운 악어 귀고리고 뭐고 저 남자를 싫어하기로 결심한다. 몇 명이 웃음을 터트리는데, 약간의 악의가 섞여 있어 마치 고등학교 때 못살게 굴던 여자애들 앞에 서 있는 기분이다. 파울루와 홍이 경고했지 않았던가. 여기 있는 모두가 그들이 위험에 처해 있다는 것을 알지만 그중 일부는 뉴욕과 스스로를 구하는 데 필요한 일을 하기보다 뉴욕의 실패를 보며 즐거워할 것이라고.

그러나 뉴욕은 계획 없이 무작정 온 게 아니다.

닉이 파드미니를 쳐다보자 파드미니가 발언을 하러 자리에서 일어난다. 당연히 긴장된다. 하지만 이곳을 가득 메운 괴팍한 도시들 앞에서 이야기하는 건 지도교수나 회사 동료 앞에서 발표를 할 때만큼 떨려서 죽을 정도는 아니다. 그리고 이건 적어도 브루클린의 선거 운동을 돕는 것처럼 좋은 일이다.

파드미니는 숨을 깊이 들이켠다. 그가 입을 열자, 원형극장이 마이크처럼 파드미니의 음성을 아름답게 담아 널리 울려 퍼지게 한다. 모두에게 전하는 소식이 이렇게 우울한 것만 아니었다면 더 좋았을 텐데.

"우리가 지금 같은 속도로 다중우주 아래로 계속 추락한다면 한 달도 못 돼 돌이킬 수 없는 지점에 도달할 거예요."

웃음소리가 점차 옅어진다. 아직 몇 군데에서 키득거리는 소리가 들리긴 하지만. 파이윰이 지루함과 멸시, 그 중간 어딘가쯤의 표정을 지으며 짙은 아이라인이 그려진 눈가를 가늘게 좁힌다.

"아주 극적인 표현이군. 돌이킬 수 없는 지점?"

"나쁜 일이 일어나는 걸 막을 수 없는 시점이요. 난 물리학자는 아니지만 100가지 방법으로 숫자를 돌려 봤고, 우린 지금 물질과 에너지, 우주를 구성하는 모든 게 산산조각 나는 임계점을 향해 접근하고 있어요."

보다 명확히 말하면 지금 파드미니가 설명하는 것을 쿠겔블리츠(kugelblitz)라고 한다. 흔히 생각하는 물질 붕괴가 아니라 압도적인 수준의 강렬한 열이나 에너지…… 또는 빛으로 생성된 일종의 블랙홀이다. 나무 밑에서 그들을 기다리고 있는 눈부신 빛 덩어리처럼 말이다. 다른 뉴욕들에게는 벌써 설명해 줬지만 그들은 이 부분에 대해서는 다른 도시들에게 밝히지 말자고 의견을 봤다. 지금 당장 행동해야 한다고 설득해야 할 때 이론적인 물리학 용어로 사람들의 골치를 아프게 만드는 것은 좋은 방법이 아니다.

"일주일 정도는 오차가 있겠지만요. 뭔가 내 계산을 방해하고 있어서 그 정도 오차범위는 고려하는 게……"

"다 개소리야!" 저 뒤편에서 누군가 소리친다. "세상만사가 미국 할리우드 영화인 줄 알아? 개소리야. 뉴욕도 개소리야. 너희는 전부 개소리야. 모두 다……"

매니도 일어서 있다. "부인한다고 목숨을 구할 순 없을 겁니다." 목소리를 별로 높이지도 않았는데도 거기 실린 긴장감이 방금까지 난리 치던 사람의 입을 다물게 한다. 이제는 모두가 매니를 주시하고 있어서 파드미니는 약간 기분이 상한다. 맨해튼이 뉴욕에서 가장 화려한 곳이라 관심을 끄는 게 그의 본질이라지만 지금 파드미니가 받아야 할 스포트라이트를 전부 빼앗아 가고 있잖아. "이불을 뒤집어쓰고 괴물이 사라지길 기다리면 편하겠죠. 하지만 여러분이 믿든 말든 그 괴물은 당신들을 잡아먹을 겁니다."

소리 지르던 남자는 충격과 모멸감이 뒤섞인 표정으로 매니를 쳐다볼 뿐이다. 매니가 파드미니에게 고개를 끄덕이며 스포트라이트를 돌려준다. 파드미니는 얼떨떨한 심정으로 다시 입을 연다.

"이게 자연스러운 과정이 아니라는 건 분명합니다. 우르가 어떻게 이런 현상을 일으켰는지는 알 수 없어요. 어쩌면 우리 도시에 있는 흰옷의 여자가 만든 발판을 통해, 아니면 뭔가 다른 것으로 시작됐을지도 모르죠. 하지만 그들이 이 도시에 한 짓을 안다면……" 파드미니가 주위를 손짓하며 아틀란티스를 가리킨다. 몇몇 청중은 그것만으로도 놀라 숨을 헐떡인다. "결과가 좋지 않을 것임을 짐작할 수 있죠. 솔직히 말해 우리는 그 끔찍, 그러니까 돌이킬 수 없는 시점까지도 버티지 못할 수 있습니다. 우리의 현실을 지탱하는 독특한 상황들이 한 곳에서 겹쳐 복제되지 못할 만큼 아래로 추락한다면 우리의 모든 도시들이 여기처럼 텅 비게 될 겁니다. 모든 측면에서 완전히 죽는 거죠."

여기저기서 웅성거림이 들린다. 누군가 큰 소리로 말했다가 옆에서 면박을 듣는다. 한 남자가 "무슨 소린지 이해하겠어?"라고 묻자 누군가 "그래, 우리가 좆됐다는 거지."라고 대답한다. 틀리지 않은 말이다.

파드미니가 보란 듯이 파이윰을 향해 몸을 돌리며 마무리를 짓는다.

"우리가 이에 대해 대처할 수 있는 방법은 형이상학적인 부스터 엔진을 점화하는 겁니다. 우르가 무슨 짓을 하고 있는지는 몰라도 거기 대항할 강력한 힘을 만들어 내야 해요. 추락하는 것을 멈출 수는 없어도 적어도 다른 수를 생각해 낼 시간을 벌 수 있을 겁니다."

경악한 표정으로 파드미니를 응시하던 파이윰이 정신을 가다듬고는 손가락으로 콧잔등을 꼬집는다.

"흠. 나는 옛날 옛적에 마법사였다. 파라오를 감명시키기 위해 죽은 영혼을 부르고 비술도 부렸지. 하지만 그마저도 방금 그대가 말한 것에 비하면 불가해한 것과 거리가 멀구나. 제발 설명해다오, 아이야. 그…… 대항력이라는 것은 어떻게 만드는 것이냐? 네게 가장 편안한 언어로 설명해 보아라."

어머나, 세상에. 그 정도로 나이가 많단 말이야? 하지만 그걸 어떻게 설명해야 하지. 절반 정도는 수학이고 나머지 절반 정도는…… 심리학을 이용해야 하나? 집단적 무의식은 최소한 필요할 테고. 정신 에너지와 프라나*, 차크라**, 양자이론 등등 이 모든 것들이 파드미니가 세상, 또는 모든 세상이 돌아가는 방식에 대한 이해에 영향을 미친다. 초현실의 구심점으로서의 도시에 대한 통일장 이론이랑…… 일단 우주를 구하고 나면 이 이론도 한번 발전시켜 봐야겠다.

"도시의 마법이요." 마침내 파드미니가 극장 안에 모인 모두를 둘러보며 말한다. "지금은 그냥 그렇게 부르도록 해요. 하지만 나중엔 이 용어도 제대로 정립해야겠어요. 지금 우리가 겪고 있는 문제 중 일부는 거기에 규칙이 있다는 것 때문이니까요. 일종의 체계적인 과학적 지식인데 지금 우리는 가장 기본적이고 본능적인 수준밖에는 이해 못 하고 있잖아요. 우린 이제 막 덧셈을 배웠는데 적은 미분방정식을 하고 있다고요."

"적은……" 일본의 다른 도시 화신들과 나란히 앉아 있는 도쿄가 말한다. "인류의 역사 가운데 적어도 1만 년 이상은 늘 똑같은 방식으로 움직였다. '그 여자'는 얼굴도 없었고 이름도 없었지. 그리고 그동안 우리가 해 왔던 일들은 비록 너희가 전통이라고 비웃을망정, 우리를 살아남게 해 줬고."

"네, 알아요. 그건 인정하지만 지금 그건 아무 상관도 없……"

"전통적인 방식으론 더 이상 효과가 없습니다." 파울루가 일어나

---

*산스크리트어로 생명력을 뜻하는 단어로 동양철학의 기(氣)와 유사한 개념.
**산스크리스트어로 바퀴, 순환이라는 의미로 정신적 힘의 중심점.

발언한다. 파드미니는 체념의 한숨을 내쉬며 누가 자기 말에 끼어들든 이제 그만 받아들이기로 한다. "젊은 도시들은 탄생하는 순간부터 여러분은 겪은 적 없는 위험에 직면했어요. 조직적이고 체계적인 공격, 사회정치적인 오염, 여러분 모두 도시의 출생이 감소하고 심지어 미 대륙에서는 완전히 정체되고 있음을 알 겁니다. 나는 여기에 그 원인이 있다고 생각합니다. 우리가 우르-우주에게 지고 있다는 것을 인정하는 건 부끄러운 일이 아니에요. 진정한 부끄러움은 행동하지 않는 데 있습니다. 이제 다들 깨닫고 있지 않나요."

"전부 다 헛소리야." 극장 가득 수런대는 소리를 뚫고 키 큰 금발의 남자가 외친다. 암스테르담인가? 그가 자리에서 일어나 재킷을 집어 들고는 원형극장 계단을 내려가기 시작한다. "헛소리야! 애초에 뉴욕에서 시작된 말썽이잖아! 뉴욕 중 하나가 자기 도시 시장이 되려는 건 알아? 권력에 환장해서 자아도취에 빠진 미국놈들! 뉴욕 따위 적에게 줘 버려! 그럼 나머지 우리는 조용히 살아갈 수 있을 테니까." 파이윰이 입을 열려 하자 사내가 벌컥 성을 낸다. "싫어! 더 이상 듣고 싶지도 않아, 파이. 심지어 저 소리가 진짜인지도 몰……"

파드미니가 눈을 끔벅인다. 매니가 출구로 향하는 남자의 앞길을 가로막고 있다. 도대체 언제 저기 ─

"'뉴욕을 적에게 줘 버리라고?'" 매니의 목소리는 나직하지만, 부러질 것처럼 또렷하다. 이런, 젠장.

암스테르담이 주춤거리며 뒷걸음질 친다. 그의 눈이 커다래진다. 파드미니는 재빨리 닉을 쳐다본다. 그는 파드미니가 그를 만난 지 처음으로 진심으로 놀란 표정을 짓고 있다. 닉이 벌떡 일어난다.

"여, 예쁜이." 매니는 닉을 등지고 있지만 목소리에 반응하듯 머리가 아주 살짝 돌아간다. 파드미니는 닉이 매니의 손을 쳐다보고 있다는 것을 눈치챈다. 한쪽 손이 비스듬히 기울어 있다. 마치 소매에서 떨어지는 뭔가를 받으려는 것처럼……? 잠깐만, 이건 안 되지. 뉴욕이 다른 도시들한테 칼질을 하고 돌아다니게 내버려 둘 순 없지. 닉이 눈살을 찌푸린다. "그냥 입에서 나오는 대로 지껄이고 있을 뿐이야. 여기 와서 예쁜장한 미친놈처럼 굴지 마."

"자기 목숨만 구할 수 있으면 우리더러 나가 죽으라고 할 놈들이야." 몸을 돌린 매니가 암스테르담은 물론 여기 모인 이들 모두를 살육자의 침착한 눈빛으로 가늠하는 것을 보고 있으려니 마음이 불안불안하다. 심지어 그는 그런 생각을 숨기려 하지도 않는다. "우린 지금까지 계속 참아만 왔지. 어쩌면 우리한테도 이들이 필요 없을지 몰라."

"필요해." 파드미니가 매서운 표정으로 매니의 뒤로 다가간다. 매니가 파드미니를 곁눈질로 쳐다보자 통유리가 반짝이는 유려한 고층건물들의 이미지가 깜박인다. 마치 장검처럼 날카로운…… 그리고 파드미니는 퀸스에서만 느낄 수 있는 수천 개의 독특한 감각들을 스팸메일처럼 무작위로 퍼붓는 것으로 거기 대응한다. 방금 깎은 파릇한 잔디 냄새, 바비큐 냄새, 뒤뜰 간이수영장에서 물장구를 치는 아이들, 남의 집 앞에 주차하기 등등. 수건으로 칼싸움을 끝내듯이 맨해튼의 과한 빌딩숲이라는 정수에 카운터를 먹인다. 파드미니가 맨해튼을 빙 돌아 정면에 서자 그가 움찔한다. "지금 여기서 이러고 싶어? 정말로? 우릴 떠날 거라면서 아직도 닉을 보호하는 게 당신 임무인 양 구는 거야?"

그 말은 맨해튼의 따귀를 때리듯 강타하고, 초자연적인 세상의 위협은 꺼진 촛불에서 올라오는 연기처럼 사르르 사라진다. 맨해튼이 닉에게 간절한 눈빛을 던진다. 파드미니는 이 일이 끝나면 떠나겠다는 그의 결심에 대해 알아야 할 모든 것을 알게 된 기분이다. 매니가 시선을 돌려 중얼거린다. "……미안." 파드미니가 여전히 눈을 부릅뜨고 노려보자 잠시 후 매니가 자리에 앉는다.

"흠, 이것 참 진흙탕이군." 파이윰이 진지한 표정으로 우스갯소리를 던진다. 닉과 매니를 슬쩍 살펴보더니 성가시다는 듯 고개를 가로젓고는 다시 암스테르담에게 관심을 돌린다. "암, 제발 앉아 주게. 뉴욕이 한때 그대 소유였다는 건 알지만 신입 도시를 두 도시에 사는 수천 명의 목숨을 앗아 갈 수도 있는 싸움에 끌어들이지는 말도록."

금발 남자는 여전히 모욕당한 표정을 짓고 있지만 매니를 마지막으로 한번 째려보고는 자기 좌석으로 돌아간다. 파이윰이 파드미니에게 고개를 끄덕이며 빨리 하라고 손가락을 빙빙 돌려 보인다.

아, 맞다. 파드미니는 심호흡을 한다. 작은 소동을 겪고 나니 긴장감도 사라졌다. 이 점에서만큼은 매니에게 고마워해야 할 것 같다.

"세계의 모든 도시들이 완전한 힘을 발현해 우리를 돕는다면 뉴욕에 있는 리예의 발판을 무너뜨릴 수 있을 겁니다. 더구나 그런 협동은 우리 세계에서 통용되는 강력한 원형(原型)에도 딱 들어맞죠. 다 같이 힘을 모아 강하고 무서운 적에게 대항하는 용감한 모험자들……" 만반의 준비를 갖춘 거대한 적에게 맞서 절망적인 싸움에 임하는 약자들, 이라고는 하지 않는다. "이건 우리 세계에서 거의 모든 문화권에 존재하는 원형이에요. 간단히 말해 우리 모두가 공유하고 있는 구성개념이죠. 만약 성공한다면 우리의 집단적 의지를 통해 나무로 하여금 우리를 원래 위치로 되돌리게 할 수 있을 겁니다. 흰옷의 여자는 사라지고, 다중우주의 모든 게 정상으로 돌아오고, 전부 해피엔딩으로 끝나는 거죠."

파드미니는 거의/모든 문화권에서 이런 이야기가 비극으로 끝난다는 사실도 굳이 언급하지 않는다. 그들에게는 비현실적인 미국판 버전이 필요하다. 그들의 우주를 위해서라도.

"여전히 말도 안 되는 소리야." 일시적으로 후퇴하긴 했지만 암스테르담은 다른 사람들 눈에 패배한 것처럼 비치는 걸 견딜 수가 없는 모양이다. "결국 뉴욕이 자기들 혼자 할 수 없으니까 다른 도시들을 끌어들이려는 것뿐이잖아."

"그래, 맞아." 닉이 자리에서 일어나며 암스테르담을 노려본다. "우리끼린 못 해. 왜냐하면 너희 개자식들이 수천 년이나 이 좆같은 상황을 해결할 시간이 있었으면서도 아무 짓도 안 했거든. 둥그렇게 모여 앉아서 뭐라도 되는 것처럼 '최고회의'니 '정상회담' 같은 소리나 하면서 새로운 도시들은 죽게 내버려 두고 다 걔네 탓이라고 손가락질만 했지! 그러니까 계속 앉아서 입만 나불대든가 아님 씨발 그 아가리 닥치고 도와주든가. 하든 죽든 둘 중 하나니까 알아서 하란 말이야. 그 중간은 없어."

원형극장 전체로 깜짝 놀랄 만큼 많은 동의의 웅성거림이 퍼져 나간다. 대다수에 가깝다. 연극조로 외치는 부정론자들의 목소리도 있지만 소수에 불과하다. 그들은 그저 목소리가 클 뿐이다. 그러나 그때 상황이 아주, 아주아주 잘못되기 시작한다.

"맞아, 내 말이." 흰옷의 여자가 공중에 불쑥 나타나 끼어든다.

이번에 그는 어깨가 구부정한 60대가량의 백인 여성으로, 못생긴 크리스마스 스웨터와 제깅스를 입고 있다. 구불구불한 회색 머리칼은 깐깐한 여교사처럼 둥글게 말아 올렸다.

"하거나 죽거나." 모든 도시들이 숨도 못 쉬고 경악한다. 매니가 다시금 벌떡 일어나고 브롱카는 엄청나게 큰 소리로 씨발! 하고 외친다. "나도 그 말 좋더라. 온갖 상황에 다 어울리잖아."

순식간에 많은 일이 동시에 발생한다. 눈 깜짝할 사이에, 정신없이.

파드미니가 손을 번쩍 들어 올린다. 실뜨기를 하듯 손가락을 벌리며 흰옷의 여자 주변에 반짝이는 반투명 장벽을 생성하는 3차원 벡터 방정식을 떠올린다. 그동안 얼마나 열심히 이 이론을 가다듬었는지 모른다. 구성개념에 매달리는 게 아니라 보다 근본적인 걸 시도해 봐야—

"어머, 얘, 이거 아냐. 나한텐 비유클리드 방식을 사용해야지." 여자가 '아가야, 복 받으럼' 종류의 미소를 지으며 말한다. 다음 순간 파드미니의 방어벽이 산산조각으로 파쇄된다. 베네자가 황급히 일어나 주머니를 뒤져 전자담배를 꺼내 한 모금 들이켰다가 고약한 악취를 풍기는 짙은 연기를 거세게 내뿜는다. 뉴저지의 100퍼센트 순수한 대기오염으로 만들어진 드래곤브레스가 뭉게뭉게 피어오르는 게 아니라 전방을 향해 거의 폭발하듯이 날아간다. 그러나 열기가 덮치기 직전, 흰옷의 여자의 주변 공기가 이상하게 흐릿해진다. 마치 여자와 연기 사이에 구름이라도 끼어든 것 같다. 잘 보이지는 않지만 어디선가 작고 가느다란 촉수 다발이 튀어나와 뉴저지의 오염된 공기를 순식간에 부채질해 날려 보내 버린다. 매니가 으르렁거리며 이를 드러내더니 도시의 마법 따위는 아랑곳하지 않고 여자의 얼굴을 향해 냅다 잭나이프를 날린다. 흰옷의 여자가 두 손가락으로 칼을 붙잡더니 한심하다는 듯이 쳐다본다. "진심이야?" 그러더니 다시 매니에게 내던진다. 매니는 어깨를 낮춰 날아오는 칼을 성공적으로 피하지만 그래도 하마터면 맞을 뻔한다. 잭나이프는 그가 앉아 있던 돌 벤치에 명중해 무려 10센티미터나 박힌다.

흰옷의 여자의 등장에 곧바로 반응한 것은 뉴욕의 화신들뿐만이 아니다. 홍콩이 재킷 주머니에서 뭔가를 꺼내 들고 파리는 핸드백에서 뭔가를 한 줌 가득…… 네모난 버터쿠키야? 하지만 공격을 감행하기도 전에 흰옷의 여자가 생긋 웃더니 주먹 쥔 손을 높이 들어올려 손가락을 활짝 펼치며 말한다. "콰쾅!"

보이지 않는 힘이 핵폭탄처럼 원형극장을 강타한다. 서 있던 이들이 전부 바닥에 우르르 쓰러진다.

간신히 몸을 일으킨 파드미니가 비틀거리며 다른 공격 수단을 궁리하는 사이 흰옷의 여자의 등 뒤, 무의 공간에서 한 형체가 조용히 걸어 나온다. 아이슬린. 스태튼아일랜드의 화신. 아이슬린의 거북한 듯한 시선이 파드미니의 눈과 마주친 순간, 그가 눈을 돌려 버린다.

"자, 그럼." 흰옷의 여자가 진심으로 환희에 찬 얼굴로 활짝 웃으며 단체 포옹을 흉내 내듯 두 팔을 옆으로 쭉 내뻗는다. "너희가 전부 한자리에 모여 있다니 얼마나 잘됐니. 수많은 우주를 쿠겔블리츠에 밀어 넣는 건 꽤 힘든 일이거든. 지금 여기서 너희를 전부 죽여 버리는 편이 훨씬 간단하지. 극적인 효과는 부족하지만 자칫 문제가 될 원형이 드무니까. 이젠 기다릴 필요가 없겠어!"

여자가 두 손을 높이 들어 올린다. 원형극장 전체가 진동하기 시작한다.

16장

우리가 뉴욕이야?

저 여자를 여기서 끌어내야 해. 매니는 깨닫는다.

원형극장 입구의 천장 일부가 무너지고 있지만 다행히도 아주 가까운 곳은 아니다. 무너져내린 파편 더미가 극장 밖으로 나가는 길을 봉쇄하고 있으나 그렇다고 죽은 우주에서 도망칠 방법이 없는 것도 아니다. 극장 안에 모여 있던 화신들 중 일부는 이미 사라졌다. 거대디딤을 통해 고향으로 귀환한 것이다. 하지만 그때 매니는 한 화신이 눈을 감고 정신을 집중했다가 아무 일도 일어나지 않자 깜짝 놀라 헛숨을 들이켜는 것을 발견한다. "예의가 없네." 흰옷의 여자가 말한다. "내가 가진 가장 그로테스크한 살인 기술을 전부 다 동원했는데 적어도 그걸 감상하는 성의는 보여 줘야지……" 화신의 발밑 주변에 톱니처럼 날카로운 이빨이 튀어나온다. 남자의 눈이 휘둥그레지더니, 하얀 곰덫 같은 무시무시한 이빨이 철컥 다물리기 전에 가까스로 몸을 밖으로 던져 빠져나온다.

도망친 화신들은 겁쟁이일지도 모른다. 그러나 매니는 그들을 비난할 수 없다. 상황은 이미 최악이고 시시각각 그보다 더 밑바닥을 향해 다가가고 있다. 도시들의 구성개념이 왜 흰옷의 여자에게 아무 효과도 없는지 이해할 수가 없다. 이곳에 있는 이들 중 누구도 자기 도시에 있지 않기 때문일까? 이유가 어찌됐든 그들의 근거지인 뉴욕으로 돌아가거나 여자를 아틀란티스에서 한시라도 빨리 내쫓지 않으면 전부 다 죽을 거다.

"어떻게……" 파이윰이 무너진 강연대 뒤에서 몸을 일으킨다. "도대체 어떤 수로……"

런던이 서둘러 다가가 부축한다. "지금은 눈앞의 현실에 의문을 제기할 때가 아니야, 친구." 그러더니 느닷없이 파이윰을 옆으로 밀친다. 흰옷의 여자가 그들을 향해 팔을 휘두르기 직전의 일이다. 여자의 팔이 사람의 팔과는 전혀 닮지 않은 희고 거대한 덩어리로 변하더니 방금까지 파이윰이 서 있던 벽을 강타한다. 흰옷의 여자가 혀를 차며 이번에는 훨씬 가느다란 촉수로 파이윰의 발목을 노린다. 하지만 촉수가 파이윰을 붙들기 전에 런던이 이를 악물고 파이윰을 자신의 등 뒤로 보내더니 —

기운차게 달리는 런던의 튜브, 물 샐 틈 없이 들어찬 사람들, 실례합니다 좀 지나갈게요 **죄송합니다** 닥쳐요 지금 집에 가고 싶은 건 다들 똑같다고요

형태 없는 순수한 런던다움을 흰옷의 여자를 향해 쏘아 낸다. 도시 전체도 아니고 그저 통근하는 시민들의 무례한 태도일 뿐이지만 어떤 이유에선지 그것은 이제껏 그들이 시도한 그 어떤 것보다도 여자에게 가장 큰 타격을 입힌다. 소형 촉수들이 힘에 밀려 한풀

꺾이고, 보다 거대한 덩어리는 화염에 휩싸여 경련하며 표면이 지글지글 끓어오른다. 흰옷의 여자가 얼굴을 찌푸리더니 크고 길쭉한 덩어리를 낚아채 다시 팔로 바꾼다. 김이 모락모락 나고 있다. "흠." 여자가 팔을 살펴본다.

"괜찮아?" 아이슬린이 얼굴을 찡그리며 다가간다.

"응, 괜찮아." 여자가 환한 미소를 지으며 대답한다. "이건 그냥 손톱이 부러진 거랑 똑같아. 하지만 내 손톱은 너희 종족이 아직 모르는 아주 높은 인장강도를 지니고 있어서 보통은 잘 부러지지 않지."

파드미니와 베네자의 공격은 아무 효과도 없는데 왜 런던의 공격은 다른 거지? 매니는 여자의 공격을 받고 쓰러진 닉이 일어서게 도와주며 그 이유를 고심한다. 흰옷의 여자가 입술을 삐죽이며 런던에게 관심을 돌린다.

"몇백 년 전에 하수구에 기어 들어가서 콱 죽어 버린 줄만 알았더니. 아님 미쳐 버렸거나."

"그랬어." 런던이 쌀쌀맞은 미소와 함께 대답한다. "광기란 사람들이 생각하는 것만큼 나쁘지 않단다. 게다가 정체성에 혼란이 조금 온 것 가지고 설마 죽었겠니."

"정말로 저 여자가……" 파이윰이 흰옷의 여자를 보고 고개를 내젓는다. "신이여. 그동안은 못 믿었는데 정말 말을 하는군."

"말하고, 노래하고, 브레이크댄스도 춘단다." 여자가 재생된 손가락을 시험 삼아 움직여 보며 말한다. 그러고는 파이윰에게 시큰둥한 미소를 던진다. "그리고 너희 모두를 전부 죽여 버릴 수도 있지.

너희가 이렇게 꿈틀거리지만 않으면 말이야."

"왜 아무것도 안 통하는데?" 세 번째 줄에 있던 동양인 여성이 말한다. 몸을 가누지 못하고 쓰러진 남자를 품에 안고 있는 서울이다. 그들 앞에서는 커다란 호랑이 한 마리가 잔뜩 경계한 채 두 사람을 보호하고 있다. "날씨랑 살을 에는 겨울바람을 시도해 봤는데 전혀 안 통하잖아."

"그 구성개념이라는 게 문제야." 런던이 그들에게 말하더니 구식 권투선수처럼 두 주먹을 얼굴 앞에 들어 올린다. "그건 도시가 지닌 본질의 아주 작은 일부분만 전달할 수 있어. 너희 도시에 대한 전반적인 개념을 사용해. 더 큰 총을 쏘라고!"

"이해했어." 닉이 대답한다.

다음 순간 매니는 갑자기 격렬하게 치밀어 오르는 분노에 피부가 뜨겁게 달아오르는 느낌을 받는다. 놀라 눈을 깜박인 순간, 그는 하워드 비치의 주먹에 맞아 비틀거리며 크라운하이츠 폭도들의 분노 어린 주먹을 치켜들고 침탈적인 경찰과 침탈적인 이웃 모두에 대한 할렘 시민들의 모멸감을 들이마시고 있다. 뉴요커들이 다른 뉴요커들에게 느끼는 모든 원망과 억울함, 뉴욕의 가히 전설적인 아량과 용인이 폭력으로 돌변하는 모든 순간이 머릿속에서 불타오른다. 우리 동네에서 나가! 수백만 개의 목소리가 배 속에서 주체할 수 없을 정도로 들끓더니 목구멍을 비집고 올라온다. 그는 그것을 외치기 위해 입을 열 —

— 었으나 사라진다. 매니는 비틀거린다. 눈을 끔벅이며 닉을 쳐다본다. 닉은 그의 옆에 당당하게 서 있다. 팔꿈치를 약간 뒤로 젖히

고 손은 밑으로 늘어뜨린 채, 다리에 힘을 주고 무릎은 약간 구부러져 있다. 정확히 말하자면 뉴욕 사람들이 상대방을 위협할 때 취하는 자세, 전투를 앞둔 버스 승객들의 그만하고 꺼져 몸짓이다. 보통 움직이는 차량 안에 서 있기 때문에 특히 민첩성이 요구되는 자세다. 우리 동네 영역주의의 물결도 이런 방어 자세의 일부다. 스태튼 아일랜드가 없어도 뉴욕은 여전히 좆같은 곳이다. 이건 닉이 온 힘을 다해 싸울 준비가 되어 있다는 경고다.

"그래." 닉이 어깨를 앞으로 내민다. "날 까먹었나 보지, 꾸불탱년아?" 그의 시선이 아이슬린을 향한다. 매니가 알기로 닉은 스태튼 아일랜드를 한 번도 본 적이 없다. 그럼에도 아이슬린은 닉의 눈빛에 한 대 맞기라도 한 것처럼 움찔한다. 그러고는 외면한다. 닉이 가소롭다는 듯이 코웃음을 흘리고는 다시 흰옷의 여자에게 집중한다. "지난번 싸웠을 때 나한테 두들겨 맞은 거 기억 안 나? 이제 우린 여섯 명이라고. 기억나게 해 줘?"

"조심하렴." 여자가 손가락을 꼬불거리며 말한다. "이 죽은 우주는 속이 빈 달걀껍질처럼 깨지기 쉽거든. 다른 도시들이 이곳을 회담 장소로 삼은 건 워낙 취약한 곳이라 보통은 폭력 사태를 피하기 위해서지만 불행히도 방어력에 대해선 생각하지 못했지." 여자가 파이윰을 향해 고개를 까딱인다. 파이윰은 공포에 사로잡힌 채 그들을 바라보고 있다. "그들은 항상 여기가 안전하다고 믿었지. 도시들만 들어올 수 있다고 말이야." 여자가 생긋 웃는다. "어느 정도는 맞는 말이긴 해."

파이윰이 이를 사리물더니 몸을 일으킨다. "그렇다면 그대를 우리와 같은 동료로 맞이해야겠군, 리예." 이름을 말하며 멈칫거린다. "우리에게 불만이 있다면……"

"너희가 존재한다는 게 문제야." 여자가 지친 한숨을 내쉬며 대답한다. "그게 바로 내 불만이라고. 너희가 존재하는 것 자체를 포기하면 우리도 사이좋게 지낼 수 있을 거야." 파이윰은 대답을 하려 입을 열지만 충격 어린 침음만 흘릴 뿐이다. 여자는 그를 무시하고 이 자리에 모여 있는 도시들을 둘러본다. "그리고 이 문제를 논의해 봤자 아무 의미도 없을 거야. 여기서 그냥 너희를 터트려 버리면 되거든. 온 사방이 뽁뽁이로 가득 차 있다니, 세상에, 참을 수가 없네!"

다음 순간, 극장 안이 추악하고 둔중하고 새하얀 끔찍한 것들에게 점령된다. 어떤 것들은 눈에 익다. 자글자글 떨리고 있는 다양한 색상의 뭉크 스타일 형체들, 바닥을 기어 다니는 거미 모양의 2차원 X자들, 털투성이 벌레처럼 생긴 어마어마하게 커다란 길쭉한 것들. 연단 앞 빈공간이 순식간에 메워진다. 그리고 여기, 새로운 악몽이 있다. 알 수 없는 소리를 내는 원숭이 같은 존재는 온몸이 인간의 치아로 덮여 있다. 공중에는 반투명한 구슬이 무리 지어 떠다니고 있는데 그 안에는 각각 작은 해골이 들어 있다. 음료수 캔 크기의 작고 평범해 보이는 원통은 보자마자 매니를 형용할 수 없는 공포감에 휩싸이게 한다. 아이슬린조차 이런 괴이한 생물들의 출현에 놀라 비틀거리며 뒷걸음질 친다. 그러나 그것들은 아이슬린을 공격하려는 움직임은 없다. 커다란 검은 덩어리를 본 베네자가 날카로운 비명을 지르는 것이 들린다. 낮게 울리는 두둥 소리가 주변 공기를 진동시킨다. 브롱카가 베네자의 재킷을 붙잡고 끌어당기는 동시에 검은 덩어리를 향해 완벽한 옆차기를 날린다. 눈부신 빛과 함께 브롱카의 발에 새것처럼 반짝거리는 팀벌랜드 부츠가 실체화된다. 힘의 파동에 맞은 딩호가 꿀렁거리는 소리를 내며 빙글빙글 회전하는 피투성이 원통으로 분해되어 사라진다. 여자는 아니더라도 적어도 리예의 수하들에게는 구성개념이 통하는 것 같다.

하지만 매 순간 점점 더 많은 수하가 원형극장 안에 불쑥불쑥 나타나고 있다. 비명을 지르거나 무턱대고 맞서 싸우는 도시들을 보며 매니는 생각한다. 우리가 졌어. 그들은 비체계적이고, 불시에 기습당했으며, 완전히 포위됐다. 이건 더 이상 용맹의 문제가 아니다. 후퇴하지 않으면 전멸할 것이다. 후퇴하는 게 가능하다면 말이지만.

그때…… 이 무질서한 혼돈 속에서 매니는 누군가 원형극단의 계단을 내려오고 있는 것을 발견한다.

지갑 카드 칸에 걸려 잘 빠지지 않는 신용카드를 빼들려고 허둥거리던 중이었다. 하지만 그…… 사람? 도시?를 발견한 순간 매니는 동작을 멈춘다. 오직 도시만이 아틀란티스에 출입이 가능하다. 그러나 이상하게도 매니에게는 그 도시가 잘 보이지 않는다. 눈을 가늘게 찡그리고 봐도 그렇다. 누군가 계단을 내려오고 있다는 건 알겠지만 외양이 어떤지는 전혀 모르겠다. 모든 것이 흐릿하고 모호하다. 마치 그림자, 안개, 또는 하늘에 구멍이 뚫린 듯 퍼붓는 폭우가 그를, 오로지 그만을 감싸고 있는 것처럼.

그가 한쪽 손을 들어 올리자, 기이한 소리를 내며 자글자글 진동하던 흰옷 여자의 수하들이…… 사라진다.

(하지만 아이슬린은 남아 있다.)

흰옷의 여자가 놀라 숨을 들이켜더니 몸을 홱 돌려 흐릿한 형체를 노려본다. 그 눈이 가느스름해지더니 맹렬한 분노를 내뿜는다.

"너."

형체는 고개를 끄덕일 뿐이다. 그러더니 주변을 휘 돌아본다. 얼굴도 눈도 분간할 수 없건만 매니는 돌연 자신을 직시하는 묵직한 시선과 거기 담긴 경고를 감지한다. 왜지?

이유는 중요하지 않다. 매니는 닉의 팔을 붙든다.

닉이 놀란 눈으로 그의 손을 내려다본다. "뭐 하는……"

그때 세상이 폭발한다. 주변에 존재하던 모든 것, 원형극장과 빛, 그리고 그들이 존재한 우주마저 거부라는 핵폭탄을 맞는다. 매니가 무슨 일이 일어난 건지 깨닫기도 전에, 아틀란티스의 마지막 남은 잔해가 존재하던 포켓 우주가 입을 벌린다. 원형극장과 그 위로 펼쳐진 푸른 하늘, 그리고 발밑에 남은 고릿적 대리석까지 모든 게 산산이 무너지고, 갈라져, 뿔뿔이 흩어진다. 그리고 그 너머에는—

—오, 세상에. 거기에 있는 것은 밝고, 뜨겁고, 쉴 새 없이 휘도는 우주가 주렁주렁 달려 있는 나무가 아니다. 그것의 음(陰)차원이다. 나무의 몸통 주위로 말라 뒤틀어진 가지가 자라고 있다. 시야는 온통 회색이고 배경은 그보다 짙게 그늘진 검은색이다. 새로운 우주가 탄생하는 가지의 끝부분에 바글바글 끓고 있어야 할 브로콜리 같은 덩어리들은 검은 곰팡이처럼 차고 고요하다. 가장 가까이 있는 덩어리가 매니의 눈앞에서 바스라지더니 먼지가 되어 흩어진다.

이건 진짜가 아니다. 매니는 추상적 개념이 아닌 인간의 모습을 하고 있다. 여기는 공기도 없고—

깜박. 그들은 센트럴 파크에 있다.

정확히 말하자면 더 몰(The Mall)에 와 있다. 우아한 느릅나무가 양쪽에 늘어선 널따란 산책로다. 주변에는 수십 명의 사람들이 산책을 즐기며 가을 단풍을 감상하고 있고, 매니와 다른 이들은 산책로 한복판에서 휘청거리며 숨을 헐떡이는 중이다. 공간이 넉넉해서인지 아무도 그들에게 딱히 신경 쓰지 않는다. 지나가던 한 노신사가 멈춰 서서 눈가를 좁히며 그들을 노려보다가 이내 고개를 절레절레 젓고는 가던 길을 재촉한다.

매니가 주위를 훑어보며 모두 다 있는지 확인한다. 파드미니는 낙엽이 흩어진 바닥에 주저앉아 안도감에 신음하고 있다. 브롱카는 서 있긴 하지만 허리를 숙이고 손으로 무릎을 짚고 있다. 베네자가 그의 등에 기대고 있어 한층 더 힘들어 보인다. 브루클린이 베네자를 떼어 내려는 중이다. 그리고 닉은…… 선 채로 매니의 품에 안겨 있는데, 축 처져 기댄 채 아직도 혼란스러운지 눈을 깜박이며 두리번거리고 있다.

"괜찮아?" 매니가 묻는다. 아틀란티스에서 쫓겨났을 때 본능적으로 닉을 붙들었는데 절대로 후회하지 않는다.

"어. 젠장. 씨발 그게 대체…… 헤이, 요." 닉이 주먹 쥔 손으로 매니를 밀어낸다. 그는 화가 나 있다.

왜냐하면 여섯 명이 있어야 할 곳에 일곱 명이 있기 때문이다. 스태튼아일랜드의 아이슬린이 공원과 그들 여섯 명을 겁에 질린 얼굴로 빤히 응시하고 있다.

"오, 이런. 안 돼." 브루클린이 내뱉는다. 브롱카의 어깨가 호전적인 자세를 다잡는다.(한 꼬마아이가 아이스크림 트럭에서 산 푸시업* 아이스 께끼를 핥으며 깡충깡충 뛰어간다. "밀어, 올려, 해치워, 전부 다!" 꼬마가 혼잣말로 노래를 중얼거린다. 잘도 부르네.)

"잠깐." 매니가 입을 연다.

"우와, 우와! 씨발, 잠만요!" 베네자가 허둥지둥 달려와 아이슬린의 앞에 서서 사람들을 가로막으며 두 손을 들어 올린다. "저기요? 올드비 원이랑 올드비 투? 롤모델이 되어야 할 성숙한 여성분들? 두 분이 강철장화랑 멋진 하이힐을 누구 엉덩이에 처박기 전에 방금 무슨 일이 있었던 건지 나한테 설명해 줄 사람?"

"그건 아, 아틀란티스였어." 파드미니가 말한다. 목소리는 여전히 떨리고 있고 바닥에서 일어나긴 했지만 금세라도 기절할 것 같아 보인다. 거의 넋이 나간 표정이라 닉이 걱정하며 손바닥으로 등을 받쳐 부축해 준다. "아틀란티스가 우리들을 전부 쫓아낸 거야. 흰옷의 여자가 아무리 강력해도 자기 땅에 있는 도시를 이길 순 없으니까. 하지만 그 여자가 거짓말을 한 건 아냐. 아틀란티스는 스스로를 파괴했어. 우린…… 어딘지 모를 곳에 버려졌고 그러자 우리들 도시가 집으로 다시 불러온 거지."

닉이 휘파람을 휙 분다. "망할. 아틀란티스, 리스펙트다."

(지나가던 젊은 여성이 닉에게 어리둥절한 표정을 던지더니 다시 전화 통화를 계속한다.)

파드미니가 가냘픈 미소를 짓는다. "모든 게 무너지는 와중에도 나한테 말을 걸어 줬어. 나한테 고맙다고 했어. '다시 사랑받을 수

---

*막대를 밀어 위로 올리면서 먹을 수 있는 형태의 아이스크림이나 셔벗.

있어서 참 좋았단다.'라고 했어." 파드미니가 눈물을 꾹 참으며 고개를 흔든다. "그동안 내내……" 그러고는 손으로 입을 가린다. 베네자가 다가가 파드미니를 안아 준다.

매니는 다른 이들과 약간 거리를 둔 채 따로 서 있는 아이슬린에게 시선을 던진다. 아이슬린은 추위에 떠는 듯이 두 팔로 자기 몸을 껴안고 있다. 재킷 하나면 충분한 날씨인데도. 브롱카나 브루클린보다 센트럴 파크 그 자체를 무서워하는 것 같다. 낙엽 한 장이 팔랑이며 날아가자 눈에 띄게 움찔거린다.(두 동양인 젊은이가 그를 향해 눈동자를 굴리더니 계속 걸어간다.)

브루클린이 고개를 흔든다. "그런데 거긴 어디였어? 나무랑 비슷하긴 했지만……" 얼굴을 일그러뜨린다. "어, 죽어 있던 거. 젠장, 내가 대답한 꼴이네."

"죽어 버린 세계들이 어디로 가는지 알겠군." 브롱카가 나직하게 말한다. 근심 가득한 표정으로 먼 곳을 응시한다. "너희도…… 봤니? 나무 너머에 있는 거."

"엄청 많은 나무들이 있었죠." 베네자가 대답한다. 몹시 동요한 모습이다. 이해가 간다. 매니도 봤으니까. 숨 막히는 영원과도 같은 그 찰나에. "멀리까지 완전 다 보이던데. 죽은 세계들이 열린 나무가 한 개가 아니라 완전히 숲을 이루고 있더라고요."

"나무는 각각의 다중우주를 의미해." 파드미니는 금세라도 졸도할 것 같은 모습이다. "그러니까 이제껏 수없이 많은 다중우주 전체가 죽었다는 뜻이지. 몇 번이고 몇 번이고 말이야."

"꾸불탱년이 아주 바쁘게 돌아다녔네." 닉이 말한다. "그건 그렇고 이러고 있을 시간이 없어."

매니는 닉의 시선을 따라 하늘을 올려다본다. 처음에는 거기 아무것도 없다고 생각한다. 하지만 눈을 가늘게 좁히고 자세히 들여다보자 붉은 노을이 줄무늬처럼 그려진 하늘에 더 짙은 색깔을 띤 소용돌이가 구름 사이로 움직이고 있다. 빠르게 움직이는 낮게 뜬 오로라. 원래 뉴욕에서는 절대 볼 수 없어야 하는 것. 매니와 동료 화신들 외에는 아무도 저 색채를 볼 수 없을 것이다.

"화이트홀인지 뭔지 저 염병할 것에 우리가 빨려 들어갈 것 같진 않아." 모두가 입을 다물고 닉에게 주목한다. "그 여자도 우리 얘기를 들었을 거야. 아마 내내 회의를 염탐했겠지."

"그래, 당연하지." 파드미니가 말한다. 여전히 충격 때문에 멍한 목소리다.(지나가던 한 대학생이 발길을 멈추고 그들을 따라 하늘을 올려다보고는 어리둥절해하며 미간을 찌푸리더니 어깨를 으쓱하고는 가던 길을 간다.) "우릴 공격했다는 건 우리가 옳았다는 뜻이야. 도시들이 다 같이 힘을 합쳐서 스태튼에서 몰아내면 그 여자는 우리를 더 이상 아래로 끌어내릴 수 없어."

"당하기 전에 우리를 먼저 없애겠다, 이거지." 닉이 말한다.

"그치만 우리를 무작정 공격하긴 어려울 텐데." 베네자는 양발에 번갈아 체중을 실으며 몸을 좌우로 흔들고 있다. 불안 증세 때문인지 숨을 색색거린다. 그럴 만도 하다. 겉으로 보기에 얼마나 예쁘든 저 하늘은 결코 좋은 징조가 아니다. "그렇게 따지면 우리가 이렇게 완전해진 의미가 없잖아."

"어쩌면 그래서 우리를 움직이고 있는 건지도 모르지." 브롱카가 느릿하게 말한다. 하늘을 올려다보며 마른침을 삼킨다. "그 여잔 우르가 최초의 우주라고 했어. 우주 나무가 자란 씨앗 말이야. 그렇다면 저 나무의 몸통 아래, 빛 덩어리가 있는 곳에 우르가 있겠지. 아마 우리가 밑으로 떨어질수록 여자는 더 큰 힘을 얻는 걸 거야."

베네자가 브롱카를 빤히 쳐다본다. "그거 결국 모르겠다는 뜻 아니에요?"

"아니, 씨발 하나도 모르겠단 뜻이다. 넌 왜 내가 모든 걸 안다고 생각하는 거냐?"(지나가던 두 10대 소녀가 그 말을 듣고는 제대로 서 있지도 못할 정도로 폭소를 터트린다.)

"그 여자가 좋아하는 전술이야. 규칙에 얽매이는 척해서 적들이 현실에 안주하게 하는 거지. 그래서 우리가 긴장을 푼 동안 번 시간으로 이런 무대를 짰고. 그 여자가 실제로 따르고 있는 규칙을 알아내기만 하면……." 매니는 잠시 머뭇거린다. 너무도 끔찍하지만 명백한 사실을 입 밖으로 내고 싶지 않다.

"그런 게 있다면 말이지." 확실하지 않은 것에 거부감이 있는 브루클린이 말한다.

그렇다. 만일 그런 게 있다면.

"회담에 참가한 도시들한테 단체문자 보내는 마법 능력 있는 사람?" 베네자가 물으며 전화기를 들어 올려 하늘 사진을 찍는다. 브롱카의 따가운 시선을 느꼈는지 두 팔을 넓게 벌린다. "왜요? 예쁘잖아요. 어쨌든 전화기에 저 초자연적인 오로라가 찍힐지는 모르겠지만요. 하지만 그 여자가 우릴 쫓고 있다면 지원팀이 있음 좋잖아요?"

"아냐." 닉이 말한다. "우리끼리 알아서 해결할 거야. 늘 그렇듯이 말야."

매니가 몸을 돌려 아이슬린을 향해 성큼성큼 걸어간다. 너무 순식간에 일어난 일이라 브롱카는 흠칫 놀라고, 베네자는 손을 들어 올려 그를 막으려 한다. 브루클린이 툭 내뱉는다.

"우리더러 참으라고 한 건 너야, 시뭐시기 동네."

그 별명은, 일종의 파장을 일으킨다. 엄밀히 말하면 고통은 아니다. 보다 본능적이고 심리적인 것이다. 한 박자 늦게 덮쳐 온 나는 누구지?라는 혼란은 몇 달 전 그가 뉴욕행 기차에서 경험한 것과 정확하게 일치한다. 매니는 급작스러운 현기증을 느끼며 두 눈을 감고 필사적으로 되뇐다. 나는 뉴욕이다. 나는 **맨해튼**이다. 나는 내가 더 이상 아니라고 결정할 때까지 뉴욕이 될 것이다.

(갑자기 거센 돌풍이, '시카고다움'이 센트럴 파크의 산책로를 휩쓸며 바닥에 쌓인 낙엽을 휘젓는다. 사람들이 비명을 지르고, 모자를 붙잡고, 치맛자락을 누른다.)

어지러움이 사라진다. 매니가 눈을 뜬다. 브루클린이 찌푸린 얼굴로 그를 쳐다보고 있다. 어쩌면 이제야 그의 도시 정체성이 단순한 농담거리가 아니라는 걸 깨달았는지도 모른다.

"다시는 날 그렇게 부르지 않는 게 좋을 거야."

"어어어어, 그래." 브루클린이 그들이 만난 후 처음으로 풀죽은 기색을 내비치며 대답한다. "미안."

"너, 속이 환히 들여다보이는 거 알지, 매나하타?"

브롱카가 노려본다. 하지만 매니는 브롱카가 그렇게 불러 줘서 고맙다. 덕분에 그가 누구인지 다시금 확신을 얻고 중요한 것에 집중할 수 있게 되었다.

"결정을 내려."

매니가 아이슬린에게 말한다. 냉정하게 들리리라는 건 안다. 아이슬린을 위압적으로 내려다보고 있다는 것도 안다. 부분적으로는 그가 아이슬린보다 거의 30센티미터는 더 크기 때문이다. 하지만 또한 그는 닉이 살아 있다고 할 수 없는 상태로 잊히고 버려진 지하철역 쓰레기 더미 위에 잠들어 있어야 했던 끔찍한 나날들을 기억한다. 그들이 그의 곁에 없었기 때문이다. 이 여자만 아니었다면 닉을 더 일찍 발견했을 것이다. 그가 닉과 다른 뉴욕들을 더 잘 보살펴줄 수 있었을 것이다. 어쩌면 완전한 맨해튼이 되어 뉴욕에 계속 있을 수 있었을지도 모른다. 이 여자만 아니었다면 —

하지만 뉴욕이 나를 원치 않아.

매니는 눈을 감는다. 서글픔을 날려 보낸다. 심호흡을 한다. 다시 입을 연다. "넌 우리를 배신했다. 그리고 머리가 조금이라도 돌아간다면 앞으로 어떻게 될지 알겠지. 만일 그 미친……" 매니는 스태튼 아일랜드를 터트려 분화구를 만들어 봤자 속은 좀 뚫릴지 몰라도 문제를 해결하는 데는 아무 도움도 되지 않는다는 사실을 거듭 되새긴다. "네 친구가 이긴다면 말이야. 그러니까 선택해. 우리와 함께할 건지 아니면……"

"아냐."

닉이 매니의 옆에 서더니 끼어들어 미안하다는 듯 그의 팔을 가볍게 잡는다. 매니는 가까스로 움찔거리지 않고 버텨 낸다. 닉은 평소에 사람들과 접촉하는 것을 싫어한다. 그리고 보아하니 모든 일이 끝나면 뉴욕을 떠나기로 결심했는데도 매니의 일부분은 아직도 일말의 희망을 품고 있는 것 같다. 그리고 괴로움도, 그리고 또——("자기야, 난 당신이 필요해!" 조깅 중인 한 여자가 노래 가사를 흥얼거리며 지나간다.)

닉은 매니의 실존적 동요를 알아차리지 못했거나 아니면 신경 쓰지 않는 것 같다. "그게 중요한 게 아냐." 그가 아이슬린에게 말한다. "진짜로 물어봐야 할 건 네가 뉴욕인지 아닌지 하는 거지. 네가 스태튼 말고 다른 곳에는 좆도 관심이 없다는 건 알아. 하지만 우리와 함께하지 않는다면 그건 네가 스태튼도 싫어한다는 뜻이지."

아이슬린이 주춤거리며 뒷걸음질 친다. 매니는 그가 달아날지도 모른다고 생각한다.

"뭐야, 너. 넌 내가 나 자신을 싫어한다고 생각하는 거야?"

(비즈니스 캐주얼 차림의 두 사람이 수다를 떨며 빠른 걸음으로 지나간다. "너 어제 SNL에서 피트 데이비슨이 스태튼아일랜드 노래 부른 거 봤어?" "아니, 뭔 내용이었는데?" "말로는 설명 못 해. 그냥 찾아서 봐 봐. 엄청 웃겨."*)

"어, 넌 너 싫어해." 닉이 말한다. 아이슬린이 입을 떡 벌리며 그를 멍하니 쳐다본다. 닉은 잔인하게 한번 씨익 웃는다. "꾸불탱년이 널 산 채로 잡아먹고 있어. 매일같이 50만 명이 정신적으로 겁탈당하고 있지. 다름 아닌 너 때문에." 닉이 고개를 절레절레 젓자 아이슬린의 낯빛이 창백해진다. 하지만 반박하지는 않는다. "그러니까, 어. 넌 너 자신을 싫어해. 생각해 봐, 사랑하는 걸 그런 식으로 상처 입히는 사람이 어딨어?"

---

*피트 데이비슨은 「새터데이 나이트 라이브(Saturday Night Live)」에 고정 출연하는 코미디언으로, 고향인 스태튼아일랜드를 풍자하는 농담을 자주 한다.

"그건…… 난 그럴 생각은……" 아이슬린은 문장을 끝맺지 못한다. 조용히 입을 다문 채 떨면서 길바닥을 응시할 뿐이다.

갑자기 하늘이 우르릉거린다. 천둥이 아니다. 그보다는 기계의 소음, 또는 뭔가 무거운 것이 단단한 것에 부딪치는 소리에 가깝다. 날카롭게 긁는 소리도 난다. 도시만 한 크기의 칠판을 대들보만 한 손톱이 긁고 지나가는 것 같다. 불가사의한 도시 리예가 떠 있는 남쪽 하늘을 바라본 매니는 구름이 소용돌이치고 있는 것을 발견한다.

"시간이 없어." 매니가 말한다.

"아우, 이게 대체 뭔 소리야?" 베네자가 몸서리치며 두 손으로 귀를 막는다.

파드미니는 속이 메스꺼운 표정을 짓고 있다. "수사학적인 질문인 거지? 답이 뭔지 상상하고 싶지 않거든."

그때 놀랍게도 아이슬린이 불쑥 말한다. "걔 잘못이 아냐. 창조자가 걔한테 지독하게 굴어서 그래. 우리랑 똑같다는 이유랑 말이야. 하지만 사실 걔는 착한데."

"우리를 죽이려고 했는데도? 너도 같이? 내 가족을 전부 죽이려고 했는데?" 브루클린이 피식 웃는다. "너희는 괴물새끼들이 무슨 짓을 해도 행동거지가 점잖기만 하면 봐주더라."

"너희?" 아이슬린이 브루클린을 노려본다. "백인 말이야?"

브루클린이 다시금 웃음을 터트린다. 금방이라도 파삭 깨질 것 같은 긴장된 분위기 속에서 갑자기 지축이 부르르 진동한다. 맨해튼은 멀리서 수천 대의 고성능 스피커가 한꺼번에 저음을 내뿜는 듯한 울림을 느낀다.

"애야. 난 네가 백인이든 흑인이든 땡땡이무늬든 보라색이든 상관 안 한단다. 인종차별주의자들이 하는 말처럼 말이지. 하지만 한번만 더 그 여자가, 그 짐승이 착하다는 소리를 하면…… 그년 부하들이 내 귀염둥이 딸의 팔을 부러뜨리고 내 아버지의 집을 강탈하고……"

"요, 말로 하는 건 이제 됐고." 아이슬린이 흠칫 몸을 굳히자 닉이 진절머리가 난다는 듯 고개를 가로젓는다. "너도 엿이나 드셔, 베네딕트* 캐런. 내세에 네 가족들이 널 용서해 주면 좋겠네. 왜냐면 우린 절대로 용서 안 해 줄 거거든. 그럼 안녕."

닉은 스태튼아일랜드의 상처 입은 표정을 무시한 채 등을 획 돌려 버린다. 그가 손을 내밀자 가장 가까이 서 있던 매니가 그의 손을 잡는다. 머릿속으로는 이번이 마지막이야라는 생각을 지우려 애쓰는 중이다. 파드미니가 닉의 반대쪽 손을 잡더니 묻는다.

"그런데 꼭 이렇게 손을 잡아야 해?"

"왜, 너무 오글거려?"

"아니. 왠지 「쿰바야」나 뭐 그런 걸 불러야 할 거 같아서. 기분이 좀 그래."

브루클린이 파드미니의 손을 잡고, 브롱카가 베네자의 손을 잡는다.

"「쿰바야」는 뉴욕 노래가 아니잖아. 노래를 부를 거면 「뉴욕 뉴욕」이어야지. 문제는 누구 버전을 부르느냐인데." 브루클린이 미간

---

* '베네딕트'는 미국에서 매국노나 배신자의 대명사로 통하는 베네딕트 아널드를 가리킨다.

을 찌푸리며 생각에 잠긴다. "시내트라? 에이, 그건 너무 흔해 빠져서 지겹고."

"네가 그랜드마스터 플래시나 펑크마스터 플래시를 먼저 말하지 않았다니 믿을 수가 없다." 브롱카가 말한다. "죽은 우주 나무에서 떨어지다가 머리를 어디다 부딪치기라도 한 거냐?"

"그 둘보다야 제이지 버전이 낫지." 브루클린이 여전히 눈썹을 모은 채 골똘히 고심 중이다.

"레너드 번스타인은요? 죽여 주는 동네 어쩌고 후럼 있는 거요." 베네자가 끼어든다. "사실 그게 내가 제일 좋아하는 노래거든요. 비스티보이즈 노래도 좋지만요. 가사에 저지시티를 넣어 줬잖아요! 정확히 말하면 엘리스 섬이지만, 어쨌든."

"아, 나도 그 노래 좋아해." 브루클린이 반색한다. 베네자가 브루클린의 손을 잡고 브롱카가 매니의 손을 잡는다. "바비 쇼트 노래도 좋은데."

"니미씨발, 노래 같은 거 안 부른다고!" 닉이 노래를 강조하며 선언한다. "젠장, 품위라는 것 좀 지키고 살자, 품위!"

매니는 프랭크 시내트라 노래를 제일 좋아하지만 어차피 뉴욕을 떠날 몸이니 아무 말도 하지 않는 게 좋겠다는 결론을 내린다. 하지만 그런 생각을 하다 보니 또다시 슬픔이 밀려온다. 어쩌면 그래서 마지막으로 아이슬린을 쳐다본 것인지도 모르겠다. 그들이 철저히 무시하고 있는데도 아이슬린은 아직 자리를 뜨지 않았다. 힐끗거리며 그들을 훔쳐보고 있다. 그 눈빛에 담긴 것은 갈망이다. 그리고 그 갈망이 매니를 결심하게 한다.

매니는 브롱카의 손을 놓는다. 놀란 브롱카의 외침을 무시한다. 그러고는 대신 아이슬린에게 손을 뻗는다. 그의 몸짓이, 그 순간이, 이렇게 말한다. 마지막 기회야.

아이슬린이 매니의 손을, 얼굴을, 그리고 다시 손을 응시한다. 그의 표정은 추악하다. 질투와 비참함, 무너진 자존심이 혼합된 표정이다. 그러나.

아이슬린이 매니에게 다가간다.

그의 손을 잡는다. 아이슬린의 손은 축축하고 떨리고 있다.

모두가 아이슬린을 빤히 바라본다. 몸이 절로 움츠러드는 불편한 순간이 점점 길게 늘어나 기대감으로 팽배해지고, 아이슬린은 패배감에 굴복한다.

"난……" 말을 멈춘 아이슬린이 한 번 심호흡을 한 다음, 재차 입을 연다. "됐어. 나, 난 뉴욕이야, 젠장."

이가 덜덜 떨리는 강력한 진동이 매니의 온몸으로 번져 나간다. 시너지의 효과다. 함께 공명을 느낀 다른 뉴욕들도 숨을 들이켜거나 눈을 감는다. 그와 동시에 멀리서 들려오던 소름 끼치는 긁는 소리가 별안간 뚝 멈춘다. 매니는 조용히 잔인한 미소를 짓는다. 리예는 아직도 스태튼아일랜드 위에서 생명력을 빨아먹고 있지만 이제는 우유가 상한 것을 방금 알게 됐을 것이다.

베네자가 커다랗게 한숨을 내쉰다. "존나 씨발 감사합니다." 다른 화신들이 쳐다보자 떨리는 미소를 짓는다. "나 아직 뉴욕이에요. 그러니까, 아직 마법의 힘이 있다고요."

"그런 걸 걱정했어? '여섯 번째 자치구' 같은 소리를 하고도?" 브롱카가 애정 어린 다정한 목소리로 말한다. "뉴욕은 뉴욕이 되고 싶어 하는 사람이라면 누구든 다 받아 준단다. 명심하렴."

"오우우우, 그치." 닉이 뾰족한 이를 드러내며 씨익 웃는다. 그러면서 놀랍게도 매니를 쳐다보고, 매니는 결국 미소로 답할 수밖에 없다. 아름다운 순간이다. 닉은 정말 아름답다. 음, 어쨌든 지금 가진 것을 음미하도록 하자.

닉이 눈썹을 살짝 추켜세운다. 그의 미소가 더 부드러워지고 조금 더 무거워진다. 그가 매니의 손을 힘주어 쥔다.

"그럼 저 씨발새끼를 버스 태워서 집으로 보내 볼까?"

"그래." 매니는 부드럽게, 확신을 담아 대답한다. 적어도 그것만큼은 전념을 다해 임할 수 있다.

그래서 뉴욕은 드디어 영적 귀고리를 빼내 던져 버리고 초차원적 반지를 돌려 전투에 돌입한다.

17장

뉴욕의 거리가 널 새롭게 만들어 줄 거야*

그들은 리예이며, 모든 것을 끝낼 준비가 되어 있다.

여기서 그들이라 함은 흰옷의 여자를 가리킨다. 왜냐하면 영겁의 세월 동안 그들은 개성이라는 개념을 모방하는 법을 학습했기 때문이다. 출중한 연기력의 핵심은 스스로 자신의 연기를 믿는 데 있다. 적어도 무대 위에 있을 때에는 말이다……. 그러나 그는 언제나 무대 위에 있기에, 그리고 무대를 위해 창조된 존재이기에 시간이 지나면서 그의 연기는 점차 약간의 진실 그 이상으로 발전했다. 창조자들이 그것을 내버려둔 것은 그런 정체성 덕분에 그가 더 효율적이 된 것처럼 보였기 때문이다. 로마에 가면(또는 로마를 죽일 때는) 로마법을 따라야 하는 법이다.

문제는 여자가 단순히 정체성뿐만 아니라 개성을 갖추게 되었다는 것이다. 그건 리예의 잘못이 아니다. 적어도 리예는 그렇게 느낀

---

* 제이지의 뉴욕 찬가인 「엠파이어 스테이트 오브 마인드(Empire State of Mind)」 가사의 패러디.

다. 그는 실재하는 도시라기보다는 도시의 에뮬레이션이며, 이 우주에 존재하는 대부분의 실체처럼 잉여의 성간물질이 아니라 우르-물질로 구성되었다. 하지만 도시는 원래 개성적이다. 보스턴의 수동공격적인 호전성과 토론토의 수동공격적인 친근함, 또는 애틀랜타의 지나치게 공격적인 오만함을 헷갈릴 사람은 없을 것이다.

잠깐. 그런데 무슨 얘기를 하는 중이었더라? 아, 그래. 살인.

때가 되었다. 양의 탈을 벗어던지고 발톱을 드러내야 할 때다. 그 발톱이 발이 아니라 촉수 끝에 달려 있긴 하지만. 말로 하는 건 끝났다. 리예가 벌써 100만 개나 되는 우주를 파괴한 경험이 있는 것 따윈 별로 중요하지 않다. 세상을 살해하는 것은 그때마다 늘 독특하고, 깊이 숙고하며 음미할 가치가 있다. 리예는 그 모든 순간을 즐겼다. 그것이 그에게 허락된 유일한 예술이었기에, 게다가 이쯤 되자 상당한 솜씨를 발휘할 수 있게 되었기 때문이다. 늑대는 배부르고 흡족한 상태를 좋아할 수밖에 없는 법. 그럼에도, 그 모든 것에도 불구하고 그는 이 세계가 죽어야 한다는 사실이 퍽 유감스럽다. 일단 이곳은 그가 최초로 친구를 사귄 우주다. 친구라니, 무한한 영겁의 우주를 거친 끝에 드디어! 그다지 놀랄 일은 아니다. 언젠가는 결국 일어날 일이었으니까. 리예의 일부는 늘 이렇게 더럽고 위험한 실존의 지류(支流)에 사는 생명체들을 좋아했다. 그들이 괴물인 건 그들 잘못이 아니다. 그냥 태어날 때부터 그랬을 뿐이다. 더구나 이 다중우주에 사는 이들 중 기이하고 끔찍한 괴물과도 같은 본성의 불가피성을 이해할 수 있는 존재가 있다면 그것은 리예, 꿈조차 죽은 도시일 것이다.

그래서 아이슬린의 배신을 깨달았을 때…… 리예는 슬프지 않다. 괴물은 원래부터 배신을 하게 되어 있다. 그게 그들의 본성이니까. 사실 리예도 그동안 계속 아이슬린을 배신하고 있지 않았던가. 편안함을 약속하며 뒤에서는 자치구를 홀라당 벗겨 먹었고, 그의 가족과 섬, 그리고 그의 우주에 해를 끼쳤다. 이 우주를 삭제하기 위한 자원을 수집하는 동안 아이슬린이 끝까지 곁에 남아 있었다는 사실이 도리어 놀라울 정도다.

어쨌든 리예는 스태튼아일랜드로부터 충분한 수준 이상의 힘을 흡수할 수 있었다. 이 차원에 있는 모든 도시를 처리하기엔 조금 부족하긴 하다. 그러려면 일단 다른 도시들이 나무뿌리에 안착하고 난 뒤에 우르의 힘을 빌려야 할 것이다. 하지만 개인적으로는 뉴욕만 제거할 수 있다면 그것만으로도 만족스러울 것 같다.(그리고 슬프기도 하겠지. 개성이란 원래 한없는 모순덩어리다! 이 얼마나 아름다우면서도 성가신지.)

아이슬린에게 중간 대기 구역이라고 설명했던 리예의 집은 완전한 현실이 아니다. 리예를 중심으로 구성되어 있는 이 세상은 우르가 경멸하는 것이다. 여자는 단기적으로 허용된 포켓 현실에 불과하다. 이곳은 여자의 필요를 완벽하게 충족하도록 설계된 단일 환경으로 조성된 단순한 우주이며, 여자의 임무에 필요한 것들만 빼면 다른 어떤 결정이나 창조적 충동이 필요 없는 곳이다. 흰옷의 여자는 무대 위에서 필요하지 않은 자신의 일부를 여기 보관해 둔다. 한데 지금은 비어 있는 부분이 없다. 그렇다면 누가 이 밝고 환한 그의 집에 찾아온 걸까?

무(無)의 공간 속에 작은 구멍 하나가 둥둥 떠다니고 있다. 리예는 자신의 몸을 발화가 가능한 형태로 구성해 그곳으로 향한다. 완벽하게 동그란 작은 포털 너머로, 그는 한쪽 눈으로 구멍을 들여다보고 있는 아이슬린을 발견한다. 내 친구는 참 똑똑하기도 하지. 깊이 지각이 없다면 이 대기 구역의 역설적 차원을 완전히 인식하지 못할 테니까, 적어도 아이슬린의 정신이 망가질 일은 없을 것이다. 지금껏 겪은 모든 일에도 불구하고 리예는 친구가 다치는 건 바라지 않는다. 그건 리예의 몫이다. 최소한 그는 친구를 빠르고 고통 없이 보내 줄 것이다.

"너 거기 있니?" 아이슬린이 눈동자를 굴리며 사방을 둘러본다. 다른 사람의 목소리가 들린다. "정말로 확실……" 아이슬린은 오른쪽에 있는 누군가에게 얼굴을 찌푸려 보인다. "그렇다니까, 맨날 내 차 백미러로 걔랑 얘기했는걸."

그것은 아이슬린의 자동차가 한 장소에서 다른 장소로 이동하는 운송 수단이기 때문이다. 아이슬린이 지금 사용하고 있는 것은 휴대용 컴팩트 거울이다. 하지만 거울의 목적은 형태를 변환하는 것이고, 리예는 단일한 형태가 아니며 살아 있는 뉴욕을 죽은 뉴욕으로 바꾸고 싶어 하기에 차원 간 행정 업무를 처리하는 데에는 확실히 충분한 조건이다.

"아이슬린." 리예는 절로 미소가 나온다. 인간인 친구의 얼굴은 어쩔 수 없이 흉물스럽지만 배신감을 느끼는 와중에도 여전히 반갑다. "보고 싶었어, 내 직립보행 친구야! 하지만 이게 우리 둘만의 친구끼리 대화가 아닐 거라는 강한 예감이 드네."

"맞아."

아이슬린이 진심으로 안타까워한다. 그는 착잡한 얼굴로 잠시 머뭇거린다. 아마 옆에 다른 뉴욕들이 있어 진심을 솔직하게 털어놓을 수가 없기 때문일 것이다. 그렇다면 리예가 직접 도와주는 수밖에 없지. 그는 아이슬린의 말이 아니라 마음을 읽는다. 텔레파시 같은 게 아니다. 몇 달간 서로 연결되어 있었기에 이 외로운 인간-도시를 잘 알기 때문이다. 그러니까…… 리예한테 작별인사를 하러 온 건가? 다른 뉴욕들에게는 협상을 해 보겠다고 말해 놓고? 흠. 아이슬린이 원한다면 애매하게 협상처럼 들리는 말을 해 줄 수도 있다. 하지만 둘 다 그래 봤자 아무 의미도 없다는 걸 안다.

"괜찮아." 아이슬린이 뭐라 대답해야 할지 몰라 머뭇거리자 리예가 먼저 말한다. 스스로도 놀랄 정도로 다정한 말투라 그의 귀들이 그러지 말라고 꾸짖을 정도다. 하지만 리예는 그들을 무시한다. "진짜야."

아이슬린의 얼굴이 괴로운 듯 일그러진다. "정말 미안해. 난 그냥……"

어리석은 척추동물 같으니. "그러면 안 돼. 난 항상 널 죽일 계획이었는걸. 네 강력한 핵 결합력을 가만히 앉아 빼앗기기보다 싸우다 죽기로 선택했다면 널 존중해 줘야 할 일이지. 솔직히 그럴 거라고 예상하기도 했고. 왜냐하면 넌, 아무리 그래도 뉴욕이잖니."

아이슬린이 한숨을 내쉰다. "응, 그런 것 같아."

리예는 겹겹의 의식을 활용해 소리 없는 경고를 내보낸다. 악몽의 군단이 일어서고, 그의 시민들이 무기를 챙긴다.

"물론 나도 물러서지 않을 거야. 그건 너희를 무시하는 행동이잖니. 하지만 만약에 내가 자비를 베풀 수 있는 기회가 생기면, 네 뉴욕 동료들한테도 너랑 똑같은 기회를 줄게. 옛 친구를 위한 일종의 고통 할인이랄까."

아이슬린의 옆에서 누군가 중얼거린다. "씨발새끼……" 하지만 리예는 그 뉴욕의 일부에게는 아무런 관심도 없다. 아이슬린이 살풋 미소 짓는다. 이 현실에 존재하는 모든 실재 중에서도 특히 아이슬린은 신념을 지키는 것이 때로 얼마나 어려운 일인지 아주 잘 안다.

아이슬린이 턱을 치켜든다. "그럼 좀 이따 봐." 그러고는 컴팩트를 덮는다.

그래. 아주 곧.

살아 있는 뉴욕이 사는 세계에 리예가 실존화하려면 엄청난 에너지가 필요하다. 그리고 지금 그는 그 시점에 거의 도달해 있다. 그의 도시는 에너지를 용이하게 공급받을 수 있는 근접 현실에 닻을 내리고 있고, "유령처럼 희미한" 형체는 지난 몇 달간 암묵적인 위협이었다. 그렇게 배를 채운 덕분에 리예는 최소한 몇 시간 정도는 자신의 존재에 대한 도시의 거부 반응을 거부할 수 있는 힘을 키웠다. 몇 시간이면 충분하고도 남는다.

뉴욕 상공에 리예를 통째로 전송시키자, 그 즉시 엄청난 충격과 혼돈이 발생한다. 세상의 모든 물리법칙이 그의 존재를 수용하기 위해 정신없이 움직이기 시작한다. 갑자기 햇빛이 사라진 것을 느끼고 하늘을 올려다본 스태튼아일랜드 주민들이 허기 때문에 움찔대는 리예의 기저부 인프라를 발견하고는 비명을 지른다. 리예가 실체화되면서 공기가 밀려나 형성된 충격파가 무시무시한 굉음과 함께 뉴욕을 강타하고, 스태튼과 저지시티, 로어맨해튼 사람들이 터진 고막을 부여잡으며 바닥으로 쓰러진다. 바다에서도 쓰나미가 일지만 아주 높지는 않다. 이곳의 항구는 강과 바다가 만나는 하구이고 ─ 두 방향으로 흐르는 강이라니 정말 뉴욕답다 ─ 지금은 조수가 바깥쪽으로 밀려나는 중이기 때문이다. 그러나 뉴욕은 이런 예기치 못한 변화에 신속하게 대처할 수 있는 곳이 아니다. 고와너스 운하가 범람해 거리와 지하철에 오물로 가득한 더러운 물이 들어차기 시작한다. 로어맨해튼에서는 변압기가 영광의 불꽃을 내뿜으며 사망하는 바람에 30번가 아래로 모든 전깃불이 꺼져 칠흑 같은 어둠으로 뒤덮인다.

리예는 이 차원의 희박한 공기를 통해 모든 통신 채널에서 흘러나오는 극심한 공황에 빠져 허우적대는 인간들의 소리를 듣는다. 라디오에서 터져 나오는 고함, 헬리콥터와 항공기 조종사들이 갑자기 허공에서 나타난 장애물을 피하며 지르는 비명, 트위터를 장악한 두려움과 공포. 인스타그램 곳곳에 사진이 올라온다. 새하얗고 거대한 리예의 몸통이 하늘 높이 떠 있는 모습들. 예전에 딥페이크로 치부되던 10여 장의 사진과 똑같은 광경이다. 가소롭게도 몇몇 인간은 예고 없이 하늘에 나타난 이 하얀 도시가 그들이 믿는 신이 보내는 표식, 외계인의 초대, 아니면 그 비슷한 무언가라는 결론을 내린다. 처음 리예가 출현하는 것을 본 충격과 공포에서 벗어나 간신히 균형을 바로잡을 헬리콥터들이 리예를 피하는 것이 아니라 그 앞을 가로막기로 비행 계획을 변경한다. 심지어 한 대는 리예의 상부 표면에 착륙하려고 항로를 변경 중이다. 아, 관광객이군! 리예는 재빨리 도시의 동북쪽에 헬리콥터 착륙장 비스무리한 것을 만든다. 간식이란 좋은 거야.

그런 다음 리예는 맨해튼을 향해 이동하기 시작한다. 중력과 싸우는 것은 힘을 낭비하는 것이기에 더 이상은 공중에 떠서 움직이지 않는다. 대신에 수백 개에 달하는 가느다란 촉수를 구현해 항구에 내려뜨린 다음 그것을 움직여 "걷는다". 그는 더 이상 비현실적인 버전의 환상이 아니다. 그를 구성하고 있는 우르 물질이 드디어 뉴욕항의 바닷물이라는 유기물, 그리고 지나치게 가까이 접근한 보트 몇 척과 최초로 접촉한다.(리예의 잔뿌리가 보트에 탄 인간들의 살 속에 파고들어 피와 골수, 그리고 의지력을 빨아먹기 시작하자 비명 소리가 진동한다. 자, 이제…… 됐다! 방금 찍어 낸 따끈따끈한 새 졸개들이다! 팔다리는 나중에 손보기로 한다.) 촉수를 더욱 깊이 내리박자 해저 바닥의 기반암이 쩍 갈라지기 시작한다. 잠시 후 리예는 가장 가까운 맨해튼과 브루클린, 저지시티를 향해 잔뿌리를 뻗기 시작한다. 리예는 연료가 필요하다. 게다가 강도 높은 지진은 그의 목적에도 도움이 된다.

당연하지만 뉴욕은 가만히 앉아 살해당할 생각이 없다.

뉴욕의 첫 번째 보복은 눈속임이다. 리예에 접근하던 헬리콥터 군단은 관광객도 경찰도 아니라 바로 기자들이다. 그중 일부는 헤지펀드와 억만장자 지도층, 그리고 양쪽 모두에 집착하는 이른바 권위 있는 자들의 침탈에도 불구하고 아직 용감하고 대담한 취재 의식을 간직하고 있을 뿐만 아니라 잃어버린 《빌리지보이스(Village Voice)》*의 강렬한 기억을 지니고 있는 덕분에 도시 에너지의 수호

---

* 1955년 뉴욕에서 창간된 미국 최초의 대안 주간신문이자 문화비평지로 2018년에 재정 문제로 폐간.

를 받고 있다. 리예가 그들을 패대기쳐 날려 버리기 직전, 헬리콥터가 재빨리 방향을 전환하면서 창문에서 사진기자의 플래시가 번쩍인다. 그러나 그들을 보호막처럼 둘러싸고 있던 도시 에너지는 방향을 틀지 않고 직진한다. 감히 리예에 발을 들이려는 이들을 잡아먹으려고 안달하고 있던 방금 만든 헬기 착륙장을 강타한다. 착륙장이 갈기갈기 찢어지며 비명을 내지르고, 관광객들이 탄 헬리콥터는 착륙장치를 붙잡고 끌어당기는 촉수 가닥을 끊어 내고는 재빨리 달아난다. 리예가 뒤늦게 헬리콥터 꼬리를 붙들어 보려 하지만 간발의 차로 놓친다. 헬기들이 날아가 버린다.

아까워 죽겠네! 물론 별로 큰 타격을 입은 건 아니다. 벌에 쏘인 정도에 불과하니까. 그래서 리예는 진짜 벌을 구현해 저 두 헬리콥터에 앙갚음을 하기로 한다. 우르-벌이다. 동그란 구형에 지름이 1미터는 되지만, 분리가 가능하고 지능형 침을 지니고 있다는 점에서 벌로도 분류할 수 있을 거다. 한 무리의 우르-벌 떼가 윙윙거리며 헬리콥터 뒤를 쫓아간다. 회전날개에 부딪치는 것만으로도 헬기 한 대를 손쉽게 추락시킨다. 벌의 몸뚱이가 산산조각 나지만 그건 회전날개도 마찬가지다. 배터리 파크 어딘가로 추락하는 헬기에서 시끄러운 비명이 들린다. 좋았어. 이제 간식은 아무도 못 먹는 걸로.

작은 승리를 거두긴 했지만 리예는 경계를 늦추지 않는다. 왜냐하면 뉴욕이 이보다 훨씬 강하다는 것을 알기 때문이다.

아니나 다를까, 맨해튼의 토양에 그의 섬모를 심는 순간, 미드타운에서 뭔가가 거세게 분출한다. 처음에는 형태 없는 미완성의 에너지다. 일곱 개의 목구멍에서 외치는 분노의 외침. 소리가 파동으로, 그러고는 빛줄기로 변한다. 에너지가 빠른 속도로 응집된다. 들보처럼 거대한 손가락이 넓게 펼쳐지며 날카로운 갈고리손톱을 드러내고, 추상적인 색채 연구로 구성된 번쩍번쩍한 모마(MoMa) 미술관 갑옷을 두른 팔들이 높이 솟아나 픽셀로 만들어진 벌떼를 쳐서 날려 보낸다. 철도조차장 몸통이 초록색 공원의 심장부 주변을 새장처럼 감싸 보호하고 있다. 성긴 가을 구름을 스칠 정도로 우뚝 솟은 이 짐승의 머리는 꼭 유인원처럼 생겼다. 아하! 리예가 웃음을 터트린다. 매니가 전에도 활용한 적 있는 그의 전투 페르소나 킹콩을 소환해 이번에는 선봉에서 전투의 지휘를 맡고 있다. 짐승의 하반신은 환영으로, 다른 차원에 반쯤 걸쳐져 있다. 뉴욕의 인명과 재산 피해를 최소화하기 위한 선택이다. 하지만 상반신은 진짜 주먹을 형상화한 오래 묵은 단단한 맨해튼 편암이다. 그리고…… 손에 든 건 파카스킨퀘히칸이야? 레나페족의 전투용 곤봉? 세상에, 세상에, 이게 뭐람. 브롱카가 진짜진짜 옛날식으로 가기로 결정했나 보네.

그들은 정말로 리예를 힘으로 이길 수 있다고 믿는 걸까? 리예, 도시를 살해할 목적으로 건설된 도시를? 어쩜, 귀여워라.

기대감과 기쁨으로 충만해진 리예가 전투 형태를 드러낸다. 둥근 원반처럼 보였던 도시가 몬스테라 잎사귀처럼 펼쳐지고, 거리가 갈라지며 벽이 뒤로 젖혀진다. 갈라진 틈새에서 장갑(裝甲)으로 무장한 기다란 목과 여러 개의 머리통이 튀어나온다. 모든 머리에는 짝짝이 눈이 삼삼오오 무리 지어 붙어 있다. 어떤 것들은 동공이 길게 찢어져 있고 어떤 것들은 말편자처럼 생겼다. 오징어처럼 구불구불한 눈웃음을 짓는 것들도 있다. 리예는 그들에게 그 외에도 일정한도의 개성을 부여해 주었다. 어떤 머리에는 전기톱 혀가 있고, 또 다른 머리에는 진공청소기 코가 달려 있다. 어떤 머리에는 고저 없이 깩깩거리는 새된 소리로 전투가를 부르는 수많은 입이 붙어 있다. 이들은 모두 기괴한 형상 그 이상의 존재다. 단순한 물리적인 위협이 아니라 개념적인 무기다. 예를 들어 입 달린 머리는 시 정부에 세금 내기를 죽어라 싫어하는 스태튼아일랜드인들의 응축된 증오로 구성되어 있다. 리예는 이것으로 뉴욕의 공공서비스를 박살 낼 작정이다. 다리에 페인트칠을 하는 인부와 거리의 청소부, 심지어 차량관리국 공무원까지 전부 다. 이들은 유기체의 소화기관만큼 도시의 삶에 필수적인 인력이다. 전기톱 촉수는 님비주의*를 동력으로 삼는데, 서민들을 위한 저렴한 주택과 대중교통 확장 정책을 숭덩숭덩 썰어 버릴 거다. 이것들 말고도 더, 더, 더, 더 많은 것들이 있다. 리예는 지난 몇 달간 사냥감의 모든 약점을 파헤치고 뉴욕이 가장 꺼려하는 자치구의 도움을 받아 뉴욕과 각각의 자치구에 효과적인 맞춤 무기를 개발했다.

뉴욕이 리예의 공격을 맞받아친다. 기반암 덩어리를 지렛대 삼아, 전투용 곤봉이 공기를 가르며 노래한다. 리예가 피에 굶주린 웃음을 날리며 부식성 덩굴손을 들어 올린다. 그는 뉴욕의 팔을 찢어 벌린 다음 그 혈관에 100만 개의 딩호를 주입해 인프라를 말려 죽이고 나아가 저지시티에 트라우마를 안겨 줄 것이다.

그러나 덩굴손이 미처 닿기도 전에 곤봉이 덩굴손의 밑동을 후려

---

* "Not In My BackYard(내 뒷마당은 안 된다)"의 줄임말로, 자신의 거주 지역에 공익을 위한 혐오시설이 들어오는 것을 반대하는 지역 이기주의의 일종.

친다. 우리가 앞서 트렌드를 만들면 전 세계가 따라오거든? 우리는 경제를 앞으로 이끌고 벼랑 끝에서 후퇴시켜. 우리가 세계에서 가장 위대한 도시라고 불리는 이유는 세계 최고의 마천루가 있기 때문이 아니라 여기서라면 아메리칸드림이 언젠가는 현실이 될 거라는 희망이 있기 때문이라고……!

순수한 개념으로 구성된 공격. 거기에 물리적 타격까지 실려 있으니 무지막지 아프다. 젠장! 리예는 매니가 이 전투를 이끌고 있다고 착각하는 실수를 저질렀다. 하지만 이 익숙한 공격성은 뉴욕이라는 이름을 가진 프라이머리의 것이다. 이 썩을 자식은 복잡한 감정적 밈과 초현실을 무기화하는 데 천부적인 재능이 있다.

이는 즉, 몽둥이에 맞은 리예의 촉수가 통증에 마비되어 풀썩 쓰러지는 바람에 죽어 가는 딩호들이 사방으로 흩뿌려진다는 의미다. 어쩌면 이게 리예한테 유리하게 작용할지도? 뉴욕 시민들이 괴성을 지르며 거리로 뛰쳐나와 헐레벌떡 도망 다닌다. 저들로 배를 채울 수 있다면…… 아냐. 아직 제대로 기능하는 딩호들이 많다. 하지만 딩호가 잠재적인 피해자 뒤를 폴짝폴짝 쫓아다니는 사이 맨홀 뚜껑이 날아가고 지하철 격자가 공중으로 튕겨 오른다. 리예가 발판으로 삼고 있는 괴물들 앞에 갑자기 어마어마한── 세상에, 쥐랑 비둘기랑 바퀴벌레 떼잖아! 그것도 바퀴벌레를 쥔 쥐새끼를 쥔 비둘기 떼! 리예는 세상에 이렇게 더럽고 끔찍한 건 처음 본다. 심지어 그는 러브크래프트 공포물의 팬인데도! 도시의 온갖 해충과 더러운 동물들이 하수구에서 쏟아져 나와 딩호에게 달려든다. 딩호는 완전히 다른 생태계 출신이라 어차피 입맛에도 안 맞을…… 아니,

먹으려는 게 아니야. 리예는 구역질을 하며 깨닫는다. 놈들은 그저 우르 물질을 갉아먹고, 오줌 세례를 퍼붓고, 외계 면역 체계가 버틸 수 없는 이질적인 질병을 퍼트리려는 거다! 너무 늦었다. 리예는 닉의 영향력이 이 끔찍한 도시에 사는 가장 낮은 삶까지 미치고 있음을 절감한다. 쥐 떼가 닉처럼 건방지게 찍찍거린다. 흑사병도 우리 작품이거든, 이년아! 너 따위가 뭐라고 생각하는 거야?

리예는 손상을 입고 무력해진 촉수를 재빨리 잡아당겨, 아직 붙어 있는 쥐와 바퀴벌레를 탈탈 털고, 손실을 최소화하기 위해 살아남은 딩호들을 불러 모은다. 이 작은 후퇴로 뉴욕을 안심시킬 수 있다면 ─

잠깐, 이게 뭐지?

남쪽에서 세계가 진동한다. 리예는 고개를 돌린다. 유령처럼 희끄무레한 거대한 형체가 풍경을 가로질러 성큼성큼 걸어오고 있다. 뉴욕만큼 고도로 도시적이지는 않지만 전체적으로 몸뚱이가 더 넓고 무질서하게 퍼질러져 있다. 빈민가로 구성된 두 주먹은 반투명한 투피니큄* 칼을 꼭 쥐고 있고, 가슴에는 엑스자 모양의 교량 철탑이 마치 슈퍼히어로 상징처럼 새겨져 있다. 오호라, 상파울루가 링 위에 올라왔네.

동쪽에서도 또 다른 도시가 접근하고 있다. 뉴욕보다 최첨단적이고 더 깨끗하다. 금빛으로 빛나는 거대한 노란 우산**을 휘두르고 있다. 홍콩.

─────────────

* 브라질의 선주민 부족 중 하나.

** 2014년 홍콩에서 일어난 민주화 시위인 '우산 혁명' 이후로 혁명을 상징하는 물건이 되었다.

그뿐만이 아니다. 점점 더 많은 도시가 나타난다. 리예의 불안감이 치솟는다. 파리가 패션쇼 모델처럼 위풍당당한 걸음걸이로 걸어오더니 에펠탑으로 만들어진 유니콘의 뿔을 낮게 쥐어 잡고 리예의 비즈니스 지구를 겨냥한다. 모자장수*처럼 미쳐 버린 런던이 펠리세이즈 절벽 꼭대기에 쪼그려 앉아 10여 개의 서로 다른 목소리로 키득거린다. 이스탄불은 친절한 노인이라는 얼굴을 벗어던진 채 맨가슴을 드러내고 올리브유를 듬뿍 바른 덩치 큰 레슬러의 모습을 하고 있다. 발목 주위에 모여 있던 엄청난 숫자의 유령처럼 아른거리는 모습의 삼색고양이 떼가 리예를 발견하고는 반투명한 꼬리를 채찍처럼 사납게 휘두른다. 바르셀로나가 독특한 가우디 건축물의 특징을 지닌 우편물로 범벅된 주먹을 내지르자 그 충격파가 사방으로 터져 나간다. 뭄바이가 뉴욕의 어깨에 위치해 있는 퀸스를 토닥이더니 다른 도시들에게 합류해 발리우드의 순수한 격투 안무 에너지를 밝게 발산하며 전투 자세를 잡는다.

파이윰도 있다. 다른 도시들에 비하면 한참 작고 늙었지만 오래되고 풍부한 경험 덕분에 약삭빠르고 영리한 고대도시. 또 다른 복합도시인 아비장은 여러 명의 코뮌 화신들로 번쩍거린다. 여전히 짜증을 내며 투덜거리고 있는 도쿄가 마천루로 구성된 크고 긴 나기나타를 꺼내 든다. 그 옆에는 방콕과 아크라, 또 —

이 세상에 존재하는 모든 살아 있는 도시가 온 것은 아니다. 사실상 뉴욕을 도우러 온 도시는 그중 3분의 1도 안 된다. 문제는 이들

---

* Mad Hatter. 루이스 캐럴의 소설 「이상한 나라의 앨리스」의 등장인물.

모두가 탄생의 전투를 치를 때 리예가 가장 고전한 도시라는 데 있다. 오랜 세월 동안 그가 죽이려 했던 살아 있는 도시 가운데 가장 사납고 위험한 곳들. 그들을 보자 영겁에 가까운 생애에서 처음으로, 자신이 곤경에 처했을지도 모른다는 생각이 스멀스멀 올라온다.

하지만 리예가 이 새로운 적들을 맞이할 각오를 다지기 직전, 최악의 사태가 발생한다. 무엇이 다가오고 있는지 직감한 그가 저항한다. 자신의 일부를 대기 구역으로 내던지기까지 하며 그의 주인을 향해 절규한다.

"안 돼! 지금은 안 돼! 제가 해결할 수 있어요, 제발 하지……!"

하지만 너무 늦었다. 둥글게 휜 갈고리가 리예의 몸뚱이에 깊숙이 처박힌다. 그 끔찍한 고통에 뉴욕의 타격을 맞기도 전에 비명을 내지른다. 우르의 힘이 리예를 제압하자 당황한 도시─적들이 주춤거리며 물러나고, 리예는 강제로 일종의 닻이 되어 이 차원 속으로 더욱 깊숙이 파고든다. 우르가 리예를 낚싯바늘처럼 이용해 이 신생 도시를 감아올린다. 그 과정에서 리예가 또다시 내지른 처절한 비명은 무시된다.

효과가 있다. 차원 속으로 추락하던 뉴욕이라는 티끌이 꼼짝없이 정지한다. 이제 그들은 텅 비어 있는 하얗고 삭막한 공간 속에 갇혀 있다.

인간의 자아는 게슈탈트 정체성을 감당하지 못한다. 살아 있는 도시가 된 인간은 그나마 나은 편이지만 심지어 그들에게도 한계가 있고 외계 차원의 현실에 사로잡히면 여기에서 헤어 나오기란 쉬운 일이 아니다. 이제 뉴욕은 정신적으로 어마무시하고 거대한 전사가 아니다. 피와 살을 지닌 초라한 인간으로 물질화되어 백색 공간에 갇힌 채 불안에 떨며 주위를 두리번거린다. 겁을 먹지 않은 건 닉뿐이다. 그는 아직도 주먹을 불끈 쥔 채 리예를 노려보고 있다.

"씨발, 이게 뭐야? 그렇게 세게 때리지도 않았는데."

옆에서 매니가 거든다. "다른 도시들은 어떻게 했지?" 다른 도시들은 어디에도 보이지 않는다.

우르의 손아귀에서 가까스로 벗어난 리예는 아직도 고통의 여파에 시달리며 바닥에 널브러져 있다. 그 역시 뉴욕처럼 이 공간에 강제로 던져졌기에 그가 가진 화신의 형상에 가장 가까운 육신을 입는다. 리예는 이게 싫다. 아직 세부적인 부분까지 신경 써서 다듬지 못했기 때문이다. 두 눈은 너무 멀리 떨어져 있고 광대뼈는 너무 각졌고 이는 너무 하얗다. 이제껏 리예가 자신에게 속한 자의 모습을 입은 것도 이 때문이다. 그는 누가 봐도, 심지어 자신이 보기에도 못생겼다.

"나 건드리지 마." 리예가 부루퉁하게 중얼거린다.

"여긴 어디야?" 저지시티가 놀라 주변을 둘러보며 묻는다. "흰색 말곤 아무것도 없잖아……"

브롱크스가 저지시티의 팔을 붙잡는다. 모두가 고개를 돌려 스태튼아일랜드를 쳐다본다. 그는 무릎을 꿇고 두 팔을 벌린 채 눈을 감고 "내 마당에서 나가."라고 끊임없이 중얼거리고 있다. 아, 그래서 그들이 아직 살아 있는 거군. 리예는 옛 친구에 대해 삐뚤어진 자부심을 느낀다.

"여긴 쿠겔플렉스*야." 퀸스는 두 눈을 크게 뜬 채 떨고 있다. "거기로 끌려가는 게 아니라 진짜 그 안에 있는 거라고. 이런 건 불가능해! 우린 지금쯤, 그러니까 두 눈이 활활 타오르는 스파게티가 되어야 한단 말이야. 죽어야 돼! 말도 안 돼. 도대체 어떻게……"

"우르가 자기 집에 끌고 온 거야." 뉴욕이 턱을 낮추고 어깨를 세운 채 여전히 싸울 태세로 긴장해 있다. "여긴 우르야."

"특이점에 있는 우주 말이야? 그건……" 퀸스의 표정이 계산적으로 변한다. 마키아벨리 스타일로 머리를 굴리는 게 아니라 수학적인 의미로 말이다. 주변 사람들도 까맣게 잊고 혼잣말로 중얼거리기 시작한다. "그러니까 결국…… 하지만 만약에 붕괴가……" 퀸스가 손으로 입을 가린다. 퀸스의 생각이 너무 빨리 질주하고 있어 뒤에 남는 하얀 꼬리선이 보일 정도다.

하지만 여기, 이 텅 빈 하얀 공간 속에 있는 것은 그들만이 아니다. 그것이 오고 있다. 리예는 알 수 있다. 하지만 미리 안다고 해서 보이지 않는 힘이 그의 발을 잡고 질질 끌고 갈 때 느끼는 굴욕감이나 불쾌감이 덜해지는 것은 아니다. 이제 리예는 그가 꼭두각시에 불과하다는 것을 강조라도 하듯 두 팔을 넓게 벌리고 등을 둥글게 휜 채 "바닥"에서 몇십 센티미터 정도 공중에 떠올라 있다. 우르는 리예의 입을 강제로 빌려 말하지 않는다. 하지만 그건 그들이 언어로 소통하지 않기 때문이다. 주위의 흰색 공간이 전율하며 파문이 인다. 지진처럼 깊고 강력한 진동이다. 리예는 무력감에 한숨을 내

---

* kugelplex. 앞서 언급된 쿠겔블리츠(kugelblitz)의 복수.

쉬며 순순히 우르의 말을 번역한다. 우르의 존재감을 더 정확하게 전달하기 위해 목소리에 낮은 에코 효과도 추가한다.

"다중우주를 위해, 너희는 죽어야 한다. 아니면 죽은 우주가 되어 비활성 상태로 전환해야 할 것이다. 둘 중 어떤 선택을 하든 허용하겠다.'"

뉴욕이 고개를 삐딱하게 기울인다. "싫어."

아무 일도 일어나지 않는다. 적어도 다른 뉴욕들이 알아차릴 만한 일은 일어나지 않는다. 그러나 스태튼아일랜드가 이맛살을 찌푸리며 중얼거린다. "씨발 내 마당에서 나가라고 했지."

평소보다 확연히 큰 목소리다. 닉이 스태튼을 힐끗 쳐다보더니 다시 리예에게 시선을 돌리고는 고개를 가로젓는다.

"좆까. 싫다고. 너네 좋으라고 우리가 죽을 생각은 없거든. 그리고 보아하니 이거 다중우주를 구하는 거하곤 아무 상관도 없는 것 같은데. 우리도 죽은 나무들 봤어. 이미 죽어 버린 다중우주들 말이야. 이제까지 그렇게 많은 우주를 죽였으면서 아직 아무것도 바로잡지 못한 거잖아?"

뭐…… 리예는 깜짝 놀라 눈을 깜박인다. 지금 우르가 문제라고 하는 거야?

"우린 우주가 증식하는 걸 막으려고 할 수 있는 건 다 했거든, 이 건방진 것아! 우리가 아니었다면 다중우주는 이미 한참 전에 무너지고도 남았을 거다!"

말은 그만하고 머리로 생각해. 리예의 주인들이 말한다. 리예는 한숨을 쉰다. "'우리는 이 다중우주가 반복되는 것을 막고자 한다.'"

리예가 다시 우르의 목소리로 말한다. "'너희는 죽어야 한다.'"

"지랄." 퀸스가 내뱉는다. 왠지 분위기가 평소와 다르다. 갑자기 표정이 미묘하게 변한 것 같기도 하다. 리예는 인간의 표정을 해석하는 데 그리 능숙하지 못하다. 너무 대칭적이고, 또 너무 정적이다. 으익. 하지만 과감하게 추측해 보건대, 지금 퀸스는 그동안 너무 복잡하고 안 풀려서 답답했던 문제의 해결책을 찾아낸 것처럼 보인다. "우릴 죽여 봤자 아무것도 해결 안 될걸. 그건 그냥 네가 인정할 수 있는 유일한 해결책일 뿐이야."

브루클린이 퀸스의 표정을 보더니 눈가를 가늘게 좁힌다.

"뭔가 알아냈구나."

"모든 걸 알아냈죠." 퀸스가 느닷없이 두 팔을 크게 벌리더니 주먹을 불끈 쥐며 팔에 힘을 준다. 그러고는 환희의 탄성을 짧게 악내지른다. 쿠겔플렉스 전체로 희미한 메아리가 퍼져 나가자 리예의 주인들마저 가볍게 놀란다. "역시 난 퀸이야, 여왕이여, 만수무강하시라! 드디어 알아냈어. 망할, 야, 이 씨발 것들아!" 퀸스가 갑자기 리예에게 마구잡이로 삿대질을 하며 벌컥 성을 낸다. 사실은 더 기발한 욕설이 생각나지 않아 짜증을 내는 거다. "우주의 증식이 문제가 아니라 관찰이 문제야! 너희 우르 사람들, 아니 사람인지 뭔지 너희가 슈뢰딩거의 상자 안에 살고 있는 게 문제란 말이야! 너희가 붕괴를 일으키고 있는 거라고!"

"뭐?" 당황한 리예가 주인들이 끼어들기도 전에 반문한다. 하지만 이내, 주인의 목소리로 말한다. "'너희는 죽어야 한다.'"

"아 좀 닥쳐. 이제 그 소리도 지겹거든." 뉴욕이 투덜거린다. 하지만 퀸스는 아랑곳하지 않고 아직도 리예를 손가락질하고 있고, 흥분한 나머지 아예 제자리에서 방방 뛰고 있다.

"너희가 맨날 똑같은 말만 하는 것도 그게 너희한테는 효과가 있기 때문이야. 너희는 양자현실에 익숙하거든! 계속 말하다 보면 그걸 진짜로 믿게 되고, 그럼 그게 현실이 되는 거야. 그래서 너희가 모든 우주의, 모든 곳의 씨앗이 된 거라고. 처음엔 그런 상상에서 현실이 몇 개 생겨났겠지. 그런데 그 우주들이 마음에 든 거야. 그렇지? 그래서 그런 세상들이 더 생겼으면 하고 원하게 됐어. 왜냐하면 그 새 우주들은 너희가 사는 곳들을 테마로 하는 약간의 변주나 다름없었으니까. 어느 시점에서 서로 다른 결정을 내리면 새로운 삶과 생명이 탄생했지. 그러다 새로 태어난 세상들이 너희가 하던 일이랑 똑같은 걸 하기 시작한 거야. 새로운 결정을 내리고 자기들만의 새로운 우주를 탄생시켰지. 근데 그렇게 태어난 우주들은 너희가 바라는 것과 판이하게 달랐어. 맞지? 그 과정이 계속 반복되다 보니 나무가 기하급수적으로 성장했고, 무한한 변화를 거쳐 너희의 이해 범위를 넘어서는……"

"우린 너희가 상상도 못 하는 것도 이해할 수 있거든!" 리예가 끼어든다. 우르가 지시할 필요도 없다. 그건 명백한 사실이니까.

"평등만 빼고 말이지." 퀸스가 생긋 웃는다. "그래, 결국은 그게 관건이지. 너희는 다른 어떤 우주보다도 오래됐고 그래서 우리한텐 없는 힘과 지식이 있어. 그래서 다중우주가 어떤 모습으로 성장해야 할지 너희들이 멋대로 결정할 수 있다고 생각하잖아! 이 모든 우주가 너희의 결정에 의해 생겨났으니까 전부 다 너희의 창조물이라고 말이야. 근데 너희랑 너무 다른 우주, 그러니까 우리가 사는 우주 같은 곳은 표준에서 벗어난 결함인 거지. 우리의 독립적 우주가 아니라 너희의 실수에 불과한 거라고. 그래서 그런 실수를 통제하거나 지워 버리려고 하지. 꼭 우리가 무슨 수치스러운 존재인 것처럼."

퀸스가 갑자기 광기 어린 폭소를 터트린다. 리예는 퀸스가 드디어 미쳐 버린 걸까 생각한다. 하긴 쿠겔플렉스에 들어오면 미치는 게 정상이긴 하다. 하지만 지금 리예가 듣는 웃음소리는 퀸스의 정신이 이상해졌다는 증거가 아니라 샤덴프로이데*다.

"근데 그거 알아? 난 너희가 바로 그렇기 때문에 우리가 생겨난 거라고 확신한단다. 자면서도 본능적으로 새로운 우주를 만들어 낼 수 있는 우리 인간들 말이야. 우린 모든 면에서 너희의 안티테제야. 너희는 졸개들을 보내서 우리 역사에 간섭하고 기회가 될 때마다 우리를 괴롭혀야 하지. 왜냐하면 너흰 우리를 막을 수가 없거든! 우리를 없애려고 다중우주 전체를 수도 없이, 몇 번이고 몇 번이고 죽여 버렸는데 우린 그래도 계속해서 이렇게 다시 태어나잖아!"

리예는 눈살을 찌푸리며 퀸스의 말을 곰곰이 생각해 본다. 위험할 정도로 단순화된 사고방식이다. 이들은 다중현실은 물론 자신들의 존재 방식에 대해서도 이해하지 못하는 종족이다…… 하지만.

"도시는 파괴적이야." 리예 자신의 목소리다. 우르는 그의 안에서 침묵하고 있다. 주인들도 듣고 있는 걸까? 리예는 아마 그럴 거라고 생각한다. "태어나는 것만으로도 주변에 존재하는 다른 모든 현실

---

*남의 고통이나 불행을 고소하게 여기는 것.

들을 빨아들이지. 내가 직접 본걸. 가장 최근에 목격한 건 너희가 태어났을 때였고." 리예는 눈을 가늘게 뜨며 뉴욕을 노려본다.

"그것도 말이 안 돼." 퀸스가 말한다. 의기양양한 목소리다. "고양이는 죽어 있고 동시에 살아 있어야 하지. 그러니까 우리네 뉴욕이 생명을 얻었어도 다른 뉴욕들도 계속 존재해야 한다고! 근데 그동안 말이야, 꼭 누군가 우리를 지켜보고 있는 느낌이 들었거든." 그 말에 닉이 숨을 삼키며 몸을 돌려 리예를 노려본다. "내가 편집증 같은 건 줄 알았는데 아니었어. 너희들이었어. 너희가 우릴 지켜보고 있었던 거야. 그리고 너흰 우리가 나쁘다는 선입견을 갖고 있지. 그래서 우리가 최대의 양자상태에 있을 때, 그러니까 우리가 탄생할 때 너희의 관찰이 우선순위를 지니게 돼. 상자가 열렸을 때 너희가 고양이가 죽어 있길 바랐기 때문에 우리와 인접한 현실들이 붕괴한 거야. 다 너희가 그래야 된다고 생각했기 때문이라고!"

"어." 저지시티가 끼어든다. "얘, 파드미니, 네가 수학 전문가라는 건 아는데 뭔 소린지 하나도 못 알아듣겠어. 상한 대마라도 피운 거야? 어쨌든 내가 알고 싶은 건 이 우르 사람들을 어떻게 막느냐는 거거든? 저 새끼들이 내 인생을 좆같이 만드는 건 이제 질렸다고."

"'너희가 죽으면 된다.'" 리예가 불쑥 말한다. 그러더니 미간을 찌푸리며 우르에게 직접 대답한다. "하지만 그건 일시적인 방안이잖아요. 영구적인 해결책이 없는 건 사실 아닌가요."

또다시 침묵. 주인들은 리예가 말대꾸하는 것을 좋아하지 않는다. 하지만 이 대화는 그들이 리예의 말에 귀를 기울일 만큼 그들을 난처하게 하고 있다.

뉴욕이 바닥에 발을 단단히 붙인다. "그래. 우리가 죽으면 멈추겠지. 그리고 이제껏 너희가 뻘짓거리를 했다는 걸 인정하고 싶지도 않을 테고. 그래서 저 여자를 만든 거잖아, 맞지?" 닉이 턱을 까딱여 리예를 가리킨다. 리예는 두 눈을 깜박인다. "쟤가 너희의 해결사 어깨잖아. 너희가 우리가 VIP룸에 있을 자격이 없다고 결정하면 쟤가 존재 클럽에서 우릴 뻥 쫓아내는 거지. 그 안에 몰래 기어들어 너네들 머리를 손봐 주면 얼마나 잘못했는지 알게 될까 모르겠네."

스태튼아일랜드가 뭐라 중얼거린다. 이번에는 "내 마당에서 나가"가 아니다. 그러더니 이내 한층 더 큰 목소리로 말한다.

"저기, 너희도 느끼는지 모르겠지만 여기가 우릴 짓뭉개려 하는데, 난 더 이상 못 버티겠어."

"아무도 너한테 그런 거 안 바래, 스태튼아일랜드." 뉴욕은 화를 내는 게 아니라 단순한 사실을 말하는 것뿐이다. "그 빌어먹을 외국인 공포증 방패 좀 던져 버려. 그리고 우르가 우릴 죽인다고 해도 상관없어. 어차피 똑같은 일이 또 일어날 거니까." 닉이 씨익 웃는다. 리예는 창조주들에게서 명백한 불안의 공명을 느낀다. "나도 이젠 알겠네. 처음엔 우주 몇 개가 너희가 허용 안 하는 결정을 내리는 걸 막을 수가 없었겠지. 그다음엔 우리처럼 창의적인 우주가 태어나는 걸 막을 수 없었을 테고. 그리고 그다음엔 인간의 집단적 창의성이 빚어낸 궁극의 형태인 도시가 탄생하는 걸 막을 수 없었겠지. 그래서 모든 걸 죽이는 걸 선택했고 말이야. 자, 근데 이제 우리는 여기 와 있어. 너희의 쿠겔플렉스에 죽지 않은 손님이 행차하신건 처음이지? 하지만 오늘 이후론 다른 손님들이 더 많이 찾아오게 될걸? 너흰 너희도 모르는 새 우리 도시들을 더 강하게 단련시키고 있어. 그러니 결국엔 어떻게 될 거 같아? 우릴 여기로 끌고 올 필요도 없을걸. 언젠가 그날이 오면 수천수만 개 우주에 있는 도시들이 너희를 직접 찾아올 테니까. 여기, 빛으로 빚어진 이 작은 공 안에 말이야. 그러고는 씨발 너희 목을 이렇게 그어 버릴걸."

맨해튼이 미간을 찌푸린 채 천천히 고개를 끄덕인다.

"저들이 다중우주 전체를 파괴하지만 않는다면 말이지. 모든 걸 죽이고 처음부터 다시 시작하는 것. 그게 저들이 사용할 수 있는 유일한 방어책이야."

"잠깐만. 난 그게 저 자식들이 우릴 관찰하고 있어서 일어나는 거라고 생각했는데?" 저지시티가 고개를 저으며 묻는다. "그럼 그건 고의적인 거야, 아닌 거야?"

"상관없어." 브롱크스가 머릿속에서 생각을 정리하며 천천히 설명한다. "내가 제대로 이해한 게 맞다면, 저들이 도시를 관찰할 때 두려워하는 것 자체가 결과에 영향을 미치는 거야. 놈들은 우리가 더 큰 위협이 되기 전에 죽어 버리길 원하고, 그 결과 붕괴가 발생하지. 그러면 놈들은 처음부터 다시 시작하는 거고. 아마 자기들도 어쩔 수가 없을 거야. 그게 아니라면 죽은 나무가 저렇게 많을 리가 없거든. 하지만 그 과정이 반복될수록 다중우주는 놈들의 통제에서 벗어나게 되는 거야."

"통제에서 벗어나는 게 아니에요." 퀸스가 짜증을 낸다. "그게 원래의 야생 상태라고요. 생태계는 원래 카오스 수학이에요. 다양하고, 예측하기도 어렵고, 당연히 위험하기도 하죠. 하지만 공격을 받으면 거기 대응하기 마련이란 말이에요. 그러니까 무작정 다 때려 부순다고 되는 게 아니야, 이 머저리들아! 차라리 내 두 살짜리 조카애가 더 상식적이겠다!" 퀸스는 심호흡을 하며 마음을 가라앉히려 애쓴다. "이 멍청한 순환 논리에서 벗어나 너네가 또다시 바보 머저리 짓을 하지 않으려면 방법은 하나뿐이야. 너희 일이나 신경 쓰셔. 다른 세상을 멋대로 주무르려고 드는 건 그만두고, 관찰하는 것도 그만둬. 너희가 문제의 근원이니까 다른 세계들은 자기들이 알아서 하라고 내버려 두란 말이야."

"우리가 그렇게 만들기 전에." 뉴욕이 덧붙인다.

그들이 우르를 해치는 법을 알 리가 만무하니 의미 없는 허세에 불과하겠지만, 그럼에도 리예는 약간 오싹해진다. 뉴욕의 허세에는 불편한 진실이 담겨 있다. 뉴욕은 우르가 두려워하는 모든 것의 정점이다. 그들은 자신들의 창의성을 완벽히 통제할 수 있고, 단순히 방어뿐만 아니라 공격적인 목적을 위해 가차 없이 그리고 치명적으로 발휘할 의향을 지닌 다차원적 독립체다. 더 나쁜 것은 뉴욕처럼 거칠고 사나운 도시가 많다는 것이다. 만일 퀸스의 이론이 옳다면 시간이 지날수록 그런 도시들은 계속해서 늘어날 것이다. 그리고 리예는 퀸스의 이론이 맞는다는 예감이 든다. 다중우주는 실제로 반복을 거듭하며 점점 더 위험해지고 있다. 슈뢰딩거의 고양이는 전보다 더 긴 발톱과 날카로운 이빨, 뾰족한 가시와 산성 피를 갖게 되었다. 다중우주는 이미 재부팅을 할 때마다 강하게 저항하고 있고, 어느 시점이 되면 재부팅 자체가 불가능해질 수도 있다. 만일 이게 소모전에 불과하다면. 리예는 문득 이것이 사실임을 깨닫는다.

전투에만 정신이 팔린 나머지 전체적인 청사진에는 신경을 쏟지 못했다. 눈에 보이는 패턴이 늘 존재했건만. 종국에 패배하는 것은 우르가 될 것이다.

리예는 기다린다. 우르 기준으로는 상당한 시간이 지난 뒤에, 그리고 인간의 기준으로는 잠시 뒤에 대답이 전송된다. 어쩌면 그의 창조자들은 오래전부터 그들 자신이 문제의 원인일지도 모른다고 의심했을 것이다. 그러나 어떤 우주에서든 사람은 다 똑같고, 부인(否認)은 부인이다. 때때로 사람들은 물고기에게 귀싸대기를 맞아 봐야 자기한테 해산물 알레르기가 있다는 걸 인정하곤 한다.(리예는 은유적인 표현을 아주 오랫동안 연습해 왔는데, 이번에는 꽤 괜찮은 걸 생각해 낸 것 같아 마음에 든다.)

"제안을 받아들인다." 마침내 우르가 말한다. "이제부터 너희의 죽음은 선택 사항이다. 도시의 인스턴스 생성*에 대한 우리의 관찰과 현 영향력은 가능한 최소화될 것이며, 미래에는 완전히 무효화될 것이다.'"

침묵이 내려앉는다. 뉴욕들은 서로 시선을 교환하고, 리예는 어리둥절하여 이게 무슨 뜻인지 잠시 고민한다.

조금 후, 우르가 마지못한 투로 덧붙인다.

"지금까지 저지른 살해 행위에 대해 미안하게 생각한다. 하지만 우린 아직도 너희가 마음에 안 들어. 그러니 제발 빨리 여기서 나가.'"

그리고 그렇게, 전쟁이 끝난다.

---

* 추상적으로 정의된 개념에 대하여 실제 값이나 개체를 형성하는 것.

코다

나는 뉴욕이다. 그리고 내 덕분에 앞으로는 어떤 우주도 죽지 않을 거다. 하지만 불행히도 거기엔 꾸불탱년도 포함된다. 그러니까음, 우르가 개의 꾸불꾸불한 엉덩이를 떨궈 버리고 우리를 나무에 원래 있던 자리로 되돌리기 시작하자 글쎄 스태튼 부역자가 갑자기 뛰쳐나가더니 리예를 껴안고 울부짖기 시작했다. 너는 살 자격이 있고 어쩌고저쩌고. 다들 깜짝 놀라서 죽을 뻔했다. 리예도 포함이다. 하지만 그때 꾸불탱이가 갑자기 눈을 깜박이더니 아까보다더 놀란 표정으로 우르가 방금 자기한테 꺼지라고 했다는 거다. "생식 능력 제한도 해제될 것"이라고도 했단다. 간단히 번역하자면, 이제 리예는 우리 같은 진짜 도시다. 다른 모든 도시처럼 자유롭게 살고 자기의 새로운 버전을 싹틔울 수도 있다. 어쨌든 내가 파드미니가 설명한 물리학인지 수학 헛소리를 듣고 알아낸 게 바로 이거다. 싹틔우기. 도시는 씨앗이다. 우리들 각자, 그리고 모두는 다중우주라는 거대한 나무에 새로운 가지를 돋게 할 수도 있고 아니면 아예 새로운 나무를 싹틔울 수도 있다. 그게 무슨 뜻이냐고? 나도 모르니까 좆까라 그래. 꾸불탱년이 나랑 내 것만 안 건드리면 어디 가서 뭘 하고 살든 좆도 신경 안 쓸 테니까.

하지만 뉴욕에서 시작해 갈라져 나간 우주가 한 10억 개쯤 존재하다고 상상하면, 정말 끝내주잖아?

스태튼아일랜드한텐 아무 앙심도 없다. 진짜 중요한 순간에 결국은 뉴욕으로 돌아오기로 선택했으니까. 그리고 같이 일한다고 해서 굳이 서로 좋아할 필요도 없고. 베네자는 지난 일은 다 잊어버리고 용서해 주고 싶은 모양인데, 거야 베네자는 착하니까. 스태튼의 뭣 같은 짓거리 때문에 자기가 도시가 될 수 있었다고 여기는 것 같기도 하다. 하지만 스태튼은 적과의 동침을 저지른 데 대해 우리한테 사과도 안 했다. 그래서 나중에 다시 센트럴 파크로 돌아갔을 때, 우리 모두 걔를 무시하고 그냥 집에 가 버렸다. 베네자만 빼고. 베네자가 알아서 집에 데려다줬겠지. 스태튼이 그 이상을 원한다면 우리의 신뢰를 받을 자격이 있다는 걸 스스로 입증해야 할 거다.

더 나은 뉴욕은 하룻밤 사이에 감쪽같이 사라져 버렸다. 이유를 정확히 아는 사람은 없지만 모기업인 다중우주 전면전 LLC가 파산을 신청했고 더 나은 뉴욕 재단은 그 길로 끝나고 말았다. 그 결과 수많은 법정 소송이 기각되고, 뉴욕과 다른 지역의 정치가 몇몇이 갑자기 이상한 스캔들에 휘말렸으며, 당당한 남자들 같은 일부 단체도 파산했다. 심지어 뉴욕 경찰마저 개새끼들 한 무더기가 갑자기 사임을 표하거나 은퇴했는데 개중에는 경찰수호협회 회장인 마일럼도 있었다. 그 이유에 대해선 아마 몇 주 내로 시 당국의 조사

결과가 나올 거 ─

　─ 잠깐, 잠깐만.

음화하하하하하하하하하하핫.

후, 이걸 빼내야 해서. 그럼 다음 얘기로 넘어가서.

　브루클린은 아무것도 할 필요가 없을 정도로 경선에서 너무 쉽게 이겼다. 시장 선거는 일주일 뒤에 있다. 판필로는 아직도 공화당 라디오와 폭스 뉴스, 텔레그램 같은 데서 개소리를 싸지르며 선거 운동 중인데, 더 나은 뉴욕의 슈퍼 PAC가 없어진 탓에 갑자기 선거 자금이 부족해졌다. 여론조사도 최악이고 지지율도 점점 내려가는 중이다. 사람들이 그의 "친구들"이 하고 다니는 짓을 안 좋아하기 때문이다. 몇 번은 학부모 협의회에 가서 비판적 인종이론에 대해 항의하려고 했는데 그 전에 학부모들이 발로 뻥 차서 쫓아내 버렸다. AP 시험 역사 과목에서 거지같은 점수를 받고 싶은 사람이 어디 있겠어? 그것도 이 도시에서? 씨발.

　코너 뭐시기냐는 알 수 없는 이유로 실종 상태다. 어우, 정말 안 됐다.

　다른 사람들은 전부 다 잘 지낸다. 파드미니는 이제껏 내가 본 중에서 제일 행복한 상태인데, 수학여왕님께서 다중우주를 구해 내서가 아니다. 내 생각엔 새로 얻은 직장도 마음에 들고 삶을 즐길 여유가 생겼다는 것 자체가 흡족한 것 같다. 베네자는 뭔 문제 때문인지 아버지한테 호되게 욕을 퍼부은 다음 그 뒤로 연락을 안 하는 것 같다. 자기 말로는 진즉에 그럴 걸 그랬단다. 올드비는 마침내, 드디어, 욕구불만을 해결했나 보다. 예전만큼 잔소리를 안 하기 때문이다. 파울루는 홍콩이랑 다시 사귄다고 하는데, 원래 20년쯤 전에 사귀다 헤어진 사이란다. 씨발, 그게 대체 뭔 관계야. 심지어 우리의 인간 룸메이트인 벨도 사귀는 사람이 생겼다. 사방에 사랑인지 뭔지 어쨌든 좋은 게 둥둥 떠다니나 보다.

그래서 매니 말인데.

좆같은 쿠겔플렉스에서 도시 전쟁을 마치고 돌아온 며칠 후, 어느 날 밤 발코니에 그가 서 있는 걸 발견한다. 손가락으로 스마트폰에 뭔가를 엄청난 속도로 치고 있는데, 표정을 보아하니 가족들이 언제 오냐고 재촉하는 것 같다. 그가 시카고에 발을 들여 놓는 순간, 새 도시가 탄생할 것이다. 지금도 시카고가 당장 생명의 초(超)폭발을 일으킬 태세로 전율하고 있는 것이 느껴진다. 우르가 일을 망치지만 않았다면 서반구에 있는 대도시의 절반가량이 다음 몇 달 새에 생명을 얻을 것이다. 잃어버린 시간을 만회하려는 자연의 법칙. 하지만 매니는 아직 맨해튼이고, 머지않아 자신을 잃을 거라는 이유로 몹시 비참한 상태다.

젠장. 이번에도 파드미니가 옳았다. 그가 더 이상 내 것이 되지 않기로 결심한다면 그건 다 내 탓이다. 그가 아니라.

그가 나를 발견한다. 눈썹 하나 까딱하지 않으면서 전화기를 주머니에 집어넣는다. 왜냐하면 나는 그렇게 특별한 존재니까. 우리는 나란히 발코니 난간에 기대선 채 한참 동안 도시를 바라본다. 지금만큼은 나도 도시를 조율하지 않는다. 매니는 내 관심을 한 몸에 받을 자격이 있다.

"가지 마." 나는 나직이 말한다.

그가 나를 지그시 쳐다본다. 나는 발을 꼬무락거리며 긴장하지 않은 척 연기를 한다. "그래." 그가 대답한다.

그걸로 끝이다.

입술을 잘근거리고 발로 난간을 걸어차며 계속 안절부절못하고 있는데, 매니가 다시 휴대전화를 꺼내더니 문자를 보낸다. 역시 그걸로 끝이다. 그가 "보내기"를 누른 순간, 그를 불안정하게 잡아끌고 있던 모든 뉴욕답지 않음의 에너지가 갑자기 뚝 끊어지고, 그가 안정적으로 고정된다. 자신이 되고 싶은 존재가 된다. 그는 맨해튼이고, 영원히 맨해튼일 것이다.

"나중에 문제가 될까?" 내가 묻는다. 매니가 전화기의 "전원" 버튼을 누른다. 선택의 여파는 나중에 처리할 것이다.

"응. 꽤 골치 아픈 문제가 되겠지."

"예를 들면?"

매니가 어깨를 으쓱한다. "내가 처리해야 하는 종류의 문제들. 어쨌든 최선을 다할 거야. 그리고 최고회의 쪽에 접촉해서 시카고가 탄생할 때는 멘토로 다른 도시를 파견하라고 요청해야 할 테고. 당분간은 상황이…… 다소 위험할 테니까."

"이런 식으로……?" 나는 총 쏘는 흉내를 내보인다.

"총은 우리를 해치지 못해. 하지만 당분간 각별히 조심하지 않는다면 살아 있는 도시가 정확히 어떤 방식으로 다른 도시와 전쟁을 치르게 되는지 알게 되겠지."

젠장. 다른 뉴욕들은 알고 싶지 않을 거다. 나도 알고 싶지 않다. 좆같은 위기를 넘긴 게 바로 엊그제라고.

하지만 내 것을 지키기 위해 싸워야 한다면…… 어쩔 수 없지. 조심하라고, 시카고.

그 뒤로 매니는 한참 동안 조용하다. 그러더니.

"아직도 내가 널 원하는 이유가 도시이기 때문이라고 생각해?"

망할. 옛날 매니는 이런 식으로 몰아붙이지 않았는데. 시카고에는 여유라는 게 없어?

"응. 하지만 우리가 도시니까, 결국 도시가 원하고 우리가 원한다는 건……" 나는 어깨를 으쓱한다. 가끔은 대화를 해야 한다는 게 너무 싫다. "원래 그런 식인가 보지."

시야 구석에서 매니가 빙긋 웃는 게 보인다. 내가 발만 내려다보고 있어서 다행이다. "그런가 보네."

"그래, 그렇게 생각하도록 해. 그 잘나 빠진 엉덩이로." 이젠 말도 안 되는 소리를 횡설수설하고 있다. 너무 긴장해서 그렇다. 나는 심호흡을 한다. "저기, 어. 난 연애라는 걸 해 본 적이 없거든? 진짜 연애 말이야. 한 번도 안 해 봤어."

매니가 다시 나를 응시한다. 피부 위로 마치 압박하는 듯한 시선이 느껴진다. 하지만 그가 벨벳처럼 부드러운 음성으로 말한다.

"우린 아무것도 할 필요가 없어. 난 그런 조건으로 남는 게 아냐."

그래. 그치만. 나는 발을 정신 사납게 움직이던 걸 멈추고 몸을 곧추세운다. 젠장, 난 뉴욕이라고.

"어쩌면 내가 해 보고 싶은지도."

그 말에 매니가 숨을 깊이 들이켰다가 내뱉는다.

"어쩌면 천천히 가는 게 좋을지도 몰라. 네가 확신이 들 때까지."

"응." 나는 코를 훌쩍이며 몸을 죽 폈다가 어깨를 약간 굴린다. 가만히 있기가 힘들다. "하지만 망할 커피 데이트 같은 건 안 할 거야."

매니가 소리 내어 웃는다. "아, 사실 난, 네가 그나마 제일 편하게 여기는 듯해서 차라리 섹스부터 하는 것도 괜찮겠다고 생각했는데."

어이, 어이. "진심?"

매니가 내 얼굴을 힐끗 쳐다보더니 얼굴을 붉힌다. 이런 귀여운 씨발자식 같으니.

"응."

"내가 원하면?"

"우리 둘 다 원하면. 그리고 대답은 그래야." 우리의 시선이 부딪친 순간 평소에 그가 감추던 것이 적나라하게 드러난다. 예를 들면 갈망 같은 것. "우리 둘 다 원하는 거 맞지?"

아, 씨발. "그렇지." 나는 입술을 슬그머니 핥고는 조금 가까이 다가간다. 그는 움직이지 않는다. 좋아, 좋은 징조다. "오늘 밤?" 한번 밀어 봐?

매니가 다시 심호흡을 한다. 몸을 돌려 나를 정면으로 바라보며 한 발짝 가까이 다가선다. 다음 순간 나는 발코니 난간에 등을 기대고 있다. 어. 그에게선 좋은 냄새가 난다. 내가 가만히 서 있자 그가 손을 뻗어 턱을 감싸 쥐더니 엄지손가락으로 입술을 어루만지는데…… 음, 젠장. 이런 식으로 날 만지는 사람은 처음이다. 그냥 엄지손가락일 뿐인데, 이게 뭐야. 그래서 골려 주려고 일부러 입술을 살짝 열어 손가락 끝을 빨아 본다. 혓바닥에 짭쪼름한 맛이 느껴진다. 매니의 예쁘장한 눈이 커다래지는 바람에 덤으로 혓바닥을 약간

빙글 돌려 주는 서비스까지 추가해 준다. 그러자 그가 자기 입술을 핥는다. 저건…… 씨발. 그래. 어. 그가 몸을 기울인다. 난생처음 키스라는 게 남의 축축한 숨결이 아니라 그 이상의 것으로 느껴진다.

바보 같을 정도로 로맨틱한 순간이다.

어쨌든, 그러니까.

우리는 도시다. 빌어먹을 도시다. 그리고 우린…… 앞으로 괜찮을 거다.

〈끝〉

감사의 말

휴우우우우우우우. 힘들었다.

실제로 존재하는 도시에 대한 판타지 찬가를 쓸 때 문제가 뭔지 아는가? 현실 세계가 소설 속보다 훨씬 빨리 움직인다는 점이다. 처음 이 소설을 쓰기 시작했을 때, 나는 「위대한 도시들」 시리즈를 COVID-19 팬데믹에 대한 은유로 그릴 의도도 없었고, 내가 사는 나라가 파시즘의 심해 속으로 풍덩 다이빙을 하게 될지도 몰랐다.(적어도 지금까지는 얕은 물에서 물장구만 쳤으니까.) 그래서 이건 결국 예전 심리상담사 시절의 용어를 빌자면 "전환기적" 위기, 즉 중년의 위기를 겪는 도시의 영혼에 대해 쓰게 되었다는 걸 의미한다.

이 시리즈의 첫 번째 책에서 썼던 뉴욕은 더 이상 존재하지 않는다. 나는 COVID에 대해서는 언급하지 않기로 결정했다. 이 책이 출간될 즈음 팬데믹이 어떤 상황에 있을지 알 길이 없었기 때문이다. 게다가 극악무도한 대통령이 고향 도시에서 전쟁을 벌이는 원래 계획했던 플롯 중 하나도 수정해야 했다. 트럼프가 먼저 등장하고 말았기 때문이다. 처음 의도한 "위대한 도시들" 3부작이 2부작으로 변경된 것은 현실의 맹공 아래 내 창조적 에너지가 약화되고 있음을 깨달았기 때문이다. 나는 더 이상 이런 사회적 환경에서 세 권이나 되는 책을 쓸 여력이 없었다. 솔직히 고백하자면 첫 권을 쓴 뒤에 거의 펜을 놓을 뻔했다. 하지만 내 성격상 일단 뭔가 시작했다면 이야기를 끝마치지 않고 미완으로 남겨 두는 것을 싫어하는지라 (독자 여러분도 실망하실 테고!) 순전히 삐뚤어진 고집만으로 이 작품을 마칠 수 있었다.

이 책을 완성하는 데에는 아주 많은 도움이 필요했다. 덕분에 도와주신 분들께도 아주 많은, 많은, 감사의 인사를 보낼 수 있게 되었다.

내가 제정신을 유지할 수 있게 도와준 친구들과 아버지, 베타 리더 및 전문 리더분들. 요청에 의해 이름을 밝힐 수 없는 동료 뉴요커들과 방랑하는 핵심 찌르기 전문가 카산드라 쇼. 대니얼 프리드먼은 베타 리딩 외에도 의학적인 부분에서 조언을 아끼지 않았고, 에밀리 룬드그렌은 브루클린이 법정에 서는 장에서 법률과 관련된 오류를 바로잡을 수 있게 도와주었다. 미키 켄달은 시카고의 역사와 문화에 대해 놀랍고 참신한 이야기를 들려주었고, 휘트니 후는 정치 조직 창설과 이민 가정 역학, 그리고 뉴욕의 시장 선거 운동에 대해 지혜로운 조언을 해 주었다. 뉴욕의 또 다른 정치 전략가인 크리스털 허드슨은 뉴욕 시장에 출마하는 방법에 대해 복잡하고 세세한 부분까지 상세하게 설명해 주었다. 이름을 밝히지 않기를 원한 다른 전문가도 많은데, 그중에는 런던과 이스탄불에 대한 고문을 맡아 준 이들도 있다. 또 뉴욕을 비롯해 여러 도시를 온라인 가상 투어로 경험할 수 있게 해 준 전 세계 관련 기관들에게도 감사 인사를 보내고 싶다. 팬데믹 기간이라 여행을 갈 수는 없었지만 자료 조사를 위해 실제 눈으로 "봐야 할" 필요가 있었기 때문이다. 더불어 이 책을 완성할 수 있도록 강한 동기를 부여해 준 현 뉴욕 시장 에릭 애덤스에게도 감사해야 할 것 같다. 적어도 내 소설 속에서는 좋은 시장을 보고 싶었기 때문이다. 그렇지만 역시, 엿이나 드시길.

그리고 물론 내 책을 사고, 읽고, 이야기해 주는 독자 여러분께 큰 감사를 보낸다. 내가 쓰는 모든 이상한 것들을 읽어 보기로 한 분들과 그분들의 입소문이 없었다면 나는 작가가 되지 못했을 것이다. 성공은 내게 늘 커다란 놀라움이었다. 좋은 쪽으로든 나쁜 쪽으로든 말이다.(내 단편집 『검은 미래의 달까지 얼마나 걸릴까?』 서문을 읽은 분들이라면 내가 가윗돈을 좀 벌어 보려고 이 여정을 시작했다는 사실을 기억하실 것이다.) 하지만 사람들이 내 작품을 읽고, 깊이 생각하고, 소리쳐 외치고, 수업 교재에 포함시키고, 도서관 대출 대기 목록에 올리는 이 모든 것은…… 내게 엄청난 기쁨이었다. 진심으로 감사드린다.

마지막으로 개인 트레이너인 파워 무브의 타냐에게도 많은 감사를 보낸다. 그는 이 책에 "새 도시? 누구?"라는 제목을 붙여야 한다고 강력하게 주장했다. 난 그래도 노력했어요, T. 진짜로요.

부디 여러분 자신을, 그리고 서로를 아끼고 돌봐 주길. 닉의 말처럼 우리에겐 우리들뿐이므로.

옮긴이 | 박슬라

연세대학교에서 영문학과 심리학을 전공했으며, 현재 전문 번역가로 활동 중이다. 옮긴 책으로는 『스틱!』, 『부자 아빠의 투자 가이드』, 『페이크』, 『골리앗의 복수』, 『숫자는 거짓말을 한다』, 『초거대 위협』, 『스몰 트라우마』, 『구름 속의 죽음』, 『패딩턴발 4시 50분』, 『사라진 내일』, 『샤르부크 부인의 초상』, 『한니발 라이징』, 『칼리반의 전쟁』, 「몬스트러몰로지스트」 시리즈, 「부서진 대지」 3부작 등이 있다.

우리가 만드는 세계 위대한 도시들 2

1판 1쇄 찍음 2023년 10월 20일
1판 1쇄 펴냄 2023년 10월 27일

지은이 | N. K. 제미신
옮긴이 | 박슬라
발행인 | 박근섭
편집인 | 김준혁
책임편집 | 장은진
펴낸곳 | 황금가지

출판등록 | 2009. 10. 8 (제2009-000273호)
주소 | 06027 서울 강남구 도산대로 1길 62 강남출판문화센터 5층
전화 | 영업부 515-2000 편집부 3446-8774 팩시밀리 515-2007
홈페이지 | www.goldenbough.co.kr

도서 파본 등의 이유로 반송이 필요할 경우에는 구매처에서 교환하시고
출판사 교환이 필요할 경우에는 아래 주소로 반송 사유를 적어 도서와 함께 보내주세요.
06027 서울 강남구 도산대로 1길 62 강남출판문화센터 6층 민음인 마케팅부

한국어판 ⓒ 황금가지, 2023. Printed in Seoul, Korea
ISBN 979-11-7052-311-6 04840(2권)
ISBN 979-11-5888-130-3 04840(set)

㈜민음인은 민음사 출판 그룹의 자회사입니다.
황금가지는 ㈜민음인의 픽션 전문 출간 브랜드입니다.